张恨水传

解玺璋——著

北京出版集团公司
北京十月文艺出版社

序

谈《张恨水传》

孙 郁

民国的报人是有趣的群落，那些形形色色的新闻人，今人未必能解其真态。而我们真正了解民国史，这是不能不关顾的部分。我的老友解玺璋留意报人历史久矣，于此有着我们同代人没有的体验。《张恨水传》凝聚了他很多的心血，在我看来是打开了一扇进入历史的大门，也有着教科书所没有的风景。叙述报人的生平，牵连着旧时光里的诸多神经，经由个体的丰富存在，可以看出被遮蔽的历史的另外一隅。阅读此书，我的一些认知视角因之而发生变化，这是仅仅以文学史的角度和新闻史的角度治学的人所没有的另类书写。

与一般记者出身的人不同，解玺璋总能够给读者带来一些出其不意的文字。他有着来自实践的经验，那些感受撕碎了既成的概念，自然和学院派不在一个逻辑的套路里。过去我们讨论现代知识人的生活，往往留意象牙塔里的文人，那些介于知识精英与大众间的报人、出版家的言与行，被弱化的时候居多。这些人在文化史里承担着特殊的使命，提供的话题有书斋里没有的精神的复杂性。以象牙塔的方式想象历史，总会遗漏一些存在，解玺璋的劳作，其实是想颠覆一般文学史家和新闻史家的单一思维的。

面对张恨水这样的历史人物，解玺璋要做的不仅是还原人物的生存场域，还有对于远去的时代的注解。这就有了多维的空间，书中流溢出不同的声色，可以驻足深思的地方甚多。世人对张恨水的印象是个多产的小说家，其作品至今仍让人津津乐道。解玺璋不仅还原了小说家的风采，更关注的是报人的人生。从新闻工作者的沧桑里看一个时代变迁的历史，留下的不仅是民国文化的蛛丝马迹，还看出政治之影何以在一个时代里搅动了读者的心绪，我们后来文化转变的内因外果，在本书中都被做了有趣的说明。

张恨水是个可以不断被叙述的多色调的报人。他的作品在民间的反应之强，能够从彼时的读者群之众看出一二，报业的空间拓展也留下了令人思考的话题。“五四”以后，对于逐渐开始的历史，亲历者的叙述往往以遗漏的方式显示自己强调的价值的重要，许多不关涉派系价值的群落渐渐成为被忽略的存在。新文学史的作者对于旧派小说家的漠视，多少说明了这一点。按照陈思和先生的观点，“五四”新文学是具有先锋意味的存在，具有强烈的排他性。我们看最初的新文学史，是不太描述“五四”新文化参与者之外的作家群落的。张恨水这类作家曾被列入落伍的行列，原因是与鸳鸯蝴蝶派渊源甚深。其实通俗小说家有许多学问很好，包天笑、周瘦鹃都是不错的翻译家，张爱玲小说底色也从那个群落里来，市井里的多样韵致飘着人性的气息，反射着世间明暗的一部分。贴着市井写作，其好处是身临其境，有反观自身的镜像意味，读者觉得与自己不隔。弊处是不能有佛眼一般的穿透力，目光有时在风景的内边里，扁平的图像多多，这是周作人、茅盾那些新文学家不满意的地方。但我们细看张恨水的书，情况也非新文学倡导者描绘的那么简单，他的讽刺风格，都市与乡村景致，自有别人没有的妙处，有的甚至有与左翼作家相近的效应。那些非意识形态的语言背后的民间是非原则和情绪，更带有本真意味，为一般大众所欣然接受。这是精英文人办不到的事情，更让人有一种亲近之感。早期新文学没有很好整合这种经验，后来出现的赵树理、孙犁这些作家渐渐意识到了此点，但因为左翼话语的巨大的覆盖性，人们反而不太聚焦类似的存在了。

我看这一本书，喜欢作者史家笔法后的济世情怀，文人趣味是被节制的，我们的作者的理性深藏其间，不是为了传记而传记，文字背后的存在大于人物本身，甚至是一种跨时代的思考与追问。文化是一种复杂的存在，应有自己生长的空间。作者努力克服自己的知识局限与趣味局限，对于不同类型的人与事，给予了很大的同情和宽容，而面对窄化思想空间的民国政治生态的描述，带有学术意味的沉思。众多感性的画面，无数琐碎的生活片段，都无法遮拦作者的穿越时代的思考。这追思之迹编织出历史的魔幻般的图景，流出我们未曾见到的精神河流，它冲刷着我们的灵魂，感到了一个消失的存在留下的余温。

因了自己也是记者出身，作者对民国报人的日常生活、工作环境、文章之道有别人少有的敏感，新闻生产复杂程序中牵涉的时代花絮也联翩而至。故事性、思想性和深藏的诗性，引读者行走在颠踬的旧路，看云起云落的日子。其间不乏会心之语，浩瀚资料里提炼出的细节，过目不忘者殊多。笔触停止的地方，意犹未尽之音散出，拽我们到历史的深处拷问那些隐秘的存在。传记作品做到了此点，自然有别人所没有的分量。我们的作者的文本后的用意，细细品尝还是可以体察到的。

新文化运动以前，文坛是通俗作家的天下，百姓对于章回小说、都市言情作品颇为欢迎。新文化运动的先驱，不满意于大众化里的俗气，要在文本里植进自己的意识形态，个人主义、无政府主义等都借诗文而来，遂有了不凡气象。但大众喜欢的通俗文学不是这样，超脱于意识形态的社会风景里的恩怨情仇，才有人间的本色。所以，尽管新文学轰轰烈烈，而大众化的通俗文学依然颇有市场，那些市井里的风声雨声，传递的消遣之味外，亦有凡俗间悟道者的性灵。百姓于此所获，当比先锋文人诗文不差的。

以张恨水为例，可以体察报人的许多甘苦。为大众写作的人并非没有自己的政治态度，那些文本的背后的忧世之思，其实有着传统文人的情怀。解玺璋强调张恨水的报人价值，也就将其精神品位放置于知识人批判性的层面，说是为其翻案也并非不对。报人与知识分子，究竟是什么关系，他们的社会属性何在，书中都有所交代。而只有理解了作为报人的张恨水，才能知晓作为通俗小说家的张恨水的意义，这是解玺璋给我们的一个惊奇，而他在书中隐含的情感内在性的东西，因了自己的叙述的对象的特殊性，而有了特别的意味。

报人的民间性与通俗小说的世俗性，保存了与底层人对话的广阔空间。其思想的飘忽也非浅薄，而审美的通俗亦有奇处。作者发现民国报人偏于左倾的时候居多，那些报人笔下的作品自然也多了批判的意义。精英文人的价值是思想的越界性，但他们可能因为过度的排他意识也导致精神的狭窄化。无党派报人和通俗文学有时流于清浅，但那包容性和世俗性避免了思维的极端走向。可惜我们过去很少这样地思考问题。解玺璋注意到报人文本的价值，看到了张恨水写作的特殊意义，对民间知识群落有中肯的评价。他解析文本，看重的是内蕴的丰富与否，这些在先锋文人看似陈旧的存在，在其眼中却是人性常恒的闪光。它消解了某些功利之用，衣食住行中，百姓之道存焉。只有了解大众文化史的人，方能深悟此道。

二十多年前，我与解玺璋在同一个报社里工作，我们的单位的前身恰是张恨水工作过的《新民报》。报社的资料库有许多民国报刊的资料，张恨水的旧书亦有多种。那时候常翻这些资料的只有李辉、解玺璋等少数人，他们留意历史的枝枝叶叶，遂有了不少的收获。解玺璋早年喜欢梁启超，后来关注张恨水，这里未尝没有其内在的思想逻辑。即借助历史里被湮灭的遗存，寻找知识阶级曾有的亮度。这些遗存不仅在一般的左翼文人那里被遗忘，连“五四”后的一般自由主义文人也渐渐远离他们。但在解玺璋看来，这些被精英文人漠视的报人、作家，并非没有温度和智性的旧式才子，而是中国文化里不可或缺的存在。他们在单一文化逻辑的背后拥有着生命的厚度和精神的宽度，而社会生态离开这样的存在会出现精神的偏执。恰是这样的人与文，填补了世俗社会精神空白。那个广阔的存在具有精神的各种可能，一一消失的这个空间，带来的问题显然是不可忽视的。

我印象里的解玺璋是一个峻急、果敢的社会批评和文艺批评家，他有许多风暴般的走笔，精神在紧张里流溢着奇妙的光泽。但他自己研究的对象，却是另一种非激进的人物和历史，这使他的写作具有了一种弹性。自己没有湮没在自造的精神之影里，在不同于己身的时空里，其思想得以不断生长，而写作的意义，也随之凸显出来。

读过了《张恨水传》，不仅发现了传主的曲折的人生轨迹，对我而言，重要的是窥见了解玺璋内心隐含最深的部分，那是他对于自己旧梦的一种代偿。就自己的阅读经验而言，我觉得会有许多人喜爱这本书，它的价值，将在今后日趋明显地显示出来。今天的书籍没有灵魂者多多，独创性的书写便显得难能可贵。作为作者的老友，能为本书写点什么，真的与有荣焉。

2017 年 11 月 4 日

目录

序 001

绪论 001

零壹 家世 017

零贰 早教 032

零叁 求学 047

零肆 漂泊 066

零伍 生计 084

零陆 圈子 105

零柒 婚姻 122

零捌 报人（上） 143
零玖 成名 176
壹拾 帽子 205
拾壹 平居 239
拾贰 雅趣 260
拾叁 弯弓 292
拾肆 西游 315
拾伍 南迁 337
拾陆 报人（中） 366
拾柒 山居 441
拾捌 报人（下） 468
拾玖 横祸 508
贰拾 晚景 531

绪论

张恨水是民国产量最高的作家。他一生创作的中长篇小说超过了一百部，多达两千万字以上，诗词、散文、杂文、时评也有一千余万字。他的小说拥有广大的读者群，“是国内唯一的妇孺皆知的老作家”[①]；同时，他还是一位文名赫赫的报人，如果从民国七年（1918年）初受聘担任《皖江日报》总编辑算起，至民国三十七年（1948年）十二月辞去《新民报》北平版所有职务止，他的报人生涯长达三十年。然而，他无疑又是中国现代文学史上被歪曲、被误解、被轻视、被冷落、被忽略、被埋没最严重、最长久的作家之一。在相当长的时间里，人们或者对他视而不见，或者贬低他的文学成就，或者用一种肯定的方式抹杀他的独特性，生硬地将他划归某一阵营。而作为报人的张恨水，被谈论得就更少，我们几乎完全不了解张恨水在这期间都做了什么，他的鲜活的生命被

① 老舍《一点点认识》，张占国、魏守中编《张恨水研究资料》，88页，知识产权出版社2009年9月版。

历史的尘埃所湮没而不为世人所知。这显然无助于我们正确认识和理解张恨水在二十世纪中国文学史、新闻史上的地位、贡献和价值。

读过大学的人都知道，在现代文学的课程设置中没有张恨水的位置。长期以来，大学中文系是不讲张恨水的，中小学语文课本中也鲜有张恨水的作品。二十世纪五十年代以来，曾有几种现代文学史出版，如丁易的《中国现代文学史略》、王瑶的《中国新文学史稿》、刘绶松的《中国新文学史初稿》、张毕来的《新文学史纲》等，这些都是根据学者们在大学课堂上的讲义整理成书的，其中讲到了"五四"新文学运动所形成的左、中、右各个流派，对于现代评论派、新月派、现代派、论语派、民族主义文学派的各次争论，甚至对于提倡复古的学衡派、甲寅派，都有很充分的评介和讲述，可就是绝口不提张恨水的名字，好像这个作家从来没有在历史上存在过一样。张友鸾先生曾经感叹，这种做法"使人联想到'汉代也许没有扬子云'这个历史故事"。[①]

文学史的写作，背后总是和国家意志、意识形态，以及各种社会思潮相联系，并受到史家所遵循的历史观、价值观的支配。因此，二十世纪文学史成为"五四"以来"新文学"的历史，尤其是在一九四九年之后，更进一步演变成为"革命"文学史，是很容易理解的。也就是说，进步的、革命的新文学史观近百年来曾经垄断了文学史的写作，在这里，不仅没有张恨水的容身之地，更容不下非进步、非革命的文学史叙事，作于三十年代、给予张恨水很高评价的范烟桥的《民

① 张友鸾《章回小说大家张恨水》，张占国、魏守中编《张恨水研究资料》，97页，知识产权出版社2009年9月版。

国旧派小说史略》[①]，很久以来默默无闻，就是个例子。

张恨水固非革命作家，也不属于“五四”以来的新文学阵营。虽然他始终信奉着“苟日新，日日新，又日新”[②]的圣训，一生都在追求进步，变法革新，但在很长一段时间里，新文学阵营都把他当作“封建余孽”和“小市民文艺”的代表，加以批判和打击。然而，张恨水虽有文人的禀赋和气质，但硬要给他戴上一顶“旧”的帽子，却未必合适。他年轻时期也曾有过做“名士”的幻想，可是，生存环境和客观条件并没有提供必要的支持；随着年纪的增长，他对自命风雅、卖弄才情的“名士”习气，特别是“斗方名士”的习气，倒是多了一份警惕。他的写作固然有平民化、市民化的倾向，特别是早期的作品，多以市井生活为背景，但叙事风格和视角又不完全是平民化、市民化的；他也写过不少反映文人或曰知识阶层生活的小说。他一生创作的短篇和中长篇小说在两千万字以上，但他多次表示，小说只是他的副业，而报人才是自己的真正职业。作为报人，张恨水始终坚持不群、不党的民间立场，他的朋友众多，其中不乏左翼人士、当世名流，但经常来往的二三知己则均为寒门士子、布衣书生，无党无派，无权无势。

张恨水的复杂性，由此可见一斑。看不到这种复杂性，人为画线，用单一的标准、尺度衡量他，规范他，也就看不到他对二十世纪中

① 范烟桥《民国旧派小说史略》，原为20世纪30年代初他在东吴大学讲授小说课程时撰写的讲义，约有10万余字，1961年经魏绍昌整理，编入《中国现代文学史资料丛书（甲种）》，《鸳鸯蝴蝶派研究资料》（上卷）。1967年3月28日，范烟桥病逝于苏州寓所，终年74岁。

② 朱熹《四书章句集注》，5页，中华书局1983年10月版。

国文学做出的独特贡献，更难以给出客观、公正的评价。不过，对于张恨水的认识和评价，数十年来也是有区别、有变化的，大致经历了三个时期：二十世纪三十年代中期以前、四十年代以后、八十年代后期至今。每个时期的认识和评价，既和张恨水自身的写作有关，也和不同历史时期的国家意志、意识形态，以及社会文化思潮有关。

先说第一时期。这期间，张恨水作为小说家已经为广大城市市民读者所接受，并受到热烈拥戴，其作品流传大江南北，真正做到了家喻户晓、妇孺皆知。与此同时，新文学阵营也意识到了张恨水的“重要性”，他们视他为争夺读者的最危险对手。魏绍昌在其所著《我看鸳鸯蝴蝶派》一书中就曾指出：“事实上，在新文学方面写的有关文章中，针对鸳鸯蝴蝶派的对象，早已不是徐枕亚、吴双热、李定夷之辈，而是包天笑、周瘦鹃、李涵秋、平江不肖生、顾明道、徐卓呆之辈。到了三十年代，由于《啼笑姻（因）缘》的影响特大，张恨水则成了更大的对象。”[①] 在此期间，沈雁冰（茅盾）、瞿秋白、钱杏邨（阿英）都写过批评鸳鸯蝴蝶派或礼拜六派的文章，其中都点了张恨水的名。

瞿秋白在民国二十年（1931 年）六月发表的《学阀万岁》一文中以揶揄的口吻写道：“第二个城池里面，只有不懂得欧化文和上古文的‘旧人’，所以他们文坛上称王称霸的，是张恨水，严独鹤，天笑，西神等等，什么黑幕，侠义，艳情，宫闱，侦探……小说。”在他看来，以鲁迅为代表的“反动文学”，因为“门第很高”，“和愚民隔离着”，给“旧文艺进攻反动文学”提供了机会，他大声疾呼：“咱们赶快联合旧文艺——从诗古文词直到《啼笑因缘》，直到十八摸五

---

① 魏绍昌著《我看鸳鸯蝴蝶派》，42 页，香港中华书局 1990 年 8 月版。

更调——这里民族道统是相同的，天然是联盟的‘文学革命军’——去进攻大小反动的阶级文学。”[①]在这里，他是正话反说，换一个场合，作为旧文学代表人物之一的张恨水，就被他归入“第三次文学革命的对象”中去了。他说：“第三次文学革命的对象是现在的旧文学——旧式白话的文艺，以及高级的和低级的新式礼拜六派。”[②]

虽然茅盾在抗战之后对张恨水多有肯定，譬如他在《关于〈吕梁英雄传〉》一文中说：“在近三十年来，运用‘章回体’而能善为扬弃，使‘章回体’延续了新生命的，应当首推张恨水先生。”[③]但在此之前，他对张恨水小说中所表现的趣味，以及“章回体”这种形式，都是持批评态度的。民国二十一年（1932年），他在《封建的小市民文艺》一文中就曾指出：“小市民文艺另有一种半封建的形式，那就是《啼笑因缘》。这部小说既摄制为电影，又编排为舞台剧，为弹词，——就只还没有改制成‘连环图画小说’。这部小说的读者大部分是小市民层中的成年人。并且对于群众心理的作用上，《啼笑因缘》和《火烧红莲寺》也截然不同。《啼笑因缘》是感伤的气氛多，因而血气方刚的青年人就觉得远不如《火烧红莲寺》那样对劲了。”[④]至于“章回体”，尽管他承认《石头记》《水浒传》

---

① 瞿秋白《学阀万岁》，魏绍昌编《鸳鸯蝴蝶派研究资料》（上），26页，上海文艺出版社1984年7月版。

② 瞿秋白《鬼门关以外的战争》，同上，24页。

③ 茅盾《关于〈吕梁英雄传〉》，见所著《茅盾文艺杂论集》（下），1175页，上海文艺出版社1981年6月版。

④ 茅盾《封建的小市民文艺》，见所著《茅盾文艺杂论集》（上），362页，上海文艺出版社1981年6月版。

都是“杰作”，但那是因为“作者靠着一副天才”，而天才本就难得，“现代的小说勉强沿用这章回体的，因为作者本非天才，更不像样了”。他对现代作家作章回体小说是不屑的，甚至是鄙夷的，他说：“这种东西，根本上不成其为小说，何论价值？”①

钱杏邨的《上海事变与鸳鸯蝴蝶派文艺》作于民国二十一年（1932年）五月，其中更指张恨水为“没落的封建阶级”的代表。他说：“在上海事变（指“一·二八”抗日战争）期间，封建余孽的鸳鸯蝴蝶派作家，在诗歌方面，固然呈现着强度的活跃，在小说的写作方面，也是非常的努力。一般为封建余孽以及部分的小市民层所欢迎的作家，从成为了他们的骄子的《啼笑因缘》的作者张恨水起，一直到他们的老大家的程瞻庐，以至徐卓呆止，差不多全部动员的在各大小报纸上大做其‘国难小说’。”②

这三篇言论是很有代表性的，可见当时新文学阵营对张恨水的态度，是把他归入了“封建文人”阵营的。直到四十年代初，佐思（王元化）在《礼拜六派新旧小说家的比较》一文中，仍然不分青红皂白地将张恨水视为“礼拜六派的旧小说家”，尽管他在这里是想以礼拜六派新文学家的衰败，来说明某些旧小说家的新生。张恨水就是他所谓获得“新生”的旧小说家之一。他称赞张恨水的艺术才能，“是一般礼拜六派的新小说家可望不可及的”；他欣赏张恨水的人生观：“不伤感，不悲观，不失望，他只冷静的跟随着大时代走。

---

① 茅盾《自然主义与中国现代小说》，《茅盾文艺杂论集》（上），83页、85页，上海文艺出版社1981年6月版。

② 钱杏邨《上海事变与鸳鸯蝴蝶派文艺》，魏绍昌编《鸳鸯蝴蝶派研究资料》（上），76页，上海文艺出版社1984年7月版。

自然，这还不是最正确的态度，但在礼拜六派的作者中，却要算出人头地的意见了。”[①]这种情况一直延续到五十年代，因为通俗文艺出版社重印了他的旧作《啼笑因缘》，有些人还说它是“黄色书籍”，以至于需要有人出面做出解释。但即使是解释者，也仅仅说它“不是黄色书籍”而已，评价是非常低的。一位叫李兴华的人在《文艺学习》上撰文指出：“《啼笑因缘》暴露了一些旧社会的黑暗，具有淡薄的反封建色彩，但是由于作者阶级立场观点的限制，他不能够深入地触及半封建半殖民地社会的基础，更不要说有力地去动摇它。这部小说在许多基本观点上，反映着从没落的士大夫阶级蜕变出来的、发育不全的自由资产阶级的思想情绪，反映着他们的为反动势力重重束缚不得自由发展而又无力冲破反动统治的痛苦与不安，反映着他们喜欢用种种幻想（包括向反动势力妥协）安慰自己和麻醉人民的落后心理。”[②]

第二个时期大约从三十年代末开始，贯穿整个四十年代。由于“九一八”事变之后，张恨水的写作发生了非常明显的变化，特别是民国二十三年（1934年）的西北之行，进一步激发了他的社会进步意识，而抗日战争爆发以后，他入川主持《新民报》副刊，思想和创作更显示出一种新的气象和倾向。这期间，国共合作，举国同忾，促成了作家、艺术家在抗战这面大旗下的空前广泛的团结，张恨水遂被接纳为“进步作家”，中共领导人和左翼文化人都有对于

---

① 佐思《“礼拜六派”新旧小说家的比较》，魏绍昌编《鸳鸯蝴蝶派研究资料》，128页，上海文艺出版社1984年7月版。

② 李兴华《评张恨水的〈啼笑因缘〉》，洪子诚编《二十世纪中国小说理论资料》（第五卷），149页，北京大学出版社1997年2月版。

他的肯定性评价。民国三十三年（1944 年），毛泽东在延安接见中外记者代表团时，就曾对《新民报》的赵超构称赞张恨水，说他的《水浒新传》写得好，梁山泊英雄抗金，我们八路军抗日。民国三十四年（1945 年）八月，日本宣布无条件投降。不久，毛泽东率中共代表团飞抵重庆，与国民党进行和平谈判。在渝期间，毛泽东百忙之中除了会见《新民报》部分工作人员外，还单独会见了张恨水，并以小米、红枣和延安自制的呢料相赠。

中共另一位领袖人物周恩来也对张恨水的小说表示赞赏，他说："同反动派作斗争，可以从正面斗，也可以从侧面斗。我觉得用小说体裁揭露黑暗势力，就是一个好办法，也不会弄到开天窗，恨水先生写的《八十一梦》，不是就起了一定的作用了吗？"①

对张恨水的重新认识和评价，在民国三十三年（1944年）《新民报》为他举办"张恨水五十寿辰，兼为从事新闻事业与创作小说三十年纪念"时达到高潮。许多朋友撰文祝贺，老舍先生写了《一点点认识》，称赞他是"国内唯一的妇孺皆知的老作家"，从人格上肯定他"是个真正的文人"，是个"最重气节，最富正义感，最爱惜羽毛的人"。②与此同时，《新华日报》还刊发了短评《张恨水先生创作三十周年》，以示祝贺。该社社长潘梓年亲自撰写了《精进不已》的短文，给予张恨水很高的评价，他认为："恨水先生所以能够坚持不懈，精进不已，自然是由于他有他的识力，他有他的修养，但更重要的，恐怕还是由

① 蒋丽萍、林伟平《民间的回声：陈铭德邓季惺伉俪传》，161 页，上海文艺出版社 1998 年 6 月版。

② 老舍《一点点认识》，张占国、魏守中编《张恨水研究资料》，88 页，知识产权出版社 2009 年 9 月版。

于他有一个明确的立场——坚主抗战，坚主团结，坚主民主。”①

这种肯定更多还是政治的，而且是一种党派政治的评价。可见，中共和左翼文化界对张恨水的承认和接纳，既是有限的，也是有条件的，很大程度上是出于“统战”的需要。所以，在后一阶段，也就是抗战胜利之后，张恨水主政北平《新民报》时期，共同的敌人既不存在，国共内战使得整个社会被严重撕裂，他的不群、不党的民间立场，对国共双方均不买账的言论作风，就“右”了。尤其是在中共取得政权之后，这个“国内唯一的妇孺皆知的老作家”实际上是被“冷冻”起来了。他的作品不仅很少被再版，他也很少被人提起，更少有人关注、研究这个作家和他的作品，他也就在人们的视线中消失得无影无踪了。

第三个时期，指的是二十世纪八十年代中晚期至现在。这个时期，随着思想的进一步解放，社会越来越开放和宽容，市民阶层、市民社会的意义被重新认识，城市市民的文化娱乐要求也渐渐地合法化了，得到了官方和文化生产者的理解和支持，休闲、游戏、娱乐不再是罪过，大众文化、通俗文化、娱乐文化、商业文化，在服务大众的招牌下获得了突飞猛进的发展，人们的文化观念也呈现出多元共存的生动活泼的局面。这些都给张恨水的重新出场，以及张恨水研究向深度和广度开掘，创造了良好的社会环境，使得人们有可能从新的角度和新的出发点重新认识和研究张恨水。

这时，现代文学研究者承认了以往对张恨水的忽视，承认张恨水及其作品具有一定的研究价值。一九八八年十月，北京大学教授

---

① 潘梓年《精进不已》，老舍《一点点认识》，张占国、魏守中编《张恨水研究资料》，86页，知识产权出版社2009年9月版。

王瑶先生在给首次召开的张恨水学术讨论会的贺信中说："张恨水先生是现代文学史上影响很大的作家，他创作了近百部的中长篇小说，拥有广泛的读者群，艺术上也有一定成就。长期以来我们的文学史研究对通俗文学是忽视的……张恨水小说的研讨可以成为一个很好的突破点。"①

一九九〇年六月下旬，钱谷融先生在与张恨水研究会赴沪人员谈话时也特别指出："张恨水是一位通俗文学的艺术大师……通俗文学有着自己独特的艺术特色，这些特色应该值得纯文学（或者叫严肃文学）的作家们去学习。"②

在这次谈话中，复旦大学教授贾植芳先生也发表了他的看法："张恨水为中国文化增添了一份新的财富，他是一位具有世界性影响的大作家……成熟的张恨水不仅是通俗文学的大作家，也是现代文学的一个大作家，无论在作品数量上还是在质量上，都是上乘的，具有自己独特风格，我们绝不能忽视，不能轻视。"③

这些关于张恨水的意见对于推动张恨水的研究是大有帮助的。人们对于张恨水的认识发生了显著的变化，张恨水的复杂性和独特性也越来越被人们所认识，所理解。中国社会科学院文学研究所和少数民族文学研究所主编的《中华文学通史》（十卷本）于一九九七年九月出版，第六卷第六章《张恨水与其他通俗小说作家》，其中第三节用了二十三页专写张恨水，作者是文学研究所研究员刘扬体先生。作者在一般性的研究之外，还从作家审美思维的矛盾性

---

① 吴贻伙《张恨水与通俗文学》，《张恨水研究会会刊》1991 年总第 2 期，10 页。

② 《上海学者谈张恨水研究》，同上，8 页。

③ 同上。

出发，深入开掘了张恨水小说的审美价值和认识价值，这是对以往张恨水研究的一种超越，是有其独到之处的。

二〇〇〇年四月，范伯群先生主编的《中国近现代通俗文学史》（上下）问世。这是一部为中国现代大众通俗文学正名，挽救通俗文学于“逆流”之中，为中国现代文学史找回另一只翅膀，使其与精英文学比翼双飞的力作。张恨水在中国现代文学史上的地位与价值，也因此得到了客观公正的评价。以上只是言其大者，至于围绕张恨水的各种研究，一时则呈现出十分热闹的繁荣景象，专著和论文都已颇具规模。综合各方面的研究成果，大致有以下几个特点：其一，偏重于张恨水的文学成就，其中，就某一作品的个案研究数量最为庞大；其二，撇清张恨水与鸳鸯蝴蝶派、礼拜六派的关系，力证张恨水既非鸳鸯蝴蝶派，也非礼拜六派；其三，发掘张恨水“新”的因素，拉近他与新文化的关系，用西方的、新的文学观念解释张恨水的作品，并有过度阐释之嫌。

透过这种繁荣景象，我们不难发现，目前的张恨水研究，基本上是被“革命史观”所支配、所规范的，无论是肯定他，还是否定他，其出发点和思维逻辑，以及评价标准，总是离不开“革命”和“进步”两大主题，所有的见解几乎都在这个固有的思维范式中翻跟头。也许，我们可以换一种方式来认识张恨水，进而思考和表达我们对于张恨水的认识，或有助于完整地描述和解释张恨水的人生、人格和创作，看清他与中国现当代历史的关系，在历史叙事中给他确定一个合适的位置。为此，笔者以为，有几个问题是先要解决的：

首先，中国传统文化，包括其中的价值观、道德观、审美观以及生活态度，究竟该如何认识？真的是毫无意义而必须抛弃的吗？这个问题不解决，我们就很难从最基本的层面恢复张恨水文人兼报人的精神背景，而只能从简单的政治概念出发，或以某个社会群体、某个党派的意志，去想象和描述这个独特的个体。在张恨水的思想中，儒家、佛家、道家的东西纠缠在一起，互相作用，互相影响，最终成为他的精神禀赋和性格基础。所以，要公正地对待张恨水，首先要公正地对待传统文化，承认传统文化可以养成一个健全的人格。当然，张恨水毕竟生活在一个日益趋新的社会环境中，他是个报人，每天接触新鲜事物，尽管他在接受新事物的时候有一些谨慎和迟疑，但他并不排斥和反对新事物。特别是在经历了“五四”新文化运动之后，他对新文化也是心向往之的。他的身上兼有新旧两种文化，并同时作用于他的为人和写作。不过，比起他与传统文化的关系，他与新文化的关系则显得单薄和表面得多。

其次，通俗文学、城市市民文学的存在有没有必要性与合理性？它们有没有独立的文学价值和适用于自身的审美批评标准？消闲、娱乐的合法性和人性基础应不应该得到承认？文学写作固然要考虑少数精英的趣味，但占城市人口绝大多数的“小市民”的趣味，是不是也要考虑呢？这些问题不解决，张恨水研究是很难从根本上得到改观的，而只能被革命文论或审美文论所规范，所限制。比如他与鸳鸯蝴蝶派或礼拜六派的关系问题，重要的不在于他是否属于这个群体，而是如何公正地评价这个群体。又比如迎合读者趣味的问题，如果对读者趣味的看法不能更加公允，那么，迎合读者趣味是否成为问题，也就成为空论，给不出明确的答案。还有章回小说的问题，这是那个时代特有的现象，一味地批评章回小说，认为它是陈腐过时的，带有很大的盲目性，似乎传统的中国文化是不足道的，而落后的文化只能靠引进新的文化来挽救。小说小道的问题既得不到解决，还有新旧文化的冲突问题。这些问题不解决，张恨水的评价也就无从谈起。其实，中国的市民文学自有其传统，唐宋以降，其发展蔚为大观，尤其是近代以来，在新媒体的推动下，通俗的城市市民文学更迎来了发展的新浪潮。但真正记述其发展的历史，研究它的审美特征和文学价值，千余年来却少有人做。张恨水或者就是这传统的一部分，如果将张恨水及其写作放在这样一个背景下来研究，相信会有新的收获。

再次，一个人的政治态度与文学写作究竟应该是一种怎样的关系？是不是政治态度越激进，文学写作的成就就越高？张恨水在抗战期间表现出来的所谓进步倾向，是传统文人的良知和气节，还是一种政治觉悟？如何评价这个时期他的写作？是在新形势下的改弦更张，还是对变化了的读者趣味的一种适应？这样写，对他来说，是比前期写得更好了呢，还是不如那个时期？这些问题不解决，我们也很难使张恨水研究回到文学写作以及人本身。而且，在这个问题背后，还有一个更加重要，也更加古老的问题，即文学是用来干什么的？有人说是政治工具，有人说是道德训诫，有人说是精神寄托，有人说是历史书写，于是，为人生的文学出来了，为艺术的文学出来了，为干预生活、改造社会的文学出来了，为改造国民性的文学也出来了，还有为组织人民、教育人民、夺取政权、巩固政权的文学，都出来占了文学写作的一席之地，唯有说文学是一种趣味，可以消闲，可以娱乐的，没有合法的地位。这是多年来文学写作与文学研究的一种异化。

最后一点，如果我们仅仅把张恨水作为小说家、文学家来对待，那就错了，小说写作只是张恨水写作生涯中的一部分——当然是非常重要的一部分——但绝不是他生命的全部。事实上，他还是一位出色的报人，甚至可以说，他首先是个报人，他的小说，更多的其实是为报纸连载而作。他进入报界，最初是做新闻记者，后来编副刊，做主笔，做主编，一直发展到投资创办报纸，经营报纸。报纸上的常用文体，从通讯报道到诗词歌赋，从杂文艺评到时事评论，他几乎都有所涉猎。如果说他的小说只是间接地表达他的政治态度、人生理想、审美趣味和社会关怀的话，那么，他的杂文、时评则直抒胸臆，对现实中的丑陋、邪恶、腐败和黑暗加以无情揭露和批判；作为小说家，他是生活的观察者、讲述者，作为报人，他直接介入生活，介入历史。当我们透过历史的烟云去了解和认识张恨水的时候，才能看到他的丰富性和复杂性。

作为小说家和报人的张恨水，骨子里其实是个文人。只不过，他的文人身份在二十世纪中国这个特殊的历史空间里显得有点暧昧和尴尬。他不是传统意义上追求“内圣外王”、经世致用的文人士大夫，严格来说，他也不是现代意义上的自由知识分子，他只是受中国文化传统滋养的一个文人，他的行为方式和感知世界的方式，基本上还在传统文化的范畴之内，他的文人情怀和气质禀赋，则主要表现为他的善良、仁慈、雅致、平和、忠厚、耐劳，从容不迫，文质彬彬，温良恭俭让，以及对底层民众的同情，对权势和丑恶的社会现实的不满。他是很讲究生活趣味的，有时还表现得有一点清高，在二十世纪中国以启蒙、革命和追求国家现代化为目标的历史进程中，他不像新文化人或左翼文人那样，热烈拥抱新时代的到来，而是心平气和、心静如水地走在既定的轨道上。他不热衷于政治，更是终其一生都没有参加过任何党派，也不以党派之见作为评判事物的准则。但他关心国家、民族的前途命运，对民众生存现状的改善有一种期待，甚至表现出深深的忧患意识。他也很少想到为了改变现状自己身负怎样的历史使命，更不会参与现实中的革命运动。他可以为人间的不平奋笔疾书，为人生的艰辛和苦难抛洒同情之泪，写下一行行感情饱满的文字，但他不会与激进主义者同行，总是与他们保持一定的距离，落落寡合地固守着旧有的文化传统与道德伦常。他选择做一个报人和小说家，最初只是因生活所迫，其理由简单而又朴素。尽管如此，他的作品仍然表现出与卖文为生的旧式文人完全不同的价值取向和人生态度。他对现实生活中种种丑陋现象的揭露、讽刺、鞭挞和批判，也折射出一个传统文人出于道义良知的精神风骨。这样的一个张恨水是我所感兴趣的，完成对这样一个张恨水的叙述，是我对自己的一点期待，也是我努力追求的目标。我希望未来的《张恨水传》能为大家提供一个拥有完整精神世界的张恨水，一个创造了精彩人生的张恨水。

零壹

家世

张恨水，初名芳松，亦名心远，恨水是跟随他一生的笔名。一八九五年五月十八日（农历乙未四月廿四）午时，他出生于江西景德镇。他的祖父张开甲此时官居景德镇保安军统领，驻防于此。他们全家则跟随祖父住在统领衙门里。这一年是光绪二十一年，国家有难，头年的中日甲午战争，结果是老大中国被弹丸日本打败，刚刚签订的《马关条约》，要求中国将辽东半岛（后因英、法、俄三国干涉未能得逞）、台湾岛及其附属各岛屿、澎湖列岛割让给日本，并赔偿白银二亿两。

不过，生于忧患的张恨水还是给统领府带来了节庆般的欢声笑语。他虽非张家长孙，但做祖父的，对身边的这个孙子还是多了一份偏爱。他认定这个孙子是“大富大贵”的命，遂为他取名“芳松”，入学后，又改名“心远”，就是希望他志存高远，长大后能有所作为，光宗耀祖。张恨水没有辜负祖父对他的期望，他这一生，虽然没有“大富大贵”，没有混个一官半职，但他这个以武艺传家的将门之后，却为这个并不显赫的家族增添了文化一脉。他不仅是个家喻户晓、妇孺皆知的小说家和报人，还是个有良知，有操守，有气节，有情怀，有正义感和同情心的“真正的文人”。[①]有人曾将张恨水与鲁迅相提并论，认为是二十世纪中国文化的“双峰并峙”——后者是精英文化的高峰，前者是市民文化的高峰。

张恨水虽然生在江西，但他的祖籍，却是安徽省潜山县岭头乡的黄岭村。潜山地处皖西南，春秋时为皖国，后为楚所灭，成为楚国的一部分。汉末，这里属庐江郡，诗中绝唱《孔雀东南飞》中的焦仲卿，就是郡府中的一名小吏。这里还是三国时的“二乔故里”，曾经上演过“遥想公瑾当年，小乔初嫁了，雄姿英发”的佳话。《天仙配》里的七仙女也是在这里遇到了她的如意郎君董永，给人间留下了一段美好的爱情神话。宋元时期，这里是安庆府的辖区，元末至治三年（1323年），始置潜山县。由于潜山自西北而东南途经此地，所以，该县乃以山名之。

潜山是历史名山，它属于大别山向东延伸的部分，因在皖国旧地，故名皖山。其主峰天柱山，也便称作皖公山。此山天然形胜，峰峦横空，峭拔如柱，旧时史志称赞它，“实为淮南江北诸山之冠”。[②]西汉元封五年（前106年）冬，武帝刘彻南巡，自九江东下，“登礼潜之天柱山，号曰南岳”。[③]当时，潜、皖二水深阔，大船可由长江直接驶入天柱山南麓的野人寨，汉武帝便在后山高岗上设坛祭岳，故当地又称天柱山为“万岁山”，简称“万山”。这是天柱山迄今

---

① 老舍《一点点认识》，张占国、魏守中编《张恨水研究资料》，88页，知识产权出版社2009年9月版。

② 天柱山志编纂委员会编《天柱山志》，4页，社会科学文献出版社1992年12月版。

③ 司马迁《史记》卷十二《孝武本纪》，480页，中华书局1982年11月第2版。

为止所得到的来自统治者的最高荣誉。张氏一族的先祖世居江西九江，元朝末年在潜山做官，后因家乡发生兵变，便在此地定居下来，成为本支张氏迁潜的祖先。他的后代不乏学优而仕之人，亦文亦武，光耀门庭。①

张恨水的祖父，名兆甲，字开甲，号教（校）书，又号藜卿，是张家这一房钱氏夫人的第三个儿子。由于长兄早殇，故族谱称其为次子。他生于清道光十八年（1838年），卒于清光绪二十七年（1901年），享年六十三岁。张开甲的父亲“幼读诗书，娴熟弓箭，有穿杨之术，时遇变乱，未入宦途。有隐者之风，尊诗书，重礼义，抑匪患，教子侄，功不可没”。②张开甲习武读书，或从其父。民国二十四年（1935年）重修的潜阳《张氏宗谱》，以浓重的笔墨写到张开甲，称他：

---

① 关于张氏一族迁居潜山的情况，张恨水之子张伍在所著《我的父亲张恨水》一书中，是这样写的：“元末，江西发生战乱灾荒，天灾人祸，使得田园荒芜，饿殍遍野，携妻挑子的逃难灾民，被迫背井离乡。在这些络绎于途、呼爹叫娘的无数灾民中，有四个亲兄弟，他们忍饥挨饿，风餐露宿，拖着疲惫不堪的脚步，相互扶持，翻山越岭，涉水渡涧，经过千辛万苦，终于来到天柱山麓的岭头镇黄土岭。当时，这里还是无人居住的荒野山地。这四个亲兄弟见这里依山傍水，气候温和，便辟荒垦地，以图暂时栖身。谁知这一路艰辛，四兄弟当中的一员，实在不堪世间的磨难，终于走到了人生之路的尽头。其余三兄弟亲手埋葬了他。为了陪伴这位葬身异乡的同胞，三兄弟便决定在黄土岭定居。这三个从江西来的灾民，就是我们安徽潜山张氏的祖先。”他还记述了张氏祖先在潜山扎根生存的依靠：“靠的是两个绝技，一是武术超群，二是会扯挂面。”（春风文艺出版社 2002 年 1 月版，1 页）谢家顺著《张恨水年谱》，根据《张氏宗谱》的记载，提供了另一种记述，本书采用《年谱》的记述。

② 谢家顺《张恨水年谱》，12 页，安徽文艺出版社 2014 年 7 月版。

> 军功力保花翎，协镇衔两江尽先补用参府，调署江西莲花营委带井镇保安营兼代越边大臣。公魁梧奇伟，磊落光明。十五成文章，二十握军符，随曾文正公南北征战，戎马一生。二郎河与苏州、南京之战，公皆与焉，屡建奇功。历任江苏飞划营统领、保安军统领、开信军统领，钦命头品顶戴，赏穿黄马褂，硕勇巴头鲁，奉旨免骑射。光绪中叶实授广信府饶州参将，光绪二十七年任袁州（今江西宜春）协镇都督府。卒于光绪二十七年辛丑正月十四酉时，赠威武将军。[①]

张开甲的同辈兄弟张忍书（谱名兆师）写过一篇《贤兄校书传》，后来收入民国二十四年（1935年）重修的潜阳《张氏宗谱》，其中写道：

> 藜卿公讳开甲，字校书，先伯石渠公之贤子，吾之仲兄，族之伟人，江右之有功臣也。石渠公以武庠发轫，为皖潜院绅，孑然以正直称最，诞孕吾兄，束发受书，抗怀远志，卓有父风。厥后粤匪猖獗，奋然以剿贼为任，遂投本县兆营，桑梓之邦，沾恩者不知凡几。故县令叶公以青眼目之，即荐于曾公，保握重兵，当良将，敌忾勤王，恢复天下，兄之力诸多。由是锡以厚位，始署莲花营都阃，继任景德镇保安军，行年六十，复以超迁特授广信参府，武功巍然，以王事者竟以王事终，迄于今公既逝矣，公之政绩脍炙江右人民之口，究不与公以俱逝。[②]

---

① 转引自谢家顺《张恨水年谱》，17页，安徽文艺出版社2014年7月版。

② 同上，18页。

从《张氏宗谱》的记载中我们不难推想，张开甲曾给张氏一族带来过巨大的荣耀，所以说他“上慰先人教诲之德，下启后辈发奋之志，敕封祖、父两辈，君之功也。三房名头再次响起，全仗其德能”。[1]至于他所以建功立业的凭借，应该就是剿灭太平军的战场。这是一场旷日持久的生死搏斗，“公出入战场十余年，死而不死者无数”，[2]战场上出生入死，换来的是皇帝的一次次嘉奖。关于张开甲从军的时间，我们尚不清楚。太平军自广西出发，一路攻城略地，由湖南进入湖北，在攻占武昌之后，乘势东下，不久便占据了张恨水的老家安庆一带，并在周边各县建立了政权。此时为清咸丰三年（1853年），张开甲十五岁。查《李鸿章年（日）谱》得知，在此前一年，咸丰帝便“从御史请，命各省士绅团练自卫”。[3]曾国藩就是此时受命，组织团练、协助军务的。转过年来，咸丰帝又命令“工部左侍郎皖人吕贤基回省团练助军”。[4]吕贤基认为，李鸿章也是安徽人，熟悉情况，便奏请皇帝，让他与自己一同赴皖。当时，因太平军及地方土匪的骚扰，包括潜山在内的安徽各县已有团练自保，李鸿章回到合肥之后，便“应巡抚周天爵之邀，联络当地团练”，很快，又“奉命率合肥团练八百人会合练勇千五百人，协守东关，并召集练勇抵御”。[5]

---

① 转引自谢家顺《张恨水年谱》，13页，安徽文艺出版社2014年7月版。

② 张恨水《剑胆琴心》自序，张占国、魏守中编《张恨水研究资料》，192页，知识产权出版社2009年9月版。

③ 窦宗仪编《李鸿章年（日）谱》，13页，国家图书馆出版社2011年8月版。

④ 同上，14页。

⑤ 同上，15页。

张开甲因武功高超而闻名乡里。张恨水曾借小说《剑胆琴心》自序忆及他的祖父："'开甲公'生而魁梧有力，十四龄能挥百斤巨石，如弄弹丸。"故当"太平天国兴，盗大起，公纠合里中健儿，惟获一乡于无事"。[①]他既有保护桑梓之志，更"奋然以剿贼为任，遂投本县兆营"。这个"兆营"，应该就是当地团练组织之一种。我们现在还不能确定，潜山的兆营是否曾被李鸿章收编，或张开甲是否曾被李鸿章召为练勇？按照《贤兄校书传》的说法，县令叶公是把张开甲推荐给曾国藩了。不过，这倒也无关紧要，在这场战争中，曾、李迟早是要走到一起的。而作为围剿太平军的总指挥，曾的名头自然要比李大，人们喜欢把"账"记在曾的头上，一点也不奇怪。更何况，李鸿章很快就在曾国藩的安排下招练马队和淮勇，开始筹划成立淮军了。生逢此时，自幼习武，练就一身硬功夫的张开甲，总算找到了大显身手的机会。不过，战争结束后，他并未得到很高的职位，在很长时间里，一直担任"统领"这类下级军职。这恐怕就与他的非湘军身份有关。张恨水后来写道："他打了十九年仗，出生入死多次。因为不是湘军，天下太平，闲得几乎饿饭。"[②]直到六十岁的时候，才得以迁任江西广信府（江西省上饶一带）参将。这是个武职正三品衔，分属于总督、巡抚、提督、总兵管辖，或专守一城，或与上级武官同守一城。张恨水曾在一篇怀旧文中忆及祖父的广信府衙："衙中为三国周瑜行营，大更数里，大门内东西两

① 张恨水《剑胆琴心》自序，张占国、魏守中编《张恨水研究资料》，192 页，知识产权出版社 2009 年 9 月版。

② 张恨水《我曾祖用的闲人》，1939 年 3 月 9 日重庆《新民报》副刊《最后关头》，张恨水全集《最后关头》（上），305 页，北岳文艺出版社 1993 年 3 月版。

校场，一习箭，一习杂艺也。”[1]这里也是张恨水童年时代的游艺场之一。

张恨水的父亲张联钰（1872—1912 年），字庚（耕）圃，是张开甲的第三子，乡里人称其为“老三房”。张联钰自幼随父亲张开甲在军营中历练，耳濡目染，也练就了一身娴熟的武功，大小战斗也经历了不少。但他没有任何功名，空有一身武艺，却无人赏识。后来，他捐了一个江西补用典史，这不是个很大的官职，只是知县下面掌管缉捕、监狱的属官。他最初得到的差使，就是当个警察。但在张恨水的眼里，“先父丰颐巨颡，生而一伟丈夫。读书时即习武于营伍间，为不负家学者，而生性任侠，苟在救人，虽性命有所不惜”。[2]张开甲在军中出生入死数十年，立下军功无数，却只做到一个参将，他深知，像他这种没有任何背景的人，想继续升迁几乎是无望的。他更不希望儿子步他后尘，在这里白白地耗费光阴。为了改变儿子的命运，走科举求仕的路，他聘请了塾师，让儿子弃武习文。可是，儿子自幼生活在军中，打打杀杀的事情看得多了，书却读得很少，文化底子很薄。而且，当时他的年纪也不小了，要想以科举求功名，并不是一件轻而易举的事。好在张联钰还是很聪明的，后来他竟练成了双手打算盘这手绝活，帮办于军中。

光绪二十七年（1901 年），张开甲因病去世，不久，张联钰就离开了军队。他得到的第一个差事便是主办浮梁工艺厂。浮梁位于

---

① 张恨水《旧年怀旧》（四），《上海画报》第 456 期，民国十八年（1929 年）四月十二日，转引自谢家顺著《张恨水年谱》，20 页，安徽文艺出版社 2014 年 7 月版。

② 张恨水《剑胆琴心》自序，张占国、魏守中编《张恨水研究资料》，192 页，知识产权出版社 2009 年 9 月版。

江西东北部，赣、皖交界处，是隶属景德镇市的一个县。但在历史上，举世闻名的瓷都景德镇，很长时间内都在浮梁县的管辖之下，被誉为“世界瓷都之源”。这里的茶也曾名满天下，唐代诗人白居易的《琵琶行》中便有“商人重利轻别离，前月浮梁买茶去”的诗句。张联钰主办的浮梁工艺厂（又称江西工艺院），应该就是一家生产瓷器的工厂。张恨水多年后撰文讲到他的父亲：“先君耕圃公，以将门之子而为文吏，其作风遂不脱曾左系统。民国前十年，主办浮梁工艺厂。”[①] 这里，曾是曾国藩，左是左宗棠，意思是说，其父虽然离开了军队，但选择办实业，还是受到曾左的影响。光绪二十八年（1902年），张联钰带领全家到景德镇就职。这时，他的长子张恨水已经七岁，二子张啸空也已三岁。

此后的十年，张联钰一直带着全家在南昌、新城（今黎川）、新淦（今新干）这个三角地带“游宦”，其实就是讨生活，他的主要职业是在厘卡子上当师爷。最初是在南昌，不久便奉调江西新城县（今黎川县）。谢家顺先生曾到实地考察，他说：“黎川老街依河而建，码头众多，水运繁忙。而张王殿码头是江西与福建两省交通的枢纽和货物集散之地，当时的官府衙门便在南津码头的渡口设置厘金卡（又称厘金局），征收木竹盐税。张恨水父亲身为盐官，全家便居住在码头的公署之内。”[②] 厘金是清政府在晚期征收的一种地方商业税。因初定税率为一厘，故名厘金。清咸丰三年（1853年），太平军攻占南京，清太常寺卿雷以诚（字鹤皋）驻军扬州，鉴于“国

① 张恨水《家珍一联》，1941年12月6日重庆《新民报》副刊《上下古今谈》，张恨水全集《上下古今谈》（上），6页，北岳文艺出版社1993年8月版。

② 谢家顺《张恨水年谱》，27页，安徽文艺出版社2014年7月版。

帑空乏，军用不给”，他采纳幕客钱江的建议，在江苏向商家筹集经费。曾国藩的湘军、李鸿章的淮军，朝廷是不给军费的，一切都须自筹，所以，只能以厘金为最主要的财政来源。各省开办厘金之初，多由军营的粮台、军需局、筹饷局等机构经理此事，后来才普遍设立专局总理厘务。总局之下设局卡，通商要道设正局或正卡，经理抽厘；其下所属征收机关为分局分卡。张耕圃应该是在总局或分局当差。一般说来，厘局差事最优，是个肥差。清末官场流行一种说法，所谓“署理一年州县缺，不及一年厘局差”，可见其“肥”的程度。就是这个建议实行厘金的雷以诚，他也“抽厘肥己，掘藏营私，纵容子弟、丁胥肆意扰害；而在营委员，又狐假虎威，共为荼毒”。[①]

但张联钰为人耿直，办事认真，在厘卡十年，几乎没有任何积蓄，死后也只留下薄田数亩，并无余财，乃至不能继续维持张恨水的学业，也从一个侧面证明了他的清廉。他又能主持正义，不知做了多少行侠仗义之事。家谱上便说他“古道热肠，济困扶危，族间械斗，公闻之，凭家传武学，解待弦之箭，扶即倒悬壶，魅力令人叹服”。[②]这件事后来被张恨水之子张伍写入《我的父亲张恨水》一书，在他的笔下，此事更多了传奇色彩：

> 当时在江南一些地区，流行着宗族械斗的陋习。有一次，父亲就读的村子与邻村发生了婚姻纠纷，进而要准备械斗，所谓“械斗”，类似十九世纪欧洲的“决斗”，但与“决斗”不同的是，并非个人与个人之间的持枪相斗，而是宗族与宗族、村落与村落之间的持械群殴。

---

① ［清］张集馨《道咸宦海见闻录》，172 页，中华书局 1981 年 11 月版。

② 谢家顺《张恨水年谱》，13 页，安徽文艺出版社 2014 年 7 月版。

因为要械斗，这两村凡是十六岁以上的男丁，全部动员，磨刀擦枪，连老人妇女也都要为“战争”服务。待到两村对峙，只见上千人手执长矛、大刀、棍棒，老年人也拿了竹扫帚在后督战，一时间，战云密布，美丽灵秀的水乡，变成硝烟弥漫的战场！就在双方鸣锣，各自呐喊，冲上前之时，看来一场可怕的血腥厮杀是不可避免了，恰在这危难时刻，一队税警从河滩上冲入“两军”之间，只见为首之人，头上扎了青布包头，身上紧紧地束着白板带，斜背绿皮套子的横柄大砍刀，手上握了一根一丈多长的红缨竹矛，足登快靴，腿扎裹腿，威武无比，此非别个，正是我的祖父耕圃公！他先是晓以大义，说明械斗这一陋习给两村百姓带来的惨重伤亡，祸害无穷；继之又施出家传绝技，挥动丈二红缨长矛，飞身跳跃，连挑十余个稻草人，矛矛挑中草人前心；接着又拔出手枪，显示了一番百发百中的枪法；最后，跟来的税警也都举起来复枪，朝天鸣放三响，以为警告。两村之人一来慑于祖父的超群武艺，二来被祖父的言词感动折服，双方同意“罢兵”言和，一场伤亡惨重的流血恶斗，就此烟消云散。[①]

我们无从考证这个故事的真实性，但据张伍所说，在他祖父任职的新淦县三湖镇，此义举曾被“传为美谈”。这至少说明，当地民众对张联钰是心怀感念的，在他身上，确有习武之人应有的豪迈和担当。民国元年（1912年），张联钰因朋友去世参加吊唁活动，不幸染上了时疫，很快就被一种叫作“走黄疔”的急症夺去了性命。临终前，他把长子张恨水叫到跟前，将家庭这副担子放在他的肩上。这一年张恨水十七岁，下面有三个弟弟、两个妹妹。父亲的嘱托和

---

① 张伍《我的父亲张恨水》，7～8页，春风文艺出版社2002年1月版。

自己的承诺，成为张恨水这一生始终卸不掉的重负，甚至在冥冥之中为他规划了人生路径。

张恨水的母亲，娘家姓戴，本名信华（小名唤芝），湖北孝感人，家里是铜匠，很早便迁徙南昌。她文化不高，略识些字，到张家后，相夫教子、孝敬公婆，把家事料理得井井有条。丈夫去世时，她只有三十六岁，大儿子张恨水十七岁，二儿子心恒（啸空）十三岁，三子仆野、四子牧野六岁，长女张其范八岁，次女张其伟只有两岁。张恨水正在南昌甲种农业学校读书，父亲的去世，断绝了张家唯一的收入来源，全家的生活马上陷入困顿之中。很多年后，张恨水还记得当时的情景："母亲就带了我们子女回安徽潜山乡间老家，我的学校生活也中止了。"[①] 由于张联钰生前没有给家里留下多少积蓄，乡下的几亩薄田，收获也很有限，全家人糊口都难，也就无力供儿子继续读书了。这时，做母亲的，除了伤心，也没有别的办法。张其范后来曾撰文忆及此时，她说："大哥失学在家，二哥外出当学徒，我寄养在外婆家，一家人劳燕分飞，实在凄怆。"[②]

直到民国十一年（1922年），做了几年记者的张恨水，收入渐丰，便开始为母亲分担负重了。除了自己的吃用，他把收入尽可能多地汇往家中，帮助母亲养家，供弟妹们上学读书。他常对朋友们说，"母亲三十多岁就守寡，抚养了六个子女真不容易"。[③] 这一年，他把全

① 张恨水《我的创作和生活》，《文史资料选辑》第七十辑，154页，文史资料出版社1980年7月版。

② 张其范《回忆大哥张恨水》，《安徽文史资料选辑》第八辑。

③ 郝君仪《回忆我父亲郝耕仁与名小说家张恨水的友谊》，《张恨水研究会会刊》1991年总第二期，52页。

家从潜山搬到了芜湖，就住在他的患难之交郝耕仁的家里。郝耕仁的女儿郝君仪在回忆文章中记述了当时的情形："一九二二年他托他二弟把家属接到芜湖安家，由我父亲照料。我父亲也把母亲和我接到芜湖住家。父亲为了照顾方便，就把两家合为一家，在芜湖太平街租了一所住宅，雇了一个女佣，在一锅吃饭。恨水先生一家六口（他母亲和两个弟弟、两个妹妹，及一女眷），我家三口（父母和我），是一个大家庭。"① 直到此时，张家的生活才渐趋稳定，张恨水的母亲苦熬十年，总算把几个孩子拉扯大了。民国十四年（1925年），大女儿张其范考取了北京女子师范大学，张恨水怕母亲挂念大妹，就把安徽芜湖的家，搬到北平来了。他在前门外的未英胡同租了一个前后五进的大院子，月租三十元。张其范还记得，"全家共十四口人，除二哥已有工作外，全依赖大哥的稿费生活"，她写道："我家住未英胡同整整五年，大哥和弟弟住前进，大哥住北屋三间——卧室、客室、写作室。写作室的窗子嵌着明亮的玻璃，窗外一棵古槐，一棵紫丁香。……外婆和妈妈、嫂嫂、妹妹住后进，院子里有棵高大的四季青，我们常聚首树下，看书做针线。"②

这是张恨水母亲一生过的最安逸的一段时光。民国二十二年（1933年），中日之间在长城一线开战，为了避开烽火，他把母亲和其他家眷都送回安庆老家，自己去了上海。民国二十六年（1937年）十二月，南京沦陷后，安庆危急，他又将母亲一行送回了潜山。这一别，就是八年。直到民国三十五年（1946年）初，他带着一家

---

① 郝君仪《回忆我父亲郝耕仁与名小说家张恨水的友谊》，《张恨水研究会会刊》1991年总第二期，52页。

② 张其范《回忆大哥张恨水》，《安徽文史资料选辑》第八辑。

人从重庆辗转回到安庆，他们母子才得以再次相见。他的女儿张明明跟随父亲回乡，第一次见到奶奶，她记下了奶奶最初留给她的形象："奶奶清瘦，吸水烟，右手拿一个长长的纸捻，一会儿吹一口气。"[①]这是孙女第一次见到奶奶时看到的情景。张恨水远远看见倚在小楼平台上的母亲，放下手中的行李，大喊了一声："妈——"便跪倒在路边的尘土里。民国三十五年（1946年）四月二十四日，恰逢母亲七十寿诞，他写了一组诗，表达一个游子思念母亲的心情：

四月二十四日，慈帏七十寿辰，游子远客，无以为祝。晨起，此心怦然动，因赋短句八首，纪实也。

如醉如痴入蜀时，堂前拜别泪成丝，
嘱儿一语生平记，莫假哀亲逐自私。

门前送我涩衰眸，日落云黄大地愁，
一路枯林飞老叶，狂行十里怕回头。

游子难忘父母年，五千里路阻山川，
杜鹃花里逢三月，一听鹃啼一黯然。

偶入歌坛忽变痴，四郎探母上场时，
低头忽见襟前泪，离座仓惶少客知。

① 张明明《回忆我的父亲张恨水》，8页，百花文艺出版社1984年11月版。

八载回来喜欲狂，夕阳楼下置归装；
凭栏遥见慈亲立，拜倒风沙大道旁。

飞步登楼一笑盈，座前再拜叙离情；
八年辛苦吾何恨？又听慈亲唤小名。

为报知音一段情，又随铁马赋长征；
终思老母牵衣道，岂为家人负友生？

江南今日柳依依，祝寿堂前稚弱围，
生得犬豚尽游子，是谁代著老莱衣。①

张恨水在故乡陪母亲过完春节，便安置好家人，辞别了母亲，只身一人到北平去了。那里的《新民报》北平版正等着他去创刊呢。临行前，他很怕伤了母亲的心，内心矛盾着难以启齿，倒是母亲看出了他的难处，主动催他启程，还嘱咐他，凡是答应了别人的事，就要认真去做，只要把事情做好了，比日日在身边侍奉还让她高兴。母亲的识大体，为儿子的事业着想，让张恨水大为感动，遂有了上面一组诗中对此事的感叹。

没想到，此番匆匆一别，竟是他和母亲的永诀。直到一九四九年八月，母亲在故乡潜山去世，他们都没有再见过面。母亲去世时，张恨水正在病床上与病魔搏斗，家人遂向他隐瞒了母亲去世的消息。一九五一年，在他身体渐渐恢复，能够提笔写作之后，儿女们才将

① 转引自张伍《我的父亲张恨水》，251 ~ 252 页，春风文艺出版社 2002 年 1 月版。

这个消息告诉他。为此，他写了一首小诗，怀念母亲：

风来大声吼，开门未见人。
沙翻惊扑面，马过鞠微尘。
罢读还枯坐，烹茶慰老身。
隔院乌反哺，久眺叹慈亲。[①]

① 张恨水《午风》，张恨水全集《剪愁集》，146 页，北岳文艺出版社 1993 年 1 月版。此诗作于 1952 年 1 月 3 日晚。

零贰

早教

张恨水的幼年、童年都是在祖父的官衙中度过的。张开甲乃行伍之人，以军功获得其社会地位和荣耀，对习武自然是一万分的重视，俗话说，“拳不离手，曲不离口”，即使到了晚年，当六十岁上下的时候，他仍然练功不辍，每天公务之余，都要抽空练几下拳脚。年幼的张恨水喜欢看祖父习武，有时也伸胳膊踢腿跟在后面比画比画。他长得非常结实，个头儿也比同龄的孩子大，虎头虎脑的，两只大眼睛滴溜溜圆，透着聪明伶俐，看着是个习武的材料。祖父很喜欢这个孙子，常叫他伴随左右，“阅操出巡，骑舆同乘”，[①]并有意要将自己一身的功夫传给他。张恨水多年后仍对当时的情形记忆犹新，他写道：

恨水六岁时，公六十四龄矣。公常闲立廊庑，一脚跷起二三尺高，令恨水跨其上，颠簸作呼马声曰：儿愿作英雄乎？余曰：愿学祖父跨高马，

① 张恨水《我与上饶》，转引自谢家顺著《张恨水年谱》，20页，安徽文艺出版社2014年7月版。

佩长剑。公大乐，就署中山羊，制小鞍辔，砍竹为刀，削芦作箭，辄令两老兵教驱驰射舞之术于巨院中。恨水顾盼自雄，亦俨然一小将领也。[①]

这其实就是一幅其乐融融的含饴弄孙图。也不妨说，“习武”使张恨水的童年充满了快乐，广信府内宽阔的操练场，已然成了他游戏的乐园，在“署中骑老羊，习弓箭，日以为课”[②]的时候，也是他最开心的时候。他在另一个场合也提到童年有几件心爱的东西：“第一，是两头山羊。第二，是我祖父部下给我做的一把木质刀！因为我祖父是当时的一员武将呀。第三，是一把小弓，几支没镞儿的小箭，这是弓箭店里送的。”他清楚地记得：“祖父的衙门很大，里院的回廊，就够跑百多步。遇到新年，我戴上乌纱帽穿上蓝衫，身上背着弓，腰里挂着箭袋，肩上扛着木质刀，手上牵着羊，当了马，绕回廊这么一跑，这神气就大了。”[③]一个孩子的幸福感就在这种尽情玩耍中显露无遗，看得出来，在祖父和父母的庇护下，他的生活是无忧无虑的。

少不更事的孩子，什么事都可能引起他的好奇，都想探个究竟。有一阵，他被祖父官衙辕门两侧高亭内传出的鼓声和喇叭声吸引了，恍惚间，以为自己是在戏台上。仆人告诉他，这是吹鼓手们在上面

---

① 张恨水《剑胆琴心》自序，张占国、魏守忠编《张恨水研究资料》，192页，知识产权出版社2009年9月版。

② 张恨水《我与上饶》，转引自谢家顺著《张恨水年谱》，20页，安徽文艺出版社2014年7月版。

③ 张恨水《我作小孩的时候》，黄道京选编《张恨水散文》，160页，北岳文艺出版社2008年4月版。

演奏发出的声音。按照礼仪制定的规矩，每天一早一晚，衙门口总要鼓乐齐鸣，以显示官府的威仪，也是等级、秩序的一种体现。幼小的张恨水自然还不能了解这里的奥妙，他只是有点奇怪，为什么他们不厌其烦地在这里演奏？他曾经问过祖父，辕门口奏乐声，您听到过吗？祖父回答他："不闻。"他又问，既然听不到，又何必让他们演奏呢？祖父说，我出门时，他们奏乐，我就听到了。张恨水不依不饶，刨根问底："祖不出时，彼又奚必朝夕为之？"你不出去时，他们为什么也要朝夕奏乐呢？这是奏给谁听呢？祖父听了他的问题，忍不住哈哈大笑，说："闻于老百姓也。"是奏给老百姓听的呀！张恨水认真地说："儿出斯闻之，初亦入耳。近则知其滴打呛咚之简谱，逐次如一，频（颇）厌之。儿非日有所闻，且不耐，一日而再三闻之于百姓，百姓不厌乎？"祖父这回不笑了，而且认真地说："儿为此言，长大将不能为官。衙中排场如此，遑问他人厌否？且吾不需吹鼓手，则一家哭矣。"[①] 张恨水当时哪里知道，这种排场是和一家老小的生计相关的，没有这种排场，第一个要哭的，怕就是他了。不过，祖父的这句话，却成了暗示他一生命运的谶语。他的一生，果然和官无缘。

光绪二十七年（1901年），张恨水六岁，祖父张开甲因病去世，父亲张联钰有感于新的时代气息给社会生活带来的变化，打算重新安排儿子的未来。他对儿子说：我先前想让你习武，走你爷爷和我的这条道，现在看来是行不通了。时代变了，没有文化，在军队里升迁也是很难的，我都考虑要改行了，眼下我的收入，除了维持家

---

① 张恨水《吹鼓手》，张恨水全集《最后关头》（上），208页，北岳文艺出版社1993年3月版。

用，还可以供你读书，你应该到海外学科学去。由于父亲的主张，六岁的张恨水开始入蒙馆读书。他在《写作生涯回忆》中写道："那时是前清光绪年间，当然念的是'三、百、千'。我很好，念半年，就念了十三本书。你问这十三本都是什么？我告诉你，全是《三字经》。"①

入蒙馆而读《三字经》——应该还有《百家姓》《千字文》《神童诗》《明贤集》等一类蒙学读物，并不是一件奇怪的事。蒙馆学生都是初次入学，有待开蒙的学生。所谓开蒙，就是教他们识字。所以选择《三字经》《百家姓》《千字文》这类书，是因为这些书行稀字大，儿童容易看，且都是三四个字一句，又都有韵，既便于阅读也便于背诵。当时有一种说法，《三字经》是给读书人家子弟读的，"若农商人家的子弟，是先念《百家姓》，后念《千字文》，因为他们大多数将来是不想念书的，只求认识几个字就够了，所以《百家姓》最为要紧，有人念完《百家姓》，就算是毕了业。要想学做买卖，则就再多学几年。凡一开首就念《三字经》的人，大多数都是将来想接着读书的"。② 由此可见，张联钰在张恨水身上是寄予了很高期望的。张恨水的妹妹张其范在《回忆大哥张恨水》中曾经讲到张恨水幼年对对子的事："一日，老师出了'九棵韭菜'的上联，大哥眨眨小眼，对出'十个石榴'的下联。父亲可乐了，叫妈妈午饭添做一碗虾仁炖鸡蛋，以奖励大哥。"③

当时的学馆，也是有区别的，大致分成四个等级，分别为：开蒙、

---

① 张恨水《写作生涯回忆》，3页，人民文学出版社1982年6月版。

② 齐如山《中国的科名》，221页，辽宁教育出版社2006年1月版。

③ 张其范《回忆大哥张恨水》，《安徽文史资料选辑》第八辑，243页，内部发行。

开读、开讲、开笔。开蒙是最初级的，教这种馆的先生，一般是童生，偶尔也有秀才，稍微高明一点的，便不屑教这种小学生。再高一级，名曰开读，也还是不讲，只不过读物升级，开始读“四书”了。直到念过一两部书之后，先生才为之讲解，这时就是所谓开讲了。胡适曾在《四十自述》中讲到他最初入学时的情形，由于不须“破蒙”（开蒙），所以，他也就“不须念《三字经》《千字文》《百家姓》《神童诗》一类的书”。为什么他不须“破蒙”（开蒙）呢？因为他在“进学堂之前已认得近一千个字了”，①他的母亲是他破蒙的老师。张恨水显然不具备这样的条件，他入学之前识字多少，没有记载，想来是不多的，甚至可能很少。因为他祖父所能提供的最便捷的教育方式和内容，只有习武式的游戏，而他的父亲和母亲，似乎也不具备教他识字的条件和意识。不像胡适，在他不满三岁的时候，父亲就把教他母亲识字时用过的红纸方字教他认；父亲忙时，母亲还能替父亲教他认字。

张恨水的父亲读书不多，只念过两年私塾，略识些字而已。母亲则几乎是不识字的，这自然会影响到张恨水的早期教育。现在有一句流行语，说是“好妈妈胜过好老师”，就父母在孩子早期教育中的必要性和重要性而言，这样说自有其合理性。梁启超就把这个问题看得很严重，他指出：“治天下之大本二：曰正人心，广人才。而二者之本，必自蒙养始；蒙养之本，必自母教始；母教之本，必自妇学始。故妇学实天下存亡强弱之大原也。”②具体到母教，他说：“西人分教学童之事为百课，而由母教者居七十焉。”西方的幼儿

① 胡适《四十自述》，《胡适自传》，20页，黄山书社1986年11月版。

② 梁启超《变法通议》，《饮冰室合集》文集之一，40～41页，中华书局1989年3月版。

教育，内容很丰富，有百种之多，母亲则承担其中的百分之七十。他甚至注意到："母教善者，其子之成立也易，不善者，其子之成立也难。"[①]固然，他这里仅就一般情况而言，具体到每个人，结果就千差万别了。早期教育，乃至母教是很重要的，但最终还是要看个人的天赋与努力。

张恨水起点不高，是毋庸讳言的。按照今天的标准，他已输在起跑线。考其原因，家庭条件似应排在首位。张家不是书香门第，甚至算不上耕读之家，从他的祖父向上查三代，顶多是个庠生，即秀才；到了他祖父、父亲这两代，却连秀才也未能考取，虽属官宦之家，但仅以武功保举，少了科场功名，不能被视为正途，在官场就低了一等，是被人瞧不起的。他们对于子弟读书，往往缺乏自觉意识，顺其自然，能读则读，不能读也不勉为其难。有时，张恨水也把造成这种情形的原因归结为潜山县文风不盛。他提到当地有句老话："潜山县的秀才，一世不发达！"于是言道："由此，我们知道安徽潜山县的文风（其实也是官运），是不大高明的了。据说：前清三百年，未曾点过一个翰林。就是再追溯上去，也未曾出过什么伟大人物，在历史上很不容易找着一个挂潜山县的名人。在我二十岁以前，少年好胜之际，曾把一部《潜山县志》，背个滚瓜烂熟，以为我终不甘'数典而忘祖'，要沙里淘金，找出一个人来。然而结果只是失望。"[②]

这当然只是极而言之，如果我们将范围扩大一点，距潜山百里

---

① 梁启超《变法通议》，《饮冰室合集》文集之一，40页，中华书局1989年3月版。

② 张恨水《潜山县秀才》，徐永龄主编《张恨水散文》第二卷，32页，安徽文艺出版社1995年11月版。

之遥，就是清代颇负盛名的“桐城派”兴起之地桐城。这一“派”人虽众多，但显宦少而文人盛，多以诗文见长。这一特点在张恨水身上是有所体现的。而潜山与桐城之间的怀宁，就是新派学人陈独秀的故乡。这种文化渊源上的联系有时是很微妙的。即使仅就潜山而言，说它“文风不盛”，固有其道理，但会不会是东方不亮西方亮呢？也就是说，这里所谓“不盛”，仅限于为官之道，至于文化的其他方面，譬如戏曲，就不是“不盛”，而是盛况空前了。潜山在中国戏曲史上素有“徽班之源、京剧之祖、黄梅之乡”的美誉，号称“徽班领袖”“京剧鼻祖”的程长庚程大老板，就是潜山县河镇乡程家井人。张恨水说：“有了大老板，较之临邑桐城人士之夸耀张家父子宰相，以及姚方古文正宗，却不相上下。”[①] 这种判断，在潜意识里，会不会有一种对文化价值的认同呢？

其实，张恨水的早期教育并不在潜山。他的童年和少年，一直是在祖父、父亲宦游的江西辗转就读。最初读书的学馆是在江西广信府（今江西省上饶一带），一年后，父亲迁至景德镇就职，他也随之来到景德镇，换了一家学馆继续读书。这些学馆就是我们前面提到的负责开蒙和开读的初级学校。当年，这样的学馆遍及全国各地，均属私人创办，故良莠不齐。如果创办者真有学问，自然是学生的福气，但也有很多不伦不类之人，在这方面，无论安徽还是江西，都差不太多。在景德镇，他已过了开蒙阶段而进入开读，在被他称作“糊里糊涂念私塾”的过程中，他陆续“念过‘上下论’（即《论语》），念过《孟子》”。但是他说：“我除了会和同学查注解上的对子（两

① 张恨水《潜山县秀才》，徐永龄主编《张恨水散文》第二卷，32 页，安徽文艺出版社 1995 年 11 月版。

行之间，两个同样的字并排列着）而外，对书上的什么都不理解。”[1]

在景德镇读书期间，有一天，先生为两个年纪大一些的同学讲书，讲的是《孟子·离娄》中“齐人有一妻一妾”那一章，他恰好在旁边听到了，而且听得津津有味。这下开了他的窍，他发现，原来书中还有很有趣的故事啊，由此与书结下了不解之缘。这里已经显露出他与“故事”之间的隐秘关系，“故事”不仅使他对书产生了好感，而且，为他打开了通向辉煌人生的那扇大门，尽管他脚下的路还很漫长。这时，发生了一件颇为有趣而又意味深长的事，我们不妨看看张恨水在二十六年后是如何讲述的。发表于民国十八年（1929年）三月三日《上海画报》的《旧年怀旧》一文，详细记述了这一段孩童之间的纯真友谊：

> 予十龄（系虚岁，实为八岁）时，随先君客赣之景德镇，就读私塾。塾中有女学生二，一与予同庚，一则长予一岁，（长者）予不克忆其姓名，同庚者则于秋凤也。秋凤与予家比邻而居，朝夕过从，相爱甚昵，故上学必同行。伊面如满月，发甚黑，以红绿（丝线）一大绺作发穗，艳乃绝伦，儿时私心好之，未敢言也。除夕，在秋凤家掷升官图，予屡负，秋凤则屡胜，予款尽，秋凤则（辄）益之。秋凤母顾而乐之，谓其夫曰：“两小无猜，将来应成眷属也。”时于家人多，即戏谑拥予及秋凤作新人交拜式。予及秋凤皆面红耳赤，苦挣得脱。明日，凤来予家贺岁，遇诸门，私而笑语予曰：“昨夕之事，兄母知否？”予笑曰：“知之，且谓尔来我家亦甚佳。”凤睨予，以右手一食指搔其面，笑跃而去。此事至今思之，觉儿童之爱，真而弥永，绝非成人后所能有。后六年，

---

① 张恨水《写作生涯回忆》，3页，人民文学出版社1982年6月版。

予复至镇，则凤已嫁人，绿叶成阴矣。予时已能为诗，不胜桃花人面之感，有惆怅诗三十绝记其事。[①]

出自这个十四岁少年之手的“惆怅诗三十绝”，我们今天已无缘得见了。不过，这段叙述仍有许多值得重视的信息，对于我们理解成人后作为文人、小说家的张恨水是大有帮助的。我们因此知道，八岁的张恨水已经是个情种，而且，观察力、感受力都很强；六年后，这个十四岁的少年，已经初步掌握了传统文人表达情感的方式，能以“惆怅诗三十绝记其事”了。或许，“鸳鸯蝴蝶”的种子这时已经在他心里悄悄地种下了吧。

他与秋凤两小无猜的童年友谊只保持到一九〇三年与一九〇四年之交。当新的一年来临之际，随着父亲赴南昌任职，全家离开景德镇而迁往南昌，他与秋凤就分手了。这时已是清末废除科举的前夜，继张之洞、袁世凯两位重臣于一九〇三年三月联衔奏请递减科举后，一九〇四年一月，张百熙、荣庆、张之洞又会衔奏请递减科举，注重学校。在这种求新求变的舆论氛围中，南昌也开办了新式学校，作为朝廷推行新政的成果之一，著名的东湖书院便于一九〇二年改建为南昌县高等小学。不过，这所新办的高等小学并没能进入张联钰的视野，他为儿子选择的，仍是旧式家塾。他的一位朋友，也有两个孩子要念书，就带了张恨水和另外一个孩子，共请了一位先生来教。

先生也是安徽人，跟他们是同乡。他的教学方式虽然没有任何改变，但读的书已是改良了的课本，如《易字蒙求》《易字读本》之类。这类课本都是带插图的，张恨水说：“我对这些带图的书，非常的

---

① 谢家顺《张恨水年谱》，25 页，安徽文艺出版社 2014 年 7 月版。

感觉兴趣。先生并不曾和我们讲些什么，但看了这图，我可以略懂些书上的意义。”[①]半年后，张恨水便离开了这家私塾，转入另一家有较多学生的私塾就读。这里的学生有一大半都在读《蒙字读本》，这大约是一种新编的识字课本，内容是浅近的文言，每课都有配图。至于张恨水，他倒没有念这个课本。在父亲的要求下，先生为他开了“小灶”，专门为他讲解《左传》。这是一部叙事生动的编年史书，文学性很强，又名《春秋左氏传》。然而，先生的讲解并没有让他对《左传》有多少了解，听了还是一头雾水。同时，先生还为他讲解《二论引端》，这是一种清代民间相当流行的《论语》普及读本，用的是朱熹的注解和一些较为浅显的解释性文字。但对一个只有九岁的孩子来说，他仍然很难理解。当时，有些同学念的《论语》是带着白话译文的，他借来看了，慢慢地也就懂了。

又过了一年，张恨水十岁了，父亲再次调任，这次是到江西新城县任职。在新城，家里请了同乡端木先生做西席，教他和二弟啸空以及一位同乡子弟读书。这时，他大约已经有了一套《四书白话解》，这部书让他对文言虚字有了最初的了解。就在这一年，发生了一件事，对于张恨水后来成为小说家具有极为重要的意义。那是在由南昌到新城的木船上，他四叔与之同行。由南昌到新城有三百余里水路，四叔拿了一本《残唐演义》在船上解闷。很快，张恨水也被这本书吸引了，他不曾想到，世上还有这样引人入胜的文字，便接过来看了下去。这是张恨水第一次读小说，他为小说神奇的叙事而着迷。巧得很，他的先生端木也是个小说迷，尤其喜欢“三国”，平时，端木先生的书桌上总摆着一部《三国演义》，张恨水后来回

① 张恨水《写作生涯回忆》，3页，人民文学出版社1982年6月版。

忆说："先生不来，我就偷着看，看得非常的有味。"[①] 他父亲也是喜欢读小说的，家里有一部洋装的《红楼梦》，印得非常精美，那时他还看不进去，翻过几页，就放下了。

也是在新城，张恨水"莫名其妙的爱上了《千家诗》"，[②] 希望先生能教他读诗。这位先生大约是个了无情趣的书呆子，答应得倒很痛快，但却读不出诗中的意蕴，张恨水后来抱怨，先生除了教他"山外青山楼外楼"，就是"山外青山楼外楼"，此外"并无一个字的讲解"。[③] 其实，《千家诗》本来就是一部儿童普及读物，选家为南宋末年著名诗人谢枋得和明末蒙学读物编著者王相，所选均为五言、七言格律诗，不难读，也不难懂；而且，书中还有简要明白的解读和细腻生动的插图，可以帮助小读者理解诗意。仅以张恨水提到的"山外青山楼外楼"为例，这是一首七绝，原诗写在西湖边一家旅舍的墙壁上，本无题，《千家诗》的编者题为：西湖，也有题作"题临安邸"的。作者也有诸多说法，通常认为是南宋诗人林升，这里则记在"林洪"的名下，还有人把版权给了泉州人林外。诗只有四句："山外青山楼外楼，西湖歌舞几时休。暖风熏得游人醉，直把杭州作汴州。"再看诗后的解读，编者这样写道："山外有山，楼外有楼，言青山之多，楼台之密也。湖中游客，终朝歌舞，几时休息乎？天暖时和，风光艳丽，游赏者沉溺宴安而不知返，如昏醉然，想将杭州之佳丽认为汴州之繁华矣。杭州，南宋所居，汴州，北宋之地，为金所有，言南宋君臣只图偷安宴乐于西湖，弃汴京故地而不问，

① 张恨水《写作生涯回忆》，4页，人民文学出版社1982年6月版。

② 同上。

③ 同上。

置祖宗大仇而不报，可胜惜哉。”[①]这段解说应该很能打动生活在晚清社会感伤情调中一个少年敏感的心，难怪张恨水说，他“竟念得很有味，莫名其妙的有味”。[②]

这一年的十一月，张恨水的祖母去世了。父亲带着全家回到潜山。他和弟弟啸空就进了本村的学堂。学堂的环境很好，是村里储姓宗祠附设的圣庙。“庙门口一片广场，一棵大冬青树，高入云霄，半亩圆塘，围了庙墙。庙里只有三个神龛，其余便是大厅和三面长庑，围了个花台子”，张恨水说：“我和弟弟，靠墙和窗户设下书桌。窗外是塘，塘外是树，树外是平原和大山。”[③]这里的环境对一个刚从《千家诗》里读出“味”来的十岁少年来说，是充满了诗情画意，美不胜收的。先生姓储，是个老童生，满脑子装的都是八股文章，同学则全是村里的放牛娃。张恨水来自城市，又读过《千家诗》，见识自然很有些不同。而且，他从城里带来一部《四书白话解》，书中绘有很精致的插图。这些插图，不仅让他看懂了“乘”就是四匹马拖的战车，也了解了“井田”是怎样一个形制。随着知识的增长，他颇有一些“文思大进”的感觉。在家乡的半年里，除《礼记》外，“五经”中的其他四经：《诗经》《尚书》《周易》《春秋》都被他念了个遍。

这个学生的聪慧和才情很快引起了储先生的注意，他为之兴奋不已，竟有了一种“得天下英才而教之”的自豪感。于是，先生主动提出要教他作八股文。当年，这可是读书人立身、荣晋的工具，谑之曰：敲门砖，

---

① 谢枋得选，王相注《绘图千家诗注释》卷上，19 页，长春古籍书店版。

② 张恨水《写作生涯回忆》，4 页，人民文学出版社 1982 年 6 月版。

③ 同上。

敲开仕途之门也。明清之际便有“八股取士”的说法，科举考试唯一允许使用的文体，就是八股文，因此，要想取得功名，进而走上仕途，学作八股文是必由之路；而且，能否在考试中胜出，也要看学子写作八股文的功力究竟如何。儿子能为老师所看重，教他安身立命的本事，做父亲的自然很高兴。但他们似乎还不知道，朝廷已在三年前取消了八股考试，改试策论，并在当年九月废科举，改学校了。[①]尽管如此，先生仍很用心地教，学生也很用力地学。在先生的悉心指导下，从未接触过八股文的张恨水，很快就开了窍，不久便作到了“起讲”。

八股文的作法是很有讲究的，文章的结构和各部分的作法，都有严格规定和要求。其结构通常分为两个部分，即题前部分和正题部分。题前部分则包括了破题、承题、起讲、入题等，这部分的内容主要为解释题义，说明题目本身所包含的思想内容，并由此引出自己的见解。正题部分则要求根据题义阐发儒家的相关义理，唱反调不行，离开儒家思想任意发挥也不行，必须在朱熹《四书集注》划定的范围之内进行解说。对文字也有要求，一是字数固定，不能随意加减，二是须用排比、对偶，其中起二股、中二股、后二股、束二股，构成八股，故称八股文，是全篇的重心，每两股都由相对成文的排比、对偶句式构成。八股之后还要有结语，以总括、照应全文。这种严苛的写作训练，对于一个成长中的求知少年来说，一定是灾难性的，不仅消磨了他们的大好时光，也严重地束缚了他们的思想。

---

① 光绪三十一年乙巳（1905年）九月，以直隶总督袁世凯为首的六位督抚联衔会奏，立废科举，当天就获得了光绪皇帝的诏准，谕旨要求，从光绪三十二年（1906年）丙午科开始，所有乡会试及各省岁科考试一律停止，并拟定了停罢科举的善后办法。

经过一段时间的训练，张恨水已经能作“起讲”。这是“题前部分”的最后一关。按照程式要求，接下来再用一两句或三四句话过渡一下，就可以进入正题了。看到学生有了进步，先生很得意，便提出要他学作“试律诗”。“试律诗”又叫“试帖诗”，也是清代科举必考的项目之一。按照规定，“试律诗”要求五言八韵，依固定格式，除了叶韵，还要讲究平仄，对仗则要求工稳，而且，读书的范围也要有所拓展，除“四书”“五经”之外，历代正史、先秦诸子，也是要读一些的。这的确很不容易，但张恨水喜欢诗，对诗情有独钟，故能苦中作乐。他后来回忆这段经历时说：“我被先生逼得无法可治，只有拿了一部诗韵死翻。就这样填鸭式的，在半年之内，我搞懂了平仄。而对《千家诗》，也更觉有味了。”①

无论先生教得如何卖力，学生学得如何勉强，总而言之，这一年中，他们做的其实是一件没有任何意义和价值的事，因为，除了科举考试，谁也不会用八股的方式写文章、按试帖的要求去作诗了。不过，对张恨水个人来说，这种训练多少提升了他在作文与作诗方面的能力，也不能说是完全无益的。但由此可知，张恨水第一个十年的成长环境和教育环境是相对封闭的。在新式教育汹涌澎湃，并在朝廷支持下逐渐取代科举教育成为时代主潮的时候，他接受的还是以科举考试为潜在指挥棒的旧学教育，在他的周围，还有一道传统的藩篱，难以脱身，更难以超越。当然，在这期间，他也读了不少、背了不少儒学典籍，但有多少是读进心里去了，真不好说。后来他在《儿时书》一文中开列了一个书单，计有从《三字经》到《古文观止》共十二种书，其中包括“四书”“五

---

① 张恨水《写作生涯回忆》，5页，人民文学出版社1982年6月版。

经”的大部分，在一个十岁孩子的阅读经历中，也算是洋洋大观了，但是他说：“其不感兴趣者，当日除交代塾师外，出私塾门而入学校，即置诸脑后矣。”[1]

---

① 张恨水《儿时书》，黄道京选编《张恨水散文》，57 页，北岳文艺出版社 2008 年 4 月版。

零叁

求学

一九〇六年的到来，似乎给中国带来了新的希望。九月一日，清政府宣布“预备立宪”。整个中国都激荡着一种求新求变的气息，在张恨水的家乡，新式学校已很少要求学生读经，重外而轻内，成为一时的风气，课本则多用东洋。但张恨水显然还没有脱离昔日的轨道，尽管已经没有了参加科举考试的可能，但他所读之书仍在传统的范围之内。不过他后来承认，那时，他“真正感到有味的，还是家藏的两部残本小说。一部是大字《三国演义》，一部是《希夷梦》（又名《海国春秋》）”。[①] 书中的故事深深地吸引着他，使其欲罢不能。后来，他又找到一本残缺的《七国演义》，可惜只剩下“孙庞斗智”那一节了。这些书他都看得津津有味，从中看到一个不同寻常的神奇的世界。这时，他已经能读懂《左传》了，他把《左传》也当作故事来读。家里还有一部《西厢记》，这部书，就像父亲桌上那部《红楼梦》一样，当时还不能引起他的兴趣。

---

① 张恨水《写作生涯回忆》，5页，人民文学出版社1982年6月版。

张恨水喜欢小说到痴迷的程度，他曾说过，“我从小就喜欢看小说，喜欢的程度，至于晚上让大人们睡了，偷着起来点着灯”，[①]也要看。这自然引起了父亲的不满。在他的眼里，小说属于“闲书”，是人们茶余饭后的消遣之物。读书人所读之书，不敢说一定要与“经国之大业，不朽之盛事”[②]有关，总是要读那些有用的书，沉迷于小说，毕竟不是个好兆头，说轻了是“玩物丧志”，不求上进；说重了，也许会变成一个有文化、无操守的无赖流氓。他在心里早就为儿子规划好了人生道路，是想等他长大后送到日本留学的，所以，见他迷上了小说传奇一类的“闲书”，不能不着急。张恨水因此受到了父亲的严厉批评。他本是个孝顺孩子，对父母从来都是恭顺听话的，然而，在这件事上，他却表现得很固执，把父亲的批评当成了耳边风。既然白天不能看，他就晚上偷着看。每当夜深人静之时，全家人都沉睡进了梦乡，他便“悄悄地从床上爬起来，拿出藏好的小说，再爬上床，放下帐子，在枕头旁边放只小板凳，放上点好的蜡烛，如饥似渴地读起来，常常是天光大亮，才小睡片刻”。[③]这种行为当然瞒不过父母。父亲就很为他的这种做法担忧。一是怕他长此以往把身体搞垮，二是担心水火无情，万一失了火，就麻烦了。父亲和母亲商量之后做出了让步，可以读小说，但不能影响“正经功课”，而且必须在十二点钟以前入睡，父亲每晚亲自查夜。对于所读之书

---

① 张恨水《我的小说过程》，张占国、魏守中编《张恨水研究资料》，230页，知识产权出版社2009年9月版。

② 曹丕《典论·论文》，郭绍虞主编《中国历代文论选》（第一册）159页，上海古籍出版社1979年8月版。

③ 张伍《我的父亲张恨水》，19页，春风文艺出版社2002年1月版。

也做了规定，凡是不能看的小说，一律没收。

张恨水一直说，他很不幸，从六岁入塾启蒙，直到十二岁，就没遇到过一位好老师。然而，对广大内陆地区的学子而言，这样的求学经历在当时是相当普遍的。在家乡潜山住了一年有余，一九〇七年初，因父亲再次奉调江西新淦县任职，他也随全家来到了该县的三湖镇。这里是南昌通往吉安的交通要道，赣江由南向北，在水流切割而成的峡谷与险滩中穿行，至吴城入鄱阳湖。流经这里时，江面变得开阔起来，水也深了，从赣州放下来的木筏，到这里要重新编扎，卖到各地去，清政府便在这里设了厘卡，抽取木税。张恨水的父亲就是厘卡上的一位师爷。多年后，张恨水在长篇小说《北雁南飞》和《八十一梦·退回去廿年》中，都借用了这段生活经历。

在三湖，父亲把张恨水送到一家半经半蒙的学馆里读书。科举时代，学馆是有蒙馆、经馆之分的，前者主要负责识字，后者则除了讲解经义，还要教学生作八股文。一般学生，六七岁进蒙馆识字读书，不间断地到十六七岁，也就是十年之后，把“四书”“五经”都读熟了，再读一定数量的八股名文，掌握了八股文与试帖诗的作法，就可以考秀才了。张恨水进的这家学馆，学生年龄大小不一，程度深浅亦不同，事实上兼有经馆、蒙馆的双重性质，对外则称经馆。教书先生姓萧，大名萧廷栋，是个廪生[①]。因所设经馆系借用三湖镇老屋饶家的祠堂，于是又称“饶家经馆”。这里环境很好，四面橘林环绕，虽是严冬，那树叶子依然是绿油油的，如果是深秋，绿叶丛中结满橙红的果实，还会散发出一种甜香。院子里一棵大树，

① 廪生，本名廪膳生，是考中秀才，入县学读书，由国家供给膳费。廪生是秀才中学问较为优秀者，其社会地位比秀才高。廪生教书，每年束脩也比秀才高一些。

参天入云，庞大的树荫笼罩下来，显出十分的幽静。这可真是个读书的好地方。他在这里是寄宿的，和三个同学同住一室，另有一间屋供他们读夜书。

萧先生有学问，人也相当开通，对学生采取“放任主义”，并不过多地干涉学生读什么书；对张恨水尤为赏识，潜山的乡人都称张恨水为“神童”，萧先生也是听说了的，一试，果然是名不虚传。张恨水在《北雁南飞》[①]中曾这样描述姚廷栋考查李小秋时的情形：“姚廷栋便叫小秋到师位前去，随便的在书架上抽了一本《古文辞类纂》来。掀开第一页，乃是贾谊的《过秦论》。姚廷栋道：‘我不知道你汉文的根底究竟如何。你可以把这篇文章，先念后讲一遍，我知道你的深浅了，再定你的日课。’小秋回头一看，许多同学，都向自己望着。心下这就想着，我应当把一些本领给人家看看，不要让大家小视了我。于是将那篇《过秦论》抑扬顿挫念了一遍。姚廷栋听完了，点点头道：‘不用讲了，我已经明白你的根底。今天你初来，不必上什么新功课，可以自己随意理一理旧书，把心事安定了。明天我出一个题目你作，试试你的笔路。’”[②]

上述虽是小说家言，却并非空穴来风。萧先生安排的功课，张恨水都完成得很不错，夜课也只是念念古文，没有更多的要求，这让他感到十分的悠闲，使得他有更多的精力去读小说。同室有位管君，家里的小说很多，不断带到学堂来给张恨水看。两个月之内，张恨水就读完了《西游记》《水浒传》《封神演义》《东周列国志》

① 小说《北雁南飞》作于1934年，先在上海《晨报》连载，1946年、1947年在山城出版社出单行本。书中的姚廷栋就以萧廷栋为原型，李小秋就以张恨水为原型。

② 张恨水《北雁南飞》，9页，中国文联出版社2005年1月版。

《五虎平西南》。家里原有的半部《红楼梦》和一部《野叟曝言》，也被他一股脑儿全看完了。在他看来，读小说并非无益，至少，“使我作文减少了错别字，并把虚字用得更灵活”[①]了。

六、七月间，萧先生要到省里“考拔贡”。临行前，出了十道论文题目给张恨水回家去作，学校就算是“放暑假”了。按照清代制度，由各府州县的廪生秀才中选拔文章道德最优者，贡于京师，名曰拔贡。每十二年选拔一次，一等优秀者可以做七品小京官，或分发各省做知县。从前管这件事情叫作平地一声雷，形容其升官速度迅捷，是各种贡生中最出风头的。不过，清政府既已在一九〇六年废除了科举制度，何以还有考拔贡一说呢？原来，朝廷考虑到停罢科举，改兴学校，中间还应该有个过渡期，才能实现新旧之间的平稳转型。因此，作为善后举措的一种，特别安排以前选拔出来的举贡生员参加优贡、拔贡考试，以及考职。其中考优只限三科，考拔只限一次，考职每三年举行一次，也限三年考尽，只是取录名额比以前略有增加。具体安排是，生员补考优贡于一九〇七年和一九〇九年各举行一次，补考拔贡和考职于一九〇九年举行一次，举、贡考职于一九〇七年和一九〇九年各举行一次。[②]由此可知，萧廷栋此时要考的，不可能是拔贡，而应该是优贡或考职，因为，拔贡考试要等到两年后才举行呢。

离开了饶家经馆，张恨水回家自学。当时，父亲办事的地方是万寿宫，张恨水白天不回家，就在万寿宫戏台的侧面，要了一段看楼，摆上一张书桌，布置成一间书房。上得楼去，他叫人拔去梯子，

---

① 张恨水《写作生涯回忆》，6页，人民文学出版社1982年6月版。

② 参考王德昭《清代科举制度研究》，246页，中华书局1984年版。

又用小铜炉焚好一炉香，白天就在那里读书作文。他说：“那时，我桌上就有一本残本《聊斋》，是套色木版精印的，批注很多，我在这些批注上，懂了许多典故，又懂了许多形容笔法，例如形容一个很健美的女子，我知道‘荷粉露垂，杏花烟润’，是绝好的笔法。我那书桌上，除了这部残本《聊斋》外，还有《唐诗别裁》《袁王纲鉴》《东莱博议》。上两部是我自选的，下两部是父亲要我看的。这几部书，看起来很简单，现在我仔细一想，简直就代表了我所取的文学路径。”①

有一种说法，要了解一个人，最便捷的方式，是看他读过哪些书。从某种意义上说，人就是书塑造的。也许，从这些书里，真的可以发现打开张恨水心灵之锁的钥匙。《聊斋》就不必多说了，全名《聊斋志异》，是一部文言小说集，作者是清代大才子蒲松龄。《唐诗别裁》是一部唐诗选集，选家是清康乾时期拟古诗派的代表人物沈德潜，“别裁”一词取自杜甫诗“别裁伪体亲风雅，转益多师是汝师”。其选诗的标准，是“取其宏博”，又不失“诗教之本源”，所以主张“微而婉，和而庄”；而又欲纠王士禛“神韵说”之偏，使人知道，唐诗中不仅有“不著一字，尽得风流”“羚羊挂角，无迹可求”，还有“杜少陵所云鲸鱼碧海，韩昌黎所云巨刃摩天”等境界，至于诗教之尊，是“可以和性情、厚人伦、匡政治、感神明”的。②这两部书，是张恨水的“自选动作”，由此可以慢慢品出他的趣味；后面这两部书，一部《袁王纲鉴》，一部《东莱博议》，是

① 张恨水《写作生涯回忆》，6页，人民文学出版社1982年6月版。

② 沈德潜《唐诗别裁集原序》《重订唐诗别裁集序》，《唐诗别裁集》1～2页，中华书局1975年10月版。

父亲给他规定的“功课”。后者见于张之洞的《书目答问》，列在“史评第十四”，南宋理学大家吕祖谦，人称东莱先生者所撰，是一部“为诸生课试之作”，张之洞称之为“词意显豁，段落反正分明，有波澜，有断制。学之可期理明词达”。[①]然而也有真知灼见，譬如其中对管仲的议论，就对张恨水不无启发。再看前者《袁王纲鉴》，袁是袁了凡，王是王世贞，号凤洲，他们二人都是明代大学问家，一在思想道德领域，其《了凡四训》，被誉为“东方第一励志奇书”；一个独领文坛二十年，是明“后七子”的精神领袖。然而，早在二十世纪七十年代，就有学者考证，这部简明纲目体通史应是书商牟利之作，托名于袁、王二人而已。这且不去管他，我们所看到的，是张恨水父亲为他做出的选择，包含着对长子怎样的期许；同时，我们对他的知识结构也有了进一步了解。

在万寿宫的“书房”里，张恨水把自己“关”了大约两个月。同学很少来找他，父亲也不加干涉，他乐得自由自在地读书写作。他模仿《聊斋》和《东莱博议》的笔法，将萧先生走时留下的十个题目都作成了文章。幼稚是很自然的，因为用字求其简练，甚至有些不通，但其中有一篇《管仲论》，交卷的时候，先生竟做了批改，而且，让父亲的朋友们传看。对于一个十二三岁的孩子来说，能得此殊荣，是十分不易的。因此，张恨水说，这“引起了我的自满”，并以“小才子”自居。[②]后来到重庆，他在《王猛与管仲》一文中还提到了这件事：“儿时作《管仲论》，窃有所发挥。曾云：‘若欲图王，则有周在，若欲图伯，则列国尤多。何必低首下心，降于其仇之庭

---

① 张之洞《书目答问二种》268页，中西书局2012年9月版。

② 张恨水《写作生涯回忆》，7页，人民文学出版社1982年6月版。

乎？’塾师见之，密为圈点。童子何知，自鸣得意，常以语人。”[①]可见留给他的印象之深。

这一年的冬天，他们回到了南昌。父母因事回潜山老家去了，将子女托付给在南昌的亲戚照料。没有人管，张恨水更加胆大“妄为”起来。“我收拾了一间书房，把所有的钱，全买了小说读。第一件事，我就是把《红楼梦》读完。此外，我什么小说都读，不但读本文，而且读批注。这个习惯，倒是良好的。我在小说里，领悟了许多作文之法。”[②]从前不大能看得进去的《西厢记》，现在也慢慢看出些门道来了。他说：“我看到金圣叹批的西厢，这时，把我读小说的眼光，全副变换了，除了对故事生着兴趣外，我便慢慢注意到文章结构上去，一直到现在，都是如此的。”[③]多年后他写过一篇短文，承认他曾得益于“三位古人先生”，这三个人，“一个是金圣叹，一个是袁子才，一个是纳兰性德”。袁子才就是写过《随园诗话》的袁枚，从袁枚那里，他学会了“口所欲言笔述之，不用那些陈陈相因的话”；纳兰性德的《饮水词》也是合他口味的东西，读起来没有格格不入的感觉；“最有益于我的，要算金圣叹了”，他说，“我十岁的时候，就看了《三国演义》《西游记》《封神榜》那些小说，那不过当故事看罢了。十三岁时，我同时读西厢水浒，看到金圣叹的外书和批评，我才知道这也是好文章，得了许多作文的法子，后来再看《石头记》《儒林外史》，我就自己能找出书里的好处来。

---

① 张恨水全集《最后关头》（下），520 页，北岳文艺出版社 1993 年 3 月版。

② 张恨水《写作生涯回忆》，7 页，人民文学出版社 1982 年 6 月版。

③ 张恨水《我的小说过程》，张占国、魏守忠编《张恨水研究资料》，230 页，知识产权出版社 2009 年 9 月版。

而且我读小说的兴趣，也格外增加”。为了感谢金圣叹送他写小说这个“金饭碗”，他甚至想过要改名“圣叹后人”。[①]

转过年来，张恨水的父亲为了更好地教育子女，自立家馆，课子读书，请了徐孺子的后人做先生。徐孺子，名稺，南昌本地人，东汉时的贤人高士，他的家风是不做官，以“淡泊明志”为处世之道。相传，豫章（今南昌）太守陈蕃非常敬重徐的人品，特为其专设一榻，去则悬之，唐代诗人王勃作《滕王阁序》，便有了“人杰地灵，徐孺下陈蕃之榻”的不朽名句。这位徐孺子的后人没有教会张恨水什么，但他那鄙视做官的名士作风，却给张恨水留下很深的印象。他后来回忆道：“我这时本已打进小说圈，专爱风流才子高人隐士的行为，先生又是个布衣，作了活榜样，因之我对于传统的读书作官说法，完全加以鄙笑，一直种下我终生潦倒的根苗。”[②]

这一年，张恨水十四岁了。秋天到来的时候，他提出要进学堂，接受新式教育，父亲同意了。由于国文底子不错，他被插入南昌大同小学三年级。这是一所新式学堂，学制四年。校长周六平是江西著名的维新人物，晚清举人，学堂是他在一九〇四年创办的，校舍就设在省城南湖湖心的水观音亭内。他在讲课的时候喜欢讥讽守旧分子，时常慷慨激昂地批评清政府腐败无能，介绍国际形势和新的科学知识。张恨水自幼接受的是旧学教育，又喜欢模仿名士的做派，在别人眼里很容易被看成是个守旧青年。因此，周校长有时也把他当作讥笑的对象。张恨水因此受到很大的刺激，但他没有气馁，反

---

① 张恨水《我的三位古人先生》，徐永龄主编《张恨水散文》（第二卷），24 ~ 25 页，安徽文艺出版社 1995 年 11 月版。

② 张恨水《写作生涯回忆》，7 页，人民文学出版社 1982 年 6 月版。

而促使他“极力向新的路上走”。[①]这时，他“除了买小说，也买新书看。但这个时候的新书，能到内地去的，也无非是《经世文篇》《新议论策选》之类”。[②]他只能从上海的报纸中汲取一点新的知识和思想，明白了现在这世界已经不是“四书五经”上的世界，而旧小说中常见的那种风流才子，似乎也不再适宜于眼前的社会。于是，“我一跃而变为维新的少年了”。[③]不过，那时的张恨水对新文化的认识还是很有限的，他的思想或许受到一些影响，但总是一些表面的东西，不会很深刻。而且，他在文学上的嗜好并没有改变，还是爱读小说，爱读风花雪月式的辞章。这期间，他从金圣叹那里知道了《西厢记》和《庄子》都是文采飞扬的“才子书”。然而他说，“对于《庄子》，我只领略了较浅的《盗跖》《说剑》两篇”，而《西厢记》却让他得到了“文学上莫大的启发，在那上面，学会了许多腾挪闪跌的文法”。[④]

一九一〇年暑假，张恨水考入了位于南昌敬贤门外的甲种农业学校，那一年他十五岁。这是当时南昌仅有的两所洋学堂之一，按照规定，像他这个年纪是不能报考这所学校的，但他虚报年岁为十九岁，竟也被录取了。在学校里，他看到同学都是二十多岁的人，心里便有一点自傲，看自己真像个少年才俊。但他也感到了巨大的压力，毕竟“除了英文，勉强可以跟得上而外，其余代数、几何、三角、物理、化学，没有一项不赶得头脑发昏”。[⑤]因为这些课程对

---

① 张恨水《写作生涯回忆》，7页，人民文学出版社1982年6月版。

② 同上。

③ 同上，8页。

④ 同上。

⑤ 同上。

他来说都是从未接触过的，学起来自然觉得不甚容易。由于学业紧张，他已无暇顾及文学。只有到了放假的时候，他才能暂时回到小说的世界中去。这期间，他相继读了讽刺小说的经典之作《儒林外史》，以及当时流行甚广的《官场现形记》与《二十年目睹之怪现状》等揭露清末官场腐败和社会黑暗的谴责小说。作者笔下婉而多讽、嬉笑怒骂的叙事风格，给他以全新的感受，不同于看惯了的风花雪月，才子佳人。这时，另有一部辞章小说也引起了他的兴趣，就是咸丰年间魏秀仁所作《花月痕》。这部小说的特点，不在于写了什么，而在于写法别致，他的朋友符兆纶评价这种写法是："词赋名家，却非说部当行，其淋漓尽致处，亦是从词赋中发泄出来，哀感顽艳。"[①]这种写法之于小说，或有"文饰既繁，情致转晦"的种种缺陷，但其中的诗词小品，以至于精巧工整的小说回目，却让张恨水陶醉了。后来他作《春明外史》，在词章方面，分明便有《花月痕》的影子。由于这样的趣味深深地影响着他，他便进一步地读了《桃花扇》《燕子笺》《牡丹亭》《长生殿》等明清传奇，以及四六体的《燕山外史》和古体文的《唐人说荟》。

张恨水接触外国文学，大约也是从这个时候开始的。起因是他很偶然地买了一本创刊不久的《小说月报》[②]，在这本刊物中，他第一次看到外国作家写的短篇小说，便有一种非常新鲜的感觉，是以前从未体验到的。他很惊奇，于是，又找来许多翻译作品，主要是林纾翻译的小说，他说："在这些译品上，我知道了许多的描写手法，

① 鲁迅《中国小说史略》，《鲁迅全集》（9），259 页，人民文学出版社 1981 年版。

② 《小说月报》，1910 年 7 月创刊于上海，由商务印书馆主办发行。最初由恽铁樵、王莼农主编，是鸳鸯蝴蝶派的主要刊物之一。

尤其心理方面，这是中国小说所寡有的。”[1]这是一个新旧交替、动荡不安的时代，新的事物层出不穷，旧的生活又何曾远去？张恨水在新式学校里读了些新书，感受着周边洋溢的新的生活气息，各种新的思潮冲击着他，影响着他。他毕竟是个青年，有着一般青年意气风发、跃跃欲试的特点。入学第二年的十月十日，武昌发生兵变，并引发各省在短时间内纷纷宣告独立，清王朝随之垮台。在这种社会氛围中，张恨水剪了辫子，要做革命青年了。二十四年后的“双十节”，他还作诗忆及当时的情景，其中一首写道：

> 剪发高呼喜欲狂，白旗一夜遍南昌，
> 回思廿四年前事，雨泊风飘梦一场。[2]

尽管如此，张恨水始终未能脱离固有的生活轨道。看起来，他不是一个主动选择人生道路的人，他只是在惯性的驱使下，遵从着个人的兴趣往前走。多年来所读的小说和辞章，塑造了他的品性和气质。在革命激情退去之后，他仍然是那个“才子的崇拜者”。他很清醒地看到了在新旧之间游移的自己，曾说：“这两种人格的溶化，可说是民国初年礼拜六派文人的典型，不过那时礼拜六派没有发生，我也没有写作。后来二十多岁到三十岁的时候，我的思想，不会脱离这个范畴，那完全是我自己拴的牛鼻子。虽然我没有正式作过礼拜六派的文章，也没有赶上那个集团。可是后来人家说我是礼拜六

---

① 张恨水《写作生涯回忆》，8页，人民文学出版社1982年6月版。

② 张恨水《“双十”小咏》（四首），张恨水全集《剪愁集》，36页，北岳文艺出版社1993年1月版。

派文人，也并不算十分冤枉。因为我没有开始写作以前，我已造成了这样一个胚子。”①

礼拜六派这个名称源自一九一四年六月在上海创刊的《礼拜六》周刊。它的编者最初为王钝根、孙剑秋，后又加入周瘦鹃，他们的宗旨可见于王钝根写的《出版赘言》：

> 或问:“子为小说周刊,何以不名礼拜一、礼拜二、礼拜三、礼拜四、礼拜五,而必名礼拜六也?”余曰:“礼拜一、礼拜二、礼拜三、礼拜四、礼拜五人皆从事于职业,惟礼拜六与礼拜日,乃得休暇而读小说也。”“然则何以不名礼拜日而必名礼拜六也?”余曰:“礼拜日多停止交易,故以礼拜六下午发行之,使人先睹为快也。”或又曰:“礼拜六下午之乐事多矣,人岂不欲往戏园顾曲,往酒楼觅醉,往平康买笑,而宁寂寞寡欢,踽踽然来购读汝之小说耶?”余曰:“不然!买笑耗金钱,觅醉碍卫生,顾曲苦喧嚣,不若读小说之省俭而安乐也。且买笑觅醉顾曲,其为乐转瞬即逝,不能继续以至明日也。读小说则以小银圆一枚,换得新奇小说数十篇,游倦归斋,挑灯展卷,或与良友抵掌评论,或伴爱妻并肩互读,意兴稍阑,则以其余留于明日读之。晴曦照窗,花香入坐,一编在手,万虑都忘,劳瘁一周,安闲此日,不亦快哉!故人有不爱买笑、不爱觅醉、不爱顾曲,而未有不爱读小说者。况小说之轻便有趣如《礼拜六》者乎?《礼拜六》名作如林,皆承诸小说家之惠。诸小说家夙负盛名于社会,《礼拜六》之风行,可操券也。”②

---

① 张恨水《写作生涯回忆》，9页，人民文学出版社1982年6月版。

② 王钝根《(礼拜六)出版赘言》，魏绍昌编《鸳鸯蝴蝶派研究资料》上卷史料部分，183页，上海文艺出版社1984年7月版。

由此可知，这是一本典型的都市消闲刊物，其中多是供给读者在劳累一周之后放松身心，消磨时光的游戏之作，体裁则兼收并蓄，以哀情及社会性质者居多数。大部分是文言，也有用白话的。译作以长篇或中篇为多，作者有周瘦鹃、天虚我生（陈蝶仙）、李常觉、陈小蝶、叶匋、许指严、姜杏痴、包天白、罗韦士、程华魂、吴双热、吴绮缘、包柚斧、俞天愤、李东埜等。[①] 当时，这一类刊物数量相当多，即鲁迅所说的“鸳鸯胡蝶式文学的极盛时期”，[②] 除了《礼拜六》，还有王蕴章、恽铁樵编的《小说月报》，徐枕亚编的《小说丛报》，李定夷编的《小说新报》，包天笑编的《小说大观》《小说画报》，以及他与陈景韩合编的《小说时报》，再加上高剑华编的《眉语》，王钝根与天虚我生编的《游戏杂志》，胡寄尘编的《香艳小品》之类，据范伯群统计，总共有三十七种之多，真可谓洋洋大观。这种消费性期刊的盛行，其社会基础是近代以来大都市崛起、发展所形成的正当需求，也是人性的自然需求之一。满足这种需求，则是文学应尽的职责。而且，清末剧烈的社会动荡，使传统读书人遭遇“三千年未有之大变局”。科举时代，读书人纵然有万般想法，走的仍是同一条仕途，然而，一九〇五年科举制度的废除，对这些人来说，却无疑是石破天惊的大事件。随着清王朝的被颠覆，实行了两千多年的帝制也因此终结，天下精英从此解除了与固有体制的契约关系。以前是学好文武艺，售与帝王家的，现在买方不在了，这些被原有轨道抛离出来的读书人只能另寻出路。其中一部分鲁迅所谓的“才

---

① 参见郑逸梅《民国旧派文艺期刊丛话》，魏绍昌编《鸳鸯蝴蝶派研究资料》上卷史料部分，378 页，上海文艺出版社 1984 年 7 月版。

② 鲁迅《二心集·上海文艺之一瞥》，同上，5 页。

子”，恰逢清末民初报刊业繁荣发展的大好时机，这些报刊就成为他们展露才华的舞台，他们也因此为自己的才学找到了用武之地。

但是，很久以来，新文学界总是以改造社会、反抗现实为理由，谴责这些以休闲、娱乐、消愁、解闷为宗旨的读物，“给人们的情感导向是庸人的消遣、生意经的媚俗和迷惘的感伤”，指控他们的趣味和追求，“是置于买笑、觅醉、顾曲的替代品的平庸的世俗文化和精神层面的”。[①]有意思的是，在新文学界对他们的讨伐中，《礼拜六》一直首当其冲，并被冠以“派”的雅号。直到二十世纪七十年代，陈蝶衣在香港撰文，还称“对于‘礼拜六派’的鞭尸工作，多年来其实并没有终止”。[②]或是因为它的影响力大大超过了其他同类刊物。它曾在一九一六年四月出满一百期后停刊，五年后，到了一九二一年三月复刊，出满第二个一百期后，于一九二三年二月再度停刊。在这期间，张恨水确实如他自己所言，没有和礼拜六派发生过文字上的往来，也没有作过礼拜六派的文章，但他认为，像他这种亦新亦旧，既向往革命，又崇拜才子的“两重人格”，正是民国初年礼拜六派文人的典型人格，所以，后来有人说他是礼拜六派文人，他也并不觉得十分冤枉，因为那完全是他自己造成的。

这也许可以看作是张恨水的人格底色。以他所受教育而言，固然属于旧学的范畴，但又处在一个新旧转型的时代。他是在传统文

---

① 张中良、中井政喜合著，杨义主笔《中国新文学图志》（上），73页，人民文学出版社1996年8月版。

② 陈蝶衣《礼拜六派沧桑史——六十年前的一本定期刊物》，见香港《大成》第11期，1974年10月1日出版，第68页。转引自范伯群著《中国现代通俗文学史》（插图本），175页脚注②，北京大学出版社2007年1月版。

化的染缸里浸泡过的，有很深的传统文化素养，然而他并不拒绝近现代以来所发生的新文化，自己也曾受到新文化的某些影响。不过，张恨水骨子里还是传统文人，而且是他从小就崇拜的才子型文人，有时也被称作旧文人的。鲁迅对此曾有个说法，他把那时的文人，分为两种，即“君子和才子”。这两种人各有自己的特点，“君子是只读‘四书’‘五经’，做八股，非常规矩的。而才子却此外还要看小说，例如《红楼梦》，还要做考试上用不着的古今体诗之类”。[①]不知鲁迅把自己归入哪一类，也许哪一类都不是，因为他毕竟属于新文化中的一员，是知识阶级的一分子。不过，就文人而言，绝非像他说的那样简单。文人最初称士，秦汉以后，有了做官的机会，成为官僚，遂称士大夫。但是，又不甘心做皇帝的雇工或食客（帮忙或帮闲），还有做帝师的一点野心。他们固然不掌握实际的政治权力，但他们要用自己的知识，即道统来规范、驾驭或影响实际的政治权力，也就是皇权、政统，孔夫子的万世师表就是这么来的。所以，那个时候的读书人——文人、儒生，要做的事一定是“经国之大业，不朽之盛事”。古人已有“经天纬地谓之文”的说法，如果这个说法成立的话，那么，有经天纬地之才、之德的人，才有资格称作文人。说到底，文人骨子里都有那么一点忧国忧民、治国平天下的抱负，或者叫情怀。他们以经营天下为己任，关心社会现实、人间冷暖，表现出积极的入世精神，人们常说的“风声、雨声、读书声，声声入耳；家事、国事、天下事，事事关心”“先天下之忧而忧，后天下之乐而乐”“居庙堂之高则忧其民，处江湖之远则忧其君”……

① 鲁迅《二心集·上海文艺之一瞥》，魏绍昌编《鸳鸯蝴蝶派研究资料》上卷史料部分，2页，上海文艺出版社1984年7月版。

都是这种文人情怀的形象写照。尤其是在民族、国家生死存亡的危急关头，他们的这种责任感和使命感就表现得更加突出。

士要介入最高政治权力只有两条道，一是天，一是孝。事实上，这两条道都未能走通。董仲舒抬出天来压制皇权，只是消解了皇权的绝对性，给改朝换代提供了合“法”性依据，并不能使道统居于政统之上，为此，他甚至付出了几乎被杀头的代价，最后以教书先生终了此生；孝是强调伦理秩序，要约束皇权，除了敬天，还有法祖，对皇帝来说，孝就是法祖。戊戌变法期间，光绪皇帝要开懋勤殿，目的是想打破原有的权力格局，只能把祖宗抬出来做依据；而慈禧政变，拘禁光绪，也打着祖制家法的旗号。可见，法祖也未必就能被道统用来约束或防止皇权的滥用。在宋代，士阶层做了最后一次努力，要在政治上表现出主动性的自觉，神往于皇帝与士大夫“共定国是”，而且找到了以往“士贱君肆”的根本原因，“正以在下者急于爵禄，而上之人持此以为真足以骄天下之士故也”。[①]张栻这句话说得很中肯，而张载所言：“为天地立志，为生民立道，为去圣继绝学，为万世开太平。”[②]更道出了一个士人的最高理想，今日读之，犹有泰山岩岩，壁立万仞之气象。宋之后，元、明、清之士人，已不复此想。

士是知识的拥有者，甚至在一定程度上垄断了知识，因此敢说“天下有道则见，无道则隐”[③]。但也说明了一个现象，士的知识如果不能用于治理国家，就只能闲置，等待时机，所谓“穷则独善其

① 张栻《南轩集》卷十六，三页，《张子房平生出处》，清乾隆四库全书本。

② 张载《张载集·张子语录（中）》，320页，中华书局1978年8月版。

③ 《论语·泰伯》，徐志刚译注《论语通译》，96页，人民文学出版社1997年1月版。

身，达则兼善天下”[①]。这是知识的单一性给士人造成的困境，所以，唐宋以前多隐者，他们除了“居庙堂之高则忧其民，处江湖之远则忧其君”，没有别的事可做。那些玩世或出世的，看上去与世无争，其实往往是由于对君的失望和恐惧，出于自我保护的本能而采取的逃避策略。宋代城市的发展，带来了市井文化的繁荣，刺激了都市文化消费的膨胀，事实上也为士人开辟了一条实现自身价值的新路，而不必拥挤在求仕（求隐只是求仕的另一种方式）这一条道上。皇帝要柳永“且去填词”，未必不是放他一条生路。这种情形到晚明就更加普遍了，才子型的士人从传统士人，即士大夫中分离出来，他们已经不是传统意义上的隐者，尽管他们也崇尚陶渊明；他们的知识除了卖给帝王家——如果帝王家想买的话，也可以拿到文化市场上去销售。而清末民初，由于整个知识阶层都成了一定意义上的“自由人”，都要重新确定自身的位置，于是，一些有政治情怀，立志要治国平天下的人，也许就走上了职业革命家或政治家的道路，一些有学术理想的人就走进了书斋，成为学者，还有一些士人，既有才学，又有情趣，人很善良，又很敏感，就可能选择去当作家，当然是与旧文化有着千丝万缕联系的作家。

张恨水就是这样一位才子型的文人作家。瞿秋白曾引顾炎武的话，“一为文人，便无足观”，来说明他这个人作为“文人”的无所用之；清代诗人黄景仁（字仲则）也曾说过“百无一用是书生”的话，把文人看作无用的废物。他们所说的文人，大约就是这种才子型文人。但不管这种才子型文人在别人眼里是怎样的一种人，对

① 《孟子·尽心上》，杨伯峻译注《孟子译注》（下），304 页，中华书局 1960 年 1 月版。

于正处在“志于学”年纪的张恨水来说，他们的才情却是他所向往的。他希望有朝一日也能成为像他们那样能写书的才子，尽管他现在还只是才子的胚芽，但大的环境已经为他准备了胚芽生长所需的土壤、阳光和水，也许未来还有许多难以预料的事情会发生，但一株幼苗的破土而出，已经是指日可待了。

漂泊

转过年来，就是民国元年。这一年，张恨水十七岁了。父亲便谋划着要送他到日本去留学，而他本人却希望到英国去，“我并没有考虑到我还没有念过两册英文哩”，[①]他说。但是，就在这年的秋天，家里发生了一场变故，从此改变了他的人生。父亲因一场急病突然故去，家里唯一的经济来源就被切断了。那时，母亲只有三十六岁，带着他们六个孩子——他与三个弟弟、两个妹妹，最小的妹妹张其伟只有两岁，日子过得实在凄惶。父亲曾是全家的依靠，父亲不在了，生活也就没有着落了。于是，母亲只好带着这些孩子，离开南昌，回到潜山老家。她手上没有任何积蓄，就靠祖上留下的几亩薄田度日。所得有限，自然没有能力供儿子在城里读书。于是，张恨水便离开了甲种农业学校，出国留学的希望自然就完全破灭了。

父亲之死已使他悲痛欲绝，中途辍学更让他惶恐不安，而乡下的生活又是单调乏味的，日出而作，日落而息，就这样在家中待了

① 张恨水《写作生涯回忆》，11 页，人民文学出版社 1982 年 6 月版。

半年。烦闷之中，只能看看旧书，或是在乡野间各处走走。一个半大小子，整天无所事事，是让众乡邻耻笑的，但他除了读书的确找不到事做。他还记得，那时，家中有一间书房，窗外是一株桂花树，他常常在弥漫着桂花香气的窗前读书自娱。乡邻因此送了他一个外号，叫他“大书箱”，意思是笑他只知念书，不务生计。后来他曾夫子自道：“我那时真是终日吟诗，很少过问身外之事。”[①]如果他是个富家子弟，或生在官宦人家，也还罢了，偏偏他的家庭此时绝不能供养一个只懂得闲情逸致的才子。但他还是颇有些自负的。他是见过大世面的人，务农自然不在他的眼界之内，即使是乡间的那些秀才贡生，他也不怎么看得起，总觉得他们有点“迂”，而才子应该是旷达的。这就使得他在乡下的生活有了一点“孤寂”的意味，才子本是多愁善感的，这样的处境倒是让他体会到不少诗人的逸兴。

春天来了，张恨水不想总窝在家里，他要出去寻找机会。这时，他的堂兄张东野从上海写了信来，邀他到上海，答应为他想办法，找出路。张东野比张恨水大六岁，是祖父张开甲的长孙，早年曾随祖父在江西南昌读书，后考入江西讲武堂，与张恨水进入新闻界的引路人郝耕仁同窗，并一起加入同盟会。毕业后，他在上海警察局谋了个闸北区公所小队长的职，辛亥年，参加了陈其美领导的上海民党起义，在攻打制造局的战斗中立了功，升任宪兵大队长。不久，当他听说堂弟张恨水因叔父病逝而困在老家时，马上向他伸出了援手。

于是，民国二年（1913年）春天，张恨水就到上海来了。这是

① 张恨水《我的创作和生活》，《文史资料选辑》第七十辑，154页，文史资料出版社1980年7月版。

他第一次来到上海这个现代大都市。那时，他身无分文，食宿都没着落，就和张东野一起住在警察局内，埋头读书，准备考学。过了些日子，张东野打听到苏州有一家蒙藏垦殖学校正在招生，就建议他去报考。学校据说是孙中山办的，校长是陈其美，多年后张恨水还记得："我因这学校与农业相近，就前去投考。考得很容易，除了一篇国文，只有两道代数，几个理化题目。榜发，我录取了。我对此事，高兴得不得了。因为我中学没毕业，我又跳进专门了。亲友们帮忙，凑些款，让我缴了学膳费，我就到苏州去读书。"①

蒙藏垦殖学校当时就设在苏州阊门外留园隔壁盛宣怀的家祠里。苏州是一座秀美的古城，与繁华喧闹的上海迥然不同，显得古朴、静谧、清幽、典雅，有一种古色古香的味道。学校旁边的留园，更是一座巧夺天工的江南园林，张恨水打心里喜欢这里的读书环境，认为是"平生最好的待遇"，他说，"房子又大又好，我宿舍窗外，就是花木扶疏的花园。隔壁留园的竹林，在游廊的白粉墙上，伸出绿影子来看人"。②一九四六年五月五日，时隔三十三年，他在《南京人报》副刊《南华经》发表《红楼一角旧书斋：二十年尘梦之三》一文，描述他心中的"圣地"尤为详尽：

> 予曾读书苏州学校，为盛氏之往宅，与留园盖一墙之隔。其理化讲堂，即留园之一角，划入校中者也，教室上为西式红楼，下为精室，小苑三面粉墙，一处掩以雕栏，两处护以垂柳。廊外首植绿乔四株；其次为寒梨碧桃，交互而生；其三为垂丝海棠六本，更杂以紫薇；最

---

① 张恨水《写作生涯回忆》，11 页，人民文学出版社 1982 年 6 月版。

② 同上。

末则葡萄一架，梅花围于四周。雕栏下有古井一，夭桃两树覆于上，夭桃之上，则为翠竹一排，盖隔墙之竹林也。相传此处为杏卍寝室，故其外之花木，罗列至于四季。予住校时，即卜居于此，花晨月夕，小立闲吟，俱感清趣。湖海十年，豪气全消，而一念及此，犹然神往。数年前乘沪宁车经过苏州，每见桑林之上，红楼一阁，恍然如东坡老遇春梦婆。近来每走京沪路，犹注意及此。则沧桑再变，红楼一角，且不能见。真古人所谓“事如春梦了无痕”矣。①

如果不是这个地方真的让他动心，很难想象隔了这么久，他还能记得这么清楚；同时也说明，他具有超强的观察能力，而这是一个好的作家、小说家必备的素养。那时，张恨水是个家境贫寒的学生，囊中羞涩的窘迫一直困扰着他，有时连买纸笔的钱都没有。他常常想起亡故的父亲，又惦记着操持一家生计的母亲，和几个年幼的弟妹。张恨水是长子，父亲临终前曾将家庭这副担子转交给他，他也做过郑重的承诺。因此，他很想早一点为母亲分担养家的重负。但这时他几乎看不到任何出路，前途竟是那样的渺茫。至少，他“实在还没有幻想到吃小说饭”，而一心一意要做的，“依然是个科学信徒”，②只是还不能确定，这个“科学信徒”能否让自己很快赚到钱，以减轻年轻守寡的母亲的负担。

于是，课余之时，这个敏感而又内心丰富的青年，常常就拿了书本倚靠在红楼的栏杆旁发呆——倚栏杆兮涕沾襟，这真是个绝妙的意象，在诗词小说中，穷愁落魄的才子很少不将情思寄托于这根“栏

---

① 谢家顺《张恨水年谱》，38 ~ 39 页，安徽文艺出版社 2014 年 7 月版。

② 张恨水《写作生涯回忆》，12 页，人民文学出版社 1982 年 6 月版。

杆”的，“栏杆”激发了他们郁结在心中的思绪，这些无从发泄的愁苦，便借了诗句得以抒发，“有时也填一两阕小令，词句无非是泪呀血呀穷病呀而已”。[①]还是在南昌的时候，那位曾教过他八股和试律诗的储先生，就夸他有诗才，鼓励他作诗。这些年，他自己也很钻研近体诗，读了《随园诗话》《白香词谱》《古唐诗合解》一类的书，为此还结交了两个诗友，楼下花园便是他们抒发诗情的地方，有了兴致，就题几句诗。

不过，吟诗填词毕竟不能当饭吃，穷困像一座大山，横在张恨水的面前，逼得他不得不去想办法，找出路。因为从小喜欢读小说，十三岁那年，他还试着写过一篇小说，主人公是个十三四岁的男孩儿，力大无比，使两把铜锤，在庄前打死一只猛虎。他把这个故事讲给弟弟妹妹们听，没想到竟能博得他们的赞许，他也因此受到了鼓舞。如今既在困境之中，张恨水便想到写小说也许能给自己一些机会。他从《小说月报》刊登的征稿启事中发现，小说的稿费是每千字三元。这个数字对一个穷困潦倒的学生来说，诱惑是很大的，很能刺激他的写作欲望。“我很大胆的，要由这里试一试”。[②]当时，学校里正闹学潮，不用上课，他于是有了作小说的机会。学校的理化讲堂是一幢小洋楼，楼下是花圃，隔壁就是有名的留园，风景绝佳，他便躲在小楼里作起小说来。“我一个人坐在玻璃窗下，低头猛写。偶然抬头，看到窗外竹木依依，远远送来一阵花香，好像象征了我的前途乐观，我就更兴奋地写”。[③]

---

① 张恨水《写作生涯回忆》，11 页，人民文学出版社 1982 年 6 月版。

② 同上，12 页。

③ 同上。

三天时间，他试着写了两个短篇小说，一篇是文言的《旧新娘》，约莫有三千字；一篇是《桃花劫》，用了白话，大约有四千字。[①]前者写一对青年男女的婚姻史，是喜剧；后者写一个孀妇的自杀，是悲剧。这是张恨水在小说创作道路上跨出的第一步，如今，小说已湮灭无闻，我们无从了解他都写了些什么，但就题材而言，他的趣味与风行一时的言情小说还是有关系的。小说写好后，他便悄悄寄给了商务印书馆的《小说月报》编辑部。原本是不抱有幻想的，可是，“事有出于意外，四五天后，一个商务印书馆的信封，放在我寝室的桌上。我料着是退稿，悄悄的将它拆开。奇怪，里面没有稿子，是编者恽铁樵先生的回信。信上说，稿子很好，意思尤可钦佩，容缓选载”。[②]既然是“意思尤可钦佩”，我们猜想，张恨水的这两篇小说，或有不同于流行的“哀情”“艳情”之处，因而得到了恽铁樵的肯定。他那时已经看到了言情小说千篇一律的病根，认为“言情小说撰不如译”，进而提出了“社会言情小说”的概念，并指出：“社会大事，无过于婚嫁生死，而言情小说，实包此四者。”又说：“言情不能不言社会，是言情亦可谓为社会。”[③]恽铁樵既有此认识，那么很显然，他从张恨水的小说发现的“尤可钦佩”的“意思”，很可能就是他所期待的言情小说的社会内容。既如此，我们是不是

---

① 张恨水作于1963年的《我的创作与生活》一文讲到此事，与《写作生涯回忆》有所不同：“一篇叫《旧新娘》，是白话的；另一篇叫《梅花劫》，是文言的。”此处采取了《写作生涯回忆》中的说法。

② 同上，13页。

③ 恽铁樵《论言情小说撰不如译》，陈平原、夏晓虹编《二十世纪中国小说理论资料》（第一卷），1897—1916年，533页、534页，北京大学出版社1997年2月版。

可以说，张恨水的小说创作，从一开始就与“鸳鸯蝴蝶”不同而多了社会这个维度。

得到恽铁樵的回信，张恨水大喜过望，因为他看到，自己的能力得到了社会的认可，他“居然可以在大杂志上写稿”了，对他来说，这是多么重要的一件事啊！他终于忍不住发自内心的欢喜，将这个消息告诉了要好的同学。但是，他等了“一月又一月，一年又一年，直等恽先生交出《小说月报》给沈雁冰先生的那一年，共是十个年头”，[①]那两篇小说也未能露面。尽管如此，张恨水仍然受到很大鼓舞，后来他“吃小说饭”，不能说和这封信一点关系没有。

这年夏天，民国以来不断积累的国民党与袁世凯的矛盾终于爆发，七月十二日，李烈钧在江西湖口起兵，发动二次革命。十八日，陈其美宣布上海独立，通电讨袁，但未满一月即宣告失败，二次革命也随着重庆讨袁军的战败而告终。由于垦殖学校是孙中山创办的，并以陈其美为校长，自然也就成了讨袁军的一支力量，学校把写了“讨袁军”字样的旗子也挂起来了。可是，没有几天，各地“讨袁”的势力就垮台了，领导“讨袁”的大人物纷纷逃亡海外，学校也就跟着解散了。这样一来，张恨水再次失学，当冬天到来的时候，他黯然回到了老家，再做打算。然而，还是一筹莫展，他讲到那时的情形：“找职业，我太年轻，也无援引。务农，我没有力气，这也不是中途可以插班的。那么，就在家里待着吧。好在家里还有些旧书，老屋子空闲的又多。于是打扫了一间屋子，终日闷坐在那屋子里看线装书。”[②]

---

① 张恨水《写作生涯回忆》，13 页，人民文学出版社 1982 年 6 月版。

② 同上。

这间屋子在张恨水成名之后成了张家后生晚辈们借以自励的“圣地”，人们将它命名为“老书房”，张恨水就是在这里自修自写，奠定了毕生的职业。他记忆中的“老书房”不过是一间黄土书屋：“这屋子四面是黄土砖墙，一部分糊过石灰，也多已剥落了。南面是个大直格子窗户。大部分将纸糊了，把祖父轿子上遗留下来的玻璃，正中嵌上一块，放进光亮。窗外是个小院子，满地青苔，墙上长些隐花植物瓦松，象征了屋子的年岁。而值得大书一笔的，就是这院子里，有一株老桂树。终年院子里绿阴阴的，颇足以点缀文思。这屋子里共有四五书箱书，除了经史子集各占若干卷，也有些科学书。我拥有一张赣州的广漆桌子，每日二十四小时，总有一半时间在窗下坐着。”①

按照当时乡下人的价值观，衡量一个青年是否有出息，只有两条标准，或者做官，或者发财。用这样的眼光看张恨水，自然觉得他“一事无成”。也有乡邻用“仕途经济”一类的话劝导他，他当然听不进去，因为，他既“中了才子佳人的毒，而又自负是革命青年”，②正做着别一种梦。不过，他毕竟形单影只，抵挡不了众议的汹汹而起。逃避的唯一办法，就是躲在黄土屋中写作。“在我书桌上，有好几个稿本，一本是诗集，一本是词集，还有若干本，却是我新写的长篇小说《青衫泪》。”③这是一部“苦闷的叙述和幻想的故事”，④书是用白话章回体写的，中间又夹杂了不少诗词小品，体裁则模仿

---

① 张恨水《写作生涯回忆》，13～14页，人民文学出版社1982年6月版。

② 同上，14页。

③ 同上。

④ 同上。

《花月痕》的套路，至于小说的内容，主要“谈青年失学失业的苦闷，一托之于吟风弄月，并不谈冶游”。[①]不过，这部小说并没有最后完成，只写了十七回，就被他自己放弃了。

当又一个春天来临的时候，不肯困居乡间的张心远，再次离开家乡，来到南昌。当时，他身上只有四五元钱，家里也很难给他太多的资助，于是，通过向亲友挪借，凑了些钱，进了一所补习英语、算术的学校，目的还是想考大学。父亲在世时，曾在南昌置了些房产，所收房租还够他支付补习学校接下来的学费。不久，家里的生活也无以为继，不得已，母亲就把南昌的这所房子卖了，得了八九百元钱，都由母亲收着，做家常度日之用，他也不忍去要。但借贷总不是长久之计，这样，大约半年之后，经济来源一断，他的学业也就中止了。到了这一年的秋天，听说有个本家叔祖张犀草（授书、寿书、楚萍）在武汉的一家报馆里当编辑，他就带了一包读书笔记和小说，借了一笔川资，跑到汉口去投奔这位年龄并不比他大很多的叔祖，希望能在这里找到一条出路。

对于心远的到来，张犀草倒是很欢迎，他安排心远住在一家杂货店楼上。心远把自己的诗作拿给他看，得到了他的赞许。心远便根据他的建议，把诗稿投给几家报馆，居然有诗作发表了。每天也写些小稿在叔祖编辑的报纸上补白，虽然都不给稿费，但稿子有人看，诗也有人说好，“却也聊以快意”。[②]“恨水”这个笔名就是这时问世的。自从有了“恨水”这个名字，“心远”倒

---

① 张恨水《我的小说过程》，张占国、魏守忠编《张恨水研究资料》，231页，知识产权出版社2009年9月版。

② 张恨水《写作生涯回忆》，15页，人民文学出版社1982年6月版。

慢慢地少有人提起了，人们只知有张恨水，不知有张心远。由于“恨水”这个名字曾引起人们的种种猜测，张恨水为此还做了特别的说明：

> 本来在垦殖学校作诗的时候，我用了个奇怪的笔名，叫“愁花恨水生”。后来我读李后主的词，有“自是人生长恨水长东”之句，我就断章取义，只用了“恨水”两个字。当年在汉口小报上写稿子，就是这样署名的。用惯了，人家要我写东西，一定就得署名“恨水”。我的本名，反而因此湮没了。名字本来是人一个记号，我也就听其自然。直到现在，许多人对我的笔名，有种种的猜测，尤其是根据《红楼梦》，女人是水做的一说，揣测的最多，其实满不是那回事。①

在汉口一住几个月，除了给报纸补白，并没有其他事情可做，恰好他的族兄张东野随“文明进化团”到汉口演出，就介绍他进了文明进化团。张东野现在已经有了艺名叫“张颠颠”，团里还有两位主要演员，一位是演生角的李君磐，一位是演旦角的陈大悲。他们二位都是中国话剧早期历史的开创者，李君磐曾创办开明剧社，刘半农在他那里做过编剧，他还是鸳鸯蝴蝶派的圈内人；陈大悲早年加入春柳社，后加入进化团，他还是“爱美戏剧”最早的倡导者，曾写过一部《爱美的戏剧》，对当时的新剧运动影响很大。他们对于张心远——恨水这个年轻人，多少有那么一点怜惜，“主持人李君磐先生，他倒不一定要我演戏，帮着弄点宣传品，写写说明书，

---

① 张恨水《写作生涯回忆》，15页，人民文学出版社1982年6月版。

也就让我在团里吃碗闲饭”。[1]于是，他就跟随文明进化团到了湖南，先在常德，后来又到澧县，巡回演出。时间久了，浸润其中，他也跃跃欲试，完全没有料到，“我居然可以登台票几回小生，我还演过《卖油郎独占花魁》的主角”。[2]在另一个场合，他提供了剧团生活的更多细节：“头一场演《落花梦》，派我一个生角，是个半重要的角色，大家认为我演的还不错，就是说话太快了一点，派戏人说，演演就好了，我听了也很高兴。初步定了我三十元的月薪，李君磐和陈大悲也不过百多元。不过薪金是有名无实的，我从没拿过三十元，十元也没拿过，但是伙食很好。”[3]

看上去，张恨水在剧团里过得还不错，一张说明书不过三五百字，对他来说简直轻而易举，“我的工作不忙，有时就约朋友出城去玩”。[4]这期间，他还随团到津市、澧县跑码头演出，生意不错。民国四年（1915年）六月，剧团要到上海参加演出，他又随着大家到了上海。“这时，有几个同乡的文字朋友，住在法租界，我就住在他们一处”。[5]同住的朋友当中，有一位就是郝耕仁。他是安徽怀宁人氏，与恨水堂兄张东野为江西讲武堂同窗好友，毕业后都被派往上海警察局任职。当初，张恨水到上海投奔堂兄时，他们或许就已经见过。他比张恨水年长十岁，是前清秀才，写得一笔好字，能诗能文，尤以古文见长，曾经

---

① 张恨水《写作生涯回忆》，15页，人民文学出版社1982年6月版。

② 同上，16页。

③ 张恨水《我的创作和生活》，《文史资料选辑》第七十辑，156页，文史资料出版社1980年7月版。

④ 同上。

⑤ 张恨水《写作生涯回忆》，16页，人民文学出版社1982年6月版。

还是同盟会员。他看张恨水年纪轻轻，跟着张东野一路瞎跑瞎混，毕竟不是办法，就劝张恨水，凭着自己的这番笔墨，到内地去找个编辑的工作。但一时间却找不到机会，他也只能继续跟着李君磐的剧社四处演戏，但收入甚微，果腹之外，竟无钱置办冬装，他说："那时的穷法，我不能形容，记得十月里，还没有穿夹袍子。其间我又害了一场病，脱了短夹袄，押点钱买中药吃。病好了，上海我就再也住不下去了。"[①] 于是，他就借了路费回了安徽老家。

跟着剧团跑码头演戏的经历，给了张恨水很深的刺激，返回乡下后，他下决心不再流浪。不过，在家里依然无事可做，只有拿写小说来解闷。两个月内，他写了两个中篇，一篇是《未婚妻》，另一篇是《紫玉成烟》，都是文言。这在当时恰恰是一种时髦，虽然梁启超在十几年前就主张用白话写小说，陈独秀、胡适等人也在大力提倡白话文，但民国最初几年，社会上流行的还是用文言写小说，一时竟成为风尚。有学者研究认为，林纾（琴南）译作的风行和影响，是其首要原因。包天笑在回忆录中就曾讲到林译对时风的影响："这时候写小说，以文言为尚，尤其是译文，那个风气，可算是林琴翁开的。林翁深于史汉，出笔高古而又风华，大家以为很好，靡然从风的学他的笔调。"[②] 作为文学青年的张恨水，对于文学时尚自然是很敏感的，而且，他对林译小说也并不陌生，读过不少，尤为喜欢其中的心理描写，认为是中国小说所缺少的，再加上他的古文修养，也许会以为，用文言写小说比用白话更便捷，更得心应手。对他来说，这固然是一种习惯，而生

① 张恨水《写作生涯回忆》，16页，人民文学出版社1982年6月版。

② 包天笑《钏影楼回忆录》，324页，中国大百科全书出版社2009年1月版。

活在今天的我们却是不易体会的。

民国五年（1916年）五月，堂兄张东野、叔公张授书在上海吃了官司，族人因张恨水常在外面走动，有见识，便推举他到上海，设法营救。一到上海，张恨水马上去找郝耕仁帮忙。但这件事却有些棘手。关于这件事的前因后果，我们所能看到的材料很有限，据一九九一年续修《张氏宗谱·东野公传》记载："1915年与叔公张授书刺杀袁氏密使未遂，在上海被捕，关押五年，授书牢死。"[①]至于他们的行为纯属个人意愿，还是接受过哪个组织的指令，我们亦不得而知，所能知道的，只是张东野早年曾加入同盟会，参与了陈其美领导的上海起义，在攻打制造局时立过功，被委任为宪兵大队长。二次革命中，陈其美沪军都督一职被袁世凯解除，张东野亦离开上海，加入李君磐的文明剧团，化名"颠颠"，暗地里从事反袁活动。一九一五年，与叔公密谋暗杀袁密使，不幸所用炸弹意外爆炸失火，二人先后被英租界警察抓捕。袁政府曾对二人提出过引渡要求，但被英国政府拒绝了。他们被关押五年，此后，张东野被释放，张授书却因伤病，惨死狱中。张恨水说，张授书是他的患难之交。张授书的遭际给了他很大触动，经过很多年，他还常常想起这位小叔公。民国十五年（1926年），张授书死难七周年，七月七日这天，他想起有一年的七夕之夜，他们同客金陵，乘兴在江边散步，"见银汉横江，繁星照水，各有所感。楚萍（授书之笔名）谓今夕不可无诗，尔先咏之"，于是，张恨水就先吟了一首：

一度经年已觉稀，参横月落想依依。

① 转引自谢家顺《张恨水年谱》，42页，安徽文艺出版社2014年7月版。

江头有个凭栏客，七度今宵尚未归。

七年之后，又逢七夕，张恨水怀念故人，便把这首诗发表在他主编的《世界晚报》副刊《夜光》上，并加了一段“跋语”：“楚萍因闺中无画眉之妇，故流落在外，且七年矣。读予诗，以为不谅而规戒之，凄惨不复能语。今吾友亦死七年矣，一忆此事，终日不欢也。婚姻不自由，诚杀人之道哉！”①

在张恨水看来，张授书的不幸，根源于他的婚姻，由于对婚姻不满意，故漂流湖海，不常家居，而寓沪既久，与民党游，渐渐从事革命，最终走上这条不归路。张恨水的营救显然没有成功，就在此时，陈其美在上海法租界萨坡赛路十四号日本侨民山田纯三郎的寓所亦被袁世凯的刺客枪杀，张恨水跟随郝耕仁参加了收殓其尸的工作。他既在上海无事可做，便一个人去了苏州。在这里，他又一次遇到了李君磐，应李之邀，二次加入文明剧团，在苏州一带演出。这时，剧团中人均为一时才俊，有黄秋士、徐卓呆、刘半农、郑逸梅等，张恨水负责撰写剧本和拟广告。不久，有人要去无锡演戏，有人要回上海，李君磐有意到南昌发展，就叫上张恨水和他先行去做宣传和推广，闹了几个月，一无所成，随着冬天的到来，张恨水便辞别了李君磐，回老家去了。

转眼到了民国六年（1917年）的春天，张恨水二十二岁了。郝耕仁看他穷愁潦倒，在家乡也无事可做，便从故乡石牌专门写信来邀他一同出游。综合张恨水后来的几次回忆，我们对这次游历有了如下的印象：他们相约三月初在安庆会合，然后，沿长江

① 张恨水《七夕诗》，张恨水全集《剪愁集》，78页，北岳文艺出版社1993年1月版。

顺流东下，先到上海，郝耕仁尽其所有，将身上全部盘缠都拿出来，又向朋友借了点钱，买了些家庭常备药（一说为他家有祖传的）。郝的计划是仿照老残所为，以卖药为借口，行走江湖。郝耕仁是老大哥，张恨水是小老弟，自然一切都依郝耕仁的主张。他们便收拾起两小提箱药品，由镇江一个叫仙女庙的地方坐船过江。原打算经江苏，沿淮河北上，进山东，达济南，再浪迹燕赵。“仙女庙是个小镇市，我们在一家小客店落脚，临近就是运河，有一道桥通到扬州，那晚月色很好，我们俩在桥上闲步，看到月华满地，人影皎然，两岸树木村庄，层次分明。有渔船三五，慢慢地往身边走，可是隐约中不见船身，只见渔灯，从这里顺流而下。郝耕仁说，这里很好。他要吟诗，于是就乱吟一阵。眼见月亮西斜，我们才回小客店。第二天我们到邵伯镇去，只有二三十里路程，当然是步行而去，这日天气很好，我们背了小提箱，且谈且走，村庄里树木葱茏，群鸟乱飞，田野里麦苗初长，黄花遍地，农民背着斗笠，在麦地里干活。”①

游历的感觉看来不错。黄昏时分，他们来到邵伯镇，在一家旅馆歇下。“郝君还是三块豆腐干，四两白酒，陶陶自乐。醉饱之余，踏月到运河堤上去，我们还临流赋诗呢。”②这邵伯镇自古就是个繁华之地，它的得名很有渊源，据说是为了纪念东晋时的谢安，如今隶属扬州市江都区。他们住的这家店，店主是个斯文人，门口两个长脚灯笼上写着“九门都统”，暗示他曾是个京官。

---

① 张恨水《我的创作和生活》，《文史资料选辑》第七十辑，157页，文史资料出版社1980年7月版。

② 张恨水《写作生涯回忆》，17页，人民文学出版社1982年6月版。

他们自称是卖药的商人，但穿着打扮和风流倜傥的神态，分明是两个读书人，店主对他们的身份就有了疑问，于是对他们说，你们可以住在这里，但要找个保人才行。郝耕仁出去找了一个西药店的经理，把这番出来卖药的想法都和他谈了，他表示能够理解，也愿意作保。但他劝二人不要再往前走了，不安全，现在这一带驻了很多军队，前面也许会有战事发生，还是回去为妙。店主也担心他们住在这里会给自己带来麻烦，力劝他们返程。这种情形之下，西药店经理就把他们带来的药品打折收购了，算是有了回程的路费。

郝耕仁做新闻记者多年，又有些狂放不羁的文人性格，张恨水与他很有点惺惺相惜的意思。他们从刘鹗的小说《老残游记》中得到灵感，都向往浪迹江湖的生活，故郝一呼而张即应，但他没想到结局会是这样，行程刚刚开始，就宣告结束了。“次日傍晚，我们就搭了一只运鸭的木船前往湖口，以便天亮由那里搭小轮去上海。在这段旅程中，我毕生不能忘记，木船上鸡鸭屎腥臭难闻，蚊虫如雨。躲入船头里，又闷得透不出气，半夜到了一个小镇，投入草棚饭店，里面像船上统舱，全是睡铺。铺上的被子，在煤油灯下，看到其脏如抹布，那还罢了，被上竟有膏药。还没坐下呢，身上就来了好几个跳蚤。我实在受不了，和郝君站在店门外过夜。但是郝君毫不在乎，天亮了，他还在镇市上小茶馆里喝茶，要了四两白酒，一碗煮干丝，在会过酒账之后，我们身上，共总只有几十枚铜圆了。红日高升，小轮来到，郝君竟唱着谭派的《当锏卖马》，提了一个小包袱，含笑拉我上船。”[①]张恨水不禁感慨，

---

① 张恨水《写作生涯回忆》，17～18页，人民文学出版社1982年6月版。

出门真难啊。郝耕仁告诉他，“这不算什么，昨天我们在旅馆里的时候，茶房就轻轻对我说，镇上保安团里的人已经住到我们对过房间里来，只要他们说声‘捉’，我们就得跟了走”。[1]张恨水听了说，好险呀！这样想来，昨晚的“鸡鸭齐叫，臭气熏人，蚊子乱咬，也就不在乎了”。[2]

对张恨水来说，这次浪迹江湖的尝试虽说不像他想的那样浪漫，但是觉得长了不少见识，沿途所见所闻，给他留下了难忘的印象。郝耕仁乐天知命的人生态度，深深打动了他，让他对这种仰之弥高、钻之弥坚的人格境界有了更切实的了解和体会。张恨水在父亲去世之后，虽然失去了安逸的生活环境，断绝了求学之路，饱尝了生活的艰难与辛酸，但他毕竟是个“文人”，有一种本能的清高，对社会底层的生活所知不多。这一次，他才真正看到，生活在社会底层的老百姓过着怎样的日子，真切感受到这个社会的残酷与不公。日后，张恨水能用自己手中的笔，批判强权，同情弱小，揭露社会黑暗，这次浪游具有特别重要的意义，可以说是他人道主义情怀的开端。回到上海后，他曾“写了一篇很沉痛而又幽默的长篇游记，叫《半途记》”，[3]可惜后来丢失了。

在上海，他与郝耕仁住在法租界的渔阳里，“我是靠郝君接济，郝君是靠朋友接济”，[4]就这样过了几个月，“除了和朋友谈天，就

① 张恨水《我的创作和生活》，《文史资料选辑》第七十辑，158页，文史资料出版社1980年7月版。

② 同上。

③ 张恨水《写作生涯回忆》，18页，人民文学出版社1982年6月版。

④ 同上。

是作诗。有时，我们也写点稿子，向报馆投了去”，稿费是没有的，但也由此知道了投稿入选，不是什么难事。除此之外，他利用这段时间读了不少书，早起“随耕仁至粥店，啜粥二三碗，然后往商务印书馆或中华书局及书业公会等处阅书，必待书局打烊始回法租界渔阳里。几至终日忍饥，归后卧地板上，犹高谈阅读所得”，[①]倒也是一件乐事。因为有了上次的教训，张恨水很怕在上海过冬，所以，“在西风起，北雁南飞的日子，我就回故乡了”。[②]

---

① 一鸣《谈张恨水》，原载1948年7月8日芜湖《工商日报》副刊《陶塘》，转引自谢家顺《张恨水年谱》，51页，安徽文艺出版社2014年7月版。

② 张恨水《写作生涯回忆》，18页，人民文学出版社1982年6月版。

零伍

生计

民国六年（1917 年）深秋，张恨水回到故乡。在上海既找不到出路，总依靠郝耕仁接济，也不是办法，何况郝耕仁也要离开上海了，芜湖那边的报馆要他回去做编辑。

这一年，张恨水已经二十二岁。虽还年轻，但他是长子，父亲不在了，他就是这个家的顶梁柱，对这个家负有责任。这时，母亲已年过四旬，三个弟弟，大弟张啸空十九岁，二弟张仆野、三弟张牧野十二岁；两个妹妹，大妹张其范十四岁，小妹张其伟只有八岁。这一大家子人，穿衣吃饭不说，弟妹都要受教育，而经济来源是没有的，从祖父那里分得的几亩田，实在承担不起教养后代的重负；父亲留下的遗产，能卖的卖了，能当的当了，日子越过越艰难。对一个任劳任怨的母亲来说，即使她心里想着已经长大成人的儿子应该能帮帮自己，恐怕也是难以启齿的，何况她深知大儿子一向是心高气傲、绝不肯屈就的，更不想因此给儿子的未来留下什么遗憾。而张恨水似乎也还没有准备好，如何在经济上给母亲一些哪怕是微不足道的帮助。

此时的张恨水，除了继续做自己的才子梦，在生计方面可谓一筹莫展。或者他以为，眼下自己只是怀才不遇而已，如果给他机会，他是不会无所作为的。乡里人看他这个样子，都嘲笑他是个无用的人，叫他“书呆子”，有人甚至说，如果读书读得像张恨水这样，宁肯让孩子看一辈子牛，也不让他去读书。但张恨水却不以为然，依然我行我素，也无心与乡民们深辩。燕雀安知鸿鹄之志哉！他还像往常一样，把自己关在“黄土书屋”中，磨砺学问，对古文尤为用力。家里藏有不少林译小说，这时也被他拿出来反复把玩，悉心揣摩。林译小说用古文，时称“雅言”，其中古朴顽艳的笔墨，很对他的胃口。对他来说，读林译小说，既是赏心乐事，也因此得到不少关于西方文学的知识和写作手法。

就在他躲进“黄土书屋”享受读书之乐的时候，中国和世界却并不安生。这一年的三月，北方的俄国爆发了二月革命，沙皇的统治被推翻了，建立了临时政府；到了冬天，十一月，列宁领导的十月革命，又推翻了临时政府，建立了苏维埃政权。在中国，六月有张勋复辟，清废帝溥仪上台，只做了十天皇帝，就被段祺瑞赶下了台；七月，孙中山以维护临时约法，恢复国会为名，在广东发起“护法运动”，南北再次陷入战争状态；八月，段祺瑞政府宣布“对德宣战”，中国加入协约国，抓着“一战”的尾巴，争取到一张进入巴黎和会的“门票”。

如果说这些都离张恨水较远，看上去与他无关的话，那么，这一年发生的另一件事，却不能说与他无关。一月，他的同乡，长其四岁的胡适在《新青年》二卷五号上发表了《文学改良刍议》一文。文章从八个方面论述文学改良所应注重的八件事：

一曰，须言之有物。

二曰，不摹仿古人。

三曰，须讲求文法。

四曰，不作无病之呻吟。

五曰，务去烂调套语。

六曰，不用典。

七曰，不讲对仗。

八曰，不避俗字俗语。[①]

这八件事，以第一件事为纲领，提纲挈领，拎出下面七件事来，核心便是一个“物”字，他特别指出：“吾所谓‘物’，非古人所谓‘文以载道’之说也。吾所谓‘物’，约有二事：（一）情感。（二）思想。”他把无此二物之文学，称作“无灵魂无脑筋之美人”。[②]他认为，对于文学的发展变化，当“以历史进化之眼光观之”，主张“今日之中国，当造今日之文学”。[③]他谴责刻意模仿古人，作无病呻吟状的文学，是“亡国之哀音”，[④]老年人尚不可为，少年人尤不应为。

胡适还算是客气的，他以一种书生气的温文尔雅，建议对这个有研究之价值的文学上的根本问题，进行“直言不讳之讨论”。[⑤]而

① 胡适《文学改良刍议》，《胡适全集》第一卷，4页，安徽教育出版社2003年9月版。

② 同上，5页。

③ 同上，6页。

④ 同上，8页。

⑤ 胡适《寄陈独秀》，同上，3页。

他的另一位同乡，同为安庆人的陈独秀（又称怀宁人，历史上，怀宁又名安庆，与潜山相邻，怀宁县治所在地就在安庆），绝不认为有讨论的必要。《新青年》二卷六号发表陈独秀的《文学革命论》，文章宣称：“余甘冒全国学究之敌，高张‘文学革命军’大旗，以为吾友之声援。”他所谓吾友，就是胡适。他明确提出“吾革命军三大主义：曰，推倒雕琢的阿谀的贵族文学，建设平易的抒情的国民文学；曰，推倒陈腐的铺张的古典文学，建设新鲜的立诚的写实文学；曰，推倒迂晦的艰涩的山林文学，建设明了的通俗的社会文学”。[①]同期还发表了他与陈丹崖、钱玄同、常乃悳、程演生讨论新文学、古文与孔教、国学与国文等问题，以及与叶挺讨论道德与科学问题的通信。

胡适与陈独秀的文章，被后来者认为是唤起中国文学革命的第一声号角。胡适也为他作为这场运动的发起者所起的作用而感到骄傲。在回顾这段历史时，他便把自己的主张称作是“文学革命的宣言书”。[②]文章发表后，他很有些自豪地看到，“这个问题居然引起了许多很有价值的讨论，居然受了许多很可使人乐观的响应”。[③]最初，实事求是地讲，他所谓响应，无论支持的还是反对的，其实只限于大学教授和一些进步学生，主要集中在北京大学这个小圈子。

① 陈独秀《文学革命论》，《陈独秀文章选编》（上），172页，生活·读书·新知三联书店1984年6月版。

② 胡适《逼上梁山——文学革命的开始》，《胡适自传》，125页，黄山书社1986年11月版。

③ 胡适《建设的文学革命论》，《胡适全集》第一卷，52页，安徽教育出版社2003年9月版。

那时，蔡元培已出任北京大学校长，他是主张兼容并包和学术自由的，许多观点分歧的教授都被他网罗任教于北京大学，陈独秀就在年初被聘为北京大学文科学长，胡适也在回国后不久，即九月十日到北京，就任北京大学教授。

这些知识精英的风云际会，固然使得“文学革命、思想自由的风气，遂大流行”，[①]却也引起校园内和社会上一些保守的教授和学生的不安和愤慨。不过，他们的反抗相当消极，他们大约以为，文学革命，用白话文取代文言文，自清末以来，就不断有人在提倡，并不新鲜。所以，当钱玄同附和胡适之说，并点名批评林纾后，林纾也只是站出来说“古文之不当废”而已，以至于胡适在给陈独秀的信中叹息，认为不足以“供吾辈攻击古文者之研究”，而不免“大失所望”。[②]因此，《新青年》的编者甚至不惜假造一封读者“王敬轩”的来信，以充当批判的靶子，挑起论争，似乎不如此，他们的许多见解就不能尽情发挥。鲁迅便从这热闹里看到了他们的寂寞，当时，他正寓于绍兴会馆抄古碑，《呐喊·自序》讲到钱玄同（金心异）来向他约稿时的情形，他且言道：“我懂得他的意思了，他们正办《新青年》，然而那时仿佛不特没有人来赞同，并且也还没有人来反对。”[③]

目前没有材料可以证明，暂居于老家潜山闭塞乡村的“文学青年”张恨水是否注意到了这场讨论。不错，他一直很喜欢古典诗文，在诗词、骈体文的写作上下过一番硬功夫，可他绝不排斥白话文。

---

① 蔡元培《自写年谱》，转引自陈万雄《五四新文化的源流》，29页，生活·读书·新知三联书店1997年1月版。

② 胡适《寄陈独秀》，《胡适全集》第一卷，26页，安徽教育出版社2003年9月版。

③ 鲁迅《呐喊·自序》，《鲁迅全集》第一卷，419页，人民文学出版社1981年版。

他读过许多小说，无论新旧，也还是以白话居多。他写小说，作诗文，更是白话、文言兼顾，并不特意标榜哪一种。不能说社会上流行的新思潮、新风尚对他没有影响，但他绝不会跟风骂什么“桐城为谬种，选学为妖孽”。生活经验告诉他，这个社会是不公平也是不公正的，军阀横行，豺狼当道，底层百姓的日子过得很不容易，他为此而感到愤慨，并对穷苦百姓报以深深的同情，然而，他无论如何也不能理解和认同，造成这一切的罪魁祸首，竟是他所钟爱的古文，是延续了几千年的中国传统文化。

可见，胡适、陈独秀们的问题并不能成为张恨水的问题。对张恨水来说，最迫切需要解决的问题，不是选择文言还是选择白话，而是如何摆脱目前这种无所事事的窘况，找到一份可以维持生计，能够自食其力的事做。回到家乡两个月（一说半年）后，张恨水收到郝耕仁寄来的一封信，信中说，他们在上海分手时，张恨水的小说《未婚妻》放在他的网篮里，被他带回了芜湖。他把小说拿给朋友们传看，大家都说写得好。无锡《锡报》的编辑不仅拿走了小说稿，甚至提出想请张恨水去报社帮忙。信中还说，芜湖的《皖江报》（《皖江日报》，下均同）原想请他回去当总编辑的，他因为开春要到广东去（一说去湖南），很想把这个机会让给张恨水。

小说有人赞赏，张恨水自是一喜，凭空得到一个职位，更让他喜不自禁。他太需要这个机会了，如果真能得到这个职位，不仅个人生计问题有望解决，搞好了也许还有余力帮衬家里，岂不两全其美？而且，报纸编辑并不辱没于他，对他来说，倒像是一条新的出路。从这里，他似乎看到了自己的将来，他相信，那必是一种新的生活。高兴之余，他仿照《未婚妻》的笔法，又写了一部《未婚夫》。

过了残年，凑了三元川资（一说向母亲要了四元钱路费），张恨水便动身到芜湖去了。因为有郝耕仁的推荐，事情进行得很顺利。张恨水回忆说：“《皖江报》的编辑张九皋领我会见了谭经理，他们信得过郝耕仁，也就信得过我。分派给我的工作是每天写两个短评，还要编一点杂俎，新闻稿子缺少，就剪大城市报纸，工作并不难。”[①]这是张恨水报业生涯的开端，他的小说连载于报纸副刊，也是从这里开始的。谭经理大名谭明卿，《皖江报》是他与张九皋共同创办的，他任社长，张九皋任总编辑。当年的内地报纸，除了几条本地新闻，几乎全靠剪刀和糨糊，副刊也不例外。但年轻气盛而又酷爱写作的张恨水不想这样做，他接手《皖江报》副刊之后，希望能改变这种状况，开创出新的局面。他先把早年的一篇习作文言言情小说《紫玉成烟》拿来，在自己主持的副刊上连载，此外，他每日还撰写一篇小说闲评，又另外找了两个朋友的笔记，也刊发在副刊里。没想到，“这个举动，在芜湖新闻界，竟是打破纪录的”，[②]不仅增加了报纸的销量，还吸引了许多人给报社投稿。多年后他主政《新民报》北平版期间，还忆及当初在《皖江报》时的情景：

> 三十年前，与大癞（郝耕仁）同编《皖江报》，予看大样，时有错字。大癞立在编辑桌上，填半阕《丑奴儿》调予曰：“三更三点奈何天，手也挥酸，眼也睁圆，谁写糊涂帐一篇？”予亦于纸角立答半阕曰：“一刀一笔一糨糊，写也粗疏，贴也糊涂，自己文章认得无？”大癞笑而

---

① 张恨水《我的创作和生活》，《文史资料选辑》第七十辑，158 ~ 159 页，文史资料出版社 1980 年 7 月版。

② 张恨水《写作生涯回忆》，19 页，人民文学出版社 1982 年 6 月版。

佳之曰：实也。此等游戏，难求于今日之编辑部矣。[①]

更让他备受鼓舞的，是小说“很得一些人的谬奖”。[②]房东对他的小说闲评大加赞赏，房东太太却喜欢看他写的小说。于是，他乘兴又创作了一部白话长篇小说《南国相思谱》，逐日在报上连载。如果说《紫玉成烟》只是他的牛刀小试，那么，这部《南国相思谱》就是他作为未来小说家在文坛的首次亮相。据说，后者曾受到《花月痕》很深的影响，看来也是个“摹绘柔情，敷陈艳迹”[③]的才子佳人故事。区别仅仅在于，一个讲的是老才子佳人，一个说的是新才子佳人。《花月痕》流行于清末光绪年间，是一部所谓“狭邪小说”（鲁迅命名）。在中国小说史上，这是第一部以妓女为主角的长篇叙事作品。作者魏秀仁，要借韦痴珠、刘秋痕与韩荷生、杜采秋两对人物的穷达升沉，来抒发自己怀才不遇的感慨，即所谓“一泄其肮脏不平之气”。蒋瑞藻《小说考证》采用《雷颠随笔》的说法，称赞《花月痕》“笔墨哀艳凄婉，为近代说部之上乘禅”，并为后半部的“蛇足”而深深感到惋惜。[④]至于张恨水的《南国相思谱》以及《紫玉成烟》，目前还在历史深处的某个角落里等待着我们的发现，作者在小说中写了什么，写得怎样，我们并不了解，自然也难以同《花月痕》

① 张恨水《编部旧谑》，载于《新民报》北平版1946年5月21日副刊《北海》，署名“旧燕”。

② 张恨水《我的小说过程》，张占国、魏守忠编《张恨水研究资料》，231页，知识产权出版社2009年9月版。

③ 鲁迅《中国小说史略》，216页，东方出版社1996年3月版。

④ 转引自魏秀仁《花月痕》校点后记，450页，人民文学出版社1982年5月版。

做更多的比较。但读者反响十分热烈，他也在当地得到了善写小说的声誉。多年后，张恨水谈到《南国相思谱》，觉得书名过于艳丽了，便有些言之赧然。他说："记得这时，我的思想，完全陶醉在两小无猜，旧式儿女的恋爱中，论起来，十分落伍的了。"①这部小说采用章回体，文字有点偏重于辞藻，回目的制作也刻意追求工整，这些都可以看作是《花月痕》对他的影响。

这样一来，张恨水就在芜湖住下了。报社包下了他的食宿，每月还有八元薪水，他既衣食无忧，也就不再作非分之想。报社的伙食相当好，大家对他也很客气，他还有自己的房间，用功而不受干扰。他从家里带来一部《词学全书》，一部《唐诗十种集》，放在床头做闲读之用。每天晚上，作罢两篇短评，便和几位同事到街上去玩，有时吃碗面，或再来几个铜板的熟牛肉，就是消夜了。多余的工夫，他就用来写小说。回忆起往事，他写道："我先写了一个短篇，叫《真假宝玉》，是讽刺当年演《红楼梦》老戏的，试寄到上海《民国日报》去。去后数日，编者很快来信，表示欢迎。因之，我又写了一个中篇章回，叫《小说迷魂游地府记》，也投寄给《民国日报》，他们连载了将近一月，竟引起上海文坛很大注意。这两篇都是白话体，前者约三千字，后者约一万字。后来这两篇小说，被姚民哀收到《小说之霸王》的集子里去了。"②

这两篇小说分别于一九一九年三月十日至十六日、四月十三日至五月二十七日在上海《民国日报》副刊《解放与改造》（一说《民

① 张恨水《我的小说过程》，张占国、魏守忠编《张恨水研究资料》，231页，知识产权出版社2009年9月版。

② 张恨水《写作生涯回忆》，20页，人民文学出版社1982年6月版。

国小说》）上连载。前者借宝玉之口讽刺那些在舞台上扮演贾宝玉、林黛玉的演员，气质、禀赋都与作者心目中的宝玉、黛玉相差甚远。比如欧阳予倩饰演林妹妹，他写道："黛玉是个国色，一双眼睛本来是像秋波，这个却是近视眼，那面孔更不必说了，还不如小丫头四儿。"对梅兰芳他还比较客气，说是"像这家伙充妹妹还勉强对付过去"，但他对妹妹葬花时"树上花上亭子上统统扎了五彩电灯"深感不解，倒是这位饰黛玉的向他解释："你不知道呢，现在凡是我出来的地方总有彩灯的，这有什么稀罕呢？"再看几位宝玉的扮演者，更加惨不忍睹，查天影"神情却一脸滑气，加上个钩鼻子，一点儿不像自己"；陈嘉（一说喜）祥呢，"把他放在屠案子上去秤秤足足的有二百四十斤，一双肿眼泡，一张阔嘴，却装着声音嫩声嫩气的说话"；还有那位麒麟童（周信芳），倒像"喝醉了酒的焦大一般"，听到林妹妹叫他，"破锣也似的答应了一声"。[①] 显而易见，张恨水在这里用了滑稽、幽默的笔调，对伤害自己心中偶像的艺人给予了相当尖刻的调侃和讽刺。

后者《小说迷魂游地府记》也是一篇讽刺小说，如果说前者只是讽刺了几个京剧艺人的话，那么，后者讽刺的对象却涉及古今中外许多著名人物。小说仍采用章回体，只有九个回目，主人公小说迷显然是作者自况，他借小说迷梦游地府，尖锐地抨击了当时的文坛、作家和出版界种种的丑陋乱象，最后还借地府小说家痛打斯文败类阮大针，武人马士英出面干涉，把他也当作乱党抓去，执行军法，痛斥了北洋军阀的卑劣和残暴。有人用小说中

① 张恨水《真假宝玉》，《清末民初小说书系滑稽卷》，536 ~ 540 页，中国文联出版公司 1997 年 11 月版。

的人物和情节比附现实，认为书中的“主战军”当指主张参加欧战的段祺瑞政府，而阮大针则是曹汝霖、陆宗舆、章宗祥的化身。从小说发表的时间来看，是在“五四”运动之间，然而，他的写作、投稿却在此之前，很难设想他预知五月四日那天发生的故事，并把它写到自己的小说里。小说家痛打阮大铖，马士英率兵相救，与学生痛殴章宗祥，警察赶赴现场镇压，只能说是偶然的巧合。但是，他借地府召开“古今小说评论大会”，要选举会长、副会长，让金圣叹说出“我们纯粹是学术上讨论，犯不上朱陆异同，新旧思潮的闹党见”[①]这一番话，也算是对这几年《新青年》闹文学革命，要置旧文学于死地的一种回应。在这里，他表现出来的对党争、党见的极度反感，成为此后几十年里他的基本态度，一直延续到晚年。

接连两篇小说在《民国日报》连载，引起了上海文人，特别是旧派文人对张恨水的注意。鸳鸯蝴蝶派重要作家姚民哀在编《小说之霸王》的时候，便将这两篇小说一并收入其中。虽然张恨水一再表示，最初写小说不是为了挣钱，“当年写点东西，完全是少年人好虚荣。虽然很穷，我已知道靠稿费活不了命，所以起初的稿子，根本不是由‘利’字上着想得来。自己写的东西印在书上，别人看到，自己也看到，我这就很满足了”。[②]而实际情况是，他那时并不富裕，说不是为了钱，何尝不是文人的虚荣在作怪呢？如果有稿费，他自然也很受用。可惜当时办报，经费是没有保障的，即使刊载了

① 张恨水《小说迷魂游地府记》，张恨水全集《真假宝玉》，19页，北岳文艺出版社1993年1月版。

② 张恨水《写作生涯回忆》，20页，人民文学出版社1982年6月版。

作者的文章，常常也是不给稿费的，特别是像他这种刚刚在文坛上一试身手的新人，得到稿费的机会就更少了。

不给就不给，张恨水在朋友圈里的名气却与日俱增。同事李洪勋就很欣赏他的文才，曾劝他说："你老兄笔墨很好，要是到大地方去，是很有前途的，何必在这里拿八元一个月呢。"[①] 据说，老板谭明卿听到这种议论，便想了许多办法笼络他，不仅答应给他的月薪增加到十二元，还许愿说，将来一定为他在皖南镇守使马联甲那里谋个差使。此时已是民国八年（1919 年）的春夏之交，这期间，他有过一次短暂的上海之行。在那里，他第一次看到了"革命"所带来的激动人心的场面，受到很大的刺激。回到芜湖，他发现，人们的革命热情一点也不比上海逊色。他所在的《皖江报》已从五月十六日起停刊日商的广告、船期和商情。十七日，芜湖总商会召开特别会议，决定一致抵制日货。十八日，栈业公会也做出决定，不再代售日本船票，不上日轮接客，拒绝日本旅客；划船帮也决定不再接送日轮旅客。十九日上午，在芜湖开药房的日本商人到街上散发传单和仁丹，引起群众的极大不满；下午，愤怒的群众向日商丸山药房投掷砖瓦，砸毁了药房的玻璃，在芜湖的日本商号因此暂停营业。二十二日，日本驻南京领事清野长太郎到芜湖，向当地政府提出索赔，并要求惩办有关肇事者。六月三日，日军舰嵯峨号驻防芜湖，并派遣一队荷枪实弹的士兵，到芜湖城里游行示威，并在丸山药房前高呼"大日本帝国万岁"。这种挑衅行为激起了当地民众的极大愤慨，张恨水也不甘落后，

---

① 张恨水《我的创作和生活》，《文史资料选辑》第七十辑，159 页，文史资料出版社 1980 年 7 月版。

在他的鼓动下，报社同事二十余人，组成一支小小的队伍，针锋相对地走上街头，还特意在丸山药房门前往返数次，高呼“中华民国万岁”，以示抗议。多年后，有人写文章这样描述当时的情形：“丸山药房（日本人的买卖）斜对面就是皖江日报社，这时小说家张恨水（该报副刊编辑）吃了两杯雄黄酒，爱国热情不禁沸腾起来，提议吃饭后也到马路中间去三呼‘万岁’。全社职工二十多人一致同意。由张恨水掮着旗子，大家突然从社内跳跃到街心，三呼‘中华民国万岁’后，立时退入报社。”①

张恨水终于完成了他在“五四”运动期间唯一的一次“壮举”。他的认识固然很幼稚，行为也许还有点滑稽，但他毕竟用行动向世人证明，他也有一腔爱国的热血。当然，他和激进的革命青年是不同的，当他们走向街头广场，用暴力和血腥向旧世界宣战的时候，在古典文学的熏陶中成长起来，本就装了一肚皮诗词文章，性情和做派总有一点书生气或曰才子气的张恨水，还是更向往书斋。这时，他的梦想是到北京大学去读书，继续他的学业。他听说，有几个朋友“都进了北大。他们进北大，并非是考取的。那是先作旁听生，作过一年旁听生，经过相当的考验，就编为正式生了”。②这样一条捷径摆在那里，他当然想试试：“我想，我还不失求学的机会，我在芜湖这码头上住下去，什么意思呢？于是我一再的向社方请辞，要到北京去。”③

① 鸣皋《有趣的示威》，载 1957 年 1 月 17 日《芜湖日报》，转引自谢家顺著《张恨水年谱》，56 页，安徽文艺出版社 2014 年 7 月版。

② 张恨水《写作生涯回忆》，21 页，人民文学出版社 1982 年 6 月。

③ 张恨水《写作生涯回忆》，21 页，人民文学出版社 1982 年 6 月。

民国八年（1919年）秋天，张恨水辞去《皖江报》编辑的职务，来到北京。许多年后他还记得："当民国八年（1919年）秋季到北平的时候，天色已经黑了，前门楼的伟大建筑，小胡同的矮屋，带着白纸灯笼的骡车，给我江南人一个极深刻的印象。"[①]他的"北漂"生活便由此开始了。他没有去北京大学，而是先找了一份营生，把自己安顿下来。张恨水最初是在一个叫王夫三的朋友鼓动下来北京的，到北京后，人生地不熟，只能先去找王夫三。王夫三，又名王尊庸、王慰三，安徽歙县人氏，曾任《皖江报》《工商日报》驻北京特派员。民国二十二年（1933年）任《时事新报》驻南京记者时被人暗杀。当时，张恨水写了《哀老友王慰三君》一文，透露了王氏鼓励他到北京求学、发展的一些细节：

> 民八在芜湖，与恨水会于某报社（《皖江报》）。时恨水方二十许，好谈革命。王笑曰："君傻子也，然君文笔尚可，加以造就，未可限量。何株守于此？"既而君北上，供职参战军督练公所，招恨水北上。恨水质衣被入京，拟入北京大学。然一身之外无长物，何以言读书？君原住歙县馆，以其居居我。恨水无衣，君曰："我入军需学校，有制服，敝裘一袭，可赠君。"恨水无被褥，君曰："军需学校有公用军毯，被褥二事，亦可赠君。"恨水感泣，至无可言喻。古人谓推衣衣我，不是过也。旋以君之介，为老友名记者秦墨哂君助理笔墨，稍可自活，而读书终无望，君乃为之叹息不置。时恨水穷，君亦仅足自给，非在学校。早起，仅苦茗一壶，烧饼油条一套。或至黄寺督练处，或至学校，

① 张恨水《第一印象》，张恨水散文全集《山窗小品》，107页，时代文艺出版社2015年8月版。

来回数十里，风雪交加，无不步行。其勤苦又如此。[①]

由此可知，张恨水的北上京城，以及到北京后的生活，最初都靠了王夫三的慷慨援助，第一份工作也是王夫三帮助联系的。来北京之前，为了筹集路费，他把冬天穿的皮袍子送进了当铺，还从一位卖纸烟的桂家老伯那里借了些钱（一说十元）。他是搭乘津浦线列车赴京的，刚到北京时，就寄居在王夫三所住的歙县会馆，不久则迁往潜山会馆。王夫三把当时负责《时事新报》驻京记者办事处的秦墨哂介绍给他，而这个办事处只有秦墨哂一个人。对于张恨水的到来，他表示很欢迎，工作是每天发四条新闻稿子，新闻来源由办事处提供，月薪十元，如果稿子多，还可以外加。他还预支了一个月的薪水给张恨水。拿到钱的张恨水马上赶到邮局，给芜湖那位借钱给他的桂家老伯寄去十元钱。

就“北漂”而言，张恨水算是幸运的，初来北京，不仅有住处，还有一份不错的工作，薪酬虽说不多，却也足够应付会馆的饭钱和房钱，而且，“一切不用自己操心，自己可以用功，我这时努力读的是一本《词学全书》。每日从秦墨哂家回来，就摊开书这么一念，高起兴来，也照了词谱慢慢地填上一阕。我明知无用，但也学着玩。我的小说里也有时写到会馆生活和人物，也写点诗词，自然与这段生活有关了”。[②]但他似乎已经忘了来北京的初衷，是要进北大读书

---

① 张恨水《哀老友王慰三君》，载 1933 年 2 月 3 日上海《新闻报》副刊《新园林》，转引自谢家顺著《张恨水年谱》，56 ~ 57 页，安徽文艺出版社 2014 年 7 月版。

② 张恨水《我的创作和生活》，《文史资料选辑》第七十辑，160 页，文史资料出版社 1980 年 7 月版。

的。有一天，他在交过房钱、饭钱之后，还剩下一块现大洋，怎么花呢？“恰巧这时梅兰芳、杨小楼、余叔岩三个人联合上演，这当然是好戏，我花去了身上最后一块现大洋去饱了一下眼福耳福。”[①]

这是张恨水一生中不多的“有钱”而任性的一次。他在芜湖办报期间结识了一个朋友，叫方竟舟，也在报馆工作，是个年轻的老资格，后来与张恨水因办报而有过一段共同经历的成舍我曾在回忆录中表示，引导他走上新闻之路的启蒙老师，就是方竟舟。这天，方竟舟来到张恨水居住的潜山会馆，半开玩笑地对他说，你口袋里听不到钱响了，大概缺钱用了吧？有个朋友在《益世报》做事，想找一个人打下手，你去不去？

张恨水后来回忆，他在秦墨哂那里，“工作时间，是上午九点到十二点，下午两点到六点”，而“在《益世报》是晚间十时到天亮六时”，[②]时间既然可以安排，而他又“很愿意兼个差事，就答应了”。[③]很愿意的原因怕是十元钱在北京生活总是捉襟见肘，他需要另外开辟经济来源。而更深层的原因显然是家里弟妹们都进了学校，越发需要他的经济援助。于是，他便进了《益世报》，去做成舍我的助理编辑，月薪三十元。“说是助理编辑，其实是校对，我的职务，乃是看大样”，[④]多年后，张恨水还特意做此说明。

---

① 张恨水《我的创作和生活》，《文史资料选辑》第七十辑，160页，文史资料出版社1980年7月版。

② 张恨水《写作生涯回忆》，21页，人民文学出版社1982年6月版。

③ 张恨水《我的创作和生活》，《文史资料选辑》第七十辑，161页，文史资料出版社1980年7月版。

④ 张恨水《写作生涯回忆》，21页，人民文学出版社1982年6月版。

关于张恨水与成舍我的相识，还有一种略带戏剧性的说法，中间人也是这位方竟舟君。据说，他来到张恨水的住处，随手拿走了张恨水刚填好的一阕《念奴娇》。过了几天，他又来见张恨水，进门就说，那阕词被一位朋友看到了，大为倾倒，读其词，便想见其人。这位朋友就是成舍我，他们因此而订交，合作长达十年之久。直到民国二十四年（1935年）秋天，他们在上海《立报》还曾再度合作，由张恨水出任该报副刊《花果山》的编辑。这阕词七年后发表于张恨水主编的《世界晚报》副刊《明珠》：

> 十年湖海。问归囊，除是一肩风月。憔悴旧时歌舞地，此恨老僧能说。旭日莺花，连天鼓吹，霎都休歇。凭栏无语，孤城残照明灭。
>
> 披发独上西山。昂头大笑，谁是封侯骨？斜倚长松支足坐，闲数中原豪杰。芥子乾坤，蜉蝣身世，坠落三千劫。怆然垂涕，山河如梦环列。[①]

这是一段很不错的文坛佳话，我们当以“姑妄听之”态度对待之。实际情况如何呢？民国七年（1918年），成舍我辞去上海《民国日报》编辑职务，来到北京，初衷也是入北京大学深造，因无中学毕业文凭不能报考，他便主动写了一封信给校长蔡元培，陈述自己的求学愿望，请校长给予通融。蔡元培读了他的信，觉得这个青年文笔通畅，言之成理，故准其以同等学力资格报考旁听生。这里可以看出他与张恨水的不同。为了维持生活，又请李大钊介绍他到《益世报》工作，而且去了就做总编辑，写社论，编副刊，看大样，就一个人。

① 张恨水《何堪词》，张恨水全集《剪愁集》，206～207页，北岳文艺出版社1993年1月版。

北大旁听期间，他已感到很累，担心身体吃不消。民国八年（1919年）九月，他考取了北大正式生，更感到个人精力的不足，不得不向经理杜竹萱请求增加人手。在得到杜经理的谅解后，他开始物色能够帮他分担工作的人物。

方竟舟之于成舍我，不只是他新闻从业的引路人，当年，他父亲成心白因舒城监狱囚犯暴动一案，遭人诬陷，正是方竟舟的父亲，时任上海《神州日报》驻安庆访员的方石荪，多方调查取证，并由其子方竟舟写成文章，在报上披露了囚犯反狱的真相，为成心白洗刷了不白之冤。他们这种不一般的交情，自然可以让方竟舟觉得，有义务帮他“找一个人打下手”；而方竟舟的心里恰好便有张恨水这个人，且了解他的才学，知道他眼下的窘迫，所以敢直接问：“你去不去。”而成舍我既在《民国日报》做过编辑，又与张恨水的故交刘半农打过交道，大约对张恨水也曾有过耳闻，接受他并不困难。

就这样，张恨水进了《益世报》。这是一家天主教报纸，创办人是比利时籍法国天主教天津教区神甫雷鸣远，主报设在天津，北京是它的分馆，由杜竹萱担任分馆经理。多年后，张恨水还记得当时的情形：“除了总编辑成舍我外，有吴范寰、盛世弼、管窥天和我几个编辑，还有两个校对，另有主笔一人，每天做一篇社论。”[①]张恨水的工作是负责看大样，后来，看大样又增加了一个人，工作减少了，月薪也减少了，减为二十五元。

这样维持了大约一年之久。工作之余，他还在商务印书馆英文

---

① 张恨水《我的创作和生活》，《文史资料选辑》第七十辑，161页，文史资料出版社1980年7月版。

函授学校自修英文。他的嗓门本来就很大，偏又喜欢高声朗读，终于引起同院住着的经理新太太的反感，于是，杜经理调他担任天津《益世报》驻京记者，他便从位于新华街南口的益世报社搬了出去。恰好这时秦墨哂办了一家“世界通讯社”，约他做总编辑，因为有房子住，又有水电供应，可以解燃眉之急，他便欣然接受了。不过，谈起那时候的通讯社，他却显得十分无奈，“一个新闻机关，没有邮电的新闻来源，也没有外勤记者。除了社长在茶余酒后得来的道听途说的新闻而外，并无新闻稿子供给”，他问自己，“我这总编辑是怎样的当法呢？我没有那胆量天天造谣，我也不能把我所得的一点新闻，全部送给通讯社。我得了社方的谅解，只是找些内地各省来的报，改头换面，抄写几段。这自然是不忠实的。但绝对没有造谣，倒也问心无愧”。[①]就这样干了几个月，他决计不再干这闭门造车的“新闻”，又从这里搬走，回潜山会馆去住了。

张恨水担任天津《益世报》驻京记者时候，任务是每两天写一篇通讯，薪水也补足到三十元。对他来说，不必每天夜里看大样，其实是一种解脱，可以有时间和精力去做更多的事。所以，当芜湖《工商日报》请他担任驻京记者时，张恨水没有犹豫就答应了。担任“世界通讯社”总编辑期间，他结识了几位上海记者，于是，《申报》和《新闻报》也来约他写北京通讯。他后来回忆道：“这两家报馆，对于北京通讯，极肯花钱，一经取录，每篇通讯拾元。材料好，写上篇通讯，是不会费一小时以上的工夫的。我也为了人家的报酬丰厚，抱定不拆烂污主义，有材料才写，没有材料决不敷衍成篇。而且写的时候，将一篇文言，总写得它十分清楚流利。于是在‘新’‘申’

① 张恨水《写作生涯回忆》，23 ~ 24 页，人民文学出版社 1982 年 6 月版。

两报方面，信用都很好，写去的通讯，很少不登的。大概每月所得总在一二百元。”[1]收入算是相当丰厚了，在当时，这也是个非常令人羡慕的数目，当然，他也做得相当辛苦，每天从“上午九点钟起，到下午五六点钟止，我少有空闲的工夫”，他这样说：“由民国八年（1919年）秋季起，到民国十年（1921年）冬季止，我就这样忙下去。其间只是十一年（1922年）的旧历年，我回了一趟芜湖，探访母亲，此外没有离开北京。”[2]

他这样忙，就是为了给弟妹们筹措学费。那时，他已托二弟把家眷送到芜湖居住，郝耕仁的女儿郝君仪回忆往事时说：“恨水先生到北京在《益世报》当记者，两三年后收入渐丰，一九二二年他托他二弟把家属接到芜湖安家，由我父亲照料。我父亲也把母亲和我接到芜湖住家。父亲为了照顾方便，就把两家合为一家，在芜湖太平街租了一所住宅，雇了一个女佣，在一锅吃饭。恨水先生一家六口（他母亲和两个弟弟、两个妹妹，及一女眷）。”[3]这当然会增加日常生活的开销，而弟妹们读书更需要一大笔钱。张恨水深知失学的痛苦，因此绝不肯让弟妹们失学，他说，“所以我把在北京得到的薪资，大部分汇到南方去，养活这个家，也唯其如此，我成了新闻工作的苦力，没有心情，也没有工夫，再去搞什么文学”。[4]

作为长子，为了全家人的生计，张恨水不得不牺牲自己的兴趣

---

① 张恨水《写作生涯回忆》，24页，人民文学出版社1982年6月版。

② 同上，23页。

③ 郝君仪《回忆我父亲郝耕仁与名小说家张恨水的友谊》，《张恨水研究会会刊》1991年总第二期，52页。

④ 张恨水《写作生涯回忆》，23页，人民文学出版社1982年6月版。

和志向。那几年，除了民国十一年（1922年），应芜湖朋友之邀，写了一部表现安徽自治运动的白话章回小说《皖江潮》，并在芜湖《工商日报》连载外，再没有写过小说。至于到北京大学旁听一事，自然更不再提起了。

零陆

圈子

张恨水生活在一个新旧交替的时代，传统社会逐渐向现代社会过渡，这种触及社会深层变革的剧烈震荡，不能不影响到一个人的人生选择、前途命运和择友标准。按照费孝通先生的观点，中国传统社会本是乡土社会，他用了“差序格局”这样一个概念来描述中国传统社会基层结构的特征，还有一个非常形象的比喻，他说：“以‘己’为中心，像石子一般投入水中，和别人所联系成的社会关系，不像团体中的分子一般大家立在一个平面上的，而是像水的波纹一般，一圈圈推出去，愈推愈远，也愈推愈薄。”儒家的人伦不就是“从自己推出去的和自己发生社会关系的那一群人里所发生的一轮轮波纹的差序”吗？《释名》的解释是：“伦也，水文相次有伦理也。”这是传统社会人际关系赖以形成的基础和出发点，推己及人，与周围发生关系，由近及远，由亲及疏，从而编织起一个由“一根根私人联系所构成的网络”，[①] 其远近亲疏，依次为同族、同乡、同学、

① 费孝通《乡土中国》“差序格局”，21 ~ 28页，生活·读书·新知三联书店1985年6月版。

同年、同事等，所谓圈子，指的就是这种情况。一个人，要在社会上立足，成就一番事业，天马行空，独往独来，则难乎其难，总要有几个朋友，有自己的圈子，俗话说：一个篱笆三个桩，一个好汉三个帮。在一定意义上，圈子的品质往往决定着一个人的成败。

许纪霖的团队在研究近代中国知识分子的公共交往时，特别强调要考察“都市的空间网络”，把它看作是“一种文化社会关系”，说白了就是“圈子”。这里所谓“空间网络”，自然是相对于传统社会的“时间网络”而言之。在传统社会中，无论是由血缘、地缘关系，还是由私塾、科举或书院等空间形态所形成的学统、道统关系，“其根源无不在历史之中，个人的自我认同是在寻找历史的脉络感中实现的”。[①]而现代社会中的人际关系，显然不同于传统社会的人际关系。如果说传统社会的人际关系是“以自我为中心，以熟人社会为半径，以血缘、地缘和学统关系为经纬”，形成一个“圈子”的话，那么，现代社会中人际关系的建构，所依赖的条件，已经在传统资源的基础上增加了新的元素。由于帝国王权制度和社会宗法制度已经解体或趋于解体，此前赖以形成人际关系网络的社会资源不再必然地发挥作用。尤其是一九〇五年科举制度的废除，使读书人从传统秩序中游离出来，虽然获得了某种自由，但作为代价，却也失去了从前赖以生存、发展的社会关系网络。特别是那些由乡村进入都市的读书人，曾几何时，他们背靠祖宗家世，进可以通过科举考试获得国家所赋予的功名，并以此为“门票”，加入某个社会关系网络以求得仕途上的发展；退可以归隐于乡，过那种“田可

① 许纪霖等《近代中国知识分子的公共交往（1895—1949）》，2～3页，上海人民出版社2008年4月版。

耕兮书可读，半为儒者半为农”的生活。然而现在，他们却可能因为失去了以往所凭借的种种资源，进退失据而沦为无依无靠的城市游民。他们的当务之急，恰如鲁迅所说：“一要生存，二要温饱，三要发展。”[①]但前提是要建构一个新的可以使他们感到安全的“圈子”，许纪霖称之为“具有归属感意义的空间关系”。[②]

这种空间关系的构成，大致可以分为三个层次，或曰构成新的“圈子”的三个要件。“第一层是以文凭为中心而形成的等级性身份关系”，这里所强调的，对进入都市的读书人来说，也就是名校或出国留学所赋予的显贵出身，这是现代都市关系网络中实现自我认知和相互认同的第一道门槛。“第二层是抽象的书写符号所构成的意识形态空间网络”，这里所说，其实是政治立场和思想观念的一致性，现代都市知识群体的分合聚散常常以此为理由，所谓道不同不相为谋。“第三层是不同的都市文化空间结构”，指的是都市知识群体构建关系网络时所倚重的文化标识，其中不仅与城市的文化空间和文化气质密切相关，也取决于读书人自身的生活方式、性格气质和审美趣味。上述三个方面是都市知识群体建构新的关系网络时必须要考虑的因素。不过也要看到，“传统的血缘、地缘自然关系虽然不起主导功能，但在相当大的程度上，依然发挥着其潜在的影响，宗亲关系、同乡关系，深刻地镶嵌在现代都市的人际交往中，与现代的文凭身份等级、意识形态认同和都市地域文化交织成一个

① 鲁迅《忽然想到六》，《华盖集》，《鲁迅全集》第三卷，45页，人民文学出版社1981年版。

② 许纪霖等《近代中国知识分子的公共交往（1895—1949）》，9页，上海人民出版社2008年4月版。

巨大复杂、相互缠绕的交往关系网络。在这个迷宫一般的彼此重叠的关系网络中，每一个知识分子的团体认同、交往空间和身份归属不是单一的，而是呈复数状态，可以按照不同层次的价值和身份取向，有多种团体认同和身份归属，这形成了知识分子个体身份的复杂性和多元性”。[①]

这就是张恨水走出家乡，来到大都市，寻求发展机会时所面对的新旧杂陈的社会现状。他于民国二年（1913 年）只身来到上海，第一次走进这个人称“冒险家乐园”的现代都市。那时，他丧父不久，失学在家，堂兄张东野便邀他来此求学。张东野是他二伯父张联炉的长子，比张恨水大六岁，早年也曾随祖父张开甲在江西景德镇及广信府生活、读书。他们既有最亲近的血缘关系，那么，在张恨水窘迫之时，张东野出手相助，自然不需要任何理由。在这里，张东野不仅推荐他报考了由著名革命党人、上海都督陈其美担任校长的苏州蒙藏垦殖学校，还介绍他认识了自己的同乡、同事兼同志郝耕仁，以及诗人石钟鸣。事后证明，对张恨水来说，与郝耕仁的相识，是他青年时代最重要的收获之一。直到晚年，他还对子女们说，“没有郝大哥，就没有我张恨水”。[②]

孙中山为讨伐袁世凯发动“二次革命”，经月余即宣告失败，连带着苏州蒙藏垦殖学校也被迫解散，张恨水因此再度失学，不得

---

① 许纪霖等《近代中国知识分子的公共交往（1895 — 1949）》，9 ~ 11 页，上海人民出版社 2008 年 4 月版。这一节的论述从许纪霖所作“总序”中受到启发，并借鉴了其中的一些观点，为考察和描述早期张恨水如何从传统文人士子向现代知识分子转变提供了新的视角和路径。

② 郝君仪《回忆我父亲郝耕仁与名小说家张恨水的友谊》，《张恨水研究会会刊》1991 年总第二期，57 页。

不返回老家潜山。困居家乡数月之后，民国三年（1914年）秋天，张恨水无奈之中离开家乡，还是要到城市讨生活。这一次，他投奔的是在汉口一家小报做编辑的本家叔祖张犀草（谱名张兆良，字寿书，又作授书，号雄才，犀草、楚萍为其笔名）。在这里，除了给几家小报写写补白，发表过几首诗之外，他并没找到更多的事做。这时，因“二次革命”失败，陈其美被袁世凯下令通缉，逃亡日本，张东野亦受其牵连，不得已投奔文明话剧团，以艺名“颠颠”混迹江湖，在湘鄂一带排演新戏。当他们流落到汉口的时候，张东野便邀张恨水加入剧团，一起演戏去了。

民国四年（1915年）上半年，张恨水一直随剧团在湖南各地巡演。六月，剧团来上海参加演出，住在法租界。这是张恨水第二次到上海，在这里，他遇到了已在芜湖《皖江报》任编辑的郝耕仁。这次相遇，鉴于张恨水年纪轻轻就有不俗的笔墨，郝耕仁劝他不要跟着张东野到处瞎跑瞎混，“可以到内地去找个编辑做做”。[①]这个建议可以说是后来郝耕仁介绍张恨水到《皖江报》做编辑的先声，张恨水是动心了。到了秋天，天气转凉，无钱添置夹衣，张恨水病了一场，他用一件短夹袄押了点钱，买药吃了。在上海既混不下去，他便“借了路费回了安徽老家”。[②]

民国五年（1916年）五月，张恨水第三次来到上海。此番来沪，是随郝耕仁搭救张东野和张犀草的。据《张公东野资料辑要》记载：“1915年在上海，张东野与叔公张授（寿）书密谋暗杀一名袁世凯

① 张恨水《我的创作和生活》，《文史资料选辑》第七十辑，156页，文史资料出版社1980年7月版。

② 同上。

派来的密使要员，不幸所用炸弹意外爆炸失火，二人先后被英租界警察围捕。所幸英国未将二人引渡，否则必被袁世凯政权处死（因张东野当时名列袁世凯政权的通缉黑名单中）。”① 他们的救援行动似乎未见成效，张东野、张授（寿）书仍被关押了五年，最终，授（寿）书死于牢中。而正当他们在沪奔走期间，陈其美遭人暗杀。郝耕仁曾在陈其美领导下参加过辛亥年（1911 年）武昌兵变之后的上海光复起义，听到他遇难的噩耗，自觉赶来参与其后事的料理。事后，所有参与者照了一张合影，其中有蒋介石、郝耕仁，还有张恨水。此时的张恨水与国民党、同盟会，或上海的帮会并无任何关系，他参与此事，显然是因为郝耕仁的缘故。

这一年冬天，张恨水依然是在老家潜山度过的。转过年，阳春二月，天气渐暖，郝耕仁便写了信来，邀他一同出游。他们打算仿照刘鹗在《老残游记》中所描写的“老残”的做法，一路卖药，由淮河北上，经山东而浪迹燕赵。可惜，行之不远，即受挫折，只好返回上海。这已经是张恨水第四次到上海来了，他与郝耕仁仍住法租界。过了几个月，依然无事可做，无奈之中，只有先回老家，再做打算。说是再做打算，其实是没有打算，只能坐等机会的降临。

民国七年（1918 年）初，郝耕仁的老朋友，在粤军任旅长的季硕夫（父）驻军湖南郴州油榨墟，电邀他去帮忙，而他自己也很想到南方去参加革命，便写信给张恨水，要他来芜湖接替自己在《皖江报》的编辑职务。对张恨水来说，这简直就是天上掉下来的馅饼。其重要性不仅在于解决了一直困扰他的生计问题，而且扩大了他的

---

① 张羽军《张公东野资料辑要》，转引自谢家顺《张恨水年谱》，47 页，安徽文艺出版社 2014 年 7 月版。

交际范围。在这里，他结交了张九皋、谭明卿、王夫三、方竟舟等一批新朋友，他们都是安徽芜湖新闻事业的早期开拓者。张恨水初到北京，就能在新闻界得到一份工作，显然得益于这些朋友的帮忙。首先是王夫三，介绍他认识了上海《申报》驻京记者秦墨哂，而方竟舟，则是他与成舍我最初相识的介绍人，因此才有了后来他与成舍我近十年的合作。而他兼任芜湖《工商日报》驻京记者，并为该报副刊撰写长篇连载小说《皖江潮》，靠的正是他在《皖江报》期间与总编辑张九皋结下的友谊。

至此，我们对张恨水早期的朋友往来已有了大致了解。他发在一九二二年八月二十一日芜湖《工商日报》副刊的《伤心人语（三）》一文，曾经提到平生的患难之交，“一族人张楚萍，一怀宁郝耕仁”，[①]如果加上张东野，恰好构成了张恨水早期朋友圈的基本格局，其中的核心人物便是郝耕仁。这三个人有个共同点，即都曾有过做革命党的经历，张东野与郝耕仁早年共读于江西讲武堂，因痛恨清政府的专制腐败，秘密加入了同盟会。辛亥革命爆发，他们都是陈其美的追随者，参加过上海起义中攻打制造局的战斗。张楚萍是安庆实业学堂的高才生，毕业后久寓上海，“与民党游，渐从事革命”，[②]后与张东野一起参加暗杀袁世凯密使的行动，不幸失败被捕，死于狱中。

三个人中，郝耕仁最年长，生于清光绪十一年（1885年），长张恨水十岁；其次是张东野，生于光绪十五年（1889年），长张恨水

---

① 谢家顺《张恨水年谱》，42页，安徽文艺出版社2014年7月版。

② 张恨水《怪诗人张楚萍传》，张恨水全集《真假宝玉》，134页，北岳文艺出版社1993年1月版。

六岁；张楚萍辈分虽大，年纪最小，生于光绪十七年（1891年），长张恨水四岁。就性情而言，三个人都有点任侠之气，狂放不羁，慷慨豪迈；又有点才子风情，多愁善感，哀怨伤怀，概括言之，即所谓侠骨幽情，这是清末民初仁人志士特别喜欢标榜的一种心态。张恨水是将门之后，对其父祖的“生性任侠”，始终深怀敬意，而他自己，由于长时间埋首故纸堆中，则“豪气尽消，力且不足搏一鸡”，因而“大感有负先人激昂慷慨之风”，“反观先祖若父，则不免有惭色焉”。① 于是，这几位至交的性情，对张恨水来说，未必不是一种心理上的补偿。

而且，他们都喜欢游历，喜欢作诗，不在意生活的清苦，颇能苦中作乐。民国四年（1915年）在上海，他与张楚萍都贫困潦倒，“无以自存，乃相率赴杭，寄食友人处，终日无事，携干粮奔走湖上。游程虽苦，游兴正狂，饥渴终日，坦如也”。② 这次西湖之游，给他留下了难忘的印象，一九三六年五月二日，他在《南京人报》副刊《南华经》发表《湖中快语记：二十年尘梦之一（水）》一文，还念念不忘：“二十年来，每一忆之，犹神往也。”③

冬天，张恨水因病回了安徽老家，张楚萍留在上海，不久便在上海英租界被捕，判了七年徒刑。据张氏后人口述，他的妻子桂氏在他入狱后“典当家产，为之打点”，很让他感动，“曾表示出狱

---

① 张恨水《剑胆琴心》自序，所著散文全集《写作生涯回忆》，246～247页，时代文艺出版社2015年8月版。

② 张恨水《湖上杂诗》序，1931年第8卷第3期《国闻周报》，转引自谢家顺《张恨水年谱》，45页，安徽文艺出版社2014年7月版。

③ 转引自谢家顺《张恨水年谱》，45页，安徽文艺出版社2014年7月版。

后善待妻子，可惜在狱中遭受虐待，死于牢中”。[①]

张恨水对这位叔祖一直心有戚戚焉，因为他也颇为婚姻所苦，无可躲避，便从叔祖的遭遇中生出许多共鸣。1926年1月3日至17日，《世界画报》刊载了他撰写的《怪诗人张楚萍传》。文前有“序”，引袁枚《随园诗话》所收程鱼门（晋芳）诗中一联，“也应有泪流知己，只觉无颜对俗人”，称楚萍喜欢：“每于酒阑灯灺之间，风帘月户之畔，漫声低度，回环展诵，凄楚婉转，泪随声下，吾尝夜雨联床，与之同住小楼，每一闻其吟此，辄愀然不寐也。吾侪揣摩于此十四字之间，楚萍之身世，楚萍之才情，楚萍之人品，已可想像得之。”[②]文中写到楚萍的为人，说他“天资超迈，而不受梏桎”；又说他的文章，“流利婉转，绝似近人梁启超，常为汉口某报操笔政，人竟疑其抄袭梁氏所作”；至于他对男女之爱的理解，以为“绝不能在相识以后，盖非为图色欲，即图衣食耳；若男女之爱，在不相识以前，则惟有钦佩与恋慕，初不又若何私图也”，张恨水说，“此言吾思之半生，不解所谓”。[③]文中关于张楚萍趣事的描写，还有很多，此处不能一一道来，但已经可以想见张楚萍在他心中不可替代的位置。

郝耕仁对张恨水更多了一点关怀和引领。他是第一个在职业选择上给予张恨水具体指导的人。他首先发现了张恨水“可以到内地

---

① 转引自谢家顺《张恨水年谱》，42页，安徽文艺出版社2014年7月版。

② 张恨水《怪诗人张楚萍传》，张恨水全集《真假宝玉》，131页，北岳文艺出版社1993年1月版。

③ 张恨水《怪诗人张楚萍传》，张恨水全集《真假宝玉》，132～133页，北岳文艺出版社1993年1月版。

去找个编辑做做”，[①] 并送给他一个编辑的职位，把张恨水领进了报人的行列。张恨水写小说，他也给予热情的鼓励。他还邀请张恨水一起去“流浪”，让这个书生气十足的年轻人，看看底层社会究竟是怎么一回事。张恨水看郝耕仁常常就带着一点羡慕：他“是前清一个秀才，写得一笔好字，能诗能文”；[②] 而在另一个场合，又称赞“他作得一手好古文，诗也不错，并能写魏碑”。张恨水用了“文字至交”来形容他们的关系，并且表示，“他又赋性倜傥不羁，这点我们也说得来”。[③] 同时，他对于郝耕仁“那乐天知命的态度”，也“极其钦佩”。[④] 他们旅行受挫，回到上海时，囊空如洗，几近绝望，张恨水此时则心灰意懒，不知所以，而郝耕仁却习以为常，自得其乐。二十二年后，张恨水在《无法安贫焉能知命》一文中忆及当时的窘迫曾说道：“后来在上海住法租界，大家穿一件破棉袍过冬。日无所事，在马路上大摇大摆走着。夜晚在亭子间里，哼出几首诗。次日亲送到《国民日报》（疑为《民国日报》，作者注）去投稿，再遛一趟马路，‘又得浮生半日闲’。肚子饿了，花三个铜板，在湖北老面馆里，吃上一碗洋村（阳春）面，不管有味无味，反正把五脏庙修整了。”[⑤]

---

① 张恨水《我的创作和生活》，《文史资料选辑》第七十辑，156页，文史资料出版社1980年7月版。

② 同上。

③ 张恨水《写作生涯回忆》，17页，人民文学出版社1982年6月版。

④ 同上，18页。

⑤ 张恨水《无法安贫焉能知命》，1939年第3卷第11期《抗战文艺》，转引自谢家顺《张恨水年谱》，51页，安徽文艺出版社2014年7月版。

张恨水跟着郝耕仁，其言传身教，潜移默化，对他身上不时流露出来的才子气、名士气倒是一种矫正。郝耕仁是个有抱负的人，很想有所作为，却因那不苟且的脾气，始终都不得志。张恨水抗战期间创作《八十一梦》，其中一“梦”，遇到死后升天，做了灶神的郝耕仁，说他“一生革命，穷愁潦倒而死”，[①]是真知其人的肺腑之言。民国六年（1917年），张恨水离开文明话剧团后，一时间找不到事做，郝耕仁曾邀他回自己老家怀宁山区小住，在这里，他们甚至动了隐居青山绿水之间而专事著述的念头，地点就选在安徽贵池县境内，那里离九华山、黄山很近。一九二八年十二月二十七日《世界日报》副刊《明珠》刊载了张恨水的三首诗《偶怀兼示郝三》，其中就提到了当年他们的约定：

冻云掩日古城寒，岁月匆匆似指弹。
好饮不多成醉易，卖文过苦得诗难。
微名愧自稗官得，慧业原当小道看。
一个故人终不及，春江回去一渔竿。

江南家住碧萝村，村外丛山绿到门。
一别早忘猿鹤约，十年犹忆水云痕。
风尘只剩贪茶癖，笔砚无从报国恩。
欲问豪华何处去，半囊故纸葬诗魂。

斗室围炉岁又阑，盆梅盘果对书摊。

---

① 张恨水《八十一梦》，102页，群众出版社1997年4月版。

清贫志趣怜陶令，侥幸功名笑谢安。
月缺月圆忙里过，花开花落静中看。
诗心未敛浑闲事，怕向风尘拾坠欢。[①]

然而，隐居只能存在于他们的梦想之中，现实没有提供给他们隐居的物质条件，他们自己既要吃饭，而且都有家小要他们赡养，所以，他们最需要的其实是一份待遇丰厚的工作。不久，郝耕仁把《皖江报》的职位让给了张恨水，自己到广东去了。不料，他到广州后，邀他来此的粤军旅长季硕夫，已被桂军派人杀害了。他冒险料理了朋友的后事，拿了一笔钱，经香港、海南，下了南洋，直到钱花光了，才回到安庆，先在省公署里谋了一个公务员的职务，以后又转到中学教书，做了老师。张恨水在《皖江报》干了一年有余，则离开芜湖去了北京。对张恨水来说，这意味着旧时代的结束，新时代的开始。

其实，直到此时，张恨水对从事什么职业并没有很具体的想法。郝耕仁建议他去报馆做编辑，对他发生过相当的影响，让他动过心，但在进入《皖江报》之前，并不知道哪家报馆可以接受他，他也没为求职去过任何一家报馆、杂志社或出版社。他固然是喜欢小说的，不仅喜欢看，而且喜欢写。他后来也曾说过“我之吃小说饭，似乎是命中注定的”[②]，但是，当时他似乎并没想好要做一个小说家，以写小说为生，他甚至认为，靠写小说赚稿费是“活不了命”[③]的。虽

① 张恨水全集《剪愁集》，14页，北岳文艺出版社1993年1月版。

② 张恨水《我的小说过程》，张占国、魏守忠编《张恨水研究资料》，230页，知识产权出版社2009年9月版。

③ 张恨水《写作生涯回忆》，20页，人民文学出版社1982年6月版。

然这样想着，他可是并没有放弃，仍然继续写着并不断投寄给报馆、杂志，他把这种行为归结为“少年人好虚荣”①，为的是满足自己的发表欲。当然，他似乎也期待着有人能慧眼识珠，碰到一位伯乐，发现他这匹千里马。

民初的上海，被称为“旧派小说的集中地”②。那时，这里不仅有专门刊载小说的杂志，晚清以来的各类报纸以及政治、教育、经济、农业等专门刊物，也喜欢以小说招徕读者，尤其是报纸文艺副刊的出现，更便利了小说的发表。由于报纸的发行量往往比杂志大很多，读者面也相应地扩大了，尤其是稿费制度的建立，不仅使一些脱离了昔日生活轨道，到上海谋生的文人士子、失意政客，多了条生路，而且，他们的文学造诣也在小说写作中得到了发挥。当时上海比较活跃的作家，多属于后来被人称作“鸳鸯蝴蝶派”的这个群体。根据“局内人”范烟桥的说法，他们“以邻近上海的江苏省内两州、两常的人居多。如包天笑、周瘦鹃、范烟桥、程小青、徐卓呆、陆澹庵、江红蕉、程瞻庐、顾明道、郑逸梅等是苏州人；李涵秋、毕倚虹、张秋虫、贡少芹等是扬州人；徐枕亚、吴双热、姚民哀、平襟亚等是常熟人；李定夷、恽铁樵、许指严、吴绮缘等是常州人。因为苏州出的鸳鸯蝴蝶派才子最多，扬州次之，他们在上海活动遂有‘苏帮’‘扬帮’之称”。③因此，郑振铎在《中国新文学大系 文学论争集》的导言中，称上海是“鸳鸯蝴蝶派的大

① 张恨水《写作生涯回忆》，20页，人民文学出版社1982年6月版。

② 魏绍昌《我看鸳鸯蝴蝶派》，22～23页，中华书局（香港）1990年8月版。

③ 范烟桥《民国旧派小说史略》，魏绍昌编《鸳鸯蝴蝶派研究资料》（上卷），270页，上海文艺出版社1984年7月版。

本营”[①]。

张恨水是安徽潜山人，就地域关系而言，既不属于“苏帮”，也不属于“扬帮”。自民国二年（1913年）到民国六年（1917年），张恨水四进上海，其间曾多次向鸳鸯蝴蝶派作家主持的报刊投稿，或用或不用，却始终没有进入过这个文学圈子，也没有得到过这些“前辈”的提携。人称小说界先进的包天笑，在《钏影楼回忆录续编》中曾提到过，二十年代，他与张恨水做过邻居，是在北京宣武门内的铁门胡同，“后来方知道张恨水也住在这条胡同里，我住在前进，他住在后进。他的朋友去访他，却也是我的朋友，先来访我。不过我们两人，这时还不相识，直到他后来到上海后方见面哩”。[②]这种情况在那一代作家中是有代表性的，他们与张恨水很少相识，即便相识也多在张恨水成名后。一九二二年的《红杂志》第11期刊登郑逸梅所作《著作家之斋名》，列出四十七位作家的斋名（第19期潘寄梦又补充了十五位）；一九二三年十二月二十一日，该杂志第70期又刊登了郑逸梅的游戏之作《稗品》，对四十八位他的“同文”做了一番“品题”，比如林琴南是端庄，周瘦鹃是娇婉，恽铁樵是敦厚，包天笑是细密，等等。这两篇游戏文字曾被《鸳鸯蝴蝶派研究资料》的编者魏绍昌看作是鸳鸯蝴蝶派作者的名单，然而，其中都没有张恨水的大名。可见，当时这个群体中的人，还没把张恨水当作自己的同好。

但张恨水与鸳鸯蝴蝶派却不是一点关系都没有，他们之间并非

① 郑振铎《中国新文学大系 文学论争集》（影印本）导言，14页，上海文艺出版社2003年7月版。

② 包天笑《钏影楼回忆录续编》，598～599页，中国大百科全书出版社2009年1月版。

水火，只是被时间和空间隔开了。民国二年（1913 年），在苏州上学期间，他第一次投稿给上海商务印书馆的《小说月报》，就得到了主编恽铁樵的赞许，为此，他高兴得“几乎发了狂”，“而且和恽先生通过两回信”，[①] 也许是没有得到继续回应，他也就不再投稿和联系。民国六年（1917 年），主持《申报·新自由谈》的天虚我生（陈蝶仙）发起征集“秋蝶诗”，限用王渔阳《秋柳》原韵，张恨水应征作了四首诗，有幸被选中了一部分，收录在天虚我生的《苔苓录》里。对张恨水来说，这当然也是接近鸳鸯蝴蝶派的好机会，但直到“抗战时在重庆遇到陈先生”，他才“谈及此事”，而陈先生已“觉得恍然隔世了”。[②] 民国八年（1919 年），张恨水还在芜湖《皖江报》任编辑，工作之余，写了两篇小说，先后投寄到上海《民国日报》，被陆续发表了，并且收入姚民哀所编短篇小说集《小说之霸王》。然而，他很快离开了芜湖，来到北京，因工作繁忙，没有时间写小说了，自然也就与《民国日报》断了联系。

无论如何，恽铁樵、天虚我生、姚民哀，都是民国初年旧派小说的名家。恽铁樵，江苏武进人，出身于小官吏家庭，自幼孤苦，五岁丧父，十一岁丧母，由族人抚养长大，励志读书，十三岁就读于私塾，十六岁考中秀才，清光绪二十九年（1903 年）考入南洋公学，攻读外语和文学。三年后毕业，先后赴湖南长沙某校及上海浦东中学执鞭任教。清宣统三年（1911 年），应张菊生先生之聘，任商务印书馆编译，次年主编《小说月报》，以翻译西洋小说而著称于文坛。他的古文很好，有鉴赏眼光，也肯提携青年作者，收到张恨水的投

---

① 张恨水《写作生涯回忆》，13 页，人民文学出版社 1982 年 6 月版。

② 同上，20 页。

稿，很快就写信给予鼓励。天虚我生，浙江钱塘人，生于中医世家，姓陈，原名嵩寿，字蝶仙，后改名栩，取《庄子》栩栩化蝶之意。他饱读诗书，少负才名，十九岁就曾以一部《泪珠缘》饮誉文坛，被认为是一部敢向《红楼梦》挑战的作品，为鸳鸯蝴蝶派代表作家。姚民哀，祖籍江苏常熟，出身书香门第，后家道中落，其父迫于生计，习艺说书，是江南书艺名家。姚民哀自幼从父学艺，亦为听众所欢迎。后到上海演出，结识南社成员冯平（心侠），受其影响，开始写作，很快成为名噪一时的鸳鸯蝴蝶派中坚分子，与文坛著名作家如范烟桥、周瘦鹃、郑逸梅、徐枕亚等都有往来。

这几位如果能多看几眼这个来自安徽乡下的青年，又如何呢？不过，张恨水与他们似乎总在“若即若离”之间。虽然他毫不讳言自己曾受到“鸳鸯蝴蝶派的影响”，[1]却又不认为自己就是鸳鸯蝴蝶派，甚或礼拜六派作家。而真相究竟如何，我们以后还会专门谈到，这里暂且放过。然而这顶帽子，尽管已经有人说过这是一顶“美丽的帽子”，却也是左翼批评家在《啼笑因缘》“风靡了十里洋场的小市民群”[2]之后，强加给他的。当他们再度把鸳鸯蝴蝶派作家锁定为批判对象时，那些早期“鸳鸯蝴蝶”多已没落，没有像样的作品让他们批判了，而正在享受红遍大江南北之誉的张恨水，自然就成了众矢之的。后来提到此事，他颇有些自嘲地说：“二十年来，对我开玩笑的人，总以鸳鸯蝴蝶派或礼拜六派的帽子给我戴上，我真

---

① 张恨水《总答谢——并自我检讨》，张占国、魏守忠编《张恨水研究资料》，236页，知识产权出版社2009年9月版。

② 徐铸成《张恨水与刘云若》，徐铸成《报人六十年》，330页，学林出版社1999年1月版。

是受之有愧。”[1]

张恨水之与鸳鸯蝴蝶派貌合神离，与他不能相融或相容于上海是一致的。无论是上海拒绝他，还是他拒绝上海，这里的问题最终都指向他对现代都市文化的隔膜和不适应。而以“休闲”“趣味”为宗旨的鸳鸯蝴蝶派，恰恰是伴随着现代都市的发展而孕育成熟的。张恨水的骨子里确有一点清高，还有一点矜持，这种性格自然会影响到他在城市陌生环境中与人的交往；而更内在的，恐怕还是现代都市生活让他感到不安。二十世纪三十年代初，他已成名，上海也是欢迎他的，加上北方的战争气氛越来越浓，他把家眷送回安庆后，也曾想到上海去另谋生活出路，但在上海住了半年多，仍然不能适应。他说：“我以为上海几百万人，大多数是下面三部曲：想一切办法挣钱，享受，唱高调。因之，上海虽是可以找钱的地方，我却住不下去。（民国）二十二年（1933 年）夏季，我又回到了北平。”[2]

---

① 张恨水《总答谢——并自我检讨》，张占国、魏守忠编《张恨水研究资料》，237 页，知识产权出版社 2009 年 9 月版。

② 张恨水《写作生涯回忆》，49 页，人民文学出版社 1982 年 6 月版。

零柒

婚姻

张恨水一生经历了三次婚姻，有三个女人从始至终陪伴着他，她们是：徐文淑（1898—1958年）、胡秋霞（？—1982年）、周南（淑云）（1915—1959年）。

第一次大约是在民国四年（1915年）至民国五年（1916年）的冬春之际，张恨水年纪在二十到二十一岁之间，而非很多书、文所言之民国二年（1913年）。那时，张恨水亡父不久，失学在家，堂兄张东野邀他到上海读书，后报考苏州蒙藏垦殖学校被录取。二次革命失败，学校被迫停办，他不得已返回家乡潜山。这是他第一次出行，无果而返。这期间，母亲似乎还没有和他谈到婚姻问题。很快，他因求学心切，再次离开家乡，来到南昌，进了一家补习学堂，补习英语和数学，为考大学做准备。但由于经济上难以支持，他便离开学堂，借了一笔川资，到汉口投奔本家叔祖张楚萍（犀草）去了。他在汉口时间不很长，小报馆的工作并没把他留住，民国三年（1914年）岁末，张东野来汉口演戏，介绍他加入剧团，随后就去了湖南，并于半年后辗转来到上海。这时，郝耕仁、张楚萍都在上海，他们一同过着潦倒的生活，却也自得其乐。这一年的“七夕”之夜，他与张楚萍“落拓过金陵”，[1]散步江边，遂口占《七夕诗》一首：“一度经年已觉稀，参横月落想依依。江头有个凭栏客，七度今宵尚未归。”[2]诗中不仅感叹了张楚萍的身世，而且隐含着规劝之意，只是没有提到他自己，可见，当时他还是单身，还不存在婚姻问题。到了十月，秋风渐凉，他又害了一场病，在上海就住不下去了，于是，他便借了路费，再次打道回府。

他与徐文淑的婚姻，大约就发生在此次回乡之后，与民国五年（1916年）五月为营救张东野、张楚萍三赴上海之前。张恨水很少谈及自己的婚姻，他的长篇回忆录《写作生涯回忆》及《我的创作和生活》对此事都只字不提，只有《我的小说过程》提到一句，为了说明问题，我把这段文字都抄在这里：

> 二十一岁，我重别故乡，在外流浪。二十二岁我又忽然学理化，补习了一年数学。可是，我过于练习答案，成了吐血症，二次回故乡。当然，这个时候中耗费了些家中的款子（其实虽不过二三百元，然而我家日形中落，已觉不堪了），乡下人对于我的批评，十分恶劣，同时，婚姻问题又迫得我无可躲避。乡党认为我是个不可教的青年，我伤心极了，终日坐在一间黄泥砖墙的书房里，只是看书作稿。我的木格窗外，有一株极大的桂花树，终年是青的，树下便是一院青苔，绝无人到，因此增长了我不少的文思。在这时，我作了好几部小说，一是章回体

① 张恨水《白门十记（上）》，1937年第11卷第8号《旅行杂志》，转引自谢家顺《张恨水年谱》，45页，安徽文艺出版社2014年7月版。

② 张恨水《七夕诗》，张恨水全集《剪愁集》，78页，北岳文艺出版社1993年1月版。

的《青衫泪》，体裁大致像《花月痕》，夹着许多辞章，但是谈青年失学失业的苦闷，一托之于吟风弄月，并不谈冶游。[①]

张恨水的这段回忆，或有不准确之处，抑或有忽略、简化之处，但他无意中讲到遭遇婚姻问题的时间，是在二十二岁的时候。据谢家顺先生考证，他在这篇文章中所用年龄为虚岁，推算下来，实际应是二十一岁。如果这时他已结婚，那么，只能是民国五年（1916年）五月前，因为，五月后，他已到达上海，陈其美殉难后，参与其后事料理的人曾合影留念，在当年的这张照片中，我们看到了张恨水的身影。

关于张恨水的这次婚姻，坊间流传着多个版本，且众说纷纭，真伪难辨。大致说来，此事系其母一手包办，女家是潜山县源潭乡徐家牌楼人，虽非名门望族，却也是当地大户，与张家相比，算得上门当户对。媒人是一位本家婶子，她们约好借看戏的机会去相亲。说是相亲，可双方家长并没有见面，而是由媒人指着远处看戏的人群，让张母望了一眼那个姑娘。张母的确看到人群中有个姑娘长得很标致，以为是自己未来的儿媳，亲事就这么定下了，接着，下了聘礼，新人进门的日子也随之定了下来。不料，姑娘娶进门，却并非母亲看中的那一个，儿子更感觉受到愚弄，十分委屈，遂有新婚之夜逃离洞房之举。家人连夜将他从后山找回，并责以孝道，母亲也流泪向他表示歉意，许他将来有中意之人，再另娶一房。张恨水既不能抗拒慈命，又有怜香惜玉之心，最后，只能默默地吞下这枚苦果。

至于所谓“调包计”，笔者以为，基本上是民间的一种想象。

---

① 张恨水《我的小说过程》，张占国、魏守忠编《张恨水研究资料》，231页，知识产权出版社2009年9月版。

根据徐霁旻的考证，徐文淑的叔祖是清代戍边武将，以军功被赐予正一品建威将军；父亲徐海山是源潭乡有名的经馆塾师，文才极好，且相貌堂堂。他有四个女儿，依次为徐文淑、徐蕙淑、徐荷淑、徐杏淑。徐文淑在家时曾随父亲读书，“三百千、四书五经”都读过，还能背诵，而且，能写“工笔小楷，一手好字”。[①] 她不曾留下一张照片，我们无从了解她的“真相”，但据见过她的后人回忆，她的长相虽说不上漂亮，却也不像有些人描述的那么丑。这样一个女子，何愁嫁不出去，而非要采取“调包”之计？徐霁旻认为，在这件事上，张家、徐家都是受害者，问题出在媒人身上。然而，难以解释的是，如果徐家没有要求，那么，媒人又何必多此一举呢？她能从中得到什么好处呢？

当时的情形既难以复原，笔者也拿不出证据说事实不像民间的传闻那样富有戏剧性。或许做母亲的确有难言之隐，娶进门的这个姑娘，不是自己相中的那个姑娘；抑或张恨水也还没有做好准备，接受这场突如其来的婚礼；但坊间传说抓住这两点加以夸张，就有了张家中了“调包计”，娶回一个“相貌丑陋”“目不识丁”的村姑，洞房内吓跑了张恨水的故事。其实，徐文淑既不是丑女，也并非没有文化，至于“文淑”这个名字，更非大姑子张其范于新婚之夜所赐，当然也没有张其范教她识字、写字，鼓励她给丈夫写信的情节。张其范写过一篇《回忆大哥张恨水》的文章，其中对人们称赞她的这两段“闺房佳话”，只字未提。

尽管如此，张恨水对于母亲送给他的这个“礼物”很难说是满意的。新婚不久，他便离开家乡，去了上海。虽有很堂皇的理由，

---

① 徐霁旻《浅论徐文淑对张恨水的历史影响》，《张恨水与文化自强学术研讨会论文汇编》，79～85页，2014年7月安徽潜山。作者为安徽省潜山县文物局副研究员。

但他心里想什么，我们并不知道。不过，营救堂兄张东野、叔公张楚萍的行动失败之后，他没有选择返回老家，而是跟着李君磐的文明话剧团来到苏州，随后又到南昌，在外奔波达数月之久，冬天才回到潜山。试想，如果家里的这个人真的为他所爱，新婚燕尔，正是难分难舍之时，以张恨水才子佳人的心性，哪能把她一个人放在家中，自己在外游荡？即使重任在身，未必不归心似箭。他的不归，已透露了他的态度。在家没住多久，过了年，郝耕仁来信邀他出游，张恨水又欣然前往。就在此时，他还动了隐居的念头。这些都从一个侧面说明，这次婚姻不仅没有使他感到幸福，反而增添了他的苦恼。这期间他作过一部小说《青衫泪》，因不曾发表，已湮没无闻，我们今天并不知道他在其中都写了些什么。有人望书名而生义，以为小说“反映出他婚姻生活的痛苦以及对徐氏的不满”，[①] 我们也只能姑妄听之。

其实，张恨水的不满，主要不是针对徐文淑的，当然，也不针对他母亲。有人觉得，张恨水既读了那么多的古书，又仰慕才子名士的生活，对婚姻的想象和憧憬，也就逃不脱“才子佳人”“红袖添香”“闺中唱和”一类的俗套，他不肯亲近徐文淑，是因为徐文淑没能满足他的这种想象和憧憬。这种分析固然有其道理，但不是唯一的道理。这时的张恨水，虽然中了些名士才子的“毒”，对其“佳人”和夫妻情感生活有自己的要求，然而，除此之外，也不排除还有其他一些理由。我们知道，张恨水的青少年时代，正处在清末和民初之间，这是新知、新学的蓬勃生长期。张恨水固然读了不少古书，却也读了很多新书。他是喜欢读小说的，旧小说他喜欢，新小说他也不拒绝，尤其他还用心阅读了林纾翻译的许多外国小说。这些小说，

① 宋海东《张恨水情归何处》，3页，新华出版社2008年12月版。

除了教会他写作方法和技巧，新的思想和婚恋观也不可避免地对他产生了潜移默化的影响。

文学史家认为，清光绪三十二年（1906 年）吴趼人的《恨海》与符霖的《禽海石》的发表，“预示着一个写情小说，甚至是写哀情小说的时期的到来，这也是西学东渐之中，中国青年男女欲争取婚姻自主的先声”。[①] 特别是后者，不仅把矛头直接指向孟子的“父母之命，媒妁之言”，而且大胆提出了“更定婚制”的要求。而林纾所译外国小说如《巴黎茶花女遗事》之类，对于生活在礼教束缚下的中国青年来说，更是一种“诱惑”。张恨水是在儒家文化熏陶下成长起来的青年，他还没有勇气喊出自己的心声，他只能接受母亲的安排，但他的内心世界未必没有对自由婚姻的渴望，那些老旧婚制下男女青年的痛苦，未必没有引起他的共鸣。一九二六年七月八日《世界晚报》副刊《夜光》发表十一年前他在长江边口占一绝《七夕诗》，特意加了前序后注，最后慨然长叹：“婚姻不自由，诚杀人之道哉！”[②] 既为张楚萍，也为他自己。

张恨水深藏着对“自由婚姻”的向往一路走来，他真心想要的，不是“父母之命，媒妁之言”为他安排的婚姻，而是婚姻由自己做主。他曾委婉地表示：“这时，我的思想，完全陶醉在两小无猜，旧式儿女的恋爱中。”[③] 这也许就是此时此刻他对自由恋爱的一种理解。一九二九年三月三日《上海画报》刊登他的《旧年怀旧》一文，

---

① 范伯群《中国现代通俗文学史》（插图本），129 页，北京大学出版社 2007 年 1 月版。

② 张恨水《七夕诗》，张恨水全集《剪愁集》，78 页，北岳文艺出版社 1993 年 1 月版。

③ 张恨水《我的小说过程》，张占国、魏守忠编《张恨水研究资料》，231 页，知识产权出版社 2009 年 9 月版。

其中就讲到他在少年时代的一段“初恋”，曾与一个名叫秋凤的同庚女同学，“朝夕过从，相爱甚昵”，“私心好之，未敢言也”，“此事至今思之，觉儿童之爱，真而弥永，绝非成人后所能有”。[①]直到一九四七年他五十二岁时，还不能忘怀此事，又于二月五日在《新民报》副刊《北海》发表《看灯有味忆儿时》一文，旧事重提。

这样看来，把张恨水婚姻的不幸，归结为“调包计”强加给他一个“丑”媳妇，既是对徐文淑的不公，也是对张恨水的不敬，是小看了张恨水，把他庸俗化了。张恨水一九二九年五月二十二日在《世界晚报》发表了一篇《妻的人选》，文章不长，且让我抄录下来，留此存照：

> 绿荫树下，几个好友，谈至择妻的问题。有人说，要美丽的，我以为不如赏花。有人说，要道德好的，我以为不如看书。有人说，要能帮助我的，我以为不如买架机器。有人说，要能让我快活的，我以为不如找各种娱乐。说到这里，朋友不能再找出好的标准了，就问我要怎样的？我说总而言之，统而言之，要一个能了解我的。
>
> 能了解我，我自然心满意足了，好看不好看，是不成问题的。道德二字，更是和我合辙了。至于如何帮助我，如何使我快活，她当然知道，那又何须说呢？一个人要得一个人了解，这却要得人家相当时间的认识，所以男女双方由恋爱而进到结婚，至少要有一年期间的过程。[②]

---

① 张恨水《旧年怀旧》，转引自谢家顺《张恨水年谱》，25页，安徽文艺出版社2014年7月版。

② 张恨水《妻的人选》，《张恨水散文》（第四卷），174页，安徽文艺出版社1995年11月版。

“了解”二字，看似平实简单，要做到却不容易，有的夫妻，厮守了一辈子，都不敢说互相了解。张恨水对幸福婚姻的渴望和追求，正可以这两个字来概括。而他与徐文淑之间，缺的也恰恰是这两个字。然而，徐文淑毕竟出身儒生之家，谨守妇德，知书达礼，举止贤淑，该做的做，不该做的不做。嫁到张家之后，作为媳妇，侍奉婆母，作为长嫂，关照弟妹，不仅赢得了全家人的尊敬，张恨水对她也多了一份怜惜与歉疚。虽然他们之间聚少离多，缺乏交流，但张恨水并没有遗弃她，而是尽职尽责地养了她一辈子，在张恨水的收入中，总有一份是徐文淑的生活费，并为她在家乡潜山添置了房屋和田产。一九二二年，他托二弟把母亲、两个弟弟、两个妹妹和徐文淑迁至芜湖；一九二五年，又把母亲和全家接到北京，徐文淑也随同前来。此时，他已娶了胡秋霞，一大家人住一所前后五个院子的四合院，张其范在《回忆大哥张恨水》中写道，“大哥住北屋三间”，“妈妈嫂嫂和我姐妹，住在后进”，① 这个嫂嫂，就是徐文淑。她与胡秋霞姐妹相称，处得很融洽。她生过两个孩子，都不幸夭折了，为此她一直觉得愧对张恨水，于是，胡秋霞的孩子都被她视如己出，十分疼爱。据说，张小水出生时，因为是小产，落地不哭，俗称“闷地生”，徐文淑当即解开贴身衣裳，将血糊糊的婴儿“焐”在自己胸前，救了小水一命。直到晚年，张小水还说：“我的命是大妈妈捡来的。”与徐文淑建立了深厚的母子情谊。一九五八年，徐文淑在安庆因脑溢血去世，张恨水因病不能出行，遂命张小水带了七百元钱，千里奔丧，护送徐文淑的灵柩回到潜山老家黄土岭安葬。弥留之际，徐文淑拿出珍藏的两枚戒指，分送胡秋霞和周南，以表达

---

① 张其范《回忆大哥张恨水》，《安徽文史资料选辑》第八辑，247 页，内部发行。

她对两位“妹妹”的心意。如今她的墓碑上，立碑人写的就是：男晓水、孙继，即小水、张纪之误。①

张恨水第二个妻子叫胡秋霞。他们的结合不会晚于民国十二年（1923年）十月。张恨水大弟张啸空于一九二三年十月二日在芜湖《工商日报》副刊《工商余兴》发表《游北海记》一文，其中写道：“癸亥仲秋节，恨水兄有一日暇，适北海开放，兄遂约予及秋霞嫂，共往游焉。”②

张恨水与胡秋霞的结合见诸文字，这应该是比较早的一次。他在《〈金粉世家〉自序》中也间接透露了与胡秋霞结合的时间，他说：“吾初作是书时，大女慰儿，方牙牙学语，继而能行矣，能无不能语矣，能上学矣，上学且二年矣，而吾书乃毕。”③查《金粉世家》在北京《世界日报》副刊《明珠》上连载，始于民国十六年（1927年）二月十五日，截止于民国二十一年（1932年）五月二十二日，而慰儿正是他与胡秋霞所生第一个孩子，由此或可推断，他们结合的时间，大约在民国十二年（1923年）秋天，是不错的。

关于胡秋霞的来历，综合各家说法，得到如下一些印象：她是四川人，乳名招娣，出生在一个贫苦家庭，父亲是挑卖江水的苦力，四五岁时，她被拐卖给上海一个姓杨的人家当丫鬟，后随这家人来

---

① 关于徐文淑的婚后生活，参阅了徐霁旻《浅论徐文淑对张恨水的历史影响》，载2014年7月《张恨水与文化自强学术研讨会》；张钰《恨水伯的婚姻》（代跋）；张正《魂梦潜山——张恨水纪传》，山西人民出版社1999年10月版；张纪《我所知道的张恨水》，金城出版社2007年1月版等材料。

② 转引自谢家顺《张恨水年谱》，66页，安徽文艺出版社2014年7月版。

③ 见张占国、魏守忠编《张恨水研究资料》，189页，知识产权出版社2009年9月版。

到北京。杨家的人待她很刻薄，打骂是常事，一次，她摔坏了一个花瓶，被罚跪在雪地里，她不堪凌辱，鼓起勇气，逃出了杨家。先在街上流浪了几天，后被一位巡警送到了妇女救济院。按照她女儿张正的说法："一个好心的巡警告诉她，石碑胡同有个妇女救济院专门收养无依无靠的女孩，妈便投奔去了。"[①]她在救济院里糊纸盒，也学一点劳动技能，长到可以婚配的年龄，院里便张罗着为她择偶。张正说："1923年的一天，院里的女工头，送给妈妈几张男子的照片，让她选择一个作为丈夫。女工头主张她选一个中年商人，说这样有固定收入，女孩嫁了他，今后生活有保障。妈却选中了年轻的读书人——这就是我的爸爸张恨水。"[②]

张友鸾的女儿张钰在《恨水伯的婚姻》一文中提供了更多的细节，她说："大约在1923年至1924年之间，有个朋友向他介绍了救济院的一位姓马的姑娘。那时，救济院里收养的无依无靠的女孩子，如若被人看中，只要双方同意，便可按规定办手续领娶。他去了救济院，一见之下，双方都很有意。那马姑娘人很灵秀，也有点文化，他有心娶她。不料当他向院方提出申请时，竟遭到拒绝。原来马姑娘已被别人看中，只是她自己不同意，那人便疏通院方，对她施加压力。这真是'落花有意，流水无情'。马姑娘无奈之下，便把救济院里的另一位姑娘介绍给恨水伯，这姑娘就是胡秋霞。"[③]

胡秋霞来自北平妇女救济院应该是没有异议的。不过，在我们

---

① 张正《魂梦潜山——张恨水纪传》，298页，山西人民出版社1999年10月版。

② 同上，299页。

③ 张钰《恨水伯的婚姻》（代跋），张伍《忆父亲张恨水先生》，409页，北京十月文艺出版社1995年8月版。

所能看到的材料中，有时也被称作“贫民习艺所”“社会福利院”或“福利救济院”，这些大约都是在流传过程中衍生出来的说法，抑或与这个机构在民国期间的几次演变也有些关系。北京的贫民救济机构最初发生在清末预备立宪期间，光绪皇帝当年批复的《城镇乡地方自治章程》中，就曾涉及一些城镇乡善举的内容，如：“救贫事业、恤嫠、保节、育婴、施衣、放粥、义仓积谷、贫民工艺、救生会、救火会、救荒、义棺义冢、保存古迹，其他关于本城镇乡善举之事。”[①]民初，在京师习艺所的基础上，成立游民习艺所，直属内务部，以内务部长朱启钤为首任监督。民国六年（1917 年）三月，内务部将游民习艺所移交京师警察厅管理，开始设立妇孺习艺所。到了民国十七年（1928 年），北京改称北平特别市，习艺所归属于社会局，游民习艺所和妇孺习艺所改称“妇女习艺工厂”和“妇女救济院”，并专门制定了这些机构的“收容妇女请领规则”。这样看来，张恨水的后人认为胡秋霞来自“救济院”，也不是没有道理，虽然民国十二年（1923 年）还没有这个称呼，但其渊源有自，而民间记忆通常会在时过境迁之后接受某个最流行的说法。

按照《北平特别市妇女习艺工厂、妇女救济院收容妇女请领规则》的要求，打算请领厂、院女为妻室者，首先“应由请领人填具详细声请书，附最近四寸像片两张，并取具本市区内曾经注册之商店三家保结，送请本厂、院审核”。同时规定，“一、无相当财产及职务者；二、有不治之疾病或残废者；三、无固定住址及确实铺保者”，不能领娶厂、院女为妻室。请领人的声请书经厂、院审核通过后，请领人还需缴纳

---

① 《宪政编查馆奏核议城镇乡地方自治章程并另拟选举章程折》，《清末筹备立宪档案史料》下册，728 ~ 729 页，中华书局 1979 年 7 月版。

被领娶女子在厂、院期间的生活费，并酌情缴纳慈善捐若干。[1]这个规则虽然是民国十九年（1930年）制定的，但考虑到其中的延续性，七年前，张恨水领娶胡秋霞时，经历过这些程序，也是可能的。他的孙子张纪就曾在《我所知道的张恨水》一书中写道，爷爷在娶奶奶时“交了一笔押金，交了照片”，[2]这里所说的“押金”（也有人称为“赎金”），很可能就是《规则》中所要求的生活费和慈善捐。

民国十二年（1923年），张恨水二十八岁，已经远离家人，在北京独自生活四年了。经过四年的打拼，他在京城算是站住脚了，有了稳定的工作和收入，而且收入不菲，不仅个人生活有了保障，还能负担家里日常所需，以及弟妹的教育费用。但孤身客居他乡，到了夜晚或生病的时候，就很不是滋味。一年前，他的确得过一场大病，一九四六年九月十五日，他在《新民报》北平版发表《隔巷卖葡萄声》一文，其中讲到当时生病的情形：“予居平之三年初秋，患伤寒，甚殆。幸不死，卧床亦久。由中元以至中秋，均缠绵床褥间。予青年困于婚姻，且以父丧失学，备极懊恼，时昏卧会馆，鲜有照顾者，而孀母幼弟正群客芜湖北上未能，月赖吾三四十元之接济。予病，自秘之，家中浇裹（嚼裹）亦勿能寄，枕上无事唯思不得意事自遣。复念病或不起，孀母丧其长子将不能堪，其下除仲弟已冠，可经商外，其余弟妹四人，均弱小将失学，其不幸更甚于我。以养母育弟，予固跪誓于先君弥留之际也。思极而悲，泪涔涔落枕上。”[3]

① 见北京市档案馆J001—002—00013号档案。

② 张纪《我所知道的张恨水》，46页，金城出版社2007年1月版。

③ 张恨水《隔巷卖葡萄声》，《张恨水散文》第二卷，397页，安徽文艺出版社1995年11月版。

他在小说《春明外史》中也写到了这场病，见于第八回：佛国谢知音寄诗当药，瓜棚迟晚唱咏月书怀：主人公杨杏园生了一场大病，在会馆躺了许多天，身边只有一两个朋友，半夜醒来，胡思乱想，真切体会到“孤身作客的人，这病境最是可怜的”。想来想去，“由追悔不该到北京来，一直追悔到不该读书。心想病一好了，什么事也不干，赶快回家罢”。接下来便写了与他相好的那位清倌人梨云来看他，给了他极大的安慰。作者接着写道：“梨云这一来不打紧，又添了杨杏园一桩心事，心想如此看来，妓女的爱情，不见得全是假的。又想：‘就算假的罢，她能特地来看我，也算难得。我在北京的朋友，尽管不少，除了两三个极熟的人，谁又曾来看过病呢？’想到这里，反而觉得梨云小小年纪，倒是他一个知己，心想我要讨了她回来，也就算万愿皆足了”。[①]

一个成年男子，于漂泊羁旅之中，往往需要一个异性朋友，给他安慰，给他呵护，尤其是在病中，这种心理乃至生理上的需求，就更加强烈。爱情固然是两个人心灵上的共鸣，却也不排除孤寂中的相互慰藉。而张恨水的文人气质，只能使得这种需求更深沉，更细腻。他应该想到了要找一个人在身边，陪伴他亦照顾他，但他又很纠结于自己的“困于婚姻”，难以释怀。这一年的旧历新年，他回了一趟芜湖，看望分别数年的母亲、妻子、弟妹，其间他们是否议到了张恨水再婚之事，我们不得而知，不过，他从芜湖回到北京，这件事似乎便提上了议事日程。对此事，他表现得相当郑重和谨慎。张正在《魂梦潜山——张恨水纪传》中就曾提到郝耕仁的女儿郝漾给她讲过的一件事，郝漾对她说：“我在父亲书房读书，无意中发现了一封恨水伯写给我父亲的信，是在娶你母亲之前写信征求我父亲的意见，信中伯父对包办婚

---

① 张恨水《春明外史》（上），97 ~ 101 页，群众出版社 1997 年 4 月版。

姻态度是明显不满的，他信中原话不记得，大意是这样的：多年来，我漂泊社会，年纪也不小了，仍未解决婚姻大事。现在京认识一位女孩，十六七岁的样子，相貌端正，出身贫苦，我很怜爱她，想娶她为妻，也可以在京安家，解决婚姻的问题。”[①]

张恨水与胡秋霞婚后的生活是和谐而美满的。胡秋霞很小就被拐卖，除了“招娣”这个乳名，她对自己的年龄和娘家的姓氏已没有任何记忆。胡姓是张恨水根据她的四川口音推测的，并以王勃《滕王阁序》中“落霞与孤鹜齐飞，秋水共长天一色”的意境，为她取名“胡秋霞”，并正式申报了户口。胡秋霞不识字，也不算漂亮，但她年轻，有活力，且为人爽直，心地善良。她是苦水里泡大的，能嫁给张恨水这样一个有才情，懂得爱，衣食无忧的丈夫，很满足，也很幸福。最初，她不知道张恨水在老家已有妻室，结婚后，张恨水把实情告诉她，并表示自己对包办婚姻是不满的，她也没说什么。

婚后不久，张恨水便把家从潜山会馆迁到了铁门胡同七十三号丁宅。他在给友人张香谷的信中提到此事：“水于真日迁入铁门七十三号丁宅。”[②]几天后，他又在《春明絮语（续）》中讲到这次迁居：“予近迁居铁门胡同七十三号，为青衣票友蒋君稼故宅。友人张香谷作函贺之，并谓蒋善歌，必有绕梁余音可闻。其事甚韵，予因作骈体文复之。”[③]看来，张恨水的心情很不错，他显然受到了

---

① 张正《魂梦潜山——张恨水纪传》，299页，山西人民出版社1999年10月版。

② 张恨水《复香谷电》，1924年3月16日芜湖《工商日报》副刊《工商余兴》，转引自谢家顺《张恨水年谱》，69页，安徽文艺出版社2014年7月版。

③ 张恨水《春明絮语（续）》，1924年3月26日芜湖《工商日报》副刊《工商余兴》，同上。

胡秋霞的感染，她的嘘寒问暖，悉心呵护，也让张恨水的饮食起居大大改观。二人世界，本没有太多的家务，闲下来，她就坐在张恨水身旁，安静地看他写作，或与张恨水一起去看电影和听戏。张正说："妈的绝大多数兴趣爱好都是受爸的熏染与影响。"[①]张恨水还为妻子制订了学习计划，"他手把手地教她握笔，从描红模子开始，每天认几个字"。[②]很快，她就学会了写自己的名字，并且能粗读报纸和小说了，张恨水的《春明外史》《金粉世家》《啼笑因缘》等作品，她都是第一读者。张恨水有一阕《蝶恋花》，写生日前夕，妻子来询问，明天他的生日准备怎么过：

> 帘钩响动伊来到。屈指沉思，灯下低声道：明日如何消遣好？良辰千万休烦恼。　　原来生日浑忘了，客里年华，多谢伊关照。我自伤心还一笑，伤心不要伊分晓。[③]

我们不知张恨水因何而伤心，但他在妻子面前掩饰了自己的伤心，而感谢妻子的好意。词作写得十分生动，一个体贴、温存的妻子形象跃然纸上，也为他们的夫妻生活留下一幅逼真的剪影。婚后一年，他们有了第一个孩子慰儿。女儿的到来，使他得到一种安慰，生活也平添了许多乐趣。民国十四年（1925年），张恨水把全家迁到北京，并租下宣武门东大街路北未英胡同三十六号一所院子，作

---

① 张正《魂梦潜山——张恨水纪传》，300页，山西人民出版社1999年10月版。

② 同上，301页。

③ 张恨水《蝶恋花》，1927年5月25日《世界日报》副刊《明珠》，张恨水全集《剪愁集》，210页，北岳文艺出版社1993年1月版。

为家居。张其范在《回忆大哥张恨水》一文中披露了这次全家不远千里迁移北京的原因："1925年，我考取北京女师大，大哥怕母亲挂念，遂把安庆的家，也搬来北京。全家十四口人，除二哥工作外，全依赖大哥生活。"[①]这是很重的一副担子，当时，大妹读女师大，两个弟弟读私立大学，小妹妹读高中，每个学期的学杂费就是一笔相当可观的费用，都得张恨水去筹措。因此，他必须更加努力地工作，"白天在家写小说，有时同时写几部小说在几家报纸上连载，夜晚还要到报馆去编报"，[②]与胡秋霞单独在一起的时间自然就少了，她或许有一点受到冷落的感觉，有时会借酒浇愁。她要熟悉、适应这个新的环境，并不十分容易，但她很努力地要融入这个三世同堂的大家庭。老太太希望张恨水能给原配徐文淑留下一个孩子，母命难违，张恨水不得不出入徐文淑的房间，胡秋霞则表现得善解人意，令人刮目相看，终于在这个大家庭中赢得了一个"好"字，侄儿辈称她"好妈"，外甥们称她"好舅妈"，弟妹们称她"秋霞嫂"，张恨水对她的评价是：藏拙、守成、率直。

周南是张恨水的第三个妻子。她原名周淑云，是北平春明女中的学生。周南是婚后张恨水为她改的名字，常使人联想到《诗经》中的"周南"。张恨水与周南的结合，一个流传甚广的说法是，周淑云因《啼笑因缘》而暗恋张恨水，非张恨水不嫁，其母无奈四处托人说媒，张恨水的妹妹张其范，恰在该校任教，其母便求她将女儿带去与张恨水相见，张恨水一见钟情，于是缔结连理。

---

① 张其范《回忆大哥张恨水》，《安徽文史资料选辑》第八辑，246页。

② 张钰《恨水伯的婚姻》，张伍《忆父亲张恨水先生》（代跋），410页，北京十月文艺出版社1995年8月版。

不过，张恨水似乎并不认同这种说法。他在一九四四年出版《夜深沉》单行本时写的自序中说："可是我内人所爱好的，却是这部《夜深沉》。我们的结合，朋友们捏造了许多罗曼斯，以为媒介物是《金粉世家》或《啼笑因缘》，其实并不尽然。假使《夜深沉》远在我们未结婚以前出版，介绍人应该是它。"[①] 仔细揣摩张恨水的这句话，其实并不能得出两人结合与《金粉世家》或《啼笑因缘》无关的结论，只是其中被"朋友们捏造了许多罗曼斯"而已。如果剥去所谓的"罗曼斯"，那么，我们看到，他们的相识源于一次游艺会，也有人说，这不是一次简单的游艺会，而是北平新闻界和教育界联合举办的赈灾义演活动，据说，在这次活动中，张恨水饰演《女起解》中的崇公道，春明中学的女学生周淑云饰演苏三。不知道这样的赈灾义演在1931年举办过几次，是不是每次都由张恨水出演崇公道一角？根据万枚子的回忆，这一年夏天，武汉大水，北平新闻界确曾发起赈灾义演，地点在湖广会馆，张恨水在《女起解》中担任崇公道一角。难道与周淑云同台演出就是这一次？如果是这样的话，那么，他们的婚礼就显得比较仓促了。民国三十五年（1946年）旧历八月初八，张恨水为纪念他与周南结婚十五周年，复印了结婚照并在背面题字，由此可以确定，他与周南结婚是在民国二十年（1931年）旧历八月初八，阳历为九月二十九日。这个日子离义演的日子是不是太近了呢？

总之，他们在这一天结为夫妻。从这次婚姻中，张恨水终于为自己多年来一直期待的爱情找到了归宿。即使是在重庆海棠溪生活期间，有时，他也会忆及当年的闺房之乐。一天，他看到市里忽有跳棋出售，便勾起了对于往事的回忆，并写下短文《跳棋》："十

---

① 张恨水《夜深沉》自序，《夜深沉》，岳麓书社2014年6月版。

余年前，内子归我，如小乔之初嫁，所谓其乐甚于画眉者，闺中亦不能平靖无事，因之予乃劝之读唐诗，作花卉写意，并习赵柳楷字。初一二课或亦感生兴趣，三日以上，即百呼不理矣。及予示之跳棋，则甚喜。北平冬夜，室外朔风虎吼，雪花如掌。而室中则电炬通明，炉火生春，垂帘对坐，盆梅吐艳。围炉小坐，剖柑闲谈，遂亦不思他乐。坐久人倦，乃对案下跳棋。相约予负则明日为东道，陪之观剧。胜则彼亲自下厨调鲜同膳，而十局之战，予必负七八，故彼极乐为此。”[①] 于是，他买了一副拿给爱妻，问她还记不记得当年玩过此物，妻子则以“马齿徒长”为之一叹，他也就“闻之而兴沮”，继续在昏黄的灯光下，写他的小说。而“内子在旁，共灯为小儿补结旧绳衣，各个默然”。这时，他忽然“停笔昂首，乃作长喟。彼即起夺予纸笔曰：‘尚不思睡，曷温跳棋乎？’予笑曰：‘余子何堪共话，只君方是解人。’乃即移灯布棋，共下三局，而时转势移，三局皆予胜而彼负。”[②]

张恨水与周南的夫妻生活，民国三十三年（1944 年）夏天写作《山窗小品》时多有提及，这在前两次婚姻中是极少见的。再如《劣琴》，写到他“自幼酷嗜皮簧，几至入迷，及娶吾妇，妇亦嗜此，既得同调为终身伴侣，嗜尤深”。这似乎也从侧面证实了，他们的结合，京剧曾是媒介之一。然而，入蜀之后，看戏的机会几乎绝迹，“终年不复一入剧场”。有了戏瘾怎么办呢？“强细君（其妻）低声歌之，吾口奏琴手拍板以和音节”而已。一天，朋友送他一把胡琴，他又在街上购得一批青衣唱腔琴谱，于是，“在黄米饭饱后，山窗日午，

---

① 张恨水《山窗小品·跳棋》，张恨水作品经典《散文与杂文》，568 页，群众出版社 1997 年 7 月版。

② 同上，568 ~ 569 页。

空谷人稀，乃搦笔取琴，依谱奏之”。而“每当弦索紧张，细君隔室停针，辄应声而唱”。张恨水是很享受这种生活情趣的，甚至得意地以“吹箫引凤”自喻。[①]

有时他们也谈诗。他说：“内子随余久，间亦学读《古唐诗合解》。”自然也是懂诗的，据说，当年她曾以“南女士”之名在《新民报》发表过诗作《早市杂诗》，其中有这样的诗句，“嫁得相如已十年，良辰小祝购荤鲜，一篮红翠休嫌薄，此是文章万字钱”，以及“朝霞沾鞋半染衣，街头浓雾比人低，晓凉敢说侬辛苦，昨夜陶潜负米归”。[②]能从清苦日子中品尝到诗情画意的人，一定是个有“诗心”的人，这也是周南最让张恨水得意之处。张恨水在《劫余诗稿》中讲到一件事，他们住在海棠溪的时候，一天，周南在山窗外晒旧书，发现一张残破的旧报，上面是一首五言古诗，题目为“悠然有所思”，但“独缺署名”。她诵读再三，觉得很像张恨水的作品，便拿给他看，笑着说：“此似君作，发表于《南京人报》者乎？”这件事让张恨水兴奋不已，他写道：“余大笑，因吟曰：‘喜得素心人，相与共朝夕。’”素心人就是心地纯洁，淡然处世，能把日常生活过出诗意的人，这才是张恨水心中向往的人。那天，他大喜若狂，“余复大笑，笑且一日数次”。周南问他为何这样高兴，他说：“三年来，非相与伤感物价，即为群儿顽劣事相争执，闺中之乐，甚于画眉者，此调生疏久矣。窃以为卿仅知予不谈物价，仅知予厌群儿嬉戏，大背人情，今觉殊不然也。乃

---

① 张恨水《山窗小品·跳棋》，张恨水作品经典《散文与杂文》，522页，群众出版社1997年7月版。

② 张钰《恨水伯的婚姻》，张伍《忆父亲张恨水先生》（代跋），414页，北京十月文艺出版社1995年8月版。

一见而识吾诗，十余年相聚，诚未白费，焉得不乐？”[①]

我们是从多年后张恨水对往事的回忆中，推想他与周南结合后的满足感和幸福感的。他们的年龄虽相差二十岁，但婚后生活却可谓琴瑟和谐，意趣相投，有着说不尽的喜悦和甜蜜。对于这样一个可人，张恨水以“周南”命名之，倒也恰如其分。可是，他的家里毕竟还有两位夫人在，对他来说，不能不是个难题。婚前，他向周南交代了自己的婚姻状况，请她认真考虑，据说，周南表示：“只要和他终生相伴，并不计较他已有了妻子。”[②]甚至婚后他要对胡秋霞尽一份做丈夫的义务，周南也能体谅，并不干预。但秋霞却不能接受张恨水的这次婚姻，她的女儿张正说：“我母亲当时还曾提出过离婚。”站在女性立场，应该承认，胡秋霞的要求是合理的，张正也曾表示，她“由衷地钦佩妈妈作为女性的自尊、自爱与自强”[③]。而且，就在当年五月，《中华民国民法（亲属编）》正式实行，其中特别规定：有配偶者不得重婚。当然，国民政府司法院在司法解释中又称，娶妾并非婚姻，实际上是为重婚开了方便之门。张恨水娶周南，固然是以正式婚姻对待之，但社会舆论显然并不追究，其实是理解为纳妾的。至于胡秋霞，尽管她曾有过离婚的想法，而面对现实，她又不得不考虑，一个无依无靠的女子，身无分文，又无一技之长，如果离婚，如何维持生活？又如何抚养自己唯一的儿子

---

① 张恨水《山窗小品·劫余诗稿》，张恨水作品经典《散文与杂文》，583页，群众出版社1997年7月版。

② 张钰《恨水伯的婚姻》，张伍《忆父亲张恨水先生》（代跋），412页，北京十月文艺出版社1995年8月版。

③ 张正《魂梦潜山——张恨水纪传》，307页，山西人民出版社1999年10月版。

小水呢？何况，她的确深爱着这个男人，而张恨水也从未忘情于胡秋霞。

于是，在婆婆和众人的劝说下，胡秋霞不得不与现实妥协，接受了周南这个新人。此时，张恨水将全家从未英胡同三十号迁至西长安街大栅栏十二号，并另租铁门胡同，与周南建立了新家。此后，他更多的时间是与周南在一起，对胡秋霞，乃至徐文淑，只是尽一个丈夫应尽的责任与义务。他有一篇文章曾借京剧《双摇会》谈及对多妻家庭的看法，认为剧中对多妻的讽刺是很公道的，同时，他又无奈地指出："一个家庭，自不宜多妻，既已有此事实，就当想法解决，来个'家和万事兴'。"[①]这自然也是张恨水在生活中的态度，他总是尽力维护这个多妻的大家庭的安宁与和谐，当然很不容易，有时也不得不暂时逃离这是非之地。刘半农一九三四年一月三日的日记就记下了与张恨水有关的一笔："与牧野（张恨水二弟）、颖孙（姓郑，系北华美专教师）同往方家胡同看恨水，值出，入其书斋中小坐，牧野云，恨水即将往西北旅行，因有一妻二妾，难乎其为夫，故不得不暂往他处以避烦恼，然他日归来，旧账仍当总算，不悉将何以为计。此所谓自讨苦吃，局外人莫能赘一词。"[②]

---

① 张恨水《京戏〈双摇会〉》，《张恨水散文》第三卷，239页，安徽文艺出版社1995年11月版。

② 《刘半农日记（1934年1月至6月）》，《新文学史料》1991年第1期，23页。

零捌

报人（上）

张恨水虽以小说名世，但他首先是个报人，其次才是小说家。即使是他的小说，也很少不是先以报纸连载的方式和读者见面的。他一生有三十年（1918—1948 年）从事新闻工作，其间曾全面介入报纸的生产过程，不仅是一位采写、编校、管理、发行样样在行的全能报人，也曾在多家报纸、通讯社供职，先后担任过校对、记者、新闻编辑、副刊编辑、主编、总编辑、社长等职务，还独自出资创办过《南京人报》。

其实，他做报人很偶然。民国七年（1918 年）春天，郝耕仁一纸书信，荐他到芜湖《皖江日报》做编辑，遂与报纸结缘。《皖江日报》是一份地方民办商业性小报，在当地很有影响。创办人、社长谭明卿（1885—1938 年），是一位热心变法维新的进步人士，他邀张九皋、郝耕仁等主持笔政，张九皋任总编辑，郝耕仁主编副刊。张九皋来自社会底层，在清末民初革命风潮中，他追求进步，奔走呼号，很想有所作为；郝耕仁曾是清末秀才，能诗文，善书法，有豪侠气，早年加入同盟会，从事民主革命活动。在他们主持下，《皖江日报》

表现出少有的朝气蓬勃的气象，成为当地传播新思想，批判旧礼教的生力军，赢得各界人士和青年学生的喜爱和支持。就在此时，张恨水接替郝耕仁，主编《皖江日报》副刊，开始了他的报人生涯。在这里，他对报纸有了最初的了解，也积累了一些编辑副刊的经验。

民国八年（1919 年）秋天，在朋友的鼓励和帮助下，张恨水北上京城，寻求更有发展的前途，也想找机会进北京大学读书。初到北京，为了糊口，他先在上海《申报》驻京记者秦墨哂处帮忙，不久，入《益世报》做助理编辑，并结识了在此做编辑的成舍我。《益世报》创办于民国四年（1915 年）十月十日，创办人雷鸣远是比利时籍法国天主教神甫，他以“放世界眼光，谋人类福祉”为办报宗旨。民国六年(1917 年)，在北京城南新华街南口，今天虎坊桥这个地方，《益世报》开办北京分馆，社长（亦称经理）是杜竹萱。民国二十一年（1932 年）七月二十四日，张恨水在上海《晶报》撰文《哀杜竹萱先生》，其中写道：“成舍我君介绍恨水入社，助理编辑，兼校大样。公闻恨水夜深读英文，苦之，加薪外，并调外勤，至今心犹德之。”[①]这里提到的“夜深读英文，苦之”，实为社长夫人嫌张恨水读书声音过大，影响自己休息，遂由社长出面，将他调离北京《益世报》，改任天津《益世报》驻京记者。此事发生在张恨水入社一年之后，他因此摆脱了每天夜班看大样之苦，工作则改为每两天写一篇通讯，发天津，收入也提高了，故而有“心犹德之”一说。

这期间，他同时为上海《晶报》撰稿。我们现在看到张恨水最早刊载于《晶报》的文章，是民国八年（1919 年）九月十八日，

---

① 张恨水《哀杜竹萱先生》，转引自谢家顺《张恨水年谱》，57 页，安徽文艺出版社 2014 年 7 月版。

署名“小记者”的《北京新世界之新闻（北京特约通讯）》。九月三十日的《晶报》，又刊载了他撰写的通讯《北京票界消息》。十一月二十一日，署名“恨水”的杂文《纯粹的新诗决做不好》，也在《晶报》“毛涩架”专栏发表。这大约是我们所知张恨水最早的杂文。《晶报》创刊于民国八年（1919年）三月三日，正是《神州日报》走下坡路的时候，最初是把它当作附送品，想扶《神州日报》于既倒，却也可以零购，结果是《神州日报》的命运不能挽回，《晶报》却在上海种类繁多的小报中脱颖而出。它是三日刊，晶字即三日之合成，可见命名是动了脑筋的。两位主持人，一位主外的余大雄，安徽人，人称余大脚；一位主内的张丹斧，人称张丹翁；都是喜欢热闹的人物，不怕出乱子，有时还主动挑起一些笔战，你来我往，煞是好看。这或许可以看作是办报，特别是办好副刊的手段之一。张恨水的这篇文章就是针对张丹翁《为什么新诗都做得不好》一文而参与讨论的，而张丹翁的文章，却是有感于五月九日《晶报》所载胡适新诗《一颗星儿》。他在文章中既调侃“胡适”为“到哪里去”，张恨水也就将“丹翁”戏译为“通红的老头子”，算是开白话文一个玩笑。他们都是不赞成新诗的，张恨水特别指出，新诗有三大问题：即“不讲究韵脚”，“无审美性”，“没有什么章法”，他于是断言：“我对于新诗，有这三样的感想，觉得是难于好。至于胡适之的诗，他是旧书堆里钻出来的，是在诗词曲三样里面经练过的，所以有那么一回事。”①

《晶报》关于新诗的讨论，持续了一年之久，自然有不少文章

① 张恨水《纯粹的新诗决做不好》，转引自谢家顺《张恨水年谱》，58～59页，安徽文艺出版社2014年7月版。

发表，而胡适的回应仅仅是将发表在《星期评论》上的《谈新诗》，拿到这里再发表一次。这篇长文是对民国八年以来伴随文学革命运动而出现的诗体解放，以及白话新诗登上文坛，所做的全面总结。其中虽然提到“攻击新诗的人”，[①]但他所指绝非在《晶报》上撰文对新诗提出意见的读者如张恨水辈，而是他周围那些学者朋友如任鸿隽、梅光迪等，至少也是林纾（琴南）之类的旧派名流，至于《晶报》，是一份面向社会大众的娱乐小报，这种来自民间的声音，北大的“新派教授”们（蒋梦麟、黄炎培语）不是听不到，而是不肯听，即使听到，也未必在意。胡适能把诗和文章拿到这里发表，主要因为张丹翁是他的老朋友，中国公学的同学，当年与老公学决裂，创办新公学，他们曾在爱尔近路庆祥里新租的校舍里一起住过，胡适有首诗《答丹斧十杯酒》，就刊于当年他主编的《竞业旬报》第33期。过了二十年，民国十八年（1929年），他又作《和丹翁捧圣诗》，在《上海画报》451期发表，其中有两句：“庆祥老友多零落，只有丹翁大不同”，[②]说明他们之间是有些交情的。

张恨水的文章虽然没有引起胡适的注意，却被创刊不久的江苏南通《公园日报》看中了。该报编辑主任吴我尊是春柳社发起人之一，也很关心白话新诗的前途，他在报上开辟专栏，专门讨论新诗的创作。先是转载了《晶报》所刊发的胡适《谈新诗——八年来一件大事》一文，接着又于十一月二十八日至十二月一日，转发了张恨水的文章，

---

① 胡适《谈新诗——八年来一件大事》，《胡适全集》第一卷，167页，安徽教育出版社2003年9月版。

② 胡适《和丹翁捧圣诗》，《胡适全集》第十卷，307页，安徽教育出版社2003年9月版。

题目为《介绍张恨水君之〈纯粹新诗决做不好〉》，吴我尊还在文章前面加了一段编者附识，他说："北沧君介绍胡适之《谈新诗》，自为'八年来一件大事'，盈篇累牍，畅所欲言，刊登报端数日，尚不能毕。兹复睹张恨水君此作，痛快淋漓，语多可采，亟为介绍，以为解决新体诗问题之资料。读者试平心静气，一研究胡张二君所见之是非得失，则文艺界前途之幸也。此后对于此问题之名著，当续有所介绍焉。"①

应当看到，张恨水能把新诗"无审美性"作为三大问题之一专门提出来，眼光是相当敏锐的。吴我尊似乎看到了这一点，所以他说："研究胡张二君所见之是非得失，则文艺界前途之幸也。"遗憾的是，胡适及其同人并没有对此做出必要的反应，这是否说明，当这些新派人物沉浸在对文学进行革命或改良的快感中时，审美恰恰是他们所轻视或反对的？在他们看来，文学只是一种表达工具，其功能在于承担更多的社会责任，有没有审美性似乎并不重要。这其实是给文学革命向革命文学的转变预留了一扇后门，虽然一些参与文学革命的自由知识分子或文学家曾经很努力地要使文学在革命之后进入自由的、艺术的境界，但由于革命的不可阻挡，非功利的、"纯粹美术之目的"（王国维语）的审美的文学，最终都被粗鄙的革命文学逐出了所谓现代文学史。历史叙事权利完全被革命化了，这恐怕是最初发动文学革命，提倡白话文的胡适、陈独秀辈所没有料到的，当然更不在张恨水所能理会的范畴之内。

张恨水与张丹翁固因投稿而相识，虽属文字之交，却有相见恨

① 张恨水《纯粹的新诗决做不好》，转引自谢家顺《张恨水年谱》，59页，安徽文艺出版社 2014 年 7 月版。

晚之叹。民国二十三年（1934年），他写《我与丹翁》时还表示，他佩服丹翁，“二十年前，就五体投地了”。二十年，是个约数，不过，两位老搭档，的确相交已久，只是“一直到于今，未曾谋面”。[①]这种情形多见于编辑、作者之间，并不奇怪。至于《晶报》，则比张丹翁接触得更早一些，他写道：“记得《晶报》初出世的时候，我在芜湖《皖江日报》当编辑，恰值经理谭明卿先生由上海回去，对同人少不得有些礼品相赠，他送我并无别物，却是一份《晶报》。”[②]张恨水能与丹翁结下不解之缘，这张《晶报》应该就是红娘。他还记得当年，“文言白话论战一场，翁译胡适为到哪里去，我也戏译丹翁二字为通红的老头子，于是无人不知通红的老头子了。我与丹翁有这样一段因缘，丹老也极为捧我，有恨水小说丹翁诗，几乎无一家无之的妙诗，深得互相标榜之诀”。[③]

这个时期，他的杂文、散文，多是写给《晶报》副刊的；写给《益世报》的则主要是通讯。民国九年（1920年）九月二十二日，他在《益世报》发表了第一篇通讯《李厚基与陈炯明联合真相》，署名“心远”。从这年十月开始，张恨水每月发给天津《益世报》的通讯，都在十五篇以上，其中总有十二三篇被选用。他的稿子多为千字，也有长达两千字的，署名均为“心远”。自十一月八日起，《益世报》

---

① 张恨水《我与丹翁》，张恨水散文全集《明珠》，314页，时代文艺出版社2015年8月版。

② 张恨水《我与〈晶报〉》，张恨水散文全集《明珠》，312页，时代文艺出版社2015年8月版。

③ 张恨水《我与丹翁》，张恨水散文全集《明珠》，314页，时代文艺出版社2015年8月版。

改版，栏目有所调整，张恨水的来稿全部归入“要文一”的子栏目“北京特别通讯”。民国十一年（1922年）二月八日，“北京特别通讯”刊出《时局混沌中之甲乙实力》一文，此后，这个栏目就看不到“心远”这个名字了，张恨水也不再拿《益世报》的薪水。但他并未退出《益世报》，而是将阵地移至副刊，就在同一天，“益智粽”副刊就发表了署名“心远”的三阕《落叶词》和一则笔记《见闻尾声录》。

这段新闻记者的经历，后来被张恨水写到《春明外史》和《记者外传》两部小说中。民国十年（1921年），他又兼了张九皋任社长的芜湖《工商日报》驻京记者。为了捕捉新闻，他“成日的忙”，大约“由上午九点钟起，到下午五六点钟止，我少有空闲的工夫。由民国八年秋季起，到民国十年冬季止，我就这样忙下去”。[①] 民国十二年（1923年），秦墨哂创办世界通讯社，请他担任总编辑，实际上是他一人上演独角戏，“除了社长在茶余酒后得来的道听途说的新闻而外，并无新闻稿子供给”。所以，“干了几个月，我决计不干这闭门造车的新闻”，[②] 便辞去这个空头的总编辑，离开了世界通讯社。这时，上海《新闻报》《申报》都请他采写北京通讯。他颇有些得意地说：“天天的新闻文字，要写好几千字，笔底下是写得很滑了。只要有材料，我可以把一篇通讯处理得很好，而且没有什么废话。”而尤为令他满意的是，“这两家报馆，对于北京通讯，极肯花钱，一经取录，每篇通讯拾元”。对他来说，只要“材料好，写上篇通讯，是不会费一小时以上的工夫的。我也为了人家的报酬丰厚，抱定不拆烂污主义，有材料才写，没有材料决不敷衍

---

① 张恨水《写作生涯回忆》，23页，人民文学出版社1982年6月版。

② 同上，24页。

成篇。而且写的时候，将一篇文言，总写得它十分清楚流利。于是在‘新’‘申’两报方面，信用都很好，写去的通讯，很少不登的。大概每月所得总在一二百元”。[①]据说，他当时用了很多署名，大约有七八个，后来只记得一个“随波”。

不过，在张恨水数十年的报人生涯中，做记者的时间并不很长，大约在民国十三年（1924年），加入《世界晚报》之后，就以做副刊编辑为主了。这一年的四月，成舍我辞去《益世报》的职务，以该报一次支付的薪水大洋二百元，创办《世界晚报》，邀请张恨水、龚德柏、余秋墨帮忙。他还记得：“起初，我们都是编新闻。副刊叫《夜光》，由余秋墨编辑。”然而，余秋墨只编了一个月，因他另有安排，就把《夜光》交给张恨水了。没想到，这个偶然的决定，竟成就了张恨水报人小说家的两大事业。当然，他是喜欢副刊的，他的气质和知识储备也很适合做副刊编辑，他说：“我虽入新闻界多年了，我还是偏好文艺方面，所以在《世界晚报》所负的责任，倒是我乐于接受的。”[②]因为《世界晚报》日渐为读者所欢迎，销量达到万余份，前景十分看好，民国十四年（1925年）二月十日，成舍我又创办了《世界日报》，副刊《明珠》仍由张恨水主编。以后他在上海创办《立报》，再邀张恨水主编副刊《花果山》。民国二十五年（1936年）四月八日，《南京人报》创刊，张恨水自任社长，并兼副刊《南华经》主编。南京沦陷后，张恨水于民国二十七年（1938年）入川，《新民报》总经理陈铭德及老友张友鸾约请他加盟《新民报》，担任主笔，并兼副刊《最后关头》主编。抗战胜利后，张恨水于民国三十五年

① 张恨水《写作生涯回忆》，24页，人民文学出版社1982年6月版。

② 同上，25页。

（1946 年）春，辗转回到久别的北平，创办《新民报》北平版，任经理并主编副刊《北海》。民国三十七年（1948 年）十二月，由于报社内部权力之争，张恨水辞去《新民报》所有职务，从而结束了长达三十年的报人以及副刊编辑生涯。

当初，张恨水在编《皖江日报》副刊时，已经对报纸副刊有了一些认识，并做过初步的探索和试验，其中一个很重要的体会，就是知道了连载小说能抓住读者。成舍我也是深知这一点的，所以，他既把《夜光》交给了张恨水，作为附加条件，便要求他给《夜光》写个长篇。张恨水说：“这原是我最高兴作的事，我并没有要求任何条件，就答应了写。”[①]这便是后来产生广泛影响，为他赢得大名的《春明外史》。此后，凡他主编的副刊，必有自撰小说在报上连载，几乎成为惯例。不久，成舍我又出一张《世界日报》，副刊《明珠》仍归他编辑。“因为当时有一位姓张的朋友，他对于《斩鬼传》极力推崇，劝我作一篇《新斩鬼传》。我一时兴来，就这样作了。”[②]这位张姓朋友就是先给张恨水投稿，后被聘为报社编辑的张友渔。不过，这不是《明珠》连载的第一篇张氏作品，此前已有中篇小说《甚于画眉》在此连载。他主持两报副刊大约六年有余，其间共创作中、长篇连载小说八部，除上述三部，先后连载的还有《荆棘山河》《交际明星》《金粉世家》《战地斜阳》和《斯人记》。其中又以《春明外史》和《金粉世家》最为读者所喜爱，左笑鸿等所作《北平〈世界日报〉史稿》，就描述了张恨水《春明外史》当年为读者所欢迎的程度：“许多读者买到晚报，先看这篇小说，有的常到报社门前

---

① 张恨水《写作生涯回忆》，25 页，人民文学出版社 1982 年 6 月版。

② 同上，27 页。

等着晚报出版。这篇小说以当时的官场和社会上的怪现象为内容，笔法犀利，描写生动，引人入胜。不仅连载时给晚报招徕不少读者，后来出版单行本，也风行一时，又增加了报社的经济收入。”[①]而《世界日报》连载的《金粉世家》，“对读者更具魅力”。[②]很显然，《世界晚报》《世界日报》能在激烈的报业竞争中出奇制胜，张恨水的连载小说是做出巨大贡献的，他使两个副刊成为名副其实的两报支柱，而他也因此被称作两报的“开创元勋”。[③]

清末民初的报纸，副刊是不多见的。当初，报纸为吸引读者，也刊载一些诗词、小说、笔记、戏评之类，多排在新闻报道之后，故称附刊或补白，俗话形象地将它比作报尾巴、报屁股。张恨水在文章中仍常用这种称呼自嘲。大约到了庚子年（1900 年）前后，一些得风气之先的报纸开始尝试设置文艺副刊，光绪二十三年（1897 年），严复、夏曾佑为《国闻报》作《本馆附印说部缘起》，就有了“广为采辑”小说并“附纸分送”[④]的打算，但只停留在计划阶段，并没有落实。同年，上海《字林沪报》设置副刊《消闲报》，日出一张，随报分送；随后，《中国日报》创办副刊《鼓吹录》；《时报》亦开创副刊《余兴》，报界引为时尚。辛亥年（1911 年）八月，著名的《申报》副刊《自由谈》问世，首任主编为鸳鸯蝴蝶派“十八罗汉”（魏绍昌

① 贺逸文、夏方雅、左笑鸿《北平〈世界日报〉史稿》，载《〈世界日报〉兴衰史》，52 页，重庆出版社 1982 年 12 月。

② 同上，55 页。

③ 同上，59 页。

④ 严复、夏曾佑《〈国闻报〉附印说部缘起》，阿英编《晚清文学丛钞·小说戏曲研究卷》，12 页，中华书局 1960 年 3 月版。

语）之一的王钝根；民国三年（1914 年），沪上另一张大报《新闻报》副刊《快活林》创刊，由鸳鸯蝴蝶派“十八罗汉”的另一尊罗汉严独鹤主笔政。此后，报纸副刊日渐繁荣，到“五四”新文化运动兴起时，遂有了所谓“四大副刊”，即北京《晨报》副刊、《京报》副刊，上海《时事新报》的《学灯》副刊、《民国日报》的《觉悟》副刊。

这些林林总总的副刊，其宗旨、功能、服务对象各不相同，相互之间，争奇斗艳，生态是热烈、复杂而丰富的。就趣味而言，有雅、俗之分；就接受人群而言，可以区别为知识界、青年学生，或城市市民，甚至小市民；作者群体则新旧两途，几成泾渭，其中也有兼容新旧，两面通吃的；其功能，有的追求“以助兴味而资多闻”[①]，以游戏心态而求有趣，也有胸怀天下，以救国救民、改造社会为己任的，则把报纸作为传播新知识、新思想的讲台，自居于教育、启蒙者的地位。民国十五年（1926 年），戈公振先生尝作《中国报学史》，就从副刊的现状中看到了诸多问题，他指出：“或偏于旧，一意模仿古人作品；或偏于新，有类学校讲义。下焉者，则搜罗新奇之事物，谓姑志之以供博物学家之研究，非失之荒唐，即失之滑稽。是编者欲供读者以娱乐，而结果适得其反。”[②]至于雅俗，也各有其缺陷：“上焉者为斗方名士自矜风雅之场，下焉者则以提倡嫖赌为事，腐气满纸，不堪入目。”[③]

一部个人传记，忽然插入一大篇看似不相干的文字，或许给人

---

① 《时报》的《发刊例》（1904 年），见陈平原《20 世纪中国小说史》第一卷（1897—1916），67 页脚注①，北京大学出版社 1989 年 12 月版。

② 戈公振《中国报学史》，200 页，中国新闻出版社 1985 年 11 月版。

③ 同上，285 页。

一种节外生枝的感觉，其实无非是为传主的办刊环境提供一点背景材料，以便能将他的作为还原到一种历史情境之中。现在回过头来再说张恨水如何办副刊，他与《明珠》的读者及作者曾有“约法三章”，对于自己的宗旨和主张有很明白具体的说明，文字不多，且把它全部抄在这里：

> 许多人写信来问，《明珠》是什么宗旨，从前我总是这样回复人：没有宗旨，不过望其好玩与有趣罢了。现在感觉到没有宗旨的好玩与有趣，实在有些若太空之野马，似乎不是办法。而且《明珠》向来抱住了一个信条：卑之毋甚高论。设若因为没有拘束的缘故，偶然来一篇高论的稿子，偶然又发表出来了，那就有点位卑而言高了。
>
> 因此，我以为有（向）读者声明之必要，以便偶然高兴则给我们一篇稿子，有个八九不离十，免得白花那一分邮票。以后，我们打算专往极小问题上做去。自然，这无非是些柴米油盐酱醋茶一类的题目。高明些，也无非是书画琴棋诗酒花罢了。虽然，还怕读者不明白，与诸位约法三章于下：
>
> （一）绝对不谈大问题。政治上也罢，社会上也罢，只拣些琐碎的事来说。好像人家吃面包，我们只在桌上去搜集些面包屑。
>
> （二）绝对不批评大人物。我们从前就犯这个毛病，蚍蜉撼树，要想——而实在不平的事也太多，管得了吗？
>
> （三）不研究高深的学问。这条似乎累赘，柴米油盐酱醋茶里面，哪有什么高深学问，不过凑成三章罢了。[1]

---

① 张恨水《约法三章》，原载1926年8月7日北京《世界日报》，张恨水散文全集《明珠》，12页，时代文艺出版社2015年8月版。

张恨水放低身段的这种做法，与成舍我的办报主张是一致的，都标榜“超党派”，都鼓吹“新闻自由”“言论自由”，都对北洋政府的腐败黑暗深恶痛绝。据参与创办《世界晚报》的龚德柏事后回忆：“因为北京实在缺乏一张相当充实的晚报，供公务员与文化人下班后消遣。而办晚报又较办日报容易。晚报只要几条特别消息，与一些小品文字，就能号召读者。有了销路，就能养活自己。所以我们决定，不论何时何地，决不拿政府一分钱津贴，完全站在中立地位，供给读者以公正消息，与高尚娱乐文字，以扩展销路。”① 因而，民国十三年（1924 年）四月十六日的《世界晚报》创刊号，就公布了四条办报宗旨：“言论公正，不畏强暴，不受津贴，消息灵确。”② 这里的关键是“不受津贴”，既然要办一张独立的、民间的、大众的报纸，要实现“自我的喉舌”和“社会大众的喉舌”的办报理念，那么，舍经济独立，别无出路。事实上，任何一个时代，报馆想要保持独立都不容易，而北洋政府统治下的北京，则尤为困难。这是因为，当年在北京几乎没有独立经营的报业资本，多数报馆赖以维持生存的手段，不外乎领取政府津贴，接受党派赞助，或投靠某系军阀，否则是难以立足的。换句话说，当时还没有纯靠卖报赚钱养活自己的报纸。根据邵飘萍在其所著《新闻学总论》中公布的一九二五年调查结果，本年度北京 73 家通讯社中，竟然有 60 余家是靠政治津贴讨生活的。尽管他在书中痛斥了这种状况，但这并不表明他所主持的《京报》就一点“津贴”都不受。由于经济原

---

① 《龚德柏回忆录》（上），112 页，中国台湾龙文出版社，1989 年 6 月 15 日初版。

② 张功臣《往事半苍茫——成舍我的办报生涯》（上），《温故》第 16 期，14 页，广西师范大学出版社 2009 年 8 月版。

因，邵飘萍对“津贴”一般持来者不拒的态度。所不同的，他是“津贴”照收，批评照发。据先后担任北洋政府财政部总长和次长的李思浩回忆，在他任职期间，每月除送胡政之、林白水的《新社会报》三四百元外，也给邵飘萍送过两笔数目相当大的钱，“因为他是有名的记者，大家怕他，也不能不应酬”。[①]龚德柏也曾忆及一件事，他说：“恰在我们办《世界晚报》之前约两个月，即十三年三月底。这时顾维钧任外交部长，王正廷以‘中俄交涉督办’之名义，与俄国加拉罕，在北京办理中俄复交问题。双方达成协议后，公布条约草案，顾维钧表示否认。《京报》大骂顾维钧。顾维钧派人与邵飘萍交涉，一次给人五千元，并将邵每月所得外交部津贴六百元，增加至一千元。次日《京报》即一百八十度转变论调，由攻击顾维钧，改变攻击王正廷，使世人大为惊奇。”[②]

既然“不受津贴”，就要另想办法，以求生存和发展。《世界晚报》的办法是把读者当作衣食父母，办一份社会大众喜闻乐见的报纸。《世界晚报》创办之初，曾声称有“五大特色”，其中之一，即许诺副刊将迎合读者所需，登载富有趣味的文字。这一点十分重要，按照戈公振的说法：“音乐会与跳舞会不多有，戏园与游戏场喧嚣龌龊特甚，当此社会设备不完美之时，凡有文字知识者，舍读日报

---

① 参见张育仁《自由的历险——中国自由主义新闻思想史》，313 ~ 314 页，云南人民出版社 2002 年 11 月版。其中错将李思浩写成李恩浩，现据《北洋军阀史料选辑》（下）改正。其中所述也与张育仁的引述有所不同，其一是《大公报》《新社会报》都得到过“相当数目的资助”，其二，每月送出的三四百元是给胡政之本人的，几年间从未间断过，这里并未提到林白水。见该书 236 ~ 237 页，中国社会科学出版社 1981 年 6 月版。

② 《龚德柏回忆录》（上），108 页，中国台湾龙文出版社，1989 年 6 月 15 日初版。

副张以调节其脑筋外，几别无娱乐之可言。”[①]客观条件的限制，恰恰成了张恨水大显身手的现实性基础。说到底，认识几个字的读者，在一天劳累之余，没有不喜欢看些轻松有趣的文字，以排遣寂寞，消磨时光的。张恨水深知这一点，而他的才学也足以支持他，把《夜光》《明珠》两大副刊办得风生水起，为众多读者所喜爱。左笑鸿等就称赞他的副刊“成了日报的支柱”，[②]龚德柏也说，由张恨水包办副刊，“更能发挥其能力，而《世界晚报》之一日千里，这也是一原因”。[③]

但他始终抱定“卑之毋甚高论”的信条，绝不肯迎合那些“崭新伟大的新文豪”[④]所发表的时髦“高论”。我们固然不能把他等同于旧文人，但他对新文人却语多讥讽，少有认同。有一次，他谈到罗曼·罗兰，以为罗曼·罗兰的一句话“足可为专事漫骂争惊虚名之新文化运动巨子作一忠告”，罗曼·罗兰说：“我只有一句要说，就是他们可以恨我，但是他们不能教我去恨人。”他担心，新文化运动家们虽然推崇罗氏的言行，但“对此寥寥数语，未免作东风吹马耳也”。[⑤]这里的意思颇有些耐人寻味，在张恨水看来，“教我恨人”是不能接受的。同样不能接受的还有全面否定旧道德，“退一步说，旧道德都用不着了，而理想中之新道德，在哪里呢？若是破坏了旧

① 戈公振《中国报学史》，200页，中国新闻出版社1985年11月版。

② 贺逸文、夏方雅、左笑鸿《北平〈世界日报〉史稿》，载《世界日报兴衰史》，55页，重庆出版社1982年12月。

③ 《龚德柏回忆录》（上），113页，中国台湾龙文出版社，1989年6月15日初版。

④ 张恨水《庙里有鼓也无》，原载于1927年2月9日《世界晚报·夜光·小月旦》，张恨水散文全集《小月旦》，47页，时代文艺出版社2015年8月版。

⑤ 张恨水《罗曼·罗兰的几句话》，原载1926年5月6日《世界晚报·夜光·小月旦》，张恨水散文全集《小月旦》，6页，时代文艺出版社2015年8月版。

道德，没一样东西来替代，这不是成了不要道德了吗？譬如旧房子陈腐不堪，我们不愿意要，重新来盖一座新的，未尝不可。若是不问三七二十一，把旧房捣毁了再说，一定要彷徨失据，无所依归。有一天狂风暴雨飞来，那就更不堪设想了”。[①] 对于新文化运动最直接的成果白话文，他的心情就显得更加复杂，他并不反对白话文，他的写作也绝不排斥白话文，但他不希望白话文变成习惯读中国书，说中国话的匹夫匹妇看不懂的洋八股，也不希望白话文粗俗化、粗鄙化、白开水化。他在《白话文里的典雅派》一文中，将白话文分作七等：（一）欧化派，（二）半欧化派，（三）白描派，（四）浪漫派（吴老丈（吴稚晖）之文属之），（五）新蝴蝶派，（六）土话派，（七）典雅派。他认为，典雅派是最难得的，已经屈指可数，甚至要奏《广陵散》了。于是，蒲止水（名殿俊，笔名伯英）在他眼里差不多就硕果仅存了：“止水的文字，喜欢绝不经意地把吴老丈要丢到茅厕里去的旧文典溶化无痕，插在白话里用。”[②]

张恨水与新文化运动和新文化人物的关系，不是对抗性的关系。他从未加入过任何一个与新文化阵营公开叫板的团体或派别，却也并非新文化的圈里人。他的“三要三不”——题目要小、要好玩、要有趣；绝对不谈大问题，绝对不批评大人物，不研究高深的学问——恰是一种谦卑而中庸的自我定位，不偏不党，我行我素，只求心安理得，绝不拉帮结派。所以，他办副刊，最讲趣味，“颇以游戏三

① 张恨水《未盖新屋不可毁旧屋》，原载1926年8月17日《世界晚报·夜光·小月旦》，张恨水散文全集《小月旦》，29页，时代文艺出版社2015年8月版。

② 张恨水《白话文里的典雅派》，原载1926年12月13日《世界晚报·夜光·小月旦》，张恨水散文全集《小月旦》，43页，时代文艺出版社2015年8月版。

昧自况”，[①]力求诙谐幽默。他不反对无聊文人吟风弄月，而且给予相当的同情：“若说这种文学可以亡国，我想另有负责的人在那里呢。”[②]新文豪常以“无病呻吟”批评旧式文人的文字，他也为之抱不平：“有些人无病固然不呻，可是矫枉过正，几乎有病也不敢呻，那又何必？昔人说：时非南唐，人非重光，何必为悲天悯人之句，太平之时，可以这样说。以言今日，我们哪个不是岁月干戈里，家山涕泪中。不必有病，也就可呻，何况是有病呢”。[③]有一次，张丹斧与马二先生在报上开笔战，马二战败，他说：丹翁之拳，专打下三路。这引起张恨水的思考，在他看来，上三路、下三路都不足取，最好是“拳打中三路”。[④]这种态度自然与张恨水的文人情怀有关，他的趣味，既不是庸俗、低俗、滥俗的恶趣，也不是高不可攀、装模作样、曲高和寡的雅趣，而是俗中带雅，雅中有俗的中间路线，不落伍，也不偏激，很容易讨好读者。

在创办《世界晚报》《世界日报》之初，成舍我就曾考虑将“教育界之种种消息”[⑤]作为报纸的特色之一；他的合作者，经理吴范寰

① 张恨水《翻版的“也是离骚”》，原载1926年11月3日《世界日报·明珠》，张恨水散文全集《明珠》，33页，时代文艺出版社2015年8月版。

② 张恨水《吟风弄月罢》，原载1929年1月23日《世界晚报·夜光·小月旦》，张恨水散文全集《小月旦》，161页，时代文艺出版社2015年8月版。

③ 张恨水《由病榻上写来》，原载1926年6月22日《世界日报》，张恨水散文全集《明珠》，11页，时代文艺出版社2015年8月版。

④ 张恨水《拳打中三路》，原载1929年10月24日《世界晚报·夜光·小月旦》，张恨水散文全集《小月旦》，192页，时代文艺出版社2015年8月版。

⑤ 左笑鸿等《北平〈世界日报〉史稿》，《世界日报兴衰史》，52页，重庆出版社1982年12月版。

也说，他们的读者，尤以“文化教育界的读者占多数”[①]；而前述另一位合作者龚德柏的说法是，其中多为“公务员与文化人”。总之，这个群体固然属于城市市民阶层，但应是这个阶层中有知识、有文化的一群。他们已经迈进新的生活之中，但他们的根子还深深地扎在传统文化的土壤里，故他们的姿态和偏好总体上是趋新而守旧，看似矛盾，在他们身上却是和谐统一的。办报曾有“贴近读者”一说，但张恨水不止于贴近读者，他几乎就是这群人中的一员，他与他们是一体的，不分彼此。他不必试图影响他们，教育他们，他们很容易从他这里找到共鸣，他也从他们中找到了同好，甚至知音。凭借两大副刊为他提供的言论空间和影响空间，他与他们建立了亲密无间的关系。对一个副刊编辑来说，这是可遇而不可求的。

在张恨水主持下，《夜光》《明珠》两大副刊，在内容编排上，主要表现出以下几个特色：首先是诗词的分量很重。这是张恨水的看家本事，他从小深爱诗词，阅读既广，体会亦深，且时有创作，两大副刊都曾发表过不少他的诗作和词作，有应时的新作，也有先前的旧作；有朋友之间的唱和，也有独自的感怀。读者的来稿也很多，但泥沙俱下，良莠不齐，作为编辑，除了披沙拣金，择优披露之外，他还以复信给读者的方式，写了许多谈诗论词的文章。有一篇《对伯雨君来诗之斟酌》，就是与被称作伯雨君的读者讨论作诗之法的文字。这位伯雨君寄来的诗稿大约非止一篇，张恨水不仅逐一提出自己的见解，而且有具体的修改意见，笔者做报纸副刊编辑近三十年，这样负责任的编辑是很少见的。下面便是他写给伯雨君的复信：

---

① 吴范寰《成舍我与北平〈世界日报〉》，《世界日报兴衰史》，12页，重庆出版社1982年12月版。

大凡以诗咏时事，有两法，一为竹枝词，一为七古。此两种体裁，各以所咏之事，自为斟酌。譬如同一国庆，写提灯会，则宜用竹枝词，写阅兵，则宜用七古也。最近之万县案，实为最大之国耻，诗须一字一泪，一泪一血宣之篇章，方为得体，然非七古，无法安排，一首七律，实不足以尽之也。且七律重对偶，此等事无典可运，无情景可描写，若以议论语为对仗，任何琢磨，不能成规矩。运用外交等语，尤感浅俗。

至中秋偶成之七绝，亦多可商。若第一首云：人满天街夜色凉，远逢佳节更思乡。多情应笑团栾月，不入闺房入客房。第一句云天街人满，即不可押凉字韵，且月色，只有青晖，黄昏，无凉热也。第二句，化自每逢佳节倍思亲之句，此等处宜切改，否则永不能文自己出也。三四有意思，唯道不出，而月天下同照，亦无入一房不入一房之事也。若改为团栾却笑当头月，相对孤窗一味凉，或较原句含蓄。第二绝可改云：依栏不觉醉颜酡，记得苏家水调歌。我亦乘风归未得，一樽清酒伴姮娥。原句通宵欢醉是东坡，千载犹传水调歌。与下文不接，而我欲乘风，用苏词原句，亦不妥。且末句，与白云明月吊湘娥之诗，亦有貌似处，只能云平适，意亦未超脱也。[1]

我们不必太在意张恨水关于诗的具体意见，这本是见仁见智的一件事。而作为副刊编辑，他对读者、作者的一片赤诚，才是最令人敬重的。他曾这样告白于他的读者：“《明珠》读者，不以仆为不学，常自撰诗词或小品，会赉一得。在仆对影自惭，殊未敢以此

① 张恨水《对伯雨君来诗之斟酌》，原载1926年10月5日《世界日报·明珠》，张恨水散文全集《明珠》31 ~ 32页，时代文艺出版社2015年8月版。

自任。然一一置之不理，则人以骄妄相责，获罪相等。无已，姑就所知，略择一二，披露专栏。讨论者，暂以诗词小品为限，其他问答，仍付免费邮筒内。所以别庄谐也。”[①]这一次，他和读者讨论的是如何填词。从铁门幽亭君、象来街陈振森君、东四六条飞白君的来稿中，他发现了一些具有普遍性的问题，这在编辑是常有的事，有人如我辈也许就放过去了，多一事不如少一事，他却觉得有拿来说一说的必要。于是，他洋洋千言，讲了学诗学词的三个步骤，即辨声、储材、饰词是也。这种讲解不同于课堂上的高头讲章，一副端庄的面貌，其中多是他的心得体会。他总是为读者考虑得很周到，介绍一些简便易学而又行之有效的方法，他向读者推荐应读之书，甚至提醒人们注意选择书的版本，《白香词谱》就一定要用天虚我生（陈蝶仙）的考订本。

给读者复信，是副刊编辑重要的工作内容，在编辑《夜光》《明珠》的数年间，他究竟给多少读者写过复信，恐怕已很难统计。我们现在还能看到的，比如答陈逸飞君的如何学曲，答何真兰女士的小令中如何衬虚字，答幼雅先生的诗如何言其志、抒其怀抱，等等，已不胜枚举。但信中所谈多为旧诗词曲，新文化中的诗文就谈得很少。他曾多次表示：“我是旧诗旗帜下的一个信徒，所以我最不爱新诗。”[②]不过，他又声称，自己虽然反对新诗，却并非意气用事，如果“有人出来讨论新旧诗”，他是很愿意奉陪的，而且“很能容纳别人和

---

① 张恨水《填词一得》，原载1926年9月25日《世界日报·明珠》，张恨水散文全集《明珠》，29页，时代文艺出版社2015年8月版。

② 张恨水《偶然得到的一个特刊——诗之讨论》，原载1926年5月6日《世界日报·明珠》，张恨水散文全集《明珠》，7页，时代文艺出版社2015年8月版。

我谈新诗的文字”。[1]当时，新诗的成绩已很可观，冰心的《繁星》《春水》，郭沫若的《凤凰涅槃》《女神》，汪静之的《蕙的风》，新月派群体和《志摩的诗》，以及李金发的《微雨》等，纷纷在诗坛上现身，无论你喜欢与否，新诗一统天下似乎已成定局，没有再讨论之必要了。但在新诗的一统天下之外，也还有属于另一维度的时空，在那里，生活着一个比新诗群体更加庞大的旧诗词爱好者的群体。他们不仅谈诗词，作诗词，还有许多与诗词有关的文字游戏，比如《夜光》，曾由诗人们轮流设擂，张恨水做擂主，搭一座诗词擂台，就是游戏之一种。另外，征对、集句、联句、诗钟、酒令，等等，也是旧文人喜欢的文字游戏，以前或在书斋、闺房里，或在酒宴会饮时，总之是文人、淑女雅集时的玩意儿，现在则拿到大众媒体上，吸引了更多人的参与。有一次，胡适为张丹翁作了一首旧诗，张恨水看到之后，写了一篇短文，最后说道："徐志摩诗哲在上海唱老戏，捧坤伶，而这位诗圣又玩旧诗。甚矣哉，新诗界式微也。"[2]这句俏皮话虽然多少让我们嗅出一点酸气，但也说明，旧诗也有旧诗的用途，是新诗代替不了的。

张恨水吸引读者的另一手段是谈掌故。清末民初，掌故盛行，报章杂志不设置这类栏目的，几乎没有，张恨水既掌报纸副刊，亦不能免俗。掌故是传统史学的旁脉，昔有瞿兑之为《一士类稿》作序，就以掌故为新的史裁，希望能因此打破传统纪传体、编年体、

---

① 张恨水《偶然得到的一个特刊——诗之讨论》，原载1926年5月6日《世界日报·明珠》，张恨水散文全集《明珠》，7页，时代文艺出版社2015年8月版。

② 张恨水《胡适新作的旧诗》，原载1929年4月1日《世界晚报》，张恨水散文全集《小月旦》，229页，时代文艺出版社2015年8月版。

纪事本末体和通典体的藩篱，“将四者通而为一”。他进而指出：“为救济史裁之拘束，以帮助读史者对于史事之了解，则所谓掌故之学兴焉。”[①]由此可以断定，掌故的兴起首先是由于人们对正史的不满，而以私家著述作为补充；其次，清末文字之禁骤然失效，民国更以言论、著述、出版自由写入《临时约法》，从前闷着不敢说的历史上的所有疑案，这时都成了好事者的谈资；最后，报章杂志的兴盛，也为掌故的发表提供了更多的资源，从而鼓励更多的人参与到掌故写作中来。而城市市民读者尤喜掌故，以此为茶余酒后解闷消遣的必备之物，一鳞片羽不胫而走者，不可胜数，很有点类似于今天的读史、写史热。

张恨水很清楚，报纸副刊这席“大餐”，不能没有掌故这道菜。何况他本人早就对家乘、野史、小说、笔记感兴趣，虽非史家、经学家出身，但旧学的修养还是比较深厚的，且有文言、白话两副笔墨，这些，对掌故写作来说，都是很难得的。故无论是《夜光》《明珠》，还是只做了三个月编辑的《立报》副刊《花果山》，常有他撰写的文史掌故，很为读者所看重。不过，他主持的这些副刊既非专业的文史报刊，又以“三要三不”为办刊宗旨，把自己定位在“柴米油盐酱醋茶”和“书画琴棋诗酒花”这些极小的问题上，不谈大问题，不研究高深的学问，只拣些琐碎的事来说，所以，他笔下的掌故往往也琐屑得近于笑谈，但犹能于剪裁去取之间传达其微言大义，给读者以启发，让善于读书者自己去领会。这样的例子很多，有一篇《萝卜的趣事》，讲居家生活中最常见的萝卜，从萝卜的好处，江南人叫土人参，讲到江西丰城萝卜之大，三国时曹操八十三万人马下江

① 瞿兑之《一士类稿》序，徐一士《一士类稿》，5页，中华书局2007年10月版。

南，一餐饭只吃掉一个萝卜尾巴，随后引出湖北一个知县的绰号，因他非常会刮地皮，人称萝卜刨子。后来张之洞当面问他，何以有这个绰号，他自辩是很俭约的，一件皮袍穿了六七年，故称罗敝袍，老百姓叫顺了嘴，就成了萝卜刨子。一阵胡扯，张之洞居然信了，他也因此保住了头上的官帽。①

这种写法似乎是《燕山夜话》的先声，只是他写得更加含蓄，几乎没有作者主观的议论，即使有，也是点到为止，看似平易，然而下字却颇有斤两，很耐人寻味。至如涉笔成趣，也每有之，又不矫情，以自然而然出之。有一篇写到石达开翼园匾额，是六个甚属可怪的字：了不得不得了。关于这六个字，民间有许多说法，张恨水基于石达开的性情，认为“石为人本甚旷达，其意当系就园本身故作超脱之言”，最后则落在他“极爱百姓，求之清官中，亦不易得”。②另有一篇写李连英的，他既处在慈禧与光绪之间，自是晚清历史上极特殊且极重要的一个人物。文章很短，只有二百个字，写李连英与光绪生隙的最初原由，竟是因李连英在宫内演戏，误伤光绪，由于慈禧求情，才免除了四十皮鞭。“由是李深衔德宗，嗣后母子不和至戊戌，而有二次垂帘事，此辈亦与有力焉。”③这类故事看上去荒诞不经，然而，事理的曲折隐微，人性的复杂微妙，在正史中几乎是找不到的。再举一个《秦始皇》的例子，称秦始皇为暴君，并不新鲜，新鲜的是，

---

① 张恨水《萝卜的趣事》，原载1927年4月12日《世界日报》，张恨水散文全集《明珠》，36页，时代文艺出版社2015年8月版。

② 张恨水《石达开翼园匾额》，原载1927年11月23日《世界晚报·夜光·记事珠》，同上，125页。

③ 张恨水《李莲英演黄金台》，原载1928年8月《世界晚报》，同上，129页。

张恨水竟称秦始皇为“呆汉”。他所依据的，恰恰是民间伦理，即所谓谚曰：“儿子好似我，要钱做什么？儿子坏似我，要钱做什么？”由此联想到时人对万里长城的赞美，他认为，专制时代，人君以百姓为草芥蝼蚁、牛马奴隶，“以秦之法，苟欲筑长城，即使三尺孺子下令，不难望其有成，奚必有始皇始成功耶？以此为暴秦之伟业则惑矣”。而且，暴虐万民修筑的长城真的可以挡住胡人吗？“不然，无长城以前，中国未尝亡于胡也，有长城以后，则胡人之为患，固自若矣，长城果安足恃哉？”[①]答案是不言自明的，而更让我们惊叹的，是他深刻地看到了“暴秦之伟业”背后“暴虐万民”的事实，从而启发我们理性看待专制体制创造的奇迹。吴稚晖先生说，上海《申报》陈景寒（署名冷字者）的时评，在衣袋里放三年，拿出来依然可用。至于《夜光》《明珠》上专作《小月旦》的哀梨先生（张恨水），他的文章“虽然不能放在衣袋里三年，大概放在衣袋里三个月，再拿出来用，我敢保险，那是没有时间问题了”[②]。这当然是张恨水的谦辞，我们看他的《秦始皇》一文，几十年后再拿出来用，那也是没有时间问题的啊。

张恨水办副刊，其特点之三，是月旦人物。月旦一词，是月旦评的简称。东汉许劭，有品评乡党人物的嗜好，每月更换一个题目，汝南遂有“月旦评”的旧俗，此后“月旦”也就成了品评人物的省称。晋代的王隐说，《尚书》所载“三载考绩”是“官法”，而“月旦”

---

① 张恨水《秦始皇》，原载1930年3月27日《世界晚报·夜光》，张恨水散文全集《明珠》，158页。

② 张恨水《哀梨〈小月旦〉之时间问题》，原载1926年6月6日《世界晚报·夜光·强为欢笑》，同上，96页。

就是“私法”，以区别于官修正史。所以，历来治掌故者未有不月旦人物的。张恨水虽然自称“小月旦”，但他的月旦倒都是“当朝”或下野的大人物，其中不乏孙中山、蒋介石、黎元洪、段祺瑞、张作霖、冯玉祥、吴佩孚、孙传芳、徐树铮、靳云鹗、王克敏、吴稚晖这样有权有枪的实力派，还有康有为、梁启超、章士钊、张竞生、柯绍忞等社会精英，乃至以“好人政府”自命的“北京的一班名流与学者”，[①]一时间都聚集到他的笔下。他“向来是卑之毋甚高论”[②]的，而且在《约法三章》中有过“绝对不批评大人物”的承诺，然而，有时忍不住也不得不站出来说几句。曾经有朋友责怪，“夜光的小月旦，现在慢慢的成了大月旦”。张恨水说：“其然，岂其然乎？”他是接受又不接受。偶然高起来是有的，但并不涉及什么主张和政见，所以，他倒不觉得已经变成大月旦了。不过他表示：“朋友们既然嫌是大月旦，我们以后就越发低下去罢。”[③]

其实，张恨水月旦人物，名头看上去都很大，所谈问题都很小，很少涉及他们的主张和政见，“只拣些琐碎的事来说。好像人家吃面包，我们只在桌上去搜集些面包屑”。[④]然而，小也好，低也好，碎也好，只是副刊的定位而已，对张恨水来说，“小虽小，对于社

---

① 张恨水《好人政府的好人呢？》，原载1929年5月26日《世界晚报·夜光·小月旦》，张恨水散文全集《小月旦》，176页，时代文艺出版社2015年8月版。

② 张恨水《居然容纳了两件事》，原载1928年10月5日《世界晚报·夜光·小月旦》，张恨水散文全集《小月旦》，141页，时代文艺出版社2015年8月版。

③ 张恨水《低下去罢》，原载1928年6月17日《世界晚报·夜光·小月旦》，张恨水散文全集《小月旦》，102～103页，时代文艺出版社2015年8月版。

④ 张恨水《约法三章》，原载1926年8月7日《世界日报》，张恨水散文全集《明珠》11页，时代文艺出版社2015年8月版。

会上多少总有点贡献，不是光说俏皮话而已。有时或也为极小的问题，在这块地盘内，冒渎当局”。[①]不过，在办报过程中，冒犯当局之事或常有，而当局出手干涉却并不常见。民国十六年（1927 年）重阳，正赶上京绥京汉两路仗打得很厉害，他观察那时的形势，写了一篇《明年此会知谁健》，“不料警察厅方面以为有些和大元帅（张作霖）开玩笑，检查大样之时，在上面写了一个删字。于是卑之毋甚高论的小月旦，也破天荒来一回扣留”。一年之后他又提起此事，倒有些黯然，说道，他当时并非诅咒张作霖一人，“不料今年今日张作霖居然成了古人，我想起去年此时，真觉一言难尽呢”。[②]

关注民生问题是张恨水所办副刊凸显的第四个特点。虽然他主张副刊应该刊登供人消遣的文字，一定要好玩与有趣，但他毕竟生活在一个老百姓不得安宁的时代，中华民国成立已经十几年了，他看到，“这十几年来祸中国者，无非是打仗”。[③]而“战事不息，大局不定，时而倒总统，时而倒内阁，政府无主，四境分据，财政穷竭，百务废弛，分崩离析，国不成国”，[④]倒霉的只能是老百姓。在那些政客、伟人、名流的口中，十几年来，张口“民意”，闭口“民意”，其实并没有人把“民意”放在心上，也不曾在哪件事上尊重

---

① 张恨水《居然容纳了两件事》，原载 1928 年 10 月 5 日《世界晚报·夜光·小月旦》，张恨水散文全集《小月旦》，141 页，时代文艺出版社 2015 年 8 月版。

② 张恨水《去年今日的小月旦》，原载 1928 年 10 月 9 日《世界晚报·夜光·小月旦》，张恨水散文全集《小月旦》，143 页，时代文艺出版社 2015 年 8 月版。

③ 张恨水《天似乎没祸中国》，原载 1926 年 11 月 20 日《世界晚报·夜光·小月旦》，张恨水散文全集《小月旦》，38 页，时代文艺出版社 2015 年 8 月版。

④ 张恨水《谁的责任》，张恨水散文全集《小月旦》，263 页，时代文艺出版社 2015 年 8 月版。

过“民意”。报纸既是社会公器，自然要替老百姓主持公道。而且，办报之初，成舍我就决定了要走民营路线，无论何时何地，决不拿政府一分钱津贴，以自给自保，维持公正立场，做社会大众的喉舌。张恨水所办虽是副刊，有时也不能只谈风月，也要兼顾百姓的衣食住行，或为了极小的问题，冒渎当局。

因此，为民生问题而批评政府或官员们的文章，在张恨水所办副刊的版面上就占了相当重的分量。他是一个有底层情怀，平民意识的文人，他自己也刚刚从生活的困窘中走出来，所以，秋风起了，他会为那些无钱赎取棉衣的人如何过冬而担忧；[①]春节期间，北京下起了大雪，继而又吹起老北风，他也替做小生意的买卖人而发愁；[②]有妇人到邮局取钱度岁，转瞬间被扒手窃去，他看到了，心大不忍，归家便作短文一篇，批评地方官员和邮局不作为，没有尽到保护顾客的责任，并提醒赴邮局者留心扒手；[③]冬夜归家，坐在车上，雪花扑面，其凉透骨，他转而对在大雪中奔波的车夫深表同情，而当他看到还有人风雪中无家可归卧于人家大门之下，他觉得此人的境遇比车夫更值得同情，并为自己当时没有给他一碗粥钱而深深自责。[④]所以他主张，有时不妨“向下看”。他认为，“向下看”有两大好

---

① 张恨水《秋风起矣》，原载1928年9月25日《世界日报》，张恨水散文全集《明珠》，55页，时代文艺出版社2015年8月版。

② 张恨水《替人发愁》，原载1928年1月29日《世界晚报·夜光·小月旦》，张恨水散文全集《小月旦》，91页，时代文艺出版社2015年8月版。

③ 张恨水《赴邮局者留心扒手》，原载1928年1月20日《世界晚报·夜光·小月旦》，张恨水散文全集《小月旦》，88～89页，时代文艺出版社2015年8月版。

④ 张恨水《望低处看》，原载1927年1月14日《世界晚报·夜光·小月旦》，张恨水散文全集《小月旦》，44页，时代文艺出版社2015年8月版。

处，一是警醒自己，不要沦落到那个地步；二是唤起人们的同情心，怜惜穷苦人。这正是张恨水的善良之处，也是他对儒家“忠恕”思想的实践，其核心就是将心比心，推己及人。他的这些小品文从生活中发掘人性之善，人性之美，使人感到非常亲切，有一种人间的暖意洋溢在其中。

张恨水所办副刊还有一个不能不提及的特点，在这里，许多谈论影剧的杂文随笔都出自他的笔下。他的老家安徽潜山本是著名的戏剧之乡，今日尚存的“弹腔”，即“二黄调”，就发源于此地。而徽班领袖、京剧鼻祖程长庚，其祖籍潜山县河镇程家井，离张恨水家所在地岭头镇亦不到二十公里。他为此而感到十分荣耀，他说：“我有了大老板，较之临邑桐城人士之夸耀张家父子宰相，以及姚方古文正宗，却不相上下。”① 这应该是他痴迷于戏剧的内因之一，而北京作为全国政治文化中心和历史文化名城，戏剧演出之活跃，也为他观赏戏剧、研究戏剧提供了极大的便利，而且，他作为报纸副刊的编辑，也必须关心戏剧演出。他认识道：“我们要增加读者的兴趣，所以要艺术化；我们要多数人了解，所以要民众化。”② 而他也有自己必须坚持的原则，他说：“我们向来不捧角。但是伶人艺术本佳者，也不能硬说他坏。我们承认皮簧是一种民众化的艺术，决不用科学的眼光，来抹煞一切。”③

---

① 张恨水《潜山县秀才——一辈子不发达》，原载1929年12月27日《世界日报》，张恨水散文全集《明珠》，78页，时代文艺出版社2015年8月版。

② 张恨水《几句上场白（二）》，张恨水散文全集《明珠》，274页，时代文艺出版社2015年8月版。

③ 同上，275页。

恰如他所表白的，我们从他的笔下的确很少看到捧角的文字，有一篇《惜李万春》，不知是否绝无仅有。即使这篇，也并非“捧”李万春，而是对李万春未能专习武生表示可惜。当时的热门话题是旧剧改良，《明珠》就不断收到读者关于改良旧剧的稿件，说明好谈此事的人有很多。他认为，旧剧固然需要改良，然而，改良者如果不痛下一番研究功夫，则难免会闹笑话。他曾谈道：“新文学家有主废皮簧去胡琴者，此亦令人笑破肚皮之事也。”[①]这种自以为是、不懂装懂的改革家，在当时并不少见。至于旧剧改良，改什么，不改什么，当年也是有争议的。他就很赞赏齐如山、梅兰芳搞的新编戏《俊袭人》，认为此剧“虽不能十分完善，然而场面移至幕内，戏台上去了上下场门，不摔垫，不用饮场，场上不断人，这都是旧戏极不堪的事，而能免除了”。[②]在他看来，旧剧需要改良之处还有男女不能同台演戏这个陋俗，“中国伶人演戏，不分性别，实为不合人情之事”。[③]他的理想是希望见到男女合作之剧场，他从观看日本剧中得到启发，“觉他人男女合演，有许多便宜之处”。[④]

或许因为张恨水是个文人，当他谈到旧剧改良的时候，更多的还是谈剧本情节的合理性，以及唱词、道白是否乖谬不通，词语使

① 张恨水《说慢板胡琴过门》，原载1926年11月19日《世界晚报》，张恨水散文全集《明珠》，208页，时代文艺出版社2015年8月版。

② 张恨水《由〈俊袭人〉谈到旧剧改良与梅兰芳渡美》，原载1929年10月20日《世界日报》，张恨水散文全集《明珠》，189页，时代文艺出版社2015年8月版。

③ 张恨水《理想中之男女合演剧》，原载1926年8月24日《世界日报》，张恨水散文全集《明珠》，200页，时代文艺出版社2015年8月版。

④ 同上，201页。

用是否适当。在这方面，新编戏同样存在问题，主要为两大类：“一种加许多新名词，令伶人向观众致训词，使人闻之浑身肤栗。一种则风花雪月，堆砌成篇，普通人闻之茫无所知，亦为不通之事。”[①]他觉得，旧剧改良的正途，应该是“要民众化，艺术化并保存中国文化的个性，谋中国音乐的发展，编出一种戏剧来，代替旧戏”。[②]这当然并不容易，齐如山就曾对他言道，《俊袭人》也“不过是一种试验，不是畹华，旁人还办不到呢（指场面通不过）”。[③]

看电影在当时属于时新的娱乐活动，故而，“爱看电影的人，现在一天多似一天，爱作影谈的人，也就一天多似一天”。[④]作为报纸副刊的编辑，张恨水自然不敢怠慢，他在《我之所以看电影》一文中写道：“说到我，每星期至少看三张新片子。”[⑤]因此，他很快就从酷嗜皮黄的“半瓶醋”，变成了酷嗜电影的“半瓶醋”。[⑥]然而，他这“半瓶醋”，谈的都是很专业的问题，比如剧本问题，导演问题，演员表演问题，摄影和剪辑问题，以及译名问题，说明书问题，乃

---

① 张恨水《旧剧改良难》，原载1927年1月7日《世界晚报》，张恨水散文全集《明珠》，241页，时代文艺出版社2015年8月版。

② 张恨水《由〈俊袭人〉谈到旧剧改良与梅兰芳渡美》，原载1929年10月20日《世界日报》，张恨水散文全集《明珠》，189页，时代文艺出版社2015年8月版。

③ 同上。

④ 张恨水《外国电影伶人的译名问题》，原载1926年10月14日《世界晚报》，张恨水散文全集《明珠》，213页，时代文艺出版社2015年8月版。

⑤ 张恨水《我之所以看电影》，原载1927年11月5日《世界日报》，张恨水散文全集《明珠》，224页，时代文艺出版社2015年8月版。

⑥ 张恨水《关于有声电影之疑问》，原载1928年10月16日《世界日报》，张恨水散文全集《明珠》，235页，时代文艺出版社2015年8月版。

至上海影评公式化问题，都有所涉及。他不认为看电影只是看个乐子，那时上映的影片以西洋电影最多，看了这些影片，他“得识西洋许多人情风俗”，真“像到过一趟外国”，由此“懂得许多人情世故”。他说：“看电影能看到这一点，那末，那两三毛钱才不算白花，若是只图看滑稽角儿摔一个跟头，好打一个哈哈，那等于到游艺园杂耍场，听说相声了。”[①] 他讲到自己喜欢看的影片，不是那种所谓大制作的巨片，而是导演、演员都“正合我意”，而且“摄影奇妙，表演灵活”的影片。[②] 他很看重剧本创作，以为“剧本的优劣，几乎就是影片的命脉”，但国产影片往往不能让他满意，他批评国产影片，“十之八九，无非描写男女间的爱情问题。固然，恋爱亦为社会问题之一种。然以中国社会之黑暗，何时何地不可得资料以编制剧本，何以仅仅限于这一点呢”。[③] 不过，他在看了许多外国影片之后，与中国戏剧、小说做了一番比较，也有太多不能令人满意的地方：

> 中国的戏剧，逃不过落难公子中状元，小姐后花园私定终身。可是我看一看外国影片，也几是一个美女嫁一个好汉，实在无趣。
>
> 中国人是重文的，所以小说上的小姐，总嫁状元。外国是重武的，所以电影里的小姐总私配好汉。
>
> 中国的小说，公子调戏人家小姐，理之当然。外国电影里的侠士，

---

① 张恨水《我之所以看电影》，原载 1927 年 11 月 5 日《世界日报》，张恨水散文全集《明珠》，224 页，时代文艺出版社 2015 年 8 月版。

② 张恨水《我之目标》，原载 1928 年 5 月 14 日《世界日报》，张恨水散文全集《明珠》，233 页，时代文艺出版社 2015 年 8 月版。

③ 张恨水《未可忽视之电影编剧家》，原载 1926 年 12 月 21 日《世界晚报》，张恨水散文全集《明珠》，217 页，时代文艺出版社 2015 年 8 月版。

调戏人家小姐，可以公然无忌。

中国小说里的状元，常常被招驸马。外国电影里的武士，也常常娶公主。

中国小说里的侠客，结果是做一个御前带刀侍卫。外国电影里的侠客，也不过想做一个佩剑皇家卫士。

中国小说里的侠客，救驾诛叛逆，然后受赏。外国电影里的武士，也是替皇家杀些叛党，然后结婚。

中国小说的结局，不外洞房花烛。外国电影结局，不外拥抱着一吻。

他于是得出结论："文艺家迎合一般社会的心理，是这样卑鄙。中外如出一辙，可叹！"[①]而这种情形，又以美国影片最为严重，"十九必出于团圆。看尽之后，每令人兴味索然"。[②]他曾多次在《明珠》撰文，批评团圆弊这种恶趣味。

《世界日报》创刊一周年的时候，张友渔（署名友彝）写了一篇《一年来"明珠"的文体》以为纪念。他在文中对一年来《明珠》的表现有一个概括总结："'明珠'的灵魂，是他那'疯狗'的精神。'明珠'的面貌，是他那'典丽隽永'的文体。"[③]张友渔最初是张恨水

---

① 张恨水《中国小说与外国电影》，原载1927年10月6日《世界日报》，张恨水散文全集《明珠》，220页，时代文艺出版社2015年8月版。

② 张恨水《美片之团圆弊》，原载1928年5月15日《世界日报》，张恨水散文全集《明珠》，234页，时代文艺出版社2015年8月版。

③ 张友渔《一年来"明珠"的文体》，原载1926年2月10日《世界日报》，马良春、刘福春编《张友渔诗文集》，84页，北京出版社1992年1月版。

的作者，他一边读书，一边写杂文，“我把稿子寄给张恨水，由他决定用于世界日报的《明珠》，还是世界晚报的《夜光》”。[①]不久，他和马彦祥、胡春冰、朱虚白一起，被《世界日报》聘为特约撰稿人，直接参与两大副刊的编写。张恨水曾说，他“带出来的那一班徒弟，还在那里口没遮拦乱喊”，[②]这或许可以看作是他对“疯狗”精神的一种回应；而他对旧时文人头巾气和新文人洋头巾气的批评，似乎正是他“久不开口”之后对“明珠体”之问的一种回答。实际上，在他的主持下，《夜光》《明珠》两刊一直没有放弃“以不失圆润光亮的性质而能使别人爱惜赏玩为度”，这是张恨水所坚持的；但它们又时时面临着“不伦不类”的种种可能，年轻人要改变成法，推翻标准，追求“进步”，也是张恨水不能阻挡的。

---

① 张友渔《我与世界日报》，《新闻研究资料》1981 年第一辑（总第六辑），3 页，新华出版社 1981 年 7 月版。

② 张恨水《哀梨〈小月旦〉之时间问题》，原载 1926 年 6 月 6 日《世界晚报·夜光·强为欢笑》，张恨水散文全集《明珠》，96 页，时代文艺出版社 2015 年 8 月版。

零玖

成名

张友鸾说，张恨水“终身从事新闻工作，写小说原是他的副业。由于他努力写作，惨淡经营，他的小说为读者所喜爱，自然而然地他成为小说专门家了”。[①]

诚如斯言。不过，张恨水从事小说创作的时间，明显地早于他参与办报的时间。当年，还就读于苏州垦殖学校时，他就曾作过两个短篇，投给了《小说月报》。虽然得到了主编恽铁樵先生的回信赞许，但小说始终没有发表。直到他做了《皖江日报》的副刊编辑，才有机会将自己的小说排成铅字，在报纸上逐日连载。先是一个文言短篇《紫玉成烟》，发表后很得一些人的夸奖，他因此受到鼓舞，接下来，便作了一部白话长篇连载小说《南国相思谱》，尤为女性读者所喜欢。这期间，上海的《民国日报》则先后发表了他的《真假宝玉》和《小说迷魂游地府记》两篇讽刺小说。这两篇都是白话体，

① 张友鸾《章回小说大家张恨水》，张占国、魏守忠编《张恨水研究资料》，96 页，知识产权出版社 2009 年 9 月版。

尽管艺术水平并不很高，却已引起了上海文坛的注意。后来，姚民哀先生编辑《小说之霸王》，这两篇作品都被收录其中。

来北京之初，大约有五年之久，他几乎无暇从事小说创作。唯一一次是应芜湖朋友之邀，撰写了白话章回长篇小说《皖江潮》，自民国十一年（1922年）二月二十二日起，截至本年七月二十七日，在芜湖《工商日报》副刊《工商余兴》连载。这篇小说约有八万字，计十一回，取材于安徽自治运动，可惜未能写完。此后，芜湖的学生还将小说里的故事，改编为话剧，在当地公演。这是张恨水的小说第一次被搬上舞台，虽说影响有限，却也给予他很大的鼓舞。

民国十三年（1924年），成舍我创办《世界晚报》，张恨水与龚德柏、余秋墨等应邀与之合作。张恨水最初的任务是编辑新闻，成舍我知道他曾经写过小说，便请他为《世界晚报》副刊《夜光》撰写一部长篇连载。这一年的四月十六日，《世界晚报》创刊号出版，张恨水为其撰写的长篇小说《春明外史》也开始与读者见面。不久，《夜光》主编余秋墨离任，张恨水接替余秋墨担任《夜光》主编，每月支薪水三十元，而事事都由他一人包办，除了编排、校对，初期外稿不多，常常在撰写连载小说的同时，还要为副刊撰写短文。但他干得“很起劲”，[①]个中原因正如他后来所说，他与龚德柏加盟《世界晚报》，是因兴趣而走到一起，故“决不以伙计自视，而是要共同作出一番事业的，所以副刊文字和小说，都尽了自己能力去写”，[②]并不计较薪水的多少。不过这种所谓的“君子之交”，也为

① 张恨水《我的创作和生活》，《文史资料选辑》第七十辑，162页，文史资料出版社1980年7月版。

② 张恨水《写作生涯回忆》，25页，人民文学出版社1982年6月版。

他们后来的分手埋下了伏笔。

张恨水是很看重《春明外史》的。毕竟，这是他真正意义上的第一部长篇小说，尽管他不承认这是他的“代表作”，却也自认为是他“一生的力作之一”。[①]这部作品从《世界晚报》创刊之日开始连载，直到民国十八年（1929年）一月二十四日结束，每天刊登五六百字，其间凡五十七个月，历时近五年，未有一日肯松懈，终于完成了这部百万字的巨著。自然，他“是费了一番心血的”，[②]而且，他并不计较有没有稿费。但就老板成舍我而言，似乎从未想过要为《春明外史》在报上的连载支付稿费。后来，报社出版了这部小说的合订本，那时是吴范寰当经理，销行之后，他才第一次得到本应属于他的版税。他既要养家糊口，固然很需要钱，后来忆及此事他还直言不讳地说：“我的全家，那时都到了北京，我的生活负担很重，老实说，写稿子完全为的是图利。”如果“很不容易拿着稿费，我就有些敷衍了事”。[③]然而，《春明外史》却是个例外，他曾表示：“我对《春明外史》，要保持已往的水准，却是不拆烂污。”[④]在另一场合他也说过，就其小说创作而言，《春明外史》的写作“算是卖力的了”。[⑤]

张恨水对《春明外史》的偏爱由此可见一斑。其子张伍也曾惊

---

① 张恨水《写作生涯回忆》，29页，人民文学出版社1982年6月版。

② 同上。

③ 同上，28页。

④ 同上。

⑤ 张恨水《我的小说过程》，张占国、魏守忠编《张恨水研究资料》232页，知识产权出版社2009年9月版。

讶于父亲对《春明外史》的推重。他记得父亲曾经说过，《春明外史》“读一遍不行，要一口气读三遍”，才有资格提问。他在《忆父亲张恨水先生》一书中写道：“我和内子谈恋爱时，她第一次来我家，见到‘未来的公公’，当然就会提到《啼笑因缘》，父亲却对她说：‘你看过《春明外史》《金粉世家》吗？《啼笑因缘》并没有什么好看的，如果有兴趣，请你去看这两部书。’事后我问内子的感想，她回答：‘真没想到，老伯和我想象中的“张恨水”，全对不上号！’不仅如此，父亲还在他的自传《写作生涯回忆》中，用了三章来介绍《春明外史》，可见他自己是如何偏惜这部书了。”①

虽然《春明外史》没有给张恨水带来太多的真金白银，但他却因此得到了北京各阶层读者的普遍认可，为此结交了许多朋友。此后，稿约纷至沓来，多是由这部书所引起的。当时，对此书感兴趣的读者不在少数，据贺逸文、夏方雅、左笑鸿所作《〈世界日报〉兴衰史》介绍，许多读者拿到晚报，一定先看这篇小说的连载。每到下午两三点钟的时候，报馆门口就排满了焦急等待当日晚报发售的读者。《春明外史》连载期间，无论风雨寒暑，天天都能看到这支队伍，无意中竟造就了北京南城的一道风景。这种情形几乎成为所有与他共过事的老朋友的共同记忆。万枚子是民国十四年（1925年）十月考入《世界日报》做编辑的，他也清楚地记得：“有些读者就是专为看《春明外史》才长期订报或者每晚到报社门口抢买，以先睹为快。”②

究其原因，这篇小说吸引读者眼球的秘密武器是什么呢？

---

① 张伍《忆父亲张恨水先生》，114页，北京十月文艺出版社1995年8月版。

② 万枚子《张恨水的著作扬弃了鸳鸯蝴蝶派》，《张恨水研究会会刊》1990年（试刊号），22页。

左笑鸿等认为，很重要的一点在于，他是“以当时的官场和社会上的怪现象为内容”的，且“笔法犀利，描写生动”，故能“引人入胜”。[①]其实，写作之初，张恨水对于这部小说并没有一个完整、详尽的构想，他大约是想写一部与《儒林外史》或《官场现形记》类似的小说，但在他看来，“这一类社会小说，犯了个共同的毛病，说完一事，又递入一事，缺乏骨干的组织”。于是他说，“我写《春明外史》的起初，我就先安排下一个主角，并安排下几个陪客。这样，说些社会现象，又归到主角的故事，同时，也把主角的故事，发展到社会的现象上去。这样的写法，自然是比较吃力，不过这对读者，还有一个主角故事去摸索，趣味是浓厚些的”。[②]

这个主角就是杨杏园。他是一位皖籍客居京华的记者，其身份与张恨水大致相同。小说便以他的生活为中心，安排结构布局，其目的就想解决他所说的这类小说“共同的毛病”，有人形象地称之为“单线串群珠”，珠与珠之间既无内在联系，只凭一根线穿在一起，就显得单薄和随意。有一本《阙名笔记》在谈到《儒林外史》的毛病时就曾指出：“盖作者初未决定写至几何人几何事而止也，故其书处处可住，亦处处不可住。处处可住者，事因人起，人随事灭故也；处处不可住者，灭之不尽，起之无端故也。此其弊在有枝而无干，何以明其然也？将谓其以人为干耶，则杜少卿一人，不能绾束全书人物；将谓其以事为干耶，则势利二字，亦不足以赅括全书事情；

① 贺逸文、夏方雅、左笑鸿《北平〈世界日报〉史稿》，张友鸾等《〈世界日报〉兴衰史》，52页，重庆出版社1982年12月版。

② 张恨水《写作生涯回忆》，25页，人民文学出版社1982年6月版。

则无惑乎篇自为篇，段自为段矣。”[1] 鲁迅先生对于《儒林外史》的结构也不满意，他说：“惟全书无主干，仅驱使各种人物，行列而来，事与其来俱起，亦与其去俱讫，虽云长篇，颇同短制。”[2] 对此，张恨水看得也很清楚，他希望杨杏园的故事能弥补这个缺陷。事实上，杨杏园的出现只是部分地弥补了“一根线”在结构上的缺陷。在这方面，清末民初与李伯元齐名的吴趼人所作《二十年目睹之怪现状》，或许更接近他的创作。这部小说冒名九死一生者，实为作者自述，其间记述二十年来他的所见所闻，内容极为广泛和丰富，虽有过“精神团聚”之努力，仍不免“微嫌疏散”[3] 之弊端，这种情形只能说是“一根线”结构的“胎记”吧，不经脱胎换骨，很难有所改变。张友鸾先生最先注意到了这一点，他说：“主角杨杏园，约略如《怪现状》中的‘九死一生’，但描写杨杏园先后和何梨云、李冬青的恋爱，有许多曲折的故事，不像‘九死一生’被写得那么干巴巴的。”[4] 这固是张恨水的特别之处。小说是需要有一些趣味的，从读者阅读的角度考虑，言情，往往正是读者最感到兴味的地方。有人因此将张恨水的小说称之为言情小说，甚至把他归到“鸳鸯蝴蝶派”一类，殊不知，张恨水固然言情，但他的言情只是起到调剂滋味的作用，犹如炒菜不得不加的盐。他将言情与都市社会风情融为一体，不仅拓宽和深化了言情小说所反映的社会生活；同时，也增加了社会小

---

① 蒋瑞藻《小说考证》（下）拾遗，715～716页，上海古籍出版社1984年7月版。

② 鲁迅《中国小说史略》清之讽刺小说，176页，东方出版社1996年3月版。

③ 魏绍昌编《吴趼人研究资料》，78页，上海古籍出版社1980年4月版。

④ 张友鸾《章回小说大家张恨水》，张占国、魏守忠编《张恨水研究资料》，105页，知识产权出版社2009年9月版。

说的趣味性。老友左笑鸿就看得很清楚，也说得很明白："有人把《春明外史》当作'鸳鸯蝴蝶'之流，其实这是误会。我曾与恨水谈过，所谓杨杏园、梨云、李冬青等，不过是把许多故事穿在一起的一根线，没线就提不起这一串故事的珠子。所以，读《春明外史》时，不能把注意力只放在杨杏园与梨云、李冬青等人的恋爱经历上。我对恨水说笑话：'你拿恋爱故事绕人，这个法子很不错。'恨水哈哈大笑。"①

诚然，民国十年（1921年）至十八年（1929年）北京的社会万象，才是《春明外史》所要表现的主要内容。民国以前且不论，直到民国十七年（1928年），北京仍是中华民国的首都。国共合作，北伐成功，国民政府取代北洋政府，才将首都迁往南京，改北京为北平。《春明外史》所述，既以北洋政府时期为主，故用"春明"一词作为借代，因"春明"曾是唐代都城长安东面三座城门中的一门，后世便以此作为所有都城的别称。其间，北洋政府大致经历了直系统治和奉系统治两个时期，细分还有曹锟、吴佩孚、黎元洪、段祺瑞、冯玉祥、张作霖等派系的轮流执政，真可谓乱哄哄你方唱罢我登场。《春明外史》的故事就发生在这个乱世之中。在其笔下，北京虽称"首善之区"，然而，早已闹得"乌烟瘴气，昏天黑地。军阀官僚豪绅沆瀣一气，贿选总统，鬻官卖爵，贪污舞弊，酒肉征食，声色犬马。在'歌舞升平'的箫鼓乐声中，充斥着他们抢夺地盘、发动内战的枪炮声，也充满了百姓痛苦的呻吟。饿殍的血，灾民的泪，滴滴点点淌进了他们高举的酒杯。而北洋政府对新闻实行严格的管制，看到哪家报纸对他们稍露不满，就会下令停办，记者本人也会遭来杀

---

① 笑鸿《是野史》（重版代序），张恨水《春明外史》，2页，群众出版社1997年4月版。

身之祸。父亲有感于此，如骨鲠在喉，不吐不快，就用了小说的形式进行揭露，大举挞伐，可说是‘新闻外的新闻’”。[1]他的老朋友左笑鸿先生因此而有“野史”之论，1985年在为《春明外史》重印所作序中，他特别指出，当年，也只有报纸“副刊有时倒可能替老百姓说几句话，喊叫喊叫。尤其是小说，有人物，有故事，往往能从中推测出不少政局内幕来。有时上层人物干了些什么见不得人的事，社会上都传遍了，可是从不见诸新闻。而小说却能影影绰绰地把这些人和事都透露出来，使人一看，便心领神会。于是小说便成了‘野史’，所谓‘此中有人，呼之欲出’，读着带劲，细按起来更是其味无穷”。说到这里，他则表示：“并非所有报上的小说都是如此，不过恨水的《春明外史》确是这样。”在他看来，虽然“小说情节是虚构的，可并非完全出于幻想，作为‘野史’的小说更不是毫无根据的胡诌”。[2]

既然是“野史”，那么，最要紧的品质，就是实录，既不能穿凿附会，更不能向壁虚构。野史也是史，是历史的民间叙事，这就限制了作者的笔墨不能不尊重历史事实，如果凭空捏造，就没有价值了。因此，他在选择写什么的时候，总是从自己最熟悉的、刚刚发生的社会现象或人物、事件落笔。这部小说能够激发很多读者探索其中隐秘的兴致，与作者善于把现实生活中的各种素材化用于小说之中是大有关系的。据说，当时的读者，常常一边读小说，一边猜测书中某某人是否影射生活中的某某人，书中的某件事究竟影射生活中的哪件事，于是成为街谈巷议的热点。张友鸾在《章回小说

① 张伍《忆父亲张恨水先生》，116页，北京十月文艺出版社1995年8月版。

② 笑鸿《是野史》，《春明外史》重版代序，2页，群众出版社1997年4月版。

大家张恨水》中就曾写道：“《春明外史》写的是二十年代的北京，笔锋触及各个阶层，书中人物，都有所指，今天的‘老北京’们，是不难为它作索隐的。在《世界晚报》连载的时候，读者把它看作是新闻版外的‘新闻’，吸引力是非常之大，很多人花一个‘大子儿’买张晚报，就为的要知道这版外新闻如何发展，如何结局的。当时很多报纸都登有连载小说，像《益世报》一天刊载五六篇，却从来没有一篇像《春明外史》那么叫座。作者诅詈那个时代，摘发抨击某一些人和某一些现象，乃是出于当时作为一个新闻记者的正义感和责任感。某些地方，刻划形容，的确也似乎太过，那是‘箭在弦上，不得不发’，与‘丑诋私敌’之作的不同的。几十年后，读这部小说，还觉得当时情景，历历如在目前。”①

这种索隐游戏，在当时，不仅满足了读者多方面的好奇心，也为人世间的种种不平找到了一个宣泄的出口，给读者一种痛快淋漓的感觉。有人发现，小说中的魏极峰与曹锟，鲁大昌与张宗昌，姚慕唐与张敬尧，章学孟与张绍曾，韩幼楼与张学良，乌天云与褚玉璞，秦彦礼与李彦青，闵克玉与王克敏，苏清叔与吴景廉，周西坡与樊樊山，黎殿选与刘春霖，曹祖武与杨度，余兰痕与徐枕亚，金士章与章士钊，时文彦与徐志摩，何达与胡适，小翠芬与小翠花等，都包含着某种相对应的关系，也许可以称之为身形和影子的关系，而如影随形，神貌犹在，使读者联想到生活中实有其人，有一种逼真的感觉。张恨水后来也说，有人曾当面问他，某某人是否影射某某人。但他是这样回答的：“其实小说这东西，究竟不是历史，它不必以

① 张友鸾《章回小说大家张恨水》，张占国、魏守忠编《张恨水研究资料》105页，知识产权出版社2009年9月版。

斧敲钉，以钉入木，那样实实在在。《春明外史》的人物，不可讳言的，是当时社会上一群人影。但只是一群人影，决不是原班人马。”①

很显然，张恨水并不希望人们以穿凿附会、对号入座的方式读他的小说，那样的话，也许倒小看了这部作品。这部小说的叙事，深入于上个世纪二十年代北京社会生活的方方面面，称它为“社会小说”或“都市乡土小说”，也是非常恰当的。作者的笔触相当细致，视野亦十分开阔，描绘北京特有的社会情状，给人以事无巨细、包罗万象的感觉。仅以人物而论，书中提到姓名的，便多至五百余个，涉及北京的各个社会阶层和群体，上至总统、总理、总长、总督、大帅、将军，下至戏子、妓女、商贩、跑堂、教师、学生、记者、作家、官僚、政客、议员、僧侣，以及落魄的文人、投机的商人、清朝的遗老遗少，以及有钱人家的姨太太、少奶奶，乃至拉车的、要饭的，集三教九流，无所不有；再以场景论，举凡议会、豪门、剧场、妓院、公寓、会馆、庙宇、坟地、学校、客厅、名胜、公园、通衢、胡同、舞场、茶室、大杂院、小住户、贫民窟、俱乐部，乃至高级饭店、酒馆饭铺，合于清浊雅俗，无所不包，几乎就是一幅民国社会的“清明上河图”。据陈思广考察，二十年代长篇小说创作，截止到民国十八年(1929年)，新小说家，共有作品四十三部，其规模及表现都市生活的广度和深度，都不及《春明外史》；②而旧小说家的作品在数量和类型上或多一些，但是，能超越《春明外史》的，似乎也还不多见。

---

① 张恨水《写作生涯回忆》，29页，人民文学出版社1982年6月版。

② 参考陈思广编著《中国现代长篇小说编年》1922年—1929年，其间1922年2部，1924年1部，1925年1部，1926年1部，1927年4部，1928年13部，1929年21部，四川大学出版社2008年1月版。

张恨水固非北京人氏，但他客居北京多年，一直在报界任职，“看了也听了不少社会情况，新闻的幕后还有新闻，达官贵人的政治活动、经济伎俩、艳闻趣事也是很多的”，正是这种经历，“引起他写《春明外史》的打算”。[①] 他笔下的北京风物，以及混迹于北京的各色人等，所以能栩栩如生，呼之欲出，与作者多年来的记者生涯是大有关系的。北京不同于上海，如果说上海是商业都会，华洋杂处，冒险家的乐园的话；那么，北京则是“政治文化中心”，《春明外史》中有个北洋政府的总裁闵克玉说过一句话，倒是给北京这个“政治文化中心”作了绝妙的注解，他说得很露骨：“北京这个地方，不像天津上海是商埠码头，仅是政治的中心点，市面还要靠官场来维持。”[②] 因此，写北京，无论如何是离不开这个“官”字的，而文人无论新旧，也只能是“官”的附庸。故他与当时政界、军界、文化界、教育界及演艺界的诸多人士，都有过近距离的接触，对他们的言谈举止，生活习惯，甚至他们的所思所想，也有相当真切的体察和了解。

在北京行医多年的日籍医生矢原谦吉是张恨水非常要好的朋友，二人过从甚密，“每周恒有二三度盘桓小饮，每届周末或周始，管亦施施然前来参加”。[③] 这里的“管”，即管翼贤，日军占据北京时，他沦为汉奸报人，日本战败后被国民政府处以死刑。但当时他是北京《小实报》的社长，影响极大，北京城内几乎无人不知有管翼贤其人者，其抗日言论亦为人所瞩目。张恨水、管翼贤，以及《大公报》

---

① 张恨水《我的创作和生活》，《文史资料选辑》第七十辑，162 页，文史资料出版社 1980 年 7 月版。

② 张恨水《春明外史》第十一回，137 页，群众出版社 1997 年 4 月版。

③ 矢原谦吉《谦庐随笔》，13 页，广西师范大学出版社 2008 年 10 月版。

的张季鸾，是矢原谦吉交往最多的报界人士。矢原谦吉比较张恨水与张季鸾之异同最有意思，以前，我们只知《新民报》时期有“三张”：张恨水、张友鸾、张慧剑，却不知早于“三张”十年，已有“二张”：张恨水和张季鸾。矢原谦吉认为，“二张”相同之处，是“恃才使气，玩世不恭”；[①]而不同之处是，张友鸾有政治主张，而张恨水则“毫无政治色彩与政治偏向，固所稔之军人与政客特多，余之能识大批西北军、晋军、东北军将领者，半由于诊病而来，半由于张与管翼贤所介绍”。[②]他在行医之余，广交中国政要名流、学人军阀，汉语水平固不弱，但他仍然感叹：“二张相与出游时，辄为余自卑感最盛之会。”[③]因“二张”在一起，“或议论，或笑谑，或关白，渠等多引诗词以为之，或引四六文一句，而粗通汉语如余者，遂瞠目不解所闻矣”。[④]他的《谦庐随笔》有数十处写到与张恨水、张季鸾、管翼贤宴饮游乐的情景，他们在这种场合常以政界、军界的内幕及官场、文坛的八卦为佐酒解颐之物，其中犹多现场独家观察的细节。这样的环境和经历，自然成为张恨水小说写作素材的重要来源之一。试举一例：

书中有一篇“王克敏断袖分桃”，其中写道：“盖王于曹锟时代，屡图东山再起，遂不惜结纳曹之宠臣李彦青处长，甚至于其私宅后园，中夜设宴，命其宠姬侍酒，而王辄故回避。李本一鄙驽之人，遂于曹前为王活动焉。”[⑤]王克敏的这段“秽闻”，在《春明外史》中，

---

① 矢原谦吉《谦庐随笔》，11 页，广西师范大学出版社 2008 年 10 月版。

② 同上，13 页。

③ 同上，12 页。

④ 同上。

⑤ 同上，73 ~ 74 页。

被张恨水演绎为第十一回“窥影到朱门高堂小宴，听歌怜翠秀隔座分香”。在这里，闵克玉相当于王克敏的影子替身，他为了攀上魏极峰即曹锟这个高枝，得到财政总长这个位子，竟让自己的“爱妾”在私宅内室陪宴，以讨好魏的出纳处长秦彦李，即李彦青。①由此可以断定，《春明外史》与《谦庐随笔》之间，确有某种隐秘的关系。当然，张恨水获知王克敏这段“秽闻”，未必是在矢原谦吉所记宴请黔军名幕胡鼎铭，②人称胡八爷的饭局上，但此局张恨水确也在座。王克敏出示他与驰誉剧坛某“博士”合影小照请座中人瞻仰，被胡八爷谑为“龟兔同笼”，其他人闻之大窘，只有张恨水举杯为之叫好说：“胡八爷此语，当浮一大白！”③

很显然，作为记者，杨杏园比《二十年目睹之怪现状》中的“九死一生”有更多的便利之处。为了不断地推动情节的发展，“九死一生”不能不到处请人讲故事，甚至千方百计打听人家的“隐私”，故显得有些矫情；杨杏园则不同，他是记者，追根究底是他的职责所在，他在社会各界的广泛联系，也为他提供了出入官场、商场，以及各种交际场所的机会和理由，使他可以深入了解社会政治生活中的各种新闻内幕。他的活动常常牵动社会的诸多层面，他的所见所闻又是丰富多彩的，讲起来就显得比较自然，而少有隔膜之感。

然而，这也带来一个问题，有人会问：杨杏园是否就是张恨水？

---

① 参见张恨水《春明外史》第十一回，132 ~ 144 页，群众出版社 1997 年 4 月版。

② 矢原谦吉此处记述有误，查胡鼎铭，应为符鼎铭，贵州大方人，名经甫，鼎铭是字，为王文华黔军总司令部两参议之一，亦非在周西成幕中。据《大方县志》载，符经甫卒于家，非如矢原谦吉所记，死于北平日人陷害。

③ 矢原谦吉《谦庐随笔》，73 页，广西师范大学出版社 2008 年 10 月版。

而《春明外史》是张恨水的夫子自道吗？多年后，张恨水在回忆录中写道，当时确有许多朋友问过他："你真认识过梨云这么一个清倌人吗，你真对她那么痴情吗？真有李冬青那么个人吗？"[①]他自然不肯承认，且辩解道："杨杏园这人，人家都说是我自写，可是书中的杨杏园死了，到现时我还健在。"[②]他甚至还在报上发表"郑重声明"，言之凿凿地宣称《杨杏园无其人》。[③]然而，这并不能打消读者的好奇心。他自己也很清楚，毕竟，张恨水与杨杏园有太多的相似之处，他是安徽潜山人，居京，以新闻为业，喜欢诗词歌赋；杨杏园也是"皖中的一个世家子弟，喜欢写诗填词，发泄满腹牢骚"。[④]所以他又说，杨杏园"依然带着我少年时代的才子佳人习气，少有革命精神（有也很薄弱）"。[⑤]其子张伍也不希望读者在这个问题上"钻牛角尖"，他说："一个作者，把自己喜爱的兴趣、特点，安到他喜爱的书中人物身上，这是很自然的事，但这和生活中的作者决不能混为一谈。"[⑥]可是，他又提到"颇有意思"的一点，来说明"父亲很喜爱杨杏园"。他说："父亲原名'心远'，'杏园'与'心远'不是谐音吗？"[⑦]

---

① 张恨水《我的创作与生活》，《文史知识选辑》第七十辑，163页，文史资料出版社1980年7月版。

② 同上。

③ 文见1925年12月3日《世界日报》副刊《明珠》通信栏，署名恨水。谢家顺《张恨水年谱》，79页，安徽文艺出版社2014年7月版。

④ 同上。

⑤ 张恨水《写作生涯回忆》，29页，人民文学出版社1982年6月版。

⑥ 张伍《忆父亲张恨水先生》，118页，北京十月文艺出版社1995年8月版。

⑦ 同上。

的确，无论如何，杨杏园不能等同于张恨水，但不可否认的是，杨杏园身上充满了张恨水的气质。范伯群先生的这一论断，其要点就在于，张恨水与杨杏园都被视为“徘徊于歧路的知识分子的典型形象”，他认为：“正因为张恨水有这般的气质，他的笔下才有杨杏园这般的人物，张恨水也才能成为有创作个性的作家张恨水，他的作品才能为‘匹夫匹妇’的中国普通老百姓所接受并与他们休戚相关。张恨水在他的第一部成名作中出现杨杏园气质，在他以后的作品一直没有放弃而是不断深化了这种气质。他笔下的冷清秋，是一个女性杨杏园，他笔下的樊家树是一位富有的杨杏园，这一形象在不断深化和变通中，最终成为张恨水对中国文学史的独特的之一贡献。”[①]

张恨水因《春明外史》而声誉鹊起，人们因其书而重其人，都想知道究竟谁是张恨水，以至于他的同事张友鸾（张友渔）也一再遭到人们的询问：恨水是不是你？使得这位张友鸾不得不撰文《张友鸾不是张恨水》，向“读者诸君”说明，张恨水另有其人。[②]有人说，成舍我是最早发现“张恨水价值”的人，这话说得倒也不错。然而，张恨水成全了成舍我，却也是事实。《世界晚报》一纸风行，销量直线上升，能在激烈的报业竞争中打开局面，与《春明外史》赢得读者喜爱有直接关系。因此，民国十四年（1925年）二月十日，《世界晚报》创刊的第二年，成舍我又在石驸马大街甲九十号创办了《世界日报》，副刊《明珠》仍由张恨水主编。一年后，民国十五年（1926

① 范伯群《中国现代通俗文学史》（插图本），449页，北京大学出版社2007年1月版。

② 张友渔《张友鸾不是张恨水》，原载1926年3月17日《世界日报》，署名：友鸾，马良春、刘福春编《张友渔诗文集》，109～110页，北京出版社1992年1月版。

年）二月，张恨水撰写的长篇小说《新斩鬼传》在《明珠》连载。忆及此事时他说："当时有一位姓张的朋友，他对于《斩鬼传》极力推崇，劝我作一篇《新斩鬼传》。我一时兴来，就这样作了。这篇小说，虽根据老《斩鬼传》而作，但《斩鬼传》的讽刺笔法，却有些欠缺，我也是如此。"① 他在此处提到的那位姓张的朋友，就是生前做到全国人大常委的著名法学家张友渔（1898—1992年）。《世界日报》创刊之后，张恨水同时要编两个副刊，还要写作《春明外史》，忙得不可开交。于是，报社招聘了四个特约撰稿人作为他的帮手，其中就有张友渔，另外三人为马彦祥、胡冰春和朱虚白。

张恨水因张友渔的启发而作《新斩鬼传》，此事，张友渔在文章中也曾提到过，他作《再来介绍斩鬼传》一文，其中便写道："记得去年我曾在'明珠'里替《斩鬼传》大登过一次广告，虽然结果惹得恨水诌了一部《新斩鬼传》，不算毫无影响，但名教授们始终没有赞一辞。"② 当然，这也并不说明什么，张恨水的小说原本也不是写给名教授们看的。然而，这部小说只连载到第七回，就被作者的另一部作品《荆棘山河》所取代了，至于原因，并未言明。当天，张恨水在小说最后一节末尾注明"上集完"，并加了预告："滑稽小说《新捉鬼传》（《新斩鬼传》），今日已告一结束，另由恨水君新撰长篇小说《荆棘山河》，逐日在本栏发表。是篇性质，大体取径《水浒传》《野叟曝言》上半部，及《绿野仙踪》之间。行文叙事，

① 张恨水《写作生涯回忆》，27页，人民文学出版社1982年6月版。

② 张友渔《再来介绍斩鬼传》，原载1926年7月21日《世界日报》，署名：忧夷，马良春、刘福春编《张友渔诗文集》，109～110页，北京出版社1992年1月版。

力求整洁，或不仅茶余酒后之助而已。”[1]

然而，《荆棘山河》似乎更加命途多舛，自民国十五年（1926年）七月五日开始连载，至八月九日，仅三十五天，第一回尚未结束，就因奉系军阀张宗昌的干涉而暂停，改为张恨水的新作《交际明星》。这篇作品并不长，自八月十日刊载至十月四日，共五十四节，全篇即告结束。于是，自十月五日起，又将被迫暂停的《荆棘山河》拿出来继续连载。可是好景不长，转过年的二月一日，这部长篇连载小说再度因张宗昌的干涉而中途夭折，其间只连载至第五回共一百四十五节。这天正是旧历腊月二十九，第二天便是除夕，报纸照例休刊，他也就有时间对一年来的写作做一番思考。如果说《新斩鬼传》还只是借鬼喻人，嘲讽当时社会的各种丑恶现象的话，那么，《荆棘山河》则涉嫌直接揭露了军阀内战强加给社会大众的种种苦难。他既取法于“《水浒传》《野叟曝言》上半部，及《绿野仙踪》之间”，可知他的作品也是一部愤世忧时之作。可惜它问世之初，恰逢南方国民革命军北伐，形势严峻，盘踞北京的奉系军阀，对于新闻界，改变以往用金钱收买的办法，转而采用暴力镇压手段。《京报》社长邵飘萍先于民国十五年四月二十六日被杀，八月六日，张宗昌又以“通赤有证”的罪名枪毙了林白水，八月七日夜间，《世界日报》创办人成舍我亦遭宪兵逮捕。后虽经孙宝琦以国务总理的身份亲到石老娘胡同张宗昌私宅求情，张宗昌看孙宝琦的面子，将成舍我释放，但对于《世界日报》的内容，却不能不有所限制。于是，张恨水的《荆棘山河》自然就撞在了枪口上。成舍我释放当天，《荆棘山河》便宣告暂停，改为只谈风月的《交际明星》，以避风头。

---

① 转引自谢家顺《张恨水年谱》，94～95页，安徽文艺出版社2014年7月版。

然而，也许是太过性急的缘故，张恨水的“准风月谈”只维持到十月初，大约五十多天，随着《交际明星》的结束，十月五日，《荆棘山河》便匆忙地再度登场。这一年的秋冬之际，正是北方政局最为动荡不安的时候，先是吴佩孚丢了两湖，继而孙传芳又丢了浙赣，不得不掉过头来找老冤家张作霖帮忙，推张作霖为安国军总司令，张宗昌、孙传芳为副总司令，与北伐军做最后一搏。民国十六年（1927 年）初，张宗昌率直鲁联军十余万人南下，进驻南京、上海等地，协助孙传芳，抵御国民革命军的进攻。但此时的直鲁联军已不能阻挡北伐军的迅猛攻势，五月间，先后攻占南京、上海的北伐军，又乘胜攻下了蚌埠、徐州，张宗昌则率残部退守济南。就在此前的四月二十八日，张作霖以“通俄卖国”为由杀害了共产党的先驱李大钊等二十位革命者。由此不难想象，在这种严酷气氛中，一部天天骂军阀、骂贪官，揭露官场腐败与污浊的小说，政府岂能视而不见？它的被“腰斩”怕也是可以预见的结果。

这个时期，张恨水似乎特别偏爱社会批判、指摘时弊式的写作，有时是酣畅淋漓的谴责，有时则是言辞犀利的讽刺。《春明外史》既取法于《儒林外史》《官场现形记》及《二十年目睹之怪现状》，其中自然不会少了讽刺的笔墨。他的锋芒所向，固然有军阀、贪官，以及官二代、富二代等腐朽的恶势力，却也有一些满嘴新名词、新思想，看上去“解放过度”的时髦人物。第十三回写学生为筹款赈灾演文明戏，又叫爱美的戏剧，闹出许多笑话，票卖不出去，只好到街上拉观众免费看戏，戏也演得很糟糕，观众纷纷退场，尚未演完，随随便便就把大幕关闭了。结果，筹款分文未得，还留下几百元的亏空，要筹委会的干事们弥补。这些人没有现钱，只好当金戒指，当手表，当物华葛的袍子。不但灾民没有得到赈济，反多了几个“灾民”出来。第十四回写几位新女性和妇女解放组织，讨论嫁人问题，结论是把康有为、顾维钧、梁士诒、梁启超合并为一个人，才算是合格丈夫。又谓女人不必顾全什么贞操，既然恋爱自由，社交公开，两性之间有身体上的结合是极普通的事。其间也有争风吃醋，争权夺利，一位厉白女士，为了得到差事而走门路，不惜认总长为老师、督办为义父。第十五回写新剧家都是拆白党，专会轧姘头，骗富婆钱财。第二十六回写到爱美戏剧学校的校风，实在乌烟瘴气，学生们谈戏剧的不多，谈恋爱的倒不少，男学生不仅作《求吻》诗给女同学，甚至夜里还跑到女学生的寝室去搞“身体结合”。第四十一回写了几个新诗人，专门写些《失恋之夜》《丁香花下》的无聊新诗，并且为了“生下娘胎五件事，吃喝穿衣睡觉与恋爱，恋爱好比味之素，恋爱好比酱油醋，各件事里有了他，就有一点味了”这样的诗句争论不休，争论中还称呼胡适之为“胡十枝、胡九枝”。[①]

如此荒唐之事在《春明外史》中可以说是不胜枚举，不一而足，我们还是暂且打住吧。至于《新斩鬼传》中的文字，则不仅是讽刺的，甚至是讥讽的。张恨水对《斩鬼传》颇有好感，他说：“我以为这部书，虽不能像《儒林外史》那样含蓄，然而他讽刺的笔调，又犀利，又隽永，在中国旧小说界另创一格，远在学界所捧的《何典》之上。”[②]《何典》也是一部讽刺滑稽体章回小说，作者是清代乾隆、嘉庆年间的上海才子张南庄，鲁迅、刘半农都极力推崇，民国十五年（1926年），刘半农将此书点校再版，鲁迅应邀写了题记，同时又写了《为

① 张恨水《春明外史》中，536页，群众出版社1997年4月版。

② 张恨水《新斩鬼传》自序，张恨水全集《新斩鬼传·秘密谷》，1页，北岳文艺出版社1993年1月版。

半农题记〈何典〉后，作》一文，都推此书为吴老丈（吴稚晖）的老师，无非是说此书敢骂，善骂，骂得风光摇曳，与众不同。而张恨水与张友渔似乎更加偏爱《斩鬼传》，张友渔所作谈论《斩鬼传》的文字凡数篇，发表于《世界日报》，张恨水亦以“致敬”之心情，作了一部《新斩鬼传》。这部书在《世界日报》连载时截止于第七回，出版单行本时又增补了后七回，共计十四回。全书所“斩”有名之鬼，总计有鸦片鬼、狠心鬼、空心鬼、不通鬼、玄学鬼、势利鬼、刁钻鬼、风流鬼、装腔鬼、吝啬鬼、冒失鬼、大话鬼、赤发鬼、自由花、下流鬼、短命鬼、泼辣鬼、糊涂鬼、要命鬼、矮鬼、没脸鬼、虚花鬼、刻薄鬼、瞎眼鬼、饿鬼、顽固鬼，共二十六个。不过，这里的没脸鬼尚未被“斩”，他把讲“良心”的顽固鬼打入十八层地狱，与钟馗隔河相对，“于是乎河那边一切善鬼、恶鬼、凶鬼、坏鬼，都能苟延残喘，未绝根株，正是：已遣良心归地狱，犹留没脸在人间”。[①]

张恨水骂鬼骂得痛快，而骂鬼就是骂人，上至玉帝老儿大总统，下至军阀贪官众丑类，乃至新旧文化人物的种种劣行，都被他排头骂去，一个也不宽容。譬如那个玄学鬼，大名巫焦巴，钟馗要打鬼窝风沙村，他布了一个“疑阵”抵御钟馗，其实是把新式标点所含意义，分门别类，布置起来，欺钟馗是个旧文人，不懂新式标点的奥妙。结果，竟被钟馗看破，不过是从古代兵书上抄来的，拿新式标点作为点缀，只要按照老式破阵法破去，便势如破竹了。就是这个玄学鬼，家童来报告他，太太跌倒在地上，要他赶快回去。他偏偏不着急回家，反而对家童讲了一大篇墨子，说是太太跌倒，必非

① 张恨水《新斩鬼传》，张恨水全集《新斩鬼传·秘密谷》，170页，北岳文艺出版社1993年1月版。

巫太太跌倒，太太非巫太太也。鬼窝中有一件法宝，迎风而舞，便臭气熏天，熏得钟馗伏鞍而逃，败下阵来，直到放了一个响屁，把吸的臭气放出去，才苏醒过来。这法宝非寻常之物，乃不通鬼所作恋爱诗新诗集。玄学鬼的“疑阵”和不通鬼的恋爱诗既挡不住钟馗，空心鬼决定作一篇檄文，他自认为笔锋非常的犀利，钟馗读了他的檄文，自然退兵。真是可笑至极。再看这个风流鬼，卖了祖坟，要从大话鬼手里买一班模特儿养着，作为自己研究性交问题及写作《性交导游录》的材料，据说这样就有了“科学”的、真实的依据，却也荒唐得可以。还有装腔鬼贾道学，虽然挂着大学校长的牌子，自称智识阶级的领袖人物，常常搬出古圣人来教训别人，自己却跑去逛窑子，被人撞见，还强辩是为了要写一篇劝世新篇，来调查乐户情形的，甚至暗地里追求女学生，纠缠得难解难分。他的下场是被钟馗扔在茅坑里浸他一辈子。大话鬼的老婆是自由花，儿子是赤发鬼，有一天，他的老婆、儿子要闹家庭革命，老婆争女权，反抗夫权，儿子要自由，反抗父权，结果，大话鬼被逐出家门，剩下自由花和赤发鬼，又为大话鬼留下的资产争得不可开交。这里所发生的种种情形应该就是张恨水所观察、所体验的人间世相的一部分，恰如他在《新斩鬼传·自序》中所说：“这一部书开始在十五年，正是安福二次当国的时代，我住在北京，见了不少的人中之鬼，随手拈来，便是绝好材料，写得却不费力。”① 由此是否也可以认为，他的写作提供了二十年代北京官场和文化界的另一种生态，对于当下很希望把北洋时期的中国称作最美中国的人来说，也不妨留此存照以备考。

---

① 张恨水《新斩鬼传·自序》，张恨水全集《新斩鬼传·秘密谷》，1 页，北岳文艺出版社 1993 年 1 月版。

不过，张恨水很快就觉察到自己的写作出了问题。在为《新斩鬼传》单行本作序时，他提到了《新斩鬼传》在《世界日报》连载而突然中断的原因，由于“环境变化，我觉得可以适可而止，便未向下作”。而更深一层，是他的思想乃至写作风格发生了变化，“加之我年来常看些佛书，不愿多造口孽，虽然还以小说为业，这样明明白白的讥讽文字，我也不愿作，所以就束之高阁了”。[①]因而，若干年后有人想为这篇小说出版单行本时，最初他是不乐意的，不想“落得人家说我一句会骂人”。但马彦祥当时很想促成这件事，便劝他不要顾虑太多，“有些地方，还不失为幽默，可以让人见你另一种笔法”，这是马彦祥的看法。这时，他看到上海的小报，把他早年那篇讽刺小说《小说迷魂游地府记》都翻出来再次发表了，那是他“少不处事骂人的文字，而今虽要藏拙，竟是不可能”，[②]只好答应了朋友们的请求。过了很多年，他在回顾自己的写作经历时还在检讨《春明外史》的失误：“有些地方，欠诗人敦厚之旨。换言之，有若干处，是不必要的讽刺”。[③]

这里引起我们注意的，一是张恨水提到，他“年来常看些佛书”，二是他认为，写作不能不讲“诗人敦厚之旨”。为此，他决不肯再作“明明白白的讥讽文字”，虽然“还不失为幽默”，却总是“少不处事”的莽撞行为。这里所谓“诗人敦厚之旨”，也就是儒家所提倡的中正平和、温柔敦厚的诗教，其核心正是“怨而不怒，哀而不伤”的

① 张恨水《新斩鬼传·自序》，张恨水全集《新斩鬼传·秘密谷》，1 ~ 2 页，北岳文艺出版社 1993 年 1 月版。

② 同上，2 页。

③ 张恨水《写作生涯回忆》，30 页，人民文学出版社 1982 年 6 月版。

美学原则。张恨水从小受到儒家思想的熏陶，他提到“诗人敦厚之旨”是很自然的。而此时他所说的“常看些佛书”，恐怕不完全是要解决小说写作的语言风格问题，而是看到了与世无争的处世哲学对于内心修炼的重要意义，他的“不愿多造口孽”，其实已有慈悲为怀，包容万物的“佛”的意味在里面。后来，《啼笑因缘》受到新文化人的“围剿”，他并不逞一时之快，与人争什么是非短长，而是以“草间秋虫自鸣自止”[①]的态度对待之，便透露出“年来常看些佛书”的好处。这一点也影响到他的《金粉世家》，他在小说中为主人公冷清秋设计的结局，先是闭门于小楼之上礼佛，最后在一场大火中抱了独子出走，虽然没有遁入空门，毕竟是跑到西山隐居起来了。

在张恨水所作百余部小说中，有两部号称百万言的长篇巨著，一部是《春明外史》，另一部就是《金粉世家》，都是他费尽心血的得意之作。《金粉世家》自民国十六年（1927年）二月十五日起在《世界日报》副刊《明珠》上连载，直到民国二十一年（1932年）年五月二十二日结束，也曾历时五年之久。这是一部规模宏大的小说。它以清寒人家出身的才女，善良、美丽的冷清秋与国务总理七公子金燕西由定情、结婚到反目、出走的故事为主线，写出了一座豪门的盛衰。全书一百一十二回，在金铨总理一家三代二十多个人物的周围，穿插、铺陈、交织着百余个社会各阶层的人物，他们的性格、身份以及出场的轻重缓急，都是作家精心设计的，整个小说的结构布局显得张弛有致、疏朗明快，与《春明外史》意兴所至，涉笔成趣的写法完全不同。张恨水说：“我写《金粉世家》，却是把重点

① 张恨水《总答谢——并自我检讨》，张占国、魏守忠编《张恨水研究资料》，237页，知识产权出版社2009年9月版。

放在这个‘家’上，主角只是作个全文贯穿的人物而已。”[①]所以，动笔前，他苦心经营，对小说的整体与局部、宏观与微观、情节与细节、开篇与结尾，都已了然于胸。他还特意做了一个人物表，将每个人物所要发生的故事，都极简单地注明在表格里，写作时，先查阅一下表格，以免错误。他说：“这是我写小说以来，第一次这样做的。起初，我也觉得有些麻烦。但写了若干回之后，自己就感到头绪纷如，不时的要去检阅旧稿，就迫得我不能不那样办。”[②]

张友鸾对《金粉世家》推崇备至，他以为，张恨水“认真写小说，把写小说当作著述事业，实际他是从《金粉世家》开始的”。直到此时，张恨水才真正“是以小说家的地位写小说，精心布局，有个完整的计划。比如写金家诸子，各有爱好，彼此性格不同，错综复杂的故事梗概，都是预先想好了的”。他还极力称赞这部小说：“如果不是章回小说，而是用的现代语言，它就是《家》；如果不是小说，而是写成戏剧，它就是《雷雨》。”[③]这固然是站在“新文艺”的角度所做的判断，如果换一个角度，“以前代小说的评衡标准来估价”，则没有《家》或《雷雨》，也能显示其不可替代的艺术价值。一位民国评论家拿清末民初以来《红楼梦》的模拟续作与《金粉世家》相比较，指出：

我们的民国《红楼梦》《金粉世家》成熟的程度其实远在它的这些前辈以上。《金粉世家》有一个近于贾府的金总理大宅，

① 张恨水《写作生涯回忆》，31页，人民文学出版社1982年6月版。

② 张恨水《写作生涯回忆》，32页，人民文学出版社1982年6月版。

③ 张友鸾《章回小说大家张恨水》，张占国、魏守忠编《张恨水研究资料》，106～107页，知识产权出版社2009年9月版。

一个摩登林黛玉冷清秋，一个时装贾宝玉金燕西，其他贾母、贾政、贾琏、王熙凤、迎春、探春、惜春诸人，可以说应有尽有。这些人物被穿上了时代的新装，我们却并不觉得有勉强之处，原因是他写着世家子弟的庸俗、自私、放荡、奢华，种种特点，和一个大家庭的树倒猢狲散而趋于崩溃，无一不是当前现实的题材，当前真正的紧要问题。作者张恨水，在描写人物个性的细腻及布局的精密上是做得绰绰有余的，作者所有作品中也惟有这部是用了心血的精心杰构。作者对于大家庭内幕的熟悉和社会人物的口语之各合其分，使这书处理得很自然而真实。既没有谩骂小说的谩骂，也没有鸳鸯蝴蝶的肉麻，故事的发展也了无偶然性和夸大之处，使我们明白"齐大非偶"和世家之没落有他必然的地方。这种种都是以大家庭为题材的许多新文艺作家们所还未能做到的好处。①

对于有人将《金粉世家》称为"当时的《红楼梦》"，张恨水以一贯的谦逊认为："这自是估价太高。"②但就读者而言，却读得如痴如醉。特别是那些略有文化的女性读者，包括老太太们在内，都表现出极大兴趣。张恨水说："我十几年来，经过东南、西南各省，知道人们常常提到这部书。在若干应酬场上，常有女士们把书中的故事见问。"③张友鸾曾亲眼见到类似的场面，他说："我曾陪他出

① 徐文滢《民国以来的章回小说》，原载1941年12月《万象》第1年第6期，芮和师、范伯群等编《鸳鸯蝴蝶派文学资料》（上），141～142页，福建人民出版社1984年8月版。

② 张恨水《写作生涯回忆》，31页，人民文学出版社1982年6月版。

③ 同上，32页。

席过朋友的家宴，他的读者——那些太太、老太太们，纷纷向他提出问题，议论这部小说人物处理的当否，并追问背景和那些人物后来真正的结局。”[①]张恨水的母亲也喜欢其中的故事，每天晚饭后，儿女们都把当天的连载念给她听，数年如一日。据说，鲁迅的母亲也很喜欢张恨水的小说，他在一九三四年五月十六日写给母亲的信中就曾提道：“三日前曾买《金粉世家》一部十二本，又《美人恩》一部三本，皆张恨水所作，分二包，由世界书局寄上。”[②]今查鲁迅日记，至少有五次记载了类似的情形。多年后，张恨水谈到《金粉世家》的成功，认为是“书里的故事轻松，热闹，伤感，使社会上的小市民层看了之后，颇感到亲近有味。尤其是妇女们，最爱看这类小说”。而且，“它始终在那生活稳定的人家，为男女老少所传看。有少年人看，也有老年人看”。[③]因此，根据最初十几年的统计，“《金粉世家》的销路，却远在《春明外史》以上”。[④]

这部小说所以吸引读者，还有一个很重要的原因，是许多读者对于高官巨室的私生活和宦海秘闻，总有一些好奇，喜欢探究背后的秘密。《金粉世家》发表之初，就有些读者猜测，小说中的金家，到底是指当年北京豪门哪一家？有人猜是袁（世凯）家，有人猜是钱（能训）家，有人猜是唐（绍仪）家，也有人猜是梁（士诒）家，究竟是谁家？张恨水说：“全有些像，却又全不像。我曾干脆告诉

---

① 张友鸾《章回小说大家张恨水》，张占国、魏守忠编《张恨水研究资料》，107页，知识产权出版社2009年9月版。

② 《鲁迅全集》第十五册《日记》，148页，人民文学出版社1987年版。

③ 张恨水《写作生涯回忆》，32～33页，人民文学出版社1982年6月版。

④ 同上，32页。

人家，哪家也不是！哪家也是！”[①] 他以海市蜃楼为喻，说明“《金粉世家》的背景，是间接取的事实之影，而不是直接取的事实。作为新闻记者，什么样的朋友都结交一些。袁世凯的第五个儿子和我比较熟，从袁枚那里听到过一些达官贵人家的故事。孙宝琦家和许世英家我也熟悉。有时我也记下一些见闻，也就成为写小说的素材”。[②] 这说明，张恨水是个有心人，有观察生活的习惯，对北京社会各个阶层的生活，都有相当深入和具体的了解。不过，小说不是记录生活，而是以事实为依据铺叙幻想，所以说是空中阁楼，是海市蜃楼，和生活并不完全一样，却又是生活的投影或倒影。据张伍介绍，写作之初，有一位新闻界的权威人士曾对很多人说：“恨水这篇小说一定写不好，准砸！”他的理由是：“恨水和我们都是寒士出身，从来也没过过富贵生活。恨水没经过这种生活，他怎么能写得好？不仅仅是这个大家庭里人与人的关系写不好，就是屋里的一切陈设，没见过的也写不出来。写出来的总理家里，也像小报上那些小说描写现代阔人家的老套子：一明两暗三间正房，堂屋正面挂着一幅山水中堂或福禄寿三星；前边一张大条案，中间摆个座钟，两边是一对大胆瓶；条案前是一张方桌，上摆茶盘，中有茶壶茶碗，甚至有大盘木瓜、佛手之类；方桌两边，各有一把红漆的太师椅；两面墙上挂着几个写了字的条幅……”他一面说，一面笑，“据说这就是阔人家里的情况，这些先生恐怕连沙发都没见过，让现代富贵人家看到，会笑掉牙的”。[③]

---

① 张恨水《写作生涯回忆》，30页，人民文学出版社1982年6月版。

② 张恨水《我的创作和生活》，《文史资料选辑》第七十辑，167页，文史资料出版社1980年7月版。

③ 张伍《忆父亲张恨水先生》，128～129页，北京十月文艺出版社1995年8月版。

这个人的担忧看来是多余的，很显然，他既不懂小说，也不懂张恨水。一向自谦的张恨水就曾不无自豪地写道：“小说在报上发表的时候，许多富贵之家的人，尤其妇女，都拿去看看。而他们并没有感觉到这说的是谁。老实说，这也就是写小说的一种技巧。我不敢说有羚羊挂角，无迹可寻的手腕，而布局之初，实在经过一番考虑的。”① 而且，他并不否认，就这部小说的主旨来说，并“没有对旧家庭采取革命的手腕。在冷清秋身上，虽可以找到一些奋斗精神之处，并不够热烈。这事在我当时为文的时候，我就考虑到的。但受着故事的限制，我没法写那种超现实的事。在《金粉世家》时代（假如有的话），那些男女，除了吃喝穿逛之外，你说他会具有现在青年的思想，那是不可想象的”。这正是张恨水为人为文的老实之处，“未能给书中人一条奋斗的出路”，他解释其中的原因，是由于“写着这一二百人登场的大戏，精疲力尽，已穷于指挥，更顾不到意识上的加重了”。② 然而，我倒觉得，多亏他“顾不到意识上的加重”，《金粉世家》还是《金粉世家》；如果冷清秋不是选择烈火中弃家出走，隐居西山，而是认清豪门的反动本质，走上革命道路，那么，张恨水就不再是张恨水，《金粉世家》也就不是《金粉世家》了。

而真正使他感到人生如“玄妙不可捉摸之一悲剧”的，却是两个女儿——大女慰儿，幼女康儿，在《金粉世家》将要完成时，先后死去。张恨水因此感受到一种弥漫于身体四周而无处不在的悲凉。他在《金粉世家》自序中写道：“吾初作是书时，大女慰儿，方牙

① 张恨水《写作生涯回忆》，31 页，人民文学出版社 1982 年 6 月版。

② 同上。

牙学语，继而能行矣，能无不能语矣，能上学矣，上学且二年矣，而吾书乃毕。此不但书中人应有其悲欢离合，吾作书毕，且不禁喟然曰：树犹如此也。然而吾书作尾声之时，吾幼女康儿方夭亡，悲未能自已，不觉随笔插入文中，自以为足纪念吾儿也。乃不及二十日，而长女慰儿，亦随其妹于地下。吾作尾声之时，自觉悲痛，不料作序文之时，又更悲痛也。今慰儿亦夭亡，十余日矣。料此书出版，儿墓草深当尺许也。当吾日日写《金粉世家》，慰儿至案前索果饵钱时，常窃视曰：勿扰父，父方作《金粉世家》也。今吾作序，同此明窗，同此书案，掉首而顾，吾儿何在？嗟夫！人生事之不可捉摸，大抵如是也。"[1]《金粉世家》以这种方式落幕，却是张恨水没有想到的。

① 张恨水《金粉世家》自序，张占国、魏守忠编《张恨水研究资料》，189页，知识产权出版社2009年9月版。

壹拾

帽子

民国十七年（1928年），张恨水的创作和生活都已渐入佳境。此时，他膝下已有一女慰儿，又添了儿子小水，一儿一女，带给他许多乐趣。小说则在《春明外史》《金粉世家》之外，陆续又有了《天上人间》《春明新史》《青春之花》《剑胆琴心》《鸡犬神仙》等长篇小说，先后在北京《晨报》《上海画报》、沈阳《新民晚报》、北京《益世报》、北平《新晨报》《朝报》上连载；时至民国十八年（1929年）初，《春明外史》在连载将近五年之后终于画上了句号，他马上又以《斯人记》取而代之。

张恨水的小说最初都在《世界晚报》和《世界日报》连载。唯一的例外，是民国十五年（1926年）三月至民国十七年（1928年）九月间，写了一部《京尘幻影录》给他的老东家北京《益世报》，在其副刊《小说》连载了两年又六个月。然而，到了民国十七年（1928年），情况却有些不同了。一方面，他已是北京，乃至北方“很有名气的作家”，“因而北京有几家大报，都来请他写小说”；[1]另一方面，由于全家迁居于北京，母亲、妻子、弟妹、儿女，一家十四口人的生活，除二弟工作外，全靠他一支笔支撑，生存压力之大，可以想见。而他的小说在《世界晚报》《世界日报》连载，是没有稿费的，最初他很潇洒，觉得“是为兴趣合作而来”，并没把钱放在眼里，“根本也没谈什么待遇”。[2]一旦把十几口人的衣食住行担在肩上，他就发现兜儿里的钱常常不够用了。他常常感到窘迫，却又很无奈。他曾粗略算过：“这几年来，除了我编报时，每日千百字的短文不算，单是小说稿子，字数在五百万以上了。这五百万字，以一元千字计算，我也当有五千元财产。然而我到现在为止，还是光蛋一个。”[3]

稿费既没有指望，每月的薪水就成了养家糊口的救命钱。但他抱怨道：“当时报馆发不出月薪，我们只能领一点零钱，其余的由杨女士给我们开一张欠薪的借条，这样做不止一回”。[4]左笑鸿等人撰写的《北平〈世界日报〉史稿》可以证明张恨水的这番话并非虚言，书中讲道：“开创时期，由于经济困难，人员的报酬很低，而且是按日开支。编辑上班时，拿到当日的薪金，才开始编报，否则拂袖而去。往往临时找人编报。那时，成舍我是家庭和报社不分，真正

---

① 张友鸾《章回小说大家张恨水》，张占国、魏守忠编《张恨水研究资料》，100页，知识产权出版社2009年9月版。

② 张恨水《写作生涯回忆》，25页，人民文学出版社1982年6月版。

③ 张恨水《我的小说过程》，张占国、魏守忠编《张恨水研究资料》，232页，知识产权出版社2009年9月版。

④ 张恨水《我的创作和生活》，《文史资料选辑》第七十辑，166页，文史资料出版社1980年7月版。

掌握钱财的是他的妻子杨璠。后改为半月开支时，便发铜元。因为银贵铜贱，铜元换洋元的行情，每日不同，杨璠便玩弄手段，从中克扣。有时连外埠读者订阅报的邮票，也充作薪金；有时还以借据抵现金。如某总编辑月薪八十元（这是最高的薪金），开支时，只给三十元现款，另五十元，给以成舍我具名的借据。”①张恨水收到的“借据”便不止一张。这个时期的成舍我，由于进过一次张宗昌的班房，已成惊弓之鸟；民国十六年（1927年）四月，李大钊等人被杀之后，他更加害怕，便于当年六月到南京去了，报馆的财政收入就由其夫人杨璠掌管。张恨水很天真，他以为“成舍我是我们的朋友，他欠了我们的薪水，有了钱自然会还，还要他太太的借条干什么呢”？于是，他就把借条都撕了。而过了一年有余，北伐军进了北京，成舍我也随之回来了。张恨水便找到他算这笔旧账，他说：“借条呢？”张恨水自然表示不在了，他说：“那就不好办了！”②

这件事搞得大家都很不愉快，伤了感情，张恨水因此愤而要求辞职，后虽经成舍我极力挽留，他碍于情面没有断然离去，但渐渐地，送给外报连载的小说却多起来了。他后来提起这段经历时还说：“既然《世界日报》欠着我薪水，我在编余时间为外报写小说，他们也不便干涉。”③然而，这几部小说却总是有点生不逢时，命途多舛。他撰写的《天上人间》，是从民国十七年（1928年）三月五日起在

---

① 贺逸文、夏方雅、左笑鸿《北平〈世界日报〉史稿》，张友鸾等《〈世界日报〉兴衰史》，60页，重庆出版社1982年12月版。

② 张恨水《我的创作和生活》，《文史资料选辑》第七十辑，166页，文史资料出版社1980年7月版。

③ 同上。

北京《晨报》连载。他很看重这件事，在他看来，《晨报》毕竟是一家“提倡新文艺”[①]的报纸，现在也来约他写个长篇，似乎能说明一点什么。但这一年的五月三十日，北洋军阀的末代统治者张作霖离开北京，退守关外，途中不幸被炸身亡。国民政府任命阎锡山为京津卫戍总司令，进驻北京。政局的变化也影响到新闻界，先前依附于北洋政客的报馆、通讯社就办不下去了，纷纷自动停刊。《晨报》本是研究系的言论机关，北洋政府垮台后，这些政客失去了靠山，自然无法继续维持，于六月五日第一个关门了事，连载小说也因此而告结束，仅连载了三回九十二节。此后虽被《上海画报》和沈阳《新民晚报》分别转载，却也只是写到上半部，下半部因故未能续写完结。

这时，回到沈阳的张学良很想有一番作为，遂邀钱芥尘、王益知出面，创办了沈阳《新民晚报》。因他对张恨水的《春明外史》颇有好感，故在报纸问世之前，先给张恨水写了一封信，请他撰写一部类似的长篇小说，以为连载之用。张恨水对张学良并不排斥，钱芥尘又是他的老朋友，情不可却，自然是要有所表示的。于是，他不仅贡献了自己正在创作中的《春明新史》，还把《晨报》连载未完的《天上人间》也一并交给《新民晚报》的创办人。当年九月二十日，《新民晚报》创刊，张恨水的两部小说同时连载于该报副刊《小说海》，真可谓一时之盛。不过，需要指出的是，在这里，不仅《天上人间》并非首发，即使《春明新史》亦非首发。实际上，《上海画报》已先于《新民晚报》数月连载此书，只是一则该报为三日刊，于连载殊为不便；二则，该报仅连载其中三回，并未将全书载完便中止了，自觉遗憾。两年后出版单行本，张恨水为之作序，其中写

① 张恨水《写作生涯回忆》，28 页，人民文学出版社 1982 年 6 月版。

道："予作《春明外史》将毕，钱芥尘先生适创《新民晚报》于沈阳，遂以逐日发表小说相嘱，且代为题曰'春明新史'。予笑曰：先生之命固不敢违，而新史则仆又无可著笔。可奈何？盖外史主人杨杏园，行将了结其浮生之梦，世无续命汤，仆不能作返魂记也？芥尘先生曰：子毋然，既曰新，自非续。既非续，又何妨另起炉灶乎？子且思之。予细味芥尘先生之言，恍然有得，遂如填曲之谱尾声，而果以新史刊《新民晚报》。"[①]这番话虽然省略了前面《上海画报》的情节，但总算使其创作初衷有了必要的交代。

这期间，张恨水的小说创作进入了第一个高峰期。除上述几部作品外，《青春之花》自九月十三日起在北平《益世报》副刊连载；十月一日，创刊不久的北平《新晨报》开始连载《剑胆琴心》；几乎同时，还有《鸡犬神仙》在北平《朝报》副刊连载。这意味着他有六七部长篇小说在平行推进。除非他有分身术，否则是不可想象的。张恨水倒是老实人，他回答得也很老实。他说："也没有别的好办法，只能先写好每篇小说的人物故事提纲，排上轮流写作的日表，今天写《剑胆琴心》，明天就写《锦片前程》（此处记忆有误，此时尚未涉及这部作品），严格执行。"[②]而辛苦是可以想见的。可惜的是，这些作品大多未能善终，时局的动荡，报纸的寿命常常是短暂的，依附于报纸副刊的连载小说固不能例外。

民国十八年（1929年）一月，《春明外史》连载告终，报馆方面，

---

① 张恨水《春明新史》自序，张占国、魏守忠编《张恨水研究资料》202页，知识产权出版社2009年9月版。

② 张恨水《我的创作和生活》，《文史资料选辑》第七十辑，166页，文史资料出版社1980年7月版。

要他再写一部类似《春明外史》的东西，他便写了《斯人记》，取“冠盖满京华，斯人独憔悴”的意思，给《世界晚报》连载。这一年的五月，上海报界北方观察团在东北之行后，经北平而归沪。北平新闻界假座中山公园来今雨轩举行欢迎会，设宴款待。张恨水应邀参加。席间，经友人钱芥尘介绍，张恨水与上海《新闻报》副刊主编严独鹤先生初识于此。钱芥尘与张恨水多有交往，惺惺相惜，尤为欣赏他的才华，所以，在严独鹤面前，他极力推许张恨水的小说。而严独鹤此前似乎是看过《上海画报》连载张恨水小说的，对他有些印象，于是，当即邀张恨水为《新闻报》副刊《快活林》写一部连载小说。张恨水也爽快地答应了，虽然手头正忙于好几部小说的创作，时间、精力都不富裕，他还是很快写成了部分书稿，寄到上海，收到书稿后，报馆还“预付了一部分稿费”。①

严独鹤先生在为《啼笑因缘》单行本撰写序文时，谈到了他与张恨水的这段因缘：

> 我和张恨水先生初次会面，是在去年五月间，而脑海中印着“小说家张恨水”六个字的影子，却差不多已有六七年了。在六七年前（实在是哪一年已记不清楚），某书社出版了一册短篇小说集，内中有恨水先生的一篇著作，虽是短短的几百个字，而描写甚为深刻，措词也十分隽妙，从此以后，我虽不知道“恨水”到底是什么人，甚至也不知道他姓什么，而对于他的小说，却已有相当的认识了。在近几年来，恨水先生所作的长篇小说，散见于北方各日报；《上海画报》中，也不断的载着先生的佳作。我虽忙于职务，未能一一遍读，但就已经阅

① 张恨水《写作生涯回忆》，33 ~ 34 页，人民文学出版社 1982 年 6 月版。

读者而论，总觉得恨水先生的作品，至少可以当得“不同凡俗”四个字。去年我到北平，由钱芥尘先生介绍，始和恨水先生由文字神交结为友谊，并承恨水先生答应我的请求，担任为《快活林》撰著长篇小说，我自然表示十二分的欣幸。[①]

《啼笑因缘》创作之初，张恨水是有过一番斟酌的。他以为，“像《春明外史》这样的长篇，那是不适于一个初订契约的报纸的”，所以，他“就想了这样一个并不太长的故事”。[②]这时，《春明外史》已经完成，《金粉世家》正在进行之中，他从此前创作中得到教训，不想再凭借“一点印象，然后就信笔所之的向下写”，而希望有所改进，有所变化。所以，“自从去年以来，我改了方针，我得先行布局，全书无论如何跑野马，不出原定的范围。《啼笑因缘》一部书就是如此的”。[③]而且，“鉴于《春明外史》《金粉世家》之千头万绪，时时记挂着顾此失彼，因之我作《啼笑因缘》，就少用角儿登场，乃重于情节的变化”，[④]虽然由博而约，故事却更集中，情感表达也更充沛了。《啼笑因缘》出版单行本时，严独鹤请他作一篇“自序”，他以为责无旁贷，遂在“自序”中详细交代了最初构思这部小说时的情形。那是北平五月的天气，在中山公园的一处景致中，

① 严独鹤《啼笑因缘》序言，张占国、魏守忠编《张恨水研究资料》，202页，知识产权出版社 2009 年 9 月版。

② 张恨水《写作生涯回忆》，33 页，人民文学出版社 1982 年 6 月版。

③ 张恨水《我的小说过程》，张占国、魏守忠编《张恨水研究资料》，233 页，知识产权出版社 2009 年 9 月版。

④ 同上。

他欣然写道："这天，我换了一套灰色哔叽的便服，身上清爽极了。袋里揣了一本袖珍日记本，穿过'四宜轩'，渡过石桥，直上小山来。在那一列土山之间，有一所茅草亭子，亭内并有一副石桌椅，正好休息。我便靠了石桌，坐在石墩上。这里是僻静之处，没什么人来往，由我慢慢的鉴赏着这一幅工笔的图画。虽然，我的目的，不在那石榴花上，不在荷钱上，也不在杨柳楼台一切景致上；我只要借这些外物，鼓动我的情绪。我趁着兴致很好的时候，脑筋里构出一种悲欢离合的幻影来。这些幻影，我不愿它立刻即逝，一想出来之后，马上掏出日记本子，用铅笔草草的录出大意了。这些幻影是什么？不瞒诸位说，就是诸位现在所读的《啼笑因缘》了。"[①]

张恨水一再声称，他作《啼笑因缘》，"不过捉住了我那日那地一个幻想写出来罢了"。[②]严独鹤曾经当面问他"书中的背景"，他笑着回答："像刘将军这种人，在军阀时代，不知能找出多少；像书中所叙的情节，在现代社会中，也不知能找出多少，何必定要寻根究底，说是有所专指呢。"[③]尽管如此，这个故事的确是有所本的。关于它的本事，张友鸾在《章回小说大家张恨水》中有很详尽的介绍。他说："1925年，我进《世界日报》，和他朝夕共处。他最爱听戏，常约我去。有一次，记者门觉夫，请我们到四海升平园（鼓书场，当时北方称作落子馆）去听高翠兰唱大鼓，说是唱得极好。偏巧我那天有事，没有去成。两三天后，恨水和我说：'请你去听你不去，

---

① 张恨水《啼笑因缘》自序，张占国、魏守忠编《张恨水研究资料》，194页，知识产权出版社2009年9月版。

② 同上，195页。

③ 严独鹤《啼笑因缘》序言，同上，245页。

如今你要听也听不成了。’原来就在那天晚上，高翠兰被一个姓田的旅长‘抢’走了。门觉夫义愤填膺，认为在光天化日之下，出现这样的事，实在太强横了。恨水却说：‘如果高翠兰非常不愿意，那个田旅长何至就下这一手。一定田旅长也有让高翠兰满足的地方。’大家因为那时军阀横行，肆无忌惮，一个唱大鼓的受欺凌压迫是常事，因而很不同意恨水的论断。谁知又过了几天，门从照相馆里弄到一张照片，却是田、高新婚合影。高翠兰在照片中笑逐颜开，容光焕发，丝毫没有处于勉强的样子。大家回头一想，恨水当初的论断，是很有道理的。但是事情到此并未了结。高翠兰的父母，原把女儿看作摇钱树，被人抢去，岂能善罢甘休。他们不向田家要人，却向田家索讨身价银子。‘漫天要价，就地还钱’，双方终于没有谈妥。高翠兰的父亲，一张状子告到法院。田旅长是现役军人，由军事机关军法会审，开了三五庭就宣判了：田旅长身为军人，强劫人家女子，处徒刑一年；高翠兰交其父母领回。案件结束，高翠兰仍然唱大鼓，形容憔悴，再也活泼不起来了。在家里时常哭闹，更表达了对田旅长的不能忘情。”①

这就是当年轰动京城的“高翠兰被抢案”。张恨水的《啼笑因缘》与此案似乎是有关系的。然而，据他女儿张明明回忆，他在构思这部小说时，还参考了另外几则社会新闻。张明明说，“左笑鸿叔叔”曾经对她讲过当年张恨水构思《啼笑因缘》时的一些情形。那些天，张恨水时常到天桥一带转悠，目的是想找点小说材料。在离南下洼不远的钟楼附近，他看见一对卖唱的父女，面容憔悴的中年男子在弹三弦，一个不起眼的姑娘在打着鼓唱，环境凄凉，听者散乱，很

① 张友鸾《章回小说大家张恨水》，张占国、魏守忠编《张恨水研究资料》，107～108页，知识产权出版社2009年9月版。

使人感触。他把这点见闻和感受讲给左笑鸿听，左笑鸿觉得太简单了，无论如何也写不成一部长篇小说。第二天，左笑鸿又来找他聊天，张恨水谈起几年前一个大军阀街头抢人的事，以为小说中如果有了他，就有了起伏的波澜，也就热闹多了。他们还谈到人物搭配、情节结构，乃至整体布局、细节噱头，甚至小说的题目，都谈到了，确定就叫“啼笑因缘”，不是婚姻的“姻”，而是因缘的“因”，由此点明了小说的主题，是写“各有因缘莫羡人”。①

民国十九年（1930年）三月十七日，《啼笑因缘》开始在《新闻报》副刊《快活林》连载，至同年十一月三十日结束。十二月，上海三友书社立即出版了单行本。上海明星电影公司亦通过三友书社购买了电影改编权，预定拍摄六部有声电影。作为小说的约稿编辑、《快活林》的当家人，严独鹤有一种溢于言表的自豪感：“在《啼笑因缘》刊登在《快活林》之第一日起，便引起了无数读者的欢迎了：至今虽登完，这种欢迎的热度，始终没有减退，一时文坛中竟有‘《啼笑因缘》迷’的口号。一部小说，能使阅者对于它发生迷恋，这在近人著作中，实在可以说是创造小说界的新纪录。”②而读者反应之热烈，更让张恨水感到非常意外，他说：“不料这一部书在南方，居然得许多读者的许可。我这次南来，上至党国风流，下至风尘少女，一见着面，便问《啼笑因缘》，这不能不使我受宠若惊了。”③张友鸾也注意到《啼笑因缘》在读者中掀起的热潮，他写道：“上

① 参见张明明《有关〈啼笑因缘〉的二三事》，魏绍昌编《鸳鸯蝴蝶派研究资料》上卷，222～227页，上海文艺出版社1984年7月版。

② 严独鹤《啼笑因缘》序言，张占国、魏守忠《张恨水研究资料》，242页，知识产权出版社2009年9月版。

③ 张恨水《我的小说过程》，同上，233～234页。

海市民见面，常把《啼笑因缘》中故事作为谈话题材，预测他的结果；许多平日不看报的人，对此有兴趣，也订起报来了；预约改戏，预约拍制电影的，早已纷至沓来；为了出书牟利，《新闻报》三位编辑，临时组织‘三友书社’，优先取得版权。书出版了，当然畅销。”[①]

民国二十四年（1935年）五月出版的《珊瑚》杂志，发表了“华严一丐”的文章《啼笑种种》，很能说明这种令人啼笑皆非的“啼笑”出版热已经到了多么匪夷所思的程度。文章是这么写的：

> 张恨水自出版《啼笑因缘》后，电影、说书、京剧、粤剧、新剧、歌剧、滑稽戏、木头戏、绍兴戏、露天戏、连环图画、小调歌曲等，都用为蓝本，同时还有许多“续书”和“反案”。
>
> 就予所知，“续啼笑因缘”有三种：一为《啼笑因缘续集》，乃张恨水自著；二为《续啼笑因缘》，乃啼红馆主所著；三为《续啼笑因缘》，乃无无室之所著，曾见登载于宁波出版之小报《大报》。
>
> “反啼笑因缘”亦有三种：一为徐哲身著，予则闻名而未见；二为吴承选著，披露于《礼拜六》周刊上，后更名“啼笑皆非”；三为沙不器、赵逢吉合著，刊载于上海出版之《大罗宾汉》报，名称乃《反啼笑》，后忽不见。
>
> “新啼笑因缘”有两种：一为某人所作，出版于上海紫罗兰书局；二登载于武汉之《时代日报》，作者未详。
>
> “啼笑因缘补”，三友书社曾登报征求是项稿件，后以应征者寥寥，致未能印成单行本。

---

① 张友鸾《章回小说大家张恨水》，张占国、魏守忠编《张恨水研究资料》，108页，知识产权出版社2009年9月版。

此外，尚有杭州娄薇红所著之续二回的《啼笑因缘》，某君所著之《啼笑因缘》，曹痴公所著之《啼笑因缘》，俞云牖所著之《嘻笑因缘》。又有某报之“何丽娜”创作小说，市上流行之《关秀姑宝卷》与《沈凤喜十叹唱本》等等。

海上无线电所播《啼笑因缘弹词》亦有三种，一为姚民哀作，一为戚饭牛作，一为陆澹庵作。

翻印本，予曾见长安、香港、杭州三种，惟香港所印最精致。[①]

这篇不足千字的短文，说明续写、改编《啼笑因缘》已经成为许多人的生财之道，即使张恨水抱无所谓的态度，书商却不肯眼看着自己的生意被别人抢走而无动于衷。一方面为了朋友的情面，同时他也看到，有些续书确实已经闹得很不堪了，于是，他决定出手作一部续集。他在续集《自序》中说：“这里有一点不同的，就是我的续著，是在原著以外去找出路，或者不算完全蛇足。”[②]

《啼笑因缘》确是张恨水小说中被改编成其他艺术形式种类最多的一部，仅搬上银屏就有不少于十二次，可能为二十世纪的中国小说创下了最高纪录。而当初为了争夺《啼笑因缘》的电影摄制权，上海明星影片公司与大华电影社还打了一场“啼笑官司”，也轰动一时。高梨痕、平襟亚所作《啼笑官司》一文详细叙述了这件事的来龙去脉。文章中说，民国二十年（1931年），先是明星影片公司

① 华严一丐《啼笑种种》，转引自魏绍昌《我看鸳鸯蝴蝶派》，103～105页，中华书局（香港）1990年8月版。

② 张恨水《啼笑因缘》续集序，张恨水散文全集《写作生涯回忆》，255页，时代文艺出版社2015年8月版。

通过三友书社买了《啼笑因缘》的电影拍摄权，由严独鹤编剧，预定拍摄有声电影六部，并在报上刊登了不许他人侵犯权益的广告。此时，上海北四川路荣记广东大舞台正拟上演同名京剧。于是，明星公司通过律师提出警告，不准上演。后由黄金荣出面调解，京剧改名为“成笑因缘”。而大华电影社的顾无为与明星公司素有积怨，于是图谋报复，便与后台老板黄金荣勾结，走门路，托人情，取得了内政部的《啼笑因缘》电影剧本著作权，又用高薪从明星公司挖走了饰演刘将军的谭志远，饰演关秀姑的夏佩珍和饰演沈大娘的朱秀英等人也都接受了顾无为的订洋。明星公司得知后，要求谭志远宿于公司内，日夜赶拍。明星公司还采取先下手为强的策略，提前与向来不放映中国影片的南京大戏院接洽，于民国二十一年（1932年）六月，将第一集《啼笑因缘》有声电影在戏院放映。放映前，已座无虚席。而顾无为竟从法院弄到一个“假处分”，在即将放映之际，带着法警来到现场，要南京大戏院立即停演，以便查封影片。明星公司措手不及，只得请律师向法院交了三万元罚金，才撤销了“假处分”，使影片在下午五时放映。黄金荣不甘心，从后台转到前台，扬言这部《啼笑因缘》是他要拍的片子，并让顾无为到南京内政部去活动。明星公司吃了一惊，不得不请出当时与黄金荣地位相当的杜月笙出面调停，并按照杜的指示，请了章士钊先生做法律顾问。最后，经过黄、杜的调解，敲了明星公司十万银圆的巨款，双方才告“和解”。

有不少读者成了《啼笑因缘》迷，其中一位大书法家，即有“草圣”之称的林散之，曾作诗一首，表达自己的阅读心得。诗前还有小序：

往读李涵秋《广陵潮》，情脉脉不能已；今读张恨水《啼笑因缘》《金粉世家》两说部，尤动于怀也。因缀长句，以惜斯文。

疑云疑雨香痕在，如醉如痴好梦留。
一种幽怀张恨水，半生清怨李涵秋。
文章直是饥人事，名字真成稗史流。
两样情场同样泪，热潮冷血共悠悠。[①]

林散之的这首诗写得情深意长，而其中耐人寻味者，是将张恨水与李涵秋相提并论。李涵秋何许人也？他是民国初年著名小说家，《广陵潮》既是他的成名作，也是他的代表作。据魏绍昌所著《我看鸳鸯蝴蝶派》一书介绍，当张恨水红得发紫的时候，时人盘点此前的作者，以为只有徐枕亚、李涵秋、包天笑、周瘦鹃可以与之匹敌，故有"五虎将"之称，张恨水名列第五，李涵秋名列第二。民国三十五年（1946年），百新书店推出《广陵潮》的改版本，张恨水亦曾应邀为其作序，称赞它是清末民初民俗的"活化石"，认为"我们若肯研究三十年前的社会，在这里一定可以获得许多材料"。[②]这恰好说明，在一般人的眼里，张恨水固为鸳鸯蝴蝶派之一员，是很自然的。但是也要看到，林散之等辈视张恨水为"鸳鸯蝴蝶"，并无恶意，否则，他也不必"因缀长句，以惜斯文"了。相反，他们倒常常都是"鸳鸯蝴蝶"的同调，认同此类的文学主张和表达，所以才有"尤动于怀"的感慨。这里笔者想指出的是，张恨水是否属于鸳鸯蝴蝶派可以再论，而更为重要的，是重新认识鸳鸯蝴蝶派这个文学群体在民国文学版图中的地位、作用和价值。

---

① 林散之《江上诗存》，187页，花山文艺出版社1993年11月版。

② 张恨水《广陵潮》序，转引自范伯群《中国现代通俗文学史》，125页，北京大学出版社2007年1月版。

何为鸳鸯蝴蝶派？通常的说法，是指那些活跃于民国二十年（1931年）以前的通俗文学作家，他们“既不像武术界中所分的少林、武当、峨眉各派那样的师徒相承，真有那么一种派别；也不像后来出现在文坛上的文学研究会派和创造社派那样的有组织、有规章，还有机关刊物，公然挂着牌子。这个鸳鸯蝴蝶派的名称是由群众起出来的，因为那些作品中常写爱情故事，离不开‘卅六鸳鸯同命鸟，一双蝴蝶可怜虫’的范围，因而公赠了这个佳名。至于哪些人是鸳鸯蝴蝶派作家，历来也不曾在哪儿见过一份完整的名单，只在人们心目中约略有个数而已”。[①] 这种说法大致是不错的。平襟亚是其中很活跃的一位，他曾讲过一个关于鸳鸯蝴蝶派命名的故事。大约是在民国九年（1920年）的某一天，松江的杨了公做东，请友好在上海汉口路小有天酒店叙餐。座中有姚鹓雏、朱鸳雏、成舍我、吴虞公、许瘦蝶、闻野鹤和平襟亚。酒至半酣，将赴英伦留学，时在沪上候轮的刘半农，亦闻声而至。席间，他们由鸳鸯蝴蝶的酒令、诗钟，谈及鸳鸯入诗，最早是见于《毛诗》的，清代更有将“鸳鸯”写入“八股文”而因此落选，最终又由皇帝钦赐进士及第的。既在酒宴之中，大家都比较尽兴，刘半农便说道：“我不懂何以民初以来，小说家爱以鸳蝶等字作笔名？自陈蝶仙开了头，有许瘦蝶、姚鹓雏、朱鸳雏、闻野鹤、周瘦鹃等继之，总在禽鸟昆虫中打滚，也是一时风尚所趋吧。”[②]

---

① 宁远《关于鸳鸯蝴蝶派》，原刊1960年7月20日香港《大公报》，魏绍昌编《鸳鸯蝴蝶派研究资料》上卷，176页，上海文艺出版社1984年7月版。

② 平襟亚《“鸳鸯蝴蝶派”命名的故事》，这篇文章本来是作者写的一份关于“鸳鸯蝴蝶派”资料中的一段，全文有一万多字，这里节录转载时，经过作者的重新改写。魏绍昌编《鸳鸯蝴蝶派研究资料》上卷，179～180页，上海文艺出版社1984年7月版。

本来是朋友间的酒后闲谈，插科打诨，却不想隔墙有耳，随后便传开了，不仅徐枕亚被称作“鸳鸯蝴蝶派”，更波及其他人，平襟亚遂感叹道：“真如俗语所云：孔雀被人打了一棒，几乎所有长尾巴的鸟全都含冤莫白了。”最后，他还特意补了一笔：“姚鹓雏再遇刘半农时说：‘都是小有天一席酒引起来的，你是始作俑者啊！’刘顿足道：‘真冤枉呢，我只提出了徐枕亚，如今把我也编派在里面了。’又说：‘左不过一句笑话，总不至于名登青史，遗臭千秋，放心就是。’姚说：‘未可逆料。说不定将来编文学史的把“鸳蝴”与桐城、公安一视同仁呢。’刘说这是笑话奇谈。但后来揆之事实，竟不幸而言中。”[①]

尽管徐瑞岳编著《刘半农年谱》时也采用了平襟亚的这种说法，但此说却未可全信。考诸事实，早在新文化运动发动之初，陈独秀、胡适等人扯起“文学革命”大旗之时，“鸳鸯蝴蝶派”作家，即所谓旧文人，已被想象为新文学的敌对势力。民国七年（1918年）四月十五日出版的《新青年》四卷四号，发表了胡适的《建设的文学革命论》一文，其中虽然没有提及“鸳鸯蝴蝶派”这个名头，但他却对“现在国内新起的一班‘文人’”表示了轻蔑和不满，在他看来，他们所作的小说，即使“上等的如《广陵潮》”，也只是“学了《儒林外史》的坏处，却不曾学得他的好处”。[②]他这里所谓“国内新起的一班‘文人’”，所指显然就是鸳鸯蝴蝶派作家。几天后，周作人在北京大学文科研究所小说研究会演讲《日本近三十年小说之发

① 魏绍昌编《鸳鸯蝴蝶派研究资料》上卷，181页，上海文艺出版社1984年7月版。

② 胡适《建设的文学革命论》，《胡适全集》第1卷，62页，安徽教育出版社2003年9月版。

达》，他不仅明确提到了“《玉梨魂》的鸳鸯蝴蝶体”，还直接指出了《广陵潮》的缺陷，即“形式结构上，多是冗长散漫，思想上又没有一定的人生观，只是‘随意言之’”。对作者采用“说书的章回体，对偶的题目”，他也不能接受，认为“这就是一种极大的束缚”。[①] 转过年来的一月十五日，《新青年》六卷一号出版，钱玄同作《“黑幕”书》一文，更直接地把“鸳鸯蝴蝶派小说”等同于“黑幕”书或《艳情尺牍》《香闺韵语》一类的“香艳”书，认为其“内容之腐败荒谬是一样的”。[②]

这些文章都发表于民国九年（1920年）之前，可见，小有天酒店的餐叙并非最早使用“鸳鸯蝴蝶”的第一现场。此事自然不必论什么短长。事实上，新文化阵营绝不容忍“鸳鸯蝴蝶派”，因为他们的作品“贻毒于青年”，拉青年下水，消磨青年的生气和意志。他们“既以革新青年头脑为目的，则排斥此类书籍，自是应尽之职务”。[③] 自民国九年（1920年）起，文学研究会同人也加入了批评鸳鸯蝴蝶派的行列，他们的批评与陈独秀、胡适、周作人、钱玄同等人是一脉相承、前呼后应的。沈雁冰（茅盾）在其《回忆录》中说道，当年文学研究会曾同时应付三方面的论战，而只有攻击鸳鸯蝴蝶派是“意料中的事”，至于与创造社、学衡派的论战，“却是十二分的意外，是我

---

① 周作人《日本近三十年小说之发达》，周作人自编文集《艺术与生活》，146～147页，河北教育出版社2002年1月版。

② 钱玄同《“黑幕”书》，魏绍昌编《鸳鸯蝴蝶派研究资料》上卷，103页，上海文艺出版社1984年7月版。

③ 钱玄同《“黑幕”书》，魏绍昌编《鸳鸯蝴蝶派研究资料》上卷，103～104页，上海文艺出版社1984年7月版。

以及当时在上海的文学研究会同人所极不愿意，是被迫而应战的”。[①]

这里所谓意料之中，也就是理所当然，没有悬念，是从他们对文学的主张中派生出来的。他们一厢情愿地认为“将文艺当作高兴时的游戏，或失意时的消遣的时候，现在已经过去了”，[②]然而，现实的情况却很令人恼火，因为，目力所及，几乎都是“游戏”“消遣”的文字，正与他们所主张的相反，他们自然不肯放过生产这些文字的人。创造社和学衡派就不同了。前者也是新文学运动的产儿，他们虽然不赞成文学研究会“为人生”的主张，对于旧文艺却是蔑视的。他们要求“除去一切功利的打算，专求文学的Perfection与beauty”。这是一种唯美的、为艺术而艺术的文学观，在他们看来，“一种美的文学，纵或它没有什么可以教我们，而它所给我们的美的快感与安慰，这些美的快感与安慰对于我们日常生活的更新的效果，我们是不能不承认的”，[③]于是，不可避免地，他们与文学研究会之间便发生了一场激烈的论战。后者则是一些留学欧美，学成归国的学者，都是南京东南大学的教授。他们中的有些人与新文化阵营的胡适等人本是朋友，但他们都不赞成新文化运动，写过很多攻击新文化的文章，文学研究会同人为此只能“被迫应战”，招致双方打了好几个月的笔仗。吴宓写过一篇《写实小说之流弊》，把俄国之短篇小说，上海风行之各种黑幕大观及《广陵潮》《留东外史》之类，

---

① 《茅盾回忆录》（上），160～161页，华文出版社2013年1月版。

② 《文学研究会宣言》，王晓明选编《文学研究会评论资料选》（上）附录，279页，华东师范大学出版社1986年12月版。

③ 成仿吾《新文学之使命》，转引自郑振铎《中国新文学大系·文学论争集》导言，《中国新文学大系·文学论争集》（影印本），11页，上海文艺出版社2003年7月版。

以及为少年人所最爱读之各种小杂志，如《礼拜六》《快活》《星期》《半月》《紫罗兰》《红》杂志之类，都装在“写实小说”这个筐里，就引起了茅盾的“很不满意”，忍不住写文章“请教吴宓君，黑幕派与礼拜六派是什么东西”[①]。我们不必深究吴宓与茅盾在学理上的分歧，说到底，他们对于“黑幕派与礼拜六派”都不满意，区别仅仅在于，吴宓的不满是针对写实小说的，批评它“惟以抄袭实境为能事”，而茅盾根本不认为“黑幕派与礼拜六派”的作品是写实小说。

这个时期，文学研究会同人攻击鸳鸯蝴蝶派的调门明显地提高了。茅盾甚至称“鸳鸯蝴蝶派是封建思想和买办意识的混血儿”；[②]如果说这个判断相当于阶级定性的话，那么，他进而断言，“礼拜六派”已经“成为当前以文学为先锋的新文化运动的前进道路上最大的障碍”，是非铲除不可的“黑暗势力”。[③]由此看来，平襟亚的担心不是没有道理的，不用等到将来编文学史，在新文化阵营的权威话语中，鸳鸯蝴蝶派或礼拜六派的罪恶显然已经超过了“桐城谬种”和“选学妖孽”。郑振铎也承认，文学研究会对“鸳鸯蝴蝶派攻击得最厉害”，其原因固然不在于鸳鸯蝴蝶派自身如何堕落，即使如批判者所言，他们将文学当作高兴时的游戏或失意时的消遣，一味迎合小市民的恶趣味，似乎也没什么不好，魏绍昌就曾表示：“这是一顶美丽的帽子。”[④]实际上，随着近现代都市的崛起和发展，市

① 茅盾《“写实小说之流弊”？》，《茅盾文艺杂论集》（上集），129～132页，上海文艺出版社1981年6月版。

② 《茅盾回忆录》（上），137页，华文出版社2013年1月版。

③ 同上，167页。

④ 魏绍昌《我看鸳鸯蝴蝶派》，14页，中华书局（香港）1990年8月版。

民社会以“游戏”“消遣”为特征的消费需求，不仅是客观存在着的，而且是不断生长的。因此，满足这种需求，就成为文学不可推卸的一种责任。鸳鸯蝴蝶派可谓应运而生，他们的作品主要服务于市民大众，而他们的“趣味主义”则与市民大众的需求不谋而合，在他们的笔下，读者诸君找到了一条排闷消愁的玫瑰之路。

不过，事情总还有另外一面。清末甲午之后，中国陷入了更深刻的政治、经济、军事、文化危机，康梁提出变法自强，宗旨就是“保国、保种、保教”，也就是要救国之亡，救种之亡，救文化斯文之亡。中国由此进入救亡的语境。救亡从哪里入手？于是提出开启民智，民智不开，救亡就是一句空话。戊戌变法失败后，梁启超更进一步认识到，国民的“蒙昧”才是变法失败的根本原因，于是提出“新民”的主张，以此为政治变革的前提。他又从儒家“诗教”“乐教”的传统中，以及东西洋政治变革的成功经验中，发现了诗与小说的启蒙教化功能。不过他以为，昔日的诗、词、曲于今已成为古董，而小说也只有诲淫诲盗而已。于是他提出：“今日欲改良群治必自小说界革命始；欲新民，必自新小说始。”[①] 唯有这样，小说才能担当启蒙教化之重任。

梁启超对小说乃至文学的思考和表达，为近现代的文学观或文艺观确立了一种思维范式，即从社会政治革命的角度思考思想文化革命，又从思想文化革命的角度思考文学艺术革命。这里的逻辑便是：文学艺术革命是为了思想文化革命，思想文化革命又是为了社会政治革命。而社会政治革命作为终极目标则规定着思考思想文化

① 梁启超《论小说与群治之关系》，陈平原、夏晓虹编《二十世纪中国小说理论资料》（第一卷），1897 ~ 1916，53 ~ 54 页，北京大学出版社 1997 年 2 月版。

革命和文学艺术革命的基本视域和话语样式。很显然，新文化诸君关于“文学革命”的表达，以及文学研究会同人对鸳鸯蝴蝶派的批判，并未超越梁氏的思维范式，他们对文学的思考仍然局限在这个范畴之内。不同之处在于，“五四”运动之后，社会政治革命和思想文化革命都显示出全新的面貌，和梁氏唱主角的时代相比，救亡和启蒙都显得更加紧迫，因此，文学艺术革命也被赋予了新的内涵。

民国九年（1920年）一月，商务印书馆顺应社会潮流，要以新文学革新《小说月报》，特邀沈雁冰（茅盾）加盟，主持“小说新潮”专栏。一年后，《小说月报》彻底改组，主编王蕴章（字莼农，号西神）辞职，沈雁冰接任主编一职。此事在商务也许只是考虑到“新”比“旧”更有卖点，由此改变王蕴章执政期间造成的颓势；而新文学史家却宁愿把此事说成新文化战胜旧文化的标志性事件。民国九年（1920年）十一月，文学研究会成立，由郑振铎主编的《文学旬刊》亦于民国十年（1921年）五月创刊，它们为沈雁冰所主持的《小说月报》的全面革新提供了强有力的支持。在此期间，文学研究会同人依托这两个刊物，特别是《文学旬刊》，向鸳鸯蝴蝶派暨礼拜六派发动了猛烈攻击。茅盾在《回忆录》中不无得意地炫耀了他们的胜利，在说到《小说月报》的改组时他表示，被鸳鸯蝴蝶派盘踞“十年之久的一个顽固派堡垒终于打开缺口而决定了它的最终结局”。[①]

郑振铎也是文学研究会的创办人之一，十余年后，他在为中国新文学大系《文学论争集》所作“导言”中，也曾得意地谈到他们的战果：“文学研究会活跃的时期的开始是一九二〇年的春天。这时候，《小说月报》，一个已经有了十几年的历史的文学刊物，

---

① 《茅盾回忆录》（上），137页，华文出版社2013年1月版。

在文学研究会的会员们的支持之下，全部革新了；几乎变成了另一种全新的面目。和《小说月报》相呼应着的有附刊在上海《时事新报》的《文学旬刊》，这旬刊由郑振铎主编，后来刊行到四百余期方才停刊。这两个刊物都是鼓吹着为人生的艺术，标示着写实主义的文学的；他们反抗无病呻吟的旧文学；反抗以文学为游戏的鸳鸯蝴蝶派的'海派'文人们。他们是比《新青年》派更进一步的揭起了写实主义的文学革命的旗帜的。他们不仅推翻传统的恶习，也力拯青年们于流俗的陷溺与沉迷之中，而使之走上纯正的文学大道。他们排斥旧诗旧词，他们打倒鸳鸯蝴蝶派的代表'礼拜六'派的文士们。"①

然而，鸳鸯蝴蝶派或礼拜六派并非研究会同人所想象的那样容易被打倒，失去了《小说月报》固然有一点不舒服，但也绝非文学史家所言，鸳鸯蝴蝶派向商务上层施加种种压力云云。对他们来说，东方不亮西方亮，他们既没有攻城略地的抱负，也没有守土有责的意识，此处不留爷，自有留爷处，我有我的读者，何必与你多费口舌？因此，对于来自各方面的批评、攻击、诽谤，他们基本上采取了"井水不犯河水"与"公好馒头婆好面"②的态度，或以"止谤莫过无辩"的策略对待之。

他们的生命力是极强的，生产力也是极强的，范伯群在《中国现代通俗文学史》（插图本）中做过一个统计，他说：

---

① 郑振铎《文学论争集》导言，郑振铎选编《文学论争集》（影印本），8～9页，上海文艺出版社2003年7月版。

② 听湖生《精神……原质》，范伯群等编《鸳鸯蝴蝶派文学资料》（上），184页，福建人民出版社1984年8月版。

1921年1月1日与《小说月报》改组同时，施济群等创办了《新声》。1921年3月19日《礼拜六》周刊在周瘦鹃、王钝根的筹划下复刊，出版第101期。1921年6月周瘦鹃、赵苕狂为编辑主任的《游戏世界》创刊。同年9月，周瘦鹃编辑出版《半月》杂志（该刊出满96期后，更名《紫罗兰》）。1922年2月包天笑创办《星期》周刊。1922年8月施济群、严独鹤编辑的《红》杂志周刊出版（该刊出满100期后，更名《红玫瑰》，由赵苕狂任编辑）。1922年夏，周瘦鹃出版个人刊物《紫兰花片》。1922年12月由王钝根等创刊《心声》。同年，江红蕉编辑《家庭》杂志。1923年，商务印书馆于1月出版《小说世界》。同年，还有李涵秋编辑《快活》，严独鹤、程小青编《侦探世界》，徐卓呆编辑的《笑画》也相继出版。在苏州，范烟桥、赵眠云于1921年出版《消闲月刊》，1922年他们又出版《星报》，办了25期后改为《星光》，为不定期刊物。以上是1921年至1923年这3年中继承改良派编辑的影响较大的刊物，只出1、2期，或影响不大的还不计在内。至于报纸，则有包天笑、胡寄尘编辑于1922年9月出版的《长青》。张枕绿主编的《最小报》。许廑父、徐枕亚主编的《小说日报》。陆澹安等多人联办的《金刚钻报》等。[①]

范伯群将二十年代初期通俗文学期刊的繁荣称为“第三波高潮”，到了二十年代末，开始悄然退潮，以上海为中心的鸳鸯蝴蝶派及礼拜六派亦渐趋衰落，不仅创作乏力，少有佳作问世，而且难得有新

① 范伯群《中国现代通俗文学史》（插图本），238～239页，北京大学出版社2007年1月版。引文中“继承改良派”一词，是范伯群所创，意在指称从事通俗文学写作的作家群体，比如鸳鸯蝴蝶派和礼拜六派。

作者的充实和涌现。而恰在此时，张恨水以一部《啼笑因缘》红遍大江南北，刮起一股强劲的旋风，在赢得广泛读者群的同时，也引起左翼文学的警觉。于是，继包天笑、周瘦鹃、李涵秋、平江不肖生、顾明道、徐卓呆之后，新文学阵营对鸳鸯蝴蝶派及礼拜六派的批判，自然转向了张恨水，把他作为新的代表人物，火力也几乎全部集中到他的身上。说到批评，张恨水应该并不陌生。当初，他的《春明外史》在《世界晚报》连载，已经“引起了新兴文艺家的注意”，“几个知己的朋友”，也“曾以我写章回小说感到不快劝我改写新体”。[①]可惜，现在我们已经很难看到这些批评文字了，而只能从他自己的叙述中，以及其他的相关文字中揣摩到一些蛛丝马迹。根据张恨水多年后的叙述，[②]人们对《春明外史》的不满意，主要来自他对“章回体”的运用。“章回体”一直是中国古典长篇小说的主要形式，其特点是全书由若干章节构成，称作“回”或“节”，少则十几回、几十回，多则百余回。每回前用单句或两句对偶的文字作标题，称为“回目”，概括本回的故事内容。每回开头以“话说”“且说”等起叙，每回末有“欲知后事如何，且听下文分解”之类的收束语，一回叙述一个较为完整的故事段落，有相对独立性，但又承上启下。梁启超的“新小说”时期，“章回体”似乎还不成其为问题，他写《新中国未来记》采用的就是“章回体”。然而，随着西洋小说叙事方

---

① 张恨水《总答谢——并自我检讨》，张占国、魏守忠编《张恨水研究资料》，237页，知识产权出版社2009年9月版。

② 张恨水比较多地谈到来自新文学的批评，主要有三篇文章，1944年5月20—22日发表于重庆《新民报》的《总答谢——并自我检讨》，1949年1月1日至2月15日发表于北平《新民报》的《写作生涯回忆》，作于1963年、发表于1980年《文史资料选辑》第七十辑的《我的创作和生活》。

式被越来越多的新派青年所接受，中国传统的“章回体”叙事方式就成了落后的、应当被打倒的封建文化的代表。“五四”新文化诸君发起“文学革命”，就把“章回体”作为旧文学的弊端之一加以反对。周作人就曾指出，如果新时代的小说家“还用说书的章回体，对偶的题目，这就是一种极大的束缚。章回要限定篇幅，题目须新课一样的配合，抒写就不能自然满足。即使写得极好如《红楼梦》也只可承认她是旧小说的佳作，不是我们现在所需要的新文学”。他还说：“新小说与旧小说的区别，思想果然重要，形式也甚重要。旧小说的不自由的形式，一定装不下新思想，正同旧诗旧词旧曲的形式，装不下诗的新思想一样。”[①]

但是，“小说回目的构制”却是张恨水最用心也最得意的。他说：“因为我自小就是个弄辞章的人，对中国许多旧小说回目的随便安顿，向来就不同意。既到了我自己写小说，我一定要把它写得美善工整些。所以每回的回目，都很经一番研究。我自己削足适履的，定了好几个原则。一，两个回目，要能包括本回小说的最高潮。二，尽量的求其词藻华丽。三，取的字句和典故，一定要是浑成的，如以‘夕阳无限好’，对‘高处不胜寒’之类。四，每回的回目，字数一样多，求其一律。五，下联必定以平声落韵。”[②]这自然并不容易，“往往两个回目，费去我一二小时的工夫，还安置不妥当”。[③]但他乐此不疲，也赢得许多同好的喜爱。其子张伍还记得，父亲晚年，金寄水

---

① 周作人《日本近三十年小说之发达》，周作人自编文集《艺术与生活》，146～147页，河北教育出版社2002年1月版。

② 张恨水《写作生涯回忆》，26页，人民文学出版社1982年6月版。

③ 同上。

先生来家中做客，酒酣耳热之际，曾当着父亲的面，把《春明外史》的回目从第一回“月底宵光残梨凉客梦，天涯寒食芳草怨归魂”，到八十六回“旧巷吊英灵不堪回首，寒林埋客恨何处招魂”，全部背诵一遍。他甚至还说，父亲主要作品的回目他都能背诵。① 金寄水是满清贵族的后代，多尔衮十三世孙，他喜欢弄弄辞章，一点也不奇怪。至于“五四”文化精英，从胡适、陈独秀、钱玄同、刘半农、鲁迅、周作人，到傅斯年、罗家伦等，没有不把骈体对偶当作文化垃圾必要彻底扫除而后快的。在他们看来，这种藻丽的回目，恰好说明了作者与鸳鸯蝴蝶派或礼拜六派同属一类。据说，有一对“双胞胎”，可以作为辨识鸳鸯蝴蝶派的标志，其中一个是“文言骈体文”，另一个就是“白话章回体”。张恨水既对“章回体”情有独钟，那么，别人视他为鸳鸯蝴蝶派，也就不能说是捕风捉影，无中生有。当时便“有人说，在‘五四’运动之后，章回小说还可以叫座，这是奇迹。也有人说这是礼拜六派的余毒，应该予以扫除”。② 这两种态度的潜台词，恰恰透露了人们对“章回体”的共识，都不承认它在新时代还有存在的必要。

一个署名徐文滢的人，于民国三十年（1941 年）在《万象》第 1 卷第 6 期上发表了《民国以来的章回小说》一文，他在文章中透露，还有人把张恨水的《春明外史》归入“黑幕小说”。何为“黑幕小说”？鲁迅在《中国小说史略》中有个说法，以为“清末之谴责小说”，乃“黑幕小说”之渊薮，前者“以抉摘社会弊恶自命”，固有其价值，至于“其下者乃至丑诋私敌，等于谤书；又或有谩骂之志而无抒写之才，则遂

---

① 张伍《忆父亲张恨水先生》，120 页，北京十月文艺出版社，1995 年 8 月版。

② 张恨水《写作生涯回忆》，26 ~ 27 页，人民文学出版社 1982 年 6 月版。

堕落而为‘黑幕小说’”。[①]于是，“五四”前夕，新文学作家钱玄同、罗家伦（志希）、周作人（仲密）都写文章对“黑幕小说”进行了义正词严的批判，揭穿它诲淫诲盗的实质。然而，张恨水的《春明外史》与“黑幕小说”有什么关系呢？徐文滢便站出来打抱不平，为他辩护：

> 说张恨水的《春明外史》是黑幕小说则更欠公允。这部以北平人情世故为背景的书，和《广陵潮》一样是《红楼梦》和《二十年目睹之怪现状》的化合物，然而我们不忍称之为谩骂小说，因为这里过分的夸张的描写是竭力的被避免了的。用笔平坦得很，给予读者的趣味因此也就不多，可是你在这里真能找到一点社会的世故的气味，这书没有作者另一部的作品《啼笑因缘》受欢迎，这是多数读者欢喜夸张的不近人情的小说甚于平坦的近于人情者的一个好说明。[②]

这个时期，张恨水受到过一些批评，但总的说来，火药味还不甚浓，批评者甚至很少提到或根本不提他的名字。民国十五年（1926年），钱玄同给刘半农写过一封信，抗议刘半农拉他为《世界日报》副刊撰稿，他颇有些激愤地表示：“尤其不愿意拿我做的东西与什么‘明珠’什么‘春明外史’等等为伍。”[③]这里所表达的还是一种轻蔑的态度，虽然他提到了张恨水主编的副刊和作品，却有意无意地回避

① 鲁迅《中国小说史略》，242页，东方出版社1996年3月版。

② 徐文滢《民国以来的章回小说》，袁进主编鸳鸯蝴蝶派散文大系《艺海探幽》，264～265页，东方出版中心1997年9月版。

③ 刘半农《与疑古玄同抬杠》，中国现代文选丛书《刘半农选集》，101页，香港文学研究社出版。

了张恨水的名字。这说明张恨水当时还不足以被精英们当作旧文化的代表人物。而张恨水的态度，他后来表示："我对这些批评，除了予以注意，自行检讨外，并没有拿文字去回答。在'五四'运动之后，本来对于一切非新文艺、新形式的文字，完全予以否定了的。而章回小说，不论它的前因后果，以及它的内容如何，当时都是指为'鸳鸯蝴蝶派'。有些朋友很奇怪，我的思想，也并不太腐化，为什么甘心做'鸳鸯蝴蝶派'？而我对于这个派不派的问题，也没有加以回答。"①他也许考虑过放弃"章回体"这种形式，不过，既然"创格在前，一时又收不回来。因之这个作风，我前后保持了十年之久"。②

到了《啼笑因缘》在《新闻报·快活林》发表的时候，问题的严重性就凸显出来了。他一下子成了众矢之的。赞赏者固多，一位名叫程明祥的读者在报上撰文，谈到读了《啼笑因缘》以后的感想，就说，他把这部《啼笑因缘》当作干粮般地咀嚼，咀嚼完了，口中还有津津的余味保留着。他认为，"《啼笑因缘》创作的成功，其故有二。一，作者富于天才的描写。二，作者所采取的事实，并非子虚乌有，而能站在纯粹客观的地位"。③当然也有批评，而且是很严厉的、上纲上线的批评。一位署名伍臣的读者，写信给生活书店的编辑，诉说自己读了《啼笑因缘》的困惑，他说："为什么这些害人的旧小说还可以风行一时？为什么偏有许多人会入他们的迷途呢？譬如《啼笑因缘》在目前出版界，依然是一部行销最广的小说；

① 张恨水《写作生涯回忆》，27页，人民文学出版社1982年6月版。

② 同上，26页。

③ 程明祥《读了〈啼笑因缘〉以后》，张占国、魏守忠编《张恨水研究资料》，248页，知识产权出版社2009年9月版。

难道是因为它的内容丰富？（当然不是的。）或者是因为它的技巧神妙？（也不见得。）照你们的看法，世界上的事，即使这样的小事，总也不该有所谓偶然的吧。”他希望，对于《啼笑因缘》这样的作品，应当“给予一个正确的批判”。①

书店找了《太白》半月刊的编辑、左翼作家夏征农来回复他。夏的文章首先指出，要回答《啼笑因缘》何以风行一时这个问题，“必须从所由产生的社会去寻出根源”。他不否认《啼笑因缘》表现了“中国复杂的社会”，但是，它“所把握的所描写的，却只是这一社会上的浮雕，消极的，歪曲的，杂乱无章的”。而且，它“把万恶军阀的命运，归结于一个‘天上有世间无’的女侠之手，其歪曲现实，逃避现实，更是不言而喻了”。至于它的一纸风行，完全是因为它“迎合了那小市民的心理”，“合乎小市民层生活情趣”，对于小市民层“能射入一些暂时的快感”。作者不赞成用“平民思想”概括这部小说，他认为：“这里的平民思想，却又是染上了一些封建色彩的。”②

这时，张恨水的《啼笑因缘》进入了中共前总书记瞿秋白的视野，引起他的特别关注。他在民国二十年（1931年）五月至十月间陆续写了《鬼门关以外的战争》《学阀万岁》《大众文艺和反对帝国主义的斗争》《普罗大众文艺的现实问题》等一系列文章，讨论文学革命与中国革命的关系，以及文学革命的意义和任务，倡导文学的大众化和大众文学。此时的瞿秋白刚刚在党内斗争中被排挤出核心领导机构，以养病的名义游离于权力中心，这使得他有机会介

---

① 夏征农《读〈啼笑因缘〉》，张占国、魏守忠编《张恨水研究资料》，256页，知识产权出版社2009年9月版。

② 同上，257～260页。

入到文学和文艺的论争中去。在这段时间里，瞿秋白事实上成为中共在文化领域的领导者，参与了“左联”和中共文化工作委员会的领导工作。他写文章一再提到张恨水和《啼笑因缘》，提到鸳鸯蝴蝶派、礼拜六派，以及变相的礼拜六派（良友派），但他的批评并非针对某个人和某些作品的具体批评，而是宏观的、高屋建瓴的批评，其中所关切的，首先是如何建构无产阶级革命文学的战略问题。张恨水和《啼笑因缘》之于他的意义，不过是提供了一种参照，终于使他看清了“五四”新文化运动以来的“文学革命”所以未能奏效，一直不能对普罗大众发生任何影响的内在原因，即普罗大众对于这种新式白话——一种“非驴非马的语言”的隔膜。于是他提出了第三次文学革命的要求：“在文艺内容上，不但要反对个人主义，不但要反对新文学内部的种种倾向，而且要认清现在总的责任还有推翻已经取得三四十年前《史记》《汉书》等地位的旧式白话的文学。”他还特别提到“文腔改革”，认为“不但要更彻底的反对古文和文言，而且要反对旧式白话的权威，而建立真正白话的现代中国文”。[①]他说：“谁都应当知道：没有真正现代普通话的新中国文，真正的‘新的文学’是不能再发展的了。现在‘文艺界’的情形明明白白的告诉我们：‘新的文学’正受着‘绝种界线’的束缚；‘没有文腔革命，是不能够彻底实现文艺革命’的。”[②]

在这里，张恨水和他的《啼笑因缘》是被革命当成自己的对象了。然而，无论如何，这是张恨水始料所不及的，他绝没料到这部

① 瞿秋白《鬼门关以外的战争》，魏绍昌编《鸳鸯蝴蝶派研究资料》（上卷）史料部分，20页，上海文艺出版社1984年7月版。

② 同上，24页。

书会引起这样大的反应。晚年想起此事他还说："到我写《啼笑因缘》时，我就有了写小说必须赶上时代的想法。"[①] 但是，二十世纪二十年代的中国，世事变化得太快了，张恨水就是再努力，也跟不上这种形势急剧变化的速度。而且，有些变化未必是他能够理解或了解的。其中，"五四"之后新文化阵营的分裂，就直接影响到此后十余年文化发展的走向。按照美国学者周策纵的说法，"五四"之后，中国思想文化界分裂为四个主要集团，即"自由主义者、左派分子、国民党部分党员和进步党的部分党员"。[②] 张朋园在一篇书评中对这四大集团有个具体解释，他说：

> 第一是自由派，如胡适、蔡元培、吴稚晖、高一涵、陶孟和、蒋孟麟、陶行知等；第二为左倾的激进派，也就是日后的共产党；第三为国民党，又分为激进与温和两派；第四为进步党，又分为保守与自由两派。[③]

此时正逢现代中国历史的一个重要转型时期。民国十年（1921 年）中国共产党成立。民国十三年（1924 年）国民党改组，提出"联俄联共扶助农工"三大政策，实现国共第一次合作。民国十五年（1926 年）国民革命军北伐，"大革命"席卷南北。民国十六年（1927 年）国共合作破裂，开始第一次国共内战。国共两党都以自己为中国的"救

---

① 张恨水《我的创作和生活》，《文史资料选辑》第七十辑，168 页，文史资料出版社 1980 年 7 月版。

② 周策纵《五四运动史》，317 页，岳麓书社 1999 年 8 月版。

③ 张朋园《傅著〈丁文江与中国科学和新文化〉》，欧阳哲生《丁文江先生学行录》，437 ~ 438 页，中华书局 2008 年 1 月版。

星”，都把革命作为自己的政治诉求，并在社会上形成了一种共识，似乎只有革命才是救亡图存、解决内忧外患的根本手段，最激进的左派革命者甚至将革命当作人生的唯一目的。革命高于一切，革命受到崇拜，知识界、文化界尤多革命的崇拜者、讴歌者。共产党高于国民党之处，即决不放弃对文化的主导权，革命被建构为具有至高无上道德正当性，使得大批自由知识分子迅速“左”转，“文学革命”也由“革命文学”所取代。这种看似不经意间的颠倒，基本上排除了“文学革命”原有的对“自由主义”个人化写作的包容，作家或者被改造为革命者，或者从革命队伍中驱逐出去，成为反革命者。瞿秋白在《鬼门关以外的战争》这篇宏文中就明确指出，“五四”以来的“文学革命”是不成功的，或曰不彻底的，属于社会大众的“新文学”并没有建立起来。“新文学所用的新式白话，不但牛马奴隶看不懂，就是识字的高等人也有大半看不懂。这仿佛是另外一个国家的文字和言语。因为这个缘故，新文学的市场，几乎完全只限于新式知识阶级——欧化的知识阶级。这种情形，对于高等人的新文学，还有可说，而对于下等人的新文学，那真是不可思议的现象。”它所带来的直接后果就是，“旧式白话的小说，张恨水，张春帆，何海鸣……以及‘连环图画’小说的作家，还能够完全笼罩住一般社会和下等人的读者”。①

瞿秋白正是从共产党动员广大民众，特别是工农进行阶级斗争的角度要求文学和艺术的，文学艺术只能成为革命的附属品，而绝非自我表现的方式。“文学革命”向“革命文学”的翻转，就在这

① 瞿秋白《鬼门关以外的战争》，魏绍昌编《鸳鸯蝴蝶派研究资料》（上卷）史料部分，19～22页，上海文艺出版社1984年7月版。

种背景下发生了。这里不能排除苏俄新兴文艺对中国左翼文艺群体的影响。事实上，发生在民国十二年（1923年）的苏俄文艺论战，成为民国十七年（1928年）发生在中国的关于“革命文学”激烈论战的诱因。最早将苏俄文艺论战的情况介绍给中国文艺界的是蒋光慈，他是中国共产党选派的首批留苏学生之一，在莫斯科东方大学就读期间，他与“拉普”（俄罗斯无产阶级作家联合会俄文缩写的音译）的前身“岗位派”（因主要阵地《在岗位上》而得名）的观点产生共鸣，相信以经济基础与文化的直接对应关系为逻辑起点，可以推导出文化的阶级性，以及无产阶级文化产生的必然性，并自觉地致力于推动“文学革命”向“革命文学”的转变。其结果，“革命”成为终极价值，“革命”对于“文学”的限制成了文学真理性、正义性、至善性，乃至艺术性的最终保证。简而言之，只有“革命文学”才是真正意义上的文学，不革命的文学简直不配称文学，没有存在的合法性。

张恨水就是在此时撞到“革命文学”论者的枪口上了。多年后他曾经写道：“大家有这样一个感想：丢进了茅厕的章回小说，还有这样问世的可能吗？这时，有些前辈，颇认为我对文化运动起反动作用。而前进的青年，简直要扫除这棵花圃中的臭草。”① 这样的评价一直延续到民国三十八年（1949年）以后。一九五六年，《啼笑因缘》再版，还有批评者认为：“《啼笑因缘》暴露了一些旧社会的黑暗，具有淡薄的反封建色彩，但是由于作者阶级立场观点的限制，他不能够深入地触及半封建半殖民地社会的基础，更不要说

① 张恨水《总答谢——并自我检讨》，张占国、魏守忠编《张恨水研究资料》，237页，知识产权出版社2009年9月版。

有力地去动摇它。这部小说在许多基本观点上，反映着从没落的士大夫阶级蜕变出来的、发育不全的自由资产阶级的思想情绪，反映着他们的为反动势力重重束缚不得自由发展而又无力冲破反动统治的痛苦与不安，反映着他们喜欢用种种幻想（包括向反动势力妥协）安慰自己和麻醉人民的落后心理。”[①]而张恨水被重新认识、重新评价，其价值得到社会的重新肯定，却要等到八十年代新市民文化兴起之后，才渐渐地有了可能。

范伯群在所著《中国现代通俗文学史》（插图本）“绪论”中指出：“过去的中国现代文学史是‘知识精英话语’占主导地位，中国现代通俗文学或被作为‘逆流’加以批判，或被作为‘配角’而充当陪客。”[②]这种“知识精英话语”由“五四”新文化人发其端，继而左翼，继而执政前后中共的文化叙事，无不规范和限制着文学史的写作，以及民国文学版图的制定，并进而影响到社会上一般民众对于鸳鸯蝴蝶派及张恨水的看法。在这里，张恨水的遭遇是很有代表性的。他究竟是“躺着中枪”，还是实至名归？其实并不重要，即使他头上的这顶“鸳鸯蝴蝶派”的帽子，也已经不再重要。他当然不是这顶帽子的主人，但这并不影响这顶帽子是一顶“美丽的帽子”。

---

① 李兴华《评张恨水的〈啼笑因缘〉》，洪子诚编《二十世纪中国小说理论资料》（第五卷），1949~1976年，149页，北京大学出版社1997年2月版。

② 范伯群《中国现代通俗文学史》（插图本），1页，北京大学出版社2007年1月版。

拾壹

平居

张恨水祖籍安徽潜山，民国八年（1919年）秋，他在朋友的鼓动下，“质衣被入京，拟入北京大学”。[①]然而，居京不易，何况“一身之外无长物”[②]的他？在北京“漂”了三四年，不仅读书的愿望未能实现，而且，一直过着居无定所的日子。那个时候，他不是住会馆，就是住报馆或通讯社，始终没有自己的家。

民国十二年（1923年）秋天，张恨水与胡秋霞成婚，他的“北漂”生活才算告一段落，慢慢稳定下来。转年初春，他租下宣武门外铁门胡同一所住宅，安了个家。老朋友、芜湖《工商日报》副刊编辑张香谷写信向他表示祝贺，他在《复香谷电》中特别提道：“水于真日迁入铁门七十三号丁宅。”[③]他的复电发表于三月十六日芜湖《工

① 张恨水《哀老友王慰三君》，转引自《张恨水年谱》，56页，安徽文艺出版社2014年7月版。

② 同上。

③ 张恨水《复香谷电》，同上，69页。

商日报》副刊《工商余兴》，这里提到的真日，即十一日。十天后，三月二十六日，该报发表他的《春明絮语（续）》，其中讲道："予近迁居铁门七十三号，为青衣票友蒋君稼故宅。友人张香谷作函贺之，并谓蒋善歌，必有绕梁余音可闻。其事甚韵，予因作骈体文复之。"[①]

铁门胡同地处宣武门外，北京外二区之西南，北起西草场街，南至骡马市大街，是一条南北向的胡同，距离前些年他住过的歙县会馆、潜山会馆，都并不太远。近代著名作家、被称作"鸳鸯蝴蝶派"小说圣手的包天笑，晚年在《钏影楼回忆录》中记下了曾与张恨水在铁门胡同做邻居的片言只语："自从定居了铁门以后，有许多朋友知道了，时来见访。后来方知道张恨水也住在这条胡同里，我住在前进，他住在后进。他的朋友去访他，却也是我的朋友，先来访我。不过我们两人，这时还不相识，直到他后来到上海后方见面哩。"[②]

在包天笑的记忆中，"铁门是小四合院，可也有北屋三间，南屋两间，东西屋各两间，门口还有一个小门房"。而且，屋子里"既装有电灯线，又有了自来水管子，并且是新造的，租金不过十三四元吧，与北京老房子比较，也算是高价了"。[③]前院既如此，后院的格局也就可以想象。张恨水数月前刚娶了一个年轻漂亮的媳妇，夫妻二人租住这样一个小院，在北京城里，虽非豪门大宅，也算是相当舒适的了。那时，他兼了几份工作，给北京、天津、上海的几家报馆写新闻通讯，"大概每月所得总在一二百元。那个时候的

① 张恨水《春明絮语（续）》，转引自《张恨水年谱》，69页，安徽文艺出版社2014年7月版。

② 包天笑《钏影楼回忆录》，598～599页，中国大百科全书出版社2009年1月版。

③ 同上，597页。

一二百元，是个相当引人羡慕的数目”，[1]足以支持他们婚后幸福、温馨的日子。

不久，成舍我创办《世界晚报》，特邀张恨水主持副刊《夜光》。报馆就设在宣武门内手帕胡同三十五号，靠近今天佟麟阁路北口，从家到报馆，步行也不过数十分钟。胡秋霞的存在，使他感受到家的温暖，他不再是没人疼、没人爱，病了也没人嘘寒问暖、端汤送药的“北漂”了，他有了自己的家，家中有了惦念自己的人，也就有了一份牵挂。报馆的事情一办完，他立马往家赶，去享受心目中所向往的“齐眉举案”“红袖添香”的夫妻生活。

胡秋霞是苦出身，勤劳是她的本分，担水劈柴，洗衣做饭，洒扫庭除，她样样在行。张恨水回到家里，饭菜是热的，人是温存的，更兼有窗明几净、一尘不染的环境，看着就心舒气爽，不能不由衷地赞叹家里有个人的好处。但他毕竟是有些才子气的，对身边的女人，不仅希望她上得厅堂、下得厨房，还希望能与她有些共同的志趣和爱好，类似“小红低唱我吹箫”之类，如果能与她在闺房之内诗酒唱和，那是最好不过的了。然而，胡秋霞不识字，对张恨水来说，虽有美中不足之憾，却也使他有机会在新人面前展示自己的才学。那时，胡秋霞只有十七八岁，他则大她十余岁。他相信，经过教育，人是可以改变的。胡秋霞自幼被拐子骗卖，没有读书的机会，对自己的身世亦一无所知，只记得娘家姓吴或姓胡，小名招娣。婚后，张恨水为她取名“秋霞”。这两个字，来自王勃《滕王阁序》中的名句“落霞与孤鹜齐飞，秋水共长天一色”。这时，张恨水的心里，落霞与孤鹜，在秋水长天的背景下，或已融为一体。

---

① 张恨水《写作生涯回忆》，24页，人民文学出版社1982年6月版。

张恨水要带着胡秋霞一起“飞”了。他们双双出入于影院、戏园，在他们的生活中，听戏、看电影成为很重要的内容。他还为妻子“制订了学习计划，规定了学习任务”，他与胡秋霞的小女儿张正在忆及父母这段生活经历时写道，“爸要塑造一个新的秋霞。纸笔是现成的，老师就是爸本人。他手把手地教她握笔，从描模子开始，每天认几个字，很快妈学会了写自己的名字”。看来，功夫不负有心人，“在爸爸的指导下，几年后，妈妈居然能粗读报纸，通读爸写的长篇小说了，像《金粉世家》《春明外史》《啼笑因缘》，她十分爱读，常常在爸爸创作时，她就已经先睹为快了”。[①]

张恨水很少写到他与胡秋霞的这段生活。三十年代初，他以“落霞孤鹜”为名，写过一部长篇小说，其中男女主人公分别就叫江秋鹜与落霞。秋鹜是个中学教员、进步青年，落霞则是一大户人家的使女。小说所写正是秋鹜如何帮助落难孤女并与之喜结连理的故事。书中还描写了所谓慈善机构社会福利院的种种内幕和孤儿们的悲惨生活。熟悉他们的人不难看出，张恨水是从他与胡秋霞的生活经历中得到灵感的，而秋鹜与落霞就以他们二人为原型。郑逸梅在《艺林散叶》中就曾写道：“张恨水有一姬人名秋霞，张喜宠之。所著说部《落霞孤鹜》，其中即有秋霞影事。”[②]但小说就是小说，不能视为信史。生活经过加工虚构可以进入小说，小说则无论如何不能还原为生活本身。因此，张正的记述在这里就显得尤为可贵。

民国十三年（1924年）农历九月初一，张恨水与胡秋霞的长女

---

① 张正《魂梦潜山——张恨水纪传》，301 ~ 302页，山西人民出版社1999年10月版。

② 郑逸梅《艺林散叶》，19页，中华书局2005年1月版。

大宝（张恨水在文章中称她慰儿）出世了。女儿的到来，给这个二人世界平添了许多烦恼和乐趣。不料，这个女儿只活到八岁，民国二十一年(1932年)初夏，北平流行猩红热，先是小女康儿，染上此病，医药均不见效，九日而夭；继而大女慰儿，亦染此病，不及二十日，不幸夭折。两个女儿，一先一后，离开了人世，让他深感人生之不可捉摸。

就在慰儿刚刚学步的时候，张恨水做出一个重要决定，要把全家从安庆迁居北京。起因是这一年大妹张其范考取了北京女子师范大学，张恨水不想让母亲挂念女儿，索性把全家都搬到北京来了。他在京漂泊数年，眼下虽已娶妻生子，有了温馨的小家庭，日子过得有滋有味，但想起远在家乡的母亲和弟妹，仍不免有天涯游子的孤寂之感。某年除夕，他结束了手头的工作，从报馆出来，走到宣外粉房琉璃街口，看着熙熙攘攘往来采办年货的人们，遂口占一绝："宣南车马逐京尘，除夕无家著此身；行近通衢时小立，独含烟草看忙人。"[①]这首诗真切地表达了一个游子"每逢佳节倍思亲"的心情。现在好了，大妹来京读书，仿佛天赐良机，全家人终于可以团聚了。

张家此时已是三世同堂的大家庭。张恨水兄弟六人，他是长子，下面有三个弟弟和两个妹妹。妹妹尚未出嫁，弟弟中二弟啸空、三弟仆野都已婚配。他则在原配徐文淑之外，又娶了二房胡秋霞，并有了一个女儿。这样一来，铁门胡同的小四合院就显得非常局促了。为了能让全家住在一起，妥善地安置两个有家室的兄弟，以及他的两房妻子，张恨水不得不设法承租一所更大的院子。那会儿，在北

① 张伍《忆父亲张恨水先生》，90页，北京十月文艺出版社1995年8月版。

京租房，尚属买方市场，供给大于需求，因此，没费什么事，就在未英胡同找到了称心如意的住所。多年后，他还在《影树月成图》一文中描述了这座宅院令人神往的概貌："未英胡同三十号门，以旷达胜。前后五个大院子，最大的后院可以踢足球。中院是我的书房，三间小小的北屋子，像一只大船，面临着一个长五丈、宽三丈的院落，院里并无其他庭树，只有一棵二百岁高龄的老槐，绿树成荫时，把我的邻居都罩在下面。"①

这种超大规模的四合院，简直就是为张家这种兄弟、妯娌、姑嫂、妻室关系较为复杂的大家庭量身定做的。张其范也曾忆及当初在未英胡同三十号时的生活情景，她在《回忆大哥张恨水》一文中写道："大哥住北屋三间——卧室、会客室、写作室。写作室的窗子嵌着明亮的玻璃，窗外一棵古槐，一棵紫丁香，春天开着洁白清香的槐花，凋谢时落花铺满地面，像一条柔美的地毯。哥哥爱花，不让人践踏，一听我们推门声响，就立刻停笔招呼：'往旁边走，别踩着花。'"她还记得："妈妈嫂嫂和我姐妹，住在后进，院子里有棵高大的四季青，我们常聚在树下看书，做针线。有一次，后院的小门豁地推开，大哥边系裤带，边兴奋地说：'想到了，终于想到了。'原来他想好了小说上一个情节。母亲心疼地说：'你脑子日夜想个不停，连上厕所都在想，怎吃得消啊！'"②

未英胡同在西长安街南侧。这条南北向的胡同，北迄西绒线胡同，南抵宣武门东大街，明代为府卫军驻扎地，由此得名卫营胡同；清

① 张恨水《影树月成图》，张恨水散文全集《北京人随笔》，184 页，时代文艺出版社 2015 年 8 月版。

② 张其范《回忆大哥张恨水》，《安徽文史资料选辑》第八辑，247 页，内部发行。

代或称纬缨胡同，俗讹为未英胡同，也有叫喂鹰胡同的，不知何所本。然而巧的是，张恨水所居三十号院右邻，是一旗籍旧家，尝自夸为黄带子，意为皇亲国戚。他曾在张恨水面前吹牛，说："少年富贵无所事，弹歌走马，栽花养鱼，架鹰逐犬，无所不能。不料今沦居陋巷，寒酸增人谈笑也。"[①]不过，张恨水的确看到过这家人处理所养老鹰时的情景：

其家有老仆，以衰病谋去未能。一日于院中树下缚老鹰，将割之。予曰：噫！其肉可食乎？仆曰：当吾主人坐高车，住华屋时，是曾捕杀多禽，深得主人欢者。吾不彼若也。今主人贫，当谋自立。不复以杀生为乐，是物留之无用，嘱吾释郊外。然吾殊不耐，有斗酒，将烹之以谋一醉也。言时，鹰目灼灼视予，若欲为之乞命。予怜之，以二角钱向老仆购取，纵之去。鹰受伤不能高飞，纵翼复落予院中。小儿辈喜其驯，以厨中腊肉喂之。三日，为狸奴所创，死焉。[②]

不知这个插曲能否成为此地曾经"喂鹰"的佐证。但它毕竟是张恨水笔下不多见的对未英胡同那段生活的记述。其实，关于这所宅院，张恨水之前，谁在这里住过？房产的所有权属于谁？我们几乎一无所知。查清代王府地址简表，以及列入文保单位的四合院名单和未列入文保单位的名人故居及王府名单，不仅没有三十号院，甚至没有未英胡同。这所院子固然不小，但月租只有三十元，在张

---

① 张恨水《放鹰》，张恨水散文全集《最后关头》，86页，时代文艺出版社2015年8月版。

② 同上。

恨水看来，“就凭咱们拿笔杆儿的朋友”，[1]租一所这样的院子住住，并不特别的为难。或者你以为这是个布尔乔亚之家，他告诉你：“不，这是北平城里‘小小住家儿的’。”[2]

尽管如此，以张恨水的实际收入而论，每月三十元的房租仍是一笔不小的负担。在加盟《世界日报》之前，张恨水兼职较多，收入也很可观，“大概每月所得总在一二百元”。[3]然而，自从与成舍我一起创办《世界晚报》以来，他把所有的兼职都辞了，为的就是专心做好这件事。另一位创办人，后与成舍我因身份问题发生争议的龚德柏，曾在《龚德柏回忆录》中写道：“在办报之先，成舍我同我两人，只言合作，绝未谈及谁主谁从？故两人都吃自己的饭，不由报社拿一分钱薪水，只共同努力，把报纸办好而已。”[4]对此，张恨水也曾有过表示。“我们决不以伙计自视”，他说，“我和龚君，都是为兴趣合作而来，对于前途，有个光明的希望，根本也没谈什么待遇。后来吴范寰君加入，也是如此”。[5]不过，与龚德柏不同的是，他还支“三十元月薪”。[6]

这应该是民国十三年（1924年）《世界晚报》初创时的情况。当时，由于报纸的销路和广告来源尚未打开，处处花钱而收入欠佳，

---

① 张恨水《燕居夏亦佳》，张恨水散文全集《北京人随笔》，155页，时代文艺出版社2015年8月版。

② 张恨水《翠拂行人首》，同上，160页。

③ 张恨水《写作生涯回忆》，24页，人民文学出版社1982年6月版。

④《龚德柏回忆录》（上），122页，中国台湾龙文出版社1989年6月版。

⑤ 张恨水《写作生涯回忆》，25页，人民文学出版社1982年6月版。

⑥ 张恨水《我的创作和生活》，《文史资料选辑》第七十辑，162页，文史资料出版社1980年7月版。

经济上就显得十分紧张，人员的报酬都很低，编辑、记者的月薪只有三十元。成舍我是很善于经营的，他的新闻意识很强，社交又广，所以，《世界晚报》的消息就比北京同类报纸快捷得多。适逢第二次直奉战争，报纸因报道及时而声誉日渐提升，再加上张恨水所撰之《春明外史》，引起读者极大兴趣，成为刺激报纸销量持续增长的兴奋剂。成舍我顺势而上，又先后创办了《世界日报》和《世界画报》，张恨水则包办《夜光》《明珠》两大副刊，并同时撰写两部连载小说。龚德柏与成舍我分手后，张恨水还担任过总编辑一职。这时，他的月薪据说提高到八十元，但开支时，只给三十元现金，另外五十元，则给一张成舍我具名的借据，也就是白条。由于张恨水没有很好地保存这些“白条”，成舍我因此拒绝支付，这件事最终导致了二人的不欢而散。至于他为两报撰写的多部连载小说，成舍我始终没有另外支付稿费。直到单行本由报社结集出版，他才得到一部分版税。

可见，在民国十六年（1927年）以前，张恨水的日子过得并不轻松。他的收入离全家的实际生活需求是有很大差距的。据张其范回忆：“全家十四口人，除二哥工作外，全依赖大哥生活。每个学期伊始，我们弟妹需缴一笔数字可观的学杂费（我读师大，两个弟弟读私立大学，妹妹读高中），都得大哥筹措。”[①] 生存压力之大，由此亦可想见。在重庆的时候，他写过一篇《做长子难》，就谈到了自己的苦衷，作为长子，他是有义务的，“上要供养寡母，下要抚育诸弟妹，对内对外，还要负担着经济上的责任”。[②] 为了肩上的

① 张其范《回忆大哥张恨水》，《安徽文史资料选辑》第八辑，246～247页，内部发行。

② 张恨水《做长子难》，张恨水散文全集《最后关头》，63页，时代文艺出版社2015年8月版。

这种责任，他必须想办法多赚钱。但他是个文人，所能做的，只有卖文。他在许多场合都表示，写作“只有两个目的，其一是混饭，其二是消遣。混饭是为职业而作文字，消遣是为兴趣而作文字”。[①]有个朋友很赞赏他的毅力，说：“我看了世界日晚报五年，天天看见阁下的文字。而且除了世界日晚报五年，又在其他的报上，日日看见你的文字。在这五年之中，我曾离开北京四五次，而每次回来之后，总不见你离开了本职。这种恒心，实在难得了。”对于朋友的恭维，他只能报以一笑，然后说：“我们干的这个职业，是做一天的事，才能拿一天的钱。一天不干，一天不吃饭。他见我天天发表文字，却没见我天天吃饭用钱。”[②]

大约从民国十五年（1926年）起，张恨水开始给外报写小说。先是写了长篇小说《京尘幻影录》，逐日在北京《益世报》连载。“这部书，完全是写北京官场情形的”，“前前后后，也写了两年多，总有五十万字以上”。[③]不久，北京《晨报》也约他写个长篇，于是，他便写了《天上人间》。民国十七年（1928年），蒋、冯、阎的军队进驻北京，《晨报》被迫于六月五日停刊，这篇小说并没有写完。直到《上海画报》、沈阳《新民晚报》、无锡《锡报》先后转载，才把它补齐了。在为外报写作时，张恨水似乎也考虑到成舍我的态度，但是他说：“既然《世界日报》欠着我薪水，我在编余时间为

---

① 张恨水《信口开河（二）》，张恨水散文全集《山窗小品》，247页，时代文艺出版社2015年8月版。

② 张恨水《为吃饭而努力》，张恨水散文全集《小月旦》，146～147页，时代文艺出版社2015年8月版。

③ 张恨水《写作生涯回忆》，28页，人民文学出版社1982年6月版。

外报写小说，他们也不便干涉。”[1]这时，由于《春明外史》的影响，他的稿约多起来了，在随后的几年里，他写了《春明新史》，给《上海画报》连载，未能载完，后由沈阳《新民晚报》连载收尾；《京尘幻影录》之后，他又为北平《益世报》写了一部《青春之花》，也未完成；继而又在北平《朝报》上连载《鸡犬神仙》，这张报纸创办于《晨报》停刊之后，后台老板是冯玉祥，故它也是短命的，随着冯玉祥的势力退出北平，报馆很快也就关张了。在这期间，张恨水还曾兼任该报总编辑，约有半年之久，由此也能想象他与西北军不一般的关系，几年后他赴西北考察，这种关系帮了他的大忙。有意思的是，停刊后的《晨报》很快便与新贵阎锡山搭上关系，两个月后，即八月五日，《晨报》更名为《新晨报》恢复出版，张恨水随即写了《剑胆琴心》，在《新晨报》连载。民国十九年（1930年）夏，他又为沈阳《新民晚报》写了长篇连载小说《黄金时代》（又名“似水流年”）。

这样看来，在民国十五年（1926年）到民国十九年（1930年）这四、五年里，张恨水除了完成世界日晚报的编辑工作，写两报的连载，通常还有两三部长篇同时进行。他白天写小说，编副刊，夜间还要编新闻，看大样，极度劳累却不能按时领取全额薪水，而一家人的吃喝总要他来打发，这时，他也只是“叫老王打一两酒，买包花生米，借酒解闷而已”。[2]当然也有牢骚，心绪不佳，无以排遣，便作《也是离骚》自娱，其中写道：“嗟予生之不辰兮，幼不习工商。挥秃笔之免颖兮，绞脑汁以养娘。每鸡鸣之昧旦兮，茫茫然而起床。

---

① 张恨水《我的创作和生活》，《文史资料选辑》第七十辑，166页，文史资料出版社1980年7月版。

② 张其范《回忆大哥张恨水》，《安徽文史资料选辑》第八辑，247页，内部发行。

乃昏灯之既掌兮，而犹差稿之数行。”[①] 有人说：“无病呻吟，非近时所许。”[②] 但这回他真的病了，他在病倒五天后勉强坐起写了一篇《由病榻上写来》，他是这样为自己辩护的：“无病呻吟的这四个字，那是新文豪批评旧式文人的一个铁案。其实，无病呻吟，照目下看来，倒不论什么新旧。有些人无病固然不呻，可是矫枉过正，几乎有病也不敢呻，那又何必？昔人说：时非南唐，人非重光，何必为悲天悯人之句，太平之时，可以这样说。以言今日，我们哪个不是岁月干戈里，家山涕泪中。不必有病，也就可呻，何况是有病呢。”[③]

这场大病之后，张恨水第一次向报社提出了辞职。成舍我当然舍不得张恨水离开，说了许多挽留他的好话，张恨水碍于情面，只好收回辞呈。没过多久，大约在民国十七年（1928 年）六月，北平城挂起青天白日旗的时候，成舍我由南京回到北平，于是发生了“欠薪”风波，张恨水再次愤然提出辞职，成舍我依然是好言相劝，不肯放他走。无奈之中，张恨水没有坚持非走不可，而是勉强留了下来。他曾说过：“只要人家不来砸我的饭碗我是顺来顺受，逆来也顺受。一天两足一伸不吃饭了，也就不必拿笔了。等我进了棺材，有人把《明珠》当金科玉律，我也捞不着一文好处。有人把《春明外史》

---

① 张恨水《翻版的“也是离骚”》，张恨水散文全集《明珠》，33 页，时代文艺出版社 2015 年 8 月版。

② 张恨水《临江仙》附注，张恨水全集《剪愁集》，205 页，北岳文艺出版社 1993 年 1 月版。

③ 张恨水《由病榻上写来》，张恨水散文全集《明珠》，10 ~ 11 页，时代文艺出版社 2015 年 8 月版。

换洋取灯，我也不皮上痒一痒。”[①]这话听上去总让人感到有一些辛酸和悲痛。过了不久，他再次病倒了。病稍愈，他马上提笔工作，并在一篇《小月旦》中针对“停了药罐就提起笔杆”的生活发了一通感慨：“躺着不能吃喝，要吃喝也没钱买。不躺着有吃喝，又不能不心力交瘁。倘是能躺着吃喝，又不浑身难受，岂不大妙！然而不能也，于是乎耗你的心力，去补充你的心力，就这样一耗一补，葬送三千世界恒河沙人数。呜呼造化不仁，以万物为刍狗。”[②]

民国十八年（1929年）春夏之交，经钱芥尘介绍，张恨水在北平中山公园来今雨轩结识了上海《新闻报》副刊主编严独鹤。转过年来的春天，便有了《啼笑因缘》在《新闻报》副刊《快活林》的连载。这时，他第三次提出要辞去《世界晚报》《世界日报》的所有职务，成舍我不好再强留，终于答应了他的请求。四月二十四日，张恨水作《告别朋友们》一文，在与他相伴七年之久的《夜光》《明珠》两副刊同时发表：

> 我并不是什么要人，要来个通电下野。我又不是几百元的东家，开了一座小店，如今不干了，要呈报社会局歇业。所以我对《明珠》《夜光》的编辑，虽然已卸责两月之久，我并没有登什么启事。但是为了省这一点事，倒惹了不少的麻烦。外间投稿的诸位先生，有所不知，由文字更牵涉到事务上，不断的和在下通函。因此我只好来作这一篇告别书。

---

① 张恨水《信口开河（二）》，张恨水散文全集《山窗小品》，248页，时代文艺出版社2015年8月版。

② 张恨水《不能躺着吃喝》，张恨水散文全集《小月旦》，122页，时代文艺出版社2015年8月版。

在《世界晚报》未产生以前，更不论《世界日报》了，在那联合通讯社里，我便是一分子，虽然我到现在，还是一个被雇佣者，我与本报，是有这样久长的日子，一旦云别，能毋黯然。而诸位投稿先生、读者先生，在文字上也早已作了神交，我也不愿突然的叫声再见，所以只得含糊着直到不能含糊的今天。

我为什么辞了编辑？本来无报告之必要，然而也不妨告诉诸位朋友的，就是人情好逸而恶劳。我一支笔虽几乎供给十六口之家，然而好在我把生活的水平线总维持着无大涨落，现在似乎不至于去沿门托钵而摇尾乞怜。小人有母，我不敢步毕倚虹的后尘，不及颜回短命的岁数便死了，因之钱我所欲也，命亦我所欲也，二者不可得兼，舍钱而取命者也，于是决定了节劳。这节字从哪里下手哩？我除了本报编辑而外，还有六篇长篇小说，本市三篇，上海两篇，沈阳一篇，都是早有契约，不能中断的。其间可以节省下来的，只有编稿了，所以我决定了辞掉编辑。交代已过，请诸位朋友，以后不必以编辑事务来有所询函了。

在一个读书不多而思想腐化的我，和诸位相见许多年。虽然打通的也有，而喝彩的也不少。兄弟这里给诸位鞠躬，多谢捧场。下场来不及抓诗，填阕《满江红》吧，那词是：

弹指人生，又一次轻轻离别。算余情余韵，助人呜咽。金线压残春梦了，碧桃开后繁华歇。笑少年一事不曾成，霜侵发。　抛却了，闲心血。耽误了，闲风月。料此中因果，老僧能说。学得曲成浑不似，如簧慢弄鹦哥舌。问匆匆看得几清明？东栏雪。[1]

① 张恨水《告别朋友们》，转引自谢家顺《张恨水年谱》，280 ~ 281 页，安徽文艺出版社 2014 年 7 月版。

张恨水的性格是温厚而隐忍的，不像以“大炮”闻名的龚德柏，既不认可“被雇佣者”的身份，马上与成舍我闹翻，拉起一哨人马，自立门户。张恨水却不能不顾及朋友的情面，撕破脸皮的事他是做不来的，连辞职都是一而再，再而三，拖泥带水，久议不决。这一次，他的不满情绪虽稍有流露，却也还是“怨而不怒，哀而不伤”，算得上深得“温柔敦厚”之旨。不过，无论如何，他总算了结了与世界日晚报的这段情缘，虽说还有小说在两报连载，他也时常为报纸写些短文，但他的精神是大大地放松了，情绪也得到了疏解和释放，心情好了，生活则平添了许多乐趣。

这期间，他与胡秋霞又添了一双儿女。儿子小水民国十七年（1928年）一月出生，民国十九年（1930年），小女儿康儿也降生了。添人进口，喜气盈门，张恨水也感受到一种春风得意的满足和幸福。尤其是仰仗着《啼笑因缘》带来的声誉，他竟成了南北报馆和出版商争抢的香饽饽，不仅新的稿约应接不暇，许多旧作也被翻了出来，除了在报纸上连载、转载，还有人结集出版，为他增加了不少收入。十一月间，他应邀赴沪，在赵苕狂先生的撮合下，他把《春明外史》和《金粉世家》的版权以千字四元的价格卖给了世界书局，并以千字八元的价格与世界书局签了四部长篇新作。此外，他还答应为赵苕狂主编的半月刊《红玫瑰》写一部长篇，以谢朋友热心推介的厚意，这便是后来在《红玫瑰》连载的讽刺小说《别有天地》。而《啼笑因缘》的单行本也拟于年内由三友书局出版发行。

张恨水此次南下，在上海停留不过四天，而当他离沪北上时，则可谓满载而归。当时就有传言，说他在十几分钟内收了几万元稿费，回到北平就买下了一所王府，还备下了一部汽车。对于无聊小报漫无边际的“呓语”，他既无奈，亦无语。多年后，他忆及此事时还说：“中国卖文为活的人，永远不会有这样的故事发生。”[①]他提到当时的情形：

> 这年秋天，我到了上海，小报上自有一番热闹。世界书局的赵苕狂先生，他约我和世界书局的总经理沈知方谈谈。我当然乐于访晤。第一次见于世界书局工厂，约有半小时的谈话。他问我还有什么稿子可以出售的。我就告诉了他《春明外史》和《金粉世家》。而《金粉世家》，那时还有一小部分没有写完呢。他说，你这是出过版的，登过报的，不能照新写的作品算，愿意卖的话，可以出四元千字。我说，容我考量。第二次，沈君请我到“丽查”饭店吃饭，约苕狂君作陪。极力劝我把两部书卖了。据我估计，两书各有一百万字。沈君愿意一次把《春明外史》的稿费付清。条件是我把北平的纸型交给他销毁。《金粉世家》的稿费分四次付，每接到我全部的四分之一的稿子，就交我一千元。我也答应了。同时，他又约我给世界书局专写四部小说，每三月交出一部。字数约是十万以上，二十万以下。稿费是每千字八元。出书不再付版税。当时我以家庭里有几笔较大的费用，马上有一笔完整的收入，于我的家庭，有莫大的好处，我也就即席答应了。[②]

这一次，张恨水拿到了八千元钱稿酬，其中四千元是卖掉《春明外史》的版税，另外四千元是为四部小说预支的定金。卖文卖了十几年，还从未见过这么多钱呢。他首先想到写信给老朋友郝耕仁，“叫他到上海来玩玩”。他们已经十一年没有在一起相聚了，此番

---

① 张恨水《写作生涯回忆》，37 页，人民文学出版社 1982 年 6 月版。

② 同上，37 ~ 38 页。

相见，真是百感交集。张恨水回忆说："他来了，我分给他一些钱，又同路去逛西湖。"[1]郝耕仁劝他回芜湖看看，他固有此愿，而年关将近，有许多事需要他速回北平去处理，芜湖之游，只好作罢。他则希望郝耕仁能来北平，给自己帮帮忙，郝耕仁倒是满口应承，准备过了年就到北平去。

张恨水在年底之前离沪返平。离沪之前，他在《上海画报》刊发《张恨水启事》，以表达他对此次上海之行旧友新欢盛情款待的感激之情：

> 恨水此次南下，蒙诸前辈、诸友好，盛情款待，宠誉有加，私衷惭感，楮墨难宣。比以北平来电，匆促言旋，沪上地阔途疏，不能一一走辞，尤为歉仄，北上而后，益当勉竭驽钝，力治所业，以答诸前辈友好奖劝之至意。临颖依依，不尽欲言，特此申谢，并乞鉴原。张恨水拜启，二十日。[2]

张恨水回到北平，这时，他手上大概还有六七千元。十八年后，他回忆此事时说，"若把那时候的现洋，折合现在的金圆券，我不讳言，那是个惊人的数目。但在当年，似乎也没有什么了不起。不过这笔钱对我的帮助，还是很大的。我把弟妹们的婚嫁教育问题，解决了一部分，寒家连年所差的衣服家具，也都解决了。这在精神上，对我的写作是有益的。我虽没有癞蛤蟆去吃天鹅肉，而想买一所王府，

---

① 张恨水《我的创作和生活》，《文史资料选辑》第七十辑，170页，文史资料出版社1980年7月版。

② 《张恨水启事》，转引自谢家顺《张恨水年谱》，286页，安徽文艺出版社2014年7月版。

但我租到了一所庭院曲折，比较宽大的房子，我自己就有两间书房，而我的消遣费，也有了着落了”。[①]

他这里所说的房子，即西长安街大栅栏十二号。这条胡同也是南北走向，南临西长安街，北接力学胡同，由于它的东侧五十年代建起一座电报大楼，遂更名为钟声胡同。在未英胡同三十号住了五年之后，民国二十年（1931 年）一月，张恨水将全家迁到这里。他在随后给钱芥尘的信中提道：“第十二日迁寓西长安街大栅栏十二号。此‘大栅栏’三字，读‘大扎啦’，别于前门外之‘大珊滥’（大栅栏）也。”[②]关于这所宅院，他在《影树月成图》一文也有生动的描述：

> 大栅栏十二号，以曲折胜。前后左右，大小七个院子，进大门第一院，有两棵五六十岁的老槐，向南是跨院，住着我上大学的弟弟，向北进一座绿屏门，是正院，是我的家，不去说它。向东穿过一个短廊，走进一个小门，路斜着向北，有个不等边三角形的院子，有两棵老龄枣树，一棵樱桃，一棵紫丁香，就是我的客室。客室东角，是我的书房，书房像游览车厢，东边是我手辟的花圃，长方形有紫藤架，有丁香，有山桃。向西也是个长院，有葡萄架，有两棵小柳，有一丛毛竹，毛竹却是靠了客室的后墙，算由东折而转西了，对了竹子是一排雕格窗户，两间屋子，一间是我的书库，一间是我的卧室。再向东，穿进一道月亮门，却又回到了我的家。卧室后面，还有个大院子，一棵大的红刺果树，

---

① 张恨水《写作生涯回忆》，38 ~ 39 页，人民文学出版社 1982 年 6 月版。

② 转引自谢家顺《张恨水年谱》，291 页，安徽文艺出版社 2014 年 7 月版。此信曾以《张恨水对张新红态度之一封书》为题，发表于 1931 年 1 月 18 日之《上海画报》。

与半亩青苔。我依此路线引朋友到我工作室来，我们常会迷了方向。[①]

这样一所宅院，月租金只有四十元。大约这是张恨水居京以来心情最舒畅的一段时间。虽然很忙，“约有六七处约稿，要先后或同时写起来”，[②]但他并不感到紧张和压力，反而“心广体胖”，[③]神清气爽。他颇有些得意地回想起民国二十年（1931年）居住在大栅栏十二号的情景：

我坐在一间特别的工作室里，两面全是花木扶疏的小院包围着。大概自上午九点多钟起，我开始写，直到下午六七点钟，才放下笔去。吃过晚饭，有时看场电影，否则又继续地写，直写到晚上十二点钟。我又不能光写而不加油，因之，登床以后，我又必拥被看一两点钟书。看的书很拉杂，文艺的，哲学的，社会科学的，我都翻翻。还有几本长期订的杂志，也都看看。我所以不被时代抛得太远，就是这点加油的工作不错，否则我永远落在民十以前的文艺思想圈子里，就不能不如朱庆余发问的话，“画眉深浅入时无”了。[④]

这时，他不再为钱而苦恼，他说：“其实我的家用，每月有

---

① 张恨水《影树月成图》，张恨水散文全集《北京人随笔》，184页，时代文艺出版社2015年8月版。

② 张恨水《我的创作和生活》，《文史资料选辑》第七十辑，170页，文史资料出版社1980年7月版。

③ 张恨水《写作生涯回忆》，39页，人民文学出版社1982年6月版。

④ 同上。

三四百元也就够了，我也并不需要许多生活费，所以忙者，就是为了情债。往往为了婉谢人家一次特约稿件，让人数月不快。”这是他新的苦恼，虽然他已如老母亲所言，“成了文字机器”，很想减少些工作，但稿约还是接踵不断，他无可奈何地说：“殊不知这已得罪了很多人，约不着我写稿的‘南方小报’，骂得我一佛出世，二佛涅槃。”①本来，他约郝耕仁来北平，就有请他帮忙分担些文债，并一起搜集整理资料，准备编写《中国小说史》的意思。他在抵达北平后写给钱芥尘的信中就曾提道：“一切旧稿，须候郝先生来平，再为整理寄上。”②旧历新年之后，郝耕仁如约来到北平，但他没能像预想的那样常住北平，两个月后，就因妻子病重而返回安徽。他的女儿郝君仪（漾）曾在《回忆我父亲郝耕仁与名小说家张恨水的友谊》中写道：“那时恨水先生在北京已经租了一所大宅院。院内屋宇庭院错落有致，花木扶疏，环境幽静。我父亲去后独自住了一小院。二人兴致勃勃地分了工，拟订了搜集史料的计划。刚两个月的光景，不料我母亲得了‘狂疾’，……日夜哭闹不休，惊恐失常。我和两个姊妹十分害怕，我只得写信要我父亲回家，父亲不得不抛弃他心爱的工作回来给我母亲延医治病。”③

结果，张恨水的忙，依然如故。这一年秋天，他把第三个妻子娶进了门。这个在婚后被张恨水改名为“周南”的女人，几乎小他

---

① 张恨水《写作生涯回忆》，43页，人民文学出版社1982年6月版。

② 张恨水《恨水先生抵平后来书》，原载1931年1月1日《上海画报》，转引自谢家顺《张恨水年谱》，287页，安徽文艺出版社2014年7月版。

③ 郝君仪《回忆我父亲郝耕仁与名小说家张恨水的友谊》，《张恨水研究会会刊》（总第二期），53页。

二十岁。然而，他们的婚后生活却可谓琴瑟和谐，意趣相投，有着说不尽的喜悦和甜蜜。张恨水对这次婚姻由衷地感到欣慰，他相信，这正是多年来他一直渴望得到的爱情之果。这时，虽说全家都在大栅栏十二号的深宅大院里过着其乐融融的日子，他还是另租了铁门胡同一所小院，与周南共建了一个小小的爱巢。转过年的八月，他们有了第一个孩子、张恨水的次子二水，得子之乐总算给两月前经历了丧女之痛的张恨水一些安慰。

然而，"九一八"事变的发生，使得华北的局势骤然紧张起来。日本军队在占领东北全境之后，开始把战火烧向华北，威胁平津。先是锦州、热河，战事频发，中国军队被迫撤离。民国二十二年（1933年）年初，山海关战事又起，继而失守，日军随后总攻热河，进占承德，迫近冷口、古北口、喜峰口一线，长城战事爆发。局势由此变得更加恶化，北平城里人心浮动，惶惶然不知所措。为了躲避越来越迫近的战乱，张恨水开始考虑在适当的时候举家南迁，把母亲和妻儿送回安徽老家去。于是，十几年的"平居"生活就以这种方式结束了。

拾贰

雅趣

“平居”的日子虽然辛苦，却也不乏乐趣。最让张恨水感到称心如意的，是北京古老厚重、博大精深的文化氛围，虽然“五四”新文化运动发生在北京，但是，北京敦厚宽容、和平幽默的文化底蕴，不仅将新文化融入萧散悠远的古都韵致之中，而且，古都文化与新文化的相得益彰，更营造出一种兼容并蓄的人文气息，淳朴温馨，情趣盎然，是他以前在上海不曾感受到的。在这里，他这个“不新又不旧”[①] 的文学青年，简直如鱼得水。

初到北京之时，他还是一介贫寒的书生，两手空空，囊中无物，只靠卖文为生。那时他住在会馆里，每月只需十余元，房饭两项便安排妥当。单身一人，吃住既不愁，还有什么可担忧的呢？所以，闲暇之余，如果尚有余裕，他尽可以去做自己喜欢的事。当初，有两件事是他最感兴趣的，一是听戏，一是读书。旅京不久，他就曾

① 张恨水《太息复古的油篓》，张恨水散文全集《山窗小品》，211 页，时代文艺出版社 2015 年 8 月版。

有过一次“豪举”。多年后回忆这段生活时他仍很得意地说：“一天我在交过房、饭费后，只剩下一元现大洋了，这一块钱怎么花呢？恰巧这时梅兰芳、杨小楼、余叔岩三个人联合上演，这当然是好戏，我花去了身上最后一块现大洋去饱了一下眼福耳福。”①

张恨水肯为听戏倾囊而出不是没有缘由的。他是安徽潜山人，这里是京剧的发源地之一，著名的二黄腔就是从流行于此的吹腔、拨子演化而成的；所以称作二黄，是因为演奏时需用两把唢呐而得名。“昔有观潜山风水者，谓该县出三十六把黄龙伞。但龙气不足，将流于假。于是至清中叶，业伶者群起。戏台上故多帝王，潜山之黄龙伞，遂尽走上戏台。”这固然只是一种传说，但“据旧京潜山人调查，昔四大徽班北上，伶人十之八九为安徽籍，潜山人尤多”。②譬如，号称徽班领袖、京剧鼻祖的程长庚，以及后继者杨月楼，都是潜山人氏，张恨水因此颇感到有些自豪：“愚尝有一闲章，文曰程大老板同乡。”③他既这么说，无非是想表达，与程大老板同乡是可以标榜的。而他的迷恋京剧，也可谓渊源有自，绝非无来历者。

然而，看戏是要花钱的，虽说那时的他，一人独自“漂”在北京，每月有五六十元的收入，不算多也不算少，“除以半数汇家供甘旨外，而衣食所需，绰有余裕”，④即便如此，要是由着他的性儿看戏，怕

① 张恨水《我的创作和生活》，《文史资料选辑》第七十辑，160页，文史资料出版社1980年7月版。

② 转引自张明明《回忆我的父亲张恨水》，153～154页，百花文艺出版社1984年11月版。

③ 同上。

④ 张恨水《忆江西会馆堂会》，张恨水散文全集《明珠》，115页，时代文艺出版社2015年8月版。

也难以尽欢。所以，有时他也不得不“蹭戏”看。当初他借住歙县会馆，对面就是江西会馆，那些宦囊既饱，无所事事的士大夫，偶值喜庆，必在此举办堂会。张恨水觉得，这是看“蹭戏”的最佳时机，“故江西会馆有堂会，予必作不速之客”。不过他说，千万不要“贸然而往。大抵夜间十一二钟，酒宴早罢，贺客暂稀，于是峨冠博服，从车马中从容步入。门禁（大概为步军统领所辖之游缉队）者目逆而送之，以为客也，漫不过问。及入戏场，则豪竹哀丝，好戏方登场。主人间而觉者，明知为知音之客，亦安之若素焉”。[①]

当然，值得花的钱还是要花的。他很明白这个道理：“人生有一种嗜好，要多花一些钱，也要多耗一些精神。”[②]所以，为了梅兰芳与杨小楼合演的《霸王别姬》，他可以“大破悭囊”，花十块大洋一看而再看，“虽然还是做了两回二等看客，已觉是尽力而为”，但即使如此，他仍然表示：“若有相当的机会，我还可以花五块钱。”[③]他对北京伶界每年的窝窝头会[④]也很推崇，因为届时可以欣赏平常不

---

① 张恨水《忆江西会馆堂会》，张恨水散文全集《明珠》，115页，时代文艺出版社2015年8月版。

② 张恨水《嗜好三定理》，张恨水散文全集《小月旦》，146页，时代文艺出版社2015年8月版。

③ 张恨水《关于〈霸王别姬〉》，张恨水散文全集《明珠》，192页，时代文艺出版社2015年8月版。

④ 据张恨水在《窝窝头会略谈》中介绍：“北平伶界窝窝头会，向于封箱会后演之，约在阴历十二月二十四日、二十五日、二十六日。窝窝头者，以棒子面为之（即玉蜀黍之粉），大如拳，底向里凹，形约如塔尖，北方极贫者之食物也。至废历年，各戏班零碎配角，无以度岁，梨园行乃集全城名角，唱义务戏三天，将戏票收入全数赈济，以便彼等买窝窝头吃，故云。二十年来地点均在第一舞台。”见张恨水散文全集《山窗小品》，186页，时代文艺出版社2015年8月版。

易见到的名伶合作之戏。他曾举一例：“如全部《群英会》，则裘桂仙饰孙权，程继仙、姜妙香合演周瑜，郝寿臣饰黄盖，萧长华饰蒋干，侯喜瑞饰曹操，马连良饰孔明（本鲁肃为重，兼祭东风，则孔明不弱矣），谭富英饰鲁肃。”①这样的演员阵容，若在平时，几乎是不可想象的。而且，“民国十年（1921年）前，头等池座，仅售五元耳”。②

张恨水对京剧的痴迷，还表现在他很用心地学习戏曲知识，虚心求教，随时探讨和研究。他说：“不才虽不懂戏而酷嗜皮黄。因是工作之余，在十二点钟附近，必有一度戏学之讨论。议论风生，每不知东方之将白。”③身边的同事，或为老戏迷，或为名票友，或熟于坤伶掌故的，都是他的老师。他写了很多谈论戏曲的文章，常在《明珠》《夜光》两副刊上发表，其中不乏真知灼见。比如他谈到《旧剧中的琴与箫》，就认为，剧中该用古琴的地方而用三弦或月琴，或该吹箫时以笛声代替，都是不够严谨的。他以《空城计》和《浣纱记》为例，前者诸葛亮在城楼弹琴的时候，场面上用的就是三弦或月琴。古琴发音“非常之俭朴与清缓”，而三弦或月琴，“音调非常的急促与繁复，和琴韵恰好成反比。有些没听过琴的人，以为琴音就是如此，岂不大谬”？后者伍子胥上场时，手拿一管洞箫，“吹的时候，场面上用笛子代，也是很急促的”，和婉转的箫管的

① 张恨水《窝窝头会略谈》，张恨水散文全集《山窗小品》，187页，时代文艺出版社2015年8月版。

② 同上，184页。

③ 张恨水《皮黄耳食（一）》，张恨水散文全集《明珠》，254页，时代文艺出版社2015年8月版。

声音完全不同。“而且伍大夫当日吴市乞食所吹的箫，并不是现在的箫管，乃是排箫。排箫是许多竹管列成一排，捧着吹的。”①

张恨水对于京剧中慢板的过门也有自己的看法。他固然不赞成新文学家“废皮黄去胡琴”的主张，以为“令人笑破肚皮之事也”；但他认为，皮黄慢板的某些过门，“实属太长”，不妨加以改进。他“以《四郎探母》坐宫一场论之，杨延辉叫板后，一人静坐台上，等第一过门拉完，始唱杨延辉坐宫院。在此中间，不能做表情，又无其他角色可资陪衬，虽名伶亦不得不呆若木鸡，实无味也”。于是他建议，“愚以为胡琴过门，不过调和音节，及令歌者稍一换气，实无拖长之必要”。②至于旧剧的剧本，张恨水则更多指摘，比如《花田错》一剧，他对卞玑写扇题诗一段，就以为多有不妥或不通之处。他指出，花田会上，刘小姐指使丫鬟春兰向卞玑索买字画，卞玑当场挥笔写就，事情尚在常理之中。及至卞问以何为题，春兰答曰：“就以我们小姐为题罢。”他觉得就难以接受了：“世岂有如此大胆丫鬟，让卖春联一流人物，当面题其小姐耶？”再看卞所题之诗：“三月里天气艳阳春，花田会上遇美人，桃红柳绿来相衬，燕语莺啼动人情。”这让一个精通诗艺的人近乎崩溃，他叹道：“妙哉诗乎，而有八字一句者。”而且当面调笑一位小姐，竟在人家的扇子上，大书曰遇美人，动人情，真“可谓第一号大胆拆白党”，他说，“此时小姐有一分羞耻，当亦不忍受，而尚一字一字念之曰：好是好，就是没有落款。刘小姐，亦

---

① 张恨水《旧剧中的琴与箫》，张恨水散文全集《明珠》，191 ~ 192 页，时代文艺出版社 2015 年 8 月版。

② 张恨水《说慢板胡琴过门》，张恨水散文全集《明珠》，208 页，时代文艺出版社 2015 年 8 月版。

大不客气者矣”。而落款则更有讽刺意味：湖广湘乡甲午举人卞玑题。他笑问：“举人作出这等诗，这等诗尚能叫小姐动怜才之意，演出一本《花田错》，天下事岂非有真不可思议者乎？”[①]

类似的指摘，张恨水写过不少。他曾挑剔《审头刺汤》中于情于理固不可通者；他比较梅兰芳与欧阳予倩的《黛玉葬花》，了然于二者各自的优劣；即使是他最为推崇的《霸王别姬》，其中也有白璧微瑕之处。可以说，他对京剧，真是爱之深，责之切，有些话，可能得罪人，却又不得不说。他直言：“旧剧词句不通，固吾人所憾者。”[②]因此，他极力主张改良旧剧，特意在报上开辟专栏，讨论旧剧如何改良。当时，经过改良的新编本戏数量是相当可观的，他注意到，其中有两种倾向，不能令人满意：“一种加许多新名词，令伶人向观众致训词，使人闻之浑身肤粟。一种则风花雪月，堆砌成篇，普通人闻之茫无所知，亦为不通之事。”[③]至于旧戏舞台布景，他也认为“非根本改造”[④]不能解决问题。他很欣赏梅兰芳的《俊袭人》，甚至称它为“旧戏里面”的“一种革命”，“虽不能十分完善，然而场面移至幕内，戏台上去了上下场门，不摔垫，不用饮场，场上不断人，这都是旧戏极不堪的事，而能免除了”。[⑤]有一天，他与

① 张恨水《〈花田错〉之定情诗》，张恨水散文全集《明珠》，203页，时代文艺出版社2015年8月版。

② 张恨水《旧剧改良难》，张恨水散文全集《明珠》，241页，时代文艺出版社2015年8月版。

③ 同上。

④ 同上。

⑤ 张恨水《由〈俊袭人〉谈到旧剧改良与梅兰芳渡美》，张恨水散文全集《明珠》，189页，时代文艺出版社2015年8月版。

编剧齐如山先生偶遇，便问道，既然《俊袭人》很有成绩，为什么不跟着编下去呢？齐如山先生回答："很难。你要知道，角儿要露，他们场面上也要露露。我们这不过是一种试验，不是畹华，旁人还办不到呢（指场面通不过）。"[①] 张恨水听了，"未免爽然若失，知道我们提倡的旧戏改良论，实在是件不容易实现的事"。[②]

张恨水喜欢听戏、看戏、聊戏、评戏，却因为左嗓子，唱起来不搭调，轻易不唱戏。不过，抗战期间，避居重庆郊外南温泉时，难得有看戏的机会，"终年不复一入剧场。戏瘾偶来，则强细君低声歌之，吾口奏琴手拍板以合音节"。然而，他这位"细君"殊不配合，稍一尝试，就不肯再唱了。"无已，吾乃自唱而自解，每当风静夜阑，月明如昼，乃移一竹椅于断板桥头，抬头望月，高歌《坐宫》想老娘想得我肝肠痛断一段。唱自不佳，然离思如剥茧抽丝，吾与杨四郎化而为一矣。"后来，为了弥补一人独唱之不足，他居然无师自通地学会了演奏胡琴，常在"山窗日午，空谷人稀"之时，"掷笔取琴，依谱奏之。习之既频，《梅龙镇》《骂殿》《六月雪》《女起解》，各能一二段。每当弦索紧张，细君隔室停针，辄应声而唱"。此情此景正是张恨水梦寐以求的，他很得意地比作"吹箫引凤之胜"，但"细君"表示，不过是苦闷无聊，借此消遣而已，"君技虽劣，终胜无琴"。然而，"彼一唱众和，指挥若定者，非个个有超人之技，特亦聊胜于无之列耳"。[③]

---

① 张恨水《由〈俊袭人〉谈到旧剧改良与梅兰芳渡美》，张恨水散文全集《明珠》，189 页，时代文艺出版社 2015 年 8 月版。

② 同上。

③ 张恨水《劣琴》，张恨水散文全集《山窗小品》，58 页，时代文艺出版社 2015 年 8 月版。

尽管张恨水有“左嗓子”之称，唱得并不很好，但只要有机会，他还是跃跃欲试，很想过一把戏瘾。在朋友和家人的记忆中，他至少有过三次登台“票”戏的经历。第一次是在民国二十年（1931年），武汉大水，其间北平新闻界发起赈灾义演，地点在湖广会馆，张恨水在《女起解》中饰崇公道。第二次发生在民国二十二年（1933年）前后，据左笑鸿讲，一位新闻界同人为其母做寿，在宣武门外江西会馆邀了一台票友戏。朋友们拿到戏单后发现，张恨水的大名赫然排在了中间位置，标明他将出演《乌龙院》中的张文远。《乌龙院》本是一出生旦并重的戏，若是老生名气大，就由饰演宋江的演员挂头牌，若是旦角名气大，就由扮演阎惜娇的演员挂头牌，总之没有丑角张文远挂头牌的道理。这回却是张恨水三个大字在中间，下面两行小字，分别是生、旦的名字。这固然表示主人对张恨水的敬重，却也破天荒地打破了梨园行的行规。据说，在一阵惊天动地的掌声中，张文远出场了，那几句“四平调”，竟是一句一个好，至于唱的什么，谁都没听清楚，全都淹没在掌声和叫好声中了。但那位旦角票友一直在笑，或许是笑张恨水的“荒腔走板不搭调”吧。这场演出还有两个插曲值得再记一笔。一个是生旦临场“抓哏”，当宋江说出张文远的名字时，旦角故意说：“张心远是谁呀？”张恨水原名张心远，这个新闻界同人都知道的，这一改，博得观众一笑。演宋江的票友心领神会，答道：“乃是我的徒弟。”旦角又问：“我听说你的徒弟是有名的小说家，你怎么没名啊？”这一问有些唐突，台下观众都很紧张，不知宋江怎么回答。没想到这位老生回答得十分机敏，他说：“有道是，有状元徒弟无状元师傅啊！”于是引来哄堂大笑，成了第二天报纸的大字新闻。再一个纯属恶作剧。因张恨水在台上一直一瘸一拐的，这出戏演完了，左笑鸿找到张恨水，问他什么原因。他摇摇头，什么也没说。过了几天，左笑鸿又提起此事，张恨水有些无奈地说："真是岂有此理。因为不懂后台规矩，有人恶作剧，在我的靴子里放了一颗图钉！"最后一次是民国三十六年（1947年）九月，北平新闻界庆祝"九一"记者节，张恨水参演《法门寺》，为其中四大龙套之一，另外三个分别由中央社北平分社主任丁履进、华北日报社社长张明炜、北平日报社社长季迺时扮演。因张恨水当时是新民报北平分社社长，故有四大社长出演四大龙套的说法；又因其他三位都是近视，都戴眼镜，张恨水虽然平时不戴眼镜，这时为了求得一致，也找了一副眼镜戴上，又有了"眼镜龙套"的称呼，并引起台下掌声笑声响成一片。①

在张恨水的生活中，戏就像盐，是不可缺少的调味品；而书，好像空气和阳光，却是须臾不可分离的。张恨水笔下有一位杨杏园，是《春明外史》中的主人公，书中写他是个手不释卷的人，常常随手拿起一本书便读起来。杨杏园既是张恨水以自己为原型的创造，那么，杨杏园的这种生活习惯，未尝不是张恨水日常生活的写照。这样的情景在他的文章中随处可见。有一次他大病初愈，在床上躺了几天，觉得精神好了许多，便拧着电灯，看了一段《儿女英雄传》，竟不觉得乏。②另有一处则多了些诗意，他写道，胡同里，卖菊花的，一阵阵吆喝着刚刚过去，"只这一些儿点缀，我们便觉得秋深了。这个日子，拿着一本《陶靖节集》，坐在窗下看。案上陈列几盆新菊，

---

① 参见张伍《忆父亲张恨水先生》，295～298页，北京十月文艺出版社1995年8月版；张明明《回忆我的父亲张恨水》，155～156页，百花文艺出版社1984年11月版。

② 张恨水《由病榻上写来》，张恨水散文全集《明珠》，10页，时代文艺出版社2015年8月版。

十分助人的诗兴，所谓春秋多佳日，也足以让人快乐了”。[①]

这种读书之乐，不是什么人、什么时候都能随意享受的，却是张恨水梦寐以求的。有人集一古诗联，“无事此静坐，有福方读书”，他很欣赏，坦言：“此种旨趣，殊不合于现代人生观。然而吾人真有此种境界，岂非大幸之事。”[②]在这里，读书这件事，被他美化了，雅化了。他曾作《读书百宜录》，表达一个“善读书者”的主张，试举几例：

> 秋窗日午，小院无人，抱膝独坐，聊嫌枯寂，宜读《庄子·秋水篇》。
>
> 菊花满前，案有旨酒，开怀爽饮，了无尘念，宜读陶渊明诗。
>
> 黄昏落日，负手庭除，得此余暇，绮怀万动，宜读《花间》诸集。
>
> 大雪漫天，炉灯小坐，人缩如猬，豪气欲消，宜读《水浒传》林冲走雪一篇。
>
> 偶然失意，颇感懊恼，徘徊斗室，若有所悟，即宜拂几焚香，静坐稍息，徐读《楞严经》。
>
> 银灯灿烂，画阁春暖，细君含睇，穿针夜话，宜高声朗诵，为伊读《西厢记》。
>
> 月明如画，清霜行天，秋夜迢迢，良多客感，宜读盛唐诸子一唱三咏之诗。

---

① 张恨水《秋风起矣》，张恨水散文全集《明珠》，56页，时代文艺出版社2015年8月版。

② 张恨水《另一山窗》，张恨水散文全集《山窗小品》，91页，时代文艺出版社2015年8月版。

蔷薇架下，蜂蝶乱飞，正在青春，谁能不醉，宜细读《红楼梦》。

冗于琐务，数日不暇，摆脱归来，俗尘满襟，宜读《史记·项羽本纪》及《游侠列传》。

淡日临窗，茶烟绕案，瓶花未谢，尚有余香，宜读六朝小品。[①]

不必多举，仅此数例，已将张恨水的情趣、雅好、品性、人生态度，表露无遗。在这里，我们不难发现晚明世风的影子，他所追求的，正是晚明文人所营造的潇洒、自适、自然造化的气息与人的心境、心意相互映衬的境界。读书是读书人的本分，是其安身立命的所在，对张恨水来说，也许还有另外一层意义，即调剂枯寂的生活，给平淡的日子增加些乐趣，心灵上也能得到陶冶和净化，并使得精神有所寄托。这就是说，在读书这件事上，张恨水始终是以消遣的、闲适的态度对待之，全凭兴趣，没有任何功利的目的，既不想读书做官求功名，也没有治国平天下的远大抱负。

北京的得天独厚之处，恰是古典文化的叶茂根深，仅就旧书业而言，众多的书摊、书肆，几乎就是北京人的公共图书馆。张恨水就曾多次忆及在琉璃厂、隆福寺、东安市场搜求旧书的情景。他写道：每年新春佳节，厂甸都是“都人士女一大游乐场”，而“好搜罗断简残篇之文人”，也“可趁此群书陈列之时，得从容掘发不易得之秘本”。[②]届时，厂甸的旧书摊之多，南自琉璃厂，北迄当年的国立

① 张恨水《读书百宜录》，张恨水散文全集《山窗小品》，291 页，时代文艺出版社 2015 年 8 月版。

② 张恨水《逛厂甸》，张恨水散文全集《山窗小品》，19 页，时代文艺出版社 2015 年 8 月版。

师范大学，在近千米的路上依次排开，供人挑选，如果挨摊仔细浏览，不遗一摊的话，至少要破费两天的光阴。这些书摊之旁自然少不了张恨水的身影，他曾作《北京旧书铺》一文表示，在“佣书之余，辄好涉足书摊，以搜索断简残篇为乐”。又说，“予每届春节，必在此处有数度之徘徊”。[①]

流连于书摊、书铺之间的张恨水，并非无目的地闲逛，他说：“我读书有两个嗜好。一是考据一类的东西，一是历史。为了这两个嗜好的混合，我像苦修的和尚，发了愿心，要作一部《中国小说史》。要写这种书，不是在北平的几家大图书馆里，可以搜罗到材料的。自始中国小说的价值，就没有打入‘四部’‘四库’的范围。这要到那些民间野史和断简残编上去找。为此，我就得去多转旧书摊子。于是我只要有工夫就揣些钱在身上，东西南北城，四处去找破旧书店。北平是个文艺宝库，只要你肯下功夫，总不会白费力的。所以单就《水浒》而论，我就收到了七八种不同的版本。例如百二十四回本的，胡适先生说，很少，几乎是海内孤本了，我在琉璃厂买到一部，后来又在安庆买到两部，可见民间的蓄藏，很深厚的呀。又如《封神演义》，只有日本帝国图书馆，有一部刻着许仲琳著。我在宣武门小市，收到一套朱本，也刻有金陵许仲琳著字样，可惜缺了第一本，要不然，找到了原序，那简直是一宝了。”[②]经过十数年多方搜求，他的藏书，据说已积累到万余册，可惜，抗战爆发后，几经迁徙，

---

① 张恨水《北京旧书铺》（上下），张恨水散文全集《山窗小品》，24 ~ 25页，时代文艺出版社 2015年8月版。

② 张恨水《写作生涯回忆》，40页，人民文学出版社 1982年6月版。

藏书大部散佚，加上他的兴奋点也已转移，写作《中国小说史》的宏愿，终成泡影。

张恨水爱书、淘书，目标也不尽是“小说史”的材料，就书而言，他也喜欢诗词古文。虽然他说到读书的嗜好，只有两个，其实，另有一个更让他痴迷的，他没有说，这便是醉心于古典辞章。这个嗜好伴随他一生，可以说是白头偕老，终生不渝的。他在《我的小说过程》中写道，最初，他是热衷于读小说的，也读过金圣叹批的《西厢记》，然而，到了十四五岁的时候，他“忽然掉了一个方向，玩起辞章来。词曲一方面，起先我还弄不来，却一味的致力于诗”。[①]那时，他所能读到的诗集，不过《千家诗》《唐诗别裁》而已。不久，他的阅读兴趣又转到小说上来，但对于辞章的嗜好亦水涨船高，有时读小说，故事还在其次，他所欣赏的，倒是其中的诗词。比如《花月痕》，他认为，魏子安诗词均好，小说却非其所长。所以他说：“《花月痕》的故事，对我没有什么影响，而它上面的诗词小品，以至于小说回目，我却被陶醉了。由此，我更进一步读了些传奇，如《桃花扇》《燕子笺》《牡丹亭》《长生殿》之类。我也读了四六体的《燕山外史》和古体文的《唐人说荟》。”[②]

陆续地，他还读了《随园诗话》《白香词谱》《唐诗合解》一类的书。《随园诗话》中袁枚所倡导的“性灵说”对他影响甚大，以至于他看曹雪芹的诗，竟一无是处，认为“曹雪芹诗格不高，高兰墅诗格亦极平凡，故终《红楼梦》一百二十回，无一超凡脱俗之

---

① 张恨水《我的小说过程》，张占国、魏守忠编《张恨水研究资料》，230页，知识产权出版社2009年9月版。

② 张恨水《写作生涯回忆》，8～9页，人民文学出版社1982年6月版。

句”。[①]这时他已经开始学作诗了，既然教书先生夸他有诗才，他又何乐而不为呢？不过，最初所学只是五言八韵的试律诗，是为科举考试而作，格也不能算高。然而，对他来说，写诗却是驱赶孤独和寂寞的一种手段。他说：“在我书桌上，有好几个稿本，一本是诗集，一本是词集，还有若干本，却是我新写的长篇小说《青杉泪》。”[②]在这部作品中，他模仿魏子安作《花月痕》的路子，在每一回里都穿插许多诗词小品，偶尔也用几个典，也无非填海补天之类，都是极普通的。“把这种诗去学《花月痕》的作者魏子安，可说初生犊儿不怕虎。至于词，更是可笑。我除读过《白香词谱》而外，名人的词，没念过五十阕。这种讲声韵辞藻的东西，我怎么会弄得好？”[③]

尽管如此，作诗的确给他带来许多快乐。他曾忆及早年与几个朋友，啸聚都市，以诗会友，苦中作乐的情景：“自十二岁作会了旧诗，便认识了一批自命风雅的斗方名士。后来在上海住法租界，大家穿一件破棉袍过冬。日无所事，在马路上大摇大摆走着。夜晚在亭子间里，哼出几首诗。次日亲送到《国民日报》去投稿，再遛一趟马路。”[④]在另一篇文章里，他则忆及在苏州读书时与几个朋友联诗的乐趣，他写道：“春假时，夜窗多暇，曾共取新名词联句为乐，计成十余首，今已半忘，兹姑就能全记者，录之于下。其一云：‘自负文明种，逢

---

① 张恨水《官样文章殿体书》，张恨水散文全集《山窗小品》，193页，时代文艺出版社2015年8月版。

② 张恨水《写作生涯回忆》，14页，人民文学出版社1982年6月版。

③ 同上。

④ 张恨水《无法安贫，焉能知命》，张恨水散文全集《小月旦》，308页，时代文艺出版社2015年8月版。

人说自由；推翻专制国，抛弃野蛮头。团体谁无恙，范围半已收；不堪谈革命，流血欲成油。’其二云：‘革命谁先觉，吾侪有脑筋；夫妻双独立，父母半维新。要吃思潮饭，先为目的人；出洋宗旨在，标准对英伦。’其三云：‘感想真难说，家庭不共和；个人生缺点，份子起风波。组织成功少，竞争失败多；改良无处改，奈此问题何。’”[①]

张恨水很享受这种朋友之间诗词唱和的快乐。当年，张楚萍、郝耕仁、张东野等老朋友，都是他的诗友，他们常在一起唱和联诗，歌吟咏叹。据他回忆，在与郝耕仁一起出游时，“我两人彼唱此和，作了不少诗”。[②]后来，他到北京，结识成舍我，也是一首《念奴娇》做了牵线的“红娘”。张伍讲过一个张恨水与成舍我赋诗联句的故事，亦是文坛一则佳话，他写道：

> 一次，父亲和成舍我先生到城南游艺园一游。当时，晚风习习，蛙声阵阵，星月朗朗，他们踏月散步，不禁诗性大发，况且都是诗才敏捷的人，就在月下口占联起句来。事后父亲觉得所联之句颇合书中需要，便把它们移到《春明外史》中，这就是第八回‘佛国谢知音寄诗当药，瓜棚迟晚唱咏月抒怀’中的杨杏园、舒九成的联句。诗曰：
>
> 碧天迢递夜方长，（杨）　月影随人过草塘。
> 树外市声风定后，（舒）　水边院落晚来凉，
> 看花无酒能医俗，（杨）　对客高歌未改狂。

---

① 张恨水《滑稽诗话》（一），张恨水散文全集《山窗小品》，3页，时代文艺出版社2015年8月版。

② 张恨水《写作生涯回忆》，18页，人民文学出版社1982年6月版。

不用悲秋兴别恨，（舒） 中宵诗绪已苍茫。（杨）

野塘人静更清幽，（杨） 一院虫声两岸秋。
浅水芦花怜月冷，（舒） 西风落木为诗愁。
不堪薄醉消良夜，（杨） 终把残篇记浪游。
莫厌频过歌舞地，（舒） 等闲白了少年头。（杨）

强把秋光当作春，（杨） 登临转觉悔风尘。
却输花月能千古，（舒） 愿约云霞作四邻。
酣饮莫谈天下事，（杨） 苦吟都是个中人。
归来今夜江南梦，（舒） 憔悴京华病后身。（杨）①

由此可见张恨水的富于诗情与才思敏捷。他解释自己喜欢诗的原因时说："我想，诗之为物，抒发自己的心情，是最好的工具；而感人之深，更是他物所不能及。"②多年后，忆及自己学诗的经历，他还表示："我是十一二岁，就学这劳什子。我二十年来，除了为它废时失业而外，又是没有得一文好处。可是，我至今还爱它。遇到月明之夜，在月光下就哼哼唧唧，'今夜月明人尽望'，遇到春天花红柳绿，在东风下，又哼哼唧唧，'春城无处不飞花'了。"③

---

① 张伍《忆父亲张恨水先生》，122～123页，北京十月文艺出版社1995年8月版。

② 张恨水《作诗与哭穷》，张恨水散文全集《小月旦》，290页，时代文艺出版社2015年8月版。

③ 张恨水《信口开河》，张恨水散文全集《小月旦》，298页，时代文艺出版社2015年8月版。

刚来北京时，他兼几份工作，很辛苦，但工作之余，读书的热情丝毫未减。他曾写道："我这时努力读的是一本《词学大全》。每日从秦墨哂家回来，就摊开书这么一念，高起兴来，也照了词谱慢慢地填上一阕。我明知无用，但也学着玩。我的小说里也有时写到会馆生活和人物，也写点诗词，自然与这段生活有关了。"①

在很长一段时间里，张恨水并不认为"旧诗"有什么不好，他宣称自己是"旧诗旗帜下的一个信徒"②时，一直都很坦然。当初，新文学家"颇以旧诗人之颓废，詈为无病而呻"，对此，他亦不以为然。一次，他借梁任公的诗"生平不作呻吟语"而加以发挥，认为："虽胸襟不凡，然就诗言之，殊属矫枉过正。盖无病而呻，自属不可，有病而不呻，非人情也，亦非诗情也。"他不相信，"生当清代末季，流亡海外，正有国破家亡之感，而谓心中无丝毫痛苦以发之于诗"。他以梁诗"伤心又是榆关路，处处风翻五色旗"为例，说明此"亦呻吟之声"，于是，有感而为之诗曰：

云愁雾惨怯登临，东望江南万感生。
招得诗魂轻一缕，句成何求废呻吟。③

---

① 张恨水《我的创作和生活》，《文史资料选辑》第七十辑，160页，文史资料出版社1980年7月版。

② 张恨水《偶然得到的一个特刊》，张恨水散文全集《明珠》，7页，时代文艺出版社2015年8月版。

③ 张恨水《句成何求废呻吟》，张恨水散文全集《山窗小品》，191页，时代文艺出版社2015年8月版。此处需要说明的是，"伤心又是榆关路，处处风翻五色旗"，非梁诗，见《饮冰室诗话》第七条，3～4页所记，为狄平子所著《平等阁笔记》中一则，其中写道，庚子仲冬，他由日本返国，途中游历关外，在一家旅店墙壁上见有题诗数首，其中一首为："明镜红颜减旧时，寒风似翦翦冰肌。伤心又是榆关路，处处风翻五色旗。"据狄平子判断，此诗作者应是一位女子。

那些年，张恨水写了不少文章，为旧诗，乃至为古典文化辩护。他认为，旧诗的价值，至少“有令人记诵的魔力，不像新诗会受人家的厌弃”。他说，“设若任取一本旧诗给人看，除非那人根本上不爱诗便了，否则他决不能说看了头痛”。他还谈到自己昔日读旧诗的体会：“旧诗的近体，诚然是有些束缚人的（但是作家功夫到家，也不受它的束缚），古体却不如此。读者若是偶然肯翻一翻唐诗，念一念《将进酒》《高轩过》《蜀道难》，那样才气纵横的文字，你才知道旧诗一点不会束缚人。”[①]

有人指责文人的吟风弄月对“亡国”负有责任，他则针锋相对，写了《吟风弄月罢》一文，其中写道：

> 有人说：中国文学是颓废的，不是振作的，应当洗刷一下。因为这样的文学，和民气大有关系的。这话谁不会说。但是我们要知道原来中国的文学，是受了压迫，所谓不敢言而怒，文人没有法子去作激昂慷慨文字的，并不是不作。迫不得已，只好把这一腔热血，托之芳草美人，隐隐约约地说出来。一部《诗经》，一部《楚辞》，不大半是如此吗？
>
> 我不信现在言论自由了。我也不敢劝文人满口手枪炸弹，去冒那个危险。所以无聊的文人吟风弄月，我们相当予以同情呢。若说这种文学可以亡国，我想另有负责的人在那里呢。[②]

---

① 张恨水《偶然得到的一个特刊》，张恨水散文全集《明珠》，7页，时代文艺出版社2015年8月版。

② 张恨水《吟风弄月罢》，张恨水散文全集《小月旦》，161页，时代文艺出版社2015年8月版。

直到中年以后，张恨水再谈“旧诗”，态度则发生了微妙的变化。四十年代初，他编《剪愁集》，所作序言便颇多含糊模棱之语。诗集既名以“剪愁”，顾名思义，是要剪除故态也。但又表示，文人积习既难忘，其环境，“亦实有可以愁怨者在也”，而且，“予遭遇坎坷，每多难言之隐，更得机会，辄一触而发，因是淡月纱窗，西风庭院，负手微吟，颇亦成章”。[①] 其纠结如此，怕是内心冲突的自然流露吧。数年之后，他在《写作生涯回忆》中则含蓄地谈到，自己“在新文化运动勃兴之时”，还“把时间都浪费在填词上”，“这种刻骨的迷恋，实在是不值得”[②] 的。这是因为，“五四”新文化运动在三四十年代已被建构为绝对正确的历史性话语，并被追求进步的文化人内化为评判自身行为的标准，身在其中的张恨水，固不能不被历史的潮流所裹挟。

张恨水的另一嗜好是养花。苏东坡讲究“不可居无竹”，他则谓“不可居无花”。他有《野花插瓶》一文，讲到性之所好，便有“养花”一项，他说：“予曩居燕京，卖书所入，除以供家人嚼裹外，余资作三分用：一以购收木版书，二以养花，三以听戏，非充作雅人深致，盖因其有伸缩余地，非若他种嗜好，可成为日常负担也。听戏所耗甚微，购书则时兴时辍。唯栽花，则为之十余年未断，愈久则阶前檐隙亦愈多，深红浅紫，春秋映带窗几间，颇足助人文思。”[③]

---

① 张恨水全集《剪愁集》序，3页，北岳文艺出版社1993年1月版。

② 张恨水《写作生涯回忆》，22页，人民文学出版社1982年6月版。

③ 张恨水《野花插瓶》，张恨水散文全集《山窗小品》，46～47页，时代文艺出版社2015年8月版。

说起来，张恨水对花的喜爱或许可以追溯到年少乡居的时候，他这个读书种子，既钟情于古典诗词，则不能不对芳草香花有一种特殊的敏感，这些花草，不仅寄托着他的情感，也象征着他的人格、志趣和精神世界。他多次忆及故里老宅的那株腊梅：“每至腊尽冬残，日晴风定，则空气温和，万花齐放。曝背窗外，恍然八九月天气，有香在空中飘荡。竹篱茅舍之间，得此花为伴，亦足乐矣。”[①] 他特别讲到腊梅的好处：“其色黄，瓣锐而非圆，遂不如梅花之秀丽。其色亦较浓厚，不足以言清幽。然在隆冬，草木凋零，此尚能追随岁寒三友，以标志其霜雪交加中之精神，究亦不可多得也。”[②]

乡间老屋的另一景致也给他留下了深刻印象，他写道：“室中绝无粉饰，唯有一窗，匝以小院。院中左有芭蕉六本，为家人代鸡鸭谋息荫地者。右有古桂一株，则祖考所手植。予既来，驱逐鸡鸭去之，代之以水缸，中养山鱼十余尾。院中经月未有人至，绿苔长至寸许，蒙茸如绒毯。于是放步偶瞩，则左右上下，一望皆绿，虽乏花香，饶有清趣。”许多年后，他还为曾经摇曳于身畔的“左芭蕉而右老桂”感到自得，“因念吾何日得再坐彼一窗下”。[③]

苏州垦殖学校则因其居住环境的花团锦簇而留在张恨水的记忆中。据他回忆，学校所在地曾是盛宣怀的住宅，与其别墅留园仅一墙之隔，而园子之一角，也划归学校作为理化讲堂。相传此处原为

① 张恨水《腊梅珍品矣》，张恨水散文全集《山窗小品》，15页，时代文艺出版社2015年8月版。

② 同上。

③ 张恨水《另一山窗》，张恨水散文全集《山窗小品》，92页，时代文艺出版社2015年8月版。

盛宣怀的寝室，“故其外之花木，罗列至于四季”。张恨水在校读书时，就住在这里。“花晨月夕，小立闲吟，俱感清趣，湖海十年，豪气全消，而一念及此，犹悠然神往。”[①]

这些地方最能看出张恨水的情趣和雅好，以及他的诗人气质和审美境界。定居北京之后，特别是在卖文卖得手头宽裕之后，他对生活品质的提高有了更多的向往。在一篇文章中，他谈到了对居住环境的要求：“我在北平，东西南北城都住过，而我择居，却有两个必须的条件：第一，必须是有树木的大院子，还附着几个小院子；第二，必须有自来水。后者，为了是我爱喝好茶；前者，就为了我喜欢栽花。”[②]对于侍弄花草，他真是乐此不疲。每次迁新居，他都张罗着在院子里开辟一个花圃，栽种诸如紫藤、丁香、山桃、石榴之类。有时还在院子里置一大瓦盆，盆里栽上荷花。当石榴长到酒杯那么大的时候，盆里的荷叶也伸出来两三尺高了，撑着盆儿大的绿叶，四围再配上大小七八盆儿草木花儿，在院子里的白粉墙下，就很有个意思。他当然很享受这点意思。依他的兴致，还可以“花上这么两毛钱，买上两三把儿玉簪花、红白晚香玉，向书桌上花瓶子一插，足香个两三天”。[③]

在所有的花木中，张恨水最喜欢菊花。他写道：“我虽一年四

---

① 张恨水《湖山怀旧录（十一）》，张恨水散文全集《北京人随笔》，12页，时代文艺出版社2015年8月版。

② 张恨水《黄花梦旧庐》，张恨水散文全集《北京人随笔》，181页，时代文艺出版社2015年8月版。

③ 张恨水《燕居夏亦佳》，张恨水散文全集《北京人随笔》，155页，时代文艺出版社2015年8月版。

季都玩花，而秋季里玩菊花，却是我一年趣味的中心。除了自己培秧，自己接种，而到了菊花季，我还大批的收进现货。”[①]多年后，回忆起在北京养菊的这段经历，他仍然显得兴致勃勃：

> 北平有一群人，专门养菊花，像集邮票似的，有国际性，除了国内南北养菊花互通声气而外，还可以和日本养菊家互换种子，以菊花照片做样品函商。我虽未达这一境界，已相去不远，所以我在北平，也不难得些名种。所以每到菊花季，我一定把书房几间屋子，高低上下，用各种盆子，陈列百十盆上品。有的一朵，有的两朵，至多是三朵，我必须调整得它可以上画。在菊花旁边，我用其他的秋花、小金鱼缸、南瓜、石头、蒲草、水果盘、假古董（我玩不起真的），甚至一个大芜菁，去做陪衬，随了它的姿态和颜色，使它形式调和。到了晚上，亮着足光电灯，把那花影照在壁上，我可以得着许多幅好画。屋外走廊下，那不用提，至少有两座菊花台（北平寒冷，菊花盛开时，院子里已不能摆了）。
>
> 我常常招待朋友，在菊花丛中，喝一壶清茶谈天。有时，也来二两白干，闹个菊花锅子，这吃的花瓣，就是我自己培养的。若逢到下过一场浓霜，隔着玻璃窗，看那院子里满地铺了槐叶，太阳将枯树影子，映在纱窗上，心中干净而轻松，一杯在手，群芳四绕，这情调是太好了。你别以为我奢侈，一笔所耗于菊者，不超过二百元也。[②]

---

① 张恨水《黄花梦旧庐》，张恨水散文全集《北京人随笔》，181 页，时代文艺出版社 2015 年 8 月版。

② 同上。

自从离京南下，此种赏菊之乐殊不再有，他则“易植花为玩瓶供。二三元之值，亦足点缀书斋卧室一周之所需”。刚到重庆的时候，“花值贱而品繁，犹饶此趣。寓楼三间，有花瓶七八具，亦足婆娑其间，藉遣客愁”。此后，他一家移居重庆郊外山间，“附近乡人植黍种菜为业，无莳花者，牡丹芍药固不可得，即巴蜀多梅，而此处亦无。茅檐泥壁，老案旧度，亦何必反由城中购花入乡以配之，此嗜逐渐淘汰将至于无。然家中尚有供花旧具一二，久置未用，令人惭对。以是春秋佳日，常呼随行入蜀较长之一儿，负筐携剪相随，漫行山野间，随采野花入家供之”。而山里野花之丰富，是他始料所不及的。“大抵春日可得山桃野杏，夏初可得杜鹃石榴，秋后则唯有金钱菊，可支持三月”。对一个爱花的人来说，野花自有野趣，“剪裁得宜，亦足资玩赏”。有一年的春夏之交，他“采胭脂色豌豆花一束，尽除肥叶，配以紫花萝卜十余茎，再加以野石榴二三朵，合供一瓶。适城中来人，见案头花作三种红，大加赞赏，且问胭脂而蝴蝶状者何花？及予指窗外豆圃视之，客乃大笑”。[①]

但最让他牵挂的还是菊花。此地山野间有一种小花，“紫瓣黄蕊，似金钱菊而微小”，他称作“小紫菊”。这种小花，“娇细可爱，一雨之后，花怒放，乱草丛中，花穿蓬蓬杂叶而出，带水珠以静植，幽丽绝伦。且花不分季候，非严冬不萎。‘鞠有黄华’之会，此花开尤盛，竹下溪边，得此花三五丛，辄多诗意”。他既醉心于野菊装点出来的诗意，“乃于溪畔屋角，搜罗紫花一束，作为瓶供”，

① 张恨水《野花插瓶》，张恨水散文全集《山窗小品》，47页，时代文艺出版社2015年8月版。

聊补无菊之憾。此时亦不可无诗，他乃作《浣溪沙》一阕：

添得茅斋一味凉，

瓶花带露供（叶仄）书窗。

翻书摇落满瓶香。

飘逸尚留高士态，

幽娴不作媚人装。

黄华同类哪寻常？

张恨水填罢小词，复“吟哦数次”，做陶醉状，妻子闻之“批评”道：“去年吟菊，为友所哂，而仍狂奴故态耶？”她这里所说便是，“去年仲秋，友人赠佳菊二盆，一丹而一白，肥硕如芙蓉，西风白日中，置阶下片时，凤蝶一双，突来相就，顾未一瞬，蝶又翩然去，且不复至。友笑曰：‘能有诗乎？’”张恨水应声而吟道：“怪底蝶来容易去，嫌他赤白太分明。”朋友先是默然，“继而笑曰：‘穷多年矣，君个性犹是也。’”妻子的雅谑，张恨水报以大笑，“复口吟曰：‘嫩紫娇黄媚绝伦，一生山野不知名……’”结果又给妻子留下了把柄，她笑着说：“今日固是重阳，不应断君诗兴，然既曰不作媚人装矣，又奚云媚绝伦乎？”妻子的质疑让张恨水多少有些尴尬，他于是说：“媚字不妨改，既是重阳，令人忆潘大临事，予与此君同病，兴尽矣。”[①]

在这里，张恨水也许是想给自己找个台阶，但其中却也透露出

① 张恨水《小紫菊》，张恨水散文全集《山窗小品》，62 页，时代文艺出版社 2015 年 8 月版。

一些很有意味的东西，表达了张恨水在爱菊、赏菊、咏菊的过程中所投射的自我情感，以及所象征的诗人的个性和品格。恰如朋友所说："穷多年矣，君个性犹是也。"这里所谓犹是，指的正是"嫌他赤白太分明"一句，张恨水对此十分敏感，恰好说明他内心深处对结党、站队的排斥。他所欣赏的，却是菊花所象征的淡泊名利、不求闻达的怡然自得的心境和隐士之风，在这里，我们不难发现以菊为知己的陶渊明的影子。他的那阕《浣溪沙》，固然是对小紫菊傲霜独放、清雅高洁的形象的赞美，却也以花喻人，寄托了自己的人格理想。他把自己比作潘大临，并声称"与此君同病"，这"病"便是诗人们很在意的兴致，也就是说，有兴致便有诗，无兴致则无诗。潘大临是北宋诗人，曾以"一句诗"而闻名于诗界。据记载，有一年的重阳，临川谢无逸写信来问他：最近作诗了没有。他写了一封回信，其中写道："秋来景物，件件是佳句，恨为俗气所蔽。昨日满林风雨，起题壁曰：'满城风雨近重阳。'忽催租人至，遂败意。止此一句奉寄。"[①] 张恨水忽然想到潘大临，不过是想说"偶感遂题，兴尽即止"罢了。[②]

除了嗜戏、嗜书、嗜诗、嗜花之外，张恨水亦嗜画。他曾有言："诗家未尝不爱画，画家亦未尝不爱诗。"[③] 这几乎就是他的夫子自道。

---

① 北宋诗僧惠洪《冷斋夜话》，阮阅编著《诗话总龟》（前集），192 页，人民文学出版社 1987 年 8 月版。

② 张恨水《劫余诗稿》，张恨水散文全集《山窗小品》，89 页，时代文艺出版社 2015 年 8 月版。

③ 张恨水《随风珠玉（一）》，张恨水散文全集《明珠》，4 页，时代文艺出版社 2015 年 8 月版。

他幼年好画，“除学校教师所授外，完全得之芥子园”。他认为，《芥子园画谱》是初学者最实用的美术教材，“王安节用科学的手腕，编辑中国画方法，其与《马氏文通》，同为中国文艺界的破天荒之举动，纵不绝后，实亦空前。舍芥子园画集外，欲觅画学津梁之线装书，不可得也”。他总结《芥子园画谱》的好处，指出：“如石之皴法，树之点叶法，简单明了，显而易学。又如翎毛花卉之动笔法，亦从幼胡乱下手而未得其道者，故愚以为自习中国画而不欲一临芥子园，未见有好法也。”当然也有短处，主要在于只有笔墨，没有色彩，也没有水墨的渲染，不过，为当时的印刷条件所限，也是没有办法的事。[①]

张恨水不认为自己的画技有多高明，他说：“我虽然有时也画几笔，但幼稚的程度比小学生描红模高明无多。”[②]但是，张伍提供了一种不同的说法，他在回忆录中写道：“父亲对于自己的画，还是‘自视很高的’。有一次父亲和几个老友在一起闲谈，有人说父亲的散文比小说好，诗又比散文好。父亲自己则说：‘都不好，我的画好。’”[③]我们很难判断“张恨水”对自己的这两种评价，哪个更接近事实真相。不过，在张伍看来，“父亲的画确实不错，他的花卉，在洒脱中蕴涵着一股秀逸，是所谓的‘文人画’”。[④]

张恨水究竟画得如何，我们也许很难得出结论。因为，他的画

---

① 张恨水《芥子园画谱》，张恨水散文全集《明珠》，187页，时代文艺出版社2015年8月版。

② 张恨水《我的创作和生活》，《文史资料选辑》第七十辑，171页，文史资料出版社1980年7月版。

③ 张伍《忆父亲张恨水先生》，158页，北京十月文艺出版社1995年8月版。

④ 同上。

保存下来的很少，在此纠缠意思不大，倒不如暂且放过一边，不加深论。当然，挥毫作画是他的所爱，笔墨纸砚和颜料杯之类是案头必备的，有感觉、有心情的时候，总要涂抹几笔。他还有个习惯，喜欢大年初一躲在书房里闭门作画，“十余年来，予除夕好作诗，元旦作画，虽在巴山草屋中，故态不除”。[①]其实不止巴山草屋，回到北京后，这个习惯仍沿袭下来，几十年都未曾改变。据张伍记载：“来了拜年的朋友，便请到书房谈话，好在他的朋友也大都是同道中人，可以共同品画，甚至合作挥毫。”[②]

他喜欢画，但他从来没把自己的画视为了不起的作品。对他来说，作画与作诗填词一样，都是自娱自乐、抒发情感的一种方式。目的既已达到，画了什么或画得如何，并不重要，所以，往往画过便丢在一旁，随意处置。据说，客居重庆郊外南温泉时，他的画有时也充作“补壁”之用。这种做法本身又何尝不是文人之“雅好”，非俗人所能为也。他既以这种态度为之，当然不肯为“润笔”而作画，遇到携巨款来求画的，无奈之中，也只好以“仆病未能”，婉言谢绝，以示文人之清高。

朋友之间以画互赠或合作，亦如诗词唱和，也是文人雅好之一种，借以抒发各自的情感或怀抱。张友鸾在《老大哥张恨水》中曾提到一件往事：“记得一九四四年，我有个朋友做重庆伪社会局长，要找我去做主任秘书，一天到我家来了三趟。在那个社会里，贿赂公行，主任秘书就是给局长接受苞苴的，其‘官’不高，其‘缺’

① 张恨水《除夕黄诗》，张恨水散文全集《山窗小品》，165页，时代文艺出版社2015年8月版。

② 张伍《忆父亲张恨水先生》，321页，北京十月文艺出版社1995年8月版。

甚肥。恨水听说此事，立刻画了一幅松树送我，上面题词一道：‘托迹华巅不计年，两三松树老疑仙。莫教堕入闲樵斧，一束柴薪值几钱。’他送来时，知道我已谢绝，就要把画扯去。我却觉得互相勖勉，正见交情，还是接下来留作纪念。”[①]由于张友鸾的豁达，此画才得以成为张恨水极少保存下来的画作之一。而张恨水所以能够直言不讳地表达自己的意见，也由于二者之间在人生态度上有某种共识。张友鸾认为，他们都受到两晋和晚明文人的影响，都有一点狷介之士的狂放不羁，嫌弃官场生活，不肯入仕为官。因此，他不仅不会生张恨水的气，而且还“为之泫然感激”呢。[②]

另有一事，也把张恨水重情重义的文人本色表现得淋漓尽致。他与中医叶古红是至交，两家来往很多。叶的妻子魏新绿是北方人，喜欢京剧，常有票戏演出之举。张恨水的妻子周南与之有同好，因此二人相契最深。叶古红祖籍四川，喜欢与文人交往，常在家中与朋友欢聚，纵情诗酒，张慧剑称他为“诗医”。民国二十四年（1935年）冬，张恨水因故滞留南京，在叶家过除夕，多年后，他还记得当时“三五人来围坐把盏，即席赋诗”的情景，可惜，诗已“不复尽忆”，只剩下“已无余力忧天下，只把微醺度岁阑”[③]一句。不知是否那一次相聚，酒酣之际，张恨水答应为叶古红画一幅红叶长轴，但因忙于报纸编辑和小说创作，一直未能兑现。后来，叶古红因病

① 张友鸾《老大哥张恨水》，张占国、魏守忠编《张恨水研究资料》，80页，知识产权出版社2009年9月版。

② 同上。

③ 张恨水《除夕苦忆》，张恨水散文全集《山窗小品》，96页，时代文艺出版社2015年8月版。

去世，张恨水感到有些对不起老朋友，遂以“霜叶红于二月花”的意境画了一幅《红叶图》，并约张萍庐、张慧剑同去凭吊，并将这幅《红叶图》焚于墓前，以告慰老友。

当然，更多时候还是文人之间的游戏笔墨。民国十八年(1929年)夏天，张恨水买了一把绢质团扇，想请四弟牧野画点什么，恰逢画家关南屏来访。“关君以菊得郑曼青真传有名，而亦善翎毛者也。”张恨水便提出请他与牧野合作，“且定题为杨柳燕子。关君慨然诺，以燕自任”。杨柳燕子虽然有了，而扇子“尚空其半，为留题处，余乃填采桑子一阕，特造吾友厉南溪之庐，请书之。南溪故善工笔画，字亦秀丽如好女，于美术无所不爱，见扇，嗟赏不已，谓其下须有水，于是且谈且抽彩笔，横扇拖细纹，复倒笔作钉头草，不五分钟，事毕，柳与燕乃倍有神焉”。随后，张恨水的词也被书之于扇，其词曰：

婆娑画出多情样，树树凄凄，叶叶依依，著个风流燕子飞。 懊侬生长江南岸，秋水江篱，春草斜晖，惯向人间管别离。[①]

张恨水后来写了《四人合作扇》一文，记下了这件风雅韵事，不过他说：“词实不佳，咏柳仅略似耳。唯字小而作行书，风流之至，与画恰称，可玩也。”[②]

至于为朋友作画，张恨水的兴致也很高。三十年代，他与补白大王郑逸梅过从甚密。据说，郑曾求画于他。他知道郑喜梅花，便画

---

① 张恨水《四人合作扇》，张恨水散文全集《明珠》，75页，时代文艺出版社2015年8月版。此处“著个风流燕子区”中的“区”字应为“飞”字之误，依据张伍《忆父亲张恨水先生》改正，见该书322页，北京十月文艺出版社1995年8月版。

② 同上，76页。

了《绛梅图》相赠。郑视若拱璧，常在“书巢”悬挂，可惜十年浩劫，此画亦被殃及，从此下落不明，令人惋惜。民国三十五年（1946年），老朋友张万里拿了一把折扇请他作画，他见上面已有钱芥尘、左笑鸿二位先生的书法，便以自己画得不好为由而推辞。张万里说，不过是朋友合作纪念而已，画得好坏没有关系。于是，张恨水欣然命笔，画了一幅《江行图》，并题一绝：

有生莫恨水东流，万里烽烟接素秋。
好是五湖寻伴处，大千一粟看神州。[①]

在诗中嵌入当事者的名字，也是文人的游戏方式之一种。看到自己和恨水的名字嵌入诗中，张万里自然心领神会，也很感念老朋友的善解人意。民国三十六年（1947年），张友鸾四十三岁寿辰，左笑鸿特意选了个墨盒作为贺礼。黄铜铸就的椭圆形的墨盒，看上去很漂亮，但又觉得缺了点什么，于是，拿了墨盒来找张恨水，嘱添墨宝。张恨水并不推辞，提笔画了一幅菊花墨稿，还特意写了“应笑鸿嘱为友鸾作”几个字。左笑鸿亦挥笔补写“笑鸿持赠友鸾兄”数字，成就了一段文坛知己互羡互爱的佳话。

还是这一年，还是左笑鸿，夏天到了，买了一把白纸折扇，拿在手里摇着。张恨水恰来闲坐，见了便问：“怎么不着一字啊？”左笑鸿说：“一把粗扇子，不值得写画，而且也没有把粘好了的扇子求人写画的。”张恨水说：“我来来。”说着，提笔画了一幅墨菊，还题了款。左笑鸿正道谢，齐如山进来了。左笑鸿遂把扇子递给齐

① 张恨水《题画》，张恨水全集《剪愁集》，103页，北岳文艺出版社1993年1月版。

如山，请他在另一面题字。齐如山连忙推辞道："写字我是外行。"张恨水从旁帮腔："一边是字的外行，一边是画的外行，正好配上。"无奈，齐如山只得留下自己的墨迹。事后，左笑鸿常对人说："这是一柄双绝的扇子，绝就绝在一面乃不是画家的画，一面乃不是书家的字，而两人却都是当今中国文艺界的翘楚。"[①]

或许由于张恨水在写作之余很喜欢画几笔，或许由于他对小弟弟的关爱和提携，或者也由于写作收入的增加，财政有了好转，民国二十年（1931年）春，他拿出部分稿费，又筹集了一些资金，创办了"北平华北美术专门学校"，简称"北华美专"。他的《写作生涯回忆》记载了这件事，他写道："我四弟牧野，他是个画师。他曾邀集了一班志同道合的人，办了个美术学校。我不断的帮助一点经费，我是该校董事之一。后来大家索性选我作校长。我虽能画几笔，幼稚的程度，是和小学生描红模高明无多。我虽担任了校长，我并不教画，只教几点钟国文。另外就是跑路筹款。柴米油盐的琐事，我也是不管的。不过学校对我有一个极优厚的报酬，就是划了一座院落作校长室。事实上是给我作写作室。这房子是前清名人裕禄的私邸，花木深深，美轮美奂，而我的校长室，又是最精华的一部分，把这屋子作书房，那是太好了。于是我就住在学校里，两三天才回家一次，除了教书，什么意外的打扰都没有，我很能安心把小说写下去。"[②]

在学校里，张恨水喜欢画几笔的嗜好得到了极大满足。学校邀请陈半丁、王雪涛、李苦禅、汪慎生、王青芳、许翔阶等任教师，

---

① 参见张明明《回忆我的父亲张恨水》，148～150页，百花文艺出版社1984年11月版。

② 张恨水《写作生涯回忆》，49～50页，人民文学出版社1982年6月版。

他的老朋友白石老人、刘天华、郑颖荪先生也常来讲课，[1]据说还有王梦白、于非闇二先生，也都欣然应聘到校任教。[2]于是，写作、教书之余，张恨水常向画家们请教绘画技法，有时也悄悄来到课堂上做“旁听生”，还曾直接向老画家许翔阶先生学习山水画。张明明说：“父亲本来就酷爱绘画，现在能有这样的机会，真是得其所哉，乐而忘倦了。”[3]兴之所至，他也会与某位画家来一点游戏笔墨，合作一幅画。学校办得有声有色，学生多时超过二百人，分为国画、西画、师范等专业，据荆梅丞的回忆，他是该校第一期学生，同班同学中就有端木梦赐、张仃、蓝马、凌子风、陈执中、李景波、苏世等人，这些人后来都在各自从事的领域有所成就，成为了优秀艺术家。[4]民国二十六年（1937年），北平形势紧张，张恨水举家南迁，学校便被迫停办了。

---

① 参见荆梅丞《我师张恨水二三事》，高泽、沈楚主编《存真录》，196～197页，陕西人民出版社1998年10月版。

② 参见张伍《忆父亲张恨水先生》，159页，北京十月文艺出版社1995年8月版。

③ 张明明《回忆我的父亲张恨水》，69页，百花文艺出版社1984年11月版。

④ 参见荆梅丞《我师张恨水二三事》，高泽、沈楚主编《存真录》，196～197页，陕西人民出版社1998年10月版。

拾叁

弯弓

民国十七年（1928 年）四月，国民党开始二次“北伐”，蒋介石率领的北伐军节节胜利，很快就攻入了山东省。日本军阀以保护侨民为由，于四月十九日派军队在青岛登陆，占领青岛和胶济铁路沿线要地。当时，盘踞济南的是奉系军阀张宗昌，为了阻挡北伐军的进攻，他向青岛日军求援，给了日军一个进兵济南的理由。与此同时，日本田中内阁也向青岛日军发出了抢占济南的训令。于是，日本军队遂于四月二十六日进入济南，并立即在城内设置警戒区，修筑工事。五月一日，北伐军占领济南，蒋介石当即任命国民革命军总司令部战地政务委员兼外交处主任蔡公时为山东特派交涉员，负责与日本驻济南领署联系交涉，并多次发表声明保护外侨，要求日本政府从济南撤军。不料，五月三日，北伐军一徒手士兵在经过日军警戒区时，被日军无故射杀；北伐军一部移驻基督医院时，也遭日军突然袭击；当日，日军又向北伐军第四十军第三师第七团两个营发起进攻，北伐军损失惨重。

北伐军九十二师、九十三师迅速做出反应，将日军的嚣张气焰打了下去。日军指挥官福田彦助见事不好，急忙派佐佐木去见蒋介石，并发出威胁："如不停火，中日将全面开战。"蒋介石连忙派出十个参谋，到各部队传达命令，停止对日军的攻击。而日军则进一步要求北伐军全部退出日军警戒区。蒋介石既以完成北伐为其首要目标，不得不对日军采取隐忍的态度，严令部队不许还击。但日军却得寸进尺，不仅将商埠区的北伐军全部缴械，而且派兵占领了国民政府外交部长办公处。外交部长黄郛及其卫士亦被缴械，并被赶出办公处。蒋介石再派外交处主任蔡公时去交涉，恰逢两个日本兵被流弹打死，日军咬定此事即交涉署中人所为，强行闯入交涉署，残酷杀害了蔡公时等外交人员十七人。

日本军队在济南的野蛮暴行，立刻在全国范围之内激起了汹涌澎湃的反日浪潮，各行各业纷纷发表通电，以表达自己的愤慨和抗议，广大民众则表示，不惜牺牲一切，以赴国难，并在商业上、经济上给日本以相当之惩戒。国民政府则告诫国民，此次济南惨案，"惟日兵有意挑衅，中央自有对付之法，不可中其奸计，请告民众，力持镇静，万不可暴动游行，或加害日侨，资人以口实，及给予共产党捣乱机会为要"。[①]在此之前，《世界日报》因受到北洋军阀的打压，一度比较沉闷，谨言慎行，副刊也只谈风月，与政治绝缘。"济南惨案"发生后，终于打破一年多的沉默，开始发言。不仅用大量篇幅登载新闻，以"日人将为人类公敌""呜呼山东，呜呼中国"这样的警句为标题，还陆续发表了《吾人将何以自处？》和《国人应速下决心》等社论，内容都是针对日本军队野蛮暴行的谴责与声讨。[②]

---

① 引自1928年5月6日《申报》本埠新闻版。

② 贺逸文、夏方雅、左笑鸿《北平〈世界日报〉史稿》，《世界日报兴衰史》，77页，重庆出版社1982年12月版。

张恨水更在他所主持的《夜光》《明珠》副刊连续发表时事短评。五月十一日，他首先针对“旧人物”发言，写了《当为孔子而保护山东——中国旧人物听者》，激励“旧人物”关心国事，他说：“今者夷气东来，直逼我圣人之乡。行见我族文光，有为敌人牛马践踏之苦。然则一班旧人物，对国事漠不经心者，今亦少有所动乎？”他以为，旧人物一定是尊孔的，保护孔子之陵墓与圣庙是责无旁贷的，他试图告诫他们：“吾不敢列举人群进化云国家主义，种族思想，以告旧人物。旧人物而尊孔者，当为孔子起而保护山东矣。”①

张恨水的想法和表达都很别致，恐怕只有“旧人物”才会想到这一层。而他对“旧人物”的关注，也大大超过了新人物。五月十六日，他写了《耻与日本共事——柯老先生有骨子》一文，表彰柯劭忞先生在“济南惨案”发生后愤而辞去中日文化委员会委员一职，以此证明“人家说旧人物爱国心淡薄，是不能成立的”。②柯劭忞，山东胶州人，清光绪丙戌年（1886年）进士，入翰林院，不久任编修，从事学术研究和著述。清宣统三年（1911年），武昌兵变之前，他受资政院委派，出任山东宣慰使兼督办山东团练大臣。民国成立后，他以前清遗老自居，始终不肯与北洋政府合作。直到民国三年（1914年），袁世凯开设清史馆，循例编修前朝历史，举赵尔巽为馆长，他才应聘为总纂，负责通览全稿，为《清史稿》的编修付出

---

① 张恨水《当为孔子而保护山东——中国旧人物听者》，张恨水散文全集《山窗小品》，284页，时代文艺出版社2015年8月版。

② 张恨水《耻与日本共事——柯老先生有骨子》，张恨水散文全集《小月旦》，94页，时代文艺出版社2015年8月版。

了大量心血。他还致力于《元史》的重修，用十四年的时间，完成了二百五十七卷一百五十余万字的《新元史》。此书为他赢得了很高的学术声誉,日本东京帝国大学因此授予他名誉文学博士学位。“因此，他和日本知识阶级，多少有些关系。所以中日两国知识中日文化委员会，也有他老先生在内。”[①]

柯劭忞固为“旧人物”，但是，此次惨案发生后，“他老先生也很生气。因为自己是个山东人，为着父母之邦要争一口气，耻与日本人一堂共事。因此为信给濑川，辞了这个委员”。[②]针对蒋介石的一味忍让，张恨水毫不客气地写了《学越王呢？学大王呢？》，刊载于五月十八日《世界日报》。他在文中提醒读者，忍让虽是美德之一种，但也容易走向反面，成为无耻的托词，懦弱的自饰。所以要认清忍让者是怎样的一种忍让。他提到两个忍让的例子，一个是越王勾践，“表面上是忍，实际上不曾忍；表面上让，实际上不曾让”。另一个是孟子给滕文公讲的故事，滕文公向孟子请教，滕这样弱小的国家，面对咄咄逼人的大国，有什么好办法？孟子说：“昔者大王居邠，狄人侵之。事之以皮币，不得免焉；事之以犬马，不得免焉；事之以珠玉，不得免焉。”于是，大王便把邠地的长老召集到身边对他们说：“狄人之所欲者，吾土地也。吾闻之也：君子不以其所以养人者害人。二三子何患乎无君？我将去之。去邠，逾梁山，邑于岐山之下居焉。”大王的忍让，是以将祖宗传下来的基业奉送给狄人为代价的，所谓土地

① 张恨水《耻与日本共事》，张恨水散文全集《小月旦》，93 ~ 94 页，时代文艺出版社 2015 年 8 月版。

② 同上，94 页。

只是养人之物，不能为了占有养人之物而使人遭到祸害，何况你们也不必担心没有君主来统治你们。孟子借邠人的口称赞大王是“仁人”，不可以抛弃他，于是，追随他而去的人好像赶集一样的踊跃。但张恨水写道：“邠是小国，实在不能打仗，所以大王说出这种话，若像现在的中国，人民有五万万，世界上任何一国，不能比他人多，为什么要退让？”最后他说，学越王呢？学大王呢？“耻与不耻，就在此一点。”[①]

五月二十二日，他又写了《中国不会亡国——敬告野心之国民》，再次表达了不应放弃抵抗的决心，并请国人相信，“现在世界上的强国，无论是谁，他不能并吞中国”。他在分析了中国的有利条件后指出：“野心家不要以为中国人是勇于私斗的，到了亡国的时候，我敢断言，一切人都可以联合起来对外（连新旧军阀在内）。”[②]张恨水的这些言论至少表明，“旧人物”，尤其是他们中的文人士子，生当乱世，或当国家处在生死存亡的危急时刻，总能表现出他们的忧愤、痛苦和家国情怀，也就是他在《耻与日本共事》一文中所说，读书人重在气节。何况此时的张恨水，虽然不以“新人物”自居，但毕竟与民国以前的旧文人已不可同日而语。新时代已经赋予他超越忠君报国的民族国家意识，如他所言，在他的意识中，亡国已不仅仅是改朝换代，因为国家已不再是一家一姓的私产，而是属于每个国民共有，它的前途命运也与每个国民的切身利益联系在一起，

① 张恨水《学越王呢？学大王呢？》，张恨水散文全集《山窗小品》，230 ~ 231 页，时代文艺出版社 2015 年 8 月版。

② 张恨水《中国不会亡国》，张恨水散文全集《山窗小品》，231 ~ 232 页，时代文艺出版社 2015 年 8 月版。

是不可掉以轻心的。

张恨水固然没有内圣外王、治国平天下的伟大抱负，也并非经世致用、谋划军国大计的人才，但他拥有一个为大众而写作的作家不可或缺的正义感和社会责任感，以及一个现代新闻从业者的良知和敏锐的感知力，能迅速捕捉大众心理的变化。民国二十年（1931年）九月十八日晚十时二十分，日本关东军按既定作战方案，在南满铁路柳条湖路段点燃了埋置的炸药，炸毁了一段路轨。以爆炸声为信号，日军猛烈炮轰北大营，柳条湖分遣队立即向北大营发动进攻。同时，板垣征四郎则以关东军司令部的名义，命令关东军第29联队进攻沈阳城，独立守备队第二、第五大队从正面与北面进攻北大营，以与柳条湖分遣队的进攻形成合围夹击之势。当晚十一时四十六分，关东军高级参谋花谷正以奉天特务机关长土肥原的名义，给陆军总部和旅顺关东军司令部发电，谎称中国军队在北大营以西柳条湖路段破坏南满铁路并袭击日本守备队，两军正在激战，要求增兵。关东军司令官本庄繁等认为，这是动武的绝好机会，遂于十九日凌晨一时三十分至二时之间，连续发布命令，调遣驻辽阳第二师团，驻公主岭独立守备队第一、第五大队迅速开往沈阳参战，沈阳遂在一夜之间全部落入日军之手。

这便是历史上著名的“九一八”事变。它迅速在全国，乃至海外引发了广泛的反日浪潮，各地民众呼吁国民政府下令出兵东北，收复失地。这时，张恨水创作的长篇小说《太平花》正在上海《新闻报》副刊《快活林》连载。这部作品也是严独鹤约他写的，“我因为中国连年苦于内战，就写了一篇《太平花》”。[①]小说自九月

---

① 张恨水《写作生涯回忆》，44页，人民文学出版社1982年6月版。

一日起连载，当天，严独鹤写了一段开场白，称赞张恨水的新作“是一部描写社会和爱情的巨著，收集着许多富于情感饶有兴趣的情节，而融化于‘非战主义’之中。近之可以说是和《啼笑因缘》异曲同工，远之可以说是和《西线无战事》彼此抗衡”。[①] 不料，写到第七回时，“九一八”事变爆发了，“这时，全国的人民，都叫喊着武装救国，我这篇小说是个非战之篇，大反民意，那怎么办呢？而《新闻报》的编者也同有所感，立刻写信给我，问何以善其后。我考虑着这只有两个办法，第一，书里的意识，一百八十度大转弯跟着说抗战。第二，干脆，把这篇腰斩了，另写一篇。考虑的结果，还是采取了第一个办法，说到书中主角，因外祸突然侵袭，大家感到同室操戈不对，一致言好御侮”。[②] 这样，从第八回起，“辄改其非战之说，而为主战之论。争城争地之人物，尽易为执戈卫国之健儿。苛捐杂税之穿插，亦改为外人铁蹄蹂躏之事实”。[③] 这种陡然之间的突转，固是小说创作之大忌，要花费很大力气对小说的情节布局重新加以调整不说，全书的故事也不能不大为改变了。但事已至此，“原来主张之全盘推翻，固所不惜矣”。[④] 民国二十二年（1933 年）三月，全书连载结束，共三十六回。适逢张恨水因事来沪，遂将书中描写内战的部分删去八回，补写两回，全书缩减为三十回，约三十万字，交给上海三

---

① 严独鹤《说话：一个重要的报告》，转引自谢家顺著《张恨水年谱》，294 页，安徽文艺出版社 2014 年 7 月版。

② 张恨水《写作生涯回忆》，45 页，人民文学出版社 1982 年 6 月版。

③ 张恨水《太平花》自序，《太平花》，3 页，上海三友书社 1933 年 6 月初版。

④ 同上，4 页。

友书社出版单行本。抗战结束后，三友书社欲再版此书，张恨水觉得，日本人投降后，如果我们还在鼓吹战争，就与世界潮流相悖了。为此，他把描写抗战的内容删去十回，又重写六回，全书二十六回，近二十一万字，仍回到内战削弱国本，主张非战的主题上去。我们现在看到的这部小说，就是三友书社民国三十五年（1946年）出版的所谓定稿本。

这是张恨水以抗战为题材进行文学创作的开始。民国二十一年（1932年），上海“一·二八”事变发生，他又写了电影剧本《热血之花》，自年初开始在《上海画报》连载。这部作品讲述两男一女三个爱国青年，分别在战场和隐蔽战线与海寇英勇搏斗的故事，而其中的海寇正是日本的象征。不久，他把电影剧本改写为同名小说，全书十六回，约八万字，当年即由北平远恒书社出版。这期间，他写了不少“鼓吹抗战的文字”，[①] 除了上面提到的《热血之花》，还有小说《仇敌夫妻》《九月十八》，散文《风檐爆竹》《以一当百》《最后的敬礼》，笔记《无名英雄传》九篇：《江湾送粥老妪》《汽车夫胡阿毛》《不歇劲》《神枪手》《盘肠勇将》《两兵士》《却里张》《大刀队七百名》《冯木匠》，诗歌《咏史》四首、《健儿词》七首，另有三首补白诗。这些作品汇集到一起，起个名字叫《弯弓集》，亦由北平的远恒书社出版。这个名字使人想起苏轼词《江城子》中那一句：“会挽雕弓如满月，西北望，射天狼。”其中的确含有“弯弓射日”之意。他在《弯弓集》自序中就曾表示：“今国难临头，必以语言文字，唤醒国人，无人所可否认者也。”[②] 这恐怕正是他书

① 张恨水《写作生涯回忆》，47页，人民文学出版社1982年6月版。

② 张恨水《弯弓集》自序，4页，北平远恒书社1932年3月初版。

写国难小说的动力所在。这时，他“写任何小说，都想带点抗御外侮的意识进去”，[①]前有《太平花》《满城风雨》，后有《水浒别传》，都是向着发扬民族思想，激励民气，以赴国难而努力的。他以一贯的自谦谈到自己的创作：“至于吾文如何，吾自知未必有何力量。谚有之，‘千里送鹅毛，物轻人情重’。又曰：‘瓜子不饱是人心。’今国难小说，尚未多见，以不才之为其先驱，则抛砖引玉，将来有足为民族争光之小说也出，正未可料，则此鹅毛与瓜子，殊亦有可念者矣。”[②]

或如张恨水所言，他真的是所谓国难小说或曰抗战小说的先驱。查《中国现代长篇小说编年》，该书只收录“正式公开出版的中国现代新体长篇小说，原则上不包括长篇章回小说”，因此，在一九三二年名下，收长篇小说六部，其中废名两部，分别为《桥》和《莫须有先生传》，蒋光慈一部《田野的风》，匡亚明一部《血祭》，铁池翰（张天翼）一部《齿轮》，黄震遐一部《大上海的毁灭》。这六部小说，除了《齿轮》和《大上海的毁灭》是以“九一八”和“一·二八”为背景外，其他四部都与中日战争无关。而这两部，一部出版于九月，一部出版于十一月，都在张恨水的《弯弓集》《太平花》之后。[③]

民国二十二年（1933年）三月四日，张恨水的长篇小说《东北四连长》，开始在上海《申报》副刊《春秋》连载。《申报》与《新

① 张恨水《写作生涯回忆》，46页，人民文学出版社1982年6月版。

② 张恨水《弯弓集》自序，4～6页，北平远恒书社1932年3月初版。

③ 参见陈思广编著《中国现代长篇小说编年（1922.2—1949.9）》，83～91页，四川大学出版社2008年1月版。

闻报》是当年沪上旗鼓相当的两张报纸，而两报副刊更是棋逢对手，将遇良材，有一“鹃”一“鹤”打擂台的说法。“鹤”即《新闻报》的严独鹤，“鹃”即《申报》的周瘦鹃。张恨水的《啼笑因缘》既在《新闻报》一炮而红，报纸销量亦因此而迅速攀升，《申报》老板看在眼里，急在心上，也想请张恨水贡献一部作品。然而，张恨水顾虑到，如果同时包办国内两家大报的长篇小说连载，风光固然风光，却也容易招致同行的忌妒，弄不好还会影响到自己与《新闻报》的合作，因此便“以忙婉谢了”。[①]后来还是周瘦鹃出面，与张恨水提及此事，张恨水考虑到与周瘦鹃的友谊，才接受了他的邀请。多年后，在《写作生涯回忆》中，张恨水写道：“周先生是个极斯文的写作家，交朋友也非常的诚恳。他和我同年，在上海相见之后，非常的说得来。那时《申报》的‘自由谈’，改载新文艺，鲁迅先生常化名在上面写散文，非常的叫座。‘自由谈’原来的地盘，改名‘春秋’，还是周先生编。他以友谊的关系，一定要我写个长篇。他说，章回体小说，要通俗，又要稍微雅一点，更要不脱离时代，这个拿手的人，他实在不好找，希望我帮忙。我虽然自知够不上那三个条件，而瘦鹃的友谊，必须顾到，终于我给他写了一篇《东北四连长》。”[②]

这篇小说讲的是东北御侮的故事。张恨水既没当过兵，对军事又是个外行，怎么会写起军中生活来了呢？当时便有人持怀疑的态度。不过，他当时似乎并未做出回应，过了十几年，借回忆往事，他才道出其中的缘由，他说：“也是事有凑巧，我有一位学生，当

---

① 张恨水《写作生涯回忆》，46页，人民文学出版社1982年6月版。

② 同上，47页。

过连长，他那时正在北平闲着，常到我家里来谈天。我除了在口头上和他问过许多军人生活而外，又叫他写一篇报告。我并答应给他相当的报酬。报酬他不要，报告却写了。我就以另一种方法，帮助了他的生活。在这情形下，有两三个月的合作，我于是知道了很多军中生活，就利用这些材料，写为抗日的文字。”[①]这大约可以看作是张恨水的小说并非“空中阁楼的杜撰”[②]的证明。他的为人是“向来不拆烂污”的，小说创作更是如此。没有直接的生活体验，他可以想方设法用间接的方式来弥补。

其实，张恨水与军中人士多有往来，尤其是官居高位的将领，很多都是他的朋友。张学良自不待言，二十年代在北平行医的日本医生矢原谦吉，在讲到当年与张恨水、张季鸾、管翼贤的友谊时，也曾说过：“张恨水与张季鸾不同，毫无政治色彩与政治偏向，故所稔之军人与政客特多，余之能识大批西北军、晋军、东北军将领者，半由于诊病而来，半由于张与管翼贤所介绍。”[③]他在晚年“援笔以述旧事”，[④]写成《谦庐随笔》一书，其中有些条目就记载了张恨水对军中将领的看法。他记得张恨水常说：“当今无大将，惟有无数‘大酱’耳。”[⑤]有一次，他们谈起向称关外“宿将”的五十三军军长万福麟，张恨水便讲了一个他作为“大酱”而名副其实的笑

① 张恨水《写作生涯回忆》，47 页，人民文学出版社 1982 年 6 月版。

② 钱杏邨《上海事变与鸳鸯蝴蝶派文艺》，范伯群等编《鸳鸯蝴蝶派文学资料》下册，868 页，福建人民出版社 1984 年 8 月版。

③ 矢原谦吉《谦庐随笔》，13 页，广西师范大学出版社 2008 年 10 月版。

④ 同上，前言。

⑤ 同上，14 页。

话。此人看上去“仪表堂堂，鞍上雄姿，确属气象万千”，而大敌当前，却往往丑态百出。日军进入热河，直迫承德时，省主席汤玉麟以全部军用汽车二百辆，满载其私人财宝箱柜，弃城而遁。日军遂以百余骑兵占据承德。于是，原在热冀边境第二线布防的五十三军，就被推上了第一线。这时候，“万军长戎装立马，八面威风。不图忽有日军侦察机一架，凌空而来，且向地面俯冲数次，进行‘低空侦察’。是时也，万军长心胆俱裂，不觉坠马。官兵见状大乱，东奔西窜，为之久久不能成列。日机去后，马弁扶万上马，神色始定。乃向部众自解曰：‘适间非坠马也。我只欲示尔等于空袭时，如何迅速隐蔽耳。’”[①]就是这位万福麟，率军守喜峰口，略战即溃，多亏二十九军赵登禹部及时赶到，突然发起冲锋，日军猝不及防，仓促败退，喜峰口才免于被日军攻占。

张恨水还与矢原讲过樊钟秀死于空袭的故事：“值中原大战方酣之际，中央军以飞机助战，冯（玉祥）军樊钟秀部首次见飞机俯冲投弹，惊恐万状，军心为之动摇。冯乃集中训话曰：‘空中之飞机与乌鸦，孰多？’皆曰：‘乌鸦多。’冯曰：‘信然。然则乌鸦便溺时，亦曾着于你们之头顶乎？’皆曰：‘未。’冯曰：‘信然。然则飞机投弹时，其能命中于你们之机会，当更稀矣。’众皆曰诺，欢呼鼓舞而去。次日，于赴敌途中，又逢中央军飞机凌空轰炸。樊及所部均惑于冯日前之言，不屑稍为之避。弹落人群，血肉横飞，死伤过半，而樊以总司令之尊，亦成机下之鬼。”[②]

在《谦庐随笔》中，矢原还记载了一次有趣的旅行。他与张恨

---

① 矢原谦吉《谦庐随笔》，14～15页，广西师范大学出版社2008年10月版。

② 同上，15～16页。

水应邀前往海甸（淀）观看二十九军演习，事后张恨水请他吃“凯旋餐”。他告诉矢原：“演习期间，海甸（淀）冠盖云集，北京一大饭庄乃遣厨侍十余人，于席棚之下大卖其特制之‘凯旋餐’，为将佐者以其为吉兆，多前往食。此餐之配制，颇为别开生面。以韭黄、韭菜与肉丝，外加花生米少许，合而炒之，然后置于‘荷包蛋’上即成，其味亦颇不恶。”[①] 矢原记下了张恨水对“凯旋餐”寓意的解释：“所谓‘凯旋餐’也者，意在二十九军必胜，日本必败也。——韭黄与韭菜为二韭，与‘二九’谐音，故以之象二十九军。花生米又名长生果，‘长生’与‘常胜’为一音之转，‘荷包蛋’者，旭日旗也。蛋在二韭与花生米之下，示日本必为常胜之二十九军所征服也。”[②]

张恨水在军队上层固有很多朋友，但他偏偏舍易求难，放着熟悉的上层人物不写，却把笔墨给了不很熟悉的“四个连长”。他曾经这样解释：“我的意思，那时南京方面，正唱着一面交涉，一面抵抗，实在不能找出一位大人物来作小说主角。还是写下级干部的好。这样，也就避了为人宣传之嫌。”继而他说：“这四位连长，我是写他们有三位在长城线外成仁的。多少也给大人先生一点讽刺。”[③] 这里似乎隐隐约约透露了一点张恨水曾经拒绝为张学良作传而难以言传的理由。的确，在那个时候，写一个高层将领的抗战，难度是很大的，也非张恨水所长。他的长处，绝不在于正面描写战场的情状，而只是从侧面烘托，重点写四位连长的恋爱、婚姻与家庭生活。且看

---

① 矢原谦吉《谦庐随笔》，47 页，广西师范大学出版社 2008 年 10 月版。

② 同上。

③ 张恨水《写作生涯回忆》，47 页，人民文学出版社 1982 年 6 月版。

最后一回："声色自娱将军终日乐，老少环泣战士几人回"，就以非常细腻的笔触，描写了军人的父母和妻子儿女在得知战场上全军溃败的消息后，四处打听亲人消息而求告无门的焦虑和伤心，并衬托以全师长家安逸、舒适、温馨的生活，以表达他"都是军人，为什么有的这样在家里享福，有的就该在冰地雪地里打仗"①的悲愤。

就小说写作而言，《东北四连长》中的人物、叙事仍未脱离他所熟悉的三角恋爱的固定模式。女主角杨桂枝要在文人甘积之和军人赵自强之间做出选择，小说的情节推进和展开，就依赖于桂枝的心理活动，以及围绕她所形成的人际关系的相互作用。随着故事的层层铺展，甘积之与赵自强的形象，在杨桂枝的心目中此消彼长，发生了逆转，她从最初的讨厌军人，害怕军人，发展到最后能接受军人，嫁给军人，这种变化在战争迫近的大背景下透露了民众心理的微妙之处，他们害怕战争降临到自己头上，希望军人能承担起保家卫国的责任，但当自己的亲人就要奔赴前线时，他们也表现得难舍难分。结婚不满一个星期，赵自强便接到命令，部队要开到长城以外去抗击日寇。张恨水把他与杨桂枝上演的这场"新婚别"，写得荡气回肠。赵自强倒是有些儿女情长，心里对新婚妻子抱有二十四分的歉意，而新媳妇却慷慨地表示："我既然嫁了你，我就认定了我是一个军人之妻，决不能有一丝一毫不愿意。但愿你和小鬼子痛打一仗，杀死他万儿八千的。那个时候，你是位英雄了，我也是一位英雄夫人，岂不大妙？"②这种写法与

---

① 张恨水《东北四连长》，《申报》1934年8月3日《春秋》副刊连载448期。

② 张恨水《杨柳青青》，281页，中国文联出版社2004年6月版。

革命作家“恋爱加革命”的创作模式毫无共同之处，他笔下的男女私情是与社会生活融于一体的，是日常生活的一部分，绝非飘浮在社会生活之外的无源之水，无根之木；他的叙事没有那么多的豪言壮语，大话空谈，却符合日常生活的逻辑，符合人情物理。他写战争给民众身心带来的深深伤害，恰恰是通过和平温馨的带着人性气息的日常生活的丧失来表现的。当然，他也写了军人的豪迈赴死。赵自强之死，最初在《申报》副刊连载时是用了隐晦的方式，留给读者去想象。桂枝到医院，原本是想和唯一存活下来的殷连长打听丈夫的消息，“恰是新到了一批重伤的伤兵，用担架床抬着，一架一架的向医院里抬去。由这里更想到赵自强是如何一种情形，她心里万分凄楚，又不能哭出声来，于是昏晕着向下一倒”，[①] 倒在做了战地医生的甘积之的怀抱里，全书就此结束。民国三十五年（1946 年），上海出版商从报上抄写了书稿，打算出版，请张恨水审查。他将全书重读一遍，很为自己当年的幼稚感到可笑，于是，“我把作战部分的描写，完全删掉，只着重故事的发展，结局我以人道主义去发作感慨”，[②] 书名则截取古诗“杨柳青青莫上楼”中的前四个字，题曰“杨柳青青”。改过的小说结尾，四个连长中仅存者换成了关连长，这大约体现了张恨水的悲悯之心，不忍见一群孩子失去父亲，成为孤儿。赵自强死之悲壮，是通过关连长向赵自强父亲的一番描述所呈现的，他劝慰老人：“老太爷，你也不必难过了。他和敌人同归于尽，在武德

① 张恨水《东北四连长》，《申报》1934 年 8 月 10 日《春秋》副刊连载全书完。

② 张恨水《写作生涯回忆》，48 页，人民文学出版社 1982 年 6 月版。

上是十分光荣的。军人的战死在疆场那是荣誉的事情。”[①] 老人强忍悲痛，颤抖着制止关连长，不让他把消息告诉桂枝，因为她刚刚生了一个爷儿俩长得一模一样的儿子。

按照张友鸾先生的意见，“九一八”事变之后，张恨水的很多作品，“都插入一些抗敌御侮的情节”，比如，短篇有《弯弓集》，长篇有《满城风雨》《热血之花》《太平花》《东北四连长》等，“然而究竟还不是以抗战为中心内容”。张友鸾认为，直到民国二十五年（1936 年），他们创办《南京人报》，张恨水写了《鼓角声中》在副刊《南华经》连载，他的写作才“正式以抗战为主题”。[②] 这是较为公正的评价，既非溢美，也非贬低，更非曲解和成见。也许张恨水表现得最积极吧，他的作品再次成为革命作家高度关注的对象。民国二十一年（1932 年）五月，张恨水的《弯弓集》出版仅两个月，钱杏邨（阿英）就发表了著名的长篇批判文章《上海事变与鸳鸯蝴蝶派文艺》。

钱杏邨（阿英），安徽芜湖人，中共党内的文学理论家、文艺批评家、文学史家、剧作家，民国十五年（1926 年）加入中国共产党，同年即回到故乡从事革命活动，大革命失败后，他带领一些人先从芜湖逃亡到武汉，后到上海，在中华全国总工会编辑科工作。民国十七年（1928 年），他与蒋光慈、孟超、杨邨人共同发起成立了太阳社，创办《太阳月刊》。这是最早的、由中共直接领导的文学社团，主要成员几乎都是年轻的中共党员。他们的文学主张直接承续了苏

---

① 张恨水《杨柳青青》，356 页，中国文联出版社 2004 年 6 月版。

② 张友鸾《章回小说大家张恨水》，张占国、魏守忠编《张恨水研究资料》，101 页，知识产权出版社 2009 年 9 月版。

俄“岗位派”和“列夫派”[①]的某些观点，将“列夫派”的工具论和“岗位派”的阶级论结合在一起。钱杏邨还一再强调文学应该负有的社会责任，以及必不可少的时代精神。恰恰是在这个意义上，他宣称：“鲁迅终究不是这个时代的表现者。”鲁迅的创作，“不但不曾超越时代，而且没有抓住时代；不但没有抓住时代，而且不曾追随时代”。说到底，鲁迅的文学创作“不是一种伟大的创造的有永久性的，而是滥废的无意义的类似消遣的依附于资产阶级的滥废的文学”！[②]他是主张文学描写现实的，他在与茅盾的争论中，批评茅盾的主张，只是“描写”现实，“暴露”黑暗与丑恶，是旧的写实主义，而普罗作家“是要把‘现实’扬弃一下，把那动的、力学的、向前的‘现实’提取出来，作为描写的题材”。[③]换言之，这里所谓“扬弃”，

① “岗位派”是苏俄20世纪20—30年代初最大文学团体“拉普”（俄罗斯无产阶级作家联合会俄文缩写的音译）的前身，因宣传“拉普”文学主张的主要阵地为大型文学批评杂志《在岗位上》而得名。主要代表人物有罗多夫、列列维奇、巴尔金和阿维尔巴赫。“岗位派”强调“艺术有阶级的性质，艺术是宣传某种政略的武器。无所谓内容，不过是观念罢了”（任国桢语）。“列夫派”是未来派的左翼，亦因机关刊物《列夫》而得名。主要成员有阿谢耶夫、特烈季亚柯夫（又译铁捷克）、马雅可夫斯基、卡明斯基和画家罗德钦科。“列夫派”的艺术观念主要表现为“反对写实，提倡宣传。否认客观，经验，标定主观，意志。除消内容换上主张，除消形式换上目的”（任国桢语）。鲁迅认为，“列夫派”的主旨，“在推倒旧来的传统，毁弃那欺骗国民的耽美派和古典派的已死的资产阶级艺术，而建设起现今的新的活艺术来”。（见鲁迅《苏俄的文艺论战》前记，《集外集拾遗》，《鲁迅全集》第七卷，267页，人民文学出版社1981年版。）

② 钱杏邨《死去了的阿Q时代》，《文学运动史料选》第二册，46、49页，上海教育出版社1979年6月版。

③ 钱杏邨《中国新兴文学中几个具体的问题》，转引自艾晓明著《中国左翼文学思潮探源》，37页，北京大学出版社2007年1月版。

无非是放弃站在个人立场理解现实和观察现实，对现实的理解不再是个人观察和体验的结果而是某种普遍信念，即意识形态的产物。

把话题扯开一点，也许才能使我们更好地理解钱杏邨在张恨水面前所表现出来的自信和道德优越感，究竟是从哪里来的。他们不仅真诚地相信文学与革命是一回事，而且相信，“只有革命的阶级才能推进今后世界的文学，把文学提高到空前的水准”。[①]按照他们的逻辑，他既把张恨水定性为“封建余孽作家”，并称他为“封建余孽以及部分的小市民层所欢迎”的“骄子”，那么，他从《弯弓集》中所看到的，只能是“充分的反映了封建余孽以及部分的小市民层对于这一伟大事变的认识，和在这一时期的生活观点的全部”。[②]他对《弯弓集》中的两组古体诗尤为不满，他讥讽作者，面对日本帝国主义的疯狂进攻，“除了愤慨以外，又有什么办法可想呢？‘书生漫作长沙哭，只有龙泉管不平’。他们所能做到的如此而已。虽然当劳苦的工农士兵勇猛的起来反抗，他们也欢欣无间的为他们作《健儿词》，高呼着‘背上刀锋有血痕，更来裹创出营门。书生顿首高声唤，此是中华大国魂’（《健儿词》之七）。但他们，封建余孽的本身，是只有‘大声唤’的，没落的封建阶级，他们是没有‘出路’的”。[③]看得出来，这些自视为代表社会进步方向的“精英超人”，对其他人是缺少起码的尊重和理解的，在他们眼里，除了他们自己，

---

① 周起应（周扬）《到底是谁不要真理，不要文艺》，《文学运动史料选》第三册，158页，上海教育出版社1979年5月版。

② 钱杏邨《上海事变与鸳鸯蝴蝶派文艺》，范伯群等编《鸳鸯蝴蝶派文学资料》（下），864页，福建人民出版社1984年8月版。

③ 同上，866页。

以及他们所“代表”的阶级，任何人的生活和思想都不具有正当性、合理性，都是应该被消灭、被铲除的。他当然不能接受张恨水对文学，乃至小说的理解。张恨水在《弯弓集》自序中写道：

> 夫小说者，消遣文字也，亦通俗文字也。论其格，固卑之毋甚高论，无见于经国大计。然危言大义所不能尽者，而小说写事状物，不嫌于琐碎，则无往而不可尽之。他项文字无此力量也。更退一步言之，即令危言大义，将无事物而不能尽之矣，然贩夫走卒，妇人孺子，则又不能了了于其所云者为何，而小说立词为文，不嫌于浅近，则又无人而不可以读之。他项文字亦无此力量也。今国难临头，必以语言文字，唤醒国人，无人所可否认者也。以语言文字，唤醒国人，必求其无孔不入，更又何待引申？然则以小说之文，写国难时之事物，而贡献于社会，则虽烽烟满目，山河破碎，固不嫌其为之者矣。

至于他自己，又道：

> 然吾固以作小说为业，深知小说之不必以国难而停，更于其间，略尽吾一点鼓励民气之意，则亦可稍稍自慰矣。若曰：作小说者，固不仅徒供人茶余酒后消遣而已。此吾于心焚如火，百病来侵时，尽二十日之力，而成此《弯弓集》者也。至于吾文如何，吾自知未必有何力量。谚有之，“千里送鹅毛，物轻人情重”。又曰：“瓜子不饱是人心。”今国难小说，尚未多见，以不才之为其先驱，则抛砖引玉，将来有足为民族争光之小说也出，正未可料，则此

鹅毛与瓜子，殊亦有可念者矣。[1]

张恨水对于小说的认识，在钱杏邨看来，“大部分是建筑在封建的意识形态上的”，而且，说到文学，“在创作的意义上，他是压根儿不理解的”。[2]这种轻蔑的、不屑的态度，是把张恨水谈论文学，谈论革命，乃至谈论抗日的资格都取消了，他说，这些都“不是属于张恨水和他所代表的阶级层的”。[3]当年，赵太爷打了阿Q一个嘴巴，然后说：“你那里配姓赵！”[4]似乎也是这副腔调。直到民国二十五年（1936年）十月一日，《文艺界同人为团结御侮与言论自由宣言》发表后，才在名义上承认了每个中国人共有的以各自方式表达爱国情感的权利，“其在作家个人或集团，平时对文学之见解，趣味，与作风，新派与旧派不同，左派与右派亦各异，然而无论新旧左右，其为中国人则一，其不愿为亡国奴则一；各人抗×之动机，或有不同，抗×的立场亦许各异，然而同为抗×则一，同为抗×的力量则一。在文学上，我们不强求其相同，但在抗×救国上，我们应团结一致以求行动之更有力”。[5]

如果不带阶级论和时代论的偏见，从钱杏邨所轻蔑的《咏史》

---

① 张恨水《弯弓集》自序，《弯弓集》，4～6页，北平远恒书社民国二十一年三月初版。

② 钱杏邨《上海事变与鸳鸯蝴蝶派文艺》，范伯群等编《鸳鸯蝴蝶派文学资料》（下），867页，福建人民出版社1984年8月版。

③ 同上，871页。

④ 鲁迅《阿Q正传》，《鲁迅全集》第一卷，488页，人民文学出版社1981年版。

⑤ 《文艺界同人为团结御侮与言论自由宣言》，《文学运动史料选》第三册，430页，上海教育出版社1979年5月版。

和《健儿词》两组诗中，是不难读出张恨水悲怆的家国情怀的。先看他的《咏史》四首：

山河脱辐三千里，兄弟阋墙二十年。
岂是藩篱原易辙，本来萁豆太相煎。
江东名士浑如醉，壁上诸侯笑不前。
犹叹药炉茶灶畔，有人高比赵屯田。

争道雄才一槊横，几时曾到岳家兵。
中原豪杰无头断，逊国君臣肯膝行。
盗寇可怜侵卧榻，管弦犹自遍春城。
书生漫作长沙哭，只有龙泉管不平。

六朝金粉拥千官，王气钟山日夜寒。
果有万民思旧蜀，岂无一士覆亡韩。
朔荒秉节怀苏武，煖席清谈愧谢安。
为问章台旧杨柳，明年可许故人看。

花蕊宫词可汗颜，读来转觉泪潺潺。
金貂尽日盈高座，烽火连宵入汉关。
黄左尚争明系统，幽燕频陷宋江山。
长江天堑何须道，胡马南窥已等闲。[1]

① 张恨水《咏史》，《弯弓集》，9～10页，北平远恒书社1932年3月初版。

这四首诗，写得沉郁顿挫，寄托深远，黍离之叹，动人心弦。他既不满于国民党政府“攘外必先安内”的政策，痛心于对日妥协使大片国土沦入敌手，而尸位素餐的满朝文武和高冠博带的名士佳人仍沉醉于骄奢淫逸的生活，作者有千言万语积压在胸中，却也只能以比兴寄托的方式，借历史人物和故事，曲折地表达自己对这些民族败类的愤慨，抒发自己忧国忧民的情思。他的情感是真挚的，语言是发自内心的，即用比兴，用意也较为显豁，并不雕章琢句，借事用典也较为自然。再看他的《健儿词》七首：

看破皮囊终粪土，何妨性命换河山。
男儿要赴风云会，笳鼓连天出汉关。

不负爷娘抚此生，头颅戴向战场行。
百年朝露谁无死，要在千秋留姓名。

未是木兰替老亲，亦非击鼓学夫人。
女儿自有凌云志，不让英雌独姓秦。（指秦良玉）

笑向菱花试战袍，女儿志比泰山高。
却嫌脂粉污颜色，不佩鸣鸾佩宝刀。（下十四字集唐诗红楼）

只祝成功不祝还，送行堪着白衣冠。
男儿死耳何须惧，一笑挥鞭上战鞍。

含笑辞家上马呼，者番不负好头颅。

一腔热血沙场洒，要洗关东万里图。

背上刀锋有血痕，更来裹创出营门。

书生顿首高声唤，此是中华大国魂。[①]

这一组与前一组不同，写得慷慨激昂，意气风发，充满忠义刚正之气，显示了在国破家亡之际与国家共存亡的英雄本色，勉励男儿、女儿到战场上去建功立业，词语豪壮，字字掷地作金石声，的确有一种“以语言文字，唤醒国人”的意味在里面，思想性和艺术性都达到了相当的高度。

应当承认，《弯弓集》中的叙事作品并不像诗歌这样出色，有形势所迫，急就成章的毛病。由于生活经验不足，缺乏可靠的生活细节的支持，人物也显得比较单薄，少了一些生气，只能作为某种观念的承担者，整个作品因而就给人一种简陋粗糙之感。但在抗战初期，这些问题似乎是新旧作家都难以避免的。随着战争的展开和深入，张恨水的生活体验有了更加深厚的积累，他的抗战小说写作也就别开生面，进入了新的境界。

① 张恨水《健儿词》，《弯弓集》，11 ~ 12 页，北平远恒书社 1932 年 3 月初版。

拾肆

西游

民国二十三年（1934年）五月七日，张恨水自北平启程开始西北之行。临行前一晚，中法大学代理校长李润章在北平东兴楼设宴，为即将游历西北的张恨水饯行。

张恨水早有游历西北的打算。据《刘半农日记》民国二十三年（1934年）一月四日记载："与牧野、颖孙同往方家胡同看恨水，值出，入其书斋中小坐，牧野云，恨水即将往西北旅行，因有一妻二妾，难乎其为夫，故不得不暂往他处以避烦恼，然他日归来，旧帐仍当总算，不悉将何以为计。此所谓自讨苦吃，局外人莫能赘一词。"①

这是就个人家事而言。当然还有更高尚的理由。"九一八"事变之后，东北沦陷，日本军队加紧对华北的威胁，步步紧逼，不断制造事端。特别是华北事变的发生，给民国政府以很大的刺激，开始确定对日作战的战略构想。其中很重要的一点，即将西南、西北

① 《刘半农日记》，《新文学史料》1991年第一期，23页。

腹地之经济建设，作为“救亡图存之根本大计”。[①] 在这个大背景下，赴西北考察似乎成为一种时尚，上至国府要员，下至文人学者，纷纷选择做西北游。民国二十三年（1934 年）四五月间，就有宋子文、戴季陶的西北考察；继张恨水之后，刘半农亦由北平出发，去绥远一带考察方音民俗；进而到了七月间，应平绥铁路局长沈昌先生之邀请，文国鼐、雷洁琼、顾颉刚、郑振铎、陈其田、赵澄、吴文藻、谢冰心共八人，亦组成平绥沿线旅行团，历时六星期，游遍平绥全线。这是信手拈来的几个例子，说明当时到西北去的人很多。恰如冰心在《平绥沿线旅行记》中所言：“自从东北失守之后，国人矍然的觉出了边防之重要，于是开发西北之声，甚嚣尘上。”[②]

张恨水是个作家，又有记者身份，他的西北游固有其宏大的背景，却也有其个人的理由。他在临行前发表了《写在赴西北之前》一文，向读者告知他此行的目的和基本行程，也即他的宣言。他讲到此番必行的原因，主要是为广见闻，增加对社会的了解，为小说创作积累更多素材。他说：“余十年来以作品问世，不为不多，然自视所写，则都市生活，十之八九，乡村生活，十之一二。南北二京背景，十之六七，其他背景，亦只十之二三。统计一过，不才之对于中国社会，真是以管窥天，以蠡测海，继此以往，犹不过如是云云，人纵不我责，我亦自惭其空虚矣。为此之故，是以不才，必须寻觅吾人日常生活

① 《中国国民党历次会议宣言决议案汇编》第 2 分册，第 201 页，中国国民党中央执行委员会训练委员会 1941 年编印。转引自张宪文、庞绍堂等著《中国抗日战争史》第一卷，187 页，化学工业出版社 2016 年 4 月版。

② 冰心《平绥沿线旅行记》，郑振铎、冰心《西行书简·平绥沿线旅行记》，220 页，山西古籍出版社 2002 年 3 月版。

之另一方面，有以借窥。若言与现代社会文化不接近，物质不接近，殆莫如陕甘，故小说材料之发掘，无如赴西北一行。至于汉唐遗迹、华岳终南之风景，其在人造与自然两方，亦必有以使吾人耳目一新者。”①

后来他作《西游小记》，开篇即宣称：“予作陕甘之游，意在调查西北民生疾苦，写入稗官。”②这番话，对一位小说家而言，自是当行本色。于是他声明，首先，此行“纯为私人游历，初不带丝毫求官与打抽(秋)风之思想”，③并撇清了与戴季陶西北之行的关系。其二，此行既非考古，也非考察科学，此事固有专门家来做，他不必多此一举。其三，此行虽为游历，却不同于一般的旅游，目的是要深入社会之中，了解真实状况，所以他不乘飞机，只带一名工友，由北平乘火车至郑州，再至洛阳、潼关，然后改乘汽车至西安。其四，作为一名记者，他有责任将有时效性的见闻，尤其是西北农村社会之实况，随时加以报道。

虽然张恨水把此行称作“私人游历”，但这只是就其非官方背景而言，实际上，其“私”并不纯粹。据上海《晶报》报道，张恨水此行至少被四家报刊聘为特约记者，分别是北平的《实报》和《世界日报》，上海的《晶报》和《旅行杂志》。除此之外，还应该加

---

① 张恨水《写在赴西北之前》，1934年5月5日南京《民生报》副刊《新村》，转引自谢家顺《张恨水年谱》，323页，安徽文艺出版社2014年7月版。

② 张恨水《西游小记》，张恨水散文全集《北京人随笔》，37页，时代文艺出版社2015年8月版。

③ 张恨水《写在赴西北之前》，1934年5月5日南京《民生报》副刊《新村》，转引自谢家顺《张恨水年谱》，323页，安徽文艺出版社2014年7月版。

上南京的《民生报》，该报在发表张恨水《写在赴西北之前》的时候，编者在文前加了按语，其中提道“恨水先生受本报及北平《世界日报》的共同延请”。然而，有意思的是，《民生报》与《世界日报》的东家都是成舍我，他与张恨水曾有过共同创业的经历；北平《实报》（又称《小实报》）的社长管翼贤，虽说后来做了汉奸，但当时张恨水与他是同行，交往很多；上海《晶报》的钱芥尘、张丹翁，《旅行杂志》的赵君豪，与张恨水也非泛泛之交。但不知何故，上海的且不论，北平这两家似乎也没人想到要为自己特聘的“记者”饯行，倒是看上去与他疏于来往的中法大学代理校长李润章，表现得异常热心。数月之后，他在怀念刘半农的文章中提及此事，曾说到刘半农当时在座，至于还有哪些朋友作陪，就不得而知了。刘半农是很喜欢在日记当中记载哪天有过哪些饭局的，主人是谁，客人是谁，陪客有哪几位，乃至吃了什么，都记载甚详，而偏偏这天日记对这次聚餐未着一字，实在有些令人不解。

当时到西北去，有两条路可走。一条是经绥远、内蒙古、宁夏，到新疆去；一条是由陕西、甘肃，到青海去。前者由平绥线到包头，余下的路程大约只能骑骆驼；后者乘火车由平汉路转陇海路到潼关，然后改乘汽车，可以抵达兰州，能否南下青海，至西宁，是要碰运气的。张恨水说：“我原来的计划，先到陕西，再到甘肃，由甘肃往新疆，回头经河套，由平绥路回平。”[①] 实际上，他只走了预定行程的一半，据他事后解释：“在兰州的时候，我原是打算继续西行，因接到上海几封电报，劝我别去新疆。兰州朋友，也告诉我新疆的盛世才是不好惹的，去了不得回来，那可是个麻烦。而且由兰州到

① 张恨水《写作生涯回忆》，51页，人民文学出版社1982年6月版。

猩猩（星星）峡，猩猩（星星）峡到迪化，路途遥远，交通工具也有问题。这样，我只好在兰州徘徊着，最后，依然坐了便车回西安。”①

他离开北平，第一站先到郑州。这里是新兴的商埠，交通枢纽，南来北往的人很多，商业发达，物品丰富，他在这里备齐了西行必需的东西，由此向西，就没有这么便利了。他拟了一张采办的清单，看上去很有意思：

> 必备品：行军床、温水壶、旅行药品、伞、雨鞋、手电、灯、指南针、表、精盐、茶叶、手巾囊、口罩、罐头、饼干（以上两项，若游华山，千万带着，别忘了）。
>
> 补充品：打汽炉子、锑质锅壶、滤斗、糖（西边糖很贵，华山上也缺少）、水果、日记本、茶壶、碗、筷子、小刀、行李袋（或油布）、望远镜、地图、寒暑表。②

这张清单是他西行归来后提供给将要去西部的人作为参考的，其中有些一定是他从此行中得到的切实经验。他提醒西行的人一定要带上滤斗，“因为到甘肃境里去，沿路的水都是黄泥汤，能过滤一下，自己在打汽炉子上烧着喝”，③才可以放心。他在郑州勾留了两天，除了置办西行必备的物品，还顺便瞻仰了冯玉祥部下的阵亡将士墓，吃了黄河鲤，便转乘陇海路车到洛阳。洛阳是古都，传说自夏王朝

---

① 张恨水《写作生涯回忆》，51 ~ 52 页，人民文学出版社 1982 年 6 月版。

② 张恨水《西游小记》，张恨水散文全集《北京人随笔》，38 页，时代文艺出版社 2015 年 8 月版。

③ 同上。

开始，中经殷商、西周、东周，直至隋唐五代，先后有十三个王朝、一百〇五位帝王在这里建都，文物古迹数不胜数，就文化的知名度而言，洛阳远胜于郑州。民国二十一年（1932 年），日军进攻上海，国民政府定洛阳为行都，一度迁洛办公，政治上也比郑州较为优越。

张恨水自称“是个读线装书出身的人，中了线装书的毒，把洛阳看得过于重要，所以到西北去，特地在洛阳下车，勾留两天”，[①]但亲历之后却让他大失所望。他是搭乘下午五点钟的西行列车去洛阳的，车行大约五个小时。由于坐的是二等车，车上没有电灯，可以想象一个人在暗夜中独坐的枯寂。好在“由郑州西去，乡下风景还不坏，树木丛中，不断地发现土寨子。这寨子，俨然是个缩小的城池，也有四门，甚至还加上碉楼，乡下人都住在里面。好的寨子，外面还有濠沟吊桥”。[②]这种情形让他联想到《水浒》上常说的什么庄，什么寨，以为找到了生活中的原型，倒给旅行增添了一些乐趣。

车到洛阳，收拾了行李，走下车来，他情不自禁地发出一声惊叹，以为发现了特大新闻，原来“那月台上很大的一片地方，只竖了两根长木头竿子，在上面挂了一盏小小的汽油灯，只是些混混的光，照着纷乱的人影子乱挤”。[③]旅馆接客的栈伙举着各种形状的灯笼挤在月台的一侧。“在郑州我就打听清楚了，洛阳以大金台旅馆为最好。”[④]即使如此，给他的感觉仍然是“由二十世纪一跃而回到

---

① 张恨水《西游小记》，张恨水散文全集《北京人随笔》，48 页，时代文艺出版社 2015 年 8 月版。

② 同上，41 页。

③ 同上，41 页。

④ 同上，41 页。

十八世纪了”。他“挑了一间最好的房子住，里面是一副床，铺板，一张方桌，两把木椅，隔壁有间小黑屋子，一铺一桌，就让工友小李住了”。没有电灯，“伙计送进一盏煤油灯来，昏黄的光，和这屋里倒很相衬”。[①]洛阳距郑州不过一百多公里，只能说是西部的边缘，门户，已经显露出开发建设的迟缓，远远落后于东南沿海地区。

洛阳已没有什么可留恋的，第三天的凌晨四点钟，他便登上西行列车，前往下一站潼关。这里是陕西的门户，也是山西、河南、陕西三省的交界处。城西有座麒麟山，山上原有一座山河一览楼，不知何时倒坍了，只留下一个钟亭，悬一口钟在里面，敲一下，三省都可以听到，算是潼关一景。到了这里，西北高原特有的景致，便开始呈现在他眼前，是他从未见过的。那山自是黄土山，“不过山上还有草木，有时看到乡下人在土坡上挖一个洞进去，洞外一片平地，外面围着一圈土围墙。就是这样三五人家，配上几棵树，就成一个村落，倒也别有风趣。最妙的是大斜坡上，下面窑洞的顶，是中层窑洞的庄稼地，中层窑洞的顶，又是上层窑洞的庄稼地。这样一层一层推上去，有推到五六层的。所以在一方高原斜坡上，有时能容纳上百户人家，却看不到一间屋”。[②]那层层叠叠的黄土，一眼望不到边，让他颇有些感慨，甚至“觉得有一种烦腻了”，但他相信，只要“继续的往西走，比这更困苦的地方，那还多着呢”。[③]

不过，他一定要在这里做短暂的停留，不为别的，只为华山。

---

① 张恨水《西游小记》，张恨水散文全集《北京人随笔》，42 页，时代文艺出版社 2015 年 8 月版。

② 同上，49 页。

③ 同上，49 页。

这里离华山只有四十里路，他花三角五分先搭一辆货车到华阴，这座车站除了一间票房，别无所有。周围聚集着一些推小车赶脚的，可以将行李送到华山脚下，至于人，则只能骑驴，或步行。华山素以雄、奇、险、峻闻名天下，大诗人李白“西岳峥嵘何壮哉”的诗句，道出了华山在诗人心目中的分量。张恨水也把游华山当作人生一次难得的经历。他用两天时间，遍游华山“五峰”，即经北峰、中峰、东峰、南峰，至西峰，最终回到北峰。下山后，幸有经济委员会一位卢工程师开车送他到西安，免去了一段路上的颠簸之苦。而据说，那汽车本是宋子文前不久留在西安的，“其舒服也就不言而喻了”。[1]

张恨水毕竟是知名作家，他这次西北之行又搞得动静很大，北平、上海、南京的几家报刊，一直都很关注他的行踪。他的西北旅行通信和游记、杂文陆续在几家报刊发表，更引起人们对他此行的兴趣。陕甘的军政当局对他的到来则感到有些疑惑，不知他来此要干什么，虽然他一再声明是来找小说材料的，人家仍放心不下。情急之中，他想起时任陕西省政府主席的邵力子。在上海，他与邵力子曾有过往来，也算是旧相识。于是，到潼关后，他特意请潼关县长帮忙，和邵力子通了长途电话。邵力子很给他面子，知道他是个书生，嘱咐下属要善待他，尽量为他提供创作上的便利。张恨水到西安后，邵力子因骑马坠伤，卧床不起，仍在病榻边接见张恨水。张恨水专门写了《邵力子陋室安居》，发表于五月三十日上海《晶报》：

予曾于沪上，至邵力子先生寓，不过两上两下，式至平凡，而客

---

① 张恨水《西游小记》，张恨水散文全集《北京人随笔》，76 页，时代文艺出版社 2015 年 8 月版。

室沙发，且已窳败，意以为并非久居，故简陋如此。今至西安，卸装之日，即谒之于省政府公署。先生腿伤，以日前欢迎嘉宾，创复发，腿札有木板，不能起床，乃接见愚于卧室。室中除一床外，只方桌一、三屉桌一、木椅二、番木架椅一、床前茶几一，余无所有也。邵夫人亦着布衣，不饰脂粉，代表邵先生招待来宾，彼渺小简任以下之局长处长，服用如王侯者，对此得毋有愧色欤。①

有邵力子的特别关照，陕西政军两界给予张恨水的不仅是“一点礼貌”，更有一种特别的尊重和信任。绥靖主任杨虎城也接受了他的访问，还把自己的戎装照送给他，并题字：“张恨水先生惠存，杨虎城敬赠”。若干年后，他忆及此事时写道：“在西安几天之后，各方面全明白我真是来找材料的，大批的碑帖，大部头的县志书，纷纷用专人送给我。还有那社会上的热心人士，跑到旅馆里和我长谈，把民间疾苦，向我和盘托出。其中有一位军官，愿意和我共坐一架战斗机去天水看看。坐战斗机这勇气我虽然还有，可是我考量我的身体，恐怕不行。只好婉谢。然而这证明一个人若为他的工作而努力，而没有其它企图的话，是很能引起人家的共鸣的。”②

张恨水在西安住了将近半个月，当他准备继续西行兰州的时候，发生了不小的困难。西安到兰州，六百四十余公里，路程不能算近，而且，西兰公路当时尚未完工，还没有正式的长途客车，通行的是运货车兼搭客座，“而且不能直达兰州，寻常都是由西安载客到平

---

① 张恨水《邵力子陋室安居》，张恨水散文全集《明珠》，315页，时代文艺出版社2015年8月版。

② 张恨水《写作生涯回忆》，52页，人民文学出版社1982年6月版。

凉，平凉那里，有甘肃方面经营的车子，再载客到兰州去”。运货车的情况又如何呢？原来那车子“满满的堆着货担和行李，高到一丈好几尺，人就坐在货堆上。太阳晒是不打紧。西北的风土是很大的，由潼关到西安，坐着轿车，还满身都给浮尘涂漆了，这样西去，其不堪更是可知。然而这也不打紧。就是西兰公路，还有许多地方不曾修筑，汽车经过坎坷不平的地方，整个儿车子，可以翻转，人坐的这样高，摔下来，哪里有命。路又不短，是一千三百华里，在路上遇到不好的天气，也许要走十天半月”。[①] 更让他放心不下的，是许多朋友都说，这条路上仍不太平，不能保证绝对没有土匪歹人拦路抢劫的事情发生。这样一来，他真的有些踌躇了。

这时，有人向他伸出了援手。一位是经济委员会西安办事处主任刘景山，一位是西兰公路总工程师刘如松。“因为如松先生由西安到兰州去，视察路线，有自坐的汽车，两位刘先生商量之下，就把我带着去。”[②] 于是，张恨水便坐着刚从上海运到西安的道济（道奇）汽车上路了。这一路，因为遇雨和刘工程师要视察工程的缘故，整整走了九天，其间虽不乏凄风苦雨、风餐露宿、凄凉惊恐、忐忑不安，但总算平平安安地抵达了兰州。沾了刘工程师的光，又有甘肃省政府主席朱邵良的介绍信，他在兰州受到热情接待，被安排住在省政府花园里。这里本是明朝的肃王府，左宗棠做陕甘总督的时候，改为总督府，又修理一番，因而环境很美，是兰州城里唯一的风景区。这期间，他游览了久负盛名的庄严寺（已被改作市场），寺里最有

① 张恨水《西游小记》，张恨水散文全集《北京人随笔》，92 页，时代文艺出版社 2015 年 8 月版。

② 同上，93 页。

价值的是唐人壁画，纯印度风格，有很高的艺术价值。寺里还有一座转轮佛灯，是很稀罕的东西，寺里和尚深藏不露，轻易不肯示人，张恨水也只能报以遗憾。他还游览了兰州城里同样久负盛名的宏恩寺（已改作民众图书馆），欣赏了寺里的“三绝”：颜真卿、褚遂良的真迹，吴道子手绘的观音大士像，以及寺里的几尊佛像。

张恨水的到来，被兰州文化界、教育界视为盛事。时任教育厅厅长的水梓先生邀请他参观兰州中学。王富强当时正求学于此，多年后他忆及此事写道：“一日，张旧帽遮颜，由校长陪同参观我校，各处巡视一周后，即欲告别。忽学生三五拥张，要求留言以作纪念。张笑逐颜开而心怀隐忧，语重心长地说：‘谢谢诸君盛意，谨以三点为勉：一望全体师生为国保重；二望全体同学学习进步；三望诸君早日成材，为复兴祖国效力。’越日，兰州文化界于五泉山之河声艺社宴请张氏，我校教师参加者数人。席间，备有纸笔，请张氏题词留念。张饮酒方酣，兴致勃勃，执笔挥毫，大书一诗曰：‘四千里外作孤征，行遍关西二十城；借得酒杯浇块垒，五泉山上听河声。’”[①] 这天，又有友人邀请他观赏甘肃名家赵西岩的画作，见其早年所作《待诏剃头图》，他颇为感慨，遂挥笔题诗于图上：“人生不自由，千里作狂游。看罢浩然叹，谁来剃我头！”[②] 他在兰州徘徊数日，看到继续西行绝无希望，留在这里也是徒然，于是，只好搭便车回到西安。

---

① 王富强《张恨水兰州题诗》，徐梦麟、孙鸿书、王绍坤主编新编文史笔记丛书《宁夏述闻》，93 ~ 94 页，上海书店出版社出版。

② 张恨水《题赵西岩〈待诏剃头图〉》，甘肃诗词学会编《陇上吟》，185 页，甘肃人民出版社 1989 年 10 月版。

多年后他提起此行，虽不无遗憾，但有两点收获足以让他觉得不虚此行。一是“拜访了我们祖先的发祥地。在历史上，在儿童时代所读的经书上，许多不可解的事，都给我解答了”；[①] 二是看到了他最想看的，生动、鲜活、和国计民生有关系的东西。所有这些集中到一点，也就是中国老百姓的苦难生活。他说：“陕甘人的苦，不是华南人所能想象，也不是华北、东北人所能想象，更切实一点的说，我所经过的那条路，可说大部分的同胞，还不够人类起码的生活。你不会听到说，全家找不出一片木料的人家；你不会听到说，炕上烧沙当被子盖；你不会听到说，十八岁的大姑娘没裤子穿；你不会听到说，一生只洗三次澡；你不会听到说，街上将饿死的人，旁人阻止拿点食物救他（因为这点救饥食物，只能延长片时的生命，反而增加将死者的痛苦）。由民国初几年起，陕甘人民坠入了浩劫的深渊。十九年的旱灾和西安一年的围城，发生了人间不可拟议的惨象。我到陕西的时候，浩劫已过两年多，而一切遗痕都在。”于是，他坦诚地表白：“这一些事实，引着我的思想，起了极大的变迁。文字是生活和思想的反映，所以在西北之行以后，我不讳言我的思想完全变了。文字自然也变了。”[②]

从西北归来的张恨水，先去了上海。他在《哀刘半农先生》文中写道：“记者于西北归来之次日，于报端睹先生忽归道山之噩耗。”[③] 查《刘半农年谱》，他的去世是在民国二十三年（1934年）七月

① 张恨水《写作生涯回忆》，52页，人民文学出版社1982年6月版。

② 同上，53页。

③ 张恨水《哀刘半农先生》，鲍晶编《刘半农研究资料》，319页，天津人民出版社1985年2月版。

十四日下午二时十五分，消息见报，自当是在次日。由此算来，张恨水东归与刘半农去世为同一天，而他的西北之行历时两个月又七天。此行给他留下了毕生不能磨灭的印象，所以，回到内地，他马上投入了紧张的创作。除了在《旅行杂志》陆续发表记述西北旅途见闻的《西游小记》之外，长篇小说《燕归来》率先于七月三十一日在上海《新闻报》副刊《快活林》连载；八月二十一日，第二部长篇小说《小西天》亦于《东北四连长》之后，亮相于《申报》副刊《春秋》。

这两部小说，前者是用了倒叙的写法，将民国十九年（1930年）西北的灾情写出来。小说以一个逃难中被卖到南京的女孩儿为骨干，数年之后，长大的女子要回到西北去，寻她失散的父母和哥哥，也为建设家乡贡献一份力量。与她同行的，是三位爱慕、追求她的青年男性。小说就借了他们之间多角恋爱的关系，来写西北的社会人生百态和非人的生存环境。《燕归来》开头是一组竹枝词，把陕甘两省的灾难做了如实的记述：

卖了耕牛卖种粮，几天未吃饿难当！看来一物还能卖，爬上墙头拆屋梁。

一升麦子两升麸，埋在墙根用土铺；留得大兵来送礼，免他索款又拉夫。

大恩要谢左宗棠，种下垂杨绿两行；剥下树皮和草煮，又充菜饭又充汤。

树皮剥尽洞西东，吃也无时饿越凶；百里长街行十日，赤身倒在路当中！

死聚生离怎两全？卖儿卖女岂徒然！武功人市便宜甚，十岁娃娃十块钱！

平民司令把头抬，要救苍生口号哀；只是兵多还要饷，卖儿钱也送些来。

越是凶年土匪多，县城变作杀人窝！红睛恶犬如豺虎，人腿衔来满地拖！

平凉军向陇南行，为救灾民转弄兵；兵去匪来屠不尽，一城老妇剩三人！①

这八首竹枝词，真可谓字字血泪，句句悲情，既是对旱荒凶年生机断绝的写真，也是对军阀、土匪变本加厉，敲骨吸髓，残害苍生的控诉，读之，令人感到彻骨的痛，内心受到极大震撼，没有理由不为它辛酸落泪，悲恸欲绝。敌伪统治时期，有人曾将《燕归来》改编成电影，可惜被日本人查禁了。

《小西天》借鉴了美国影片《大饭店》的结构方式，故事全部发生在西安一家名叫“小西天”的旅店内，几个由内地跑到西北来讨出身的小职员、小官僚，一个来此考察教育的中学教员和他的学生，一个不能忍受军阀欺压而辞职的县长，一个逃难到此投奔亲戚只剩祖孙三人的家庭，几个势利、精明的茶房，以及来来往往的各色人等，在这里上演了一出悲喜交集的活剧。故事围绕逃难女子朱月英的命运展开。绝望中，她的家人（母亲和祖母）把希望都寄托在她的身上，想着无论如何把她聘出去，得几个钱，让家人度过荒年。结果是以身价一百五十元，把她许给了客居异乡、寂寞无聊的银行小职员贾多才为妾。这一件事把“小西天”里所有客人都调动起来，或支持，或反对，或说媒拉纤，或暗中掣肘；也有借机想从贾多才那里得些

---

① 张恨水《燕归来》，1 页，中国文联出版社 2004 年 7 月版。

好处的，也有同情朱月英而打算为她另寻出路的；另有几位大讲“妇女权益”的官太太，要恢复朱女士的自由，可惜筹不出一百五十元赎金；而中学教员程志前的学生王北海最终竟与朱月英成就了一段姻缘。我们不能不赞许张恨水的世事洞明，人情练达，在他的笔下，这些形形色色的人物都刻画得惟妙惟肖，栩栩如生，而西北的社会生存状况、民众心理潜流，也巧妙地借助这家旅店，以小见大地得以表现。他甚至借青年学生王北海的口说道：“程先生，我要左倾了。这种社会，不走极端，没有办法。”[①]很难说，这不是张恨水的心声。

《小西天》在《申报》连载的前一天，《春秋》主编周瘦鹃撰写《介绍〈小西天〉》一文，对张恨水深入民间，“真正写出民间情形来的文字”，给予肯定，他在文中写道：

> 现在一般作家，都高喊口号，到民间去。是的，我们很赞成作家到民间去，替民间写些东西出来。但是我们仔细考察一下，到民间去的作家，能有几人？甚至于口里喊着到民间去，人却在高大的洋房子里。而咖啡馆，跑狗场，百乐门跳舞厅，大光明电影院……这是他们不时光顾的所在，也许这里就是民间。
>
> 上面所说，是谁也不能否认的事实，所以纵然不断的有民间文艺出现，真正写出民间情形来的文字，不能说绝无，却实在很少。我们既希望有写民间的文字出现，就不能不鼓励作家到民间去。而张恨水先生就是鼓励的一个。
>
> 张先生这次游历西北，在陕甘勾留约有三个月。在那与物质文明隔绝的所在，住窑洞，喝泥汤，设法的和老百姓接近，于是感觉到这

---

① 张恨水《小西天》，246页，中国文联出版社2005年1月版。

西北的民间，却是中国的另一世界。在这一个世界里，他发现到东方人士所认为极平凡的生活，而那里有人，已认为是天上。东方人士所不愿一朝居的地方，那里也有人愿终老于斯乡。他看到这一种矛盾的事实，是绝好的小说材料，于是就利用了这材料，构成一部长篇，名叫小西天。

这部小说，要紧接着《东北四连长》登下去。至于张先生的作品，读者自然认识，用不着我们夸张。而我们所敢介绍的，这部《小西天》，绝不是闭门造车的东西，乃是一部实实在在的西北民间小说。①

张恨水的西北之行，也被张学良注意到了。有一天，他忽然收到了张学良的邀请，要他西行归来到武昌一晤。曾任张学良秘书的王益知在《张学良外纪》中记述了这件事："一九三四年春天，张学良到武汉，第二年（1935年）十一月又迁西安。他在武昌，却早已顾及到西北，张恨水周历名山大川，在一九三五年（应为一九三四年）曾作西北之游，张学良认为新闻记者目光犀利，一般人所忽略的，他们都能透视得很清楚，便邀恨水游罢转到武昌，在徐家棚公馆，畅谈些西北的社会情形，农村经济，山川形势，关隘险要。"②

张恨水与张学良的交往，最早可以追溯到二十年代中晚期。张恨水对青年军人张学良颇有好感，他把这种好感写进了小说《春明外史》；张学良对报人张恨水亦很欣赏，据说曾找到未英胡同张宅，登门拜访。此后，他们二人你来我往的故事很多。最有戏剧性的一次是在民国二十年（1931年）十二月，张学良改任北平绥靖公署主任，

---

① 周瘦鹃《介绍〈小西天〉》，刊载于1934年8月20日上海《申报》副刊《春秋》。

② 王益知《张学良外纪》，220页，香港南粤出版社1989年2月版。

拟聘张恨水为文学秘书。“此时，张学良偕于凤至及赵四小姐住在北平顺承王府。赵四小姐深知张学良爱才重才的心情，选了一把湘妃竹的白纸折扇，托人请张恨水题字。张恨水见扇面画有花木和燕子图案，便在空白处题七言绝句一首：‘少帅隆情嘱出山，书生抱愧心难安。堂前燕子呢喃语，懒逐春风度玉关。’借此诗既敬谢了少帅欲重用的美意，又表白了自己难以平静的心情。”[①]

张恨水虽然几次拒绝了张学良邀他做官的盛情，但对张学良的好意，他亦知投桃报李。有记载称，张恨水曾三赴沈阳，均有报张学良相知之意。第一次是在民国十七年（1928 年）十二月十三日至十九日，张学良宣布东北易帜之前，张恨水乘平奉列车赶到沈阳。他此行目的有二，其一，受北平《世界日报》和《北平朝报》委派，采访东北易帜问题。据王益知记载，在张恨水之前，《大公报》的胡政之、《新闻报》的顾执中，著名大炮、他的老朋友龚德柏，都已到达沈阳，“最后来的是张恨水，在帅府老虎厅上，二张长谈四五个钟头，极其融洽。恨水将新印的《春明外史》一百部，带沈托《新民晚报》社代售，张学良遣副官一买就是十几部，府中几乎人手一编，三日即罄”。[②]其二，张学良为与日本人的《盛京时报》争夺舆论阵地，创办沈阳《新民晚报》，并请张恨水为之创作小说，钱芥尘在为张恨水小说《过渡时代》作序时曾谈及此事：“民十七（1928 年）之冬，愚与恨老同客辽沈，时《新民晚报》创刊，恨老即付以《天上人间》长篇巨著。”[③]张恨水此次赴沈，既有为《新民晚报》创刊祝贺之意，也是接洽小说连载之事。

---

① 谢家顺《张恨水年谱》，298 ~ 299 页，安徽文艺出版社 2014 年 7 月版。

② 王益知《张学良外纪》，152 页，香港南粤出版社 1989 年 2 月版。

③ 钱芥尘《过渡时代序》，《过渡时代》，1 页，春明书店 1947 年 4 月版。

三个月后，民国十八年（1929年）三月六日至八日，张恨水第二次赴沈。自头年十二月二十九日张学良宣布东北易帜后，南京国民政府任命他为东北边防军司令长官，兼东北政务委员会主委，他则授予张恨水为东北边防司令部顾问，并向他发出了赴沈的邀请。不过，张恨水此行的心情却颇为复杂，他有两组诗词分别发表于当月十九日和二十二日之《世界日报》副刊《明珠》，很好地表达了自己纠结于其中的重然诺、酬知己与不想为食客、亦非栋梁材的两重心境。先看前者，融于词作《虞美人》三阕：

人间没个埋愁处，更向天涯去。朔风两度客孤征，又是天高月黑渡边城。　杨花未解飘零意，落也还飞起。十年已是困京华，不道依依难别也如家。

奔车击铁鸣鼍鼓，驰上榆关路。平沙莽莽月昏黄，只是悄然无语一凭窗。　青禽几遍叮咛说，珍重轻轻别。果然此别太匆匆，已是一千里外雪霜中。

为伊呕尽心头血，还怕为伊说。桃花落尽不归来，免伊笑啼不是苦徘徊。　除非化作青陵蝶，千古无离别。分飞莫道尚同心，碧海青天何处更追寻？[①]

再看后者，寓于一组五律，《榆关道上》（四首）：

① 张恨水《虞美人》，原载1929年3月19日《世界日报》副刊《明珠》，张恨水全集《剪愁集》，225～226页，北岳文艺出版社1993年1月版。

一片风沙响，奔车抵故关。
古人原怕别，壮士不期还。
大漠空残照，长城跨乱山。
悲笳何处起，只在有无间。

一卧行千里，奔车十二时。
光阴本幻梦，踪迹似游丝。
荒草连天阔，平原落日迟，
凭窗寂不语，拈带忽成诗。

结交重然诺，慷慨赋孤征。
又上卢龙道，还听画角声。
壮年成食客，乱世厌儒生。
微笑无人识，萧然别旧京。

路犹连雪冻，关不放春来。
直入风沙里，奔车吼似雷。
甘称牛马走，岂是栋梁材。
留血酬知己，雄心莫尽灰。①

这两组诗词都很能体现张恨水的态度和性情，文人士子的耿介

① 张恨水《榆关道中》，原载1929年3月22日《世界日报》副刊《明珠》，张恨水全集《剪愁集》，15页，北岳文艺出版社1993年1月版。

自持、圆融通达，以及信守然诺，在这里得到了统一。恰如钱芥尘所言："恨老处世接物，外圆内方，与世无争，与人无忤，然而愤世嫉俗，则一一形诸小说，刻画形容，有类画鬼，直同化境。"①

张恨水第三次沈阳之行是在这一年的八月十四日至二十三日。他在《春明外史》续序中写道，"十八年（1929年）八月二十二日由沈阳还北平"。这篇序文就是在沈阳到北平的火车上写的，"文成时，过榆关三百里外之石山站也"。②此时正是"中东路事件"东北军与苏军进入战争状态的初期，八月十七日，中国国民政府发表对苏交战宣言。张恨水赴沈，其目的就是要了解张学良的真实意图和态度。回到北平后，他很快写了《张学良谈对俄方针——国境有充量准备，但绝不妄开一枪》的报道，刊载于《上海画报》第502期。他的报道未发其供职的《世界日报》，而远寄沪上，其原因或在于，他对此一事件的看法，与成舍我有很大分歧。九月十二日，《世界日报》发表了署名"百忧"，题为"谨建议于政府及国民之前"的社论，宣称"赤俄破坏和平"，进而"建议政府：（一）应须下全国动员令，集中兵力，下殊死自卫举国一致之决心；（二）应通告全世界，宣布赤俄屡次侵我领土，戮我人民之各种事实；（三）在赤俄未完全停止暴行，及向我谢罪以前，中俄之一切谈判，立即停止，切勿在其炮火胁迫之下，而有所和平交涉之进行，致使世界笑我，有觍面目，无复国家人格之存在。"这种火上浇油式的言论，引起读者不满，为平息舆论，即由张恨水另写一篇社论，题为"苏

① 钱芥尘《过渡时代序》，《过渡时代》2页，春明书店1947年4月版。

② 张恨水《春明外史》续序，张恨水散文全集《写作生涯回忆》，243页，时代文艺出版社2015年8月版。

俄对华之‘战’的程度”，刊载于九月十六日《世界日报》。他认为：“就事实而论，俄不能战，亦不欲战。”他有两点理由支持这个论点：“（一）苏俄自革命后，直至1923年，农民所得之粮食，犹不足以自给，更无论以剩余之品而换工商品。”“而谓于此时，将驱饥饿不能求生之民以与中国战，此必无之理也。（二）苏俄之目的，非在引起世界革命民族自决者乎？在此范围中，根本即不容有侵略邻邦事实之存在。”“使其果欲与我国宣战，则我国西北边界，千里而无一兵，赤军大可长驱直入，而可无所忌惮，今俄人计不出此，亦正不欲战之一证也。”张恨水此论虽不能说真懂苏俄，但他毕竟说出了部分实际情况，是有益于舆论的。但《世界日报》一周之内发表两篇观点分歧的社论，总须对读者有所交代。故成舍我专为这篇社论写了按语，置于文后，他指出：“恨水先生此文，于苏俄实况，言之至切。惟苏俄固不敢轻冒不韪，而在我则决不能不有应战之准备。国人幸勿误解恨水先生之意，即谓对俄问题，可高枕无忧也。”①

很显然，张恨水是以自己的方式帮助张学良。北平美术专科学校学生荆梅丞曾在回忆录中提到，“九一八”事变之后，国内舆论异口同声地谴责张学良的不抵抗政策，造成东北沦陷。一时间，张学良成为国人皆曰可杀的民族罪人。他与几个同学亦曾计划暗杀张学良，为民除害。此事为张恨水所知，遂将同学们召集起来，谈了自己的看法。他说：“你们仇恨张学良主任（此时张学良担任北平绥靖公署主任），还要加害于他，这种想法却是大错特错了。”他接着说：“我与张主任交往非一朝一夕，我深知他的为人。现在一

---

① 此段参考贺逸文、夏方雅、左笑鸿《北平〈世界日报〉史稿》，张友鸾等《〈世界日报〉兴衰史》，87 ~ 88页，重庆出版社1982年12月版。

些报纸说他是‘不抵抗将军’‘不爱江山爱美人’‘花花公子’等，把‘九一八’事变的责任归到他头上，这是不公平的。现在我给你们也说不清，不过我相信历史总会告诉你们的。”[1]

由此可见张恨水与张学良的相知和情谊。故正在庐山牯岭寄情于小说创作的张恨水，既闻张学良约见，很快便结束了笔下的文字，收拾行装，赶赴武昌。二人相见，自有一番长谈，张恨水尽其所知，向张学良讲述了他的所见所闻。此时的张学良，欧游归来不久，先是被任命为“豫鄂皖三省剿匪副司令”，随后，又被任命为武汉行营主任，兼任西北“剿匪”副总司令并代行总司令职权，所以，他很希望了解西北真实的政情民情，张恨水此行西北，等于为张学良西北履职做了前期调研。

① 荆梅丞《我师张恨水二三事》，高泽、沈楚主编《存真录》，198 ~ 199 页，陕西人民出版社 1998 年 10 月版。

拾伍

南迁

民国二十二年（1933年）春，居京十四载的张恨水，忽然有了南归之意。他在《写作生涯回忆》中写道："二十二年春，长城之战起。我因为早已解除了《世界日报》的聘约，在北平无事（我在北平后十年来，除了《世界日报》的职务外，只作了《朝报》半年的总编辑，无关写作，所以未提）。为了全家就食，把家眷送到故乡安庆，我到上海去另找生活出路。而避开烽火，自然也是举室南迁的原因之一。"[①]

张恨水这里所说的"长城之战"，即日本军队为侵占热河，与中国军队在长城沿线及京、津、唐地区发生的第一次大规模军事对抗。时间大致是在三月上旬至五月底，以《塘沽协定》的签订而告结束。这场历时近三个月的战火，就发生在北平门户之外，当时，日军前锋已推进至顺义附近，离北平城仅五十余里。北平居民因此而感到恐慌是可以理解的。实际上，这种不安在"九一八"事变之后就已经逐渐感受到了。尤其是伪满洲国的成立，热河省被其划入版图，

① 张恨水《写作生涯回忆》，48页，人民文学出版社1982年6月版。

日军遂在攻占山海关之后，开始以武力图谋热河，大约两周之内，热河即全境沦陷，致使华北屏障尽失，门户洞开，平津震动。张恨水于“长城之战”尚未打响之际，旧历春节（一月二十六日）到来之前，便将家眷送回老家，正是担心战争愈演愈烈可能使“母亲受惊”，至于他的弟弟妹妹，则“因工作关系仍留在北平”。[1]

自从把母亲、发妻和弟妹接到北京，张恨水已有近十年没在老家过旧历春节了。这一次，安置好家眷，在老家过了春节，他才偕新夫人周南和年仅一岁的小儿子二水来到上海。这里正有出版商翘盼他的到来，原因即《啼笑因缘》所带来的无限商机。他们包围了前来上海的张恨水，目的无非是劝他为《啼笑因缘》作续集。张恨水原本不想为此书作续集的，他从文学的角度考虑，认为“凡是一种作品，无论剧本或小说，以至散文，都有适可而止的地位，不能乱续的”。在他看来，《三国演义》《红楼梦》《西厢记》《鲁滨孙漂流记》的不同遭遇，恰好从正反两方面说明，为爱护自己的作品起见，这本书不仅“不能续，不必续，也不敢续”。[2]所以，自小说出版三年来，无论出版商怎样苦口婆心地相劝，他都抱定了“不续”的宗旨，毫不动心。

然而，这一次南来，他到底还是作了续集。让他改变初衷的，正是几年来大量出版的各种“续作”。据当时一位名叫华严一丐的读者统计，“续啼笑因缘”便有三种，“反啼笑因缘”亦有三种，另外还有两种“新啼笑因缘”，以及“啼笑因缘补”“嘻笑因缘”“关

① 张其范《回忆大哥张恨水》，《安徽文史资料选辑》第八辑，248页。

② 张恨水《作完〈啼笑因缘〉后的说话》，张恨水散文全集《写作生涯回忆》，252～253页，时代文艺出版社2015年8月版。

秀姑宝卷”“沈凤喜十叹唱本”之类，乌七八糟，不一而足。[①] 为此，他在《啼笑因缘》续集序中特意说明：“一个著作者，无论他的技巧如何，对于他自己的著作，多少总有些爱护之志，所谓‘敝帚自珍’，所谓‘卖瓜的说瓜甜’。假使这‘敝帚’，有人替我插上花，我自是欢喜；然而有人涂上烂泥，我也不能高兴。”[②]

所以，为《啼笑因缘》作续集，对他来说，总是勉为其难却又不得不为。后来，他曾就此种情形袒露过自己的心迹：

> 在我结束该书的时候，主角虽都没有大团圆，也没有完全告诉戏已终场，但在文字上是看得出来的。我写着每个人都让读者有点有余不尽之意，这正是一个处理适当的办法，我决没有续写下去的意思。可是上海方面，出版商人讲生意经，已经有好几种《啼笑因缘》的尾巴出现，尤其是一种《反啼笑因缘》，自始至终，将我那故事，整个的翻案。执笔的又全是南方人，根本没过过黄河。写出的北平社会，真是也让人又啼又笑。许多朋友看不下去，而原来出版的书社，见大批后半截买卖，被别人抢了去，也分外的眼红。无论如何，非让我写一篇续集不可。我还是那句话，扭拗不过人情去，就以半月多的工夫，写了短短的一个续集。我把关寿峰父女，写成在关外作义勇军而殉难，写到沈凤喜疯癫得玉殒香销，而以樊家树、何丽娜一个野祭来结束全篇。[③]

① 华严一丐《啼笑种种》，原载1933年5月出版的《珊瑚》第21期，转引自魏绍昌《我看鸳鸯蝴蝶派》，103～105页，中华书局（香港）1990年8月版。

② 张恨水《啼笑因缘》续集序，同上，254页。

③ 张恨水《写作生涯回忆》，48～49页，人民文学出版社1982年6月版。

《啼笑因缘》续集的确不长，只有十回，约六万字，仍由上海三友书社出版单行本。一月三十一日，张恨水在上海《申报》第二张第七版刊登《启事》，声明自身权益：

> 鄙人撰著啼笑因缘续集，归上海三友书社出版，已登报预告。近接各界来函，谓坊间亦有人发行续啼笑因缘，闻之颇深诧异。兹特郑重声明，除三友书社外，他家如有续啼笑因缘出版，完全非鄙人所作，亦未征得鄙人同意，诚恐为影射者所利用，特此奉覆函询诸君，藉免误会。

张恨水偕家人来到上海之初，就借住在《金刚钻》报社楼上，他续写《啼笑因缘》，大约就在这个时候。补白大王郑逸梅曾在一篇文章中把张恨水蜗居上海的生活写得活灵活现："约在一九三三年左右，恨水携了他的次室避难，来到上海，这时他的至好王益知借寓《金刚钻报》报社的楼上，就让出一间给恨水夫妇住宿。我这时正担任《钻报》主编，也就和恨水天天见面。他日间忙于朋好酬应，到了晚上，才埋首灯下写稿，往往写到深更半夜。他的次室年龄很轻，又复娇憨成性，经常要恨水陪她出去购物。到南京路最热闹处，车辆来往不绝，她不敢穿过马路，要雇人力车穿过去。她生了个孩子，仅一周岁，晚上她睡得较早，孩子不肯睡，便把孩子交给恨水，恨水左手抱着孩子，右手执笔写稿，孩子哭了，恨水不得已唱着歌，哄孩子安静下来。她临睡时，往往嘱咐恨水，倘有小贩喊卖火腿粽子，给买几只。凡此种种，不仅成为人们的谈柄，也可从中看到恨水写作之繁忙了。"①

---

① 郑逸梅《张恨水是怎样写〈啼笑因缘〉的》，郑逸梅著《芸编指痕》，185～186页，北方文艺出版社2009年1月版。

《金刚钻报》是二三十年代流行于上海的一张小报，其影响力仅次于刊行更早的《晶报》。因为不满于《晶报》主持者余大雄挑拨文人打笔仗，借此扩大《晶报》销路，自己坐收渔利，陆澹安、朱大可、严独鹤、郑子褒、施济群、孙漱石及严芙孙等十人便发出倡议，每人出十元钱办一张报。取金刚钻之硬度可以刻晶之意，故称之为《金刚钻报》。既是文人同好所为，报纸的文人气就重一些，张恨水选择在此居住，除了老朋友王益知慷慨相助，也有些文人之间同声相应，同气相求的意味在。离开上海后他致信王益知还说："益知我兄，钻楼合处，乐共朝夕，一旦分手，倍觉黯然。"[①]

既然住着人家的房子，总不能一点表示都没有。而此时的张恨水，不仅要给三友续写《啼笑因缘》，还要给《新闻报》写《现代青年》，给《申报》写《东北四连长》，给《世界日报》写《第二皇后》，给上海《晨报》写《欢喜冤家》，给北平《晨报》写《水浒别传》，给《太原日报》写《过渡时代》（同时刊载于《南京日报》），给《旅行杂志》写《秘密谷》，算下来，总有六七部长篇连载在进行中，于是，他只好将前几年曾在北平《新晨报》连载的旧作《剑胆琴心》拿了出来，这部作品当时只写了十回，这次则扩充到三十六回，改名《铁血情丝》，送给《金刚钻报》连载，并由三星书局出版单行本。

连载前，该报曾发布预告指出："张恨水君名噪海内，平津汉沪各报咸以刊登张君说稿为荣，同时担任者有十余家之多。顾其作稿不因事冗而滥，尤为难能可贵。此次张君小驻沪渎，僦居本馆余屋，与同仁朝夕晤叙，因谓平生著作，以言情者为多，武侠说部曾著《铁

① 张恨水《致王益知的信》，1933年5月27日上海《晶报》，转引自谢家顺《张恨水年谱》314～315页，安徽文艺出版社2014年7月版。

血情丝》十回，缘材尽中辍，至今未敢续也。济公（施济群）索而阅之，拍案叫绝。济公于武侠小说家中，极称赞平江不肖生，自向君辍笔而叹为无武侠小说可读。今读张君制作，乃谓《铁血情丝》实在《江湖奇侠传》之上。其书之佳，可以想见。兹由张君整理一过，共成三集，都三十六回。本报先刊第一集十二回，爱读张君小说者，请拭目俟之。"①

这部武侠言情小说自五月十日开始连载，至十一月二十七日第一集结束。第二天，该报即刊发《铁血情丝》全书三十六回单行本出版广告。在这之前，九月一日出版的上海《金刚钻月报》创刊号，已为此书即将面世广而告之，指出："本书叙武侠无神怪气息，叙爱情有缠绵意致，论笔力不在《啼笑因缘》之下，讲情节实在《啼笑因缘》之上。"②虽是广告语，倒也说得很贴切。

五月三十一日，被称为城下之盟的《塘沽协定》正式签字，"长城之战"即宣告结束，平津一带暂时归于平静。于是，张恨水又动了离开上海，回北平去的念头。而促使他北归的原因，除了时局的变化，很重要的一点，还有对上海生活的不适应。他后来谈到上海给他留下的坏印象："我以为上海几百万人，大多数是下面三部曲：想一切办法挣钱，享受，唱高调。因之，上海虽是可以找钱的地方，我却住不下去。"③

为了欢送张恨水北归，五月十二日，上海《新闻报》为他举行告别晚宴。舍予（非舒舍予）有《恨水之歌》一文，对这次晚宴作了

① 此预告原刊1933年5月10日前之《金刚钻报》，转引自谢家顺《张恨水年谱》，313～314页，安徽文艺出版社2014年7月版。

② 同上，314页。

③ 张恨水《写作生涯回忆》，49页，人民文学出版社1982年6月版。

极生动的描述："张恨水先生将回平一行，新闻报馆于十二日之夕，饯之于大西洋，列席均伉俪成双。酒阑时，有人提议各歌一曲。张与其夫人对唱《乌龙院》一折，张唱张文远'思娇娘想娇娘'数句，张夫人则唱阎惜娇。李浩然先生初不肯唱，后乃伏案哼《洪羊洞》一段。"①

不过，张恨水并未直接回北平，路过南京，他在这里又耽搁了一个多月，回到北平已是六月中旬。六月十七日，上海《晶报》发表了他的杂感《危后北平市速写》，其中透露了他的行踪："阑珊北返，几有城市依然，人民已非之感，因繁华消歇，友朋半散落也，至平三日矣，将见闻速写一斑，以作平市之鸟瞰。"② 他对北平当时情形的描写，文字极简要：

> （一）各城门各要道沙包，移置一旁。（二）日飞机每日必至，唯今昨（十二）大雨，未表示敬意。（三）各戏馆晚上无戏，电影照开。（四）晚上九点后无市，十二点后，行人未便通行。（五）民房军队，大致已退。（六）城内多中央军。（七）五月二十后，知识阶级亦多数赴津，今均回，唯眷属半南行矣。（八）天安门已闭，故宫停止游览，中南海黄何驻节，亦停游览。（九）中央公园，游人尚不零落。（十）倡门渐有起色。（十一）上等菜馆澡堂照顾者多军官，赖以维持。（十二）米面落钱，一元易铜子四百九十枚。③

---

① 舍予《恨水之歌》，转引自谢家顺《张恨水年谱》，314 页，安徽文艺出版社 2014 年 7 月版。

② 张恨水《危后北平市速写》，张恨水散文全集《明珠》，313 页，时代文艺出版社 2015 年 8 月版。

③ 同上。

看到这种情形，初回北平的张恨水，没有马上赴安徽接回其家眷，直到数月之后，形势渐渐稳定下来，他才到安庆，接了家眷，返回北平。此前，他的老友郝耕仁为给夫人求医治病，曾将长女郝漾（君仪）送到安庆读书，与张家眷属住在一起。现在，张恨水既要接了家眷离开此地，就不能把一个女孩子单独留下。为她的前程计，遂顺便将她带到北平，安排在北华美专就读。这一次，他把原配夫人徐文淑留在了安庆，并在安庆元宁巷为她购置了一处房产，此后，她一直住在这里，直到去世。

如果说，民国二十二年（1933 年）的张家南归，还有一点试探性质的话，那么，民国二十五年（1936 年）的举家南迁，却是形势所迫，有了不得不离开此地的理由。先是前一年的九月，成舍我在南京的《民生报》因为得罪了汪精卫而被迫停刊。他自然不肯罢休，就邀了一班朋友，要在上海创办一份“大众化”的报纸，并且声称“以日销百万为目的”。[①] 于是，他便想到了张恨水，希望他能前来帮忙。张恨水碍于情面，如约而至，但他以不能久住上海为理由，与成舍我“约以三个月为期”，[②] 张友鸾戏称之为“唱个‘打泡戏’”。[③]

《立报》是九月二十日创刊的。成舍我办《立报》，主要依靠他在北平世界新闻专科学校培养的学生，采编人员、事务人员，

① 成舍我《我们的宣言》（上海《立报》发刊词），刘家林等编著《成舍我新闻学术论集》（上）100 页，暨南大学出版社 2012 年 5 月版。

② 张恨水《写作生涯回忆》，54 页，人民文学出版社 1982 年 6 月版。

③ 张友鸾《老大哥张恨水》，《新闻研究资料》1981 年第 1 辑，总第 6 辑，147 页，新华出版社 1981 年 7 月版。

乃至排字房工人，多由这些人来担任。但是，一张报纸要在社会上产生影响，不能没有名编辑和名记者，成舍我既是办报的行家里手，深知此事之重要。所以，《立报》三大副刊都请名家主持。张友鸾受邀担任总编辑，并主持副刊《小茶馆》，另一个副刊《言林》，则由复旦大学新闻系的创始人谢六逸先生主持，而张恨水“于十月间到上海，替《立报》编一个副刊，叫《花果山》”。其间，他依《世界日报》的旧例，写了一个长篇《艺术之宫》在《花果山》上连载。小说“写一个守旧的女子，为家穷而去学校当模特。完全是以一个悲剧姿态出现的。自信和他人写模特不同”。[①]

实际上，张恨水到达上海的时间应为九月四日。民国二十五年（1936年），他在《时事月报》第15卷第2期发表《危城偶忆》一文，明确记载着“自从去年九月四日，离开那古城的怀抱，整整是一周年了”。[②] 在上海，他与张友鸾同住四川北路附近的德邻公寓。在他所承诺的九至十一月内，除了连载小说《艺术之宫》，几乎每天都有杂文、随笔在《花果山》上发表，有时甚至不止一篇。他调动自己的内存，把《花果山》经营得花繁叶茂。有一组《小说人物论》，便是他多年阅读古典小说的心得。文章不长，但引经据典，议论风生，常有新解，很为读者所欣赏。《花果山》开办之初，他特意写了《关于〈花果山〉》一文，说明自己的编辑思想，以及对稿件的要求：“这里既是个游目骋怀的所在，仿佛杭州城里的城隍山，开封城里的中

① 张恨水《写作生涯回忆》，55页，人民文学出版社1982年6月版。

② 张恨水《危城偶忆》，转引自谢家顺《张恨水年谱》，337页，安徽文艺出版社2014年7月版。

山市场，而我们也无非在这里摆些说书摊，把戏棚子而已。讲经，论道，演说，全用不着。至多说两句相声，也总以说戏迷传的口吻出之。很不愿发什么议论。破口骂人，那是一百辈子不来哉！”[①] 报纸出版一个多月后，针对来稿中常有“许多近于斗争”或“对某一问题，某一个人，某一机关，带着讽刺意味的指摘”的稿件，他又写了《我们的态度》一文，重申《花果山》的性质或“滋味”，指出：“甜、酸、苦，都不妨有，可是我们不愿有那刺激性的辣。”[②]

到了十二月初，约期既满，张恨水就打算回北平了。包天笑在他的《钏影楼回忆录》中记载了张恨水辞去《立报》编辑一事：“有一天，成舍我和张恨水两人，惠顾到我家里来。我觉得奇异，想他们是‘无事不登三宝殿’的，便直捷问道：‘两兄光临寒舍，有何见教？’恨水先开口，便道：‘有一事要相恳。我此次只身南来，家眷还在北平，前日接到家书，须要我回去一行，而这个《立报》副刊《花果山》，可否请公庖代一个月，一个月后，我就回来了。”包天笑是报界前辈，在旧派小说家中，他的资历也算是很老的，当时他赋闲在上海，已无意再出江湖，因之说道：“贵馆人才济济，《花果山》可以请那一位先生兼任，我在新闻界已是落伍的人了。”但是，成舍我邀之再三，说得十分恳切，包天笑就答应他们暂代一个月，“谁知张恨水施了他的金蝉脱壳之计，他并不是回到北平去，这个猴子跳到南京，和张友鸾诸位，办《南京人报》去了，而我一直做他的

① 张恨水《关于〈花果山〉》，原载1935年9月30日《立报》副刊《花果山》，转引自谢家顺《张恨水年谱》，339页，安徽文艺出版社2014年7月版。

② 张恨水《我们的态度》，原载1935年11月2日上海《立报》，张恨水散文全集《写作生涯回忆》，162页，时代文艺出版社2015年8月版。

临时代办”。[①]

张恨水离开上海，先去了南京。恰在此时，他得到一个事发突然，却又事出有因的消息。在《写作生涯回忆》中他忆及当时的情形：“一夜之间，接到北平去的两个急电，叮嘱缓归。那时，平津一带，迭次出事，冀东已出现伪政府。我知道事情不妙，就中止北行。过了几天，得着家信，说是日本人捉拿北平文化界人士，有张黑名单，区区竟也忝列榜尾。”[②]另据十一月十四日上海《晶报》报道：“迩日盛传某方曾列名单，拟逮捕北平新闻记者十人，大率皆知名人士，如当代小说大家张恨水先生，《世界日报》《立报》主人成舍我先生……”[③]

我们不知道当时是否真有一张“黑名单”，张恨水或“忝列”其中。但北平形势异常紧张，却也是事实。自《塘沽协定》签订之后，日本强划冀东二十五县为“非武装地带”，成为向华北扩张的第一步。民国二十四年（1935年）初，驻热河日军入侵察哈尔省东部，制造察东事件，打开了侵犯华北的大门，进而全面干涉华北政治，谋求华北五省脱离南京政府，实行区域自治，导致华北局势急剧恶化。一直闹到十一月二十四日，殷汝耕突然发难，宣布成立“冀东防共自治委员会”，不再接受南京领导，打国民政府一个措手不及。日军亦加紧调兵遣将，把部队由锦州移向榆关，并在平津一带举行大规模军事演习，做出武力支持冀东伪政权的姿态。这一年，平津

---

① 包天笑《钏影楼回忆录》，491页，中国大百科全书出版社2009年1月版。

② 张恨水《写作生涯回忆》，55页，人民文学出版社1982年6月版。

③ 《关于北平十记者之谣》，原载1935年11月14日上海《晶报》，转引自谢家顺《张恨水年谱》，342页，安徽文艺出版社2014年7月版。

人是在慌恐不安中度过的，日本人到处生事，制造事端，进步人士，或与日本人有过纠纷，或者发表过反日言论的人，常常莫名其妙地就“失踪”了，有的是遭遇绑架，有的就被暗杀了。五月一日晚，天津《国权报》社长胡思溥在日租界被暗杀。第二天凌晨，天津《振报》社长白逾桓也在日租界内被暗杀。一时间，这种恐怖氛围在平津四处蔓延，张恨水已感觉“北平终非乐土，又动了全家南迁之意”。[①]

到了十一二月，情形更加严峻。十一月八日《申报》刊载天津来电，据称日本人搞了个百余人的名单，必要时随时拘捕。时隔两日，《申报》继续报道，被捕人数已经多达三四十名。在这种情形之下，张恨水既听说他的名字上了“黑名单”，自然是宁信其有，不信其无。他很清楚，自“九一八”之后，他的小说和言论，抗日的火药味甚浓，是很为日本人不满的。为此，坐镇平津的日本特务头子土肥原曾经想要拉拢他。在北平行医的日本人矢原谦吉在《谦庐随笔》中记载：

> 即如无报无势之文豪如张恨水者，以其嬉笑怒骂频频，土肥原亦奉之惟谨。在张以抗日义勇军故事写入其《啼笑因缘》续集后，更变本加厉，力图得其好感。张语余，土肥原曾请人携张著之《春明外史》与《金粉世家》各一部，婉恳“赐予题签，借留纪念，以慰景仰大家之忱”。而张固傲骨狂士之流，居然改赠以《啼笑因缘续集》一本，上题：
>
> 土肥原先生嘱赠
>
> 作者时旅燕京

① 张恨水《写作生涯回忆》，54页，人民文学出版社1982年6月版。

来人大骇，谓张曰："君何故欲触土肥原之怒？今日与此辈为敌，独不以妻儿为虑乎？"

张笑曰："土肥原有来恳我题签之雅量，即有任我题何签，赠何书之雅量。否则，王莽谦恭下士之状未成，而反为天下读书人笑也。"

后，土肥原果又请人向张致意，力赞其"描写生动如画，真神笔也！"①

张恨水既调戏了土肥原，他当然知道土肥原笑脸背后的凶险。现在既传有这样一份"黑名单"，他也就不能再回北平去了。民国二十五年（1936 年）年初，他把全家迁到南京，在旧南京城北的唱经楼附近安下了家。先前曾有"南城热闹北城荒"的说法，自打国民政府定都南京以来，新朝权贵和稍有资产者，都争向城北经营一席之地，于是，城北遂日渐繁盛起来。但多少还保留着一点昔日的田园野趣，这恰是张恨水所中意的。他说："我必须歌颂南京城北，它空旷而萧疏，生定了是合于秋意的。"② 在另一篇文章中，他又说到城北的好处："因为城北的疏旷、干燥、爽达，比较适于我的性情。"③ 他曾这样描述住所窗外的景致："虽然所居是上海弄堂式的

① 矢原谦吉《谦庐随笔》，67 页，广西师范大学出版社 2008 年 10 月版。

② 张恨水《秋意侵城北》，张恨水散文全集《北京人随笔》，167 页，时代文艺出版社 2015 年 8 月版。

③ 张恨水《顽萝幽古巷》，张恨水散文全集《北京人随笔》，170 页，时代文艺出版社 2015 年 8 月版。

洋楼，却喜我书房的两层楼窗之外，并无任何遮盖。近处有几口池塘，围着塘岸，都有极大的垂柳，把我所讨厌看到的那些江南旧式黑瓦屋脊，全掩饰了。杨柳头上便是东方的钟山，处处的在白云下面横拖了一道青影。紫金山那峰顶，是这一列青影的最高处，正伸了头向我的窗子里窥探。我每当工作疲倦了，手里捧着一杯新泡的茶，靠着窗口站着，闲闲的远望，很可以轻松一阵儿，恢复精神的健康。"[①]

张恨水选择南京为全家南迁的落脚之地，是有所考虑的。他固然不肯在上海居住，却又离不开上海，因为要靠了在上海发表文字来养家糊口。而南京不仅离上海很近，交通、邮电、通信亦十分便利，更兼这里离家乡不远，算是留有一条退路。而另有一个让他留在南京的原因，是这里聚集了不少新老朋友，不大容易寂寞。他"在南京住下两三个月，除了写稿子，只是和朋友谈天"。[②]那时，他们这班朋友大约有二三十人，常聚的如张友鸾、张慧剑、易君左、卢冀野、潘伯鹰、郭冷厂、陶荣卿、周邦式等。聚会之地，"大概不外四五处，夫子庙歌场或酒家，党公巷汪剑荣家（照相馆主人，亦系摄影记者），城北湖北路医生叶古红家，新街口酒家，中正路《南京人报》或《华报》，中央商场绿香园。除了在酒家会面，多半是受着人家招待外，其余都是互为宾主，谁高兴谁就掏钱，谁没钱也就不必虚谦，叨扰过之后，尽管扬长而去"。[③]

---

① 张恨水《窥窗山是画》，张恨水散文全集《北京人随笔》，182页，时代文艺出版社2015年8月版。

② 张恨水《写作生涯回忆》，55页，人民文学出版社1982年6月版。

③ 张恨水《盛会思良友》，张恨水散文全集《北京人随笔》，179页，时代文艺出版社2015年8月版。

朋友之间的雅集是张恨水最享受的。数年之后在重庆，他还记得初到南京时在叶古红家过旧历除夕的情景。他在《除夕苦忆》一文中写道：“旧历除夕，聚饮于叶古红家。叶川人，好与新旧斗方名士游，慧剑兄所谓诗医也。其家在湖北路之东，面临外交部花园。城北故旷阔，景致萧疏，时雪花如掌，冻雾迷天，宇宙银装，荒林积素。叶于小楼上，盛陈年饭，案上巨瓶插腊梅天竹高三四尺。电炬通明之下，更燃红烛如椽，铜柱双擎。屋角白铜巨炉，镂花做盖，其中煤火熊熊，满室生春。玻璃窗上，雪花扑打，水汗淋漓，于窗隙窥外交部大厦，真是琼楼玉宇。加以断续爆竹声，城南北远近相应，年味盎然也。”叶的妻子魏新绿与张恨水的妻子周南是一对“闺蜜”，她们相约做了一身“天津女儿新年装”，二人此时“穿桃花袍，着红袜红履，且于鬓边插巨朵红花，周身尽赤”。再看两个男人，一个“哀乐中年，唯作微笑”，一个“齿豁头童，睹其艳妻，乐不可支”。这时，“友人郭冷厂、陶荣卿等三五人来围坐把盏，即席赋诗，余得一律，不复尽忆，中有‘已无余力忧天下，只把微醺度岁阑’之句，盖余固别有感慨也”。夜深了，“古红豪兴大发，撤席作竹战，予不善此，与新绿坐炉边剥花生，谈梨园故事。天将明，雪稍止，叶着仆呼一轿式马车来，送客归寓”。①

这种生活情致张恨水自然是心领神会。他是一个有名士才子情结的人，虽说才子袁枚的“爱住金陵为六朝”不为他所认同，但南京城市山林景色，仍为他所喜爱。他将北平与南京相比较，认为“北

① 张恨水《除夕苦忆》，张恨水散文全集《山窗小品》，96页，时代文艺出版社2015年8月版。

平以人为胜，金陵以天然胜；北平以壮丽胜，金陵以纤秀胜”。[1]闲暇之时，常常走出去，领略南京的风光。他说：“我居住在南京的时候，常喜欢一个人跑到废墟变成菜园、竹林的所在，探寻遗迹。最让人不胜徘徊的，要算是汉中门到仪凤门去的那条清凉古道。”他喜欢那里的清幽、荒凉，还带一点零落萧条的景象，“长约十五华里，始终是静悄悄地躺在人迹稀疏、市尘不到的地方”。[2]这正是一种文人本色，似乎只有这样，才足够诗意。在另一处他又表示：“我最喜欢荒江。”他说：“当此冬日，水是浅了，处处露出赭色的芦洲。岸上的渔村，在那垂着千百条枯枝的老柳下，断断续续，支着竹篱茅舍。岸边上三四只小渔舟，在风浪里摇撼着，高空撑出了渔网，凄凉得真有点儿画意。”[3]在南京，下关是少有人去的，因为南京人对下关并不感兴趣，但他却可以为了《古文观止》上的一篇《阅江楼记》，穿城而过，专门去瞻仰这座已经不在的楼。“我有那傻劲儿，常是一个人坐公共汽车出城，走到江边去散步。”[4]就为了这点儿诗意，有两次，他“发了傻劲儿请地道南京文人张萍庐兄导引”，在城南的旧街旧巷游了两整天，“我觉得不是雨淋泥滑，在秋高气爽之下，那些冷巷的确也能给予我们一

---

① 张恨水《窥窗山是画》，张恨水散文全集《北京人随笔》，182页，时代文艺出版社2015年8月版。

② 张恨水《清凉古道》，张恨水散文全集《北京人随笔》，182页，时代文艺出版社2015年8月版。

③ 张恨水《江冷楼前水》，张恨水散文全集《北京人随笔》，186页，时代文艺出版社2015年8月版。

④ 同上，185页。

种文艺性的欣赏”。而他所欣赏的，正是它的“荒落、冷静、萧疏、古老、冲淡、纤小、悠闲。许许多多，与物质文明巨浪吞蚀了的大半个南京，处处对照，对照得让人感到十分有趣”。[①]

当然，热闹之处他也未必就不肯去。比如“上夫子庙吃茶”，就是他所热衷的一种享乐。他甚至坦言：“十次出门有九次是奔城南的，也不光是为了报社在那儿，新街口有冷气设备的电影院，花牌楼堆着鲜红滴翠的水果公司，那都够吸引人。尤其是秦淮河畔的夫子庙，我的朋友，几乎是‘每日更忙须一至，夜深犹自点灯来’，总会有机会让你在这里会面。”[②] 在夫子庙，他常去的茶楼是奇芳阁。这个地方有什么好处呢？他先讲到这里的茶博士，“左手抱了一叠茶碗，还连盖带茶托，右手提了把大锡壶来。碗分散在各人前，开水冲下碗去，一阵儿热气，送进一阵儿茶香”，他说：“这是趣味的开始。”接着是“瓜子、盐花生、糖果、纸烟篮、水果篮，有人纷纷的提着来揽生意，卖酱牛肉的，背着玻璃格子，还带了精致的小菜刀与小砧板，‘来六个铜板的。’座上有人说。他把小砧板放在桌上，和你切了若干片，用纸片托着，撒上些花椒盐”。这当然就是趣味的继续了。而高潮马上也到来了，“有点心牛肉锅贴，菜包子，各种汤面，茶博士一批批送来。然而说起价钱，你会不相信，每大碗面，七分而已。还有小干丝，只五分钱。熟的茶房，肯跑一趟腿，替你买两角钱的烧鸭，用小锅再煮一煮”。他惊叹：“这是什么天堂

① 张恨水《顽萝幽古巷》，张恨水散文全集《北京人随笔》，170 页，时代文艺出版社 2015 年 8 月版。

② 张恨水《日暮过秦淮》，张恨水散文全集《北京人随笔》，158 页，时代文艺出版社 2015 年 8 月版。

生活！”[1]

再看夜晚的夫子庙，就更加热闹了。“九点多钟了，大家出了酒馆，红蓝的霓虹灯光下走上夫子庙前这条街，听着两边的高楼上，弦索鼓板，喧闹着歌女的清唱，看到夜咖啡座的门前，一对对的男女出入，脸上涌出没有灵魂的笑，陶醉在温柔乡里，我们敏感的新闻记者，自也有些不怎么舒适似的。然而我们也不免有时走进大鼓书场，听几段大鼓，或在附近露天花园，打上一盘弹子，一混就是十二点钟，原样儿的公共汽车，已在站上等候，点着雪亮的车灯，又把你送回城北。”[2]不过，他“有时偶然也会风雅一点儿，如邀伴儿到后湖划船，在莫愁湖上联句作诗之类，只是这带酸味儿的玩意儿，年轻朋友，多半不来。这里面也免不了女性点缀，几个文理相当通的歌女，随着里面叫干爹叫老师，年轻的几位朋友，索性和歌女拜把子。哄得厉害”！[3]这一年的初夏，上海《晶报》就曾刊发一篇来自南京的投稿《张恨水南京得女弟》，其中讲到张恨水于“某日于夫子庙某茶社席间，晤名歌者郑瑞坤女士，郑素佩恨水之为人，又因某名记者之介，得执弟子礼，师事恨水。故郑于月之十五晚，假夫子庙六华春茶社宴先生焉。到者均京中时下副页编者。闻此次尚为恨水生平第一遭，不可不留纪念。兹已由《华报》剧刊出专号，

---

① 张恨水《碗底有沧桑》，张恨水散文全集《北京人随笔》，178 页，时代文艺出版社 2015 年 8 月版。

② 张恨水《日暮过秦淮》，张恨水散文全集《北京人随笔》，179 页，时代文艺出版社 2015 年 8 月版。

③ 张恨水《盛会思良友》，张恨水散文全集《北京人随笔》，179 ~ 180 页，时代文艺出版社 2015 年 8 月版。

至执笔诸人，则有张慧剑、张萍庐、张悠然、郭冷厂、吴禊云、陶镕青、潘凫工、施白芜、胡丹流诸人云”。[①] 这段记载与上面张恨水的自述或许表现了张恨水生活的另一面，不过，他一再解释和声明：“他们这关系完全建筑在纯洁的友谊上。”[②] 他在另一处也表示：“我们别假惺惺装道学，十个上夫子庙的人，至少有七八个与歌女为友，不过很少人自写供状罢了。”[③]

很显然，初来南京两月间，张恨水过得还是很惬意的，此时他甚至动了“在南京近郊，买点地，盖几间简陋的房子”[④] 的念头，只是因为，他对南京士大夫阶层沉醉于“六朝金粉”的氛围之中，国难当头，丝毫不肯振作而感到不满，便有些踌躇和徘徊，遂把这件事搁下了。恰在此时，老朋友张友鸾也辞了上海《立报》的差事，来到南京。张友鸾在大学学的是新闻采编和报业管理，又有十年办报经历，总想着有一天不再做伙计，自己办一张报。民国二十二年（1933年），他曾经做过一次尝试，以个人积蓄办了一张《南京早报》。他表示：“我只是书生办报，天真地幻想，用小小积蓄作开办费，报一出，卖报和广告费的收入，就可以供周转。其实大谬不然。《南京早报》出版以后，赔累不堪，我的

---

① 《张恨水南京得女弟》，原载1936年6月25日上海《晶报》，转引自谢家顺《张恨水年谱》，354页，安徽文艺出版社2014年7月版。

② 张恨水《盛会思良友》，张恨水散文全集《北京人随笔》，180页，时代文艺出版社2015年8月版。

③ 张恨水《日暮过秦淮》，张恨水散文全集《北京人随笔》，159页，时代文艺出版社2015年8月版。

④ 张恨水《写作生涯回忆》，56页，人民文学出版社1982年6月版。

积蓄完了，我妻崔伯苹变卖首饰支持我。”[①] 局面既已如此，这张报纸也就很难再维持下去了。不得已，他把报纸送给了两位四川朋友，自己又做了成舍我的“伙计”。先在《民生报》，后在《立报》，身份都是总编辑。现在既然离开了成舍我，他的心思便又回到自己办报上来，不免有些蠢蠢欲动，却苦于没有资金，于是，便怂恿张恨水把积蓄拿出来，在南京办一张小型报。张恨水十余年来干过几家报纸，一直也是做“伙计”，端别人饭碗的，既有不愉快的时候，也常常由于办报理念不同而发生矛盾，影响尽兴发挥。因此，办一张自己的报，确是他多年的愿望。不过，真做起来，他还是有些犹豫，担心万一亏损，会影响一家三十余口的生活。据张正在《魂梦潜山——张恨水纪传》中介绍，最后还是她母亲胡秋霞帮助父亲下了决心。他既决心要办，也就把自己大部分积蓄拿了出来。经过两个月的筹备，大约用了四千元，“在中正路（今中山南路八条巷口）租下了两幢小洋楼（后来扩充为三幢），先后买了四部平版机，在《立报》铸了几副铅字，就开起张来，报名是《南京人报》”。[②]

《南京人报》先于四月七日出了一张试刊号，第二天便正式创刊。出人意料的是，第一天就出了奇迹，这张四开四版的小报，在这个不足一百万人口的南京市，竟卖了一万五千份。张恨水说，这件事“犹如我写《啼笑因缘》一样，震撼了一部分人”，[③] 各位同人因此也备

---

① 张友鸾《报人成舍我》，张友鸾随笔选《胡子的灾难历程》，298 页，北京十月文艺出版社 2005 年 3 月版。

② 张恨水《写作生涯回忆》，56 页，人民文学出版社 1982 年 6 月版。

③ 同上。

受鼓舞。张友鸾归结为张恨水的声望所具有的极大的号召力。张恨水固然承认他是卖了老命的，但他强调："张友鸾君和全部同人（我们那个报，叫伙计报，根本没有老板），没有一个人不使出了吃乳的力气。"[①] 而且，许多朋友都伸出了援助之手，"例如远在北平的张友渔兄，无条件地给我写社论。一度盛世强兄在北平和我打长途电话，也是义务。而张萍庐兄编了一年的《戏剧》，只拿了一个多月的稿费"，[②] 而这些都是张恨水始终不能忘怀的。

创办《南京人报》，原本是约了张慧剑共同经营的。张慧剑当年便有"副刊圣手"之称，因他与张恨水、张友鸾都是安徽人，又都姓张，便被称作"三个徽骆驼"。上海《晶报》当时还登过一条新闻，题为"三张共肩人报"，作者署名"神獒"，其实是老朋友秦墨哂写的。可惜，张慧剑因故未能参加，"三张"也就剩下了"二张"。办报之初，"二张"是有分工的，张恨水自任社长，兼编副刊《南华经》，张友鸾任副社长兼经理，不久又兼总编辑，负责处理日常事务，为的是给张恨水留出更多时间写小说。

《南京人报》是一份个人出资创办的小报，资金虽不足，规模亦不大。按照通常的做法，张恨水可以找一个后台做靠山，从而得到经济上的援助，代价是要为后台"说话"，维护他们的利益。张恨水自然不肯接受，而宁愿以自己半生砚田所得而勉力维持。张友鸾十分称许他的这种做法，认为："在旧社会，创办一份报纸，资金来源都是不明不白的，像他，把自己的血汗挣来的稿费做资金，

---

① 张恨水《写作生涯回忆》，56 页，人民文学出版社 1982 年 6 月版。

② 同上，57 页。

报纸办得好不好且不说，然而确是十分干净的。”[①]在这种情况下，报社能够正常运转，全靠报馆同人同舟共济，同甘共苦的一点精神，没有人计较工薪的多少。张恨水后来写道：“除了印刷部是照其他报社一律待遇，总编辑才拿四十元一个月的薪水，副社长支薪一百元，还编一个副刊，又写一篇小说。普通编采人员，月支二十元。”张恨水也就不忍心要钱：“我那时的思想，虽还达不到‘新闻从业员有其报的程度’，可是全社的人，多少分一点钱，我却是白尽义务，依然靠卖稿为生。我并不是那样见利不取的人，因为有个奢望，希望报业发达了再分红。自己作诛心之论吧，乃是‘欲取姑予’。不过‘予’的数目很可笑罢了。”[②]

既然是“穷办报”，张恨水只能“卖老命”。他在《南京人报》，每天除了必要的社务之外，还要编写副刊《南华经》的稿子，撰写两部连载小说，同时刊登在报上。张友鸾的弟弟张友鹤当年也在编辑部工作，多年后，他还记得当时的许多情景：每天“九时许，恨水先生来了，他是来看‘南华经’副刊大样的（他主编这一版）；同时要写两篇长篇连载小说，一篇是《中原豪侠传》，另一篇是《鼓角声中》，每天约发一千字；还要审发第二天排的‘南华经’稿子”。他绘声绘色地描述张恨水的音容笑貌：“张恨水先生当时四十开外，身体较为高大，胖墩墩的。未见其人，已闻其声，嗓门很高，带着京腔徽调。他撩起夏布长衫，拿着折扇，登上楼来，嘴里还说着：‘今天可真热！’一来编辑部，他首先是翻看当天各家报纸，拆阅给报

① 张友鸾《老大哥张恨水》，张占国、魏守忠编《张恨水研究资料》，80页，知识产权出版社2009年9月版。

② 张恨水《写作生涯回忆》，56～57页，人民文学出版社1982年6月版。

社和他私人的信件，然后和报社其他负责人谈谈，了解报纸出版时间和发行情况。他洒脱豪放，谈笑风生，有时高兴起来还要哼哼京戏。”张恨水写作的情形也给他留下了深刻印象，他写道：“恨水先生写稿用的纸张，并不是印好的格子纸，而是几十张一沓的竹纸。竹纸是个什么样儿呢？薄薄的，带有藕粉色的如同有光纸那样质薄的纸，如果把整沓的竹纸拉开，一张纸约有二尺来宽，长度与现在的教科书差不多。用钢笔在这种纸上写字是不成的，会戳破。恨水先生是用毛笔书写，拿着整沓的竹纸，而不是抽出一张来写。他用的文房四宝很一般；桌上放着方形有盖的砚台，旁边置一锭墨。要写字时，自己磨墨，用‘小大由之’这样普通的毛笔在砚台上搽几笔，蘸饱墨，自右至左，由上而下竖着写。他写小说稿，估计已是心中有数，写到发排够用了，就把它裁剪下来，然后又在下面的稿纸上写上三四行，以便第二天有个依据好继续写下去。恨水先生写的是行书，刚劲有力，字体大小比三号铅字略大一点，倒也干干净净，很少涂改。排字房工人排他的文章并不感到困难，打出的初样错别字是不多见的，这也由于某个固定工人排他的稿子，时间长了，习惯他的写法了。”①

虽然紧张繁忙，却也不乏轻松风趣的场面。多年的编辑记者生涯，不仅练就他快写文章的本领，而且不怕干扰，无论编辑有事找他，还是外客来访，他都能应付裕如，并不耽误写作，有时还能调节编辑部的紧张气氛。张伍在回忆录中讲到一件事，一天午夜，张恨水正在陪客人谈话，忽然，编辑急得在楼下大喊，《南华经》将要付排，

---

① 张友鹤《忆恨水先生两三事》，张占国、魏守忠编《张恨水研究资料》，81 ~ 83 页，知识产权出版社 2009 年 9 月版。

却还有一小块版面空着，需马上填补，问张恨水怎么办。张恨水在楼上问明情况，让客人稍候，对楼下编辑说："别急，我说你记，版面够用了就喊停。"于是，他站在楼口言道：

楼下何人唤老张，老张楼上正匆忙；
时钟一点都敲过，稿子还差二十行。

日里高眠夜里忙，新闻记者异平常；
今生倒做包文正，日断阴来夜断阳。

齿牙半动视茫茫，已过中年底事忙；
应是要当姜白发，还图八十遇文王。[①]

直到楼下编辑喊"停"，他才意犹未尽地将"诗兴"打住。社长以即兴口占打油诗的方式为报纸补白，固然表现了他的诗思敏捷，也透露出他骨子里文人的风雅。多年后，左笑鸿也提到过张恨水告诉他的一件往事："有一位新闻界的同业对自己的诗才也很自负，那天要和恨水比一比。恨水欣然应允。拟好了题目，商定用七律，联句，前一句落音后一分钟内联上。这简直是不许停留，没有思索的工夫。于是开始了。第一人说了头一句，第二人立刻接上一句，并再说一个上句。两人斗得相应（当）紧张，一会儿就是一首。一首完了再接一首。那位同业有些支持不住了，可是恨水又说出了第三首的起句。那位说了两句之后，看了看表说：'哟？我忘了，还

① 张伍《我的父亲张恨水》，163～164 页，春风文艺出版社 2002 年 1 月版。

有约会呢，我得走了。’说完拿起帽子就往外跑。恨水追到门边，说：‘我续上了。’念出了续句。那位一边跑一边说：‘来不及了，明天我再来。’结果，从此没再联句了。”[①]这种文人之间酬酢游戏的风雅之举，不仅博得观者的喝彩，也给编辑部带来一种其乐融融的氛围，大家疲惫的精神因此为之一振，仿佛喝了一杯咖啡，重新焕发了活力。

张恨水在《南京人报》，既做着社长，编着副刊，还要分出一些精力写两部小说。一个副刊同时连载一位作者的两部小说，在张恨水，亦不多见。此前在《新民晚报》副刊《小说海》及《上海画报》有过，这次又见于《南京人报》的《南华经》。这两部书，一部《鼓角声中》，一部《中原豪侠传》，前者写受到日本人威胁的北平，后者虽说是一部武侠小说，但“更写得近乎事实”。而且“是以辛亥革命前夕，河南王天纵的故事，作影子”。[②]民国二十六年（1937年）底，由于南京城陷落，《南京人报》被迫停刊，这两部小说都未能写完，就此中断。抗战后期，自民国三十四年（1945年）八月十一日起，重庆的《万象》周刊把《鼓角声中》翻出来再次连载，似乎仍旧半途而废。因此，关于这部小说，人们了解得很少，其中大约写到了上海明星电影公司到北平拍摄电影《啼笑因缘》的一些场面，仅此而已。

至于《中原豪侠传》，却又是另一番遭遇。据张恨水在此书出版单行本时所作自序介绍，虽然南京陷落，中止了小说连载，但他在病中是将其结束了的。但是后来，“变质的《晶报》”，冒名盗印他的旧作，“把《南京人报》上的《中原豪侠传》，改一题目，

---

① 左笑鸿《恨水三绝》，张恨水《剑胆琴心》，4页，吉林文史出版社1986年5月版。

② 张恨水《写作生涯回忆》，57页，人民文学出版社1982年6月版。

将我的签名，制锌版登出来，说是我的新作”。这种鱼目混珠的手法，对社会和读者是有欺骗性的，虽然重庆、香港、汉口的报纸一再为他刊登启事，却也鞭长莫及，无可奈何，难以消除其恶劣影响。恰在此时，《南京人报》的同事，正在《万象周刊》做编辑的刘自勤，把这部小说的剪报拿来，劝他交给《万象》出版。他“自己校瞄之下，觉得也还可用，就把残缺的地方，补写若干，成了这二十六回的旧稿新书”。[①]

张恨水同意出版《中原豪侠传》的单行本，或有以正视听的用意，却也给后人了解此书提供了方便。张恨水一生写过百余部小说，而武侠小说仅有两部，一部《剑胆琴心》，民国十七年（1928年）至民国十九年（1930年）连载于北平《新晨报》，截止到前十回，后由张恨水补写至三十六回，以单行本问世，由三星书局出版。另一部即《中原豪侠传》，至于《啼笑因缘》和《啼笑因缘》续集，并非武侠小说的套路。即便是《中原豪侠传》，也与旧武侠小说的写法不同。此时的张恨水，无论是文学观，还是社会政治观念，都受到新思潮的影响，因而，对于武侠小说，也就不肯再走老路。解决的办法，是把武侠放到社会中去，用他的话说：“我对武侠小说的主张，兜了个圈子说回来，还是不超现实的社会小说。”[②]

再看《中原豪侠传》，张恨水除了不写口吐白光，飞剑斩人头之事，还试图贡献一种新的意识。在他看来，旧武侠小说最大的问题，只是提倡小仁小义，甚至夹杂着一些奴才思想，已非司马迁笔下朱家、

① 张恨水《中原豪侠传》自序，张恨水散文全集《写作生涯回忆》，272页，时代文艺出版社2015年8月版。

② 张恨水《写作生涯回忆》，42页，人民文学出版社1982年6月版。

郭解者流，自然更不见容于时代潮流。因此，他很希望自己的这部小说，能传达一些民族意识，改善民间社会对传统侠义思想的依赖，把他们崇拜的小仁小义的江湖英雄，转变为大忠大义的民族英雄。然而，当时公开发表抗日小说是不被允许的，他的另一篇小说《风雪之夜》以北平为背景，写义勇军的故事，在《中央日报》连载，就遭遇了“奉命停刊”的命运，被腰斩了。所以，这部《中原豪侠传》，就将故事背景放在辛亥革命前夕，以“中州大侠”王天纵为原型，虚构了秦平生这个角色，演义出一段为民族大义而奋斗牺牲的故事。让他感到欣慰的是，这部小说在《南京人报》连载之后，比《鼓角声中》还叫座，可见他对旧武侠小说的改造，以及新武侠小说的尝试，是得到读者认可的。

就在《南京人报》办得风生水起，如火如荼，让许多同行眼红之际，中日之间的全面战争终于爆发了。民国二十六年（1937 年）七月七日，发生了卢沟桥事变，日军很快占领平津，进攻华北；八月十三日，日军又在上海挑起战火，中国守军奋起反击，拉开了淞沪抗战的序幕；八月十五日，日军飞机轰炸南京，几天之内，参加轰炸南京的飞机就达到八百架次以上，南京城由此便笼罩在战争的阴云之中。为躲避战火，张恨水把全家迁到离城十几里的南京西郊上新河去住，自己每天下午步行到报社办理事务，照应版面，直到次日红日东升，方才下乡。到家后，睡一觉，吃点东西，又赶快进城。他后来回忆：

这时，南京人跑空了，没有人看报，更也没有广告，报社的开支，却必须照常。我身为社长，既是家无积蓄，又没有收入，那怎么办呢？让我先感谢印刷部全体工友，他们谅解我，只要几个维持费，工薪自行

> 免了。甚至维持费发不出来也干。他们为了抗战而坚守岗位，不愿这“伙计报”先垮，而为“老板报”所窃笑。这实在难得之至！编采同人更不用说，除了几个胆小的逃去芜湖（后来又回来了），全体十之八、九同人，拍拍颈脖子，“玩儿命，也把《南京人报》苦撑到底”。张恨水有这样的人缘，那还有什么话说，我就咬着牙齿，把《南京人报》办下去。[1]

他每天由乡下赶着进城，常常遭遇空袭。“南京城郊，根本没有什么防空的设备，随便在树荫下，田坎下把身子一藏，就算是躲了警报了。飞机扔下的炸弹，高射炮射上去的炮弹，昂起头来，全可以看得清清楚楚，那种震耳的交响曲，自然也就不怎么好听。但深入其境的，是无法计较危险的，因为天天的情形都是如此，除非不进城，要进城就无法逃避这种危险。炸弹扔过，警报解除了，立刻就得飞快的奔到报社。”此时，张恨水感到了平生未曾有过的压力，“到了报社，立刻把脑子分作两下来运用，一方面是怎样处理今晚上的稿件，一方面是明天社中的开支，计划从那里找钱去？这个时候，不用说向朋友借钱有着莫大的困难，就是有钱存在银行里，也受着提款的限制，每日只能支取几十元”。[2]这种紧张恐慌中的挣扎，自然支撑不了很久，到了九月下旬，他就病倒了。这一病，没想到居然很重，恶性疟疾，加上胃病、关节炎，他不得不卧床休息，报社里的事，只好交给朋友和他的四弟（张牧野）负责。

就在他卧病期间，大约十月间，大妹张其范带着自己一家、二哥张啸空（心恒）一家，与小妹张其伟，共十口人，逃难来到南京。

---

① 张恨水《写作生涯回忆》，58 ~ 59 页，人民文学出版社 1982 年 6 月版。

② 同上，59 页。

张其范在《回忆大哥张恨水》中讲到当时的情形："卢沟桥事变，日本鬼子打进北京城半个月光景，二哥病故，丢下寡嫂幼侄，情景凄凉。我和惜秋（作者丈夫）拖着两家十口人，逃到南京。适逢大哥病在床上，他见嫂侄戴孝，揣测二哥已死，足足痛哭一个多小时。叫二嫂、侄儿到床边，深切安慰，并替他们筹划今后的生活出路。"[①] 这时，"一家之中，集合到将近三十口人。不说生活负担，不是个病人所能忍受，而每当敌机来空袭的时候，共有十七八个孩子，这就让人感到彷徨无计"。[②] 这种情形他在另一篇文章中也曾写道："家人闻警报惊起，披深色之衣，各揣小儿奔菜圃防空壕。予及四弟，则立壕口树下，以作监视。"[③]

十一月十二日上海失陷，南京形势更加紧张。张恨水的病不仅不见好，反而更重了。家人便将他送到芜湖弋矶山医院医治，不久，全家人也随之迁到安庆元宁巷。在这里，张恨水的病情稍有恢复，南京则已危在旦夕，安庆也成了一座危城，张恨水只得带领全家回到故乡潜山，落脚于岭头老宅。

---

① 张其范《回忆大哥张恨水》，《安徽文史资料选辑》第八辑，248页，安徽省出版局内部发行。

② 张恨水《写作生涯回忆》，59～60页，人民文学出版社1982年6月版。

③ 张恨水《苦忆上新河》，原载1939年10月7日、8日《前线日报》副刊《战地》，转引自谢家顺《张恨水年谱》，378页，安徽文艺出版社2014年7月版。

拾陆

报人（中）

张恨水在老家安顿了家眷，只身一人前往武汉。他在老家住的时间不长，很快就因为要“在收音机内得少许时局消息，乃弃乡而居县城”。[①]这时，先前在外面工作的人，陆续都回到了故里，旧友咸集，自有一番热闹。张恨水已是全国知名的大作家，自然得到乡梓的重视。时任梅城小学校长的聂志远，便邀他来校演讲，受到师生的欢迎。潜山县抗日动员委员会闻讯，也向他发出邀请，遂在县城的圣庙明经堂又讲了一次，听众范围更广，除了县里军政工商学各界代表，还有从四乡赶来的百姓。

张恨水是很愿意为动员家乡民众积极抗战尽一份绵薄之力的。在朋友们的鼓动和谋划下，他还拖着尚未痊愈的病体，爬了一次天柱山。有一天，他登上潜山县城的城墙晒太阳，极目云天，大为感慨，便作了一首诗：

---

① 张恨水《潜岳引见录》，原载 1941 年第 15 卷第 1 号《旅行杂志》，转引自谢家顺《张恨水年谱》，380 页，安徽文艺出版社 2014 年 7 月版。

曝背能医小恙平，悲笳声里辄登城。
昂头天外呼龙起，把盏风前当槊横。
岂有丈夫甘病死，可能亡国作书生。
潜山高瞰如相问，肯负人间好姓名。[①]

张恨水离开潜山，先去了石牌镇，他想去见老朋友郝耕仁，共商行止。没想到郝耕仁已到甘肃武威去了，他只好先搭轮船到汉口，与四弟牧野会合。他后来解释："因为《南京人报》在结束时期，借了朋友两千多元，并无借据。这位朋友，是径向四川去了。为保持信用，我必须还这笔钱。四弟同意我这办法，把一部分机器、铅字，用木船载着，由南京溯江西上，最后的目的地，也是重庆。这意思是或者在重庆复刊，或者卖了机器还债。我是债务人，自然得赶向重庆。"[②]

这中间还有一段插曲。张恨水来到汉口，恰好四弟牧野押运着装有《南京人报》机器、铅字的木船也到了汉口。牧野最初是搞美术的，曾和兄长一起办过北平华北美术专门学校。民国二十四年（1935年）年底，张恨水举家南迁，学校被迫停办，牧野只身来到天津，在一所中学任教。"七七"事变后，天津民众组织抗日保安团自卫，他便投身于其中。他虽然是个艺术家，却喜欢舞枪弄棒，练就了一身硬功夫，很有点"将门之后"的意味。保安团与日军巷战肉搏，他曾手刃敌

① 张恨水《登城》，原载1938年1月22日重庆《新民报》副刊《最后关头》，转引自谢家顺《张恨水年谱》，381页，安徽文艺出版社2014年7月版。

② 张恨水《写作生涯回忆》，60页，人民文学出版社1982年6月版。

寇数人。到了汉口，这里正聚集了一些同乡青年，大家都有一种保家卫国，上战场杀敌的愿望，就请牧野向他兄长建议，带了他们回大别山打游击去。这个建议也很对张恨水的心思，他虽然是个文人，骨子里还有尚武的家风，以为建功立业，光宗耀祖，就在此时。所以他说："我不但赞助，且非常兴奋，就写了个呈文给当时的第六部，请认可我们去这样办。我们不要钱，也不要枪弹，就是要第六部的认可，免得故乡人发生误会，然而被拒绝。"[①]

这里所谓第六部，隶属于国民党军事委员会，专门负责抗战期间民众的组织动员训练。我们不知道这个部门以什么理由拒绝了张恨水的申请，张恨水自己似乎也不清楚。总之，呈文递上去之后，迟迟不见回复，这让张恨水感到"非常的愤慨"。[②]他是抱定了一种信念，要在战场上拼得一死以报国的。三年前他由北平来到南京，写过一首抒发报国情怀的七言诗：

不必功名等白头，早将心迹托浮鸥。
国如用我何妨死，事总因人大可羞。
腹俭已遭家室累，卖文还作稻粱谋。
凭栏无限忧时泪，如此湖山号莫愁。[③]

一个豪杰之士的爱国热忱和一腔孤愤在这里融化为浓烈的诗情。但这种情感在政府官员那里不仅得不到珍惜，反而遭受冷遇，他的

① 张恨水《写作生涯回忆》，61 页，人民文学出版社 1982 年 6 月版。

② 张恨水《写作生涯回忆》，61 页，人民文学出版社 1982 年 6 月版。

③ 张伍《我的父亲张恨水》，123 页，团结出版社 2006 年 9 月版。

愤懑郁积于心中，几乎令人发狂。不久，他来到陪都重庆，主编《新民报》副刊《最后关头》，为了发泄请缨不成，报国无门的愤慨，曾写过一篇小说，取名《疯狂》，在报上连载，矛头直指“包办爱国”的国民政府。“可是，重庆为战时首都，写文章不能那样随便，《疯狂》这篇小说，越写越胆小，到写完的时候，几乎变了质。”后来他也承认：“这是我抗战军兴后，第一次写作的失败。”① 尽管如此，他还是对政府不肯动员民众参加抗战耿耿于怀，常以冷嘲热讽的文字表达自己的意见。在《小心得可怜》一文中，他以辛亥革命、“五四”运动、北伐战争为例，说明中国民众不是不能动员，而是负有动员民众责任者心存恐惧，不能尽职尽责，因此，他嘲笑他们“实在小心得可怜了”。② 在另一篇《攻心》中，他借中国空军到日本本土撒传单，攻日本民众之心，质问：“我们玩政治的，能攻敌人之心，又哪个能把握住老百姓的心？”③

既然此处没有事做，不肯放弃责任，只想为国分忧的张恨水，不得不选择离开。几天后，手提仅有的一只行李箱，搭乘一艘小火轮，他与风云际会的武汉挥手告别，溯江西去。民国二十七年（1938年）一月十日，船在重庆朝天门码头靠岸。让他深感意外的是，上船迎接他的，不仅有老朋友张友鸾，还有《新民报》现任总编赵纯继。一见面，几句寒暄之后，他们便向张恨水转达了社长陈铭德的

① 张恨水《写作生涯回忆》，61 页，人民文学出版社 1982 年 6 月版。

② 张恨水《小心得可怜》，原载 1938 年 5 月 3 日重庆《新民报》副刊《最后关头》，张恨水散文全集《最后关头》，33 页，时代文艺出版社 2015 年 8 月版。

③ 张恨水《攻心》，原载 1938 年 5 月 24 日重庆《新民报》副刊《最后关头》，张恨水散文全集《最后关头》，47 页，时代文艺出版社 2015 年 8 月版。

邀请之意。此时的张恨水，两手空空，已经没有了恢复《南京人报》的雄心。在这个陌生的地方，继续与老朋友合作，也许是目前最好的安排。于是，他毫不犹豫地表示，愿意接受陈铭德的邀请，到《新民报》去工作。

诞生于民国十八年（1929年）九月九日的《新民报》，是陈铭德、邓季惺夫妇创办的一份“民间报纸”，取“作育新民”之意为报名，表达了办报人发扬“五四”科学、民主的启蒙精神，造就新人的信念和追求。陈铭德自任社长，张友鸾也是《新民报》的元老，创刊之初，曾做过这张报纸的总编辑。后来张友鸾离开《新民报》，先在成舍我的《民生报》《立报》任职，后与张恨水合作创办《南京人报》。西迁重庆之前，陈铭德找到他，希望他重回《新民报》。他当时已有举家入蜀的打算，遂表示“欣然同意”，[①]并建议邀请张恨水加入。陈铭德早有与张恨水合作的愿望，现在既听说张恨水要来重庆，当然不肯放过。这才有了张友鸾、赵纯继码头上迎接张恨水的那一幕。这样的礼遇，对张恨水来说，自然是盛情难却。有人很看重“这一接”，他们写道：“这一接，就把张恨水留在了《新民报》，而且，一留就是十年。”[②]其实不止十年，张恨水辞职，最终离开《新民报》，是在民国三十七年（1948年）十二月，算来就有十一年了。这是后话，且按下不表。不久，张慧剑、赵超构也相继来到重庆，加盟《新民报》，于是，便有了《新民报》历史上著

---

① 陈铭德、邓季惺《〈新民报〉二十年》，陈铭德、邓季惺等著《〈新民报〉二十年》，22页，重庆出版社1987年12月版。

② 蒋丽萍、林伟平《民间的回声——陈铭德邓季惺伉俪传》，76～77页，上海文艺出版社1998年6月版。

名的“三张一赵”时期。

张恨水到重庆的第五天,即一月十五日,《新民报》重庆版就复刊了。南京时期的《新民报》，先是四开一张，不久改为对开一张，很快又扩充为对开两大张。重庆版《新民报》筹备期间，张友鸾与罗承烈、赵纯继商量，考虑到战时纸张供应紧张，一般读者的购买力和时间亦有限，版面设计参照上海《立报》和《南京人报》的特点，决定恢复《新民报》初期四开一张的小型报格局。最初安排了两个副刊，一个叫“最后关头”，由张恨水主编，另一个叫“血潮”，由谢冰莹主编。“最后关头”“在报纸的第四版，每天四栏地位，共可容纳近两千字。因坚持采用短稿，每期可载诗文三四篇，长篇小说一段；初期还常有漫画一幅（张乐平、侯风等人的作品，恨水自己也画过几幅）”。[①]

报纸创刊那天,《最后关头》刊载了张恨水写的发刊词《这一关》,其中对刊名加以特别的解释和发挥，他说：

> “关”这个字，在中国文字里，已够严重。“关”上再加“最后”两个字，这严重性是无待费词了。
>
> 最后一语，最后一步，最后一举……这些最后，表示着人生就是这一下子。成功，自然由这里前进。不成功，也决不再有一下。那暗示着绝对的只有成功，不许失败。事情不许失败，那还有什么考虑，我们只有绝大的努力，去完成这一举，所以这副刊的命名，有充分呐喊的意味包含在内。
>
> 因南京的沦陷，一部分报人，或为私为公，来到重庆。在下

① 陈理源《重庆〈新民报〉史话》，陈铭德、邓季惺等著《〈新民报〉二十年》，152 页，重庆出版社 1987 年 12 月版。

也是南京报人转进入川的一个（惭愧之至，这惭愧容明日交代）。恰逢《新民报》在重庆重振旗鼓，同庆更生。却约在下来把守这《最后关头》。在下因心绪的恶劣，及病后身体的衰弱，自忖是无可努力，恐怕不胜呐喊之任。然而在下在南京，也办有一张豆腐干型报纸，和《新民报》是好友。而个人和《新民报》社长陈铭德兄，经过这一转进，更成了患难之交。在许多条件之下，不容我不做一回最后的努力，所以我就毅然地答应了在这《最后关头》来做一个守卒。任务，自然是呐喊！

这呐喊的声里，那意味绝对是热烈的，雄壮的，愤慨的。决不许有些消极意味。我相信我们总有一天，依然喊到南京新街口去，因为那里，是我们南京报人的。我们绝不放弃新街口。我们呐喊，现在就开始。[①]

创刊之初，张恨水还就副刊内容做了如下规定：（一）抗战故事（包括短篇小说）；（二）游击区情况一斑；（三）劳苦民众的生活素描；（四）不涉空谈的人事批评；（五）抗战韵文。他还规定，每篇文章的字数，最多不可超千字，短篇小说倒可以略长些。由于来稿中常有一些“无关抗战”之作，于是，在创刊不久的一月下旬，他又刊发《白事》一文，提醒投稿者注意：“蒙在渝文彦，日以诗章见赐，无任感谢。惟《最后关头》稿件，顾名思义，殊不能纳闲适之作，诸唯高明察之。”三月下旬（或为上旬），他再次《告白》读者：“本栏名为《最后关头》，一切‘诗词小品’，必须与抗战及唤起民众有关。此外，虽有杰作，碍于体格，只得割

① 张恨水《这一关》，张恨水散文全集《最后关头》，3页，时代文艺出版社2015年8月版。

爱，均乞原谅。”[①]三月二十一日，他更发表《关于诗》一文，开诚布公地说明自己选发诗作的标准：“有三种我们不愿发表，（一）颓废的，没有抗战意味的。（二）自我宣传的。（三）不很成熟的。”[②]

很显然，张恨水此时的编辑思想，既不同于《世界晚报》《世界日报》的《夜光》《明珠》两副刊时期，也不同于《立报》之《花果山》，《南京人报》之《南华经》的时候，区别是巨大的，变化也是相当深刻的。在这变化的背后，交织着时代和他个人的多重原因。他本是个极为冲淡和讲究趣味的人，平时的爱好，离不开养花弄草，饮茶吟诗，或唱几句西皮二黄；所编副刊，从来都是以“小”自居，既承认“位卑”而不肯持之高论，譬如他在谈到《明珠》办刊宗旨时就曾说过：“绝对不谈大问题。政治上也罢，社会上也罢，只拣些琐碎的事来说。好像人家吃面包，我们只在桌上去搜集些面包屑。”[③]虽然在实际编排中他也经常发表一些针对社会不公平，以及政府工作失误的短评，但他这种自己放低身段的做法，使得他的言论总是就事论事，不为空言，不作高论，不说大话。直到在《立报》主持《花果山》期间，他还一再强调：“这里既是个游目骋怀的所在，仿佛杭州城里的城隍山，开封城里的中山市场，而我们也无非在这里摆些说书摊，把戏棚子而已。讲经，论道，演说，全用不着。至

① 陈理源《重庆〈新民报〉史话》，陈铭德、邓季惺等著《〈新民报〉二十年》，153页，重庆出版社1987年12月版。

② 张恨水《关于诗》，原载1938年3月21日《新民报》副刊《最后关头》，张恨水散文全集《最后关头》，14页，时代文艺出版社2015年8月版。

③ 张恨水《约法三章》，原载1926年8月7日北京《世界日报》，张恨水散文全集《明珠》，12页，时代文艺出版社2015年8月版。

多说两句相声，也总以说戏迷传的口吻出之。很不愿发什么议论。”[①]

但如今国家、民族已到生死存亡的最后关头，“位卑未敢忘忧国”，才是一个文人应有的态度。所以，他主编《最后关头》，就把“抗战时代，作文最好与抗战有关”，作为“不容摇撼”的一个原则。[②]一次，他看了影片《铁血鸳鸯》，故事讲的是欧战期间，一个奥地利籍德国女间谍，为了爱情，放走了她的男友，一个英国间谍。放在从前，他不会觉得影片有什么问题，现在却不同了，他认为影片“充满了汉奸意识，简直该禁止”。由此他得出两点感想：“一，重庆抗敌后援会，应当添一个戏剧检查股。二，一切艺术，为适合于抗战，皆有重新检讨之必要！”[③]我们也许很难把这样的文字和张恨水联系起来，他可从来都是温文尔雅的样子啊，如今却是一副金刚怒目的凶相，看上去不免有些陌生。有一晚，他从沙坪坝回来，路过化龙桥之东，在竹篱边的草地上，发现了一个“倒路的”，直挺挺地躺在地上，已经没有了鼻息，而“竹篱里是所钢骨水泥的洋楼，银色的电光，穿过了玻璃窗上的绿纱，映照着迷离的花木。一阵婉妙的歌声，飘在那倒路的上空”。于是他大为感慨，“这是诗，这才是现实的诗料，很可以套一套白居易的调子”，他说。[④]

---

① 张恨水《关于〈花果山〉》，原载1935年9月30日《立报》副刊《花果山》，转引自谢家顺《张恨水年谱》339页，安徽文艺出版社2014年7月版。

② 张恨水《偶像》自序，张恨水散文全集《写作生涯回忆》，260页，时代文艺出版社2015年8月版。

③ 张恨水《由看电影想起》，原载重庆《新民报》1938年4月25日《最后关头》，张恨水散文全集《最后关头》，29页，时代文艺出版社2015年8月版。

④ 张恨水《洋楼外之露尸》，原载重庆《新民报》1938年4月26日《最后关头》，张恨水散文全集《最后关头》，29页，时代文艺出版社2015年8月版。

说到诗，副刊固不可无诗，尤其是旧体诗词，这是他的看家本领，也是他文人身份的重要标志。他指出：“大家不要以为旧诗有格律，就是一种可以遗弃的尸骸。其实它之可以受人迷恋，正是这种格律。犹之于唱歌，动听之处就在有音节。”他还以鲁迅、郭沫若为例，说明“文坛上崭新的人物，思想尽管前进”，却并不拒绝旧体诗。他甚至提道，“这位新得不能再新的朋友毛泽东先生，他也是常常大作其七律”[①]的。不过，旧体诗也有旧体诗的问题，比较多的是写闲情逸致，除了吟风弄月，睹物生情，更有无病呻吟者，张恨水本人亦不能免，他甚至为无病呻吟而辩护，认为，无病固然可以不呻，但如果有病也不敢呻，那又何必呢？当然，这是极而言之的说法。其实他曾有过一种心愿，要“把旧诗无病呻吟的味儿去掉，专门做一点性情文字”。[②]为此，他一度很推崇袁枚所提倡的“性灵”。他在《随园诗话》一文中承认：“民初，诗话畅行一时，予随时好，即受其影响甚巨。”[③]袁子才是主张“诗写性情，惟吾所适”[④]的，他的意思是强调个体心灵的自由，不受约束，让人的天性自然地流露于诗中，不假借，不凑泊。他又说：“凡作诗者，各有身份，亦各有心胸。”[⑤]意思是说，个人的体验和表达是不可替代的。仅就作

---

① 张恨水《关于诗》，原载1938年3月21日《新民报》副刊《最后关头》，张恨水散文全集《最后关头》，14页，时代文艺出版社2015年8月版。

② 张恨水《偶然得到的一个特刊》，张恨水散文全集《明珠》，7页，时代文艺出版社2015年8月版。

③ 张恨水《随园诗话》，原载1947年11月30日北平《新民报》，张恨水散文全集《写作生涯回忆》，149页，时代文艺出版社2015年8月版。

④ 袁枚《随园诗话》卷一，3页，人民文学出版社1982年9月版。

⑤ 袁枚《随园诗话》卷四，101页，人民文学出版社1982年9月版。

诗而言，这是很好的意见，对于以古为诗，以书为诗，刻意雕琢的诗风，应该是很有疗效的。唯其强调自我、自由、自适，又很容易滑向闲适散漫、自怨自艾的人生态度。尤其是在“遭遇坎坷，每多难言之隐”时，忧思烦闷郁结于心，以诗为抒发情感，排遣寂寞之歌哭，结果便是，“濡笔伸毫，动辄愁怨满纸”，张恨水称作“文人积习难忘”。[①]而今山河破碎，局势日非，救亡图存，高于一切，任何个人的“性灵”、情感、趣味和歌哭，都显得不合时宜，无足轻重了，这时，他便有了“颇欲一除故态”的愿望，并将自己多年所作编为一集，“名曰《剪愁》。剪，去之也。顾名思义，予亦将有以改予笔调矣”。[②]其目的，无非是要尽一个最后关头上守卒的职责，为唤醒民众去摇旗呐喊。他形象地称这种改变，是“把‘采菊东篱下’的意识，改为‘大雪满弓刀’”。[③]而几年之后，他还不无遗憾地说：“面对着这样亘古未有的民族存亡的大战，而惊天地泣鬼神的歌行巨著简直没有。”[④]这固然是就整个诗坛而言，但又何尝不是一种自责呢！

初来重庆的张恨水，感受着抗战的热烈气氛，终于觉得他这个文人也有了用武之地。他的武器不是枪炮、炸弹，而是手中的这支笔。虽然他从来不把自己的文章看作“经国之大业，不朽之盛事”[⑤]，但

---

① 张恨水《剪愁集》序，张恨水全集《剪愁集》，3页，北岳文艺出版社1993年1月版。

② 张恨水《剪愁集》序，张恨水全集《剪愁集》，3页，北岳文艺出版社1993年1月版。

③ 张恨水《关于诗》，原载1938年3月21日《新民报》副刊《最后关头》，张恨水散文全集《最后关头》，14页，时代文艺出版社2015年8月版。

④ 张恨水《旧诗人努力不够》，原载1941年2月6日重庆《新民报》副刊《最后关头》，张恨水散文全集《最后关头》，372页，时代文艺出版社2015年8月版。

⑤ 曹丕《典论·论文》，郭绍虞主编《中国历代文论选》（一），159页，上海古籍出版社1979年8月版。

这一次，他显然是抱定了要以文章报国的。他编副刊，写小说，有时还编写新闻，制作标题、版面，配发评论，每天要写三千到四千字。他以《最后关头》的守卒自居，取笔名曰“关卒”，老舍先生称赞他这个“关卒”，是最能“坚守岗位”[①]的。在他看来，这是一个文人的本分。中国的文人，或有超然物外、洁身自好、狷介清高，以热衷仕宦为俗不可耐的传统，但骨子里仍有济世胸怀，忧国忧民、以天下为己任，积极介入、干预社会生活，从而实现“立德、立功、立言”的不朽事业。尤其是在民族危亡的关键时刻，他们的家国情怀往往表现得更加强烈，也更看重个人的节操和民族大义。张恨水在小说《中原豪侠传》中就曾借主人公郁必来之口，讲了一番“国家兴亡，匹夫有责”的道理，他说：“古来的游侠，讲个入世救人，重允诺，讲义气，富贵不淫，贫贱不移，威武不屈，生死置之度外，好像荆轲、聂政、专诸都是这一流。”后世的武侠就有些变了，变得有些道家、仙家的意味了，神龙见首不见尾，功名富贵固然不看在眼里，国家兴亡也看得很平淡了。他提到了与师傅老和尚的分歧：“他以为这是戏台上换一班唱戏的，与救人无关。这句话，你或者还不能明白。就是近代的大武术家，他们的眼睛看着世界上，以为是人都应当救，国家只是世界里的一角，武术家管国家的事，就是贪图功名富贵。我干的这一套，他以为我贪图功名富贵，其实他不想到现在亡国，并不是换一班唱戏的，正像黄河决口子一样，这一国的人民都要冲刷个干净。”[②]

---

① 老舍《一点点认识》，张占国、魏守忠编《张恨水研究资料》，88页，知识产权出版社2009年9月版。

② 张恨水《中原豪侠传》，204～205页，北岳文艺出版社1993年3月版。

郁必来的这一番话，我们也许可以看作是张恨水的夫子自道，只是借了武侠的身份。民国三十三年（1944年），他为《中原豪侠传》单行本作序，交代创作这部小说的初衷，是想“暗暗地写些民族意识”。他认为，中国民间社会好谈小忠小义，不谈大忠大义，国家民族意识缺失或淡薄，武侠小说要负部分的责任。而解决这个问题，只能采取以毒攻毒的办法，用改良过的武侠小说，向民众“灌输民族意识，教以大忠大义”，“把他们崇拜的江湖英雄，变为民族英雄”。《中原豪侠传》作于全面抗战之前，“当时公开的写抗日小说是不可能的”，他只能“暗暗地写些民族意识”。[①]现在就不同了，他可以理直气壮地鼓吹民族气节，表彰那些在国难中慷慨赴死的志士仁人了。报纸复刊的第三天，一月十七日，他就在副刊《最后关头》发表了亮吉先生吊张仲仁先生投井殉节的诗作，并加编者按：“张仲仁先生殉难（恨倭寇污以伪职，投井殉节）之说，殊未证实。风传以披剃入山。亮吉先生之诗，感慨系之，未便割爱，录之以励士耳。”[②]十八日，他又写了《陈散原殉难》一文，在《最后关头》发表。陈散原即陈三立，字伯严，散原是他自号。他是清末湖南巡抚陈宝箴（右铭）的公子，

① 张恨水《中原豪侠传》自序，张恨水散文全集《写作生涯回忆》，269～270页，时代文艺出版社2015年8月版。

② 转引自谢家顺著《张恨水年谱》，386页，安徽文艺出版社2014年7月版。文中提到的张仲仁，即张一麐，仲仁是他的字，民初曾任袁世凯幕僚，担任总统府秘书长、教育总长等职，后因反对袁世凯称帝而离京南下。“九一八”事变后，投身抗日救国，任国民参政会参政员。淞沪会战期间，在家乡苏州创办医院二十四座，救治伤兵和难民。后苏州城破，盛传先生被迫投井殉难，海内外闻讯痛悼。而不知先生以民众之拥护，早易僧服隐于穹窿寺，自脱于难。可参见黄炎培所作《张仲仁先生传》。

著名学者陈寅恪、著名画家陈师曾之父，时人以名父之子兼名子之父称之。他诗名卓著，人称“中国诗坛近五百年来之第一人”。他的文章道德亦为世人所瞻仰，“不仅学力精醇，其人格尤清严无滓，足以岸视时流”。[①]“七七”事变时，他恰因北游而滞留旧京，“乃与城同陷。倭寇震先生名，派员敦请出山。先生大怒，以茗碗砸其面，叱之曰：倭奴敢辱乃翁？寇员鼠遁去，转派倭寇兵数人围先生宅，声言保护。先生益怒，拍案曰：我一华人，奚为须倭兵保护！乃嘱宅中佣妇群逐倭兵去。然其境亦危矣。自是，先生即不食，亦不睡，喃喃骂贼不绝，越五日夜，遂殉难”。张恨水于是感叹：“呜呼！八十老翁，有此壮烈之举，矧一代士林不平凡之事迹，实中华民族之光也。”[②]

不久，他听说了山东滕县县长周同县城失陷时殉城的事迹，便写了《周县长兑现》一文。据说，周县长此前曾对新闻记者表示，抗战以来，国内有许多城池失陷，却没有一个县长殉难，他决计与城共存亡。滕县扼守津浦铁路的咽喉，是徐州的北大门，自古为兵家必争之地。日军在侵占南京之后，急于打通纵贯南北的津浦铁路。于是，徐州便成为日军进攻的战略要地，而滕县更是首当其冲。周县长既抱定必死之心，战斗打响之后，他便不分昼夜地发动民众，组织抵抗，协助王铭章率领的川军死守县城，直至城陷，坠城而亡。张恨水称赞他“可谓求仁得仁了”，并说：“成仁是不幸，而求仁

---

① 张慧剑《辰子说林》，“韭菜”条，19页，上海书店出版社1997年1月版。

② 张恨水《陈散原殉难》，原载1938年1月18日重庆《新民报》副刊《最后关头》，张恨水散文全集《最后关头》，4页，时代文艺出版社2015年8月版。

却是每个县长所应有的态度。”[①] 富于戏剧性的是，大约半个月后，有报道称，一度盛传以身殉城的周县长并没有死，而是组织游击队，留在滕县继续坚持抗日。张恨水立刻写了《周同未死》一文，对周同的行为表示赞赏，他指出：“其实，抗战的目的在成功，不在成仁。因为成功是国家之福，成仁是个人之荣。像周同这种人，既肯干，又得民心，他一天不死，他一天可以为国家尽力，这正是应当留着身子以谋成功的人。”他听说周同组织游击队的消息，表示：“这，比听到他殉职的新闻，更令人兴奋。”[②]

民国二十七年（1938 年）六月，国民政府军事委员会在汉口召开军事会议，确定了“以游击战配合正规战”的作战方针。随着武汉、广州的失守，日军停止了对正面战场大规模的战略进攻，转而保守占领区。于是，抗日战争进入战略相持阶段。蒋介石因此提出了新形势下“政治重于军事”“游击战重于正规战”的原则。[③] 这期间，有一批国民党高官和高级将领率军进入敌后，开展游击战争。张恨水很关注这方面的新闻，陆续写了《鹿钟麟之壮举》《忆沈鸿烈》《恢复察省政权》《哀范筑先》等文章。文中提到的鹿钟麟是国民政府任命的河北省政府主席，沈鸿烈是留守山东的省主席，而范筑先是山东省的委员，他们都是在河北山东沦陷之后，“毅然受

---

① 张恨水《周县长兑现》，原载 1938 年 3 月 24 日重庆《新民报》副刊《最后关头》，张恨水散文全集《最后关头》，15 页，时代文艺出版社 2015 年 8 月版。

② 张恨水《周同未死》，原载 1938 年 4 月 7 日重庆《新民报》副刊《最后关头》，张恨水散文全集《最后关头》，20 页，时代文艺出版社 2015 年 8 月版。

③ 参见张宪文、左用章等著《中国抗日战争史》（第三卷），169 ~ 174 页，化学工业出版社 2016 年 4 月版。

命于危难之时”，而肩负起“守土之责”的勇士。他称赞沈鸿烈：“为人沉毅，俭朴，忠实，品性颇好。死守青岛，以掣韩复榘通敌之肘，挽救了大局不少。最后将青岛二万万元的敌产，付之一炬，是最有意义的一种焦土抗战。”[①] 他也为在战斗中奋勇争先而为国捐躯的范筑先深深惋惜。对于鹿钟麟率领千余人，突破敌人防线，深入河北腹地的壮举，他更赞叹为“燕赵古多慷慨之士”，把他比作辞别易水的荆轲，并且强调非易水送行的伤感情绪可比，“因为他们认定了艰苦而不畏惧，充满着义愤而不悲哀，他们要深入虎穴，唤起全河北民众来奋斗，更不做壮士一去不复还之念”。[②] 他也歌颂普通民众的义举，《说黄浦烈士》就写了尚不知道姓名的“上海一个老百姓，在渡过浦东的渡船上，抱住一个日本宪兵，一同滚下江去”。他说：“这种舍生杀敌的伟大精神，真值得我们钦佩。”[③]

张恨水十分关心前方的战况，以及战区百姓的生活。《最后关头》开办半年后，他在报上刊载了《征求战区消息》的短文：

> 本刊为免除稿件腐滥起见，曾征求战区通讯。近来陆续发表数篇，颇得读者欢迎。盖此项文字，全属事实，足补新闻之所未及。而战区流亡在后方之人士读之，思乡东向之心，油然而生，亦复可资鼓励。现由前方来渝者，各战区人士均有，家乡消息，当不致完全断绝。兹

---

① 张恨水《忆沈鸿烈》，原载1938年9月10日重庆《新民报》副刊《最后关头》，张恨水散文全集《最后关头》，115页，时代文艺出版社2015年8月版。

② 张恨水《鹿钟麟之壮举》，原载1938年8月20日重庆《新民报》副刊《最后关头》，张恨水散文全集《最后关头》，100～101页，时代文艺出版社2015年8月版。

③ 张恨水《说黄浦烈士》，原载1938年10月22日重庆《新民报》副刊《最后关头》，张恨水散文全集《最后关头》，136页，时代文艺出版社2015年8月版。

征求读者将所得家乡信件，删去私人事项，交本刊公开发表。其有必须修润之处，编者可代为之，文字但求逼真，毋须多事修润。（一经发表，当较平常叙述、批评文字倍酬，以答雅意。其有新自前方来者，将所见闻，分别记载见赐，尤所欢迎！）①

张恨水不愧是办报高手，他很知道如何开发报纸的内容资源。《征求战区消息》的短文一经发表，马上得到读者的响应，稿件纷至沓来。有一则《游击队短歌》（笔名“俯拾”），全文不足四十个字：

某战区游击队，有一游击短歌，颇饶深意。其词曰：

鬼子来了，不让他看清；鬼子去了，打他的背心。②

这样简洁精悍的文字，对于鼓舞血战中人民的士气是有很大作用的。有人赞曰：“抵得上洋洋千言的一篇游击论文。”③据《新民报》记者陈理源回忆：“战区（包括沦陷区）消息，发表过不少篇章，如《客从临安来》（张之蜀），《游击队在涿州》（田禽），《黄河涯上遇敌骑》（烈钧），《淮上战士》（尹恭峋），《上海短简》（杨祖宏），《苏北现状》（陈悦伦），《冀南近况》（秋浦），《劫后六合》（王禹九），《沦陷后的扬州》（尹恭峋），《皖垣沦陷记》

① 张恨水《征求战区消息》，原载1938年7月18日重庆《新民报》副刊《最后关头》，张恨水散文全集《最后关头》，84～85页，时代文艺出版社2015年8月版。

② 转引自陈理源《重庆〈新民报〉史话》，陈铭德、邓季惺等著《〈新民报〉二十年》，153页，重庆出版社1987年12月版。

③ 同上，154页。

（章昌黎），《巢湖现状》（紫简）等。”[1]

张恨水自己也写了不少介绍战区状况的短文，特别是来自安徽的消息，因有家乡这层关系，尤为他所重视。如《安徽活动了》（1938年3月21日），《豫东战事概观》（1938年6月5日），《黄河决口之后》（1938年6月13日），《潜山人说潜山》（1938年6月17日），《皖江战事概观》（1938年6月18日），《潜山出头了》（1938年6月20日），《控制住安庆》（1938年6月21日），《太湖自古是战场》（1938年6月23日），《敌窥六霍》（1938年8月17日）等，不一而足。

张恨水笔下更多对劳苦大众的同情，以及对后方贫富不均、社会不公的愤慨和抗议。他来到重庆以后，在这个战时首都，耳闻目睹，有许多畸形丑陋的社会现象，真让人心有所痛，难以释怀，非行诸笔端，不能自已。当时，重庆物价飞涨，百姓不堪其苦，张恨水还写了《速平物价，市政当局其有意乎？》，呼吁整顿市场，平抑物价，打击囤积居奇的奸商。谁知几天后，政府只出台了一个限制车轿力价的规定，对于诸如成倍上涨的房价，超过百分之百的日用品物价，却不闻不问。张恨水怒不可遏地表示：“我真觉得这社会残忍到万分！”他质问市政当局：“只在这牛马生活的苦力头上去转念头，这是什么原故？”针对车轿涨价他表示：“有钱的人，把人当牛马，多花几个钱，不应该吗？我认为轿夫车夫敲竹杠，是可怜虫的行为，不足计较。房东奸商敲竹杠，才是不可恕的罪恶。然而这社会，却只是挑软弱的牛马开刀。奈何奈何！”[2]其实，几个月前，他就发表

① 转引自陈理源《重庆〈新民报〉史话》，陈铭德、邓季惺等著《〈新民报〉二十年》，154页，重庆出版社1987年12月版。

② 张恨水《挑选牛马开刀》，原载1938年9月19日重庆《新民报》副刊《最后关头》，张恨水散文全集《最后关头》，121页，时代文艺出版社2015年8月版。

过同情人力车夫与轿夫的文章，他写道：“社会上有车夫与轿夫，不过增加人类一种懒惰性，出少数的钱，叫他人来当牛马代步。这是十足封建社会的遗毒，也是人类一种耻辱。”他痛诉这种不平等：“同是父母生的一个人，为什么有的坐着车子、坐着轿子，有的拉着车子、抬着轿子？还不为的是有钱与无钱吗？为了混饭吃，将身子当畜生去伺候人。这种人，无论他怎样无理，他总是可怜虫。社会既不能想法子，把他们解放出来，在人类同情心上，稍稍改良他们的待遇，这是天经地义。”①

乞丐也成为市政当局整治的对象。民国二十七年（1938年）八月八日，报载重庆市警察局长以乞丐太多，为“整顿中外观瞻所系的临时首都市容，下令驱逐乞丐出境”。《最后关头》随即发表吕非的文章《教他们往哪里去？》，文章沉痛地写道：“制造乞丐的因素不除去，乞丐还是免不了‘触目皆是’的。我们常常听到（身体残废的）乞丐呻唤：‘好脚好手天堂路，坏脚坏手地狱门’，难道今天真把乞丐一个个逼到地狱里去不成？”②八月九日，张恨水又写了《讨饭要讨得漂亮》一文，以嬉笑怒骂的笔法表示自己的愤慨。他将“或穿长衫马褂，或着西服革履，终日奔走于各机关，各公馆，候见室里一等几小时，见了人鞠着九十度的躬，喊主席，喊司令，求一点工作”的小政客，与街头那些“穿着破衣，蓬着乱发，瘦着焦黄的脸，终日喊老爷、叫太太，流浪街头，追着人力车，伸手求一个大铜板”的叫花子相比，以为都是为了吃饭而如此。如果说叫花子无补

---

① 张恨水《可怜人形牛马》，原载1938年5月21日重庆《新民报》副刊《最后关头》，张恨水散文全集《最后关头》，44页，时代文艺出版社2015年8月版。

② 陈理源《重庆〈新民报〉史话》，陈铭德、邓季惺等著《〈新民报〉二十年》，1154页，重庆出版社1987年12月版。

于抗战建国，那么，“这些求工作的小政客，又有什么补益于抗战建国”？然而，“只见重庆驱逐求一个铜板的乞丐，不见驱逐一求千百元薪金的小政客”。于是，他以嘲讽的口吻，建议乞丐们脱去破衣，换上西服，在这个只在意乞得漂亮不漂亮，不在意乞不乞的社会里，也许就不致被驱逐了。“但这套西服从何得来？再说，有西服他就不求铜板而求工作了。那时他不逐人也就罢了，谁敢逐他？”①

我们再来说说献金运动。这是抗战初期，以政府介入组织、宣传、规范的方式，号召后方民众捐献现款、金银和物品以支援抗战的群众运动。这次运动的意义，一方面固然可以补国家战争经费之不足，扩大经济来源；另一方面，也使更多民众加入到救亡运动中来，真正造成全民抗战的局面。但张恨水却发现：“这次献金运动，并没有看到一个富人出头。”是富人舍不得钱吗？倒也不尽然：“赌一场钱，可以输三五十万。送一位美人的礼，也可以花十万八万。”②可见不是不舍得花钱，而是要看把钱花在什么地方。张恨水一针见血地指出：“想请有钱的人省了不必花的钱来救国，等于与虎谋皮。”③

与富人不肯出钱形成鲜明对照的，是穷人在献金运动的表现，比如从沦陷区跋涉而来的被难同胞，捐出了自己的活命钱，许多老

① 张恨水《讨饭要讨得漂亮》，原载1938年8月9日重庆《新民报》副刊《最后关头》，张恨水散文全集《最后关头》，91～92页，时代文艺出版社2015年8月版。

② 张恨水《富人的矛盾》，原载1938年7月14日重庆《新民报》副刊《最后关头》，张恨水散文全集《最后关头》，80～81页，时代文艺出版社2015年8月版。

③ 张恨水《与穷小子无关》，原载1938年8月8日重庆《新民报》副刊《最后关头》，张恨水散文全集《最后关头》，91页，时代文艺出版社2015年8月版。

人因痛惜自己不能直接参加抗战而献出了历年辛苦的积蓄，无数的车夫、男女工人、小贩等，捐出了他们以血汗换来的有限的生活费，甚至瞎子、哑巴、乞丐，也将仅有的一毛、一分慷慨献出，还有妇女和儿童，捐出了她们的戒指、耳环、项链等饰品。说到底，那些拥有巨资，衣丰食足的同胞们的献金，是远远落在劳动同胞之后的，并没有达到应有的程度。于是，张恨水写了《狮子输血》一文，刊载于《最后关头》，文中写道：

小时候，念过这么一篇童话，狮子病了，需要输血，就吩咐狐狸出去找输血的动物。狐狸这东西虽然十分狡猾，可是欺善怕恶。它走出小洞，将大的自田鼠蝙蝠起，小的至蜜蜂蚂蚁为止，捉了几千几百，送到狮子面前输血，但自朝至暮，不断地输血，蚂蚁蜜蜂因血尽而死的很是不少，但对于狮子的病，并没有起色。一只百灵鸟飞到狮子面前说："大王，若是这样输血，杀生很多，于千岁贵恙，并无益处。依臣之见，只要三人，便可治大王的病。"狮子说："谁呢？"百灵鸟说："大王洞后，藏有一只老虎，大王洞前，跪着一头大狼，他们平时吃着小动物，身上有的是血。只要他们肯在身上一割，足治大王的病。便是捉我们的狐狸，它的血也多出我们千倍。大王舍近求远，舍易求难，微臣实在莫测高深。"狮子将信将疑，姑且把虎狼狐狸捉了来输血，果然不到一半，病就好了。①

寥寥数语，道出了问题的本质。为了解决富人不肯"出血"的

① 张恨水《狮子输血》，原载1939年3月8日重庆《新民报》副刊《最后关头》，张恨水散文全集《最后关头》，192～193页，时代文艺出版社2015年8月版。

问题，就像那只百灵鸟一样，张恨水建议富人学学胡文虎。胡文虎何许人也？他是一位南洋富商，爱国华侨，靠卖万金油起家，成为东南亚独一无二的“药业大王”；他还是星系报业的创始人兼老板，以坐拥十余家报纸的资格被尊为“报业巨子”。他对财富，一贯遵循“自我得之，自我散之，以天下之财，供天下之用”的主张，多次在海内外捐资办学，抗战爆发后，他一次认购“抗日救国公债”二百万元。据说，他是唯一“拍”过蒋介石肩膀的人。于是，张恨水告诉财主们：“新时代的财主，要和政治发生关系，要和民众联络感情。往年的财主，关起门来靠一本账簿，一把算盘，做银子生银子的办法，于今非被时代淘汰不可。”胡文虎为什么能够成功？张恨水一语道破他的秘密，不过是“会以捐款出风头”而已。既然如此，“那末，财主们的机会到了，等着你献金呢”。[①]

他还建议“改善富人生活”。他说：“资产阶级，肥头胖耳，花天酒地，住洋楼，坐汽车，这种生活尽良善的吗？他们是浪费得来的不义之财，他们是暴殄天物，他们是大量地消耗国家元气，一味听他们胡闹下去，纵不损害抗战，也让驱驰火线的兵士，流亡载道的难民，看了不服。”因此，他认为，如果“劳苦民众的生活，必须改善向下”的话，那么，“特殊阶级的生活，也必须改善向下”。[②]对于官员，比如县长，他建议省当局规定一个适中的办法：“以愚见而论：一等县长留任三年者，献薪金三月，二年献二月，二年以

① 张恨水《送财主一条妙计》，原载1938年7月18日重庆《新民报》副刊《最后关头》，张恨水散文全集《最后关头》，84页，时代文艺出版社2015年8月版。

② 张恨水《改善富人生活》，原载1938年7月10日重庆《新民报》副刊《最后关头》，张恨水散文全集《最后关头》，78页，时代文艺出版社2015年8月版。

下献一月。二等县照上例减三分之一，三等县减三分之二。平均起来，每县约可收三百元以上。全川一百多县，有五万元以上的金可献了。”他认为，这绝不是一个苛刻的办法，只要有人肯认真去办，是很容易办到的。凭良心说，“四川老百姓知道，做县长的自己也知道”，[①]他们不差钱，拿点钱出来献金是完全应该的。

张恨水秉承一个民间报人负有的监督政府的职责，常常对国民党当局的做法提出批评。民国二十七年（1938年）五月三日，报载国民党政府教育部通令各省教育厅：“今日一般青年，往往为求一时之便利，率多废弃毛笔，习修钢笔。殊不知中国之笔宜于中国之纸，中国之纸，宜于中国之字……兹特通令各厅转饬所属学校，嗣后小学应遵照课程标准注意习字，小学毕业，以能写正楷及通俗之行书为主；初中高中注重楷书及行书，均以毛笔书写为主，每周应于自修时间内规定若干习字时间，一切试卷及正式录写，除外国语外、算学……外，不得用钢笔及铅笔书写，高小以上各级学校之入学试卷，尤应严予注意。”[②]张恨水与张友鸾看到这个通令，都大不以为然，于是，便由张恨水写了《教育部训令颂》一文，发表在第二天的《最后关头》上，把教育部和陈立夫狠狠地讽刺了一下：

> 顷读教育部训令，提倡中小学用毛笔写字。这件事，我们不反对。可是抗战的现阶段，教育部要做的事很多，何必忙着这件小事。愚见

① 张恨水《全川县长献金》，原载1938年7月16日重庆《新民报》副刊《最后关头》，张恨水散文全集《最后关头》，83页，时代文艺出版社2015年8月版。

② 陈理源《重庆〈新民报〉史话》，陈铭德、邓季惺等著《〈新民报〉二十年》，155页，重庆出版社1987年12月版。

以为纵然把全中国中小学生，都练得会写一笔颜柳欧苏，也吓不了日本鬼子吧？但训令的文章，却是很好的。其中“不知中国之笔，宜于中国之纸，中国之纸，宜于中国之字”，友鸾以为富有《镜花缘》笔法，不可无“油”，因作狗尾之续：

不知陈先生之才，宜于中国之教育部长，中国之教育部长，宜于中国之教育，中国之抗日教育……

未便向下续了。[①]

当时的教育部长是陈立夫，不知他看过这篇短文做何感想。说起来，张恨水不见得是对用毛笔写字有看法，他的这篇短文怕就是用毛笔写的，不过，“当现在前方与敌人拼命的时候，后方要办而未办的事，不知道几千万，好整以暇的从政者”，犯不上为这种事而大动干戈。就像不久四川某地以有伤风化为名，禁止男女挽手而行一样，张恨水也嘲笑他们多管闲事，忘了正事。他说：“也许敌人逼近了夔门，摆出了千百部《礼记》来，敌人就会不战而退吧？”[②]

民国二十八年（1939年）五月三日、四日，重庆市区连遭日机狂轰滥炸，大量使用的燃烧弹，使整个城市陷入一片火海，两日不熄，商业街道均成废墟。《新民报》所在的七星岗，虽地处旧城通远门外，但自上世纪三十年代初，成渝公路修通，就以此处为起始点，门前

---

① 张恨水《教育部训令颂》，原载1938年5月4日重庆《新民报》副刊《最后关头》，张恨水散文全集《最后关头》，33～34页，时代文艺出版社2015年8月版。

② 张恨水《禁止男女手挽手》，原载1938年5月28日重庆《新民报》副刊《最后关头》，张恨水散文全集《最后关头》，48页，时代文艺出版社2015年8月版。

干道亦取名中山路，并逐渐繁华起来，成为重要的商业区之一，《新民报》和另外几家报社，都集中在这一带。这次大火造成包括《新民报》在内的近十家报纸暂时停刊，随之向郊区疏散，直到八月上旬，疏散工作才告结束，并于十三日起各自复刊。这期间，自五月六日起，改出“重庆各报联合版”，成员包括《新华日报》《中央日报》《大公报》《时事新报》《扫荡报》《国民公报》《新蜀报》《商务日报》《西南日报》和《新民报》共十家报纸，《时事新报》总编辑黄天鹏任临时编辑部总编辑。

复刊的第三天，八月十五日，张恨水就在《最后关头》发表了据说是针对蒋介石的《理学能救国乎》一文：

近来大人先生，鉴于“人心不古”，提倡宋儒理学，以端士气，其用意至矣美矣，未尽善也！这话怎么讲？有道是“理学倡而南宋亡”。假使富国强兵之说，长枪大戟之能，一股脑儿不谈，只请出二程一朱三夫子，在洛水庐山，大讲其《大学》之道，就可以复兴华夏，那末，生当三夫子之时，何以北宋被逐于金，南宋又覆于元？

再说现在，世代的巨轮转动着，一息不停，宋儒却讲个“静”。我们外面抗敌，内里建国，一切要贯彻革命的手段，宋儒却讲个“敬”。我觉得实在格格不入。儒家虽为入世救世之人，但程朱之学，受了释老很大的影响，已不是孔孟嫡传了。宋元明理学盛极一时，谁也不见王道复兴。明亡，读书人觉得这种空虚哲学，无补实际，早已加以非议，时至今日，我们还憧憬着那白鹿遗风，真让人莫测高深。①

---

① 陈理源《重庆〈新民报〉史话》，陈铭德、邓季惺等著《〈新民报〉二十年》，157页，重庆出版社1987年12月版。

按照陈理源的说法，这里所谓“大人先生”，应该就是蒋介石。此时，马一浮所创办，坐落于乐山古刹乌尤寺的“复性书院”，正在筹划开学。而这座书院从开始筹备就得到了蒋介石的积极支持。也许是这个原因，作者遂把“提倡宋儒理学”的帽子，戴在蒋介石的头上，并撰文“给以嘲讽和抨击”。不过，这样做似乎显得有些牵强和刻意，且与事实是有些出入的。查阅当年报纸，民国二十八年（1939 年）三月二日，中央通讯社确曾播发了一条消息：“蒋委员长为谋抗战建国早日完成起见，特商同行政院孔（祥熙）院长，教育部陈（立夫）部长，创立复性书院，敦请马（一浮）先生主讲，马氏已于日前抵渝。院址拟设嘉定（今乐山），刻正积极筹备中。”①

这条消息这样写固然并无大错，但他没有说明，最早提出要创立复性（而非复兴）书院的，不是蒋介石，而是马一浮。马一浮在浙江大学讲学期间，曾与几个弟子在通信中讨论过，要找一个山水胜境，办一座古典式的书院。陈布雷与陈立夫辗转得知了这个消息，当即呈报给蒋介石，竟与此不谋而合。其时，蒋介石正在谋划和发动一场精神救国建国的运动。三月五日，第三次全国教育会议召开期间，他的长篇训词在报上公开发表，要求教育界当此“全国抗战建国积极进行的时期”，能“以全副的热情和真诚，负起救国建国的责任”，并以孙中山的“仁孝、博爱、信义、和平”八字标准，及“礼义廉耻”四字箴言，为陶冶国民人格的标准，使国民自励，造成现代国民的品格，以求得民族的生存与发展。②三月十二日，蒋

① 见 1939 年 3 月 2 日上海《申报》第一张第三版。

② 参见 1939 年 3 月 5 日、6 日上海《申报》第三版、第四版。

介石又发表了《再告全国士绅及教育界人士书》，同时公布《国民精神总动员纲领》及《国民公约》十二条，其中特别强调，抗战已进入一个新的时期，不惟军事上不能懈怠，精神上尤需新的气象，皆因“敌人今日已知军事力量不足以屈服吾人”，“乃欲以种种方法，摇撼吾人之意志，威胁吾人之精神”，故“今日之所宜致力者，尤当注重于精神的振作与集中。质言之，前期抗战军事与精神并重，而第二期即后期之抗战，则精神尤重于军事，非全国国民坚强、不屈之精神，不足以克服艰危而打破敌人精神制胜之毒计”。而检讨中国现实条件之缺失，“则物质条件之欠缺，固其明显，而精神条件之未备，尤难讳言。现代战争，为全民动员之战争，故不仅应动员国内一切之物质与人力，亦必动员全国国民之精神”。[①]

很显然，蒋介石赖以进行国民精神总动员的学术资源，除了传统儒家的道德学说，以及孙中山的“三民主义”，不会有更多的内容。他支持马一浮创办“复性书院”，未尝不做“以圣贤之学匡补时弊”之想，而寄希望于书院。何况马一浮又是朝野两界都认可的人物，当局既列名创议，并由政府补助部分经费，自然可以为蒋介石的国民精神总动员提供一种学术的支撑点。由是观之，仅以“宋儒理学”概括蒋介石的精神诉求，似有以偏概全、断章取义之嫌，攻其一点，不及其余，甚至是一种误解，乃至曲解。

再以“宋儒理学”言之，似乎也还不能全盘否定。不久，张恨水另有一篇短文《为宋明之士呼冤》，就把“理学倡而南宋亡，复社兴而朱明覆”，称之为“因噎废食的说法”，并且承认“读书人砥砺士气”，并非“无补于国家”。他接着说：“诚然，宋明之士讲气节，而没有挽

---

① 参见1939年3月12日、13日上海《申报》第三、第四、第五版。

救国家的危亡，他们要负责任，但他们责任却负得很轻。因为他们讲气节的时候，全是在野之身。在朝握着权柄的人，都是贾士（似）道、马士英之流。读书人尽管说要如何保护人民社稷，宰相却在斗蟋蟀、唱曲子。他们赤手空拳，那有什么法子去挽救危亡呢？”对于他们应负的责任，主要在于他们所讲的理学“过于空洞，不切实际”。因此他说：“宋明士人的气节，依然可师的，不过不要学他们那样迂腐而已。”①

对于孔孟，他也不主张全盘抹杀。他说：“孔子的学说，除一小部分为时代所不容外，十之七八是可崇奉的。”他还说：“我们正不必看看（着）孔子过于古老，只问孔子所能的，我们能不能？”②他不认为读旧书有什么不好，“《论语》《孟子》里，就有很多治国做人的大道理，倒也不必过于抹煞”。在他看来：“若以为旧书充满了封建思想，恐沾上传染病，那实在是让书搅死了活人，而不是活人去善用死书。”③所以，他对于“救国不必修身”的说法，颇不以为然。他认为，“小而至漱口洗脸，大而至对父母兄弟朋友，以及怎样处社会，再大些，爱国爱民都在内”，都属于修身的范畴，“便是努力救国，又何尝不要从小处修身做起呢”？④而更重要的，

---

① 张恨水《为宋明之士呼冤》，原载1940年3月31日重庆《新民报》副刊《最后关头》，张恨水散文全集《最后关头》，317页，时代文艺出版社2015年8月版。

② 张恨水《谈孔子教人》，原载1939年8月27日重庆《新民报》副刊《最后关头》，张恨水散文全集《最后关头》，233页，时代文艺出版社2015年8月版。

③ 张恨水《要善读死书》，原载1940年5月6日重庆《新民报》副刊《最后关头》，张恨水散文全集《最后关头》，322～323页，时代文艺出版社2015年8月版。

④ 张恨水《救国也要修身》，原载1938年12月30日重庆《新民报》副刊《最后关头》，张恨水散文全集《最后关头》，177页，时代文艺出版社2015年8月版。

还是《孟子》开宗明义所说的，要打破人的自私自利之心，从利人利国出发，考虑问题。如果“大家都图搂钱上腰包，只有内失人心，外引强敌觊觎的份儿，还谈个什么治理？‘而国危矣’”。当时各国诸侯都不能理解孟子的苦心，“于是乎秦始皇就得其所哉了”。[①]

如何才能“打破人的自私自利之心”呢？他的药方是用孔孟所说的恕道：“尽己之谓忠，推己之谓恕。由正心修身，以至治国平天下，能尽己，能推己，就可迎刃而解。”他认为，孔门的恕道，就是西方的平等博爱，而“中山先生是得了此中三昧的，他曾掘出这古传的精义，指示我们。有很简单明了的一句话，传诸不朽：‘天下为公’”！[②]他在另一个场合也曾表示：“对于有希望的青年，大多数的平民，我不能不拿出总理的遗训来，大喊三声：革命尚未成功，同志仍须努力。”[③]这里面隐含着的，便是对“高等华人”，尤其是那些官员、权贵和文人的失望，“麻醉、贪污、腐化、荒淫无耻……一切传统的劣根性，那些高级华人，全不能洗涤一丝一毫”。[④]他的批评更多地也是针对这些人的，特别是那些为一个芝麻大的位置，或者百十元的收入而不顾人格尊严的文人，更让他痛心疾首。他说：“天

---

① 张恨水《孟子所痛》，原载1940年4月28日重庆《新民报》副刊《最后关头》，张恨水散文全集《最后关头》，318页，时代文艺出版社2015年8月版。

② 张恨水《“恕”字功夫难做》，原载1941年1月26日重庆《新民报》副刊《最后关头》，张恨水散文全集《最后关头》，369页，时代文艺出版社2015年8月版。

③ 张恨水《大喊三声——敬记总理遗训吧》原载1938年11月4日重庆《新民报》副刊《最后关头》，张恨水散文全集《最后关头》，145页，时代文艺出版社2015年8月版。

④ 同上。

下可痛哭之事甚多，而莫过于士无气节。”[①]他最看不起在官场钻营的文人，借了批评韩愈，他说：“无论什么大文豪，一想做官就完了，证于韩愈可知也。”这位韩昌黎，自比孔孟，以继承道统自居，“可是把他的三上宰相书一读，其为人就一文不值”。[②]类似的话他说过多次，在他看来，韩愈后来尽管写过《谏迎佛骨表》，仍不足以洗其耻。

由于《最后关头》篇幅有限，张恨水称之为“豆腐干大的刊物”，所发文章都不很长，可谓嬉笑怒骂，皆成文章，有人便以“讽刺多于批评”说之，张恨水对此并不否认。他很清晰地为自己划定了一条界限，既不帮忙，也不帮闲，“且在这个‘诤’字上做点功夫”。他说：“中国先哲，讲个君有诤臣，父有诤子，士大夫有诤友。于是诤民也是今日所必需的。诤之道不一，贾谊痛哭是诤，东方朔玩玩笑笑是诤，三苏嬉笑怒骂是诤，二程讲学是诤，甚至柳敬亭说书，顿老弹琵琶，也无非是诤。其出发点则无不同。我们倒不十分菲薄自己，愿在国有诤民之下，做个千百分之一的人。说什么闻者足戒，却不敢必。而言者无罪，是自己相信的。因为我们决不会有二程夫子讲大学之道的地位，我们就走了柳麻子这条路。”[③]

---

① 张恨水《可痛哭者一》，原载1938年10月5日重庆《新民报》副刊《最后关头》，张恨水散文全集《最后关头》，130页，时代文艺出版社2015年8月版。

② 张恨水《韩愈不值一文》，原载1940年5月21日重庆《新民报》副刊《最后关头》，张恨水散文全集《最后关头》，328页，时代文艺出版社2015年8月版。

③ 张恨水《我们的作风》，原载1940年5月23日重庆《新民报》副刊《最后关头》，张恨水散文全集《最后关头》，329～330页，时代文艺出版社2015年8月版。

张恨水既要做“诤民”，对社会上发生的各种人、各种事，就不能不发表意见。这个“诤”字，就有照直说出人的过错，劝其改正的意思。其实，这也可以理解为报人的职责。张恨水此时的态度，或者说他一贯的态度，就是把报纸看作一个代民立言的岗位，而非进行党争和索取个人利益的工具，所谓“超党派、超政治、纯国民”的“诤友”，就是要以超党派的立场，以舆论力量监督当权党和政府，推动民有、民治、民享的宪政体制走上正轨。当然，“诤”的方式各有不同。在当时的舆论环境下，直接的批评未必行得通，有很多时候就不得不用“讽刺”的方式，婉言隐语，不直说，言在此而意在彼，对某些缺点、弱点，乃至社会上的污浊黑暗，进行揭露和批评。民国三十年（1941年）一月，国共两党长期以来的明争暗斗，终于演化为“皖南事变”。事变发生后，两党互相指责，都想在舆论上压倒对方。《新华日报》是中共的报纸，可以顶着国民党的高压，发表周恩来的题词“千古奇冤，江南一叶，同室操戈，相煎何急”。《新民报》的地位就很尴尬，它的新闻、社评不得不在国民党的高压下做出妥协，按照国民党宣传部的要求发言。但副刊却因为并不直说而可以成为例外，多年后，总编辑赵纯继忆及此事时还说：“我们除了在社评表态外，恨老又在《最后关头》副刊里戳上了几刀，痛快之至。他先后发表了《‘恕’字工夫难做》《再说孔门恕道》《七步诗》等文章。前两篇的寓意，是希望以孙中山先生‘信徒’自命，高喊尊孔口号的蒋介石，不要背离中山先生‘天下为公’的教导，须知‘己所不欲，勿施于人’，‘杀人之父者，人亦杀其父’，再不可一意孤行。谈‘七步诗’的一篇，先是对诗作了些小考据，继而将笔锋一转，指向袁世凯那个会弄权术、手毒心黑的大儿子袁克定，影射同室操戈，残害新四军的蒋某，愤然作出结论说：‘富贵人家子孙，其作孽每甚于凡人，固有七步诗所未能尽者焉。’”[①]

由此可见张恨水的勇气和智慧，也表明他的态度。张友鸾曾经谈到抗战期间他的心态：“为了抗战，他歌颂了那些浴血献身、出生入死的人，也表扬了那些敌忾同仇、毁家纾难的人。到了重庆，号称‘大后方’，所见所闻，有的是：口头抗战，心里投降的政府；争权夺利，枪口向内的新军阀；贪污腐化，对人民残酷压迫剥削的官僚。浑浑噩噩，醉生梦死的人们，在这样的政治气氛中，过着‘前方吃紧，后方紧吃’的生活。通货膨胀，民不聊生，走私猖獗，偏有人在滚油锅里捞钱，大发其‘国难财’。一切现象，使他目骇心惊，痛恨无比。”[②]张恨水重庆八年的写作，就发生在这个背景之下。他有时不得不用了隐晦曲折的笔法，借古讽今，指桑骂槐，以逃避文网的围捕，像《最后关头》《上下古今谈》里的某些文章，以及小说《八十一梦》，都采取讽喻的风格。但有时也忍不住要痛快淋漓地“骂”几声，因为“可捧的人与可捧的事太少”，而找“骂”的人和事又实在太多了。虽然有人不喜欢“骂”，但他不认为“骂”有什么不好，“要看我们为什么而骂。若是不为图升官发财而骂，不为党同伐异而骂，不为营私而骂，不为挟嫌而骂，虽骂不必怕招忌。反过来，为抗战建国而骂，为人民请命而骂，为公益而骂，为义愤而骂，那就大骂而特骂，也许只有引起社会的共鸣吧”？[③]

---

① 赵纯继《章回小说大师张恨水在〈新民报〉》，《张恨水研究会会刊》1993年（总第四期），38页。

② 张友鸾《章回小说大家张恨水》，张占国、魏守忠编《张恨水研究资料》，103页，知识产权出版社2009年9月版。

③ 张恨水《骂亦有道》，原载1938年9月8日重庆《新民报》副刊《最后关头》，张恨水散文全集《最后关头》，113页，时代文艺出版社2015年8月版。

张恨水能讽则讽，能骂就骂，到底得罪了国民党中宣部的检察官先生，他努力坚守了三年零十个月（其间因日军轰炸重庆，报社被毁搬迁，停刊百天）的《最后关头》，最终还是没能守住，一九四一年十月九日，《最后关头》终于“奉命放弃”了。这一天，他发表了最后一篇文章《十全老人》，这个十全老人，所指正是乾隆皇帝，他在文中虽也写到乾隆“势盛的生前”，但最终的落脚点，却是“势衰的身后”，他提醒那些还在“势盛”的人，多想想自己奈何不得的“身后”，“十全老人的脑袋”，有一天也可能“离开了颈脖子”。于是他感叹：“可见天地间哪有十全而无遗憾的事。”①

《最后关头》“奉命放弃”之后，张恨水沉寂了五十二天，十二月一日，他在重庆《新民报》的新栏目《上下古今谈》开张了。此前，《新民报》在头版刊登了一则《预告》：“张恨水先生杂感短文，意境冲淡，哀梨并剪，时人美之。前以事冗，写作遂疏。近因读者诸君叠函相嘱，决定继续操觚，以答雅意。拟定总名为《上下古今谈》，自十二月一日起，每日发表一段，排列于第四版，博引旁征，深入浅出，得此一篇，胜读八股万言也。”②对于这个栏目，张恨水是有期许的。他在《写作生涯回忆》中曾经讲到当时的情形：“当我写第一篇《上下古今谈》的时候，我曾说过，上至宇宙之大，下至苍蝇之微，我都愿意说一说。其实，这里所谓大小也者，我全是逃避现实的说法。在重庆新闻检查的时候，稍微有正确性的文字，

---

① 张恨水《十全老人》，原载 1941 年 10 月 9 日重庆《新民报》副刊《最后关头》，张恨水散文全集《最后关头》，400 ~ 401 页，时代文艺出版社 2015 年 8 月版。

② 原载 1941 年 11 月 27 日重庆《新民报》第一版，转引自谢家顺著《张恨水年谱》，468 ~ 469 页，安徽文艺出版社 2014 年 7 月版。

除了‘登不出来’，而写作的本人，安全是可虑的。我实在没有那以卵碰石的勇气，不过我谈了谈宇宙和苍蝇，这就无所谓。我利用了我生平读历史的所得，利用了我一点普通科学常识，社会上每有一个问题发生，我就在历史上找一件相近的事谈，或者找一件大自然的事物来比拟。例如说孔公馆，我们就可以谈谈贾似道的半闲堂；说夫人之流，我们可以谈杨贵妃；说到大贪污，我们可以说和珅；提到了重庆政治的污浊，我们可以说雾；提到狗坐飞机，我们可以说淮南王鸡犬升天。这样谈法，读者可以作个会心的微笑。但我并没有触犯到当前的人物。”①

《上下古今谈》一直“谈”到抗战胜利，张恨水离开重庆之前，民国二十四年（1945年）十二月三日，张恨水写了最后一篇文章《告别重庆》，结束了他在重庆的报人兼文人生涯。这期间，仅《上下古今谈》，就写了千余篇，有百万字之多，在读者中产生了广泛的影响。然而，他的《开场白》，已经没有了《最后关头》时的热血沸腾，慷慨激昂，而是回到“卑之毋甚高论”的姿态上去了，打出了“闲谈”的旗号，“只谈些不相干的事情，以增加读者兴趣”。至于“是否有关抗战”，是否“有意逃避现实”，则交给读者去评判，由读者仁者见仁，智者见智去了。②

不过，张恨水的这番表白，很可能是一种障眼法，是说给国民党新闻检查官听的。在文网日密，言论受限，批评现实动辄得咎的情形下，要想对社会发言又不被抓住把柄，盖印“免登”，以至于

---

① 张恨水《写作生涯回忆》，68 ~ 69 页，人民文学出版社 1982 年 6 月版。

② 张恨水《开场白》，原载 1941 年 12 月 1 日重庆《新民报》专栏《上下古今谈》，张恨水散文全集《上下古今谈》，3 页，时代文艺出版社 2015 年 8 月版。

报纸“开天窗”，就不能不采取变通的方式，借“说古谈今”来遮掩一下。据说当年重庆文化人曾以几部古典小说比拟几家报纸的政治立场和言论态度：中央日报是《施公案》，新华日报是《水浒传》，大公报是《三国演义》，扫荡报是《荡寇志》，新民报则被喻为《儒林外史》。[①] 这种比拟很形象地概括了《新民报》的言论风格，即以婉曲而又锋利的讽刺为特点，而张恨水的《上下古今谈》则最具代表性。在他笔下，远至欧洲战场，近及身边琐事，大到民族国家，小至苍蝇臭虫，所谓“远取诸物，近取诸身”，都可以纵横议论，连类引譬，群相切磋，考见得失。虽以“闲谈”名之，却总是有感于现实而表达自己的看法，发泄内心的愤懑。

抗战中后期的重庆，到处弥漫着腐败、污浊的空气，国民党专制独裁，排斥异己，贪赃枉法，尸位渎职，钳制言论自由，政治荒唐黑暗；社会生活更是乌烟瘴气，权贵富豪，声色犬马，纸醉金迷，游观玩好之事，奢侈靡费之金，使风俗日坏，人心不古；经济环境则更加糟糕，由于日军的严密封锁与狂轰滥炸，以及战争的巨大消耗，物资、商品奇缺，衣食住行，都发生极大困难。而大发国难财的投机商人，却乘机囤积居奇，哄抬物价，不仅造成一般民众的生活状况日益恶化，即使中间阶层靠薪水为生的教师、学者、作家、编辑、记者、律师和普通公务员，也感受到物价上涨的刺激，生活日见痛苦，甚至国民政府中一些高级官员，生活亦陷于窘迫之中，难以为继。

张恨水既生活在这样恶劣的环境中，每天开门七件事：柴、米、油、盐、酱、醋、茶，没有一件是让人省心的，物价猛涨，生活成本水涨船高，点灯熬油，呕心沥血，靠笔耕所得报酬，总赶不上物

---

① 参见张林岚著《赵超构传》，50页，文汇出版社1999年8月版。

价上涨的速度，他虽是个“雅人”，此时也没了“闲谈”的雅兴。他写了一篇短文，就不绕弯子，而是直说：

> 国内有几种特别贸易物件，如盐、茶叶、纸烟、糖、火柴等，糖的价格，已让人感到吃糖不是甜而是苦了。纸烟价目，也自入特别之后，成了不可收拾之局。盐，大家想，没有问题，因这项贸易，有历史因素，而技术上也已锻炼成熟。此外，如火柴、茶叶这一类的物件，我们就很担忧。
>
> 无论怎样节俭，日常用品减到相当程度，总是要用的。就物价论物价，我们又真不知哪一项日用品，不会特别贸易。只有祷告上帝，让那些想做特别生意的人，都在家里得着金窖。那么，他睡在家里已发了财，就不必找专门买卖做。他们不找专门买卖，我们也就可以多用两样便宜货了。[①]

张恨水的这篇短文当然不是个人的牢骚，这种生活的窘状，是绝大多数生活在重庆的人感同身受的，他写出来，不过是尽一个民间报人的职责。在这里，他把矛头直接对准了操纵物价的奸商，正是他们的贪婪，泯灭了人的良知天性，把民众推到水深火热之中。这种局面又非奸商单枪匹马所能造就，在他们背后，不能没有权贵和政府的身影，这种官商勾结的幕后交易，他只用“特别生意”四个字，就将其和盘托出，戳破了战时经济的一个毒瘤。在此期间，他写了若干篇谈民生之痛的文章，为苦于饥寒交迫的民众而呼吁，奉劝那些坏了良心的贪官、奸商，眼睛不能只盯着钱，还有比钱更有价值的东西。他还在文章中提醒政府，不要姑息养奸，要担起严

---

① 张恨水《望上帝保佑一些人》，原载1942年8月31日重庆《新民报》专栏《上下古今谈》，张恨水散文全集《上下古今谈》，96页，时代文艺出版社2015年8月版。

管市场的责任："挣钱虽是商人的事，而允许不允许挣钱的权，却不是商人自操。"[①]也就是说，无良的商人自然是什么钱都想挣，但如果政府能负起责任，不放任自流，有些钱他即使想挣也挣不来。针对有人把投机商人比作"天之骄子"，张恨水写道："就'天之骄子'这四字看来，他究竟是天之子，无论他怎样骄，他头上还有个天在。天不骄他，他如何骄得起来？所以他之骄，他之发财，也并非完全八字生得好。明乎此，可知社会上骂投机商人虽是理所应当，他不明白贾宝玉之成为废物，是贾老祖宗惯的。"[②]话说到这个份儿上已经很明白了，没有无良的政府，哪来的无良商人？

张恨水是寒士出身，他对"士"看得很重，以为是关乎国家兴亡之两翼中的一翼。他说："国不可以一日无兵，亦不可以一日无士。兵守有形之国防，士守无形之国防。"但在他看来，兵与士又有不同，兵可以由国家训练而成，士如果也由国家造就，只能消磨有为者的士气。"故士在中国之有为者，多得之自励与师传，而非行赖于国家之培植"。这是他所理解的士与国家的关系："以言士守无形之国防，三百年来，当之无愧者，此皆未能求之于利禄豢养之徒。"[③]基于此，他很鄙薄那些在官场上刻意钻营的士人。他把士人比作凤凰，称之为"君子之鸟"，应该是"非梧桐不棲，非竹实不食，非醴泉不饮"的，因为它怕损害了自己的羽毛。而士人的羽毛就是他的人格。"他们若

① 张恨水《投机商人不过如此》，原载1942年7月27日重庆《新民报》专栏《上下古今谈》，张恨水散文全集《上下古今谈》，82页，时代文艺出版社2015年8月版。

② 张恨水《投机商人不过如此》，原载1942年7月27日重庆《新民报》专栏《上下古今谈》，张恨水散文全集《上下古今谈》，82～83页，时代文艺出版社2015年8月版。

③ 张恨水《潜修之士安在》，原载1940年1月5日重庆《新民报》专栏《最后关头》，张恨水散文全集《最后关头》，291页，时代文艺出版社2015年8月版。

是为升斗之禄，妻妾之奉，飞下梧桐，钻入鸡鸭群中，人家也就以鸡鸭视之了，那真可惜之至。”①

但在当时的重庆，这种人实在不少。有一次，他提起燕昭王筑黄金台以待天下之士的故事，大为感慨，说：“何必黄金台？今日之下，一丈五尺阴丹，吾往焉。”②可见士已自轻自贱到什么程度。他固然觉得，青年“应该懂得政治，但不是说就要以身去尝试政治”。他说：“我觉得知识青年懂得政治，只是让他们预备做一个很好的公民而已。若青年所含的政治臭味，超过了这个范围，必定陷入四十年前‘读书人做官’的那个陷阱。何况以前的士子，以文字猎官，猎不到官，还不失为一个读书人。而现在有一部分青年，在学校里丢了课不上，专门去研究一些做官的技术和求官的捷径。求官而得，不知他以什么学识去做官，求官而不得，便是个身无一技之长的饭桶，其影响国家社会，当甚于四十年前。”③

所以，他最不希望看到的，是青年文人做了浪子，而中年文人去做门客。他的老朋友张友鸾家累很重，孩子多，在重庆生活颇不容易，有个朋友建议他改行做官，张恨水便坚决反对，并作画题诗来规劝他。据张恨水之子张伍介绍，“文革”后，这幅未能幸免查抄的画，辗转回到张友鸾的手中，遂转赠给他，并对他说：“这是恨老的肺腑之言，他劝我的意思是说，当了几十年的新闻记者，又

---

① 张恨水《凤兮凤兮》，原载1940年1月4日重庆《新民报》副刊《最后关头》，张恨水散文全集《最后关头》，290页，时代文艺出版社2015年8月版。

② 张恨水《当年瞧不起黄金台》，原载1942年4月8日重庆《新民报》专栏《上下古今谈》，张恨水散文全集《上下古今谈》，47页，时代文艺出版社2015年8月版。

③ 张恨水《青年玩政治》，原载1943年8月21日重庆《新民报》专栏《上下古今谈》，张恨水散文全集《上下古今谈》，190页，时代文艺出版社2015年8月版。

何必涉足官场追逐名利。”[①]

其实，张恨水并不一概反对士子做官，只是希望做官要做得有尊严，或能一展平生的抱负。于是，他借了蒋心馀嘲讽陈眉公、袁子才的诗，“翩然一只云中鹤，飞来飞去宰相衙”，表示：“论到宰相衙中，倒也并非不可扰之家，譬如宰相是周伊之流，虽牛马走之，吾往焉。其稍下者如诸葛亮、李纲，再下如萧、曹，如姚、宋，都不妨作他的笼中物，多少可以为国家尽点力。若遇到了贾似道，你若以鹤的身份去登门，就不免成为一头蟋蟀；遇到了李斯，至多也不过一头东门黄犬，这就大可考量了。”所以他说：“宰相衙可去，看是什么宰相。便是好宰相，也不应当以鹤的身份去。”[②]张恨水的意思无非是说，文人士大夫总要讲一点人格气节，不可随意放低身段，取悦于权势者。北宋儒学大师张载有言：“为天地立心，为生民立命，为往圣继绝学，为万世开太平。”这是文人士大夫的最高行为准则，也是他们不能在权势面前屈尊的精神支柱。张恨水讲了个“移吾床远客”的故事，颇能表达他看到斯文扫地时的心情：“萧齐时代，中书舍人纪僧真是齐主的幸臣，他想做士大夫，齐主教他去拜访文士江淹，纪到了江家，刚坐在榻上，江对他家里的佣人说：‘移吾床远客。’纪丧气而归，他对齐主说：‘士大夫故非天子所命。’”这位纪先生一语道出了士大夫所以值得尊重的秘密，即他绝不依附于权势，不做权势的附庸。张恨水作为一个报人，始终坚持不群、不党、超政治、纯民间的立场，其精神背景主要是士大夫的这种品

① 张伍《忆父亲张恨水先生》，234 页，北京十月文艺出版社 1995 年 8 月版。

② 张恨水《宰相衙中鹤》，原载 1943 年 6 月 9 日重庆《新民报》专栏《上下古今谈》，张恨水散文全集《上下古今谈》，164 页，时代文艺出版社 2015 年 8 月版。

性人格。至于西方自由主义思想，恐怕也只是精神上的相契与暗合吧。

张恨水在重庆《新民报》八年期间，除了经营副刊《最后关头》和专栏《上下古今谈》，留下百余万字的杂感、小品、散文、游记、诗词外，小说的分量也不轻。他在《写作生涯回忆》中算了一笔账，抗战期间完成和未完成的中长篇小说，大致包括如下若干部："《疯狂》约五六十万字。《八十一梦》，约十七八万字。《牛马走》，约百万字。《第二条路》，约三十万字。《偶像》，约二十万字。以上发表于《新民报》渝蓉两版。《巷战之夜》，发表于重庆《时事新报》。《夜深沉》《秦淮世家》，各约三十万字，《水浒新传》，约六十万字。以上在上海《新闻报》发表。《红花港》，约二十万字，《潜山血》（未完），发表于香港《立报》。《大江东去》，约二十万字，发表于香港《国民日报》。《游击队》，发表于汉口版《申报》（未完）。《前线的安徽，安徽的前线》，发表于安徽《皖报》（未完）。《雁来红》，发表于《昆明晚报》（未完）。《虎贲万岁》，约四十万字，未在报上发表，由上海百新书店出书。《蜀道难》，约六万字，《负贩列传》（《丹凤街》）约二十万字，发表于《旅行杂志》。补足一部书，《中原豪侠传》，约三十万字。改掉一部书，《太平花》，约三十余万字。"①

这个账单大致不错，但也有个别遗漏，如《到农村去》（《石头城外》），在《上海生活》杂志发表。《赵玉玲本纪》（未完），在新创刊的上海《小说月报》上连载。至于《夜深沉》和《虎贲万岁》的发表，则分别跨了前后两个时期。《夜深沉》自民国二十五年（1936

① 张恨水《写作生涯回忆》，76页，人民文学出版社1982年6月版。

年）六月二十七日在上海《新民报》连载，直到民国二十八年（1939年）三月七日结束，并以《秦淮世家》接续之。《虎贲万岁》则直到民国三十五年（1946年）五月二十六日，才在北平《新民报》开始连载，截至民国三十六年（1947年）三月二十三日结束，其间由上海百新书店出版单行本。如果加上他的散文集《水浒人物论赞》《山窗小品》，以及一百四五十万发表于报刊的各种文章，他收获了大约八百余万字的作品，平均每天要写三千字。这里面既有他的勤奋，也有他的无奈。老舍曾经感叹道："想想看，一年三百六十天，每天要写出那么多字来，而且是川流不息的一直干到卅年！难道他是铁打的身子么？坚守岗位呀，大家都在喊，可是有谁能天天受着煎熬，达卅年之久，而仍在煎熬中屹立不动呢？所以，我说，他是'真正'的职业写家。"①

张恨水在重庆创作的第一部长篇小说，即连载于《新民报》的《疯狂》。我们在前面曾谈到这篇小说。《疯狂》连载期间，张慧剑来到了重庆。据说他原来是到昆明投奔《朝报》的，他本是南京《朝报》的副刊编辑，有"副刊圣手"之美誉，孰料途中在旅店被小偷偷了行李，一气之下，就跑到重庆来了。起初，他并未加入《新民报》，而是替张万里主政的《时事新报》编一版副刊，他便要求老朋友张恨水写一部小说给他连载。于是，张恨水抽空写了《冲锋》。他在书中讲了一段天津沦陷时市民自发组织抗击日军的故事。不久，江西上饶的《前线日报》副刊《战地》转载了这部小说，并改名为《天津卫》。据说这是张慧剑的主张，因为北方人习惯称天津为天津卫，

① 老舍《一点点认识》，张占国、魏守忠编《张恨水研究资料》，88页，知识产权出版社2009年9月版。

同时又有保卫天津的意思，语带双关，张恨水觉得很好，就欣然同意了。民国三十一年（1942年）十二月，新民报社出版单行本，又改书名为“巷战之夜”，并在书的前后各加了一章。他在为单行本所作“序”中透露了写作这部小说的生活依据：“这篇小说的故事，是我一个极关切者的经历。他告诉我，这是天津将陷落时那一角落的现状。我觉得颇有点懦夫立的意味，就把故事，略加点染，成了一个长篇。”[①]他这里提到的那个“极关切者”，即他的四弟张牧野，小说主人公张竞存就是以他为原型创造的。

这期间，许多从内地回到重庆的朋友，给张恨水讲了很多关于游击队的故事，给他很多新鲜的刺激，让他有一种创作的冲动，于是，以游击队为题材，他写了好几部作品。最先完成的，是连载于《申报》汉口版的《游击队》，随后又写了《桃花港》《潜山血》（此篇未写完），先后发表于香港《立报》；过了两年，出于对家乡的感情，他写了《前线的安徽，安徽的前线》，在《皖报》副刊《战士》上连载，据说得罪了地方，中途遭到腰斩。他提到这段往事时曾说：“我完全以安徽人的关系，大半义务的写稿，并没有含着任何作用。可是安徽的统治者，认为这篇小说，夸张了游击队，那是和他们的政治作风不对的，也宣告了腰斩。”[②]

这个时候，张恨水对于创作战事小说，是抱有极大热情的。但他毕竟是个文人，没有上过战场，也不熟悉军队，乃至游击队的生活，只能依赖二手材料。虽然他曾表示：“我不肯以茅屋草窗下的

---

① 张恨水《巷战之夜》序，张恨水全集《玉交枝·蜀道难·巷战之夜》，《巷战之夜》，1页，北岳文艺出版社1993年1月版。

② 张恨水《写作生涯回忆》，62页，人民文学出版社1982年6月版。

幻想去下笔，必定有事实的依据，等于目睹差不多，我才取用为题材，因为不如此，书生写战事，会弄成过分的笑话。”[①] 固然，这可以说明张恨水的创作态度是严谨、认真的，但毕竟听闻不能等同于目睹，目睹也不等于直接体验。写自己不熟悉的生活，对作家来说，几乎是一种灾难。最初他不想放弃，他说：“我更积极地搜罗材料。重庆也很有几位朋友，愿供给我这路材料。但究因这路材料太片段、太零碎，不能集合成书。”[②] 他甚至得到允许，可以到《新华日报》资料室“任意索观有关文件”。但是他说：“我很惭愧，我竟无以报命而写成一部书。其实这里面可歌可泣的故事是太多了。”[③] 可见，光有故事，尽管这故事可能很感人，也是无法写成小说的。

于是，张恨水知难而退，回去写他熟悉的生活。这时的他，似乎正经历着从热血沸腾转向更加理性的过程。而文艺界，为了文学与抗战到底有关还是无关这样一个似是而非的问题，各方竟争论得不亦乐乎。起因则是梁实秋做了《中央日报》副刊《平明》的编辑，作为开场白，发表了一篇《编者的话》，其中提到他对本副刊稿件的几点意见，头一条便说道：“现在抗战高于一切，所以有人一下笔就忘不了抗战。我的意见稍为不同。与抗战有关的材料，我们最为欢迎，但是与抗战无关的材料，只要真实流畅，也是好的，不必勉强把抗战截搭上去。至于空洞的‘抗战八股’，那是对谁都没有

---

① 张恨水《巷战之夜》序，张恨水全集《玉交枝·蜀道难·巷战之夜》，《巷战之夜》，1页，北岳文艺出版社1993年1月版。

② 张恨水《写作生涯回忆》，62页，人民文学出版社1982年6月版。

③ 同上。

益处的。”[①]按说，这样的意见，以现在的眼光，是看不出什么问题的，但在当时却掀起了一场轩然大波。时隔四天，罗荪就在重庆《大公报》上发了一篇批驳梁实秋的文章《“与抗战无关”》。罗荪是中华全国文艺界抗敌协会理事，《抗敌文艺》编委，后任重庆《文学月报》主编，“文革”结束后，《文艺报》复刊，他是第一任主编。当时，他抓住对方“与抗战无关”这句话，痛加驳斥，指出：“在今日的中国，要使一个作者既忠于真实，又要找寻‘与抗战无关的材料’，依我笨拙的想法也实在还不容易，除非他把‘真实’丢开，硬关在自己的客厅里去幻想吧，然而假使此公原来是住在德国式的建筑里面的，而现在‘硬是’关在重庆的中国古老的建筑物里面，我想，他也不能不想到，即使是住房子，也还是与抗战有关的。”[②]

随后，宋之的、沈从文、巴人、张天翼、施蛰存、白尘、叶以群等，都卷入了这场争论。张恨水向来是不肯参与这种无益争吵的，但《最后关头》却收到不少想就此事发表意见的应景文章。于是，他也不得不出面表明态度，写了《老板与厨子——也谈与抗战无关》一文。他以老板和厨子的关系做譬喻，老板喜欢味淡，不许在菜里搁辣子和盐，川菜厨师只好走人，让老板另请高明。于是老板请了苏州采芝斋一位糕饼师傅来继任，其“原因有二：一是采芝斋有名，二是糕饼师做菜甜。可是这位糕饼师打泡三天，就引起了同行之怒，说做菜不用盐，不近人情，一致加以攻击”。写到这里，他总算把

① 梁实秋《编者的话》，《文学运动史料选》第四册，243页，上海教育出版社1979年11月版。

② 罗荪《“与抗战无关”》，《文学运动史料选》第四册，244～245页，上海教育出版社1979年11月版。

态度亮了出来，说道：“其实，这也是孟浪的举动，大家忘了他是糕饼师，更忘了他的老客是吃淡食的。”最后他表示：“他愿意卖淡食，你又其奈他何？”[①]

张恨水的态度很耐人寻味，他没有直说，但意思已经表达得很明白了。过了几天，他又写了《八股不限制天才》一文，说明所谓“抗战八股”，其实并非八股，只是一些空话、大话、套话罢了，即使八股，要写好也不是很容易的，也是需要才华和技巧的。从这里我们可以体会张恨水的人生态度和智慧，他并不直接地反对什么，赞成什么，却为自己留下了一条后路。几年后，在为自己的另一部小说《偶像》写序时，倒是袒露了心迹，他说：“我有一点偏见，以为任何文艺作品，直率地表现着教训意味，那收效一定很少。甚至人家认为是一种宣传品，根本就不向下看。我们常常在某种协会，看到存堆的刊物，原封不动的在那里长霉，写文字者的心血，固然是付之东流，而印刷与纸张的浪费，却也未免可惜。至于效力，那是更谈不到了。”他进而说道：“文艺作品与布告有别，与教科书也有别，我们除非在抗战时代，根本不要文艺，若是要的话，我们就得避免了直率的教训读者的手腕。若以为这样做了，就无法使之与抗战有关，那就不是文艺本身问题，而是作者的技巧问题了。”[②]

应该说，张恨水一直是个政治上十分低调的人，他并不认为文艺必然地依附于政治，也从未把小说的政治功能看得很重。他曾经说过：“我向来看得我自己很渺小，没有把自己的作品，看着能发

① 张恨水《老板与厨子》，原载1938年12月14日重庆《新民报》副刊《最后关头》，张恨水散文全集《最后关头》，169～170页，时代文艺出版社2015年8月版。

② 张恨水《偶像》自序，张恨水散文全集《写作生涯回忆》，260页，时代文艺出版社2015年8月版。

生多大的作用。”[1]在他那里，小说主要还是给匹夫匹妇消费的，如果他们不肯接受，口号喊得再响，也是白搭，并不能发生应有的效力。再有，张恨水一生抱定了一个宗旨：“出自己的力，流自己的汗，用自己的钱，吃自己的饭。”[2]他别无所能，只有一支笔，可以为他尽一个儿子、丈夫、父亲、兄长的责任，提供帮助。所以，一直以来，卖文都是他得以养家糊口的“支柱型产业”。他的小说，不仅“供应”重庆、成都的报刊，还要满足上海、香港读者的需求，也就不能拒绝“与抗战无关”的题材，必须向多方面开掘，表现社会生活的丰富性、多样性。而丰富、多样的社会生活如何与抗战发生关系，既要看作者的技巧，也要看读者的会心。恰如他在《偶像》自序中所说：“这本小说，是我根据以上的意见写的，是否能写得与抗战有关，是否能表现一点用意，我自己是陷于主观的境地，无法知晓，还有待于读者的判断了。”[3]

这时，恰逢他在上海《新闻报》连载的《夜深沉》将要收尾，而“上海虽然沦为孤岛，《新闻报》还不曾落于汉奸之手，重庆到上海的航空信，可以由香港转。《新闻报》继续要我写稿，我就写完了《夜深沉》，又继续着写了一篇《秦淮世家》”。这是一部表现秦淮歌女乱世中生活境遇的小说。黑白两道通吃的商界精英杨育权，欲霸占歌女唐小春姐妹，将一家人劫持。深爱她的落魄书生徐亦进与几

---

① 张恨水《写作生涯回忆》，64 ~ 65 页，人民文学出版社 1982 年 6 月版。

② 张恨水《流自己的汗》，原载 1942 年 1 月 30 日重庆《新民报》专栏《上下古今谈》，张恨水散文全集《上下古今谈》，22 页，时代文艺出版社 2015 年 8 月版。

③ 张恨水《偶像》自序，张恨水散文全集《写作生涯回忆》，260 页，时代文艺出版社 2015 年 8 月版。

个江湖朋友，舍命相助，救出唐小春一家，杀死杨育权和他的帮凶，放火烧了他的公馆。接下来，他又写了“一篇无关痛痒的《蜀道难》”。[①]这篇小说写一个逃难的少妇，孤身一人，从武汉西行入川，要到重庆或者成都，开辟新的生活。小说自然是关乎于抗战的，可惜未完。书中写到，白小姐千辛万苦，辗转来到重庆，受到追慕她的冯子安的盛情款待，妥善安置，便戛然而止了，未免让读者平添悬念。

这个时期，张恨水“另辟了一条路线去找材料”，[②]陆续写了诸如《负贩列传》（《丹凤街》），《第二条路》（《傲霜花》），《牛马走》（《魍魉世界》），以及《偶像》等“趋重于生活问题的”作品。抗战结束后，脱离了当时的环境，他变得更加坦然了，于是说道：“在抗战期间，一切是要求打败日本，文艺不应当离开抗战，这是对的。不过老是那一个公式，就很难引起人民的共鸣。文艺不一定要喊着打败日本，那些间接有助于胜利的问题，那些直接间接有害于抗战的表现，我们都应当说出来。”[③]所以，在他落笔为文的时候，目光总是凝聚在平凡的市井百姓中间，写他们在艰难困苦中的挣扎，写他们的痛苦与欢乐，也写他们的不平和反抗。先看《负贩列传》，仅从书名就能看出他的倾向，是为贩夫走卒、引车卖浆者流立传的。小说围绕丹凤街缝穷姑娘何秀姐的命运展开。秀姐的舅舅要把她“卖”给当过两任次长的赵冠吾为妾，她虽不肯，却也无可奈何。以贩菜为生的童老五，眼看自己的恋人被“抢”走，心有不甘，这条街上

---

① 张恨水《写作生涯回忆》，65 页，人民文学出版社 1982 年 6 月版。

② 张恨水《写作生涯回忆》，65 页，人民文学出版社 1982 年 6 月版。

③ 同上，64 页。

的其他小贩亦为此打抱不平，他们想方设法要救秀姐出火坑，但终归失败，有消息说，秀姐在上海医院病死了。小说赞美了底层社会的“血气”和“信义”，写到最后，作者让这些小贩当了兵，正接受训练，准备上前线打日本去了。

再来看《牛马走》。这是一部分量相当厚重的小说，在抗战期间他的所有作品中，可以说无出其右，是《八十一梦》和《水浒新传》所不能比拟的。该书在民国三十六年（1947年）出版单行本时，易名为《魍魉世界》，批判的意味固然增强了，却也显得直白浅露，不如原名更加含蓄且深沉有力。这三个字自然是从司马迁的《报任少卿书》中借用来的，它表达了作者对于抗战期间陪都重庆乌烟瘴气的愤懑之情。小说最后区老太爷的那句话：“这就是重庆这一群牛马，白玷辱了这抗战司令台畔一片江山。”[①] 既是这部小说的题解，也是作者的心声。小说自民国三十年（1941年）五月二日在重庆《新民报》连载，至民国三十四年十一月三日结束。而故事则发生在抗战中期，止于日本偷袭珍珠港事件发生之后。小说由同住一座楼房的两个家庭写起，心理学博士西门德夫妇住在楼上，区庄正老先生一家住在楼下。故事开始的时候，西门博士是打算说服一位有权势者主持做一点实业的，但未能得到响应。失望之余，一个偶然的机遇，使他转而去做了投机的掮客。他那位太太更是一位只图享乐，只认金钱，绝无心肝的女人。而楼下的区家，老太爷是个方正之人，诗礼传家，又深谙人情世故，是个老派士绅的角色，他身边三男一女，大儿子是个公务员，二儿子是个西医，三儿子是个中学教员，小女儿在红十字会做志愿者，负责募捐活动。这样一个家庭，按说生活

---

① 张恨水《魍魉世界》，883页，百花文艺出版社1987年1月版。

不应发生困难，但现实的残酷性就在于，物价差不多天天在涨，靠拿点死薪水已不能敷衍清贫的日子。于是，三个儿子先后改行，下海经商。对于小儿子亚杰放弃中学教员不做，改行开车，跑长途贩运，区老太爷虽也承认是因穷所致，而“穷则变，变则通”，也是圣人教诲，但无奈之余，他还是要对儿子表白一番：“说句不客气的话，这发国难财的玩意，我更是不会打算。”[①]在他笔下，由这两家人又牵引出银行家、官僚、投机商、交际花、公务员、保甲长、轿夫、小贩等芸芸众生，平民百姓自是苦不堪言，求一饱而不能，逼得医生改行，教师改行，守正不阿的绝无生路，寡廉鲜耻的则大发国难财。特别是那些达官贵人、恶霸奸商，他们投机倒把，囤积居奇，不择手段地捞钱，一掷千金地挥霍，和底层民众的贫苦生活形成了鲜明对照。区老太爷自是感慨系之，言道：“从前我说，一个人不能弄政治，这玩意到了利害冲突点是六亲不认的。现在看起来，经商的人也未尝不是这样。在可以赚钱的时候，也是六亲不认。”[②]

张恨水的这几部小说，还有很突出的一点，即以一种切肤之痛表现知识分子的沦落和失节。这自然因为他本人也是知识分子，对其生存环境的恶劣，以及内心世界的复杂、纠结，有着深切的了解和体察，而他的小说，“大概都是叙述人生，换句话说，就是不超现实”[③]的，故总能写得以假乱真，人物仿佛就来自他的身边，读者亦有身历其境之感。《牛马走》中的心理学博士西门德，与区老太

① 张恨水《魍魉世界》，102 页，百花文艺出版社 1987 年 1 月版。

② 张恨水《魍魉世界》，880 页，百花文艺出版社 1987 年 1 月版。

③ 张恨水《傲霜花》自序，张恨水全集《傲霜花》，1 页，北岳文艺出版社 1993 年 1 月版。

爷和他的三个儿子，代表了知识分子的不同类型；《负贩列传》中的“我”，则代表了知识分子中洁身自好的一类典型，而诗人许樵隐又是另一种类型，他虽自命清高，处处以陶渊明自况，在权势者面前却又迹近媚态，不堪入目，和小贩们的义薄云天比起来，倒叫这些知识分子，或曰士大夫阶级，不能不感到深深愧疚而汗颜。

至于《第二条路》（《傲霜花》）和《偶像》，更以战时重庆的知识分子群体为主要描写对象。前者以细腻的笔触，描绘了一群大学教授，因生活穷困不堪，孤苦无助，不得不放弃自己的教职，各显神通，走上求生存的“第二条路”。对这些大学教授来说，做出改行的决定，心里并不轻松。因无钱为女儿治病而卖掉自己藏书的洪安东教授，在最后一课的课堂上，面对学生，他有一种不可言表的痛苦和不安，一再表示对不起，请同学们原谅。他说：“若是我一个人的话，我并不会把收入看的那样重的，无如我后面跟着一大群人。他们有点活不下去。我不能不另想谋生之道。”[①]尽管有人希望他能忍一忍，但他终于熬不过，改行经商去了。小说结束时，他已脱去那件每天穿着上课而称之为“尿片”的旧蓝袍，换上了“一套笔挺的毛呢西服，拿了一根精致手杖”，[②]几乎变了一个人。而那位曾劝他忍一忍的华傲霜教授，一个自视很高的老处女，倒是不惜“老大嫁作商人妇”，做了企业家、大老板的夫人。还有一位梁发昌教授，也是熬不过的，由掮客而租房子囤货，最后自办公司当了经理。至于那位曾与唐子安教授讨论过争生存还是争气节的苏伴云先生，不久便到政府做了官，当了处长。他倒惦记着老朋友，给每位教授

① 张恨水《傲霜花》，301 页，北岳文艺出版社 1993 年 1 月版。

② 同上，505 页。

送来了几包火柴，一斤白糖。只有不肯变通的数学家谈伯平，虽说不失书生本色，但患了极严重的肺病，却无钱到医院诊治，就在那间宿舍里过世了。

张恨水是将极大的同情给予了这些教授的，但他对于斯文的沦落，也感到了相当的沉痛。《偶像》中的那位雕塑家丁古云先生，曾被朋友们尊为艺术界的“圣人”，至少是一位耿介之士，竟然不能自守，一陷于女色，二屈尊于政治，为了一个女人，他不再坚持拒绝走政治路线的主张，接受了政府的三十万元定金。没想到，这笔钱最终落入了女骗子，即所谓女弟子的腰包，人也从人间蒸发了。无奈，他不得不接受自己被一场大火烧死的“事实”，以逃避政府的追责。张恨水写到他的结局，虽然他“死”了，但他被尊为大艺术家，儿子是抗战英雄，为他举办了遗作展览，他很欣慰，也很满足，因为“死”，保住了“名”，他以为是很值得的。当他告别重庆的时候，他对自己言道：“再见吧，蓝小姐！我也有我的出路。仰光不一定是天堂，我去的城市，也不一定是地狱。”①

张恨水的厚道由此可见。虽然这尊“偶像”已经粉碎，但他还是给丁古云留下一条生路。尽管如此，有些话他却必须说出来。在《傲霜花》中，他就借了唐子安对记者丁了一所说的一番话，表达自己的态度。“我有我的想法，”他说，“我以为一个人，不完全是看钱说话，靠物质享受找路径的。我们住着草屋，吃着红苕稀饭，表面上的确苦不堪言。可是清夜扪心，觉得我的灵魂上没有蒙上丝毫的龌龊。说到圣贤书为何事，也许太腐化一点，不过我们忝为知识分子，应该严守着自己的岗位。我也并不是说改行的人就错了，

---

① 张恨水《偶像》，254 页，北岳文艺出版社 1993 年 1 月版。

各有各的看法。”[①] 这也是张恨水一生信守的原则，即孔子所言：“君子固穷，小人穷斯滥矣。”[②] 所以，他看重一个人的清白，在于两点，一不可谋官，二不可逐利。这两点一旦失守，一个人的人格就完了。那天，他特意安排唐子安与苏伴云为了“争生存”还是“争气节”的问题而互不相让，最后，唐子安道：“倘若我们四亿五千万人，都晓得饿死事小，失节事大，你想那一种力量，还能估计吗？简直不要飞机大炮，也可以把日本人打跑。越是懂得失节事大，饿死事小的人多，大家就越可以生存。”[③]

这其实也是张恨水想说的。不过，有一点需要指出的是，张恨水对女人的看法，在今天的读者看来，似乎有一点“女人祸水”的嫌疑。《傲霜花》中的华傲霜尚不能说是“祸水”，而《偶像》中的蓝田玉，简直就是按照“祸水”的标准设计的，在小说中，她被描绘成一个以色相诱人的女骗子。至于《牛马走》中西门博士的太太、区老太爷未过门的二儿媳黄青萍小姐，也是这类角色。区老太爷说了一句大为感慨的话：“这一班只讲享解放权利，而不尽解放义务的女人，反正都是祸水。”[④]

然而，张恨水抗战期间所作小说后来叫得响的，倒是《水浒新传》和《八十一梦》这两部作品。《水浒新传》自民国二十九年（1940年）二月十一日起，在上海《新闻报》连载，民国三十年（1941年）底，太平洋战争爆发，上海全境遂沦于日本之手，《新闻报》亦遭日本

---

① 张恨水《傲霜花》，496 ~ 497页，北岳文艺出版社1993年1月版。

② 见《论语·卫灵公》，杨伯峻译注《论语译注》，161页，中华书局1980年12月版。

③ 张恨水《傲霜花》，63页，北岳文艺出版社1993年1月版。

④ 张恨水《魍魉世界》，877页，百花文艺出版社1987年1月版。

海军强行接管，《水浒新传》此时刚刚连载至第四十六回，也就中止了。到了民国三十一年（1942年）夏季，张恨水接到上海朋友来信，说是上海一家小报，请人接了张恨水的稿子续写下去，并以他的名义连载。张恨水很担心在日本军方的控制下，梁山好汉的民族思想不能得到充分的表现，从而歪曲了他的原意，“甚至写得宋江等都投降了金人，也有可能”，那他就不好向国民交代了。“因此在一气之下，于三十一年冬季，我又从四十七回再向下写，把这部书写完”。[①]民国三十二年（1943年），重庆建中出版社出版了该书单行本。

该书既称新传，自是为了区别旧传。在《水浒传》流传的数百年间，大约有三种续作，其一为《荡平四大寇传》，其实是金圣叹腰斩《水浒传》后，“复有以为‘虽始行不端，而能幡然悔悟，改弦易辙，以善其修，斯其意固可嘉，而其功诚不可泯’者，截取百十五回本之六十七回至结束”[②]而成书；其二，《后水浒传》四十回，作者雁宕山樵陈忱，浙江乌程人，此书写宋江死后，李俊率众浮海，在暹罗称王，并陆续牵引出尚在人世的梁山好汉，以及《水浒传》中曾提及的王进、栾廷玉等人，乃至郓哥儿、唐牛儿，皆收录其中，不使一人遗漏，在海外另建一番功业；其三为《荡寇志》，又名《结水浒传》，作者俞万春，反其道而行之，以《水浒传》为伪，因想破其伪言，说明真相，而真相只有一句话，当年宋江一伙并未受招安平方腊，通通被张叔夜擒拿正法了。

张恨水的《水浒新传》虽同为续作，其立意却与上述续作有天

① 张恨水《水浒新传》新序，张占国、魏守忠编《张恨水研究资料》，209页，知识产权出版社2009年9月版。

② 鲁迅《中国小说史略》，116页，东方出版社1996年3月版。

壤之别。他的目的是要利用这个故事，“充分的描写异族欺凌，和中国男儿抗战的意思”。[①]他利用了《宋史·张叔夜传》提供的一点线索，写“水浒人物受了招安，跟随张叔夜和金人打仗。而汴梁的陷落，他们一百〇八人，大多数是战死了。尤其是时迁这路小兄弟，我着力的去写。我的意思，是以愧士大夫阶级”。[②]张恨水在这里说得比较简单，实际上，小说写得一波三折，惊心动魄，充分展现了中国历史上令人悲恸欲绝的那一幕。像所有续作一样，《水浒新传》也从梁山泊英雄排座次之后卢俊义的那场噩梦写起，写到梁山好汉受招安，随了张叔夜北上抗金，无奈朝中奸佞当道，皇帝失德，朝政被主和派把持，对外既昏聩无能，逢迎谄媚，对内则排斥异己，自毁长城，梁山好汉虽马革裹尸，喋血疆场，终不能挽狂澜于既倒，扶大厦之将倾，未死于战场的数十位好汉，竟死于奸佞小人的毒酒，终于上演了一幕徽钦二帝北狩，北宋王朝覆亡的历史性悲剧。这场大戏的尾声，他写了时迁、段景柱、顾大嫂、孙二娘等十余位梁山英雄中的小兄弟的结局，依然是轰轰烈烈，死得其所。张恨水的用意，恰恰是要说明，这些草莽英雄，倒有民族气节、国家观念，而那些佞幸贪官、奸庸之徒，世受国家厚恩，却不思报答，只想着自己的荣华富贵，竟把国家断送了。到此可知，张恨水虽未直言，那意味却让人深思且领悟于心。

张恨水年轻时就很喜欢读《水浒传》，他曾搜集多种珍贵版本，准备撰写计划中的《中国小说史》，可惜毁于战争，以至于在写这

① 张恨水《水浒新传》新序，张占国、魏守忠编《张恨水研究资料》，208页，知识产权出版社2009年9月版。

② 张恨水《写作生涯回忆》，62～63页，人民文学出版社1982年6月版。

部《水浒新传》时，不免有手边无书之憾。他对《水浒传》的痴迷，还可以由《水浒人物论赞》的写作来证明。此书民国三十三年（1944年）由万象周刊社出版单行本，其中的文章却是他在十余年间陆续写成的，最早可追溯到编《世界日报》《世界晚报》副刊的时候，总共写了九十篇。为了创作《水浒新传》，他不仅反复阅读《水浒传》，亦曾苦读《宋史》《金史》《宣和遗事》《靖康实录》等书，作为依据，有些书读了不下几十遍，已经烂熟于心。所以他说："这书里的官职地名，我都有相当的考据。文字我也极力模仿老《水浒》，以免看过《水浒》的人说是不像。"①

这部书在上海连载，获得了很大成功，引起人们的广泛共鸣，有读者竟为了很小的问题，写航空信到重庆与张恨水讨论。尤其是单行本在重庆出版之后，一时风行于大西南，受到众多读者的称赞。其中有两位特殊的读者，一位是国学大师陈寅恪，一位是著名学者章士钊，都对张恨水的这部小说感到浓厚兴趣。据唐筼所编诗目，陈寅恪作过一首《乙酉七七日，听人说〈水浒新传〉，适有客述近事感赋》，这位"客"应该就是吴宓，他在这一天的日记中提到此事，并记录了这首诗：

谁谛宣和海上盟，燕云得失涕纵横。
花门久已留胡马，柳塞翻教拔汉旌。
妖乱豫幺同有罪，战和飞桧两无成。
梦华一录难重读，莫遣遗民说汴京。②

---

① 张恨水《写作生涯回忆》，63页，人民文学出版社1982年6月版。

② 参见胡文辉著《陈寅恪诗笺释》(上)，345～352页，广东人民出版社2008年6月版。

需要说明的是，当时，陈寅恪正在医院治疗眼疾，“据陈氏学生石泉、李涵回忆，陈氏在住院治眼疾期间，他们曾轮流看护：‘李涵在值班时，陈师常要她念报或读小说，借以消遣。他尤爱听张恨水的小说，但每听到小说中主人公的不幸遭遇时，就为之蹙然不乐，很动感情。’陈流求也回忆：‘在他极苦闷时，也请来陪伴的燕京的同学阅读小说，那时他很愿意听张恨水先生的小说。我想不仅是因为小说中着重描述他无限思念的北京城，深切同情贫苦百姓，更是对抗击外侮的民族精神有所共鸣’”。[①]

当时，章士钊先生也曾赋诗一首。1961年，张恨水在中央文史馆与章先生相遇，章先生再次谈起当年他读《水浒新传》后赋诗的情形，兴之所至，还用行书书写了原诗并题了跋语，送给张恨水。可惜，这件珍贵的作品在“文革”中被他儿子张伍烧掉了。在《水浒新传》的读者中，还有一位是不能不提及的，即中共领导人毛泽东。张恨水后人在回忆录中都曾提到毛泽东对《水浒新传》的赞扬与肯定，他们的根据都是赵超构从延安带回重庆的，据说毛泽东和他谈起张恨水的《水浒新传》，认为写得好，并说了“梁山泊英雄抗金，我们八路军抗日”一类的话。而且，延安当时也曾翻版此书。不过，查赵超构当年发表在重庆《新民报》上的《延安一月》，并未提及此事。而《新民报》同人撰写的回忆张恨水的文章，对此事也只字不提。近日看到有文章说，毛泽东的那番话，是在和赵超构一起看戏时说的，不知根据是什么。赵超构的《延安一月》中有一篇《毛泽东先生访问记》，其中写到与毛泽东一起看戏的情形。

那天，先是毛泽东邀请访问延安的记者团见面交谈，然后是酒宴，

---

① 胡文辉著《陈寅恪诗笺释》（上），345～352页，广东人民出版社2008年6月版。

最后请大家看戏，由延安平剧研究院演出，戏码排的是：《古城会》《打渔杀家》《红鸾禧》《草船借箭》。看戏过程中，毛泽东坐到他的身旁。他写道：

在不知不觉中，忽然发现坐在我右侧，和我并肩的，正是毛泽东先生。

一时，我有点感到局促，但立刻便觉坦然了。因为此时见到的毛先生，并不是今日下午坐在主席位上肃然无笑容的人，而是一位殷情的主人了。大概是吃了几杯酒吧，两颊微酡，不断地让茶让烟，朋友似的和我们谈话。

戏早已上演了，他非常有兴味地听，看，从始到终。对于《古城会》的张飞，对于《打渔杀家》中的教师爷，对于《红鸾禧》中的金老头，对于《草船借箭》中的鲁肃，他不断的发笑，不是微笑而是恣意尽情捧腹大笑，当演出张飞自夸“我老张是何等聪明之人”那一副得意的神情时，当教师爷演出种种没用的丑态时，当金老头在台上打诨时，他的笑声尤其响亮。

在这时，我理解到毛先生是保有和我们一般人所共通的幽默与趣味的。他并不是那些一读政治报告，便将趣味性灵加以贬斥的人物。他虽自谦“对于平剧没有研究”，但也承认，“很喜欢看看”。[①]

戏散了，毛泽东和赵超构握手告别，自始至终似乎都没有提及张恨水的《水浒新传》。这里有几种情况，一是可能提了，赵超构没有写。在现场那种十分融洽的气氛中，谈起张恨水的小说，应该

① 赵超构《延安一月》，62 ~ 63 页，新民报社 1946 年 2 月沪版。

是很自然的，赵超构不写，则一定有他的理由。二是当时国民党新闻检查官对《新民报》的送审稿件审查很严，几乎一字一句都要用鼻子嗅一嗅，因而有些事不能写或不便写。三是张、赵二人同为《新民报》人，似乎也不便在自家报纸上为自家人"抬轿子"，恰如张恨水在为赵超构的《延安一月》作序时所言："我们是天天见面的朋友，自不宜蹈互相标榜的恶习。"[①]于是，历史的真相也许就湮没在人们的沉默之中了。

张恨水在重庆期间创作中长篇小说近二十部，最为人们所看重的，却是《八十一梦》这部寓言体讽刺小说。张友鸾就把《春明外史》《金粉世家》《啼笑因缘》和《八十一梦》并称为张恨水的四大代表作。陈铭德在为《八十一梦》单行本所作《序言》中，甚至称它为"恨水先生一切杰作中的杰作"。他说："《八十一梦》是恨水先生作品中一个新阶段。这个新阶段，冲破了旧时代旧小说之藩篱，展开了一个新局面。寓意之深远，含蓄之蕴藉，寄情之豪迈，每一个读者，必当和我一样，起了共鸣，起了同感。"陈铭德的看法在当时是很有代表性的。他提到千古诗宗杜甫，认为他"入蜀以后，才愈显其大气磅礴"。写到这里，他笔锋一转，接着写道："我们对于恨水先生的小说也就是这样看法。在这大时代中当然要有这一部作品产生，这个责任当然应由恨水先生担负。"他为《新民报》曾经连载这部作品，如今又要出版单行本而感到荣幸。[②]

《八十一梦》自民国二十八年（1939年）十二月一日起，在重庆《新民报》副刊《最后关头》连载，民国三十年（1941年）四月

---

① 赵超构《延安一月》，2页，新民报社1946年2月沪版。

② 陈铭德《八十一梦》序言，张恨水《八十一梦》1～3页，群众出版社1997年4月版。

二十五日被迫宣告结束，算起来仅一年而有余。全书不足二十万字，在他的小说中也不能算是很长的。或有人曾问他，为什么这篇小说叫《八十一梦》，实际上只有十四个梦？他在回答这个问题时说道："我所作的，本是八十一梦，写的也是八十一梦，不幸被耗子咬残了，不能全部拿出来，我写下这个名字，多少还含着一点惋惜意味，聊以纪念我的心血。这样，人家才知道我所梦者还不止此。"[①]耗子咬残书稿这个细节，他在小说的《楔子》中曾经用过，那时似乎还只是小说家的叙事策略，故意制造一点噱头，引起读者的好奇，以增加阅读的兴味。而此时再次提及此事，便是有所谓而引发的感慨了。但这感慨既不便直说，只好让耗子来顶罪。

在思想言论不能自由，新闻出版受到监控的政治环境中，小说家要真实表达自己对现实生活的看法，几乎没有路可走。关于此书的写作，张恨水后来曾有过很详尽的说明："在《疯狂》写得我无法完篇的时候，我觉得用平常的手法写小说，而又要替人民呼吁，那是不可能的事。因之，我使出了中国文人的老套，'寓言十九托之于梦'。"这已经有点无奈，他便说："既是梦，就不嫌荒唐，我就放开手来，将神仙鬼物，一齐写在书里。书中的主人翁，就是我。我做一个梦，写一个梦，各梦自成一段落，互不相涉，免了做社会小说那种硬性熔化许多故事于一炉的办法。这很偷巧，而看的人也很干脆的得一个印象。"[②]

因而，在这部小说中，张恨水一改过去那种温婉的讽喻风格，代之以辛辣而尖刻的讽刺。对张恨水来说，这种叙事风格他并不陌生，只是在《新斩鬼传》之后的十余年里，他几乎不再用这种风格

---

① 张恨水《八十一梦》，245页，群众出版社1997年4月版。

② 张恨水《写作生涯回忆》，63～64页，人民文学出版社1982年6月版。

写小说了。而这次回归，自然有其不得不如此的理由，如果可以直言，他又何必用曲笔呢？不过，《新斩鬼传》中的“鬼域”，象征了北洋统治下北京的社会文化乱象，而《八十一梦》的讽刺锋芒，则直指那些隐身在抗战旗帜之下，却干着卑鄙无耻勾当的形形色色的败类，譬如那些飞扬跋扈的豪门权贵，上下勾结的贪官污吏，囤积居奇的大小奸商，无耻下作的文化特务，甚至当权的四大家族，都在他抨击的火力范围之内。它的语言是辛辣的，庄谐并作，妙趣横生；它的风格又是犀利的，嬉笑怒骂，皆成文章。

有一篇《天堂之游》，作者写他在梦中飞到天堂，此番经历，彻底掀翻了人们对天堂所存的幻想。作者的目的，自然不是颠覆天堂，而是借天堂的乱象来针砭人间之丑恶。在他的笔下，天堂就是人间。在南天门他看到：“云消雾散，豁然开朗，现出一块大地，夹道洋槐和法国梧桐罩着下面一条柏油路，流线型的汽车，如穿梭一般的走着。”而他所看到的天上的世界，也和人间一样，到处充满了邪恶与不公，到处是贿赂公行、贪污腐败，一片乌烟瘴气。比如在南天门当了督办的猪八戒，也干上了走私的营生，他对茫然不解的作者有一段自白：“你们凡人，究竟是凡人，死心眼儿，一点不活动。这南天门既归我管，货运到了我这里，就可以囤在堆栈里，把龙宫商标撕了，从从容容的换一套土产品商标。天上的货在天上销行，不但不要纳税，运费还可以减价呢。三十三天怎么样？九十九天也通行无阻。管货运的这个人，提起来，密司脱张也该晓得，就是托塔天王的儿子哪吒。这两年天上布成了公路网，因为他会骑风火轮，正好利用，这交通机关的天神，你也应当联络联络。”这里所描述的，又何尝不是当年重庆的一个缩影？即使在今天，也不能说就是历史的陈迹。在这里，他还看到，有人将整车的金银送到名妓李师师的家里，有人告诉他，这是送来“投资”的。西门庆的宅子也被他搬到了天上，门楼之上，立了一块横匾，上书“西门公馆”四字，左右还配挂了一副对联，上联是“励行礼义廉耻”，下联是“修到富贵荣华”。而出入大门的，却是一班“獐头鼠目，鹰鼻鸟啄”之人，尽管“各个穿了大礼服”，但却有“一种又臭又膻的气味，随了风势，向人直扑了来”。作者对这些败类是丝毫不留情面的，他写潘金莲借了丈夫的权势横行霸道，不问情由，不由分说，“伸出玉臂，向警察脸上，就是一个巴掌劈去”，打了人没事一样，开车就走，不过是仗了西门庆“现在是十家大银行的董事与行长，独资或合资开了一百二十家公司”。[①] 在另一篇中，作者还写到一个豪门，有一条路可以通向天空，路尽处一座大门，像一枚大金钱，上书“孔道通天”四个大字。从这些描写中我们可以深切感受到作者对于现实的一种愤懑，它给予读者的更多的还是“含泪的笑”，在讽刺与幽默中，蕴含着深沉的忧患意识和难以名状的悲愤！

张恨水所擅长的，正是寓现实于梦幻之中。他是希望写现实的，但现实既不允许他写出自己的真实感受，便只能借了“说梦”来发泄自己的愤慨。又恰恰因为是在梦中，他才能一改往日温柔敦厚的文风，而变得痛快淋漓，纵情泼洒，把那些直接、间接有害于抗日的丑恶社会现象，都揭露出来，把它们暴露在光天化日之下，痛加鞭挞，毫不留情。当时的读者，显然是从这里找到了共鸣。这些故事不是张恨水杜撰的，许多细节都有生活根据，比如潘金莲打警察，背后便有孔祥熙的二小姐，在重庆开车违反交通规则，受到阻拦，竟动手

---

① 张恨水《八十一梦》，86～97页，群众出版社1997年4月版。

打了警察一个耳光这样的事实。张恨水落笔直刺“四大家族”之一的孔家，自然是大快人心，小说也被人称为“痛快之作”。他自己也表示：“这书我不敢说是什么好作品，但在痛快两字上，当时是大家承认的。”①

但朋友们还是很为他担心的，怕他捅“娄子”，都替他捏着一把汗。陈独秀先生当时住在江津，因为是安徽同乡，与张恨水常有来往，据说，他在看了《八十一梦》之后，曾不无担心地说：“张恨水骂别人不要紧，骂了三尊菩萨，恐怕要惹麻烦！”②这种担心包含着多年来他与国民党打交道的经验和体会，后来果然应验了。张恨水嬉笑怒骂，读者感到痛快，他也觉得是尽了一个不能上前线杀敌的文人的责任和义务，为之感到欣慰，但麻烦很快就来了。张友鸾在《章回小说大家张恨水》中记述了当时的情形：“《八十一梦》在报上连载那些日子里，所有被揭发、被谴责的一撮人，脸上无光，很不好过。他们不但不反躬自省，痛改前非；反倒恼羞成怒，要和作者为难。只因小说究竟是小说，纵然所描写的，其中有人，呼之欲出；然而一切都是影射的，没有指名道姓，谁敢出头承认‘那写的就是我’呢？于是他们就滥用权威，授意‘新闻检查所’，予以‘检扣’。‘新闻检查所’有检扣新闻的经验，却欠缺检扣小说的经验，起初对此很觉为难。因为这是上级差遣，不敢不遵，后来就祭起‘不利于团结抗战’的这顶大帽子做‘法宝’，扔向《新民报》，勒令停刊这部小说。他不理这个命令。他说：‘问问是谁不利于团结抗战。那些人如果洗手不干那些事，我有什么好写的呢？’小说仍然继续

---

① 张恨水《写作生涯回忆》，63页，人民文学出版社1982年6月版。

② 参见张伍《忆父亲张恨水先生》，215～216页，北京十月文艺出版社1995年8月版。

在报上连载。”[①]

但是，有关方面不肯罢休。张友鸾继续写道：“他有位安徽同乡，在当时‘朝廷’里是一个大官，虽则相熟，很少往来。有那么一天，忽然折简相招，约到家里吃饭。去时，只见席设宾主二座，别无他人。那个大官和他促膝谈心，先是慷慨激昂地谈抗战，然后落到豪门贵族身上把来痛骂了一番，最后又称赞他的小说‘写得好，骂得对’；结局却说：‘写到这里，恰到好处，不要再写了，留个有余不尽吧！’原来那些人见他不买新闻检查所的帐，《八十一梦》还是照写照登，恨得牙痒痒地，就预备下毒手把他绑架到息烽去。这是这个大官传的话，是真的特务有此行动计划，或者只是出于恫吓，原本不得而知。然而古人有言，金钱十万，可以‘通神’；这样大的官儿传话，明明是‘通天’的了：他只好就此‘打住’。回得家来，忿忿写了《楔子》中的‘耗子’。”[②]张恨水也曾提及此事，他说：“某君为此，接我到一个很好的居处，酒肉招待，劝了我一宿。最后，他问我是不是有意到贵州息烽一带，去休息两年？我笑着也就只好答应‘算了’两个字。于是《八十一梦》，写了一篇《回到了南京》，就此结束。”[③]

张恨水被迫停笔，《八十一梦》忍痛割爱，张恨水多部“未完成作品”又增加了一部。但新民报社很快就出版了单行本，仅民国三十一年（1942年），在重庆就印了四版。张恨水的小说在大后方

① 张友鸾《章回小说大家张恨水》，张占国、魏守忠编《张恨水研究资料》，110页，知识产权出版社2009年9月版。

② 张友鸾《章回小说大家张恨水》，张占国、魏守忠编《张恨水研究资料》，110页，知识产权出版社2009年9月版。

③ 张恨水《写作生涯回忆》，64页，人民文学出版社1982年6月版。

销得最多、最广的正是这一部。而且，中共方面高度评价这部小说，延安当年还曾翻版。这一年的秋天，《新民报》总经理陈铭德、邓季惺夫妇，邀请周恩来到重庆七星岩附近的华一村陈宅做客，在座的只有罗承烈、张恨水、张友鸾等少数几位编辑部的负责人。陈铭德、邓季惺夫妇还记得："那是一个晚上，大家很为总理的安全担心，便让铭德拿着手电筒到街口等候。看到总理由郭老陪同满面笑容，神态自若，大家才放了心。这天晚上，总理谈了很多，他询问了《新民报》的情况和困难，鼓励大家坚持真理，主持正义；他详尽地分析了当时国内外政治、军事形势，指出抗战必胜的前景，并向我们阐明了共产党的统一战线政策。当时，我们在国民党的压力下，是软弱和动摇的，总理却耐心地教育我们。记得总理风趣地对张恨水说：'同反动派作斗争，可以从正面斗，也可以从侧面斗。我觉得用小说体裁揭露黑暗势力，就是一个好办法，也不会弄到'开天窗'。恨水先生写的《八十一梦》，不是就起了一定作用吗？"[①]

周恩来的这一番话，使得张恨水多少有了一种知遇之感，而以他的性情，自然谦称不足。说起来，张恨水对国民党统治下的"陪都"，向来是暴露多于颂扬的，因为这里官场的腐败和社会的黑暗，实在很少提供可以颂扬的材料。但对于在前方作战的军人，他却一直是怀着敬意的。他为七年来还没有人整个地描写这场战争而感到耻辱，觉得对不起国家。他说："我们实在也应该写一点，像常德这种战役，尤其该写。本来我也有这个意思，我们战役可以写的，有上海一战，宝山之役；津浦一战，台儿庄之役；晋北一战，平型关之役；桂南一战，

---

① 陈铭德、邓季惺《周总理在重庆和我们的几次见面》，陈铭德、邓季惺等著《〈新民报〉春秋》，115页，重庆出版社1987年12月版。

昆仑关之役；湘中三次会战，长沙之役；最近湘西一战，就是常德之役了。这都是我们认为光荣的。尤其是昆仑关、长沙和常德，我们终于把敌人赶跑了。可我是个百分之百的书生，我又没到过战场，我无法下笔，大而在战时的阵地进退，小而每个士兵的生活，我全不知道，我怎么能像写《八十一梦》，凭空幻想呢？”[①]

他最初就是这样回答请他为守卫常德的五十七师阵亡将士立传的两位军人的。但由于两位军人一再坚持，并尽可能详尽地为他提供了第一手材料，他则利用一切机会，了解各种生活细节，以及与战场有关的各种常识，包括军人的罗曼史，即家庭、婚姻、恋爱在内的诸多状况。他的自信心就这样建立起来，遂用了大约一年的时间，从民国三十四年(1945年)夏天，断断续续，写到民国三十五年(1946年）四月十八日，由重庆郊外南温泉的草屋里，写到北平东交民巷瑞金大楼上，终于创作完成了这部三十余万字的《虎贲万岁》。他说：“我首先感到一种欣慰。”而“让我能引以为荣的，是我能写着八年抗战中最光荣的一页，这光荣是七十四军五十七师的朋友们给我，我得首先表示感谢。不然，以我一个从未踏脚到战场的书生，不能写出这部三十万言的战事小说”。[②]

《虎贲万岁》自民国三十五年（1946年）五月二十六日起，在北平《新民报》第二版连载，至民国三十六年（1947年）三月二十三日结束。小说连载之前，北平《新民报》刊登了陈铭德亲自撰写的《启事》，说明此书原本不拟在报纸连载，已交上海百新书店出版单行本，但读者要求，希望报纸能刊登一篇忠勇战事小说，而八年来，作家限

---

① 张恨水《虎贲万岁》自序，《虎贲万岁》，2页，重庆出版社2015年8月版。

② 张恨水《虎贲万岁》自序，《虎贲万岁》，1页，重庆出版社2015年8月版。

于环境，除了张恨水的这部《虎贲万岁》，并没有其他作品问世。只好与作者和出版方协商，单行本出版之前，先行发表于北平《新民报》。

这是第一部描写抗日战争正面战场的小说，可以当作一部通俗战史来读。常德保卫战中勇士们浴血奋战、杀敌报国，惊天地、泣鬼神的壮烈场面，第一次以小说的形式，真实生动地奉献给广大读者。我们因此知道："这八千人实在也尽了他们可能的力量。一师人守城，战后只剩下八十三人，这是中日战争史上难找的一件事，我愿意这书借着五十七师烈士的英灵，流传下去，不再让下一代及后代人稍有不良的印象。"[①]这部作品完全采用了非虚构的写作方式，"有时写一钩月亮，那都是实在的情形"，即使是军人的罗曼史，也并不妄加虚构，只是由于"其人健在，不肯露真姓名"。也就是说，在这部书里，除了提供材料的两位军人，不肯露出真实姓名，涉及浪漫史的几个角色，没用真实姓名，"其余却是自师长到火夫，人是真人，事是真事，时间是真时间，地点是真地点"。所以他说："我这书里，没有'想当然耳'之词。"[②]在这里，一切人的动作，以及物质环境的描写，都是有生活依据的。

抗战八年在重庆的报人生涯，是张恨水一生中的华彩乐章。他的思想、创作空间是大大地拓展了，交了很多新朋友，尤其与一些新文学作家、左翼作家，乃至有中共背景的革命作家，他们之间或多或少也有了来往，有的还成了朋友，虽说交情深浅不一，却不妨碍交往和共事。他和老舍先生就是那个时候认识的，很快他们就成了很好的朋友。民国二十七年（1938年）三月二十七日，中华全国

---

① 张恨水《虎贲万岁》自序，《虎贲万岁》，4页，重庆出版社2015年8月版。

② 同上，3页。

文艺界抗敌协会在汉口召开成立大会，张恨水名列四十五名理事之中。在团结抗战的旗帜下，他的名字第一次和茅盾、郭沫若这些人排在一起。抗战结束后，老舍在回忆此事时说："选举的结果，正是大家所期望的——不分党派，不管对文艺的主张如何，而只管团结与抗战。就我所记得的，邵力子，郭沫若，茅盾，胡风，冯乃超，郁达夫，姚蓬子，楼适夷，王平陵，陈西滢，张恨水，老向，诸位先生都当选。只就这几位说，就可以看出他们代表的方面有多么广，而绝对没有一点谁要包办与把持的痕迹。"[①]民国三十二年（1943年）三月二十七日，文协在重庆召开第五届年会，张恨水与马彦祥、徐仲年、崔乃秋被选为候补监事；民国三十四年（1945年）五月七日，文协召开第七届年会，改选监事，冯玉祥、柳亚子、张恨水、华林、冰心等九人入选。

中共方面对张恨水似乎颇多好感，《新华日报》就曾邀请张恨水、张友鸾等到编辑部去传授办报的心得体会。民国三十二年（1943年）冬季，林伯渠、王若飞到重庆，带了一些小米、红枣和手工制品、毛织衣料，以及质量超过重庆的延安火柴。在重庆专门负责统战工作的夏衍，便通过张慧剑，送了一份礼物给张恨水。据他的老同事，《新民报》总编辑赵纯继回忆："恨老接受时迟疑了一下，然后说：'这红枣和小米我拜领了，这衣料，我不能接受，因为做了衣服，穿在身上，人家就会说我和延安有关系了。'"[②]这句话说得颇有些耐人寻味，我们可以理解为当年的重庆，环境险恶，张恨水这样说，

① 老舍《八方风雨》，《新文学史料》1978年第1期，20页，人民文学出版社。

② 赵纯继《章回小说大师张恨水在〈新民报〉》，见《张恨水研究会会刊》1993年总第四期，38～39页。

是为了自我保护，所以夏衍表示理解；但不能说其中没有另一层含义，即张恨水始终秉持的不群不党的政治态度，要在共产党和国民党之间保持其独立性，不肯让人误会他在两党之间是有倾向性的。对于一个坚持独立性的报人来说，后面这一层显然比前面那一层重要得多。

在这方面，张恨水与他的《新民报》同事倒是高度一致的。他们都信奉政治上的“独身主义”，视官方政治、政党政治为人格畏途，希望在官方政治秩序之外，以民间的、在野的身份对官方政治施加影响。他们相信，文人写文章，反映民意，也能通过舆论对政府的政策制定和执行形成一种监督与压力，从而避免政治的腐败，有助于政治的清明。他们的“独身主义”还表现在以不偏不倚的中间立场处理与国共两党的关系。国民党的作为固然为他们所不满，而共产党似乎正以进步、民主的形象出现在公众面前，而且被民众，特别是青年所接受，这是他们要顾及的，因为报纸总要迎合读者，才有销路，才能生存。但他们对于政党的认识，是把民族、国家看得高于政党的，他们可以忠于民族、国家，但绝不肯效忠于任何政治集团。于是，便有了“中间偏左，遇礁即避”的办报方针。张恨水或是这一方针的倡议者，陈铭德、邓季惺、罗承烈、张友鸾、赵超构等都是参与了这一方针的倡议者。陈铭德、邓季惺曾在《〈新民报〉二十年》中写道：“张恨水还就此向重庆社编辑部作了一次讲话。所谓‘超党派’‘超政治’‘纯国民’的口号，也同时在报社内外叫开。”他们还规定了执行这一方针的尺度，“‘左’不能左到把报社弄关了门”，“‘右’不能右到和国民党一鼻孔出气”，[①]说到

① 陈铭德、邓季惺《〈新民报〉二十年》，陈铭德、邓季惺等著《〈新民报〉春秋》，37页，重庆出版社1987年12月版。

底还是“公正客观，不左倾，不右袒”的原则，不过表达得更加含蓄罢了。

民国三十三年（1944年）初夏，国民党组织了一个中外记者团赴延安采访。《新民报》最初的人选是采访部主任浦熙修。此时，浦熙修的弟弟浦通修已是延安革命队伍中的一员，妹妹浦安修也在延安，嫁给了八路军的副总司令彭德怀。而她本人与中共代表团、《新华日报》来往密切，自然乐于担此重任。但名单报上去之后，国民党宣传部认为她思想左倾，不宜参加，便以“女记者加入参观团，长途跋涉，诸多不便”为理由，取消了她的资格。继而报社又报了张恨水。这个人物自然是方方面面都满意，共产党表示欢迎，国民党也不反对。张恨水当年虽已四十九岁，但他颇有意于此行。谁知出发前夕，家人暴病，他不忍离开，只得临时退出。后经报社与国民党中宣部反复磋商，最后派了年轻的主笔赵超构，以“特派员”的名义参加记者参观团。临行前，赵超构征询张恨水的意见，到延安应当取一个什么态度？张恨水说：“观察最好一切客观。至于你的观感如何，有什么批评，那倒主观一点也可以。事实的存在是一件事；你对于这存在的事实作何感想，又是一件事，最好不必混为一谈。”[①] 赵超构后来所作《延安一月》，大概就是本着这个意见立言的，在读者中取得了极好的效果。

中外记者西北参观团于民国三十三年（1944年）五月十七日出发，二十二日，张恨水又在成都《新民报》副刊发表了《送沙先生西游》一文，“沙”便是赵超构的笔名。张恨水此时不仅是《新民报》

---

① 张恨水《延安一月》序，赵超构著《延安一月》，1页，新民报文艺丛书之六，新民报社民国三十五年二月沪版。

名气最大、资格最老的主笔，他还是《新民报》总管理处的协理，兼重庆社的经理。他的儒雅宽厚，毫无成见，赢得了报社内外很多人的爱戴，人们尊称他“恨老”。这一年的五月十八日，是他五十岁生日，五月十三日，重庆《万象》周刊第四十七期首先刊发张恨水五十寿辰创作卅年纪念专号，卢冀野、张友鸾、司马讦（程大千）、陈铭德、沙（赵超构）、姚苏凤等都写了文章。五月十五日，重庆《扫荡报》为纪念张恨水五十寿诞及文学创作三十周年，发表了由万枚子执笔，吴范寰、张友鸾、黄少谷、胡春冰、龚德柏、马彦祥、高济民等共同署名的文章《我们认识的张恨水先生——为恨水先生五十寿辰暨卅年著作纪念作》，全文分为四节，即《三十年剪影》《艺术家》《孝与爱》《我们的祝福》。这些人都是北京《世界晚报》《世界日报》时先后共过事的老朋友，他们的祝福，张恨水自然是要表示拜领的。五月十六日，重庆《新民报》《新民报》晚刊、成都《新民报》晚刊等报刊也刊发了张恨水先生五十岁寿辰创作三十年纪念特辑。重庆《新民报》第一版刊发陈铭德的文章《介绍恨水先生》，第二版纪念特辑，刊发了萧同兹的《恨水先生三大成就》，罗承烈的《我所认识的恨老》，潘梓年的《精进不已》等文章，第三版刊发新闻一篇，以及邓季惺的《报人张恨水》。重庆《新民报》晚刊第二版刊发《张恨水避寿南泉》；第三版司马讦的《何恨？——为“大田湾之客”上寿》，方奈何的《老大哥》，赵清阁的《其人其文》，苏凤的《献赠恨水先生——祝其写作三十年纪念》，以及消息《张氏宏愿》等五篇文章；第四版《西方夜谈》刊发了沙的《恨水的创作表现》，老舍的《一点点认识》，高语罕的《小诗》等。[①]时任国

① 参见谢家顺著《张恨水年谱》522页，安徽文艺出版社2014年7月版。

民党中宣部部长的梁寒操也写了《寿张恨水》诗，刊登于五月十八日重庆《新民报》。

为了给张恨水祝寿，抗敌文协、新闻协会联合《新民报》成、渝两社共同发起，要在重庆、成都两地，分别举办纪念茶话会。对于“这种光荣的赐予”，他一方面表示“诚恳的接受”；另一方面，又以“恳切的婉谢”阻止纪念活动的举行。成都方面，他鞭长莫及，无法阻止，只好遥领；而重庆的活动却由于他的一再婉谢被取消了。其实，他不肯做寿的理由很简单。事后，他专门写了一篇《总答谢》，刊发在《新民报》上，向大家致以歉意。他说：“我想到物价的数字，我也立刻想到不应当由这百无一用的书生而浪费。而且我的朋友，不是忙人，就是穷人。对忙朋友，不应当分散他的时间；对穷朋友，不应当分散他的法币。”他最后言道：“假如茶会真开了，一个面白无须，身着旧川绸长衫的措大，在许多来宾中公然受贺，那窘状是不可想象的。朋友说我矫情不如说我知趣。朋友，以为如何？”①

不过，《新民报》的同事，还是在张恨水寿诞之日的前一天，把他的夫人和孩子从南温泉接到了重庆市里。他的女儿张明明在回忆录中写到当时的情形：“母亲告诉我们，第二天是父亲的五十岁生日，报社请我们全家吃饭。因为我们兄妹几个是‘小乡巴佬’，第一次吃西餐，母亲一再嘱咐我们不要露‘怯’。到了报社，父亲才知道我们进城了。他本极不愿铺张，当晚吃了一顿西餐，第二天一早就把我们送回南温泉。避开了其他活动。”②儿子张伍也还记得：

---

① 张恨水《总答谢——并自我检讨》，张占国、魏守忠编《张恨水研究资料》，235 页、239 页，知识产权出版社 2009 年 9 月版。

② 张明明《回忆我的父亲张恨水》，127 页，百花文艺出版社 1984 年 11 月版。

“这次进城，真是只吃了一顿西餐。父亲不愿铺张，第二天一早，就带我们回了南温泉。刚进门，张友鸾、张慧剑、赵超构、马彦祥、方奈何、万枚子等几位叔叔就赶来祝贺。这几位都是和父亲私谊甚厚的老朋友，几十年的交情，这回少不得要热闹一番，当然这和《新民报》要办的堂而皇之的活动就完全不同了。”①

由于张恨水极不赞成为他举办祝寿纪念会，《新华日报》于五月十六日专门报道了这件事，标题为“小说家张恨水先生创作三十年纪念，陪都新闻界文艺界打算举行茶会庆祝，张氏谦不肯接受”，并配有短评，其中写道：

> 今天是文学作家张恨水先生五十大庆，也是恨水先生创作三十年纪念。我们不仅要为恨水先生个人致祝，同时还要为中国文坛向这位从遥远的过程，迂徐而踏实地，走向现实主义道路的艺人，致热烈的敬意。
>
> 恨水先生的作品，虽然还不离章回小说的范畴，但我们可以看到和旧型的章回体小说之间显然有一个分水界，那就是他的现实主义的道路，在主题上尽管迂回而曲折，而题材却是最接近于现实的；由于恨水先生的正义感与丰富的热情，他的作品也无不以同情弱小，反抗强暴为主要的“题母”。也正于此，他的作品，得到广大的读者所欢迎，也正由于此，恨水先生的正义的道路更把他引向现实主义。
>
> 恨水先生今年还不过五十，在文学史上，这正是许多伟大作家的壮年成熟之期，我们相信沿着过来的前进道路，将成就更辉煌的业绩，

---

① 张伍《忆父亲张恨水先生》，239页，北京十月文艺出版社1995年8月版。

我们在此以热烈的期望，为他祝福。[①]

这似乎代表了中共方面对张恨水的认识和期望。这点意思也体现在《新华日报》社长潘梓年的文章中。他把“自强不息，精进不已”这八个字作为送给张恨水的赞语，并且说明其所以然：“自然是由于他有他的识力，他有他的修养，但更重要的，恐怕还是由于他有一个明确的立场——坚主抗战，坚主团结，坚主民主。”他进一步解释道，对一个作家来说，“明确的进步立场，始终是一个基本条件。立场不进步，他就看不清现实，甚至看不见现实，写出来的东西，也就不会受到进步人士的爱好，对于社会，更是有害无益。立场不明确，他就不能自有主宰，屹立不摇，他就不能在自己的作品中，显现出自己特有的风格，也就不能在作家之中，找到一个地位”。他还建议，要了解张恨水的立场，最好是“阅读他的散文如《上下古今谈》之类，比较容易地看清楚。他的散文清楚地显出，他是站在怎样的一个立场上精进不已的”。[②]

老舍与张恨水性情相投，他对张恨水自然就多了一份情感。他不仅写了《一点点认识》的纪念文章，还集张恨水所撰六部小说之名，写了一首贺诗《贺恨水兄》，刊发在重庆《万象》周刊第五十期上：

上下古今牛马走，文章啼笑结因缘；

---

① 短评《张恨水先生创作三十年》，原载于1944年5月16日《新华日报》，转引自张明明《回忆我的父亲张恨水》，128～129页，百花文艺出版社1984年11月版。

② 潘梓年《精进不已——祝恨水先生创作三十周年》，张占国、魏守忠编《张恨水研究资料》，86～87页，知识产权出版社2009年9月版。

世家金粉春明史，热血之花三十年。[1]

老舍对张恨水的认识更深了一层，他称张恨水“是个真正的文人”，并且“是个没有习气的文人”，他“最重气节，最富正义感，最爱惜羽毛”，而且“他不赌钱，不喝酒，不穿奇装异服，不留长头发。他比谁都写的多，比谁都更要有资格自称为文人，可是他并不用装饰与习气给自己提出金字招牌”。[2]罗承烈对张恨水的认识，则充满了崇敬之情，他指出恨水先生值得大家赞佩之处：

第一是他的人格和修养：恨水先生一生埋头写作，从无他骛。他安贫乐道，不做官，不经商，然而在他的小说中，我们知道他对于做官，经商，以及一切人情世故，那是最透达无比的。但是他尽管透达人情，而并不为习俗所染。他处处昭示青年以作人之道，痛恨浮华，摒绝虚伪。重友谊，尚任侠，自奉廉而对人厚，性情豪迈，勇于负责，所有一般“文人无行”的恶习，我在恨水先生的言行中是丝毫找不出来的。

其次是他的思想和兴趣：恨水先生也有时高谈政治，但他对政治并无兴趣，所以他从无主义思想的任何偏见，在他抨击罪恶，指摘社会黑幕，讽刺贪官污吏奸商的时候，泼辣而偏激，仿佛他太左倾了。但其引证历史，发抒正气，讥斥淫乱，不落凡响，又似乎近于卫道之士。这一切都不外反映出他是个充分富有正义感，和同情心的人。此乃由于平昔受中国固有道德的陶冶多读线装书的润育，所以才养成这样一

① 老舍《贺恨水兄》，原载重庆《万象》周刊第50期，转引自谢有顺《张恨水年谱》，524页，安徽文艺出版社2014年7月版。

② 老舍《一点点认识》，张占国、魏守忠编《张恨水研究资料》，88～89页，知识产权出版社2009年9月版。

个不激不随，新旧兼备的思想，愤世嫉俗，守正不阿的态度。[①]

这些对于张恨水为人为文的“认识”，相当于给他的前半生做了一次全面的总结。而抗战胜利后，国民政府给八年抗战有功的文武官员和社会贤达人士颁发抗战胜利勋章，共有一千余人获此殊荣，重庆《新民报》的陈铭德、罗承烈、张恨水榜上有名。对张恨水来说，这是一种肯定，也是一种勉励。这期间，毛泽东率中共代表团飞抵重庆，与国民党进行和平谈判。据说，毛泽东在抵达重庆的第二天或第三天，就单独会见了张恨水。赵纯继晚年忆及此事时还提道：“据恨老一九六三年回忆：‘一九四五年九月，毛主席到了重庆，还蒙召见，对我的工作给予了肯定和鼓励，给我留下了深刻印象。’”他又说：“根据恨老亲属回忆：恨水曾谈过：毛主席一九四五年到重庆时，曾到南温泉访问，他的第一句话说：‘斯文同骨肉。’可见他是以文化人身份来访的。因之所谈内容主要是中国文化问题。临行时赠送延安所织毛料衣服一件。”[②]他的儿女在回忆此事时也有送了呢料的说法。总之，这一次张恨水没有拒绝，后来，这块呢料还被做成一套中山装，张恨水一直穿在身上，成为他念旧的一种象征。

这两件事给张恨水八年的报人生涯画上了一个意味深长的句号。

---

① 罗承烈《我所认识的恨老》，张占国、魏守忠编《张恨水研究资料》，90 ~ 91 页，知识产权出版社 2009 年 9 月版。

② 赵纯继《章回小说大师张恨水在〈新民报〉》，《张恨水研究会会刊》1993 年（总第四期），39 页。

拾柒

山居

张恨水既在重庆安顿下来，每当夜深人静之时，月华清影，碧空如洗，对亲人的思念之情便悄然袭来。中元节那天，他想起“老母妻儿均在故园烽火前”，顿生思乡之念，并在一篇短文中记述了自己的心情：“白月如冰盘，照寓楼几榻若梦，熄灯玩孤影，不胜凄怆。”[①]这里的“寓楼”，便是《新民报》职工宿舍。刚到重庆，张恨水孤身一人，便住在这里。

不久，妻子周南便带了儿子张全、张伍，远涉千山万水，到重庆来找他。张伍晚年还记得当时的情形：“父亲去四川半年之后，母亲带了我和哥哥，从潜山出发，爬山过岭，涉水渡涧，千里迢迢地去重庆寻找父亲。那时我才一岁多，母亲抱着我，拉着哥哥，坐着毫无遮拦的木排漂流汉水，那里滩险水急，母亲便把我们抱偎在怀里，一任浪花扑打着她，而且还要冒着日机不断轰炸的危险。待

① 张恨水《忆上新河》，原载1938年8月12日重庆《新民报》副刊《最后关头》，张恨水散文全集《最后关头》，94～95页，时代文艺出版社2015年8月版。

到了宜昌，母亲已两天两夜水米未沾牙，在饭馆吃饭时，菜还没有来，母亲已经空口吃了两碗白饭。历尽千难万险之后，我们终于来到了重庆。父亲看见我们，真是感到喜从天降。”①

张恨水西行入蜀之前，对家人是有所安排的。母亲和原配夫人徐文淑已于第一次南归时妥善安置于安庆，并在安庆元宁巷为她们购置了一处房产，算是有了安居之处；胡秋霞、周南两位夫人和六个儿女，在南京，一直跟在他身边。到了民国二十六年（1937 年）十二月初，南京已成一座危城，张恨水病中安排全家逃离南京，迁往安庆元宁巷居住。不久，南京城陷，安庆亦危在旦夕，他们再次举家迁徙，回到故乡潜山，落脚于岭头老宅。

我们很难设想当年潜山老宅里的生活情景，可以知道的，只有年仅五岁的儿子庆儿，回到老家不久，便因伤寒复发，缺医少药，得不到有效治疗死去了。这期间，战争形势发展很快，民国二十七年（1938 年）六月初，武汉会战打响，安庆于十二日先行陷落，十八日，潜山也被日军占领，全家遂陷于战火之中。家人或许讨论过出路问题，胡秋霞、周南二位夫人都曾有意离开潜山，到重庆去投奔张恨水。但也许是考虑到两个女人带着五个孩子上路，目标太大，于是，只好由周南带着两个较小的儿子，在同族樵野二伯的护送下，先行一步，踏上千里寻夫的征途。胡秋霞本是四川人，据说，她是很想跟随周南之后，离开此地的，但潜山向西，至鄂皖交界大别山一线，中日两军的攻防大战已经打响，到处都燃起了战火，如果此时上路，不仅随时可能遭遇日军及其飞机的扫射、轰炸，还要提防从前线溃退的国军士兵的骚扰；绕行山区也不安全，除了野狼出没，

① 张伍《忆父亲张恨水先生》，205 页，北京十月文艺出版社 1995 年 8 月版。

还有土匪打劫，因此，没有人敢让她冒这个险，出行的计划便只好取消了。她既留在潜山老家，沦陷区内，一家人的生活重担，也就落在了她的肩上。

周南带着两个儿子来到重庆，张恨水就搬出了职工宿舍，在通远门附近的金山饭店租了房间，安置家人。这是一家普通客店，租金不贵，离报馆又很近，非常方便。老朋友卢冀野（名前）曾在文中提道："流亡到重庆以后，他和那位夫人住在通远门一家金山饭店，手头很不宽裕。"[①] 但此时生活还不算困难，因重庆当时物价不高，以担担面为例，"吾人初至渝时，每碗仅费四五分耳"。[②] 他在另一处也谈到重庆的物价："初来此间，在五年前，场上每日可得肉，肉价每斤二角，脏腑少过问者，屠乃更贱其值三分之一以脱售。每至亭午购肉，屠辄搭以脏腑少许，除肠肚不便碎割外，心脏肝肺脑髓，随意配置。盖其时乡间小饭馆已不收购此物，屠不能强市脯者购之，则自食矣。约及一年，肉价及五角，肝价与肉同值。又一年，肉价二三元，肝倍价，至第四年，肉价十五元以上，肝已不能得之肉肆，须识屠者预约于前二日耳。肝值益增，上秤计两不计斤，每两二元。今此乡场，肉价每斤三十四元，肝之价值又上跃，成为每两三元。"[③]

张恨水一家只在金山饭店住了几个月。随着武汉被日军攻陷，

---

① 卢冀野《寄慰恨水》，《柴室小品》卷一，卢前著《卢前笔记杂钞》，8 页，中华书局 2006 年 4 月版。

② 张恨水《担担面》，原载 1947 年 5 月 23 日北平《新民报》，张恨水散文全集《北京人随笔》，248 页，时代文艺出版社 2015 年 8 月版。

③ 张恨水《猪肝价》，原载 1944 年成都《新民报》晚刊，张恨水散文全集《山窗小品》，63 页，时代文艺出版社 2015 年 8 月版。

日军对临时首都重庆的轰炸也更加猛烈。重庆是著名的雾都，以每年的秋冬之际尤甚。城市一旦笼罩在浓雾之中，就等于筑起了一道天然屏障，给日军轰炸增加了难度。直到四月下旬，浓雾散去，整个城市裸露在天光之下，形势才变得严峻起来。日军乘机发起“五月攻势”，对重庆实施野蛮轰炸。五月三日、四日，日军出动轰炸机七十多架次，轮番轰炸人口稠密、商业繁荣的城市中心区，先投掷炸弹，再投掷燃烧弹，从两江汇合处的朝天门到中央公园两侧约两公里市区最繁华的街道成了一片火海，张家租住的金山饭店就在这条街上，也已炸作废墟。于是，大轰炸后的五月五日，天还没亮，张恨水便急急忙忙护送家人离开了重庆市区，向长江南岸的南温泉一带疏散。战后，他忆及当时的情景，仍心有余悸：

> 七年前的五四，我一家，几乎没炸死烧死。五五天不亮，我护送着妻儿离开重庆市区。我知道渡江不易，由七星岗倒走向两路口，取道浮图关下的山路走向菜园坝。大街上，店户闭着门，穷苦百姓，挑着行李，提着包袱，全不作声，人像水一样，向市区外流。一路脚步擦着路面声。看任何人的脸子，全是忧愁所笼罩。我惊于空袭对心理上作用之大，我知道国家抗战之苦，我更知道，这不过是一小点的空袭，若一个国家，整个被打垮了，而兵临城下，那又是什么景象。
>
> 我们在山上一看江滩上待渡的人，说什么万头攒动，像一块乌云，像一片蚂蚁。这如何能过江？万一敌机这时到了，那事真不能想象。因之我越发倒走，尽量离开市区。在坟堆的槐树林下，遇到一位挑江水的。我们花两毛钱（至少值现时一千元）要了一瓢冷水，站着互递了洗脸漱口。所有洗脸用具，是妻一条手绢，完全代表。各喝一口冷水，逆流而行，离开码头四五里，在木筏外面，有一批小船，我看四

> 周还无抢渡的群众，我以川语高呼“我们是跳（读如条）警报的，那个渡我们过河，我出五元钱。”这是个可惊的数目，当日可以买到五斗米，一个渔夫，懒洋洋的船篷下伸头望了我们一下。他带了笑说：“再多出两元，要不要得？”我没有考虑，立刻说声：“就是吗！”踏过六七十公尺的一片木筏，我们上了船。二十分钟后，我们到了南岸的沙滩上。跑了一夜警报的她，始终面如死灰，这时微微对我一笑，问：“脱离危险区了吗？”我竟是把妻当了朋友，热烈的握着她的手说：“我们相庆更生了。”抬头一看，一片蔚蓝色的天，悬着一轮火样的烈日。重庆在隔江山上，簇拥着千家楼阁像死去了的东西，往下沉，往下沉。天空里兀自冒着几丛烧余不尽的黑烟。对岸几片江滩，人把地全盖住了。呼唤和悲泣声，隐隐可闻。江流浩浩，无声的流去，水上已没有渡轮，偶然有一只小船过江，上面便是人堆。人堆在黄色的水面上悄悄的移。[①]

由于大轰炸毁坏的房屋多达数千间，使得重庆原本就相当紧张的住房，更成为稀有之物。很多人便跑到乡下去租房、建房。当时，“以极少的价钱，建筑起国难房子来居住”是很普遍的现象。“这种国难房子，是用竹片夹着，黄泥涂砌，当了房子的墙，将活木架着梁柱，把篾子扎了，在山上割些野草，盖着屋顶。七歪八倒，在野田里撑立起来，这就是避难之家了。这种房屋，重庆人叫着捆绑房子，讲的是全用竹篾捆扎，全屋不见一根铁钉。”[②]张恨水的老朋友张友鸾，“即建一楼于重庆之大田，且易瓦而草。其书房之小，仅容一桌一椅，

---

① 张恨水《五五早起书怀》，原载 1946 年 5 月 7 日北平《新民报》，张恨水散文全集《山窗小品》，130 ~ 131 页，时代文艺出版社 2015 年 8 月版。

② 张恨水《写作生涯回忆》，67 页，人民文学出版社 1982 年 6 月版。

更又一几，来三客，则立其一，又其一，则掩门而始得凳而坐。张自嘲，题之曰惨庐焉”。[①]

初来南温泉，张恨水租了“一幢瓦房子，有两间房，相当的干净”。住的时间并不长，房东要发国难财，准备卖掉这所房子，就来撵张恨水搬家。恰好这所房子的后面，有一排十间茅屋，其中六间是由文艺协会租用的。五三、五四大轰炸之前，张恨水一家住在重庆市里通远门附近的金山饭店，文协的办公会所就在离饭店仅数百米的临江门；大轰炸之后，张恨水一家疏散到南温泉，文协会所也暂时移到南温泉，仍和张恨水做邻居。老舍记得，他还去那里住过几天。就在张恨水被撵着要搬家的时候，文协恰好在张家花园找到了新会所，这里的几间房子便准备让给张恨水。而房东与张恨水本是朋友，自然是乐于让他住在这里的。他们还商定：“自修自住，不取房租。”张恨水说：“我也无须六间屋子之多，住了三间，又让了三间给一位穷教授。”[②]

张恨水一家就在南温泉的三间茅屋里住了下来。他的邻居是两位教授，“一家是尹湘衡先生，政治学校的教授，是教算学的。一家是边疆学校教授刘镜徵先生，教英文的，他们的英、算都有四十余年之经验，呱呱老叫”。他说：“我们全是长衫朋友而年岁相当，刘先生六十岁，尹先生五十八岁，我最小，也五十一岁了。乡下佣书之余什么玩意儿没有，就是聊天。聊天，四川话叫作摆龙门阵。我们三老，一碰就碰在草屋的走廊上摆起阵来。屋子虽小走廊却宽

---

① 张恨水《不堪风雨吊楼居》，原载1947年4月30日北平《新民报》，张恨水散文全集《北京人随笔》，243页，时代文艺出版社2015年8月版。

② 张恨水《写作生涯回忆》，67页，人民文学出版社1982年6月版。

可五尺，长的六七丈，站着也好坐着也好溜达也好，是够我们手之舞之足之蹈之地摆。”[①]

这是张恨水南温泉山居之一景，虽在战时，看上去还是很温馨的。当时他出任《新民报》主笔，主编副刊《最后关头》，是不必天天进城到报馆应卯的。老板陈铭德，人很开明，报社同人又以自由知识分子为主，只求志趣相近，精神相通，生活上互不干涉。编辑部也很少开会，“遇到重大问题，才集中到大田湾碰一次头，由陈铭德——人们尊称为‘铭公’，张恨水——人们称为‘恨老’，罗承烈——‘罗哥’和‘张大先生’友鸾谈谈各自见解，议论几句就散”。[②]这种宽松的工作方式，如果不是战时，自然是很惬意的，足以让他尽享文人之雅趣，并序天伦之乐事。张恨水既有点才子气、名士气，总能在常人不经意处品出生活的韵味和雅致，所谓于柴米油盐中犹能风雅是也。他的《山窗小品》多有此意。虽然他自谦为“竹头木屑”，并作题解曰：“山窗，措大家事也，小品，则不复欲登大雅之堂。”[③]但文中写到生活中的情趣，则随处可见。比如，他有一个“烧料之浅紫小花瓶”，是“以法币三角”，在“破货摊上”购买的。五年来，常在乡间采得野花，插于瓶中，供之杂乱逼仄的短案之上。然而，这并不妨碍他将此花视为“短案上之最有情意者”。他写道：“花有时得娇艳者，在绿叶油油中，若作浅笑。余搁笔小思，每为

① 张恨水《北望斋之一夕》，原载1946年8月15日北平《新民报》，张恨水散文全集《山窗小品》，143页，时代文艺出版社2015年8月版。

② 张林岚《赵超构传》，45～46页，文汇出版社1999年8月版。

③ 张恨水《山窗小品》序，张恨水散文全集《山窗小品》，43页，时代文艺出版社2015年8月版。

之相对粲然。”[①]

张恨水爱花，尤善养花，他在《山窗小品》中多次写到这个雅好：“当初入渝时，花值贱而品繁，犹饶此趣。寓楼三间，有花瓶七八具，亦足婆娑其间，藉遣客愁。及不能与鸡鹜争食，退居山谷，附近乡人植黍种菜为业，无莳花者，牡丹芍药固不可得，即巴蜀多梅，而此处亦无。”这让他感到有些失落，对于家中供花旧具“久置未用”，他是报以“惭对”的，于是，“春秋佳日，常呼随行入蜀较长之一儿，负筐携剪相随，漫行山野间，随采野花入家供之。大抵春日可得山桃野杏，夏初可得杜鹃石榴，秋后则唯有金钱菊，可支持三月。盛夏瓶花易萎，不能供。冬则须行十里外，始可向人家私园乞梅一枝，不能堪也。顾野花剪裁得宜，亦足资玩赏。尝于春尽，采胭脂色豌豆花一束，尽除肥叶，配以紫花萝卜十余茎，再加以野石榴二三朵，合供一瓶。适城中人来，见案头花作三种红，大加赞赏，且问胭脂而蝴蝶状者何花？及予指窗外豆圃视之，客乃大笑”。[②]

爱美之心，人皆有之，但发现美，却需要相当的眼光、心境和知识。在张恨水眼里，不仅豌豆花可以登堂入室，供其清雅之赏，甚至草庐前后，顽石蔓草中簇拥而生的矮小灌木，也让他顿生灵感，以为能补此地无天竹和“鸟不宿”的缺憾。他近前观察：“枝上结天竹子，累累然如堆红豆，深者丹，浅者胭脂，娇艳欲滴，尚有些微小叶，作苍绿色，亦极配合得宜。枝上有刺，攀折不易。然以剪

---

① 张恨水《短案》，张恨水散文全集《山窗小品》，44页，时代文艺出版社2015年8月版。

② 张恨水《野花插瓶》，张恨水散文全集《山窗小品》，47页，时代文艺出版社2015年8月版。

除此，与白菊同供一瓶，极得颜色上调和，天竹及鸟不宿皆不足道矣。入冬，霜露微降，枝子愈红，亦愈肥，复可腊梅水仙素梅相配，予尤爱之。以问巴人，不能举其名，但曰红子子而已。经春，红子渐落，农历二三月间，子未落尽，而花又作。远望之，花如白绣球，逼视则花作五瓣，丛生枝头，颇似珍珠梅，略有清香，实蔷薇植物也。予因赐其名曰珊瑚子，每冬深必采备一包，藉待他日东下，传种江南，亦以习之三年矣。”①

张恨水的可敬、可爱之处就在这里。单纯、率真、乐天知命，顺其自然，这种人生的大境界、大智慧，非修养深厚的得道之人不能至也，而他庶几近之。战时生活是艰苦的，物质匮乏，精神亦匮乏，张恨水总能在苦闷无聊中给家人带来些快乐，尽管这快乐有时不免夹杂着一丝酸楚。他在《山窗小品》中写到这样几件事：一次，朋友送他一把胡琴，他很得意，“适渝市迭出皮簧琴谱，均属青衣者。予乃尽购而藏之，在黄米饭饱后，山窗日午，空谷人稀，乃掷笔取琴，依谱奏之。习之既频，《梅龙镇》《骂殿》《六月雪》《女起解》，各能一二段”。他的夫人既为同调，且嗜之尤深。“然自入蜀后，有沧海曾经之感，终年不复一入剧场”，日子过得“甚乏味”。此时既有琴声不期而至，“细君隔室停针，辄应声而唱”。张恨水得意于妻子的主动呼应，文人的酸劲儿便冒了出来，喻之为“吹箫引凤之胜”。妻子当面揭穿他：“君毋然，君技仍劣，若取切喻，绝似伶人之左嗓。”他颇不服气：“然则卿曷为应声而歌？”妻子说：“苦闷无聊，女子独不思有所消遣耶？君技虽劣，终胜无琴。适触我技痒，

① 张恨水《珊瑚子》，张恨水散文全集《山窗小品》，48页，时代文艺出版社2015年8月版。

焉得不唱？”张恨水于是“笑颔而怆然有感”。[①]

下面这个故事的道具是一副跳棋。张恨水本不善于博弈竞赛之事，唯一可以拿来娱乐的，就是跳棋。当年他娶了周南，就把下跳棋作为闺房之乐中甚于画眉者。虽然每次都是他负得多而妻负得少，但作为夫妻二人的美好记忆，一直被他们念念不忘。“吾侪患难相共已半生，犹引为笑谈也。”这时，恰好重庆一家美术社有跳棋出售，便勾起了张恨水对往事的思念，他写道：“遂购归示内子曰：‘犹忆当年玩此物乎？’彼微叹曰：‘璧犹是也，马齿加长矣。’”张恨水听了，就有些沮丧。他便写道：“是夜，山中微雨，寒风绕室。壶中茗冷，案上灯青。予架镜于鼻，就昏黄光影，疾书小说稿，笔在纸上如春蚕食叶。内子在旁，共灯为小儿补结旧绳衣，各个默然。窗外万籁无声，洞黑如漆，风吹竹动，遥闻犬吠。予停笔昂首，乃作长喟。彼即起夺予纸笔曰：‘尚不思睡，曷温跳棋乎？’予笑曰：‘余子何堪共话，只君方是解人。’乃即移灯布棋，共下三局，而时转势移，三局皆予胜而彼负。予笑曰：‘果予术有进步乎？抑君之心未在是也？’彼遽起挑灯曰：‘日间忘购菜油，恐不足长继。熄灯睡休，留余油半夜燃之，为小儿把溺也。’予偶触其手，凉透如冰。因叹曰：‘树犹如此，人何以堪？’”[②]这一夜，张恨水梦中回到了北平。

朋友中很少有人写到张恨水在南温泉的生活，女作家赵清阁有一篇《恨水流何处》，写她曾到南温泉拜访张恨水，张恨水为她画

---

① 张恨水《劣琴》，张恨水散文全集《山窗小品》，58页，时代文艺出版社2015年8月版。

② 张恨水《跳棋》，张恨水散文全集《山窗小品》，81页，时代文艺出版社2015年8月版。

了一幅《清阁图》。她在晚年忆及张恨水的住处："临江面山、一座类似水榭的屋子里，窗外溪水潺潺，绿树葱郁，环境十分幽静。"她写道："就是这天，他为我画了一帧青山倚江，松柏成荫，翠竹丛中一角楼阁的水墨丹青。他笑称：他画的是双关义的清阁图。因为他知道我住在嘉陵江畔的北温泉，也确是依山伴水，与花木为伍。他还题诗一首：'闻道幽居不等闲，一渠流水数行山。欲寻清阁知何处，只在苍松翠柏间。'当时我喜出望外，想不到他长于小说，诗画也清逸，别具风致。"[①] 另有一篇署名落花生的《桃子沟中张恨水》，也显得很珍贵。作者生动地描述了见到张恨水时的情形：

> 我们在未到廿七号前，听见起码的胡琴声，及至过了木板桥，跨上走廊才晓得是张恨水在拉琴。他霍的站起来应酬，华福香烟递过手，沱茶泡出来，打开话匣子，天南地北了。
>
> 在重庆的是一位年青的太太，两颊红红地，北地胭脂，一口京片子，和气而好听，每天要跑两趟五洞桥，冰糖白果，冰糖莲子，马蹄糕，葱油烧饼……有时还满载而归。暮色苍茫中，张恨水往往拿着手杖，穿着绸短褂，陪着这位太太泄泄然过桃子沟！
>
> 桃子沟，在两山之间，张恨水卜居沟边，颇有隐士的风味。只可惜这条沟除了春涨时期有水流过外，寻常简直看不见什么"水"，所以他恨水，该不是恨什么第几种水，或是祸水、洪水之类，而是恨"水"之不来。
>
> 走出山谷，到了仙女洞之下，他才看到一湾绿水。再走，飞泉瀑布，水从天上来，如果在雨后，瀑大声宏，水花飞溅，便会使他满头是水！

---

① 赵清阁《恨水流何处》，《长相忆》上编，152页，学林出版社1999年1月版。

到了这时候，喜呢，恨呢，快活呢，烦恼呢？除了他自己，更无人知道了。[①]

众所周知，落花生（落华生）是许地山的笔名，虽然他与张恨水同为首届文协理事，但平生素无往来。而且，民国三十年（1941年）八月四日，他已于香港病逝，无论如何不会在民国三十五年（1946年）著文回忆他到南温泉造访张恨水家的情形。极有可能的是，作者为了提高文章的关注度，故意借用这一笔名，来吸引更多的眼球。行文中或有一些夸张，但大致属实，特别是他对“恨水”的调侃，不能说没有事实依据。只是张恨水所“恨”，并非只是“水”之不来，还有不招而至。他为其南温泉三间茅屋命名“待漏斋”，就含有这种苦涩而无奈的幽默。“待漏”二字可谓形象传神，皆因这种茅屋，既以竹篾夹墙，野草覆顶，其坚固程度也就可想而知。夏季来临，风雨骤至，其屋必漏。在张恨水笔下，屋漏的情形，跃然纸上：“屋漏正如人之疮疖溃疡，愈听之而漏愈大。今岁之春，不过数滴，无大风雨，或竟不滴。及暮春，渐变成十余滴。其间有一二巨溜，落地如豆大，丁然有声。数滴更注吾床，每阴雨，被褥辄沾湿不能卧。吾为一劳永逸计，则移床就屋之另一角，意苟安矣。入夏，暴风雨数数突然来，漏增且大，其下如注，于是屋角，案头，床前，无处不漏，亦无处不注。妇孺争以瓦器瓷盆接漏，则淙淙铮铮，一室之中，雅乐齐鸣。吾有草屋三椽，以二居家人，以一为吾佣书之所，天若有眼，佣书之室独不漏，故搁笔小歇，听此雅奏而哑然。”[②]

---

① 落花生《文人曲线录：桃子沟中张恨水》，转引自谢家顺《张恨水年谱》，427页，安徽文艺出版社2014年7月版。

② 张恨水《待漏斋》，张恨水散文全集《山窗小品》，55页，时代文艺出版社2015年8月版。

而屋漏半载，竟不能修补，更让他感到愤愤不平，他于是写道："呼匠人补之，辄辞以无草。盖乡间麦秆，既已售尽，而新谷初登，又未至出售之时，其价亦奇昂，非穷措大所能胜任。欲弥补屋漏，仍必求之遍山深长之野草。而野草未入深秋，又嫩且短，不堪选用。故屋漏已半载，而犹待野草之长以为补。"[①]战后，他把这个情节写入小说《巴山夜雨》中。主人公李南泉的遭遇可谓张恨水之自况。他以真切的生活体验，详尽而细腻地描述了抗战期间一群文人、教授避居重庆乡间的日常生活，其中既有大轰炸中人们跑警报、躲空袭、钻防空洞的疲于奔命的情景，大轰炸后满目疮痍，尸横遍野的惨状，以及无休止的疲劳轰炸带给人们的心理紧张、精神压力和情绪焦虑，又有夫妻之间、邻里之间、朋友之间的种种烦恼、争吵、别扭、调笑，男男女女、各色人等，其性情和心理，似乎都有些扭曲和变态，时人即谓之实录。而《茅屋风光》《房牵萝补》两章，更体贴入微地将日机轰炸之后，茅屋被毁，当夜又遭暴风雨袭击，屋漏如瀑如洗的各种狼狈相，绘声绘色地表现出来，乃至求人补漏时遭遇的人情冷暖，世态炎凉，都让这些读书种子、斯文一脉，感慨万端，李南泉虽秉有"十年读书，十年养气的工夫"，但笑得也很勉强。

对张恨水来说，民国二十八年（1939 年）至民国三十年（1941 年），是生活最困苦的一个时期。他曾述及那些不可磨灭的印象："说到抗战时候的写作生活，所有在大后方的文艺人，没有一个能例外，都是穷得买不起鞋袜的。有些人教书，有些人当不被重视的公务员，有些人干脆打流浪。我还好，兼作新闻记者，多少有些固定的收入。

① 张恨水《待漏斋》，张恨水散文全集《山窗小品》，55 页，时代文艺出版社 2015 年 8 月版。

吃的是平价米，那是征买来的粮食（提到此，让人永远不能忘了四川人），分配各团体机关，再以极廉的价钱，配给薪水阶级人物，所谓平价是也。其实，谈到平价，等于白给。因此，米是古人所谓‘脱粟’，仅仅是去了糠。沙子稗子谷子，总不下十分之一，我吃饭为挑去这些东西，时常戴起老花眼镜来，其苦是可知的。穿呢，由入川起，三个年头没缝一件小褂子。住，就是那茅屋了。行，这是比吃平价米还要头痛的事。重庆市是山城，无处不爬坡。马路也是在高低不平的山梁上建筑起来的。文艺人没有人能坐得起车轿，而且在重庆，也不忍心去坐车轿。石达开说的话，‘万众梯山似病猿’，可以形容这一个轮廓。人力车夫拉上坡，头就和车把靠了地。轿夫上坡，气喘如牛，老远就可以听见。这样，只有挤公共汽车。城里的汽车，挤得窗户里冒出人来。下乡的汽车，甚至等一天，买不到那张汽车票。南温泉到市区十八公里，还要过一道长江。十次至少五次我是步行。”①

张恨水在此提到山居四件事，衣、食、住、行，最难的自然还是“行”。他坦言：“居渝八年，最苦为行路一事。”说到“爬坡”，如果他走东路，“沿扬子江岸由望龙门上溯菜园坝，逐段有坡可爬。知十八梯、储奇门、神仙洞，均坡中之最陡者”。②而另一条路走起来也不轻松。他还记得民国二十八年（1939年）除夕之日的情形：

我在重庆忙到三点钟渡江，四点钟到海棠溪，我打算搭公路车子

---

① 张恨水《写作生涯回忆》，70～71页，人民文学出版社1982年6月版。

② 张恨水《出门无处不爬坡》，原载1947年4月24日北平《新民报》，张恨水散文全集《北京人随笔》，242页，时代文艺出版社2015年8月版。

回南温泉过年。不巧，车子已开出最后的一辆。出最大的价钱，也雇不到人力车和滑竿，我想，我想，有两条腿，怕什么？只是带了一篮子年货，又是一把鲜花，这可不容易解决。在江岸上踌躇了十来分钟，决计回家。于是雇了一位苦力，替我背着篮子，我自己脱下长衣，以十分钟一公里的速度，向南温泉跑。何苦如此？我自己问，又自己答。一部分逃难到四川来的家眷，就为着是团聚，我不让他们失望。

天黑了，到了小温泉，天上下着小雨，但我不怕，到家还有五公里，可以在山溪里坐小船。黑黑的一条山溪，沉在山脚下，万籁无声，我勉励着苦力，不要紧再走。而且有了伴，两个下学的学生也回家过年，他们也有一只灯笼。我说，那好，两盏灯笼轮流的点，足走五公里。于是亮着学生的灯笼。我用轻松的口气安慰着那学生，不要怕累，回到家吃过年饭，守岁就舒服了。

一言未了，山路上一转弯，灯笼熄了。眼前一黑，伸手不见五指。四川的雾夜，除了地狱不能形容那样黑，大家沉在黑海里，身子都不敢转动。我问谁有火柴，都答应说，没有。我连叫这糟了！这时，雨突然哗哗的猛下，脚下山沟里的流水潺潺相应。大家不知道身子在什么地方，揣想着人是在大海里。我看不见同伴，同伴也看不见我，只有呆站着，假如一动脚，可能栽下那水沟里去了。那水沟可在山下好几丈深呢。

往前看，一片黑，就是南温泉，还在黑海深处几里路，往后看，有两三点火星，在脚底下二三十丈，相距有一两里，那是小温泉渡口。前进，自然是不行，后退，纵然在爬路，也爬不了这么远。用脚踩踩地面，不知在什么地方，也不敢移。黑暗中，但听到那个小孩连问怎么办？这样相持好几分钟，看到左边高处，有一点火星向这里移动。我就大声喊着：这位打灯笼的大哥，救救人吧。那苦力也喊着：老板，到哪里去？救救我们。那里答应了，上南温泉的。我们不由得哄然一声。

五分钟后，一盏灯笼，照着一个戴斗笠的人到了面前，同时，我们看见了脚底下路。我首先问：大哥，有火柴没得？他说：走夜路，哪个没有。于是大家又哄然一声。

三十分钟后，我到了家。虽然周身衣服湿透。我看到茅草屋窗下，点着一对红烛，配一盘子橘子，和一盘子芝麻糖，我恍然有点年味，虽然茅檐雨注狂流。我看到妻子与孩子对我微笑，我欣幸我团聚已经成功。[①]

这一大段文字，写得声情并茂，情真意切，不忍舍弃，故全部抄录在此。这一次，因为是除夕，他带了一篮子年货和鲜花上山，平时，他背负的可是几十斤重的平价米。在幼年张伍的记忆里："为了吃饭，父亲常常要从报馆背着几十斤重的平价米，翻山过江，彳亍于陡峭险峻的山道上。几十斤重的米，几十里的山路，使父亲到家时已是气喘吁吁，旧蓝衫浸透了汗水。"[②]所以，他出门总要带着手杖，特别是后面几年，"腰足渐弱"，更"知杖之不可无"，如果哪天偶然忘带手杖，便"忽忽若有所失"。他还总结了"出必以杖"的五大理由："其一，出门即须登坡，携杖乃若有活栏相随。其二，蜀地泥滑特甚，霜露之余，土地膏润如溜，杖则多一足以支体重。其三，乡间时有犬患疯病者，于是见垂尾獠牙之野犬，渐有戒心，有杖在握，若武装护航，可坦然缓步。其四，谷中富草藏蛇，虽不闻噬人，见之可怖。偶行小径，有杖则拨草而行，使蛇遥遁。其五，

---

① 张恨水《黑暗中的一点光明》，原载1948年2月13日北平《新民报》副刊《北海》，张恨水散文全集《山窗小品》，181～182页，时代文艺出版社2015年8月版。

② 张伍《忆父亲张恨水先生》，210页，北京十月文艺出版社1995年8月版。

间不免夜出，或无星月，杖可代灯火也。”[①] 直到政府修建了望龙门缆车，行旅之苦才稍有改善。据说这是我国修建的第一座缆车，“由林森路陡坡直下江干，石砌数百级，若以南京中山陵，北平北海白塔计之，固犹未及其高度”。[②]

不过，张恨水肩上的生活重负并未因此而减轻。入川后，女儿明明、蓉蓉先后出世，这使得偏爱女孩儿的他，享受到更多快乐，同时，也给他增添了更为沉重的生活压力。这个时候，他不仅要养活身边的这个六口之家，还要给远在家乡的母亲和其他家人寄生活费。但是，战争期间，物价上涨是总趋势。头两年，食品价格上涨较慢，人们的生活还不至于受到太多的影响，民国二十九年，食品价格开始暴涨，并带动了工业品和其他消费品价格轮番上涨，老百姓的日子就不好过了。据《剑桥中华民国史》提供的数据：“在1942—1944年，物价每年上涨约237%；1945年仅1月到8月，价格就上涨了251%。”[③] 而现实生活给予张恨水的感受，要比这些数据真切得多，也生动得多。他提到米价：“战前，江南的米，不过是十元以下一担。小都市里，四五元就可买到一担米了。一斗米的价值，不上一元钱。”可是大后方的粮价，却是一路疯涨，“重庆的米，已经超过了一百元一斗。不过川斗和普通市斗不同，它是三十二、三斤一斗，一斗等于两市斗强。

① 张恨水《手杖》，张恨水散文全集《山窗小品》，64页，时代文艺出版社2015年8月版。

② 张恨水《望龙门缆车》，原载1947年5月8日北平《新民报》，张恨水散文全集《北京人随笔》，245页，时代文艺出版社2015年8月版。

③ 费正清、费维恺（美）编《剑桥中华民国史》（下卷），672页，中国社会科学出版社1994年1月版。

折合下来，一市斗米，也需六七十元”。[1]再说到油。当时，重庆的乡下是没有电灯的，也没有煤油灯，家家都用菜油点灯。但南温泉镇上，菜油并不常有，于是只能点洋蜡，四川人叫作“鱼烛”。但“一支鱼烛，等于一斤多菜油的钱，这算盘不能不打”。打的结果，就是借助月光，或熄灯早睡。他曾填过几阕《浣溪沙》，其中有几句，写到无油点灯的情形：“过了黄昏摸黑坐，无灯无烛把窗开，等她明月上山来。”[2]

物价飞涨对日常生活的影响，绝非米和油这两项，另有一组《浣溪沙》，可见当时生活窘迫之一斑：

> “长安居，大不易”欲形诸吟咏，辄恐讽及他人，得词四阕，聊以自嘲。
>
> 入蜀三年未作衣，近来天暖也愁眉，破衫已不像东西。袜子跟通嘲鸭蛋，布鞋帮断像鸡皮，派成名士我何疑？
>
> 一两鲜鳞一两珠，瓦盆久唱食无鱼，近还牛肉不登厨。今日怕谈三件事，当年空读五车书，归期依旧问何如？
>
> 借物而今到火柴，两毛一盒费安排，邻家乞火点灯来。偏是烛残遭鼠咬，相期月上把窗开，非关风雅是寒斋。
>
> 把笔还须刺激吗？香烟戒后少诗抓，卢同早已吃沱茶。尚有破书借友看，却无美酒向人赊，兴来爱唱泪如麻。[3]

---

① 张恨水《写作生涯回忆》，71 ～ 72 页，人民文学出版社 1982 年 6 月版。

② 同上，73 页，人民文学出版社 1982 年 6 月版。

③ 张恨水《浣溪沙》(四阕)，原载 1940 年 4 月 26 日重庆《新民报》副刊《最后关头》，张恨水全集《剪愁集》，236 页，北岳文艺出版社 1993 年 1 月版。

这里写到戒烟、饮茶、食无鱼无肉、衣衫不整、无袜而赤脚，都是生活之实录。据张明明回忆，最困难的时候，猪肉不容易买到，“母亲就买了一头小猪自己喂养。猪娃子爱叫唤，又爱到处乱窜，母亲怕它扰乱父亲的文思，又怕父亲嫌脏嫌乱，就把小猪娃藏在屋后的厨房里，每天临天亮就把猪赶到山上去，天快黑才赶回家。哥哥们常到山上打猪草，有时我跟着他们去玩。约莫过了一年，父亲始终不知道家里养了一头猪。直养到一百多斤重，把猪杀了以后，父亲看到家里有那么多猪肉，问母亲是哪里买的，母亲才眉飞色舞的把养猪的事说出来”。[①]

张恨水的收入，在文人中还不是最差的，写作之外，报社多少还有一些固定的薪水。而所居虽是茅屋，却也不必付钱，这就节省了一大笔开支；再有，报社编辑也同样享受政府雇员的待遇，吃平价米，市场上五元一斤的米，他们只需付零点一元，比上不足，比下则有余。但张恨水仍时有入不敷出之虞，不过，“所欠的，也就是小菜和零用钱而已”。最初，上海租界中的报纸还可以转来一点稿费，他也就尽力地写一点东西给他们。太平洋战争爆发后，上海的报纸几乎都沦为日寇的附庸，这条路也就断了。为了补贴家用，他甚至“还在学校代过两年的钟点课”。[②]

然而，张恨水毕竟是靠卖文为生的人，对他来说，要改善生活，最重要的恐怕还是提高稿费。当时重庆最高的稿费，没有超过千字十元的，勉强可以买二斤米。到了抗战胜利前夕，特等稿费有千字千元的，也不过一盒纸烟钱，当然是重庆最好的纸烟华福牌。于是，

---

① 张明明《回忆我的父亲张恨水》，92 页，百花文艺出版社 1984 年 11 月版。

② 张恨水《写作生涯回忆》，74 页，人民文学出版社 1982 年 6 月版。

当民国二十九年（1940 年）的时候，“由在桂林的文艺人发出了呼吁，要千字斗米的稿费”。这便是所谓“千字斗米运动”，以重庆当时的物价言之，总要千字六七十元，需涨六七倍，这简直是不可能的。随着米价越来越贵，稿费的增长总赶不上米价的增长，“千字斗米运动，终于成为泡影”。[①]他曾为卖文的朋友算过一笔账，看看写一千字，成本究竟是多少：

饭两碗（一顿）	八十元
蔬菜一荤一汤	一百元（包括油盐柴炭）
纸烟五支（中等货）	三十元
茶叶三钱（中等货）	三十元（开水在内）
房租（以一间计）	三十元（只算一日三分之一）
纸笔墨	二十元（包括信封）
邮票	六元（但快要涨价了）

他说：“这是少得无可再少的估计，约合二百九十六元，而衣鞋医药并不在内。若养上个四口之家（不敢八口），再需添上三百元（最少），是卖五百元一千字，就要蚀老本蚀得哭了。”[②]

这笔账算得人很伤心，难怪他甚至想要“死了那条卖文的心，除了和《新民报》写着固定的文字而外，把写稿子的工夫余下来，看看架上残余的几套破书，或者念‘无师自通’的英文，或者画‘无师自通’的画。再有剩余的时间，就是和邻居谈天了”。[③]然而，天

① 张恨水《写作生涯回忆》，71、72 页，人民文学出版社 1982 年 6 月版。

② 张恨水《文稿千字最低血本》，原载 1945 年 3 月 6 日重庆《新民报》，张恨水散文全集《上下古今谈》，297 页，时代文艺出版社 2015 年 8 月版。

③ 张恨水《写作生涯回忆》，72 页，人民文学出版社 1982 年 6 月版。

无绝人之路，让张恨水颇感意外的是，虽然太平洋战争断了他在上海的财路，但曾在上海出版的他的作品，由香港兜个圈子，到了重庆。他说："这些书，有的是我已经卖了版权的，有的是版权没有分明的，有的是版权还保留着的。我本人现在重庆，这大批的心血结晶品在街头出卖，我不能熟视无睹。出版家也非常的明白，就自动地来找我，告诉我他们是由香港转进的。过去，他们对发表的报社，已纳过版税。现在到了重庆，不管我版权谁属，凡是在重庆出卖的书，都打算翻印，也都给我百分之二十（新著），或百分之三十六（旧著）的版税。我当然也不过问过去，就和出版家订了新约。由三十一年到三十四年，在后方出版和翻版的（世界书局翻版的不在内，因为那是我抽不到版税的），共有二十几种之多。每月所得的版税，可能超过我薪水十倍。于是我有钱做几件衣服穿了，也有钱买肉给小孩子吃了，而且还有些剩余，直到胜利回家，我都利用着这点版税作川资。"①

在西蜀听子规啼了八年，终于有一天，张恨水和全国民众一起，盼来了"最后一笑"。民国三十四年（1945年）八月十五日，日本宣布无条件投降。苦战八年的中国人民迎来了最后的胜利，兴奋、激动之情可想而知。在这种民族抗战的胜利狂欢中，张恨水也仿佛年轻了十岁。一年后，在纪念抗战胜利一周年之际，他写了一篇文章，详细描述了喜讯降临那一刻全家人喜极欲狂的样子：

> 十二点钟了，山谷里少有的事，家家亮着灯火，门户洞开，龙门阵散了。我衔着一支烟卷，在屋子里不住地徘徊。完了一支再吸一支。

① 张恨水《写作生涯回忆》，74～75页，人民文学出版社1982年6月版。

除了将菜油灯芯，再剔得亮一点儿，我没有其他的动作，只是徘徊。门外一阵脚步声，她带着小孩子们回来了。她脸上带着比和清一条龙的牌还要高兴的笑，吹着灯笼，一面笑说：“你真成，在家里呆得住。”她放下灯笼，在我手上取过烟卷去吸了一口。我问：“街上有什么热闹？”孩子们答：“人多极了。”小女儿忘了我的禁条，操着川音：“那个人把罐罐顶在脑壳上打。”她用十个小手指捧着童发。儿子小全说：“还用说？老王没得啥子耍，拿一口破锅吓实敲！”他不说川话不够劲，两个手还比画着。儿子小伍说：“那个外国人真好耍，他伸出两个大拇指，遇到人就叫顶好，乱吼一阵。格老子。”她笑了：“别乱说，该挨揍了。睡吧，半夜了。”我问：“到底怎么热闹？”她说：“其实没什么，就是人起哄。学生打着锣鼓，老百姓家里有什么拿什么出来敲。洗脸盆，铜盘子，破锅，全是乐器。人一群跟着一群，灯笼火把，高举过脑袋，在街上跑来跑去。《义勇军进行曲》，小学校歌，打回老家去，发了狂一样。大家乱唱。没有火把，把扫帚点着。还有那个玩票的高太太，也跟在人群里跳着唱，我瞧了都有点过分。孩子们吵死了要买爆竹，我只好去买爆竹，可是杂货铺里爆竹卖完了。”我坐在黄竹子太师椅上仰着头：“此天籁非人籁也。”她说：“那末，你为什么不发一发天籁？”我道：“我的理智，还定服得住感情。也许我今晚睡不着。”“咱们什么时候离开四川？”她笑着问。我取出纸烟，给她一支，自吸一支，我擦着火柴先给她点上，然后自吸。沉默着喷出烟来，“我已想得久了，第一个月交通恢复不了，第二月走，没有我们的份。第三个月，在四川的一切事情，也许结束了，第四个月也许可以走。大概这个阴历年在故乡团圆了吧！我见着了我的老太太，也见着了你的老太太。”她又是一笑，不是比和清一条龙了，在菜油灯下，我想起除了她做新娘子那晚上，没有那次笑容，比得上这次脸上的愉快。虽然这已是将近二十年的年月了。[1]

张伍后来回忆："父亲母亲都是滴酒不饮的人，但是在那一晚，他们各自斟满了一杯白酒，笑着一饮而尽，在菜油灯光的照耀下，他们的脸像是辉映出了一片美丽的红霞。"[2] 由此或可体会张恨水当时的心情。毕竟，抗战八年，客居茅屋，日子再苦，他们总算坚持下来了。他曾取陆游诗题，为南温泉那三间茅屋命名曰"北望斋"，最初是想表达，当"南渡君臣轻社稷，中原父老望旌旗"的时候，士大夫阶级的唯一选择，是做"威武不能屈，贫贱不能移"的伟丈夫，不能有丝毫的妥协和动摇。[3] 回到北平后，他又有了新的解释："其实那列茅屋，恰是坐西朝东，而且四面是山，什么也望不见。但我可以如此叫者，因为北平是我第二故乡，无法云天北望之意。"[4] 他还作了一组诗，其中一首写道：

建文峰下屋三排，茅屋亲题北望斋，
不道北来都异昔，云天西望立寒阶。[5]

---

① 张恨水《北望斋之一夕》，原载1946年8月15日北平《新民报》，张恨水散文全集《山窗小品》，145～146页，时代文艺出版社2015年8月版。

② 张伍《忆父亲张恨水先生》，259页，北京十月文艺出版社1995年8月版。

③ 张恨水《丈夫穷死由来事》，原载1943年2月18日重庆《新民报》晚刊，张恨水散文全集《山窗小品》，190～191页，时代文艺出版社2015年8月版。

④ 张恨水《北望斋之一夕》，原载1946年8月15日北平《新民报》，张恨水散文全集《山窗小品》，143页，时代文艺出版社2015年8月版。

⑤ 张恨水《巴山杂忆》（十首），张恨水全集《剪愁集》，117页，北岳文艺出版社1993年1月版。

回到北平，很多事都让他感到失望，这是后话，先按下不表。正像他所预料的，虽然他急于携眷东归，渴望与分别八年的老母和家人团聚，但急于离开四川的人太多了，轮船、飞机都人满为患，最初一段时间是轮不到他的。而且，抗战胜利前后，正是《新民报》大发展的黄金时期，他们凭借八年来积累的人力和财力资源，以及从各处筹集的资金，制订了战后“五社八版”的发展规划。张恨水作为《新民报》的协理兼主笔，承担着筹办北平《新民报》的重任，一时也还不能离开重庆。一方面是重庆《新民报》还有些善后的事要办，同时，还要和其他经理、协理、报社同人一起商量《新民报》迁回北平、南京、上海的种种计划和措施。而票不易得也是原因之一。直到邓季惺飞赴北平，备妥了办报所需的场地和设备，张恨水还滞留在重庆没有动身呢。在等待东归期间，张恨水一家离开南温泉的三间茅屋，搬到重庆陈铭德的家中暂住了将近半个月。

为了能使张恨水和《新民报》其他人员尽快成行，离开四川，陈铭德专门包租一辆带篷卡车。民国三十四年（1945年）十二月四日，张恨水带着妻子和两儿两女，以及一个远房侄子，随车队从海棠溪出发，踏上归途。他们是二日离开重庆的，“当日冒着风雨渡江，夜宿南岸海棠溪”。当晚，正值斜风细雨，他走出旅馆，站在江边码头上。风吹着他的衣襟和头发，增加了一种凄凉意味。遂想到隔岸的烟雨灯火中，还有他许多朋友，不禁感慨系之。于是，吟得一律：

壮年入蜀老来归，老得生归哭笑齐。
八口生涯愁里过，七年国事雾中迷。
虽逢今夜巴山雨，不怕明春杜宇啼。

隔水战都浑似梦，五更起别海棠溪。[①]

离别前夕，他的确有所感触而慨叹不已。他在《告别重庆》一文中写道："以往八年，每在爬坡喘气，走泥浆路战战兢兢之余，就常和朋友说，离开了重庆，再也不想来了。到了于今，我不知何故，我不忍说这话。人和人是能相处出感情来的，人和地，又何尝不是？嘉陵江的绿水，南温泉的草屋，甚至大田湾的泥坑，在我的生命史上，将留下不可磨灭的一页。"[②]

原定三日发车，"因修车暂缓一日"，次日天明，收拾行装，四周都是来送行的人。他们所乘为西南公路衡渝通行车，每辆适载二十五人。原定车有五辆，由于《新民报》同人恰好购票二十五张，公路局"特加开一辆以容之"。百余人行李过磅，费时非短，至中午十二时，方告结束。下午一时半，车队始自海棠溪驶出，沿着川黔公路颠簸数日，先到贵阳，再转湘黔公路，于十二月十七日抵达湖南衡阳。途经东溪时，张恨水曾与小妹张其伟、妹夫史哲民小聚。他写道："予妹及妹婿居此，以早日得电，在站迎已三日。见吾妻，几不相识，可知其昨日之受创甚巨。未及十余分钟之谈话，车将行。天涯手足，风尘小聚，几时不见，见了还休，争如不见，殆此情也。予妻与予妹挥泪中，车已别东溪。"[③]

---

① 张恨水《去年今日别巴山》，原载 1946 年 12 月 2 日北平《新民报》，张恨水散文全集《山窗小品》，153 页，时代文艺出版社 2015 年 8 月版。

② 张恨水《告别重庆》，原载 1945 年 12 月 3 日重庆《新民报》，张恨水散文全集《上下古今谈》，322 页，时代文艺出版社 2015 年 8 月版。

③ 张恨水《由东溪到松坎》，张恨水散文全集《北京人随笔》，199 页，时代文艺出版社 2015 年 8 月版。

张恨水一行在衡阳改乘到湖北武昌的“铁棚子火车”。这种火车很有趣，没有车头，是以汽车牵动火车。“引曳之汽车，去其橡皮轮，代以钢轮。其余，则普通之四轮卡耳。其后引三车厢，车厢特制，以木为之，远望之，有如一架床，周围圈以木板，上覆席篷或黄布幔。轮小，距钢轨不过一尺，小儿可以攀登。车门高三尺，人鞠躬而进。箱中横置木板八条，每条规定坐五人，行李则置凳下，故乘客限制行李极严，每票定十五公斤。其实并不过磅，旅客可径自携入”。这列“火车”，从衡阳至武昌，便走了三天，“一日至长沙，二日至临湘，三日至武昌”。[①]

在汉口，船票依然非常困难，几经周折，最后多亏王耀武先生热心帮忙，才得以先乘江亚轮（一说东亚轮）到南京。这时已是民国三十五年（1946 年）元月五日，张恨水暂住在陈铭德南京新家。新闻界朋友为他洗尘，席间，有人要他写点感想，他即席口占数绝，其中一首是：

> 收拾行囊探老亲，七千里路冒风尘，
> 驱车又过新街口，枯柳婆娑是熟人。[②]

几天后，张恨水带领全家离开南京，乘小火轮抵达安庆。这时，母亲已由潜山乡下迁居安庆，仍住在元宁巷三号。张恨水带领儿女刚刚踏上大门口的石板台阶，就大声呼唤着母亲，远远地向着母亲

① 张恨水《粤汉路轻便车》，张恨水散文全集《北京人随笔》，215 ~ 216 页，时代文艺出版社 2015 年 8 月版。

② 张恨水《白门柳》，原载 1946 年 4 月 25 日北平《新民报》，张恨水散文全集《山窗小品》，120 页，时代文艺出版社 2015 年 8 月版。

跪了下来。这一跪，胜过千言万语的倾诉，使得周围的人也都止不住热泪横流。张恨水有诗记述当年的团聚：

八载回来喜欲狂，夕阳楼下置归装；
凭栏遥见慈亲立，拜倒风沙大道旁。

飞步登楼一笑盈，座前再拜叙离情；
八年辛苦吾何恨？又听慈亲唤小名。

站在一旁陪着落泪的张伍后来这样回忆："那天，父亲听见祖母呼唤着他的乳名，便像孩子般地依偎在祖母身旁，是那样幸福，那样心满意足。祖母那一声亲切的呼唤，驱走了他八年的愁苦，驱散了他千里东归的一路劳顿，使他忘掉了忧烦，忘掉了惊恐，忘掉了世态炎凉，有的只是母亲的爱抚和温馨！"①

张恨水在安庆元宁巷陪母亲过完春节，安置好家眷，便于"二月十五日"，匆匆离开安庆，从南京乘飞机，只身前往北平，筹办北平《新民报》去了。他曾有诗记此事：

为报知音一段情，又随铁马赋长征；
终思老母牵衣道：岂为家人负友生？②

① 张伍《忆父亲张恨水先生》，272页，北京十月文艺出版社1995年8月版。

② 同上，276页。

拾捌

报人（下）

按照方奈何的回忆，张恨水是三月初才到北平的。而他的记忆与张恨水的自述略有出入。张恨水四月二十日在为《虎贲万岁》作序时曾言道，“在南京候飞机半个月，二月十五日我才到北平”。[①]查民国三十五年（1946年）春节，为二月二日，如果他在南京候飞机半个月而二月十五日到北平的话，是不可能在老家过春节的，而他的确是在老家过的春节，节后不久，才在母亲的劝促下，与家人挥泪告别，到南京去乘飞机。所以张伍说，他父亲离开安庆，匆匆上路，是在二月十五日。这样的话，恰好是三月初才到北平。

至少在日本战败之前，陈铭德、邓季惺就开始为《新民报》的战后发展进行筹划了。由于陈铭德效仿蔡元培在北京大学的做法，实行“兼收并蓄”的招揽人才的方针，只要对报纸的发展有利，通通网罗进来，为己所用；加上他颇有些孟尝君礼贤下士的遗风，抗

① 张恨水《虎贲万岁》自序，4页，重庆出版社2015年8月版。

战八年，为《新民报》聚集了大批报业精英。所以，当日本战败投降的消息传来时，未来《新民报》以“五社八版”为基本格局的发展蓝图已经绘制完成，各路人马也已安排妥当，蓄势待发。除了“重庆、成都两社继续经营，由协理兼总主笔罗承烈负责”外，“协理邓季惺、副总主笔赵超构负责南京版复刊和上海社创办，邓季惺兼协助北平社创办的筹备；陈铭德在重庆完成调度工作后，将总管理处迁驻南京；协理兼主笔张恨水负责北平社”。[①]同时还为北平社安排了几员大将：曾任《新民报》重庆、成都两社日刊总编辑的方奈何被聘为北平社主笔兼总编辑，又从重庆社调了王文卿、潘儒珍出任北平社总务主任和出纳，邹震、刘桂梁也离开重庆社，到北平社担任编辑和采访主任。张恨水则在当年十月就向曾与他在《世界日报》共事，如今已是戏剧文化界名角的马彦祥发出了邀请，约他去北平编辑副刊。

由于听说收复区的物价天天在涨，陈铭德、邓季惺担心，如果不尽快赶到南京、上海和北平，则八年来辛辛苦苦积攒下来的这点资金，很快就会贬值，到那时，不要说计划中的三社办不起来，就是恢复一个南京社也非易事；尽管他们也曾羡慕《大公报》得到了二十万官价美汇，但此时他们对政府资助已不抱任何希望。曾与成舍我、张恨水一起创办《世界日报》，时任蒋介石高级顾问的龚德柏甚至说过“请《新民报》到延安去领赏”[②]的话，这就更使他们陷入了前所未有的困境。“除了对南京版的复刊不得不予同意外，关

---

① 陈铭德、邓季惺《〈新民报〉二十年》，《〈新民报〉春秋》45页，重庆出版社1987年12月版。

② 同上，44页。

于北平、上海版的登记，则推说须向当地社会局申请。”[1]《新民报》大批人员需返内地，当局竟在交通工具上设置障碍，故意刁难，找各种理由不售给飞机票和轮船票。以至于张恨水迟至十二月初，才乘坐带篷卡车，绕道贵州、湖南、湖北、江苏，回到安徽老家。

为了让邓季惺先行奔赴南京，陈铭德只好设法通过“一位在国民党行政院工作的熟人”，[2]给她弄到一张飞往南京的机票。九月十八日，邓季惺独自一人离开重庆，前往阔别八年之久的南京。九、十两月之内，她便迅速搞定了南京、上海两报，并于十一月初赶到北平。在这里，她以一人之身，只用了不到一个月的时间，就为北平社购置了东交民巷西口瑞金大楼作为社址，并及时地将一些印刷设备抓在手里，为报纸的出版、发行准备了必要的“硬件”。当时，要在北平找到合适的房子和相应的印刷设备，是非常不容易的。由于国民党“劫收”大员的疯狂掠夺，平津两地的敌伪报纸均已成为国民党中宣部的囊中之物，一些设备较为完善的私营印刷厂，大多也被那些党棍、特务硬指为“敌产”，收归己有。即便是瑞金大楼的房产，由于沦陷时期曾是大中银行的营业所，如果不是邓季惺有决断，下手快，抢先买了下来，也难免落得被“劫收”大员强行收去的下场。

在筹办北平《新民报》的团队中，方奈何捷足先登，于一月中旬先期抵达北平。马彦祥则费了一些周折。当时他还担任着中央青

---

① 方奈何《北平〈新民报〉回忆》，《〈新民报〉春秋》，355页，重庆出版社1987年12月版。

② 蒋丽萍、林伟平《民间的回声：陈铭德邓季惺伉俪传》，142页，上海文艺出版社1998年6月版。

年剧社社长一职，这是“三青团”书记长张治中治下的一个戏剧团体。马彦祥担任此职，是请示过夏衍，经周恩来同意的。抗战胜利后，他曾提出辞职，但所请未获批准。这时，恰好张恨水约他去北平办报，他便借了这个机会，“假称‘母在北平病危（实际母已病故上海），急待回平探视’，请准事假一个月。遂离渝赴平”。[①]

马彦祥与方奈何前后脚抵达北平，但直到张恨水到来之前，出版登记证却还没有办下来。张恨水下“车”伊始，便投身于紧张繁忙的筹备事务中。他们一起去找北平市长熊斌，最终争取到社会局的批准，同意四月出报。他们将创刊的日子定在四月四日，并从三月二十日开始试刊。马彦祥在重庆时曾与中共方面的徐冰有过来往，这时，军调部三人小组在北平成立，徐冰被委派担任了北平军调处执行部中共方面的顾问。他们既在北平相遇，他便将马彦祥介绍给中共代表叶剑英。不久，马彦祥又通过徐冰联系，介绍张恨水与叶剑英相见。军调部在北京饭店举行酒会招待新闻界人士，张恨水遂率《新民报》全体采编人员到会，并逐一将同事介绍给叶剑英。

办报之初，人手不齐，新闻编辑只有方奈何一个光杆总编辑，原定调北平社的邹震、刘桂梁一直困在重庆，没有办法搞到返回内地的车船票。无奈之中张恨水写信给尚在重庆的张友渔，请他协助，安排二人经由解放区北上，直到五月才抵达北平。这期间，恰好成都《新民报》编辑杜景沼，因处理“校场口事件”消息，所作标题触怒了国民党四川省党部，在成都待不下去，借机来北平省亲，方奈何便请他留在北平，加盟平社。战前在华北颇负盛名的章回小说

① 季滨、刘英华《马彦祥年表》，《马彦祥文集》（一），518页，文化艺术出版社1995年10月版。

家李熏风，此时自荐要求加入平社，暂时缓解了人手短缺的燃眉之急。于是，由李熏风暂编社会新闻版，杜景沼编要闻版，方奈何编教育新闻版，兼副刊《鼓楼》主编，马彦祥则主编《天桥》，不久，又请画家兼掌故作家于非闇主编《北京人》，张恨水则自编《北海》，并负责掌控报社全局。至此，北平《新民报》的人事安排算是初具规模。

然而，创办一份新的报纸，张恨水所面临的难题还有很多，有些困难甚至是不可预测的。方奈何后来回忆《新民报》北平版创刊之初的困难，至少还表现在三个方面，他写道：

> 其一是北平已收复八个月，抢先出版的大小日报不下二十余种，它们各自拥有一定的读者。初创刊的《新民报》，如何才能夺取一部分读者，打开销路？
>
> 其二是当时的北平居民，已经受尽了天上飞来的地下钻出来的劫收大员的磨难，对重庆来的人缺乏好感。《新民报》如何才能取得他们的信任？
>
> 其三是北平沦陷时期，伪新民会办过一张报纸，也叫《新民报》，人们对它印象极坏。我们的《新民报》难免被人混淆，遭人误会。①

不过，虽有这些不利条件，但北平《新民报》也自有其优势。首先，张恨水在北平市民中享有很高的名望。当年他在北平办报、编副刊、写连载小说，可谓誉满京华。他早期的许多小说都以北平为背景，像《春明外史》《金粉世家》《啼笑因缘》，都曾为他赢得了巨大

① 方奈何《北平〈新民报〉回忆》，《〈新民报〉春秋》356页，重庆出版社1987年12月版。

声誉，他在北平几乎是个家喻户晓、妇孺皆知的人物。因此，他的重返北平，就在市民中引起了一阵不小的骚动。为陈铭德、邓季惺作传的蒋丽萍、林伟平就曾表示，他们二位“请张恨水主持北平版，是找对了人”。[①]同时，报社发动了强大的宣传攻势，据方奈何回忆，他们的营销宣传分三个步骤：

> 第一步是在北平《世界日报》和《华北日报》上刊登创刊广告。这个广告除了介绍《新民报》的历史、主要负责人和主笔团名单外，在政治上着重标榜“不偏不倚”的立论态度，但是在特约撰稿人的名单中，有很多的进步作家，借以向读者暗示北平《新民报》的政治立场。在经济上，大力征求基本订户，除按定价八折收费外，将来发行书刊时还予以优待和其他便利。
>
> 第二步是印出数百份大幅创刊广告在通衢闹市张贴，并委托各大商店张贴在其橱窗之中，以广宣传。
>
> 第三步，也是最收效的一个步骤。把创刊广告改编为函件式样，就北平电话簿上的地址，分别寄给各工厂、商店和住户。在寄发宣传函件时，经理部全体出动，用了两昼夜时间，根据电话簿上用户姓名住址填写了近万封信，并附以试版时的样报。收到函件的人，都以自己受到了一家报纸的重视为荣。也正是这种心理使他乐于订阅这家“瞧得起读者”的报纸。[②]

---

① 蒋丽萍、林伟平《民间的回声：陈铭德邓季惺伉俪传》，223页，上海文艺出版社1998年6月版。

② 方奈何《北平〈新民报〉回忆》，《〈新民报〉春秋》，356～357页，重庆出版社1987年12月版。

据方奈何回忆，经过大规模的广告宣传和营销，到了“三月二十八日开始预订的第一天，就有不少人来报社订报；第二天订户更多了。营业部设有六个订报组，竟来不及开订单，我们又在内外城各处特约了几家商店代订。出版前便有了五千多基本订户，这在当地是创纪录的”。① 据说，当时因订户争先恐后，竟将营业室柜台挤倒，可见场面之盛。总之，北平《新民报》创刊首日就取得了发行一万两千余份的好成绩；半年之后，更进一步扩大到五万份，居北平小型报发行之首。该报发行首日所刊《本报启事》便描述了最初的发行状况：“本报基本订户，截至（四月）二日六时止，业已满额，三日增加五千户，又已满额。且劳诸公远道前来，多以拥挤，未得登记，本报十分抱歉，而昨晚各方要求订阅者，仍络绎而来。承社会人士如此爱护，本报毋任荣幸。兹定于四月四日起，二次增加基本订户五千户。”②

民国三十五年（1946 年）四月四日，忐忑不安中的北平《新民报》与读者首次见面，尚可谓一帆风顺，皆大欢喜。而前一天的夜里，北平市警察局突袭了新华社北平分社和《解放》季刊所在地，逮捕了总编辑兼分社社长钱俊瑞等三十九人。当日，军调部中共代表团顾问滕代远的住地也遭搜查，工作人员李耕涛、李新等五人被捕。③ 这两件事虽然并无必然的联系，却也透露出一些值得重视的信息，

① 方奈何《北平〈新民报〉回忆》，《〈新民报〉春秋》，357 页，重庆出版社 1987 年 12 月版。

② 原载 1946 年 4 月 4 日北平《新民报》第一版，参见谢家顺《张恨水年谱》，556 页，安徽文艺出版社 2014 年 7 月版。

③ 赵庚奇著《民国北平大事记》，《民国北平历史》，200 页。

说明办报前景之险恶，可能会超出人们的想象。事实上，国共两党之间，自日本投降以来，为重新安排战后中国的政治格局，一直在明争暗斗。这是国内最强大的两股政治势力，都想左右中国政局。他们或战或和，或谈或打，当时尚未分出高下。在两军对垒之间，作为一张标榜“超党派”“超政治”“纯国民”的自由主义民营报纸，北平《新民报》选择怎样的办报方针和报道策略，才能在国共两党的尖锐斗争中求得生存和发展，对报社的“首席执行官”的确是很严峻的考验。

这个问题正是张恨水最感到为难的。虽有“中间偏左，遇礁即避”的八字方针，但落实到具体报道中却并不容易。实事求是地说，北平《新民报》经济上可以自给自足，以报养报，那么，他们自然不肯做任何党派和政治势力的附庸。但是，既不听命于某个党派或政治势力，同时还想发出自己的声音，谈何容易！他们看到，当时的国民党政权，由于腐败、专制这两大劣迹，越来越让国民丧失信心；而中共则以光明的形象和进步的姿态逐步赢得了民心，特别是为广大青年所向往和追随。报纸要有销路，是不能不顾及读者的情绪和意愿，不能不反映民众的想法和要求的。而另一方面，报纸毕竟办在国民党统治区之内，政府随时可以找个理由，把这份报纸搞掉。因此，为了报纸的生存，必要的妥协又是在所难免的。还有一点就是，社内的几位骨干：陈铭德、邓季惺、罗承烈、张恨水、赵超构这些人，在政治上、思想上既不认同国民党那一套，也不完全认同共产党那一套。所以，抗战胜利前夜，他们才想到要“寻找一条既能迎合读者、扩大报纸销路，又不导致报纸立场失衡以致惹恼当局致报纸于死地”[1]的编辑方针，于是便有了那个著名的八字诀，意思就是说，

---

① 蒋丽萍、林伟平著《民间的回声：陈德铭邓季惺伉俪传》，163页，上海文艺出版社1998年6月版。

“居国共两党之中，而偏向共产党；遇到国民党的高压时，又要暂时退避”。[①] 有人说，这是陈铭德的生意经，自然也有他的道理。

方针既定，但在实行的过程中，公司董事会对各社各版的政治态度并未做严格的统一规定，基本上是因人而异，随各社各版负责人和主笔的情况而定。如果说有个尺度或曰底线的话，那么就是陈铭德所说的：“‘左’不能左到把报社弄关了门”；“‘右’不能右到和国民党一鼻孔出气，甚至骂共产党”。[②] 在重庆时，张恨水还不觉得有什么为难之处，因为出了事，自有陈铭德在前面遮挡，由他去和各路神仙、魔鬼打交道；而到了北平，他被推到前台，主持全局，“除了把握办报方针，关注版面设计，筹划纸张以及协调人员分配外”，[③] 还要随时准备应付突发事件，处理各种难题，这就免不了要和官员、商人打交道。以张恨水的文人气概，对这两种人是不肯正视的，甚至是鄙视的，至少是敬而远之的，现在却要与他们虚与委蛇，敷衍应付，对张恨水来说，这的确有点勉为其难。

开局还算顺利。张恨水除了主编副刊《北海》，还负责报纸的言论。创刊之日，他为北平《新民报》撰写了《发刊词》，且看他写了什么：

> 本报今天得与华北人士相见，首先我们有一番很大的欣慰。这倒不是专指本报这一点小小的民营新闻事业。在去年今日，本报还只有

---

① 陈铭德、邓季惺著《〈新民报〉二十年》，《〈新民报〉春秋》，37 页，重庆出版社 1987 年 12 月版。

② 同上。

③ 张伍《忆父亲张恨水先生》，278 页，北京十月文艺出版社 1995 年 8 月版。

重庆、成都两社，根本还不能估定日本何日投降，不会预定北平版能今日问世。就是华北人士，也不会想到，在今年今日，大批的看到自己记者为自己人民说话的报纸。虽然胜利之来，来得太快，光复后的一切不能满足人民希望，究竟我们有我们自己的报纸了。

我们首先这样说着，那就是敢自信的，要追随在华北为人民说话的诸同业之后，再添这一副喉舌。我们曾听到有人说，“新闻言论是一面倒的”，也听到有人说，社会上有“捏造事实”“颠倒黑白”的刊物。这两种说法，是对立的。这里面就包涵着一个很大的是非问题。我们不必也不愿去批评这两种说法谁是谁非。但有一点可研究，就是我们要怎样去避免一面倒和怎样去避免颠倒黑白？

若说处处要标新立异，大唱反调，这才不是一面倒。那末，新闻纸会成了反常的刊物，人民的希望，决不如此。反过来，偶然有和一般新闻或一般言论不同之处，那就是颠倒黑白，那又是教所有的新闻记者，都作应声虫，全中国有一张报纸就够了，何必东一家西一家？请问，全中国只有一张报纸，是不是能说老百姓全要说的话呢？我们《新民报》十八年来在新闻界略微有点地位，就是决不标新立异，也不随声附和。能说，我们就说，不能说，我们只好向读者抱歉，守着最大的缄默。

就现在国家情形而论，八年苦战之后，无论前后方，人民疲劳极了，所需要的是安居乐业，休养生息。谁不让我们安居乐业，谁不让我们休养生息，无论你什么政策，什么党纲，我们实在不感到兴趣。凡是不体恤老百姓的举动，报纸纵不能反对，至少也不应当捧场。再说明白一点，我们应当向执政的党和在野的党，作积极的建议，请他们怎样顾全老百姓。倘若我们拿不出什么办法来建议，我们也不和执政的或在野的曲为解说，去欺骗老百姓。

最后，我们感觉到老百姓对那一天那一处能买到平价面粉，是感到兴趣的事，我们应当设法报告。反之，老百姓对各党各派分配府委部长并不关心，我们也不引为是重大新闻，去加倍渲染。又八年来，新闻是一贯的紧张，我们愿意在纸面上轻松一点，免得读者对报纸寂然寡欢。不过社会的习惯，往往把轻松和低级趣味混为一谈，我们也愿意纠正这个毛病。①

张恨水的这番表白带有鲜明的个人色彩。首先，他用平实、朴素的语言讲了实实在在的事实和道理。在这里，他不谈主义，不谈阶级，不谈党派政治的是非优劣，只谈民生，谈老百姓对于“安居乐业，休养生息”的愿望，以及对平价面粉的兴趣，至于执政的党和在野的党各分得多少政府部长的名额，既然老百姓并不关心，他们也就不作重大新闻处理。他们并不自说自话，自我标榜，而是为老百姓代言，民之所好好之，民之所恶恶之。其次，坚持不群不党、不左不右的原则，或无所谓左，也无所谓右，既不标新立异，也不随声附和，凭着自己的良心说话。这其实就是文人办报对待政治纷争的态度，所谓君子不党，不存党见，说他是“中间道路”也罢，“超党派立场”也罢，自由主义也罢，对他来说，更多的还是文人的清高，不屑与之为伍罢了。他的文人根性还表现在其三：希望报纸办得轻松一点，给读者一点趣味和抚慰，不搞虚张声势、剑拔弩张。所以，在北平《新民报》创刊之前，他便设计了三个副刊：一个是以新旧文学及掌故、逸事为内容的综合性副刊《北海》，再一个是游艺副刊《天桥》，另一个是服务性生活副刊《鼓楼》。后来，又陆续增加了《北京人》《新世界》《小家庭》三个副刊和《新民报画刊》。连载小说

① 张恨水《发刊词》，原载1946年4月4日北平《新民报》第一版。

也是北平《新民报》的重头戏，有时每天连载六七篇，但绝不少于五篇，先后便有茅盾的《生活的一页》，老舍的《八方风雨》、左笑鸿的《血债》《寇仇记》，田汉的《情探》、李熏风的《云天在望》、拾寒的《铁窗人语》、纽先铭的《圣母的塑像》、美国小说《四面怪盗》，以及张恨水的《巴山夜雨》《虎贲万岁》《偶像》《雾中花》《五子登科》等，都曾在北平《新民报》副刊连载。为之撰稿的新旧文人也不少，除了上面提到的，还有郭沫若的考古文章，章士钊、柳亚子、沈尹默、于右任等人的旧体诗词，孙伏园、卢冀野等人的散文、随笔，田汉、齐如山、洪深、李健吾、刘念渠、焦菊隐、何海生、孙复等的戏剧评论，都是读者所喜爱的，为北平《新民报》增色不少。因此，张恨水才敢自豪地说："我这个组班的，实尽力之所能，文坛上第一流的名角，我们都已邀到。至少十年以来，北平报纸，还无此盛况吧？"①

然而，民国三十五年（1946年）的国内形势是相当严峻的。年初，以美国特使马歇尔、国民政府代表张群、中共代表周恩来组成的"军事三人小组"在北平成立；政治协商会议也于一月十一日至三十一日在重庆召开，会议期间达成的协议，几乎涉及所有国共两党争执不下的政治、军事问题；一月十日，国共签订了停战协定，要求一月十三日全面停战生效，停止华北一切军队的调动。政府军接收满洲和长江以南日占区的权力，在停战协定中亦得到确认。新成立的由"三人小组"领导的军调处执行部负责监督实行。不过，国共两党似乎从未打算认真对待这些协议。三月一日召开的国民党六届二中全会，就从根本上否决了政协通过的有关协议。共产党亦不示弱，

① 张恨水《第一印象》，原载1946年4月4日北平《新民报》副刊《北海》，张恨水散文全集《山窗小品》，107页，时代文艺出版社2015年8月版。

并早已做好了战争准备。四月初，大规模军事冲突就在东北率先爆发了。在华北，中共也沿着津浦铁路在山东和苏北调动军队进攻国民党。

很显然，北平《新民报》创刊伊始，就被置于时代的风口浪尖上。对于报人来说，这既是难得的机遇，也是严峻的考验。我们且看张恨水是如何表现的。四月八日，他在一版发表社评《少安毋躁》，首先针对国民政府将东北三省划为九省提出批评，认为是虎狼之医的做法。四月十日，又在一版发表社评《大家拿出至诚来》，很含蓄地指出，调处工作之所以困难重重，就在于矛盾双方都不能以诚相待，“我们也不便说谁不诚，去举例以明之。不过这只要有人能出以至诚，在任何一种实际的行动上，都可以得到反映的”。[1] 恰在此时，民主同盟向国共双方提出了一个看似折中的方案，其内容为：“（一）请共军撤出沈阳附近及长春附近。（二）由中央接收长春哈尔滨，双方停止进攻五天。（三）全面停战，和平协商。”针对民盟的新方案，四月十二日，张恨水发表了社论《读民主同盟方案以后》。他写道：“这几天调处的情形不大好，加之神经战又达到了最高潮，北宁路也断了。于是第一个反应，就是北平市的粮食，普遍的比定价涨出了五元。这不很可证明国共一不协调，首先遭殃的就是吾侪小民吗？各党各派，你也谈民主，我也谈民主，民主是谁？谁来作主？假如这个民，吾侪小民忝列在内，我们就多少要拿点主张出来，请各位先别动口，停止神经战，我们实在受不了这不断的刺激。跟着，就请别动手。大家都是中国人，有话好商量。”[2]

所以，张恨水表示，他对民盟的这个方案“大致同意”，进而指出：

---

① 张恨水《大家拿出至诚来》，原载1946年4月10日北平《新民报》第一版。

② 张恨水《读民主同盟方案以后》，原载1946年4月12日北平《新民报》第一版。

“在法理上，中央百分之百，应该接收东北各大都市。纵然有所谓‘既成事实’，共军也没有理由，可以抢这个先著。提到了‘既成事实’，我们就不必讳疾忌医，应当用政治手腕来解决。否则共军必尽量的在交通线上打主意，至少是鱼死网烂，成千成万的老百姓跟着倒霉！中央对这沦陷十四年的老百姓，必有一番恻隐之心。千不看，万不看，看在东北三千万老百姓分上，再宽大为怀一次（自然，已往是宽大多次了）。对民主同盟的方案，可加以考虑。至于中共方面，我们也有点忠告，最近这几天的作风，实在过于急躁一点。共党是有办法接近民众的，各位应该明白最近社会的反应如何？中共向来说是争取民众，这样的急躁，难道是民众所表同情的吗？民主同盟，也许可说是共党的友党，他们都有以上的主张，可知人心如何？所以这个方案，中共实在应当接受。”①

张恨水与《新民报》另外几社几版的经理、总编、主笔有所不同，他始终坚持文人办报、民间办报的理念，为城市市民、百姓平民代言。他的言论，立论基础便来自生活的直接感受。他不存党见，没有成见，只看老百姓能否过上安稳日子。他的反对内战，呼吁和平，盖源于此。他固然不喜欢国民党，对于共产党亦少有了解。其实，抗战期间中共领导人对他是颇为看重的，周恩来曾当面称赞他的《八十一梦》写得好。据郝耕仁女儿郝君仪回忆，周恩来在延安干部大会上还赞扬过张恨水的小说，认为揭露了国民党当局的腐败、黑暗。重庆谈判期间，毛泽东与张恨水单独会见，并送给他延安生产的衣料等礼物。有些人便把这些看作是张恨水的殊荣。据说，赵超构当年曾经预言：“若是共产党得天下，新民报有两个人是要当大官的。一是张恨水，

---

① 张恨水《读民主同盟方案以后》，原载1946年4月12日北平《新民报》第一版。

一是浦熙修。”[①]

不过，张恨水并没有因为共产党对他有好感就靠近共产党。回到北平后，所见所闻，倒是让他对共产党有了一些看法。首先是东北问题，国共双方互不相让的结果，已经对国家民族的前途命运构成了威胁。他在四月十五日社论《东北问题的前途怎样》谈到东北问题的焦点，无非是“政府坚持接收东北主权，凡苏军撤退之地，中央军队便得进入接防，不许其特殊化。共产党则极力反对，要承认他们的地方政权”。彼此针锋相对，互不相让，最后只能诉诸武力，结果是使冲突愈演愈烈。副刊《北海》有一首补白小诗，便出自他的手笔，表达了他的意见：“炮火连天响，人民血满身，地名原不恶，今古好长春。”[②]尽管如此，“谁又能相信‘谁可以消灭谁呢’”？国民党既消灭不了共产党，共产党也消灭不了国民党。张恨水是深信这一点的，所以他说：“归根结底一句话：打不得，打也打不出结果来。还是别负气，和了罢。”[③]

两天后，他又写了《假如我是个长春市民》，继续发挥着“同是一家人”的观念。他看到了其中的荒谬：“我们已经胜利了，无论关内关外，对峙着的，全是自己的同胞，在对峙中讨生存的，也是自己的同胞，每一粒子弹的损失，已是整个民族的损失。推而至于一草一木，一牛一马，更至一人，更是整个民族的损失。我若是长春市民，我要这样问：大家不顾牺牲，不怕损失，是为着我们东

① 蒋丽萍、林伟平《民间的回声：陈德铭邓季惺伉俪传》，223页，上海文艺出版社1998年6月版。

② 张恨水《小诗》，原载1946年4月20日北平《新民报》副刊《北海》。

③ 张恨水《东北问题的前途怎样》，原载1946年4月15日北平《新民报》第一版。

北三千万人吗？是为着长春几十万市民吗？”他奉劝“负责的人”，能“站在老百姓的立场上，冷静地想上五分钟”。[①]五分钟，时间不长，但“负责的人”或顾不上想，或根本不愿想。无奈中的张恨水只好替他们想，想的结果是写了《东北问题演变到现在》一文。他认为，政府在东北的所作所为，至少有三步棋，未能收到预期效果，甚至收到了相反的效果。其一是将东北三省划为九省，前面已经提到，“给予东北人民的印象就不大好”，东北人认为，这是他们遭受的“不合理的政治上分割”。其二是人事处理得不适当，大批官员被空降到东北，而东北人却备受冷遇和闲置，“这对于日望国师的人民，先是兜头一瓢冷水。再者，像马占山将军八年经战塞外，万福麟将军率军转（战）平汉湘汉两路，最后随国军西迁重庆。还有其他的文人武人，或在前方，或在后方，随同抗战。且不问他们是否有何功绩，总算都是东北的人才，尤其马万几位前辈，是人望所归。但他们虽不能成为闲员，也教他们英雄无用武之地了。这给予东北人上上下下一种什么感想，那真不用提”。而这样做的目的，据说是要防止所谓封建势力之养成，说得直白一点，就是对张作霖、张学良在东北的潜在势力不信任，不放心。可见蒋介石的心胸何其小也。其三是与中共的分歧，过分相信外交解决，而轻视，乃至忽略了军事和政治问题，甚至认为军事、政治没有问题，直到晓得美国人出卖了自己，问题已经变得不可收拾了。最后，他对政府未能“收拾人心”深感惋惜。他指出：“大家只晓得接收土地，接收物资，三千万人的三千万颗赤心，却丢了不管。政治上的竞争，还不是各找机会，放弃的机会，怎能禁止人家捡便宜？于是一头缩小，就一

---

① 张恨水《假如我是个长春市民》，原载1946年4月17日北平《新民报》第一版。

头坐大，弄成今天这个局面。”[1]张恨水的这番话是说得很含蓄的，而他的心思也是很可玩味的。

也许是北平离东北更近而感受更加真切的缘故，北平《新民报》关注东北问题，显然要比其他几社几版更多一些，也更切近实际情况。在这方面，他更在意老百姓的感受，特别是东北老百姓的感受，他称为“和战关头下的主人翁”的感受。他说：“大局正摇摆在和战关头，或战或和，虽然要看政府和中共两方的最后抉择，但更大的决定作用，还系于‘第三方面’的调解，亦系于主人翁之努力。”而所谓第三方面，即“政府与中共以外的政党，及社会贤达”，他们是“代表最大多数人民的愿望，反对内战的”。[2]所以，当东北社会贤达三百七十二人公开发表《我们对于东北局势的主张》时，北平《新民报》马上在要闻版全文转载，呼吁政府和中共：一、立即停止军事冲突；二、立即进行政治协商，三、政治协商应有足以代表东北人民的社会贤达参加。[3]

在那段时间里，张恨水发表在要闻版的“社评”，几乎多半是与东北战局有关的，除了上面提到的，还有四月十三日的《政党的风度问题》，四月二十一日的《东北问题与物价》，四月二十四日的《还能再拖延吗？》，四月二十五日的《和平的考验》，四月二十六日的《政党力量是老百姓的血汗》，四月二十八日的《认识危机，抢救危机！》，五月二日的《和战关头下的主人翁》，五月四日的《何必把问题放在长春上》，五月六日的《太阳已出望无浮云》，

---

① 张恨水《东北问题演变到现在》，原载1946年4月19日北平《新民报》第一版。

② 张恨水《和战关头下的主人翁》，原载1946年5月2日北平《新民报》第一版。

③ 参见1946年4月29日北平《新民报》第一版。

五月十七日的《马歇尔的“否决权”》，五月十九日的《情，理，法，打！》，五月二十二日的《中国人不打中国人》，五月二十七日的《谈判要从停止宣传战起》，五月三十日的《大家要有和平认识》，六月一日的《提供一个和平方案》，六月七日的《可宝贵的十五天》，六月十二日的《唉！又在打》，六月十五日的《共产党的礼貌问题》，六月十九日的《交通有希望吗？》，六月二十日的《最后两天的希望》，六月二十二日的《延长谈判先健全心理》，直到七月一日的《战祸可免好自为之》，才算告一段落。

这是因为，以六月末国民党三十万大军进攻中共鄂豫皖根据地，李先念、王树声率军突围为标志，国共内战全面爆发，此时如果继续呼吁“中国人不打中国人”，便有点不合时宜了。即使呼声再高，也只能淹没在枪炮的轰鸣声中，是不会有任何反响的。无奈之中，他也只能对着开战双方说一句，好自为之吧。但他仍忍不住要把自己的疑惑说出来：“政府专用装备精良的武力来统一中国，谁也知道是难能的事情；而共产党以多多益善的民兵，驱不教之兵而战，就能压服国民党吗？”[①] 毛泽东后来批评这种观点，认为是“敌人的朋友”的看法（见毛泽东《将革命进行到底》）。这似乎说明，张恨水在政治上是幼稚的，缺乏远见的，而作为一个文人，他又有悲悯和坦诚的一面。他还是相信，政党之间应该以政争而不应该以兵争，前者是正途而后者是邪路。至于对国共两党势均力敌的判断，也非张恨水一人所有，而是当时舆论普遍的看法。

---

① 张恨水《战祸可免好自为之》，原载1946年7月1日北平《新民报》第一版，可惜，报纸已经损坏，只能看到这篇文章的开头部分，这段话转引自陈铭德、邓季惺著《〈新民报〉二十年》，《〈新民报〉春秋》，54页，重庆出版社1987年12月版。

张恨水所疑惑的，还有解放区的土改政策。于是，当时《新民报》内部便有人议论，北平《新民报》“右”了。多年后，陈铭德、邓季惺在回忆《新民报》二十年来走过的历程时，也曾检讨“北平版的政治态度”，认为“总的说来是比《新民报》其它各版右倾的”。他们明确表示，“这个态度，已从‘中间偏左’的编辑方针后退了”。[①]根据就是“它的社论常常是不问是非曲直，对‘执政的党’和‘在野的党’，相提并论，以和事佬的姿态，无原则地两边劝说‘要谈不要打’”。[②]

这么说也许不无道理，但严格说来，张恨水并非“不问是非曲直”，他也不是“无原则”的，他的是非曲直，他的原则，就是“民以食为天”，就是“民为贵，社稷次之，君为轻”。还应该看到，张恨水或许没有坚持“中间偏左”的路线，但他并未放弃“中间”立场。从报纸所呈现的内容来看，北平《新民报》倒是很好地体现了“不偏不倚，表达舆情，取舍好恶，决于读者”[③]的承诺。在对东北战局的报道中，他们没有偏袒哪一方，也没有冷落哪一方，同一天，既发表政府方面杜聿明关于东北战局的谈话，也发表中共方面周恩来的谈话。如果一定要说他“右”，只能是相对于《新民报》南京版、上海版的左倾而言。至于张恨水本人，他是无所谓左右的。他曾在《北海》副刊写过一篇短文，说的是一位带兵大员，向他提出一个问题：“为什么现在有名的文人，多数是左倾的？”他既答不出，就觉得

① 陈铭德、邓季惺《〈新民报〉二十年》，《〈新民报〉春秋》，53页、54页，重庆出版社1987年12月版。

② 同上，54页。

③ 同上，47页。

很为难，只好顾左右而言他。在他看来，“左倾有价值，右倾也未尝没有价值”。而且，“为了个人的享受，为了个人的政治出路，为了个人的升官发财，靠左靠右，那是一种生活技术的敲门砖，谈不上什么思想问题，也根本没有讨论的价值”。①

事实上，写社评犹如走钢丝，“中间偏左”也好，“不偏不倚”也好，即使文章高手如张恨水，也是很难拿捏的。张恨水说：“我写关于和谈的社论，总是批评国民党七句，批评共产党三句。”②这或许就是他对“中间偏左”的理解，其中却也包含着内心深深的困惑和痛苦。尽管小心翼翼，七月一日的社论《战祸可免好自为之》，不是还让很多人感到不安吗？有人便指责他“由‘三七开变为对开’了”。也有朋友出于好心，维护他的声誉，把此事归结为“当局对舆论的钳制越来越厉害”，“为了维持报社的生存”，他“不得不作出违心之谈”。③尽管如此，后来他的不幸遭遇，不能说与此无关。

至于办副刊，那正是张恨水得心应手的。有人曾讥笑他所办的副刊“只谈风花雪月”，北平《新民报》创刊一周年时，他写了一篇短文，题目就是“便谈风月又何妨”，算是回答。他讲到《北海》的性格，用了八个字，即“简练、明快、冲淡、幽默”；他希望《北海》：“不作虚无缥缈之谈，亦无剑拔弩张之致。虽不是辣椒，却

---

① 张恨水《为什么》，原载1946年5月13日北平《新民报》副刊《北海》。

② 方奈何《北平〈新民报〉回忆》，《〈新民报〉春秋》，369页，重庆出版社1987年12月版。

③ 同上。

是橄榄。”[①] 他便很善于用一些轻松、幽默、俏皮的文字，影射时事，唤起读者的共鸣。他有一篇《对三人小组》，是这么写的：

有人以“三人小组”为上联，征对。甲对以“一木难支”。乙对以“九世同居”。丙对以“八国联军”。丁对以“五音联弹”。戊对以“四门大开”。己对以“双目不明”。庚对以“千载难逢”。辛对以“万姓狂欢”。壬对以“百战中心”。癸对以“八面围攻”。

有人问我对什么？我说对以“一声长叹”。有人说：叹字是仄声，不对。下面要平声。我说：下面平得起来那就好了。[②]

后面这个包袱抖得多么好啊，谁不希望下面能“平”起来呢。再看这篇《不著一字示范》，非常巧妙地表达了人们对和平的渴望，却又不露一丝痕迹。他是这样写的：

诗品中，有蕴藉一项，其解释为不著一字，尽得风流。如何为不著一字，尽得风流，甚难为之说法。久欲与北海同文一商，未得其道。昨阅报，有印度甘地真纳联合宣言新闻一则，为之圈花边于后，即不著一字之风流也。

他提到的这则新闻，由中央社发自印度新德里，其中写道：

印督蒙巴顿已获致一由甘地及真纳签字之历史文献，两氏共同邀

---

① 张恨水《便谈风月又何妨》，原载 1947 年 4 月 3 日北平《新民报》副刊《北海》，张恨水散文全集《山窗小品》，169 页，时代文艺出版社 2015 年 8 月版。

② 张恨水《对三人小组》，原载 1946 年 4 月 12 日北平《新民报》副刊《北海》。

请印回停止纷争，保持和平，此印度教与回盟两大领袖，应总督之请，签署如下之宣言：余等对最近不守法纪之暴力行为，至深哀痛，而使印度美名，蒙受至大污辱，并无攻击者与受害者之分，徒与无辜人民以惨重祸害。凡用武力以达到政治目的者，吾等均恶绝之。吾等要求所有印度人民，无论属于何种宗教阶级者，不仅压制所有暴乱与无秩序之行为，且在口头与文字上，亦避免刺激此种行动。①

的确是不著一字，尽得风流，相信读了这篇短文的人，都能领会张恨水的良苦用心，心照不宣地与之产生共鸣。他对国民党官员的腐败无能亦深恶痛绝，写了许多脍炙人口的诗文，抨击种种黑暗、丑恶的社会现象。北平《新民报》创刊第三天，他就针对接收大员的“劫收”行为，在副刊《北海》发表了诗作《重庆客》（三首）：

先持汉节驻华堂，再结轻车返故乡。
随后金珠收拾尽，一群粉黛拜冠裳。

恢复幽燕十六州，壶浆箪食遍街头。
谁知汉室中兴业，流语民间是劫收。

昂头天外亦豪哉，飞过黄河万事哀。
解得难民恩怨在，逢人不敢说飞来。②

---

① 张恨水《不著一字示范》，原载 1947 年 4 月 20 日北平《新民报》副刊《北海》。

② 张恨水《北返杂诗 重庆客》，原载 1946 年 4 月 7 日北平《新民报》副刊《北海》。

这三首小诗一针见血地揭露了国民党“劫收大员”大发国难财的罪行，把“劫收大员”的贪婪无耻，被“劫收”者的痛苦无奈，都表现得淋漓尽致，道出了老百姓的失望和愤慨，反映了怨声载道、民不聊生的社会现实。联想到不久他就创作的长篇小说《五子登科》，这三首诗倒像是小说的提纲，说明他在创作小说之前已对这种社会现象有了深刻的思考和认识。小说以近乎写实的手法，讲述了来自中央的接收专员金子原，是如何打着接收敌伪产业的幌子，假公济私，趁火打劫，挖空心思追逐所谓“五子”，即条子（黄金）、车子、房子、女子、票子的。小说虽很简单，人物也显得单薄，但现实感很强，小说中的人和事，每天就发生在读者身边，所以，小说在北平《新民报》画刊连载时，深为北平市民所喜爱，可惜未能载完。

发表《重庆客》的当天，他还写了社论《封条不该永久把门》，对政府的接收工作提出批评和建议。他认为，至少在三个方面应该有所改善。其一是接收敌伪产业应统一管理，不能各行其是，“你封机器，我封原料，他封房子，还有第三第四者封闭家具杂物”，以至于工厂停工，工人失业，导致工业萧条，收复区经济迅速恶化。这种情况在当时相当普遍，接收官员拆、卖工厂机器设备，倒卖原料以肥私，根本不考虑国家利益和老百姓的感受。张恨水写得悲愤交集：“肉吃了，骨头该送归国家。大家要拿出一点良心来，也得为国家民族顾全一点体面。这样拖下去，一味拖得骨头都可以一齐吞下，除非老百姓全是瞎子”。其二，尽快处理被查封的房子，“不能作为公用的，也应该招标卖了它。得来的钱，充市政经费也好，举办建设也好，比把房子空着养耗子生蛀虫好的多”。其三，甄别被查封的房产，如果是敌伪租用或占用市民房产，不能认定是敌产或逆产的，就应该公平处理，尽快发还人家。[1]

国民党官员贪污成风，大官大贪，小官小贪，无官不贪，几乎成了这个社会的顽疾。《五子登科》中，就写了金子原把被查封的所谓逆产随意送给他追求的女人。如果这所房产牵扯到他追求的女人，他也可以自作主张，把这所房产从清查名单中抹去。张恨水写了一组《苍蝇叹》，讽刺这种无处不在的贪污现象：

拍打虽忙尽未曾，贪污莫道像苍蝇，
苍蝇还到冬天死，世上贪污却“永恒”。

贪污要尽没来由，好譬吾人去剃头，
纵是今天头剃净，明天头又黑油油。

官样文章走一途，藏猫式的捉贪污，
儿童要捉藏猫伴，先问人家躲好无？

历史教人鉴古今，从来误国是黄金，
圣人尽管朝朝有，不治贪官一片心。

正己正人路一条，老包面孔肯谁饶？
不贪先自本身起，天下贪官一半消。[2]

---

① 张恨水《封条不该永久把门》，原载 1946 年 4 月 7 日北平《新民报》第一版。

② 张恨水《苍蝇叹》，原载 1947 年 9 月 1 日北平《新民报》副刊《北海》。

物价更是关系到每个人生活命脉的大问题，张恨水在主持北平《新民报》两年多的时间里，对这个问题给予了持续关注。且看他的《打油词·调寄长相思》：

米涨钱，面涨钱，一个煤球十几元，哎呀我的天！　叫皇天，哭皇天，您倒瞧瞧这眼前，别光骂汉奸。

你也翻，我也翻，一日价钱加一翻，东西涨的酣。　吃一餐，愁一餐，这个年头真叫完，大家唱过关。

这市营，那国营，要涨开头涨国营，商人照样行。　把价评，把价评，评低三成涨五成，评来管那门？

说自由，话自由，涨价才知真自由，洋洋涨价周。　怨不休，涨不休，胜利年头只发愁，咱们贱骨头。

左也夸，右也夸，送咱一枝胜利花，四强有咱华。　穷到家，苦到家，强国之民饿着爬，乖乖，民主吗！

路不通，水不通，衣食住行全寿终，他还打得凶。　主人翁，主人翁，四万万人谁作东？咱们全落空！[①]

张恨水在这里绝没有艺术夸张，他写的都是自己的真实感受，不要说普通民众，即使他这样的全国知名的大作家，也不堪其苦。他抱怨：“在胜利以后，币制是一直紊乱，物价是一直狂涨，对于国民党的金融政策，谁也不敢寄予丝毫的信用。这样，自由职业者，就非常的痛苦，尤其是按字卖文的人，手足无所措。因为卖文的人，都是把稿子寄出去，一月之后，才能接到稿费的。可是这就是个无

① 张恨水《打油词·调寄长相思》，原载1946年5月14日北平《新民报》副刊《北海》。

比的吃亏。月初，约好了每千字的稿费，也许可以买个两三斤米。到了下月初接到稿费的时候，半斤米都买不着了。有些收买稿子的报社和杂志社，体恤文人，也有半月一结账的，也有预付一部分稿费的，但这都不能挽救文字跟着‘法币’贬值的命运。物价的跌跃，每月加百分之百以上，那是常事。稿费根本不能按月调整，就是按月调整，也不能一加就是百分之几百。所以对任何收买稿件的人，订好了稿约，总维持不了两个月。到了后来，几乎寄一次稿子，就必须商量一次稿费。多数人如此，我也是这样。这种趋势，让写稿的人和收稿的人，都感到一种‘过分的无聊’。既然如此，这卖文生活，又何必去继续呢？在这种情形下，胜利后的两年间，我试了一试卖文的生活，就戛然中止。”①

张恨水虽感受到生活的窘迫，但他还不是最困难的，他说：“所幸除了《新民报》经理职务的薪水而外，上海两三家书店的版税，依然是超过薪水的几倍收入，我不出卖稿子，也还不至于影响到生活。”②其他人当然没有他这样的优越。抗战胜利不久，在北平，就发生了因薪资而引起的中小学教职员怠教的问题。他在社论《中小学怠教怎么解决？》中倒是面面俱到，希望中央、地方、个人都能分担一点责任。他提出三点建议：第一，中央对北平的教育经费，“应当特别补助一些”。第二，市政府也不能以没钱而不作为，要想办法开源筹钱。第三，教职员毕竟不同于平凡百姓，“生活自然是要紧，道义咱们也得顾着”。关键是，“八年来，孩子们的书，是耽误得多了，春暖花开，正是补救功课的时候，千万不可把小孩

---

① 张恨水《我的写作生涯》，78 ~ 79 页，人民文学出版社 1982 年 6 月版。

② 同上，79 页。

子再荒疏下去”。[1]

说得总算入情入理，但人家是不是能够听得进去，却另当别论。物价飞涨与货币贬值，固非一日。城市薪金阶层没有人能够逃脱这场噩运。不要说中小学教职员，即使大学教师，属于国家雇员，其薪金等级与其他公务员的等级相似，不仅发放有保障，每季度还有一次上调的机会，尽管如此，也很难赶上生活费用的上涨，实际收入并不足以维持衣、食、住等方面的日常生活所需。据《剑桥中华民国史》介绍，抗战时期的通货膨胀，使他们的实际收入仅及一九三七年以前工资的6%～12%；到一九四六年，大学教授的实际收入更进一步减少了98%。[2]

大学教授只是城市中等收入阶层的代表，这个群体中还包括了中学教师、作家和记者，以及政府雇员等，他们共同承担着通货膨胀所造成的生活重负。而另据《剑桥中华民国史》的介绍，中国政府实行“通货膨胀的金融政策始于抗日战争时期，当时政府与支持其财政的主要基地，即沿海和长江流域城市的联系被切断，到1945年，不包括银行贷款在内的政府收入，只抵得上开支的1/3，财政上的亏空几乎完全依赖印发纸币来弥补。通货膨胀所造成的结果是，平均价格在1937年到1945年8月间上涨了2000倍以上”。[3]战后，物价上涨的速度更加难以控制，而政府不仅不想办法控制物价，甚至推波助澜。据张恨水在《当局管不管物价？》一文中披露：“国

① 张恨水《中小学怠教怎么解决？》，原载1946年4月6日北平《新民报》第一版。

② 费正清、费维恺编《剑桥中华民国史》下卷，849页，中国社会科学出版社1994年1月版。

③ 同上，845页。

营公营事业，首先涨价。如火车价目，一涨就是五倍。航空邮费，一涨就是九倍。此外电灯自来水，无不涨若干倍。”跟风涨价的商品，那就更多了，尤以粮食为最，奸商借口东北战火阻断交通，粮食运输发生困难，囤积居奇，哄抬粮价，使老百姓的生活几乎陷于绝望。所以，他开门见山，质问当局：“物价这件事，有没有人管？有人管，应该管，你们就应当赶快想办法。”“若是没有人管，我们老百姓就应当自己来管。那时，可别说老百姓目无法纪，用那些官腔来吓人。”①

放任物价飞涨的结果，是整个社会陷入了普遍的贫困，直接导致了后来的大规模学生反战运动，大学教授也跟随学生走上街头，反饥饿，反内战，要求削减军费开支，增加教育经费预算。《剑桥中华民国史》便认为：“通货膨胀是促成城市民众失去对国民党统治能力信任的最大因素。”②而张恨水的质问，是带有预见性的，政府既不顾老百姓的死活，老百姓抛弃政府也在情理之中。这时，报社收到了越来越多的贫寒市民的求助信，考虑到冬天来临，贫寒市民的生活可能更加艰难，总编辑方奈何便与张恨水商量，借助北平深厚的文化资源，搞一次济贫美展，义卖所得和捐赠的所有钱物，都用于赈济贫寒市民。张恨水觉得，虽说杯水车薪，作用有限，总不失为自救的一种办法，遂表示赞成，并提出由报社捐款一百万元，作为经费。他还和方奈何、于非闇联名给北平的知名书画家写信，向他们征集作品。

活动交给副刊《鼓楼》承办。民国三十五年九月一日，《鼓楼》

---

① 张恨水《当局管不管物价？》，原载 1946 年 5 月 13 日北平《新民报》第一版。

② 费正清、费维恺编《剑桥中华民国史》下卷，845 页，中国社会科学出版社 1994 年 1 月版。

刊发“本报捐款一百万元，发起冬令济贫运动”的启事。当日，北平各广播电台也播发了这条消息。活动得到广大市民和艺术家的热烈响应，自九月二日起，就不断有读者送来捐款和实物。书画家、平剧演员、各界社会名流都纷纷捐出自己的作品，有些人还捐赠了家藏的古代字画，或将所藏珍品借给报社展出。到十月中旬，收到的展品已近千件。作为名画家，于非闇也想对画展有所表示，遂绘制了巨幅牡丹图以为纪念，并由张恨水补景，左笑鸿题词，方奈何亲钤美展纪念图章。这件四人合作的作品，在画展亮相之后，标价四万元，参加竞售，后由著名坤丑梁花侬以十二万高价买走。

冬令济贫美展于十月二十日至二十四日在中山公园的中山堂、水榭、董事会大厅举行。前来参观和选购展品的人，络绎不绝。原定二十四日六点钟闭幕，经参观者要求，延长到七点，还有许多人不愿离去。最初，考虑到北平举办展览会的通例，是免收门票的，张恨水与方奈何商量，济贫美展是否也采取免售门票的办法。方奈何没有采纳张恨水的意见，而出人意料的是，门票收入竟与售卖作品的收入相差无几。据美展结束后《新民报》的报道：“更难得一连五天都是好天气，按节气讲，昨天（美展闭幕日）是霜降，北平气候是很准的，霜降必然见冰雪，而今年却例外地和煦如春。说句迷信话，老天爷也开恩北平的穷人，捐给义展以春天般的秋天。”[①]

音乐家雷振邦、蒋风之、老志诚等人，看到征集作品济贫的启事，以为自己既拿不出可以捐赠的作品，便倡议举办一次音乐义演，以助冬令济贫工作。他们的倡议信在《鼓楼》刊出后，得到几个音

---

① 《霜降天气和煦如春　济贫美展圆满闭幕》，原载1946年10月25日北平《新民报》第四版。

乐团体和众多音乐家的响应。基督教青年会也慷慨借出礼堂。于是，由雷振邦负责筹备义演节目，报社负责演出的各项事务工作，最终成功举办了两场音乐会，为冬令济贫尽了一份力量。张恨水在画展开幕当天写了社论《我们的微薄贡献》，他再次呼吁“请社会人士出钱”，他说得非常动情：“我们愿告诉各位，出钱的意义：今年冬天的平市贫民生活，是相当严重的，粮食贵，煤更贵，一旦风雪交加，不能想象他们怎样过去？我们如能助他几斤杂合面，或一炉煤火，虽不能解决他的生活，也许在最严重的时候，他们会因这一点资助，度过几天最严重的难关。在各位买一张画一张字，或不致受经济的影响，而他们可能加一点油，冲过了饿寒死亡线，在无形中这功德是很大的。”①

美展结束后，捐赠和义卖活动一直持续到十二月底。据方奈何回忆，“共募得法币二千四百多万元；小米一万余斤”。北平市社会局局长温崇信听说《新民报》募集了一些捐款，便到报社找到方奈何，要求把这笔钱交给他办冬赈。方奈何问：“你们怎样办？”他说：“多设几处粥厂。”方奈何告诉他：“多数捐款者希望把救济金一次发给贫民。”然而，“把救济金或粮食一次发交失去劳动力的老弱病残的想法，付诸实行却非易事。而这时报社已收到很多请求救济的信，我们又不能不这样做。便登报征求热心公益的青年们协助，对来信者作一次访问，再换一批人去复查。然后将现金或粮食（可供一个月之用），分别发给符合救济条件的人。对特别贫寒的，另加衣物”。②

---

① 张恨水《我们的微薄贡献》，原载1946年10月20日北平《新民报》第一版。

② 举办冬令济贫美展的情况，可参阅方奈何《北平〈新民报〉回忆》，《〈新民报〉春秋》，363～367页，重庆出版社1987年12月版。

这一场冬令济贫运动，办得相当成功，得到救济的市民，超过了两千户，养老院与孤儿院也得到了一些款项和粮食，可以说是皆大欢喜。不过，此时的张恨水，却已陷入内外交困之中。尽管《新民报》内部认为“北平版右了”，但当局对北平《新民报》的报道和言论并不满意。最初，当局还能够容忍舆论中有些反对声音。然而，在和谈破裂，国民党的全面进攻开始之后不久，中共方面亦在其所控制的区域内发出了战争动员令，要求动员一切力量，“争取一切可能争取的人”，“粉碎蒋介石的进攻”。[①] 双方不仅在战场上剑拔弩张，宣传战也打得热火朝天。在这种形势下，当局在国统区自然要严控舆论，无论新闻报道还是言论，甚至标题和版面安排，都可能开罪当局，只要“中间偏左”，“触礁”的危险随时都可能发生。

张恨水作为《新民报》北平社的经理，自然不希望在他手里把报社搞得关了门，在他总是“受人之托，忠人之事”，不能辜负了陈铭德、邓季惺夫妇对他的信任。所以，在编报和写文章之余，他不得不花费很多精力周旋于国民党和共产党之间。国民党中宣部华北特派员兼《华北日报》社长张明炜，既是新民报股份有限公司的监事，陈铭德曾托他关照北平社，与张恨水也是老朋友，抗战初期他担任国民党《中央日报》社长，他们就有过往来。张恨水此时在很多事上既有求于他，自然免不了与他叙叙旧，联络联络感情。他为了能够干预北平社，倒也愿意笼络张恨水。在中共方面，张恨水既通过马彦祥结识了中共代表徐冰，不久又与周扬建立了联系。据方奈何回忆：“周、徐常到报社来，我们便将有关解放区问题的读

① 毛泽东《以自卫战争粉碎蒋介石的进攻》，《毛泽东选集》（四卷本），1082页，1968年12月军内发行版。

者来信转交他们。”他还记得张恨水对他的嘱咐：“在社外不要和共产党员交往，防止特务抓辫子，要力保无党派的面貌。”[①]

张恨水尽力和国共双方保持着必要的沟通和联系，但在处理新闻的时候，仍然坚持自己的独立思考和认识，不为任何一种党见所左右。他有时要求编辑、记者处理稿子时要谨慎、小心，不要过分刺激当局，但真遇到令人愤慨的事，他也能放手让记者发出自己的声音。民国三十五年（1946 年）六月二十三日，在南京下关火车站发生了“苏北难民”群殴马叙伦等请愿代表，及《新民报》浦熙修等记者的恶性事件，史称“下关事件”，北平《新民报》于二十五日在要闻版头条位置发表了本报南京专电。报道引述南京《新民报》的社论《我们的抗议》，质疑南京当局：“难道这样纠众乱打，又能打出什么名堂？打，我们一贯认为不是办法，这是丢尽了国家人民政府首都的脸的事，叫自己人看了寒心，叫外国人看了笑话！不够一个起码现代国家，及国民的标准。”并要求严办肇事凶手，追究负有治安之责的当局的责任。同时，该版左下角刊登了领题为“下关车站群殴事件”，主题为“中宣部表示遗憾”的中央社消息，报道了官方对这一事件的看法和辩解，算是对当局有了交代。[②]

这一年的七月十五日，联大教授、进步学者闻一多在昆明被暗杀。就在四天前，也是在昆明，李公朴与夫人亦死于暗枪之下。一周之内，两位进步的民主人士遭到暗杀，震惊了整个社会，各方面反应强烈。但当局下令报社一律用中央社稿，并由国民党市党部主任委员来社

① 方奈何《北平〈新民报〉回忆》，《〈新民报〉春秋》，368 页，重庆出版社 1987 年 12 月版。

② 两条消息均见 1946 年 6 月 25 日北平《新民报》第一版。

里监督。于是，北平《新民报》就只能采取变通的办法，在标题上做文章。尽管采用了中央社消息，但他们在“闻一多遇刺殒命”的主题前，加上一个“继李公朴事件后”的领题，把两件事有意联系在一起，引发读者的深思，并以副题“反动分子制造事件图谋不轨”，点明了事件的性质。第二天，又以“关怀昆明暗杀事件”为题，在第一版安排了一组报道，除了刊发“限一星期内破案 蒋主席明令缉凶”的消息，还以本报专电的形式，刊发了标题为《痛心暗杀事件 周恩来夜不能寐 要求政府立即采取措施》《中共七项建议》《谁杀了闻一多 胡适傅斯年同深愤慨 司徒雷登对此表示遗憾》等报道，向公众提供了更多的信息。

十二月二十四日，发生了北大女学生沈崇被美国兵强奸一案。北平民营亚光通讯社于二十五日率先报道了此案。北平市公安局局长汤永咸得知亚光社要发消息，找来总编辑王柱宇和其他报社的一些记者，要求他们当场具结作保，承诺不报道此案。据时任中央社北平分社采访组组长兼编辑组长的赵孝章回忆：“傍晚时分，国民党市党部主任委员吴铸人和市警察局副局长祝维平等，接连来到编辑部。他们知道我还在为如何报道沈崇事件踌躇。就说：我们共同商量。吴铸人首先执笔起草，他在稿中只承认美军在东单肇事，但不承认沈崇是北大的学生，而胡说是什么暗娼勾引美军。我正感为难，祝维平亦觉不妥，动手另写第二篇稿，这就是后来中央社正式发表的关于沈崇事件的官方新闻。新闻中虽然承认了沈崇是北大的学生，但加了一句‘吉卜女郎’，实际上还是在替美军开脱罪责。最妙的还是吴铸人将此稿另抄一份，加上个‘南京陈立夫部长’的电头和‘吴铸人印’，就作为他的正式报告，让社内电台代发总社转交了。”[1]

其实：中央社当天还发布了一则“启事”：“顷警察局电知本社代为转达各报：关于今日亚光社所发某大学女生被美兵奸污稿，希望能予缓登。据谓此事已由警局与美方交涉，必有结果。事主方面因颜面关系，要求不予发表，以免该女生自杀心理更形加强。容有结果后，警局当更发专稿，特此转达。”然而，第二天，北平《新民报》虽未直接报道沈崇案，却将中央社的启事改头换面，冠以“本报讯”，以“圣诞节恼人消息，美兵酗酒施强暴”为题，予以刊发。汤永咸对《新民报》的做法大为恼火，却又无可奈何。二十八日，《新民报》又拿出第四版一大半版面，刊发了本报记者采写的专稿，以及各方面的反应，如《张申府在沪表示 决不能含糊了事》，当然，也刊发了中央社的电文《警局负责人谈美兵无礼事件》。此后，直到二月初，在两个多月的时间里，北平《新民报》围绕沈崇案以及对美军士兵的审判，进行了广泛的报道。当时已有中共参与策划此案，沈崇系中共派遣，色诱美军的说法，但《新民报》没有受这些传言的干扰，始终坚持客观公正地报道此案，发掘真相，记录事实，跟踪事态的发展。这种“中立”的报道立场，在当时就很为同行所瞩目。这也正是张恨水实践其“中间偏左，遇礁即避”编辑方针的结果。

面对越来越浮动不安的政局，张恨水既要坚守一个民间报人的气节，又要保住北平《新民报》，不被当局封门，他深感心力交瘁，疲惫不堪。民国三十六年五月，全国各地的抢米风潮此起彼伏，接连不断，“米价在半个多月内陡涨至一倍以上。上海、杭州、

---

① 赵孝章《旧事溯源：在中央社北平分社工作片断》，《新闻与传播研究》1985年第5期，117页。

无锡、芜湖、宣城、合肥、吴兴、衢县，以及远至四川的成都，无不有抢米的风潮；甚至堂堂首都，亦竟不免”。[1]时隔不久，更加汹涌澎湃的学潮又登场了。据储安平的“观察”：“这次各地学潮，原因不一。教育经费问题，教授待遇问题，学生副食费问题，男女分校问题，会考问题，人权问题，校长问题，迁校问题，护校问题……一连串的‘问题’。本来是一些个别的局部的问题，经过多日蔓延演变的结果，据今天（19日）报纸记载，似又进了一步变成为一个更扩大更严重的问题，在南方变成为一个‘抢救教育危机’的问题，在北方变成为一个‘反内战’的问题。”[2]五月十八日、十九日，北平连续发生学生在街头演讲与军警冲突的“血案”；五月二十日，北平万余学生走上街头，打出了“反内战，反饥饿”的旗帜。

当局对于这种社会不稳定因素向来是有所忌惮的，当然不希望媒体介入和传播，尤其是在无力阻止“新闻”事件发生的时候，更要设法制止那些“新闻”的发表。而报纸的职责和使命，却是报道真相。为此，总要想办法找到真相，报道出去。北平《新民报》对于发生在京沪的抢米风潮已经做了连续报道，十八、十九两日的血案发生之后，他们马上做出反应，安排记者，采访报道。但据方奈何回忆：“当晚，吴铸人以访问张仆野为名，来到报社，监督编辑部发稿，迫令只准用中央社稿，并要求登在不显著的地位。当吴到社时，邹震通知我暂勿到编辑部，以免与吴见面对他作出承诺。吴

---

① 储安平《大局浮动，学潮如火》，《储安平文集》（下），126页，东方出版中心1998年7月版。

② 同上。

逗留至深夜始去。吴去后，我到编辑部，正值张仆野向恨水通电话转达吴的‘命令’。恨水以局势严重，要我亲自处理这条消息。当时邹震、杜景沼认为，学运消息应登在要闻版。我为了不过份刺激当局，致影响报社的生存，将其移在要闻版的右下角。这条消息是用的中央社稿，标题为《西单昨发生流血惨案》（领题）《学生青年军冲突》（主题）《李主任令吴师长查办肇事者，并派李副处长慰问受伤学生》（副题）。其中主题和副题都是文中的话，而领题却是编辑加上的，盖在说明事件的严重性。”[①]同时，在这条消息的上面，本版头条的位置，还刊发了蒋介石为整饬全国学风，维持法纪，告诫青年的谈话，以及以国民政府名义颁布的《维持社会秩序六项临时办法》。

这样的安排和处理固然是妥协的结果，却也非其所愿，心有不甘。于是，本报记者采写的专访《西单血案侧记》，仍被刊在了当日的社会新闻版。二十日万余学生大游行，他们也没有采用中央社稿，而是全部采用了本报记者采写的新闻稿，其中包括消息《紧张的长行列》（领题）《万余学生大游行》（主题）《警宪保护下经过良好》（副题）；消息《六小时的游行　四方圈的路线》；特写《一连串不同镜头》，以及各校对游行的不同态度和反应，如中国学院的学生继续上课，不参加游行；师范学院、辅仁大学游行与不游行的学生发生争吵，甚至动了武；北平行辕主任李宗仁派人答复学生请愿代

① 方奈何《北平〈新民报〉回忆》，《〈新民报〉春秋》，374 页，重庆出版社 1987 年 12 月版。方奈何的回忆有几处细节有误，一、“当晚”非指二十一日，而是十八日晚。二、学生与青年军发生冲突的新闻固然用了中央社稿，但并未放在“要闻版的右下角”，而是放在了右侧头条的下面。三、标题中的个别字也有误差，恐系记忆之误。

表提出的四项要求等。由于李宗仁采取了“竭力禁止军警和学生冲突，且令军警保护游行学生”的措施，故而，北平学生大游行未像南京那样发生流血冲突，看上去似乎还算平静。据《观察》报道：“北平五二〇万人游行，得以顺利完成，据说是为了坐镇北方的一文一武两大员——胡适李宗仁两大员不顾‘手令’，不顾‘秩序法’，彻底疏通了各机关，取消了预定埋伏。”[①]

北平当局对于不听招呼，自作主张，报道学潮的报社，却不肯轻易放过。万人大游行的第二天，北平《国民新报》编辑部就因报道学运，被二十多个身份不明的暴徒捣毁，社内两人受伤，多名记者被捕。下午，警察第七分局局长忽然致电《新民报》，称一群拿棍子的人正从北边过来，像是奔东交民巷来的，要《新民报》注意提防。张恨水当即要他派警察保护，那边却将电话挂断了。好在是一场虚惊，报社安然无恙，而张恨水还是感觉到有一股风雨飘摇，大厦将倾的肃杀之气正迎面扑来。民国三十六年（1947 年）除夕，他就曾借黄仲则“诗”浇自己的块垒。黄诗曰：“一岁似风吹剑上，百忧如影坠灯前，车声已有朝天客，不及嵇康好晏眠。”他读罢深为感叹，写道：“于热闹境况内独具冷眼，与时韵意境正同。”[②]他的心境也从这里流露出来。

同年九月下旬，北平市以“区域选举”和“职业团体选举”同时并举的方式举行第二届参议员选举，北平《新民报》社会新闻版

---

① 原载《观察》2 卷第 17 期，转引自于之伟《〈观察〉笔下的战后学生运动（1947 ~ 1948）》，《学理论》2013 年第 10 期，155 页。

② 张恨水《除夕黄诗》，原载于 1947 年 1 月 13 日北平《新民报》副刊《北海》，张恨水散文全集《山窗小品》，164 页，时代文艺出版社 2015 年 8 月版。

报道了选举中的营私舞弊现象，北平当局非常恼怒。于是，国民党北平市党部对总编辑方奈何提出警告，并要求他写一篇署名表态文章。他与张恨水及编辑部同人商议后，写了《我们问心无愧》一文，表达了坚持真理和正义，不阿附任何党派，不做任何人的尾巴的态度。而当局并不甘心，又通过张明炜，以《新民报》监事的身份电邀陈铭德来到北平，责令其改组编辑部，严肃处理方奈何、邹震和章珠。张恨水与方奈何是老朋友，当年他来重庆《新民报》，据说还是张恨水推荐的。在北平《新民报》这一年多，他们合作得也不错。从根儿上说，他们都是本分的文人，在一些基本问题上，他们是很容易取得一致的。如果说，北平《新民报》的“右”，张恨水是第一责任人，而方奈何也脱不了干系。他曾在副刊《鼓楼》的《鼓吹》专栏写过一篇短文《请命》，是配合当天所发读者来信写的短评，那口气和张恨水几乎没有区别。他是这样写的：

抗战八年，我在重庆《新民报》消磨了七年多岁月。最后二三年，担任着总编辑的职务，因为常常请假下乡，在报社时不是打小牌就是看旧书，于是被同仁目为腐化分子。胜利以后，政治舞台热闹了，我的职务在一份报纸是掌舵的，所持态度不能不慎重，遂又被思想前进的人们，批评为顽固。这在我不愿解释，也不必解释，我扪心自问对得起国家民族，对得起事业朋友，就够了。

这腐化而顽固的人，到了北平所得到的批评，大致还是腐化，然而也偶然有人说方奈何有问题。我不知这问题到底是什么问题，我还是只求扪心自问，对得起国家民族，对得起事业朋友，其他非所问了。

“鼓楼”这版，是社会服务性的副刊，我们决不愿涉及政治问题，逢到读者有寄来关于这问题的函件，都把它搁置起。可是前几天又接到一封这类信件，考虑而又考虑，终于决定删节予以披露了。

我们希望政府救老百姓要彻底，否则有时反害了他们，同时希望共军要爱惜人民，以保国家的元气，党争总有一天会获得解决，战争总有一天会停止。同胞死了不能复生，对于国家的损失太大了。[①]

这样一个同声相应，同气相求的好搭档，现在竟要先于自己辞去北平《新民报》的职务，张恨水不免心有戚戚焉，感到一种兔死狐悲，物伤其类的痛惜之情。他自然无力挽留方奈何，只能眼睁睁看着他被迫辞去总编辑的职务，邹震、章珠则调离北平，回了南京总管理处。陈铭德调王达仁担任平社总编辑，又调刘励生、李及秀、钱家瑞接替邹震和章珠。然而，经过此番改组，北平《新民报》不仅没有得到安宁，反而更加动荡不安了。走了方奈何，来了王达仁。此人为清华学生领袖出身，很难和张恨水步调一致，有时甚至互相掣肘。新来的刘励生、李及秀、钱家瑞，都是思想进步的青年才俊，张恨水为保住《新民报》不被查封而一味妥协的做法，不仅得不到他们的理解和支持，反而引起他们的不满。这时的张恨水常有孤掌难鸣之感，时时担心出事。他早已将《北海》交给左笑鸿，文章也写得少了，闲来把时间都用在作画上。但出了问题，当局依然拿他是问。

果然又出事了。民国三十七年（1948年）六月，北平市社会局局长温崇信把张恨水、王达仁叫到社会局，向他们出示了国民党内政部的批示，指责北平《新民报》副刊《天桥》常有“反动言论”，勒令社方必须解聘该版主编马彦祥，否则立即封门。温崇信还说，刘励生、钱家瑞、贺家宝也是共产党，也不准留在报社。尽管张恨

① 方奈何《请命》，原载于1946年10月8日北平《新民报》副刊《鼓楼》。

水一再申辩，四人均无党派关系，但马彦祥依然未能保住，其他三人倒可以暂缓处理。马彦祥得到消息，主动向张恨水提出辞职，并于七月下旬离开了报社。和方奈何相比，马彦祥与张恨水的相识更早一些，当年，马彦祥进《世界日报》，开始新闻生涯，还是张恨水招聘的。这次来北平《新民报》，也是张恨水请他帮忙。虽然他们对很多事情的看法不同，主张不同，但并不影响朋友之间的交情。他设宴为马彦祥饯行，面对老朋友一个个离去，张恨水内心充满感伤。

然而，一波未平，一波又起。八月初，政府搞币制改革，发行金圆券，冻结物价。事前，内政部长张厉生到北平，向新闻界打招呼，不准刊登与新币不利的消息。偏偏这个时候，“钱家瑞访问了清华大学某经济学家，据谈：‘如果一纸行政命令，可以停止物价上涨、货币贬值，则世界上一切经典的经济著作，都该烧掉。’刘励生编发了这篇访问记，随又刊出金圆券贬值的消息”。[①]这下又捅了马蜂窝。温崇信将王达仁叫到社会局，以查封报社相威胁，责令他立刻将刘励生、钱家瑞、贺家宝从报社除名。随着三人的离去，编辑部人员更加零落，《天桥》《鼓楼》相继停刊，报纸发行量日趋下降，社内职工亦因物价飞涨，朝不保夕而经常罢工。作为报社的大管家，张恨水不能不为每个人的“柴米油盐”操心，却又无能为力，这让他感到十分痛苦。无奈之中，他向陈铭德提出辞去平社经理一职，最终于年底离开了报社，就此结束了三十年的报人生涯。那一年，他只有五十三岁。

---

① 方奈何《北平〈新民报〉回忆》，《〈新民报〉春秋》，376页，重庆出版社1987年12月版。

横祸

抗战胜利后，张恨水回到了阔别十年的北平。他走在东西长安街上，“在嫩绿色的槐树荫下，被黄瓦红墙围着”，感觉自己仿佛“置身画图里”。走进中山公园，“在来今雨轩看牡丹花”，旁边“紫藤花像绣球一般开着，可以坐在藤萝架下吃藤萝饼”。[①]院子里的枣树也引起他的兴趣，“亭午在枣花帘底，隔了浓荫，看树外的阳光”，便动了他的诗兴，于是，“短吟一绝曰”：

小坐抛书着古茶，绿荫如梦暗窗纱；
苔痕三日无人迹，开遍庭前枣子花。[②]

战前，张恨水曾在这座古城住过十六年。他既爱这座城市，

---

① 张恨水《给重庆朋友》，原载1946年4月27日北平《新民报》副刊《北海》，张恨水散文全集《山窗小品》，121～122页，时代文艺出版社2015年8月版。

② 张恨水《枣花帘底》，原载1946年6月30日北平《新民报》副刊《北海》，张恨水散文全集《山窗小品》，141页，时代文艺出版社2015年8月版。

也享受这里的一切。这次久别重逢，这里的一草一木，一砖一瓦，还是那样熟悉和亲切。有一天他路过北海，不禁浮想联翩，感慨万千：

火药熏人未尽消，丹黄宫殿望中遥，
犹疑重庆山窗梦，又过金鳌玉蝀桥。

打桨湖心唱采莲，四川苦忆一年年，
碧波荡漾浑如旧，一照须眉转黯然。[①]

重庆八年，南温泉桃子沟的那所茅屋，他命名为“北望斋”，就有以北平为第二故乡，无法云天北望之意。在这里，他做了许多关于北平的“梦”，一部分就记载于《山窗小品》这本散文集中。他的《两都赋》，多一半是回忆故都北平的，也是“梦”境形诸笔墨的结果。在长篇小说《巴山夜雨》中，他多次让主人公李南泉“梦”回北平，其实，那应该是他的寄托，由李南泉代劳而已。毫不夸张地说，北平始终是他魂牵梦绕的地方，一旦重归，他的得意想是笔墨难以形容的。怀旧既免不了，新的感受和刺激也接踵而至。他有《过东单》三首，就写了他所看到的新的景观：

百万倭兵解甲忙，日章旗子黯扶桑，
“友邦”上客威风尽，争卖衣囊返故乡。

① 张恨水《重过北海》（二首），原载1946年4月6日北平《新民报》副刊《北海》，张恨水全集《剪愁集》，92页，北岳文艺出版社1993年1月版。

记得“皇军”习战酣，荷枪跃马遍东单，
于今千万“皇军”物，尽向东单设地摊。

“友邦”眷属福如天，衣灿云霞逐日添，
今日地摊随处卖，平民取去作窗帘。①

还有写心情的，如《故人》四首：

苏武难为学李陵，争言叛国客何曾，
相逢欲恕真难说，我是书生识爱憎。

八载豪华极此身，甘心叛国岂无因？
重来惟一伤心事，孽镜台前有故人。

国贼当诛无足惜，妻儿惭愧盼垂青。
旧交门巷封皮在，一过驱车不敢停。

我敬高阳齐夫子，八载家居户永扃。
多少歌坛听曲友，祇君才不愧梅伶。
（齐夫子指老友如山先生也）②

① 张恨水《过东单》，原载1946年4月7日北平《新民报》副刊《北海》。

② 张恨水《故人》（四首），原载1946年4月11日北平《新民报》副刊《北海》。

张恨水回到北平不久，便托邓季惺在内四区的北沟沿（今赵登禹路）购买了一所四进院落的大宅子，门牌甲二十三号，位于砖塔胡同西口。砖塔胡同是一条东西走向的胡同，西起北沟沿，东临西四南大街，因胡同东口有一座著名的元万松老人塔而得名，是元大都时代留下的遗迹之一。张恨水买下的这所宅院，共有三十多间房，张伍回忆当时的情形：为了使父亲有个安静的写作环境，“母亲便带着我和妹妹住在后院，中院是父亲的书房和会客厅，哥哥们也住在中院，让他们也有一个安静的读书环境。使父亲满意的是，这个院子的树木多，每进院子都有树。前院是汽车房和门房，中间有个浅绿色的四扇门，转过门便是中院。这里有两株槐树、两株枣树、一株白丁香树、一株榆树。三进院里有一株开粉红色花的桃树和一株洋槐，房后的狭长小院里，还有两株桑树。父亲的书房前是一片牡丹花圃，书房的门前，有两株盆栽的石榴树，还有两个很大的金鱼缸，里面种着荷花，并没有养金鱼。父亲在中院的甬路旁又种满了‘死不了’，这种花五颜六色，栽下就活，因而北京人才这样称呼它，其实学名是大花马齿苋。前院本有一株巨大的椿树，父亲因为喜欢花，便又在白塔寺买了许许多多的草花，种满了院子里的各个角落。父亲的老友，著名老报人张万里叔，还送来了一株藤萝，并带来花把式，和父亲一起把藤萝种在前院，并支起了架子”。①

张明明也还记得当时的一些情况，她说：“报社有一辆汽车供父亲使用，司机朱某住在西院。隔一道门，便是前院。”②张恨水把他的书房题为“南庐”，陈铭德、邓季惺伉俪送了一套很漂亮的西

---

① 张伍《忆父亲张恨水先生》，287 页，北京十月文艺出版社 1995 年 8 月版。

② 张明明《回忆我的父亲张恨水》，142 页，百花文艺出版社 1984 年 11 月版。

式家具给他，他又买了一套红木家具，有书橱、大写字台、转椅、多宝槅、大圆饭桌、小茶几等，“配合着大厅里的木装修，红漆的柱子，绿窗格，雪白的窗纸，明净的大玻璃窗，很豁亮”，[1] 书房里四个红木玻璃书橱，摆放着他回北平后新买的二千余册《四部备要》，几件“假古董”，还有他亲手制作的小盆景，点缀在多宝槅上，空气中弥漫着醉人的花香和书香，在经历了抗战八年，住茅草屋，吃平价米，出门爬山，跑防空洞的辛苦之后，他感到非常欣慰和满足。

这时的张恨水，颇有些春风得意，逸兴飞扬的畅快。他既来自“抗战司令台畔”，得到过“抗战胜利勋章”的殊荣，他的文名也叫得更响，绝不愧于“家喻户晓，妇孺皆知”这八个字。他是《新民报》公司的协理兼主笔，并主政北平《新民报》，同时，他还是颇负文名的作家，民国三十五年（1946 年）五月，北平文学艺术界联合会成立，他被几十位代表推举为主任理事，不久，北平新闻记者公会成立，他又被推举为常务理事。他的砖塔胡同的家里，或东交民巷瑞金大楼的报社里，经常是高朋满座，社会上各种政治、文化活动，也时常见到他的身影，国民党的官员中不乏他的莫逆，共产党的干部中也有他的朋友。

他对于自家的生计也是有所“预谋”的，虽说北平《新民报》经理的薪金不算少，他还是《新民报》公司名义上的股东，公司于民国三十三年（1944 年）五月、民国三十四年（1945 年）三月、六月、民国三十五年（1946 年）共四次增资，都给股东赠送了股额，但其收入更多的还是依靠小说版税。他在《写作生涯回忆》中曾专

① 张明明《回忆我的父亲张恨水》，142 页，百花文艺出版社 1984 年 11 月版。

门讲到版税对于作家是何其重要，他说：“我有了一点经验，凡是写文字出版的人，他的著作，最好是不要卖版权。虽然卖版权，一次可以拿到较多的稿费，而似乎可以经营一点事情。但是写文章的人，十之八九，是不会经营生计的。这样到了手，可能是乱七八糟的花了。这就不如保留版权，陆续的抽版税，可以终身受用。尤其是到了年事告衰，不能写作的日子。这是够无限的养老金，岂不大妙吗？”他还讲到自己的情况，中日战争前，他的小说都是卖版权的，只有世界日晚报例外，因为他是创办人之一，又做过编辑和总编辑，所以只拿编辑费，不拿稿费。入川以后，他改变了过去的做法，有人约他写稿子，便声明不再出卖版权，而改为抽取版税。“版税的数目，是由出版家和著作人自由议定。大概最高额可以照定价抽百分之二十二，最低的抽百分之十。不过这两极端，都很少见，一般成交，是百分之十五六。”他在抗战胜利之后回到北平的时候，已经“有十几本书抽版税，在社会安定的时候，平均每月每本书销一百本，就是一千多本书的版税。（以上海为推销中心，这是可能的）每个月的收入，颇也可观”。[①]

民国三十五年（1946 年）十二月，周南带着两个女儿张明明、张蓉蓉先期来到北平，住进砖塔胡同的新居。此前，张恨水曾有信给周南，并将亲自手绘的“南庐”全景图寄给她，希望她能“早一点到北平，最好是坐飞机来”。周南听从张恨水的安排，从南京飞到北平。左笑鸿有诗专记此事。诗前有小序：

---

① 谢家顺、涂爱华《张恨水〈写作生涯回忆〉补遗》，198 ~ 199 页，《新文学史料》2013 年第一期。

吾友某君（不写出名字来，惧有标榜之嫌也），此来将近一载，而夫人在南方，远山远隔，延跂为劳，虽鱼雁时通，犹未能一倾离愫，纵不至如小说所云之“隔风洒泪，对月长吁”，然郁郁寡欢，颇有书空咄咄之势。寒窗独坐，顾影伤神，闷闷无聊，孰能遣此？日前忽得电讯，谓即日乘机北飞，于是大喜，实有春从天上来之感，即朋侪亦为此欣幸，爰赋小诗，代抒积闷，每句均嵌词牌，非敢捣乱，聊以志庆云尔。

且喜今朝“相见欢”，小园无复“锁窗寒”。
从兹“无闷”“于飞乐”，到此方知“离别难”。

一年小别“阳台梦”，今日“春从天上来”。
道是“雁台春”意满，双双共引“尉迟杯”。

“芳草”“垂杨”多少恨，“连理枝”头花又开。
“锦帐春”深深似海，果然“明月逐人来”。

“箇侬”人比“玲珑玉”，万里归来“人月圆”。
莫“惜分飞”“芳草渡”，从今不唱“古阳关”。①

转过年来的三月，张恨水又让侄子张文专程赴安庆，将周南的母亲、胡秋霞和儿子小水、二水、张全、张伍等家眷接到北平。他

---

① 左笑鸿《春从天上来》，原载1946年12月26日北平《新民报》副刊《北海》，转引自张伍《雪泥印痕：我的父亲张恨水》，团结出版社2006年9月版。

们离开安庆后，乘江轮到上海，再乘海轮到天津，然后乘火车回到北平。最初，胡秋霞住在报社宿舍里，直到民国三十七年（1948 年）二月，生了女儿张正，她们才得以住进北沟沿甲二十三号（张正记为甲三十六号）。所以张正说："父亲在北平《新民报》工作时，曾有一时期一大家人都住北沟沿甲三十六号。"① 小水既是长子，又在读书，因此一直住在父亲的"南庐"。

这期间，张恨水几乎把全部精力都投入到这张报纸上，每天必到报社处理各种事务，风雨无阻。一张报纸，从纸张、印刷、发行，到报社内部的人事安排和柴米油盐，每件事他都要操心、过问，同时还要编副刊、写社论、统筹各个版的稿件，几乎无一刻闲暇。尽管如此，他仍然抓紧一切时间写作，从不懈怠。他称自己的作品是"榨出来的油"，可见其多么的不容易！自民国三十五年（1946 年）到民国三十七年（1948 年），在短短的三年里，他不仅写了大量的散文、小品、诗词曲赋，还陆续创作了长篇小说《巴山夜雨》《五子登科》《纸醉金迷》《一路福星》《岁寒三友》《雨霖铃》《马后桃花》《玉交枝》，以及中篇小说《雾中花》《步步高升》《人迹板桥霜》《开门雪尚飘》等。这些作品或在北平《新民报》连载，或发表在各地报刊上，但除了《巴山夜雨》《五子登科》和《纸醉金迷》勉强完成外，大多数作品都未能完成，有的是为稿费得不到合理解决，有的是因战争中断交通，邮路不畅而停止，另有一部《玉交枝》，张恨水因病未能完篇，最终由左笑鸿整理、收尾。

然而，回到北平后，最让他感到不安、惊讶和无奈的，则莫过于那些无处不在的伪书了。有一天，《新民报》经理室的一位工友，

---

① 张正《魂梦潜山：张恨水纪传》，260 页，山西人民出版社 1999 年 10 月版。

在看一本“张恨水作”的肉感小说，同事便拿来给张经理过目，张经理除了劝他不要看，别无良策。另有一部号称张恨水的“自传”，书名叫作“我一生的事情”，其内容“实在是不折不扣的黄色小说”。张恨水说：“我不知道这书里，把我糟蹋成个什么人物，以这种手段和张恨水作伪书，那不仅仅是骗读者的钱，对张恨水是恶意的侮辱，乃是无疑问的。”[①]回北平之前，他对所谓“伪书”曾时有所闻，甚至战前，在大连、沈阳就曾有过冒名顶替的作品。抗战爆发后，在沦陷区，另一种“伪作”也曾让他大伤脑筋。他说：“上海的汉奸报纸就有好几家翻版我的旧作。变质的《晶报》尤其毒辣，把《南京人报》上的《中原豪侠传》，改一题目，将我的签名，制锌版登出来，说是我的新作。这种鱼目混珠的手法，社会上是难知其内容的。”[②]说起来，这还只是“盗版”，老板念的还是商业经，侵害的也只是张恨水的经济利益。另有一种被张恨水称作“半伪书”的，更让他觉得难堪。他说道：“怎么叫半伪书呢？就是把我的书，给它删改了，或给它割裂了，却还用我的名字，承认不是，不承认也不是，这都教人啼笑皆非。例如我在《晶报》上发表的《锦片前程》，我是没有写完的，上海就有一家书店给它出了版。除了改名为‘胭脂泪’而外（改书的人，可能不懂《锦片前程》是什么意思），加了许多文字进去，而且把书足成。众所周知，我一贯主张，写章回小说，向通俗路上走，决不写出人家看不懂的文字。而这位改写的人，就用的是空洞堆砌的美丽长句，时而通俗，时而高雅，这成何

① 张恨水《写作生涯回忆》，80～81页，人民文学出版社1982年6月版。

② 张恨水《文字被窃》（上），原载1943年4月10日重庆《新民报》专栏“上下古今谈”，张恨水散文全集《上下古今谈》，156页，时代文艺出版社2015年8月版。

话说？又我写的《春明新史》（应为《斯人记》），是用回目老套，也有人改了，改名为‘京尘影事’，一回分为两回，一个回目管一回，把书分成两集。这样一来，章法太乱，不但文不对题，甚至下文不接上文，简直一团糟。俗言道的好：‘文章是自己的好。’我不敢说我的文章好，但我决不承认我的文章下流。七八年来，伪满洲国和华北、华东沦陷区，却让我尊姓大名下流了一个长时期，我想，社会上许多我的神交，一定为我太息久矣！”①

民国三十二年（1943年），老舍夫人胡絜青来到重庆，对他说起在华北见到过的张恨水著作，全是假的，冒牌货。他当时还想，事或有之，但不会太多。看来心地善良的他还是没有充分估计到造伪者的能力，他说：“及至我到了北平，据朋友告诉我的，和我在伪书底页上所看的广告，统计一下，实在让我大大的吃了一惊，这种书约有四十几部之多。”②而据张伍后来调查的结果，仅“单行本伪书就有五十一种”。③张恨水是个爱惜羽毛的人，而这种大规模的造伪，对他来说，其实是另一种污名化，他既感到愤慨，又因无能为力而痛苦万分。他恨这些伪书，认为：“那里面不少是作孽的文字，把这罪过加在我身上，我太冤，我也应当辩白。”④

这大约便是后来他在北平《新民报》连载《写作生涯回忆》的动机之一。不过此时，一股更凶恶的暗潮正在他周围涌动，迟早要把他淹没。人们说到北平《新民报》内部发生的问题，通常都归结

---

① 张恨水《写作生涯回忆》，81～82页，人民文学出版社1982年6月版。

② 同上，80页。

③ 张伍《雪泥印痕：我的父亲张恨水》，230页，团结出版社2006年9月版。

④ 张恨水《写作生涯回忆》，2页，人民文学出版社1982年6月版。

为报社人事关系复杂，而张恨水却又不善此道，故主动让“贤”，坚辞北平《新民报》经理一职。张伍就曾写道：“许多没有见过父亲的人，总是从‘书如其人’来推测，以为他是长于辞令，精明强干，洞察世事皆学问的人，其实大谬不然。生活中的‘张恨水’是一个寡于交游，憨厚老实，木讷少言，略显‘土’气，不善于周旋的书生。所以在他的朋友中，曾有人戏言，在谈笑风生的朋友群中，‘谁最不像张恨水，谁就是张恨水。’事实确实如此，父亲虽然倚马才高，万言立就，但是在生活中，却充满着天真，常以诗人的浪漫情怀去对待世事和人际关系。‘知夫莫若妻’，母亲就常打趣父亲是个十足的‘书呆子’，用书本来套生活，是‘猴吃麻花——满拧’。父亲尽管已是蜚声国内外，但他自视平凡，从来都没有特殊之处，他受中国传统文化及道德熏陶，以真诚待人，不把名利置于心上而淡泊自甘，以为别人也像他一样，这是他的缺点，自然也是他的优点。报社本是个复杂的场所，父亲虽然办报有方，但却不善处理人际关系，更不懂得报社内部的权力之争。此时总社派来了副经理曹仲英先生和总编辑王达仁先生。王先生年轻活跃，很想有番作为。父亲当时的职务是《新民报》协理、主笔兼北平社经理。虽然北平《新民报》在父亲的惨淡经营下，受到北平市民的喜爱，数年间其发行量一直居北平各大小报之首，亦是《新民报》五社八报之冠。仅以此而论，可说是成绩斐然，为《新民报》立下了汗马功劳，理应受到嘉奖，然而事实却不然，他得到的是一个相反的结果。既然总社派来了人，新任总编辑王达仁先生又很想有番作为，父亲再任职，就有些不识时务了。在一种无可奈何的情况下，父亲于 1948 年秋，辞去了北平的《新民报》的职务，离开了他一手创办的北平《新民报》，结束了他奋斗 30 余年的‘衣带渐宽终不悔，为伊消得人憔悴’的报人生涯。”①

张伍的这番话是从张恨水的性格、性情入手，把报社视为一个名利场、权力场，来说明张恨水退出北平《新民报》的原因，其中还流露出一丝对陈铭德赏罚不公的幽怨。性格即命运。张恨水在北平《新民报》的遭遇的确和他的性格，乃至性情大有关系，但却并非决定性的因素，而且，曹仲英、王达仁调任平社，绝非奔着张恨水手中的权力而来。此事说来话长。张恨水主政北平《新民报》，与其任职重庆《新民报》主笔，做副刊主编，是有天壤之别的，这个“别”，不仅体现在权力上，更体现在责任上，而社会政治环境的改变，使得这种责任更加复杂和沉重了。在重庆，大家的目标基本上是一致的，即一切为了抗战，张恨水的家国情怀、民族大义，支持他写了很多鼓吹抗战的好文章，对国民党的腐败、无能，也敢于揭露、批评，因此赢得了普遍的尊敬，包括中共方面的赞许，大家一致尊称他“恨老”。

但在北平就不一样了。抗战胜利之后，国民党与共产党在政治、军事上纷争不休，严重撕裂了中国社会，尤其是知识群体中，即使同是主张和平、反对战争者，在很多具体问题的看法上，也是尖锐对立的。国民政府因日本战败投降而赢得了喝彩，中国因此登上世界政治舞台，在那里被承认其大国地位，也让中国人感到扬眉吐气。但国民党既不肯放弃一党独裁，对和平、民主又缺乏诚意，政治、经济、军事上的举措失当，更加重了人们的失望情绪，特别是青年知识分子，包括一部分大学教授和文化精英，都陆续站到了国民党的对立面。这种对立情绪自然会影响到报社的编辑、记者，这里不

① 张伍《雪泥印痕：我的父亲张恨水》，243 ~ 244 页，团结出版社 2006 年 9 月版。

仅不是世外桃源，真空地带，而且是社会舆论风暴的中心，即风暴眼，看似平静，其实是很可怕的。

仅就北平《新民报》而言，经理张恨水固然始终坚守着民间立场，在国共之争中，既不向国民党妥协，也不认同共产党，一味地自说自话。总编辑方奈何是个本分的文人，当年他到重庆《新民报》就是张恨水推荐的，这次来北平《新民报》，又是张恨水点的将，工作中他们之间很容易达成默契。编辑、记者也多为老友、故人，主编《天桥》的马彦祥，虽属思想进步的新文化阵营，但当年进《世界日报》，却是他招聘的，这次来北平《新民报》，也是出于他的邀请；主编《北京人》的于非闇，战前就是好朋友，当年他创办北华美术专科学校，于非闇就曾给予很大支持；接替他主编《北海》的左笑鸿，更是多年知己，心有灵犀，彼此相知相惜。几位青年才俊如最初从重庆社调来的邹震、刘桂梁，都是燕京大学新闻系的高才生，时任重庆《新民报》日刊总编辑的方奈何，就曾领导他们，周围的同事都称他们是“方的人”；从成都跑到北平“避祸”的杜景沼，被方奈何留在平社，先编要闻版，后改编社会新闻；还有一位贺家宝，是北京大学的学生，中学时代秘密加入中国共产党，现在北平《新民报》半工半读做兼职记者；张恨水的三弟张仆野则做了采访部主任。

北平《新民报》最初的这个格局，说是同人办报也不过分，而和谈期间，国民党当局对报纸还算网开一面，对新闻、言论都留有一定空间，因而，此时的张恨水还没有左右为难的苦恼，他还敢说批评国民党七分，批评共产党三分。年轻人或对他的做法和言论有所不满，也止于私下议论，说他“右”了而已。进入民国三十六年，形势变得严峻起来。随着国共全面内战爆发，国民党在战场上一再失利，当局加强了对报纸的控制，新闻、言论空间被大大压缩。这时，各个阶层呼吁和平、反对内战的要求，都被认为是共产党背后鼓动的结果，因而丧失了合法性，并遭到当局的镇压。四月的一天，记者贺家宝到朝阳大学采访学生罢课的新闻，被特务殴打，又被警察局以"扰乱治安"的罪名逮捕，拘禁九个小时，后经张仆野向国民党市党部头目吴铸人交涉，才被释放。

这还仅仅是开始。进入五月之后，全国各地爆发了"反饥饿，反内战"的学生大游行，北平学生也走上街头，他们在西单演讲，贴标语时，与一些青年军人发生冲突，造成流血事件。北平《新民报》当然不会无动于衷，遂派出记者跟踪采访，写了一篇现场特写。但吴铸人坐镇报社编辑部，只准用中央社稿，不能用自采稿件，而且不准登在显著的位置，更不准发表言论。张恨水无奈之中，为了报社安全，只好选择妥协，他嘱咐方奈何，处理此事一定要小心谨慎。方奈何遵照张恨水的嘱托，也考虑到社内其他编辑、记者的意见和情绪，对稿件做了折中处理，中央社稿发在要闻版，编辑在标题上做了手脚，本报记者的现场特写也被采用了，刊发在社会新闻版。方奈何回忆往事时提到当时的想法："为了《新民报》在社会上的影响，为了正义，却不容许我们为本身的安全，放弃新闻工作者的职责，不作真实的报道。"[①]

当局对于这样的处理并不满意，而社内的编辑、记者也耿耿于怀。对张恨水来说，事态的发展则近乎失控。特别是社会新闻版报道的消息，以及编辑制作的标题，当局常有芒刺在背之感，如对征兵消息的处理，以及对国共和谈消息的处理，都让当局很恼火。特

① 方奈何《北平〈新民报〉回忆》，《〈新民报〉春秋》，374 页，重庆出版社 1987 年 12 月版。

别是北平市参议员的选举，爆出营私舞弊的丑闻，《新民报》及时予以报道，终于激怒了市党部的吴铸人，责令陈铭德改组编辑部，定要方奈何、邹震、章珠离开报社。迫于他的高压，陈铭德不得不请方奈何休假一年，由王达仁代理总编辑；调邹震、章珠到总管理处，另派刘励生（石北）、李及秀接替其工作，并派钱家瑞（辛波）担任平社采访部副主任。方奈何在忆及此事时说道："我认为这个安排很好，因为刘曾编重庆版要闻及社会新闻，思想进步，与杜景沼合作可保持新闻版的原风格；钱是燕大新闻系毕业的进步青年，在《新民报》工作多年，来平社工作，可以阻止吴铸人插手采访部。"不过，他对于休假一年，由王达仁代理总编辑职务的安排并不认可，"我因不了解王，不便让其代理我的职务，便提出辞去总编辑工作。经陈同意，便于十月十九日在报上刊出启事：'奈何前以感受风邪，曾请短假，迄今月余，身体仍未复原，遵医嘱必须静养。兹以呈准辞去本报北平社总编辑兼职，专任总管理处主笔职务。'我意在说明，我的辞职是被歪风邪气所迫，但我并未退出《新民报》"。[①]

这次改组对张恨水的伤害可谓伤筋动骨。方奈何"因不了解王"，不肯让他代理自己的职务，而宁肯选择辞职，但张恨水却只能和他组成新的搭档，在一起共事。王达仁是山西人，曾就读清华大学，"一二·九"运动中，担任过学生自治会主席，此后，他加入"民族解放先锋队"，到过绥远前线。抗战爆发后，他辗转南下，最后落脚在重庆《新民报》，做过编辑、记者，胜利后随总管理处到南京，任《新民报》资料室主任。接手北平《新民报》总编辑，对他来说，

① 方奈何《北平〈新民报〉回忆》，《〈新民报〉春秋》，375页，重庆出版社1987年12月版。

是首次执掌一个报社的大权，很想有番作为，也在情理之中。但这样一个人物，张恨水要与他合作，就不是很容易了。

这期间，张恨水在北平《新民报》画刊发表了组诗《枕上作》（六首），可以体会此时他的心情：

登台莫唱大风歌，无用书生被墨磨。
万里轮蹄留笔札，十年烽火荡诗魔。
都传救国方还在，早觉忧时泪已多。
老去畅怀唯一事，北来再见旧山河。

春秋佳趣淡如无，争食群鸡慕佛徒。
柴米夫妻知已少，泥云尘世故人疏。
只余书史传儿女，空爱林泉看画图。
学得袁安愁卧处，江河苍莽怔归途。

检点青衫半是尘，卅年沧海未归身。
家藏旧书残犹好，手种花开看更频。
含笑每忘人负我，率真无碍鬼为邻。
别来两鬓三分白，犹把平安报老亲。

半生秃笔三千管，念口家依一砚田。
恶札何能谈国事？白衣幸未误家传。
老临古画供娱乐，卧读《离骚》促睡眠。
直是书痴忘不尽，课儿犹坐夜灯前。

门前老树碧毵毵，客到敲门只二三。
扫地惜苔留雨后，依墙种柳学江南。
苦茶高酌推豪举，好友时来作健谈。
长夏佣书欣小歇，斗斋不厌似荒庵。

当年蜀鸟劝东归，万里归来事尽非。
贫忍负裹离母去，老犹投笔向人依。
此时燕幕安华厦，何处烟波有钓矶？
每遇城西笳鼓后，凭栏无语立斜晖。①

张恨水的这几首诗，写得很动情，老友的离去，让他也萌生了急流勇退的想法。他回顾自己数十年的笔耕生涯，总是伤心多于安乐，此时此刻，他更向往无忧无虑的闲适生活，只是还缺少适当的机会。王达仁既已就任，他还自告奋勇做了要闻版主编。不过，几天后，刘励生来到北平，张恨水立即做出调整，命杜景沼代替王达仁主编要闻版，刘励生主编社会新闻版。由于报纸篇幅减少，由四开一张半缩减为四开一张，《北京人》《新世界》《小家庭》等副刊被取消，增加了以时事述评为主的《交道口》，由刘励生主编。其结果是报纸的趣味性大幅度减少，而政治态度变得更加鲜明。

当局自然不肯放过《新民报》。民国三十七年（1948 年）七月，北平市社会局以“封门”相威胁，迫使北平《新民报》第二次“改组”。张恨水迫于压力，只能接受马彦祥“辞职”，并电告总管理处，

① 张恨水《枕上作》（六首），原载 1947 年 8 月 10 日北平《新民报》画刊，张恨水全集《剪愁集》，122 ~ 123 页，北岳文艺出版社 1993 年 1 月版。

平社生变。然而，陈铭德的到来，并没有改变北平《新民报》和张恨水的困境。恰在此时，国民党立法院以南京《新民报》日刊刊载邓季惺等立法委员主张停止轰炸城市的提案，并对何应钦为轰炸开封而致无辜百姓伤亡所做检讨，以及立委们的质询与何应钦的答复进行报道一事，提出所谓"《新民报》泄漏秘密会议消息"的问题，在立法院会场对邓季惺进行围攻，南京《新民报》岌岌可危。陈铭德得到消息后，立即放下北平《新民报》，赶回南京。不久，蒋介石亲自下令南京《新民报》永久停刊，北平《新民报》也不得不对刘励生、钱家瑞、贺家宝三人做出处理，结果，刘、贺投奔石家庄，钱家瑞南走香港。

此时的张恨水深深感到了民间立场、中间道路的失败，"中间偏左，遇礁即避"已经丧失实际意义，而同事之间的明争暗斗，更非他所愿。记者节这天，他作了两首诗，感慨世事兴衰，身世浮沉：

记得兴衰事，昂头笑复哀。
英雄几铁石，第宅半蒿莱。
怀笔修人史，观场过舞台。
春明旧逐客，劫后惨重来。

热肠双冷眼，无用一书生。
谁堪共肝胆，我欲忘姓名。
月没星能替，风高凤不鸣。
卅年犹是客，五柳枉盈盈。[1]

---

① 张恨水《记者节作》（二首），原载1948年9月3日北平《新民报》副刊《北海》，张恨水全集《剪愁集》，129页，北岳文艺出版社1993年1月版。

一番深思熟虑之后，九月，张恨水向陈铭德提出辞职，不再担任北平《新民报》经理。然而，南京《新民报》被查封之后，陈铭德一直忙于为其他四个社的继续生存而奔走。他不希望张恨水辞职，建议他请假，休息一段时间，并以曹仲英为代理。后来看到求生无望，国民党亦末日来临，邓季惺为避祸已赴香港，他才在化名亡命香港之前，答应了张恨水的辞职请求。因此，张恨水离开北平《新民报》，是在十二月十二日，到这一天为止，近三十年的报人生涯终于画上了句号。此时，他尚不足五十四岁。

辞职后，张恨水回到他精心布置的宅院。不过，在这里，他并没有找到期待已久的闲适的感觉。紧张、忙碌了大半辈子，忽然闲了下来，他觉得心里空落落的，很有些茫然不适。在《写作生涯回忆》开篇中他写道："我是个推磨的驴子，每日总得工作。除了生病或旅行，我没有工作，就比不吃饭都难受。我是个贱命，我不喜欢假期，我也不需要长时间的休息。辞去工作后，这时感到无聊，我那矛盾的心情，似乎是吃了一碟四川的棒棒鸡，除了甜，咸酸辣苦，什么滋味都有。"① 这些日子，他想了很多，也想了很远，想了他的前半生，也想到了他的身后事。于是有了这部《写作生涯回忆》。他谈到最初的动机，无非是想"向读者写个供状"，他说："写了一辈子文字，得了同情者不少，恐怕神交之多，在普通社会里，我是够在六十分以上的了。对于这神交，我还愿更结下一层更深的友谊。"② 他的这个想法得到报社同人的支持，于是，从民国三十八年一月一日开始，张恨水的《写作生涯回忆》在北平《新民报》二版连载，

---

① 张恨水《写作生涯回忆》，1 页，人民文学出版社 1982 年 6 月版。

② 同上，2 页。

到二月十三日结束。此时的北平《新民报》每天只有两个版，副刊、画刊全部取消，原载于画刊的连载小说《五子登科》，也移至二版，延至二月二十七日，未等终篇就提前结束了。

元月三十一日，北平宣布和平解放。二月一日，解放大军列队从西直门进驻北平。一个班的解放军借住在他家西院。这里原是司机住的，自从提出辞职，张恨水不再坐报社的汽车，司机房已闲置半年多了。这些年轻的解放军战士给张恨水留下了很好的印象，让他感到一个新的社会正在到来。二月二十五日，北平《新民报》刊出一则《本报职工会重要启事》：

> 一、本报职工会在2月2日职工会全体大会中正式宣告成立，当场推选工人代表三人为执行委员会委员。今后所有本报对内对外一切事宜均由本执行委员会负责。
>
> 二、本报前总经理陈铭德在解放前离平他往，本报业与该报总经理完全脱离关系。
>
> 三、前本报经理张恨水、代经理曹仲英先后解除职务，特此郑重声明。①

邓季惺是四月下旬来到北平的。她看到刊有“重要启事”的这张报纸，马上去找新政权的领导理论，并质问他们：“资方有没有用人的权力？”②虽然得到了肯定的答复，但她此时已没有回天之力。

---

① 蒋丽萍、林伟平《民间的回声：陈铭德邓季惺伉俪传》，302 ~ 303页，上海文艺出版社1998年6月版。

② 同上，304页。

张恨水倒没觉得这个“重要启事”对他有多么重要，毕竟，在此之前，他就和北平《新民报》撇清了关系。但是，几天后，三月二日至四日，总编辑王达仁在报上抛出的长文《北平新民报——在国特统治下被迫害的一页》，却深深地伤害了张恨水。全文七千余字，分为十个小节，分别是：新民报有五社八版，当时以平版最反动；平社两位张二爷，他们等于太上皇；在温崇信、张万里毒手下，编采同人遭受迫害；张、温两国特奚落张恨水；温崇信点名迫害；限制同人的言论，马彦祥的“告别词”是经过检查删改的；无穷尽的迫害，报馆再受严重警告，刘励生出走解放区；辨认善恶看政协时代社论；比美国新闻处稿子还狠，伪装中立的社论……本文总括：一个想投机的人总有一天会现眼。

作者在文章中绘声绘色地讲述了张恨水与国民党当局一些官员的交往，把张恨水在国民党当局压力下采取的一些妥协措施，说成是与敌特“勾结”“狼狈为奸”，指责他把“南京派来的人都加上一顶红帽子赶走”，打算坐实他迫害《新民报》进步力量的“帮凶”，国民党反动派在《新民报》“代理人”的身份。他还列举了张恨水当时所写的那些对共产党的做法有所批评的社论，嘲笑他“学《大公报》的社论笔调伪装中立”，其实是比《大公报》还要“明目张胆替（匪帮）摇喊的无耻的作品”。他挑拨张恨水与方奈何的关系，说他们为私人利益而起冲突，编造方奈何“想竞选市参议员开罪了张恨水”，邹震则为了“争副总编辑与张恨水大骂”。然后他用皮里阳秋的口吻说：“他们两位的人品与思想如何，老同事自有定评，想用不着我一个新来的，与他们前后相处不到二个月的人多说了。”[①]

① 王达仁《北平〈新民报〉——在国特统治下被迫害的一页》，原载1949年3月2日至4日北平《新民报》。

很难想象同一报社的总编辑会以这种方式对待前任经理人。无论如何，张恨水都不再是他前进路上的障碍。那么，他这样做只有一种解释，即把指责张恨水当作献给新政权的“投名状”，牺牲张恨水，成全他自己。可惜，他在这篇文章中编造的不实之词太多了，知道内情的老朋友都还在，有些人还在新政权中担任重要职务，包括他在文章中提到的受到张恨水“迫害”的马彦祥。因此，他的“投名状”并没有被接受。当月，中共在北京饭店举办宴会，招待各界知名人士，张恨水仍在邀请之列。然而，对张恨水而言，这篇文章的杀伤力还是很大的，他读过之后，一种莫名的恐惧和惶惑油然而生，使他的精神和肉体都受到了巨大的伤害。

这时，郝耕仁的女儿郝君仪跟随解放大军来到北平，她从电话簿上找到了张恨水家的住址，专程前来探望父亲的老朋友。她后来回忆当时的情景写道：“我穿着根据地的军服去看他，进到他的住宅，这住宅只有南面一排房子，北面是一片荒芜的院子，远不如他早年在北京的住宅了。我打问恨水先生在家吗？只听有人喊：‘来了女八路了。’我见一位头发斑白、气宇轩昂的老人站在门框内，他显然比过去苍老很多，但我一眼就认出是恨水先生，我上前叫了声‘大叔’，说明我就是‘郝样’（我四岁就一直跟着父亲，父亲的好友都知我的小名叫‘样儿’）。他老人家立时泪如雨下，泣不成声，让我进屋坐下。他当时腿已有毛病，行动不很灵活，坐下后他盖了一条厚毛毯，他说这两年总感到下肢发凉、麻木。我说可能是职业病，整天坐着写文章，血脉不通，要他多活动（不料这就是中风的前兆，不久他就得了脑血栓，全身瘫痪）。”[①]

① 郝君仪《回忆我父亲郝耕仁与名小说家张恨水的友谊》，《张恨水研究会会刊》（总第二期）1991 年，56 页。

郝君仪面前的张恨水，看上去形如槁木，心如死灰，殊不知他正经历着一种炼狱般的痛苦和折磨。就在解放军进城前夕，大中银行经理王锡恒，将张恨水以历年版税所得购买的十两黄金卷走，逃到台湾去了。现在，除了这所大宅子，他已经一无所有，既没有了固定收入，与南方各报刊的联系又中断了，稿费、版税也难得见到，一大家子人，上有老岳母，下有一群嗷嗷待哺的孩子，妻子周南则体弱多病，且有孕在身，生活就成了问题。张恨水终于承受不住了。五月下旬的一个黄昏，他正给读初中的二水、张全补习外语，突然感到说话困难，口齿不清。两个儿子刚扶他躺在睡榻上，他便昏了过去，不省人事了。家人立刻请来他的好友张大夫，诊断为脑溢血，随时有生命危险。周南赶紧派了家人，将他抬到离家最近的中和医院（现为北京大学人民医院）。经过医生及时抢救，昏迷数日的张恨水才苏醒过来，但他记忆力受到极大损伤，不仅说话相当困难，除了周南，家里的其他人也都不认识了。为了给他治病，周南卖掉了仅有的首饰，维持全家困苦的生活。谁能想到，像他这样一个享誉海内外的小说大家，著名报人，竟然沦落到不能养家糊口的境地，岂不令人唏嘘不已，大为感伤！

贰拾

晚景

张恨水是以有病之身进入新社会的。他在中和医院住了一个多月，直到病情稳定，脱离危险，才回到家里。周南怀着三个多月的身孕，住在医院里，昼夜陪侍丈夫，终于将他从死亡线上拉了回来。

出院后，张恨水的病情逐渐好转，病后两个月，已能“牙牙学语”了，记忆力也在慢慢恢复。一九四九年七月二日至十九日，中华全国文学艺术工作者代表大会在北平召开。毛泽东、周恩来、朱德、董必武、陆定一、陈伯达等中共领导亲临大会祝贺，并发表讲话，或做重要指示。周恩来在讲话中将这次盛会称作“被迫分离在两个地区的文艺工作者在今天的大会师”。[①] 所谓两个地区，即指解放区和国统区。张恨水作为正式代表被邀请出席大会，但他因病未能参加。会后，周恩来派人专程来看望他，送去了大会文件以及刚刚出版的《大众文艺丛书》。看到过一个材料，说张恨水最初曾被推举为正式代表，

① 周恩来《在中华全国文学艺术工作者代表大会上的政治报告——1949年7月6日》，《中华全国文学艺术工作者代表大会纪念文集》，19页，1950年3月新华书店发行。

但资格审查时，未能获得通过，后考虑到他的社会影响，故列为特邀代表。其根据就是郭沫若在《斥反动文艺》一文中将他作为黄色文艺的代表，提出过批评。郭氏此文原载《大众文艺丛刊》第一辑《文艺的新方向》，一九四八年三月由香港生活书店出版。文章中确有一节谈到了黄色文艺，他认为，凡“色情、神怪、武侠、侦探，无所不备，迎合低级趣味，希图横财顺手”①的，都属于这个范畴。文中没有提到张恨水，事实上，张恨水的创作与作者所说的黄色，没有任何关系。以此为理由推断张恨水代表资格未获通过，显然是一种臆想。查《中华全国文学艺术工作者代表大会纪念文集》中的“代表名单”，张恨水名列“平津代表第二团”，其中并无“特邀代表”的说明。

开会期间，老朋友张慧剑来家里看望他，回到上海，又与朋友们谈到张恨水的病。老朋友卢冀野（前）撰文记述了这件事：“慧剑从北京参加文协回来，说到恨水这一次的病，是在一天晚上，灯下课子的时候，忽然感觉头痛，便有些支持不住了，这情形类乎‘中风’，大约还是脑溢血。写作小说，平常绞脑汁未免太多了，文人和贫病老是分拆不开的。北望燕云，使我深深的怀念。”②老朋友惦记着张恨水，读者也惦记着张恨水，一九五〇年二月十日，上海《新民报》晚刊副刊《晚会》发表了署名“燕上寄”的短文《张恨水的病》，文中特别提到他的经济状况：“他和梅畹华（兰芳）一样，他们的

---

① 郭沫若《斥反动文艺》，谢冕、洪子诚主编《中国当代文学史料选》（1948—1975），14页，北京大学出版社1995年12月版。

② 卢冀野《寄慰恨水》，《卢前笔记杂钞》之《柴室小品》，4页，中华书局2006年4月版。

经济情况常常被人们误解，以为他们很有钱，其实都是干一天吃一天，在过去，家庭的负担很重，不可能剩下什么钱，在今后，他们自信有劳动力，也就有生活的把握，也无须乎去考虑那些问题。可是一病倒，情况就不很好了。现在恨水的生活，是相当艰苦的。他的病使淋巴结发肿，正由他好友某医生全心替他诊治中，他家里的妇孺，除了上学的，都已从事劳动生产，太太是织线袜子的高手。”生病前，张恨水对未来的创作也是有所考虑的，作者写道：“北京刚解放后，周扬副部长曾找恨水去谈话，希望他加强文艺生产，恨水非常兴奋，预备了四五个小说题材，其中一个是专写转型后的北京社会的，他需要多接近现况多学习问题，下笔以前是相当审慎。阳翰笙、马彦祥诸先生都很鼓励他。他的写作方法在一定的对象上可以说是成功的，在配合工农兵读力这一个条件上，他很能有所发挥，可惜他刚要开始写作就病倒了。”①

文代会后，七月二十三日，中华全国文学工作者协会（简称全国文协，后改为中国作协）在北平成立，张恨水被吸收入会。这期间，他的病情有所好转，看书虽有困难，他便先练习写字。张伍还记得：“父亲让母亲买了许多小学生练习毛笔字用的大字本，每天在大字本上像小学生般地练习楷书，一切从头开始，认真地读帖，认真地写。只见他那不听使唤的颤抖的手，紧紧地握住毛笔，一笔一笔的写，那样认真，那样专注，上午定时写，下午也要定时写，终于，他能灵便地书写了，而且字越写越好，几乎恢复到了病前的水平。”②年底，

---

① 燕上寄《张恨水的病》，谢家顺《张恨水年谱》，629页，安徽文艺出版社2014年7月版。

② 张伍《雪泥印痕：我的父亲张恨水》，246页，团结出版社2006年9月版。

张恨水最小的儿子张同降生，人逢喜事，心情舒畅，病也好得更快了。

十二月九日，云南省政府主席卢汉以召开国民党中央驻滇军事首脑会议的名义，扣押二十六军军长余程万，胁迫他通电起义。余程万表面接受，私下里却盘算着如何摆脱卢汉的控制。他手下的二十六军，则以解救余军长为名，向昆明发起进攻。这时，不知是谁想到了张恨水和余程万的“交情”，请他出面劝说余程万，不要与人民为敌。抗战期间，余程万任国民党七十四军五十七师师长，指挥常德保卫战，以八千官兵，固守常德，与城共存亡，赢得了最后胜利。张恨水所作长篇纪实小说《虎贲万岁》，写的就是五十七师可歌可泣的壮烈事迹，余程万因此名扬天下。他很感激张恨水，曾派人送来一笔非常丰厚的酬金，被张恨水拒绝了。抗战胜利后，他驻守南京，恰巧张恨水东归，路过此地，他要请张恨水吃饭，也被婉拒。因此，张恨水在他心目中是有些分量的。张恨水尽管说话还很吃力，仍然口述了一封信给余程万。这封信由张小水笔录，整理成文，交中央人民广播电台播发，也不知余程万听到没有。上海《大公报》于十二月中旬以《张恨水函余程万，希望他走向人民》为题，报道了此事。

张恨水生病之后，张家的财政很快陷入了危机。家里人口多，八个孩子，只有长子小水考上大学，不靠家里供养了，剩下的，五个读中小学，张正两岁，张同还在襁褓之中，都要家里负担。张恨水养病吃药，补充营养，也要花钱。但他既不能写作，也就断了财路，过去的一些版税也拿不到了，又没有积蓄，生活几乎难以为继。一九五一年六月，他将北沟沿的大宅院卖给了北京电影制片厂，又以一百四十五匹二丈五幅布的价格，买下砖塔胡同西口四十三号（后改为九十五号）一个小四合院住了下来。这里距原来那个院子的后门只有百余米，张明明曾经写道：“小院有三分地，院中有方砖铺的小径，比土地略高，下雨天，院里略有存水的时候，在小径上走路不会湿鞋。北房三间，一明两暗，中间是客厅兼饭厅，靠西的一间是卧室，靠东一间是父亲的书房兼卧室。南屋及东西厢房都是家中其他人住用。”① 此前，胡秋霞已经带着小水和张正搬走，在白塔寺后面的大茶叶胡同十九号租了一间半西房，另住了。②

卖了大院子，张家的困境有所改善，生活暂时得以维持，但水准是大大降低了。张恨水不能不吃些营养品，周南还要给他开“小灶”，自己和孩子则吃窝头咸菜，喝小米粥。这让张恨水很难为情，他看着孩子们吃窝窝头就咸菜，心里极不是滋味儿。于是，吃饭的时候，周南就不给他留座位，“赶”他到胡同口的同和居、砂锅居去吃馆子。为了减轻家中负担，三子张全初中毕业便考取了长春电力专科学校，孤身一人负笈远游。不久，上海华东戏曲学校来北京招生，经过紧张的初试、复试，四子张伍最终也被学校录取，幸运地成为一名戏校学生。那一年，他只有十四岁。

在张恨水最困难的时候，朋友们纷纷伸出援助之手。当时，马彦祥是文化部艺术局局长，他来家里探望，看到张恨水的生活如此窘迫，回去后马上向上级领导反映。很快，文化部研究决定，聘张恨水为顾问，每月补助一百五十元，给他的生活提供了基本保障。上海《亦报》将他的旧作《开门尚飘雪》找出来，改名《贫贱夫妻》，

---

① 张明明《回忆我的父亲张恨水》，177～178页，百花文艺出版社1984年11月版。

② 张正《魂梦潜山：张恨水纪传》，267页，山西人民出版社1999年10月版。

于一九五〇年二月二十二日至三月二十一日再次连载。这是个中篇小说，约二万字，表现了中共建政前夕北平市民的家庭生活。这时，他开始尝试着练习写作，最初的作品都是寄给上海《新民报》的。十二月十三日，上海《新民报》晚刊副刊《晚会》发表了他病后写的第一篇散文《梦中得诗》。编者在文前加了按语《小说家张恨水病后所写第一稿》：

> 以下是小说家张恨水先生病后所写的第一篇稿子，老远地从北京寄来，希望编者发表。这篇稿子，诚如十日本刊淡严君所说："很像他四十年前的处女作。"而且含意晦涩，不易理解。因为恨水先生大病以后，关心他健康的很多，这篇稿子写得文从字顺，至少已可显示他的健康是有了进步，故为发表，以告慰于恨水的朋友与读者。当抗美援朝保家卫国运动在全国各地普遍开展的时候，恨水先生在北京一定有更深的感应。我们切望以写爱国小说获得千万读者的恨水先生，能早日恢复健康，迅速作老将复原的准备，面对当前的顽敌，为我们的历史与我们子孙的历史而战。[①]

两年当中，张恨水给上海《新民报》写了十余篇短文，这期间，他加入了北京文联，经常参加市文联组织的一些活动，结识了金寄水、陶君起、崔蓝波、徐京绍、刘毓萱、刘肇霖、萧豹芩等一班新朋友，他的文章也开始在《北京日报》等报刊上发表。一九五三年初夏，

---

① 编者按《小说家张恨水病后所写第一稿》，原载1950年12月13日上海《新民报》晚刊副刊《晚会》，转引自谢家顺《张恨水年谱》，632页，安徽文艺出版社2014年7月版。

张恨水逐渐恢复了健康，在儿女的搀扶下，他遍游北京，最远到了西北郊的颐和园。北京的新气象深深触动了这位老诗人那颗敏感的心，他难以抑制激动的心情，写下一组《冬日竹枝词》，抒发自己对新北京、新生活的感受。比如写到长安街：

长安街上地常平，万点灯光不夜城。
安步当车街树下，夕阳西落路边情。

比如写到西郊新开辟的大学区：

西北郊区大学村，新添平路转乾坤。
今朝已毕星期课，车子迎人到校门。

还有写北海的：

溜冰队子去如梭，十里平铺太液波，
独立五龙亭外望，夕阳群岛彩云多。

太液湖边一镜悬，湖边洗眼梦如仙。
群阴岛上登高望，万里长空月正圆。

再看写市场供应丰富的：

扶梯竞买气如流，百货堆山任指求，
新妇笑言语夫婿，花标更上一层楼。

鸡鸭鱼虾异样装，香蕉川橘广柑黄，

公司陈设江南味，不觉忙年在客乡。

他还注意到小孩子服装的新样式：

几束梅花护短瓶，一番年味闹家庭，

小儿扮出英雄样，新制蓝衫号列宁。[①]

这组《冬日竹枝词》共十八首，这里只选一小部分。一九五四年二三月间曾在香港《大公报》上刊登过。养病期间，张恨水始终没有放弃过恢复小说创作的努力，一九五〇年四月四日，《亦报》就曾报道，张恨水正在创作一部名为《万象更新》的长篇小说，然而，到底由于他的病情，这部小说未能完成。不久，他又开始创作另一部长篇小说《半年之间》，意在通过一个小院的生活情态来表现北京所发生的巨大变化，但最终仍因他对新生活的隔膜而作罢。张恨水对于抒写新生活是抱有浓厚兴趣的，而且他固执地认为，表现社会生活是他所长，他熟悉中国的风土人情，熟悉市井人物，怎么不能写呢？有一段时间，这个问题一直困扰着他。一九五五年春节，他参加全国政协团拜会，见到了毛泽东。毛泽东问起为什么这些年不见他的新作。他回答，一来自己一直生病，二来对工农兵的生活也不熟悉，恐怕难以胜任。过了些天，周扬向他转达了毛泽东的致意：为工农兵服务，不能从字面上理解，老作家还是要写自己熟悉的题材。

① 张恨水《冬日竹枝词》，张恨水全集《剪愁集》，168 ~ 169 页，北岳文艺出版社 1993 年 1 月版。

那些天，他和儿子小水也就这个问题有过多次讨论与争执，尽管他还不能完全理解儿子所说的那些道理，但他接受了儿子关于题材的建议，转而以民间传说或历史人物为小说创作素材。

取材于民间传说的《梁山伯与祝英台》，是他恢复小说创作后第一部成功之作。这部作品于一九五四年一月一日起在香港《大公报》连载，至同年五月三日结束。这是他熟悉的领域，但创作前他还是认真做了准备。结果，反响不错。香港文宗书店六月便推出了单行本，十一月，北京宝文堂书店又推出了该书的内地版。在单行本序言中，张恨水向读者说明了自己生病和写作的过程：

> 我自一九四九年一病，到今年六月初止，已经是五整年了。病是脑充血症，当时突然发生，就不省人事，立刻送进医院，在医院里卧倒，前后治两个多月，才稍微好一点。好一点的程度，是能起坐，能牙牙学语，但是不能看报，吃喝便溺，也很不方便。要好成一个完全的人，还须要时候呢。
>
> 一直到去年冬止，除步行，除谈话，其他方面渐渐和好人接近。有几次朋友集会，都劝我试一试写作的能力已否恢复，我当时为朋友之言所激动，就答应试试看。想以“梁山伯与祝英台”为题目。但梁祝故事，虽词曲里很多，而散文里很少。因此，就从当时起，在朋友方面加意搜罗。搜罗也有两个多月的光景，共得三十多种词曲和笔记，其中有《民俗周刊》一种，提供资料尤多，我看看还可以，就动起手来了。
>
> 由一九五三年八月到十月下旬，稿子算作起来了，不过自己看了一看，还不甚满意，前后共作十多次修正。至于这部小说的主题，是一对男女，不得婚姻自由，誓死作正义的斗争。
>
> 这没有成熟的原稿香港的报纸刊出后，据说反应良好，华侨报纸

转载的很多，这简直是一种不虞之誉了。现在要把这部稿件印成单行本出书，出版者约我作一篇序，我就把害病的经过，及《梁山伯与祝英台》的稿件之由来，写在上面。当然，还望读了这本书的诸公，看到有不妥之处，在工夫稍暇的时候，加以指正，那实在是一件最荣幸的事。①

这本书的成功使张恨水备受鼓励，在此后的七八年里，他陆续写了《牛郎织女》《秋江》《白蛇传》《孟姜女》《孔雀东南飞》《磨镜记》《逐车尘》《荷花三娘子》《重起绿波》《翠翠》《男女平等》《凤求凰》《卓文君传》等十余部以民间传说和历史人物为题材的中长篇小说，以及一部准自传体的长篇《记者外传》。他的这些小说多是先在海外报刊上连载，然后由北京出版社或宝文堂出版单行本。其中只有《孔雀东南飞》和《记者外传》，是在上海《新闻日报》副刊《人民广场》连载的。后者是以张恨水的生活经历为素材，通过安徽青年杨止波到北京求职谋生，做了新闻记者的经历，反映民国初年北京的社会情态和众生相，详尽描绘了当时北京报界的形形色色，“是与《春明外史》遥相呼应的篇外篇，不仅可当作民国初年的野史看，而且还给我们留下了宝贵的民国新闻史的翔实资料，供我们研究中国新闻界民国初期兴起的形象教材”。②

一九五八年四月，张恨水在写给《人民文学》的《我的规划》一文中提到了这部正在创作中的小说：“我写了一个长篇，是《记者外传》，全篇大概六十万至七十万字之间，现在写了将近一半，

① 张恨水《梁山伯与祝英台》序言，转引自谢家顺《张恨水年谱》，646页，安徽文艺出版社2014年7月版。

② 张伍《雪泥印痕：我的父亲张恨水》，265页，团结出版社2006年9月版。

还有一半，据我估计，夏天可以完。”[①] 此前，在接受中国文联访问时，他也谈到这部作品的情况，陈瀓莱在《张恨水访问纪要》中写道：“他写的《记者外传》每日在上海《新闻日报》上连载，现在已经刊载了约二十万字，第一集已完。这本书共有六十多万字，分成四集，他现在还在继续写。《记者外传》从他在 1919 年到北京时开始写起直写到 1933 年左右他离开北京时为止。”[②] 可惜，这部作品并没有按照他预想的那样顺利完成，连载到中途，就被报社“腰斩”了。当年在《新闻日报》做副刊编辑的陈诏曾在《腰斩张恨水〈记者外传〉》一文中讲到当时的情形。据他讲，先是《新民晚报》副刊开辟连载小说，效果甚佳，《新闻日报》紧随其后，也觉得这是争取读者的一条绝好途径。但能不能启用张恨水，会不会有“沉渣泛起”之嫌，最初，报社内部是有争议的，几经讨论，总算统一思想，打消顾虑，副总编辑郑拾风是张恨水的故交，便由他写信约张恨水写个中篇小说连载。

张恨水先寄了《孔雀东南飞》过来。小说是根据古诗《孔雀东南飞》改编创作的，写焦仲卿和刘兰芝的爱情故事。编辑部认为，小说写了对不自由的婚姻制度的反抗，突出了反封建意识，是有一定现实意义和可读性的，便于一九五六年八月二日开始连载，每天刊登千字左右，历时三个多月，至同年十一月十三日结束，读者反映也很不错。于是，“第二年十月，张恨水又寄来一部长篇——《记者外传》。这一次，他不是寄来全稿，而是只寄开头的几回。我记得很清楚，他寄的是复写稿，笔迹是他自己的，但模糊不清，看起

① 张恨水《我的规划》，原载《人民文学》1958 年第 4 期，转引自谢家顺《张恨水年谱》671 页，安徽文艺出版社 2014 年 7 月版。

② 沈慧、陈瀓莱《张恨水访问纪要》，《新文学史料》2012 年第 4 期，14 页。

来很吃力，加上他的文字拖沓，疙疙瘩瘩，读起来很不流畅。我有些不耐烦，就拿起笔来擅自妄改。后来郑拾风同志知道了，忙来劝阻。他说：‘这是他的文风。你一改，就不成其为张恨水的小说了。’”

但是，他继续写道：“这篇连载小说节奏极慢，故事又不曲折动人，加上写法上犯了平铺直叙的毛病，没有悬念，抓不住读者。登了几个月，还看不出什么名堂，报社内部意见很多。大家觉得陆陆续续的来稿，不知道下文如何，如果旷日持久地登下去，很容易浪费版面，失去读者。所以到一九五八年六月，决定停止刊登，‘腰斩’《记者外传》。”[①] 虽然连载不能继续，如果有哪家出版社肯出单行本，也还不错。很快，这部小说就到了作家出版社，张恨水因此又得到一线希望。但这部小说最终还是被出版社拒绝了。一九五九年年初，他在接受中国文联访问时说：“去年一年写了一部《记者外传》（上册），预支了三千多元的稿费。现在已由作家出版社的许正因（武侠小说家）退还给我，不预备出版了。据说是作家出版社的领导，批评这部作品的思想性不强，没有出版的价值。不出版也就算了，我也懒得再写。本来今年开始写第二部，因此也就不再动笔。”[②]

不过，这几年，张恨水过得还是比较舒心的。病情有所好转，写作能力逐渐恢复，新作既为读者所接受，旧作也不再闲置，《八十一梦》《啼笑因缘》《五子登科》《魍魉世界》（原名《牛马走》）《夜深沉》等先后再版，这使得家里的经济状况也有所好转。他从来都是靠卖文为生的，现在既然还能写，有稿费，他就不肯

① 陈诏《腰斩张恨水〈记者外传〉》，陈诏《笔耕岁月：副刊编辑杂忆》，101 ~ 102 页，上海书店出版社 2002 年 3 月版。

② 沈慧、陈澂莱《张恨水访问纪要》，《新文学史料》2012 年第 4 期，15 页。

再拿政府的津贴了，于是他给当时的文化部部长茅盾写了一封信，辞去了文化部顾问一职。不久，北京曲剧团的魏喜奎将《啼笑因缘》搬上了北京曲剧的舞台。那时，她刚在莫斯科世界青年联欢节上得了金质奖章，为了安排到各地巡演，需要准备几台大戏，有人就想到了《啼笑因缘》。对魏喜奎来说，唱大鼓是她的当行本色，民国时，她在平津一带就是名角，由她出演小说中的女主人公沈凤喜，相当于自己演自己，她对沈凤喜这个人物和她的遭遇都有深切的了解和体验。改编前，他们先到天津看了天津市评剧团演出的评剧《啼笑因缘》，然后才根据曲剧的特点，以小说为基础，自己改编。曲剧的渊源本自平津一带流行的曲艺唱腔，以鼓曲和单弦牌子曲为主，因而，曲剧改编《啼笑因缘》比评剧更有优势，可以将一些牌子曲和鼓曲直接用在或化用在唱腔之中。首演那天，魏喜奎请了张恨水去看戏，张正在回忆录中描述了随父母看戏的情景，她还记得，剧团负责人向张恨水征求意见，张恨水表示："刺刘一节应该加上，以便在舞台上突出戏剧冲突。"[①]后来，这个戏南下演出，从新乡、郑州、武汉至南昌、九江，一路受到观众热捧，"原定两个月回来，结果延长了一倍的时间，整整在外边待了四个月"。第一站到新乡，当地文化部门领导便建议："往下再演，不论到什么地方，也就这两出（另一出是《杨乃武与小白菜》）就够了。"[②]

张恨水由此似乎看到了一线希望，看到新生活正在向他招手呢。这些都使他坚定了重新融入社会生活的信心。他在回复老友安徽芜

---

① 张正《魂梦潜山：张恨水纪传》280页，山西人民出版社1999年10月版。

② 魏喜奎《曲海扬波——魏喜奎舞台生活》，603、606页，中国戏剧出版社1985年3月版。

湖张九皋的来信时甚至表示："为人过旧，所作文体自知太不合时。思想上非彻底改造不可！"[①] 所以，他很希望能走出去，到各处看一看，感受一下新的生活。一九五五年初夏，他只身游历南方，先由北京至合肥，再由合肥到安庆，然后经南京、上海、济南返回北京。在合肥，住在堂兄张东野家。巧的是，六月十四日（旧历四月廿四日），正值他六十整寿，张东野为他举行家宴表示祝福。回京后，他补作了三首诗，以记此事：

南下杂感（三首）

乙未六十只身南下，路过合肥，在东野兄处过旧历四月廿四，吾生日也。回来，六月初一因补记之。

遍传六十忽然来，单影孤征笑口开。
尚有老兄将弟唤，且由阿侄背人猜。
因缘乱植相思豆，文字难成锦绣堆。
淡泊不多春意在，窗前几朵是残梅。

六十年前是此天，举家拍手笑窗边。
像龙伏浪云何淡，如月追弓影不圆。
南下青山安寓好，北来白手暮烟连。
回头无限缠绵意，一幅沧波梦里缘。

① 张恨水《给张九皋的复信》，转引自谢有顺《张恨水年谱》，653页，安徽文艺出版社2014年7月版。

卅年前发陇头枝，偏觉东风得意吹。
浪写官僚牛马走，眼看金粉夕阳时。
偷生病愈方辞药，伴读兴来偶作诗。
若问衰翁老去意，化云孤鹤或相知。①

来到安庆，大妹张其范和妹夫桂惜秋到车站迎接。妹妹发现："大哥发有银丝，面皮皱褶，显然衰老了。"她后来回忆当时的情景，写道："见此形象，我不禁暗地落泪。"②安庆是他青年时代寻梦的地方，如今他已垂垂老矣，徜徉在街头巷尾，感受着家乡的变化，不禁百感交集，于是，在《安庆日报》发表了《长日绵绵话安庆》一文，抒发自己的喜悦之情。在这里，他还到迎江寺拜访了老朋友月海方丈，二人一起探讨佛学，研究振风塔的历史。一周后，张恨水与大妹一家话别。张其范还记得："大哥走的那天，惜秋拎着他简单的行李，我尾随在后面。至近圣街口，大哥回头对我说：'你回去，我有机会就回来！'我哽咽着说不出话来，只好频频点头，痴立在街头，凝望着他的背影消失在人群中，才怅然回家。谁料这一别，竟成永诀了。"③

张恨水原想回潜山的，毕竟那里有先人的庐墓、故居，还有他儿时读书的老屋，他很想去瞻仰、探访。大妹看他身病体弱，劝他打消回乡的念头。他便去了南京和上海。这里有许多阔别多年的老朋友，他与张慧剑、张友鹤、赵超构、姚苏凤、程大千相见，几位

---

① 张恨水《南下杂感》（三首），张恨水全集《剪愁集》，159页，北岳文艺出版社1993年1月版。

② 张其范《回忆大哥张恨水》，《安徽文史资料选辑》（第八辑），249页，内部发行。

③ 同上。

老友轮流作东，与他举觞话旧。他曾打算从上海转往杭州，因离家太久，周南放心不下，去信劝他早日回京，他便取消了游历杭州的计划，取道济南回北京了。在这座著名的泉城，他不仅兴致勃勃地逛了大明湖，见识了趵突泉，还探望了老读者宋韵冰女士。南游归来，张恨水为家乡的变化，以及沿途所见各地工农业的发展而激动不已。于是，他欣然命笔，将途中所见所闻和内心感受写成中篇游记《京沪旅行杂志》，陆续发表在香港《大公报》副刊《新野》上。

一九五六年初夏，他又应邀参加了中国文联组织的作家、艺术家西北行。同行者有冯至、朱光潜、钟敬文、常任侠、孙福熙、周怀民、周怀亮、陶一清、张文新、李寿民（还珠楼主）、李红、姜燕等，沿途访问了西安、铜川、延安、兰州、玉门、敦煌、酒泉等城市，历时一个半月，行程一万七千里，他称之为“豪举”。这一路，像西安和兰州，是他二十二年前来过的地方，前后对比，让他大为感慨。当年，西北的贫穷、落后给他留下了刻骨铭心的记忆，他曾写了《燕归来》和《小西天》两部长篇，以及旅行散文《西游小记》，书中记述了他亲历的艰难困苦和内心之痛，而抛弃锦衣玉食，立志改变家乡面貌的女青年杨燕秋，则寄托着他对西北未来的梦想。而当他重新来到这两座省会城市的时候，其变化之大完全超出了他的想象。在他眼里，“今天的西安真是人间天上了”，[①] 而兰州的变化也让他大为惊叹：“兰州在我上次到的时候，人口不满十万人，现在已有六十万人了。从前兰州没有马路，现在已是马路如网了。那时所谓街，也是极短极短的，几家小店铺，在十字街口摆着几种零碎东西而已。

① 张恨水《西北行》，张恨水散文全集《北京人随笔》，305 页，时代文艺出版社 2015 年 8 月版。

现在十字路口有好多条街，百货公司都是几层大楼，商场也是像北京西单商场一样，两边全是各式各样的商店。”①

在此期间，兰州市当局要请此行中的画家，在五泉山下一座大殿的走廊壁上作画，“陶一清画的是《长江堤影》，一带绿色的堤，在帆影绿波之间。周元亮画的是《云汇天都》，所画为黄山主峰，在奇松怪石的里面，是一峰兀立。孙福熙画的是《稽山红叶》，为红树数株，石桥压水，近处是湖水涟波，远处是禹庙露影。周怀民画的是《太湖秋晚》，为苍松入云，秋波散翠”。张恨水自称“不会画画”，由于周元亮所画黄山是他的家乡，他便在这幅画上题了一首诗，诗曰：

豁然天成万山图，
怪石奇松盖世无，
看毕诸峰三十六，
白云深处是天都。②

张伍说，父亲的西北行日记还提到一件有趣的事：那天大家出去游览，很晚才回宾馆，误了吃饭时间，便相约到附近一家饭馆吃饭，谁知饭馆正要打烊，已经不营业了。正在大家扫兴之际，饭店经理得知是北京来的客人，便问道：“哪一位是张恨水先生？”张恨水应声答道：“我是。”经理说：“我读过您的《燕归来》，张先生

① 张恨水《西北行》，张恨水散文全集《北京人随笔》，315～316页，时代文艺出版社2015年8月版。

② 同上，317页。

来了，有饭吃，有饭吃。”马上吩咐后厨生火做饭。大家哄笑：“还是恨老有办法，不用饿肚子了。”[1]这次西北行，张恨水最感到满意的，是终于到了敦煌，了结了一桩几十年的夙愿。那些精美绝伦的壁画和佛像，真让他叹为观止。几年后他补作了一首诗，表达他的感受：

碎石干泥不染尘，窟门棋布画奇珍。
偶逢绿影竟言岛，久赏黄沙少见人。
面貌多朝分汉魏，威仪百世塑天神。
此间桃李无消息，只著缊袍已送春。[2]

他在酒泉还见到了向往已久的夜光杯，是用当地出产的一种质地很粗的石头制作的，没有玉的晶莹剔透，而淡淡的绿色，仍给人一种古朴、稚拙的感觉。为了那句久负盛名的唐诗，张恨水买了两个酒杯。张伍写道：“回到家里，父亲向母亲显示这播之于诗的夜光杯时，不想母亲的回答是：‘只有你这种读书着了魔的人，才会买这么两个破石头杯子！’”[3]

西北之行给张恨水带来的感受是多方面的，特别是新旧社会的鲜明对比，使他受到强烈的震撼，不能不由衷地发出一声赞叹。归来后，他写了系列散文《西北行》，抒发他的感慨和喜悦之情。这组文章先在上海《新闻日报》副刊《人民广场》陆续发表；随后又

---

① 张伍《雪泥印痕：我的父亲张恨水》，272页，团结出版社2006年9月版。

② 张恨水《一九五六年夏游敦煌》，张恨水全集《剪愁集》，192页，北岳文艺出版社1993年1月版。

③ 张伍《雪泥印痕：我的父亲张恨水》，273页，团结出版社2006年9月版。

被香港《乡土》杂志转载。这几年，他表现得较为活跃和积极，除了常有诗文在海外和国内的一些报刊发表，还参与了文联和作协的一些活动。一九五七年春天，北京市文联筹备出版《大众文艺》，他参加了北海庆霄楼的筹备会，还做了题为“关于如何写通俗文艺”的发言；六月十六日，他又和老舍、赵树理联名邀请文艺界有关人士举行座谈会，进一步讨论繁荣大众文艺创作的问题，并拟创办一份全国性的文艺杂志。会上，推选老舍、钟敬文、张恨水、赵树理、张友鸾、王亚平、徐懋庸、李季、萧也牧等二十二人为该杂志筹备委员，并准备由北京通俗文艺出版社出版。还有年前，章士钊、叶恭绰、张伯驹先生曾向周恩来总理提出建议，希望成立中国韵文学会，发行韵文学刊，得到周总理的赞同，毛主席也表示支持，年初，发起人在中山公园中山堂开会，讨论如何落实，张恨水也参加了。可惜，几个月后，风云突变，鼓励“鸣放”变成了反击“右派分子的猖狂进攻”，这些计划中的事遂成泡影，不知所终。

一九五六年一月，全国政协二届二次全会在北京召开，张恨水受邀列席这次会议。会上，他再次见到了毛泽东。其间，周恩来见他还穿着多年前送给他的延安呢缝制的中山服，询问他的生活是否有困难，他“笑着说：‘没有，没有，现在很好。’”[①] 一九五七年二月，他又列席了最高国务会议第二次扩大会议，听取了毛泽东《关于正确处理人民内部矛盾》的讲话。我们无法想象张恨水听了毛泽东的讲话有些什么感想和体会，不过，在一份《文联旧档案》中，我们能看到他在听了陆定一关于“百花齐放，百家争鸣”方针的报告后，接受文联采访时的谈话纪要。他讲了两点意见，其一他说：

---

① 张明明《回忆我的父亲张恨水》，187 页，百花文艺出版社 1984 年 11 月版。

“我认为‘百花齐放，百家争鸣’这个政策提出后，使人非常感动，特别使我感动。正像他所讲的‘百花齐放’，无论那一朵花怎么好，也不会繁荣的。现在既然肯定文艺作品可以写新人物，新社会，也可以写旧人物，旧社会，这样政策我是非常赞成的。过去，我的作品是属于写旧人物，旧社会一类的，可是被别人骂得一塌糊涂，甚至否定这类作品的存在，我实在也无力辩白，只好默不作声，任他骂去。”他还表示：“这次，提出对俞平伯先生的批评是过分尖锐了，向大家来解释一下的态度是对的。因为俞平伯先生并不是反革命呀！是可以采取更温和的办法，同他商量，求得改正的。”[①] 他的这种看法，在中国作协小说散文组随后召开的座谈会上表达得更加直接，他说：“文艺作品的题材范围应该是无限宽广的，既可以歌颂新社会，也可以批判旧社会。这样才可以让作家各尽所长，写自己最熟悉的东西。”[②] 不久，他还先后写了《章回小说为何遭遇轻视？》《我们不能走偏了》《不管它是否悦耳》等文章，在《文艺报》《北京日报》上发表，进一步说明自己的观点。

一九五七年五月一日，《人民日报》刊载了中共中央四月一日发出的《关于整风运动的指示》，号召党外人士“鸣放”，帮助共产党整风。仅仅半个月，五月十五日，毛泽东就写了《事情正在起变化》一文，发给党内高级干部阅读；六月八日，中共中央再次发出指示，要求《组织力量反击右派分子的猖狂进攻》；同日，《人

① 贾俊学提供《文联旧档案》（1956 年 6 月 1 日），转引自谢家顺《张恨水年谱》，657 页，安徽文艺出版社 2014 年 7 月版。

② 张恨水在中国作协创作委员会小说散文组的发言，原载 1956 年《光明日报》第 2555 期，转引自谢家顺《张恨水年谱》，658 页，安徽文艺出版社 2014 年 7 月版。

民日报》发表社论《这是为什么？》，大规模的反“右派”斗争由此拉开大幕。此时的张恨水还很难预料未来会发生什么，他还是像往常一样，无论哪里请他开会，他都愿意参加。他把开会当成了与外界交往，新老朋友相聚的机会。五月十四日，他应邀参加了北京通俗读物出版社召开的通俗文艺作家座谈会，会上，他对出版社不尊重作家的劳动表示不满。他有几本书，出版时，序言和小诗无缘无故就被删掉了，也没给他必要的说明和解释。他说：“上海文化出版社最近出版了我的《魍魉世界》，原书名叫‘牛马走’，我认为这个名字很好，没有改的必要。不仅改书名，还竟给我删掉了十多万字，事前并未征得我的同意，这样做实在不太好！”[①]五月二十二日，中国作协党组邀请部分作家帮助整风，提出批评意见。张恨水在会上发言，对作协只吸收他一人而拒绝其他章回小说作家参加，大为不满，他问道：“为什么不邀请像张友鸾、陈慎言这样的作家呢？”[②]

五月十六日，他带病参加了首都新闻工作座谈会，得知有些报社编辑记者多至几百人，他很吃惊，不知如此多的人，何以竟办不好一张报纸？他听说，有些记者一个月也不写一条新闻，很觉奇怪，这些记者都干什么去了呢？难道没有人管管他们吗？他还讲到自己的经历，有些新闻单位约他写稿，稿子拿走了，却不看，一放几个月，最后把原件退回来，还说什么已经失去时间性了，真让他哭笑不得！

---

① 张恨水在通俗文艺作家座谈会上的发言，原载《光明日报》第2856期，转引自谢家顺《张恨水年谱》，663页，安徽文艺出版社2014年7月版。

② 张恨水在中国作协部分作家座谈会上的发言，原载《光明日报》第2861期，转引自谢家顺《张恨水年谱》，663页，安徽文艺出版社2014年7月版。

六月二十七日、七月四日，首都新闻工作座谈会继续召开，会上，张恨水宣读了他与赵超构、张友鸾、陈铭德、邓季惺的联合发言，他还表示，他已脱离新闻工作岗位七八年了，身体又多病，学习也不够，对新事物认识不够，但他相信，任何事离了共产党的领导就会犯右倾和“左”倾的毛病。①

张恨水没有成为“右派”，也许得益于他的无党无派无职的身份，以及他淡泊无争的性情。一九五七年十二月五日，沈慧代表中国文联访问张恨水，他就曾表示：“我已是六十岁的人了，没有什么可争的。新中国成立后，共产党对我很好。我是拥护共产党的领导的。什么都能反对，就是不能反对共产党。右派分子反对共产党的领导，我是不赞成的。不要共产党来领导要哪个党来领导？”②他甚至提出想离开北京，搬到安庆或南京去，以度晚年。他说：“现在我住的这所房子太挤，书也没地方放，明年二儿子也要结婚，回来连个安居之地都没有。爱人又害乳癌，大家挤在一起决非长久之计。”③

一九五八年九月，张恨水的原配夫人徐文淑在安庆病逝。他的身体此时已不便远行，就派了长子小水远赴安徽奔丧。虽然未能亲自前往为这个跟了他一生的女人送行，但他心里还是牵挂着故乡和亲人。一九五九年春节，他写了组诗《潜山春节》（十首），借以

---

① 参见《光明日报》第 2897 期、第 2905 期，转引自谢家顺《张恨水年谱》，664 页，安徽文艺出版社 2014 年 7 月版。

② 贾俊学辑《文联旧档案：老舍、张恨水、沈从文访问辑要》，《新文学史料》2012 年第 4 期，14 页。

③ 同上。

抒发他的思念之情。诗前有序，写道：

屈指卅年，在潜山度春节。潜山，不仅是潜山，还是潜山四周，大概都是一样。不过年月已远，山河又新，此种春节，当然变化更多矣。诗以志之。

诗中写了潜山旧时的年俗，并有他的自注。此诗难得一见，故全录于此：

廿四①风晴好晚天，家家坟上响千边②。

灯笼燃烛门前挂，迎接先人③过小年。

注：

①二十四，谓过小年。是日须家家迎接祖宗来家过年。

②边，即爆竹也。

③“先人”即吾乡所谓祖宗也。须办三牲并备爆竹，向附近坟山迎接。若是过远，是则不请。但悬起灯笼迎之。家中祖先堂上，只办三牲，放“边”一挂焚香礼拜。

黄豆打成瑞露浆，作来豆腐①与千张②。

“茶干”③咸菜冬菰炒，淡酒三杯口味长。

注：

①黄豆几升作成豆腐，不论贫富过年一致也。

②“千张”即以豆腐压成薄片。

③“茶干”即五香豆腐干。

"盖网"[1]横池一亩余，成筐分得几多鱼。
姜葱煮熟银梭味，真觉仙人也不如。

注：

①"盖网"立在塘内，长可一亩，犹如篦子，鱼虾蹦跳鲜能逃也。此鱼隔年夏季，买苗长成，乡人此时不费钱买。

洗清笼屉作糍粑，炒熟亲藏玉米花[1]，
分罢儿童言吉庆，团圆结果是农家。

注：

①玉米花，即北方所谓苞谷熟炒开花。

门神对字与花笺[1]，贴了高墙就过年。
等待烧香齐下拜，先人接到在堂前。

注：

①花笺以红纸刻花为之。以前门神对字与花笺，贴上门框方为过年。

先查"日历"[1]哪方成，顺着弯塘去"出行"[2]。
等到天明高兴极，迎人喜鹊两三声。

注：

①"日历"，安徽潜山民间风俗，多数人家在年前必购有此书。

②"出行"，此以为第一次外出也。

年饭酒阑没事情，堂前赌博闹纷争。
吾人只靠“桩兜”[①]坐，闲话年成谈到明。

注：
①桩兜：松树所砍树兜。都是夏日为之，晒干冬日用之。

儿童喜气打灯笼，辞岁高呼小院中。
压岁无钱抓豆算，识他南北又西东。

云开初一艳阳天，初四初三好拜年。
清磬一声先拜祖[①]，高呼相好到堂前。

注：
①拜年先拜祖。香柜置有铁磬，轻敲一声，然后下拜。

村前正唱采茶歌，百副花灯未算多。
狮子蚌精相对舞，一班刚到一班过。[①]

一九五九年十月十四日，久患乳癌的周南终因不治而亡。弥留之际，周南与张恨水诀别，嘱咐他照顾好只有十岁的小儿子。张恨水深情地俯下身去吻着周南的额头，哽咽着说道：“你放心去吧……”

① 张恨水《潜山春节》（十首），张恨水全集《剪愁集》，175 ~ 177 页，北岳文艺出版社 1993 年 1 月版。

周南便合上了双眼。[1] 毕竟，在三个夫人中，周南是张恨水倾注情感最多的一个，也是最能与他琴瑟和谐，心心相印的一个。他们之间积淀了太多、太深、太浓厚的感情，在很长时间里，他都无法接受周南离去的现实。张伍写道："母亲的逝世，对父亲的打击太大了，他在送母亲的寿材出门的时候，失声痛哭，并且像孩子般地喃喃自语，重复着：'你走了，我怎么办……'父亲亲自为母亲立了碑，并且让三家兄和我，去请左笑鸿叔写碑文，他几乎一星期去一次母亲的墓地，坐上门口熟识的三轮车，直到暮色苍茫，倦鸟归巢，才返回家。父亲变得更加不爱说话了，总是独自默默地坐在书房里，思念着母亲，他把母亲所有的照片挂在床边，似乎还和母亲生活在一起。"[2]

张恨水沉浸在丧妻的悲痛之中，寝食不安，心乱如麻，块然独坐，几不知人间何世。一时诗也作不成，直到大约两个月后，心上的创伤稍稍平复，才把笔为诗，写下《悼亡吟》二十六首（一说二十七首）。诗前有序：

> 一九五九年十月十四日六时差五分，妻害癌病逝世。精神错乱，不能拿笔。今为十二月三日，把笔为悼亡吟。只恐诗有时不能达意也。

> **二十八年学画眉，一双游履合欢枝。**
> **而今踯躅秋坟里，八宝山前日暮时。**

---

① 参见张明明《回忆我的父亲张恨水》，216～217页，百花文艺出版社1984年11月版；张伍《雪泥印痕：我的父亲张恨水》，288～219页，团结出版社2006年9月版。

② 张伍《雪泥印痕：我的父亲张恨水》，289页，团结出版社2006年9月版。

杭州一片水云晨，游履忘劳月作邻，
画舫断桥今尚在，眼前缺少倚栏人。

二次闲游细柳村，轻车肥马出晏门。
于今怕过苏州路，只剩青衫拭泪痕。

老少相逢握手欢，蜜柑笑斗水晶盘，
低头莫过南京路，不见人来共倚栏。

细泥缝出碧波澜，海上新装晕月寒，
二十五年人注目，于今只作画图看。

驰车快上万人场，龙跃珠跳引兴长。
今日野田何所寄，纸钞一束一壶浆。

随园说在小仓山，寻墓问诗半日闲。
摘朵菊花斜插鬓，何年忘却旧时颜。

蔷薇乱落点苍苔，细剥荔枝笑口开。
这次玉钗敲又断，窗摇竹影没人来。

不辨啼痕与血痕，相传一点入诗魂。
新闻吾业归来晚，风雨灯窗候打门。

一现昙花二十年，夕阳爱看碧波圆。
长江依旧垂天汉，细语何人白水边。

逼真山水足徘徊，十里荷花锦作堆。
玄武湖滨痴久立，谯楼三鼓盼卿来。

一日思卿十二时，烟枝仿购似金丝。
知今痴坐茶烟淡，斋冷人亡几个知。

杨柳长堤任意栽，豆花拥户对江开。
桃源若有重逢日，不见旗衫随后来。

两番轰炸过江行，乱后相逢笑语生。
我尚平安今似昔，呼卿万遍没回声。

川橘嫣红似蜜甜，纱柑细剥手纤纤。
至今买得珊瑚种，夕照无人怕卷帘。

深山日永绿松阴，卿发豪吟我佐琴。
十七年前闺里事，对灯细思到于今。

碧水青山锦句收，川黔湘鄂忆同游。
可怜故里他年约，莫再驰车上贵州。

小舟风里浪花飘，天际迢逍水一条。

渡到武昌回首谢，依然无影是今朝。

泪看黄泉月作邻，身轻千里走风尘。
故乡料是卿先到，二字平安告母亲。

驴蹄踏叶过山桥，真个游仙伴小乔。
莫再碧磨崖上望，云沉雁落影都消。

搓粉揉脂姊妹行，含颦共启女儿箱。
如今花落无人问，只有杨薇梦一场。

来今雨畔牡丹时，把茗临风玩柏枝。
寂寞自行花下路，每弯必顾望云思。

玉堂铜柱爱故宫，珊瑚尤爱落霞红。
年年花柳山前路，多少啼痕泪雨中。

含笑狂欢竹马童，遇人遥远给春风。
几多邻右无穷意，都在临床一哭中。

驴蹄健足踢飞沙，人赞轻绸护浅霞，
遥想白云观里事，平生一梦似昙花。

潜山万笏又清虚，烟树人家绣不如。

他世故园身后约，卿攻图画我攻书。[1]

这些诗作，倾诉了他们生死不渝的爱情，可以视为张、周爱情的诗史。张恨水几乎事无巨细地回忆了他们生活中那些令人陶醉的瞬间和场景，以及他的相思之痛。一九六〇年十一月，周南去世一周年而有余，张恨水又作《悼亡吟》（十一首），以为纪念：

十月十四日妻哀逝。又照阴历算，忌日为九月十三（今年六月逢闰）然均过一年矣。又作此吟。

凄风筛树过重阳，榻冷加衣着意凉，
突出仙人镜里影，忽遗花朵枕边香。
双修老伴归宜早，闲话童年夜不长，
只是一场春梦破，青衫泪拥哭坟旁。

停笔鸡鸣太觉忙，归来犹读在灯旁。
笑摩笼袖肌何冷，屈指茶铛水尚香。
游览莫偕狂士伍，欢呼仍效女儿妆。
回头二十年前事，只有菊花弄影黄。

卜居小壑一窗幽，携手斜阳拾翠游。
涉水登山方信健，折枝插鬓未知愁。
谁言青屋栽红豆，我怪苍天不白头。

① 张恨水《悼亡吟》（二十六首），张恨水全集《剪愁集》，179 ~ 182 页，北岳文艺出版社 1993 年 1 月版。

哭煞黄泉无路到，黑云高过十三楼。

漏尽梦醒似断蓬，旧欢百虑一场空。
细音静听歌声歇，爱像徒描画槛中。
冷月引魂来树底，悲风渡影过墙东。
夕阳我已坟前去，漠漠淡烟夜色笼。

摄影当年好比肩，如今哭倒在坟前。
思量落叶谁同扫，凄对黄花我可怜。
友辈慢多民外史，人间太少笑因缘。
云封怕过西山路，杨柳凋零怨月圆。

封碑无语尽情啼，墓对西山日又西。
流水化冰终入海，落花沾土已成泥。
誓盟今夕人空愿，缘结他生局易迷。
若是归来还识路，幽魂试听满城鸡。

不学庄周赋鼓盆，无情事铲有情根。
柳枝细响疑莲步，画像双瞳出泪痕。
花果一盘供素影，心香三炷吊芳魂，
书声断续何人理？小院窗闲昼掩门。

梦破迷胡别泪倾，犹思私语忆多情。
休订职业归深夜，愿听终身唤小名。
山径四方来寻我，波航千里可怜卿。

生平好处无从记，只记双飞未计程。

绿鬓插将一朵斜，晚香阵阵落名花。
三分秋扇排圆月，一幅流云映浅霞。
轻服巧裁知好女，淡装微抹近诗家。
山川空说金陵美，断线风筝暮色遮。

春容浓淡咏苏州，几日悠闲镜里游。
人笑阿娇多腼腆，我言此客少风流。
慢跨绣市夸工细，竞学吴音觉语柔。
四次约来听不得，哭将花落暮云愁。

踏花拂柳浙西湖，山外斜阳映坦途。
三竺多情神女梦，两堤快作卧游图。
古屿旧约魂飞到，今夜重来客影孤。
尚记月明卿笑问，茶香新沸有诗无。[①]

这一组七律作于十一月二十日至二十三日之间。如果说前一组《悼亡吟》偏重于纪实，直抒胸臆，那么，后一组《悼亡诗》则更加深沉，情感表达得更加委婉曲折。周南病逝后，张恨水因精神陷于苦痛之中不能自拔，病情再次变得严重起来；由于约稿越来越少，出书又一再受阻，再加上稿费太低和身体原因，一度恢复的写作也

① 张恨水《悼亡吟》（十一首），张恨水全集《剪愁集》，184 ~ 186 页，北岳文艺出版社 1993 年 1 月版。

中断了。他曾在接受中国文联访问时说道："这半年来很少创作，间或兴之所至也写写旧诗。但这些旧诗只不过是个人抒发感情的吟赋，却毫无发表的价值。对中国新闻社的约稿倒是有求必应，始终未间断。主要是为了照顾到海外影响，使海外华侨知道我仍在从事创作活动，不然也真没有再创作的必要了，我对这样的生活感到厌倦。"他还提到稿费问题："现在的稿费太低，一千字只给四五元，而辛辛苦苦写出来的文章，又怕发表后有什么问题，会受到批评，一天到晚提心吊胆。劳动花得太多，报酬给得太少，索性不写算了。"他谈到那一段的生活："在我的生活方面仍旧是老样子。天天在家砸砸煤，扫扫地，生生炉子，有时还去排队买买菜。我爱人去年又开了一次刀，因为癌又发展到了肺部，把肺部切除了一叶，在医院养了几个月才能走动，花费了五六百元。家里还有四个孩子正在念书，需要供给，感到自己有责任，死不得。可是身体又是这样坏，半边身子勉强对付，手脚都是肿的，血管都硬化了，人老了，一切都完了。"①

代表中国文联数次访问他的沈慧，感觉到他有一种悲观情绪，曾在一九六〇年二月二日的《访问纪要》中对其原因做了简单分析："在这次访问中，我感觉他比过去更消极了。主要原因是没法写作，稿费来源也枯了。生活虽刻苦些，还不是他的消极态度的主要原因。去年他拿出他的旧作《记者外传》来，我替他转送通俗出版社，他们认为不适合出版，但因要慎重处理这问题，再请领导上审阅后决定，所以至今未给予回音。我们已向张先生说明此事，他似乎不很满意，他说：'随他吧。'"她还建议："对于像张先生这样的人，

---

① 贾俊学辑《文联旧档案：老舍、张恨水、沈从文访问纪要》，《新文学史料》2012年第4期，15页。

还是帮助他改造（通过学习，参观访问），鼓励他创作，或给予他一点事做，或者可以使他积极起来。仅仅解决他的生活问题是不够的。但帮助他，是不容易的。”[①] 实际上，文学界一直没有停止过对其作品的冷嘲热讽，甚至把他列入“另册”，给作家的头上戴上一顶“通俗”的帽子。这对张恨水这样一位名满天下，创作了数千万字作品的小说大家来说，是极不公正的，也使得他的自尊心大受伤害。尤其是在“反右”运动之后，大批知识分子被打成右派，许多文学作品遭到无情批判，张恨水头上那顶“鸳鸯蝴蝶派”的帽子也越扣越紧了。他的小说《啼笑因缘》被说成是黄色小说遭到封存；即便是《五子登科》这样深受读者喜爱的作品，也被戴上了怀念旧社会的帽子；近年来创作的《记者外传》更被认为是替旧知识分子涂脂抹粉，是厚古薄今。疾病缠身、年过花甲的张恨水一想起这些便不寒而栗。

一九五九年九月，张恨水被聘为国务院中央文史研究馆馆员，习仲勋、齐燕铭签发，周恩来审拟了给他的聘书。中央文史研究馆成立的初衷，为的就是使德高望重、生活困难的老年学者得到救济，免得老人缘门乞食，因此，“馆员标准为文、老（六十岁以上）、贫（生活困难），三者皆备才能加入文史研究馆”。[②] 创建之初，馆员薪资标准规定为：“每人每月暂定由三十万元至一百万元，馆员医药丧葬等费亦应适当照顾。”[③] 一九五五年人民币币制改革后，相应地改

---

① 贾俊学辑《文联旧档案：老舍、张恨水、沈从文访问纪要》，《新文学史料》2012 年第 4 期，16 页。

② 《中央文史研究馆馆务活动录》（1951 — 2001），5 页，（内部资料）2001 年 8 月版。

③ 同上，11 页。

为三十元至一百元。张恨水就说，他“每月拿三十三元薪金”，[①] 不久，一律调整为八十八元，北京市文联也补助他每月生活费一百元，聊补生活的不足。

这时，中国已进入物质供应极度匮乏的所谓“三年困难时期”，张恨水的日子过得更加艰难了。一九六一年一月十四日，他对来访的沈慧说：“从我爱人死后，丢下几个孩子和琐碎的家务，通通由我承担起来。早晨从生炉子、打扫室内外，直到洗洗刷刷……一天也很忙。前些天我的高血压曾达二百四，随时都有生命危险。但粮食不够吃，找不到保姆，没办法躺下来休息，还要每天劳动。现在什么吃的都买不到，街道上分的一点白菜早已吃完，吃稀饭找点咸菜都不容易。现在亲戚朋友来往很少，到谁家都饿着肚子回去。这年头，日子不好过。我几十年来是习惯喝茶不吃早点的，现在连一两茶叶也买不到。每月中央文史馆分给几盒一角左右一盒的烟，还没抽都碎了。听说杭州的供应情况好，饭馆里可以吃到鱼肉之类，市面上也可以自由买卖。北京有个天桥自由市场，一只鸡要卖几十元，这真是骇人听闻，我看没人吃得起，至少我是吃不起。我现在仍要负担八个人的生活费，每天吃窝窝头都感到紧张。”[②]

按照中央文史馆的安排，每周学习、活动各一次，他都尽可能地参加，从中得到不少乐趣。一九六一年夏天，中央新闻纪录电影制片厂拍摄反映文史馆老人学习、工作情况的专题片《老人的青春》，还给他一

---

① 贾俊学辑《文联旧档案》，转引自谢家顺《张恨水年谱》，678 页，安徽文艺出版社 2014 年 7 月版。

② 贾俊学辑《文联旧档案：老舍、张恨水、沈从文访问纪要》，《新文学史料》2012 年第 4 期，16 页。

个伏案写作的特写镜头。平时则很少出门，稿子写得也不多了，整日坐在屋里看书。他有一套两千多册线装本的《四部备要》，对他这样一个热衷于历史掌故的人来说，这倒是很好的消磨时光的材料。他计划着要在有生之年把这套书读完，还想进一步研究太平天国的历史。当他埋首于“故纸堆”中的时候，浩瀚的典籍史料让他感受到一种心灵的慰藉。在离开北平《新民报》之前，他写过一篇《吊故纸堆》，声讨当时把大批古书送到造纸厂，化成纸浆的人，说他们是“犯罪”，是“吃孔孟的皮骨”的“犯人”。在张恨水看来，不是什么东西都可以用来换钱的，譬如这“故纸堆”，有时是宁肯忍饥挨饿，也要为它“守节”的。①

老朋友来此相聚，给这个有些萧索的小院带来了欢笑，也给哀思中的张恨水带来一些安慰。常来的老友有吴范寰、季迺时、张友鸾、万枚子、左笑鸿、张友鹤，加上张恨水，恰好为“七老”。而“七老”中，又以张恨水最年长，由于他久病行动不便，故聚会常在张家。据张明明回忆：“他们凑在一起就是研究古典文学中的问题，讨论学术问题，各抒己见。左叔诗才敏捷，随口就来，而且满口的戏词；张叔是妙语连珠，听他们谈话包你不会闷。时间很易过去，总是不能尽兴，于是就商量着早点聚会，在我家吃一顿便饭，边吃边聊时间从容一些。又因为家中没有主妇，怕给父亲添麻烦，所以每人带个菜来聚餐。到时揭开饭盒，湖北味、安徽味、四川味，各地风味聚在一起。”②

一九六〇年冬天，“七老”又在张家小聚，新买的梅花正吐着

---

① 张恨水《吊故纸堆》，原载于1948年2月23日北平《新民报》第一版。

② 张明明《回忆我的父亲张恨水》，223页，百花文艺出版社1984年11月版。

幽香，窗外飘着雪花，左笑鸿当即填了一阕《临江仙》：

戊子冬小聚即席呈恨水兼示同座。

白发萧疏人望重，卅年笔走龙蛇。至今妙句尚笼纱。更欣逢盛世，文治日光华。　座上七翁都健寿，杯中酒注流霞。窗前六出正飞花。梅花三五点，春到千万家。①

词的上阕写张恨水，下阕写环境，朋友之间几十年同声相应，同气相求的深情厚谊融入词句之中，马上引起了大家的共鸣，万枚子当即依韵奉和：

大地春回机运好，天空舞漫银蛇。锦团玉簇散轻纱。十三惊美曼，举世望新华。　回首燕山留几老，尚能以醉红霞。卓然挺立耐冬花。门庭雏凤巢，克己正传家。②

凄凉、寂寞中的张恨水，很期待这种诗酒畅怀、纵谈阔论的日子。他对前来访问的沈慧说："很盼望朋友们常常来看我，你今天来看看我，我晚上可以多吃半碗饭。这半年来，过去的一些老朋友们，不断来看我，带给我很多安慰。他们都是过去《世界日报》《新民报》

① 张明明《回忆我的父亲张恨水》，224 页，百花文艺出版社 1984 年 11 月版。

② 谢家顺《张恨水年谱》，684 页，安徽文艺出版社 2014 年 7 月版。万枚子自称此词作于 1962 年，而左笑鸿的《临江仙》在题目中已说明是"戊子"年，即 1960 年，奉和之作一般不会在两年之后。查《万枚子诗词选集》，并未收此词，暂以 1960 年处理，存疑。

时代的老人，我们谈起话来显得格外亲切。”[①] 当时，常来家中看望他的老朋友还有陈铭德、邓季惺、方奈何、施白芜等，另有几位北京的老报人，如马芷祥、老宣、张慎之等，也喜欢来找张恨水叙旧，聊聊新闻界的“旧闻”。一九六四年，张恨水七十大寿，[②] 陈铭德召集老友，假座四川饭店，为他祝寿。他高兴得不得了，不仅取出多年不穿的西服，还特意让张伍上街买了一条领带配上。这天，他穿了西服，系了领带，让张伍陪同，前往四川饭店。大家见了都说：“恨老真漂亮，年轻了二十岁！”张恨水嘿嘿地笑了。

饭后，大家回到张家，万枚子拿出集张恨水小说名所作对联，并用大红纸写了，挂在书房的门口，联云：

揭春明外史，嘲金粉世家，刻画因缘堪啼笑；

喜新燕归来，望满江红透，唤醒迷梦向八一。

大家都说集得巧，对得妙，字也好，张恨水更是含笑拱手，连声称谢。[③] 不过，他的病仍是时好时坏，一九六三年十一月，曾经再患中风，半身不遂，不能讲话，情况很严重。夜里送到阜外医院抢救，住了

① 贾俊学辑《文联旧档案：老舍、张恨水、沈从文访问纪要》，《新文学史料》2012 年第 4 期 17 页。

② 张恨水生辰为 1895 年 5 月 18 日，旧历乙未四月廿四，这里即按传统虚岁算法，又遵循了过九不过十的习惯。

③ 参见张明明《回忆我的父亲张恨水》，224 页，百花文艺出版社 1984 年 11 月版；张伍《忆父亲张恨水先生》，392 ~ 393 页，北京十月文艺出版社 1995 年 8 月版；万枚子《张恨水七十初度》（1964 年 3 月 18 日），《万枚子诗词选集》，132 页，1995 年 12 月自印本。

一个多月，才稳定下来。生日宴会过后，他又二次住院，情况也很严重。沈慧在《访问纪要》中记载了他的自述，他说："今年已经整整七十岁，实在治不好，死了也没什么值得可惜的。现在家里适当的治疗和休养，再也没有别的好条件。像郭老和其他老前辈，岁数都比我大，但都是生龙活虎一般，我很羡慕。当然，他们的条件比我好，另外，也是他们的革命意志比我坚强。我是属于旧文人，赶也赶不上。我写了一辈子书，到了老年得这样不死不活的病，老伴也死了，孩子们都住在学校……实在是凄凉、寂寞的晚年。"①

一九六五年，张恨水再次住院治疗。不久出院，身体更加虚弱，手亦颤抖不止，难以握笔，记忆力也大为减退。据张伍介绍，他的最后诗作是写给周南的一阕《浣溪沙》，他错写成了《浣沙溪》：

> 化为鹧鸪引兴歌，这山歌那山和，化为鹧鸪叫哥哥。 化成鸪啼浑是血，人间碧落有银河，人莫奈何奈情何？

这是一篇勾抹涂改，模糊不清，且有丢字的诗稿，张伍写道，此时此刻，张恨水"写字已是相当困难，但他仍是艰难地一字一字地写下来"。②在这里，文字已不是最重要的，恰如张伍所言，这是"一个病弱的头发斑白的老人，用颤抖的双手"，将其"最后的绝唱"，捧给他珍爱的女人，倾诉着他们"生死不渝的爱情"。③

---

① 贾俊学辑《文联旧档案：老舍、张恨水、沈从文访问纪要》，《新文学史料》2012年第4期，17页。

② 张伍《雪泥印痕：我的父亲张恨水》，293页，团结出版社2006年9月版。

③ 同上，294页。

一九六六年夏天，“文化大革命”爆发了。张恨水的那些老朋友几乎无一例外都被“揪”了出来，或进“牛棚”，或挨批斗。不久传来消息，老舍先生在太平湖赴水自杀了。家里人不敢把这些消息告诉他，恐怕刺激他引起情绪上的波动。一天，张恨水又因脑血管痉挛，昏迷不醒，再度住进阜外医院。虽经医生抢救，奇迹般地转危为安，活了过来，但行动和说话都更加困难，儿女都不在身边，孤寂病弱的他，郁郁寡欢，只能终日在书房闷坐，守着他的《四部备要》。他常常思念远在四川参加“四清”的大女儿张明明，以及在河北邢台参加“社教”的二女儿张蓉蓉，给她们写信，读她们的来信，成为他晚年生活中最感快慰的事。如果有一段时间收不到女儿们的信，他便辗转难眠。他在给张明明的信中写道：

明明吾儿：

你已有半月多没有写信来告知一切，我非常的挂念。……

说起来日子也不算多，可是每晚盼着，半晚醒了枕头哭湿了半个，你工作还没有了，工作了时同我写封信来，千万千万。①

张恨水此时的心境可想而知。而家里的情况也并不让人心安，因为抄家的红卫兵，说不准什么时候就会闯进来。张伍所在的工作组就是此时中断了甘肃的“四清”，回到北京的。到家后，他要解决的最大难题，就是妥善安置张恨水的那些藏书。他的藏书太多了，真是藏无所藏，尤其是那套《四部备要》，装了满满一书橱，转来转去，放在哪里都觉得不安全。最后只能仍旧放回书橱，外面贴上白纸，

① 张明明《回忆我的父亲张恨水》，226页，百花文艺出版社1984年11月版。

就算是“藏”好了。在那种形势下，这总是没有办法的办法，也只有听天由命了。而张恨水的手稿和著作，则装进一个行李袋，由张伍保存。张伍言道：“从此，我和父亲的著作便形影不离了，不管我是到干校，还是在大地震期间，我都带上这上百部书。这是父亲留给我们子女最宝贵的手泽，是他一生的心血，也是我家的全部‘财产’！”①

不过，张恨水到底躲过了“文革”这一劫，既没有被当面批斗，也没有被“抄家”。其中的原因，首先是他早入“另册”，已经淡出公众的视野，很少有人注意到他；其次是他生性淡泊，为人低调，风光的时候尚且如此，何况是在失意的时候；再有就是他长期患病，很少抛头露面，并不在风头之上。据张伍介绍，还有一个更为直接的原因，是他的母亲周南一向乐善好施，危难时自然会有“贵人”相助。他讲到了街道主任李嫂：“李嫂在家乡时，其夫在我家做厨师，在母亲的劝说下，他才回家接李嫂出来。而且临行前，母亲给他做了新衣，买了礼物，好让他体体面面地回乡。李嫂到了北京，母亲让他们夫妻住在我家前院，还不收房租。解放后，母亲又给了他们一笔钱，让他们可以开个小店为生。当‘红卫兵’要来抄家时，上面已有规定，需‘三结合’，就是经单位、派出所、居委会三方批准，李嫂在居委会对前来的红卫兵说：‘张先生家我知道，他们是好人，除了书，没有别的！’由于街道的保护，我们的家居然成了浊浪袭来中的避风港，父亲才得以‘安全无恙’。”②

一九六六年十二月中旬，离家两年半的张明明回家结婚。张恨水欣喜地给爱女操办了一个简陋却体面的婚礼，享受了他一生中最

---

① 张伍《忆父亲张恨水先生》，398页，北京十月文艺出版社1995年8月版。

② 张伍《雪泥印痕：我的父亲张恨水》，308页，团结出版社2006年9月版。

后的快乐。婚假结束后，张明明要回四川去了，分别的时候，张明明写道：“父亲蹒跚地追到院中，老泪纵横，斜倚在哥哥的身上，向我说：‘明明，爸爸怕是见不到你了。’”这句话真成了一句谶语，一九六七年二月十五日，农历正月初七，早晨差十分七时，张恨水起床，在家人为他穿鞋时，他突然仰身向床上倒去，从此再没有起来。他是因脑溢血发作而致命的，没有说一句话，也没有一声呻吟，更没有一丝痛苦，安详而平静地离开了人世，结束了他多难而辉煌的一生，享年七十三岁。

图书在版编目（CIP）数据

张恨水传 / 解玺璋著．— 北京 ：北京十月文艺出版社，2018.6

ISBN 978-7-5302-1728-3

Ⅰ．①张… Ⅱ．①解… Ⅲ．①传记文学—中国—当代 Ⅳ．① I25

中国版本图书馆 CIP 数据核字（2017）第 206945 号

北京市2017年度重点图书选题出版扶持项目

张恨水传
ZHANGHENSHUI ZHUAN
解玺璋　著

出　　版　北京出版集团公司
　　　　　北京十月文艺出版社
地　　址　北京北三环中路 6 号
邮　　编　100120
网　　址　www.bph.com.cn
发　　行　新经典发行有限公司
　　　　　电话（010）68423599
经　　销　新华书店
印　　刷　北京盛通印刷股份有限公司
版　　次　2018 年 6 月第 1 版
　　　　　2018 年 6 月第 1 次印刷
开　　本　880 毫米 ×1230 毫米　1/32
印　　张　18.25
字　　数　400 千字
书　　号　ISBN 978-7-5302-1728-3
定　　价　59.00 元
质量监督电话　010-58572393
如有印装质量问题，由本社负责调换。